追寻 文化原乡

魏令华 著

三辰影库音像出版社

图书在版编目（ＣＩＰ）数据

追寻文化原乡 / 魏令华著 . — 北京：三辰影库电
子音像出版社，2018.2（2025.4重印）
　　ISBN 978-7-83000-305-0

　　Ⅰ . ①追… Ⅱ . ①魏… Ⅲ . ①散文集－中国－当代
Ⅳ . ① I267

中国版本图书馆 CIP 数据核字 (2018) 第 004216 号

书　　名：追寻文化原乡
作　　者：魏令华
出版发行：三辰影库音像出版社
地　　址：北京市朝阳区北苑路媒体村天畅园 2 号楼
出 版 人：王六一
印　　制：三河市天润建兴印务有限公司
开　　本：700 毫米 ×1000 毫米　　1/16
印　　张：29
版　　次：2018 年 5 月第 1 版
印　　次：2025 年 4 月第 3 次印刷
书　　号：ISBN 978-7-83000-305-0
定　　价：66.00 元

内容提要

　　《追寻文化原乡》是作者退休之后出版的又一本文化散文集。全书的主调，是凭借山水物象与人文历史，探寻文化的生存状态与精神内核，展现中外文化的审美风范与价值取向。作者行走在山河大地，与古人对话，与山川交语，把人文景观、历史回味和生命体验融为一体，每一篇文章力求平淡中蕴含诗意，蕴藉中张扬美感，在情感沸腾与艺术感悟中以文化人。

　　《追寻文化原乡》分五部分："阅读山水"带领读者饱览祖国的名山大川和人文胜迹，借景抒怀，把蕴含其中的自然美、意境美、情感美表现得形神毕肖，山水也由此有了气韵和灵性；"守望乡愁"所展示的，是中华民族几千年的价值认同和文化追求，是中华儿女的精神故乡和传统基因，思想和哲理融入古老的物象，就赋予了文化更基本、更深沉、更持久的力量；"家国情怀"呈现给读者的，是浩然正气，是以天下为己任的使命和担当。当历史获得了当代性阐释，当历史事件获得了当代性评判，我们对文化的追寻和思考就获得了时代意义；"域外览胜"把读者带到世界最有文明重量的一角，体验人类文明曾经拥有的赫赫雄风，用饱蘸人格情感的笔触解读域外胜迹，文化成了活的历史生命的标本；"人文丰碑"追踪中外文化伟人艰难跋涉的脚印，展示他们具有开创性、独特性、并代表一个时代的文化成果，他们超越自然、超越生活的艺术生命，永远发散着炽热的光芒。

　　作者以广博的文史知识、深刻的文化感悟和艺术表现力所著的这本散文集，闪烁着理性的光泽，洋溢着艺术的激情，不但解码文化从哪里来、到哪里去，而且有温度、有深度、有广度，给读者带来了酣畅淋漓的审美感受。

自 序

　　中华文化古今一脉的历史认知、观念认同、理想追求和道德价值，是我们国家、我们民族甚至每个国民须臾不可分离的精神家园。国民之魂，文以化之；国家之神，文以铸之。有了文化的浸润和滋养，人们心灵的燧火才会越燃越旺；有了文化的引领和支撑，实现民族复兴中国梦的思想基础才会越筑越牢。

　　著名学者余秋雨深入考察中华文化的生存状态，得出了这样一个结论：山河大地承载着人类的生命空间，给了我们生存基座和文化基座。一切文化的终极基准，人间是非的最后衡定，最终要看山河大地。说得准确点，就是看山河大地所能给予的生存许诺。

　　我长期从事石油新闻工作，"读书"和"走路"，几乎成了一种行为方式，一种生活常态。当我见缝插针在书的海洋里畅游，或者寻机游览海内外的山水风物时，慢慢发现，人类文明及历史名人留下的脚印，是文本文化走向生态文化的轨迹。生态文化就是山河文化。凭着对山河文化的兴趣和向往，我首先把目光投向历史名城、名胜古迹和或近或远的文明废墟，在那里感受文明之于人生、之于民族复兴的意义；然后赶往世界上最有文明重量的一角，体验人类文明曾经拥有的辉煌。

　　中华文化源远流长，博大精深，当我站在五千年文明的河床上，诸多生命的文化创造常常让我激动不已。灿烂的文化风景都是顺着山河大地的"血脉"淌出来的。它们以独特的视角，创造了不同凡响的文化遗存，同时在不同的社会角色中，体现出与其文化人格高度一致的使命和担当。山河大地以形、色、声的绝妙组合，尽情释放着意境美、情感美和哲理美，即使一座山、一条河、一棵树、一簇草，都有让人看不够的风景，赏不尽的气象，讲不完的故事。陆游"细雨骑驴入剑门"，顾炎武"常将《汉书》挂牛角"，说的就是他们在山水间找路的情形。我倒觉得，他们在诗意中找到的，是有故乡意义的文化记忆，是有依恋感和归属感的乡愁。文化是流动的历史，只有走在路上，才能找到生命的原乡。

我们生活在文化之中，其实文化是国际的。不同民族有不同的文化，不同文化又有不同的方向、不同的特质和不同的形式，中华文化不断地与其他文化邂逅、对话、碰撞、融合，既支撑中华民族，也具有世界意义。中外文化交流史表明，文化使人类摆脱了自然，创造了属于自己的世界，每个生活在其中的人都是文化人。文化的生命力和影响力在于自觉自信和革新开放，这是具有时代意义的命题，也是文化可持续发展的支点。

习近平总书记指出："一个民族的历史是一个民族安身立命的基础。"五千年来，中华儿女生活在历史之中，历史所代表的时间之轴，是他们的精神寄托和人生记忆。从这个意义上说，中华民族是一个完完全全的"历史的民族"。就连德国大哲学家黑格尔都承认，"历史必须从中华帝国说起，因为根据史书记载，中华帝国实在是一个最古老的国家"。皇皇二十四史，构成了绵延不断的时间谱系，王朝是兴是亡以此为镜鉴，人生是功是过以此为准绳。这样的历史书写着中国的灵魂，是中华文化最显著的特征之一。解码中华民族的精神基因，重拾我们对传统文化的执着与敬意，才能吸收优秀传统文化的内核，发出继往开来、走向明天的声音。

历史是前人的百科全书，是前人各种知识、智慧与经验的总和。人生活在历史之中，但历史是人民群众创造的。我们通过思考和体验读懂了历史，获得了真知，才算完成了继承和超越的交替。《寻找文化原乡》这本散文集，是我在山河大地和历史经典中"找路"的笔记，是我体验山河文化的感悟，也是我从文化名人的角度来勾画历史与文化脉动，还原历史与文化演进而进行的探索。

我愿意带着读者走向大江南北、长城内外，饱览泰山、庐山、三峡等名山大川的旖旎风光；我愿意带着读者游览岳阳楼、武侯祠和一个个历史文化遗迹，感受中华民族忠勇义行的浩然正气；我愿意带着读者走进西递、三坊七巷和北京的胡同，触摸那里的市井民情、原始活力和文化精髓；我愿意带着读者西出阳关，在西域最缺少文化的地带，看多民族、多文化怎样交融互鉴；我愿意带着读者到埃及去看金字塔和太阳神庙，沉思古埃及文明让人唏嘘、让人感叹的命运；我愿意带着读者到巴黎、佛罗伦萨、罗马旅行，看文艺复兴怎样打通人类心灵，揭开近代欧洲史的序幕；我愿意带着读者到特里尔瞻仰马克思故居，追寻游荡在欧洲的共产主义幽灵……历史是我们的一切。寓历史于长谈中，融文化于文章中，读之，就会有所感；思之，就会有所悟。

人是社会和历史的杰作。人民群众中的杰出人物占领了时代的制高点，是引领历史前进的旗帜。他们屹立在天地之间，最让人感动的，莫过于使命担当的超越性：超越他们的生存环境，把关注的目光投向苦难苍生。艺术是他们生命的冲动表达，这表达又强化了他们生命的冲动。凭借民族的精神品格和文化底蕴，他们不遗余力地为生存之境域、生活之境界赋形。唯有精神强悍者，才有更多的人生体验和精神记忆。老庄和孔孟，建造了中华民族最初的思想宫殿；司马迁、陶渊明、李白、杜甫、欧阳修、苏轼、辛弃疾、曹雪芹、鲁迅、莫言等大师，用文学涵养人心人格，锻造民族意志，建构了中华民族生生不息的文化品德；莎士比亚、巴尔扎克、列夫·托尔斯泰、契诃夫、索尔仁尼琴等作家，倡扬真善美，抨击假恶丑，为世界文学树起了不朽的丰碑……对于他们，我始终抱有崇高的敬意。当我向他们致敬的时候，似乎觉得，这敬意无边无际，无穷无尽，怎么"致"都不过分。

散文是文学大餐中一道味美色艳的家常菜。诺贝尔文学奖得主莫言坦言："我的文学表现了中国人民的生活，表现了独特的文化和民族的风情，同时我的小说也描写了广泛意义上的人。我一直是站在人的角度，立足于写人，我想这样的作品就超越了地区和种族的、族群的局限。"散文和小说一样，也以"写人"为宗旨。但较之于小说，它与现实人生贴得更加紧密。凭借名山、名水、名城、名人的历史记忆，把文史哲熔于一炉，并注入作者的文化感悟和艺术表现力，或许更能传承家国情怀，彰显文化之美。归根结底，散文是以表达情感、开掘思想、创造美感、砥砺精神为使命的，如果这本书能给读者带来一些启迪，实为一件幸事。

勉为自序。

目录
CONTENTS

■ **阅读山水**

■ 守望乡愁

■ 家国情怀

■ 域外览胜

■ 人文丰碑

阅 读
YUE DU SHAN SHUI
山 水

天下第一山

一

全国的名胜古迹我不知游览了多少，但最让人流连忘返的，还是东岳泰山。这座自然风光与人文景观绝妙融合的大山，虽说没有黄山奇伟、太白山险峻、峨眉山秀逸、莫干山清凉……但它吞西华，压南衡，驾中嵩，轶北恒，五岳独尊，雄峙天东，素来享有"天下第一山"的美誉。中华大地上无论哪山哪岳，站在它的面前都会自惭形秽，卑微三尺。

泰山，又名"岱宗""岱岳""泰岳"……这些称谓内涵丰富，意趣盎然，本身就蕴含着中华文化"天人合一"的气象。它以擎天捧日之姿、拔地通天之势，耸峙于渤海之滨，横亘在齐鲁大地，高而可登，雄而可亲，呼吸宇宙，吐纳风云。《诗经·鲁颂》叹曰："泰山岩岩，鲁邦所詹。"清人阮元也夸耀："泰山，宗岳也，山莫大于之，史莫古于之。"

泰山有其貌，亦有其魂。它从远古走来，是天地间的岿岿支柱；它离上天最近，最方便与星斗对话；它是历史的切片、文化的标本，最能让人领受天赐之福与天教之悟。偕妻到泰山旅游，一是为了饱览东岳的雄姿，追寻文化的原乡；二是为了倾听来自历史深处的回声，用古人和伟人的哲思照亮未来的征程。

李白诗云："凭崖望八极，目尽长空闲。"泰山是人与自然的交响，是中华文化走向未来的底气所在。我们还没登山，心里生出难以名状的激动。这激动，既有对泰山无尽魅力的神往，又有即将登临的喜悦和豪情。

二

泰山之美，美于雄；泰山之妙，妙在登。来到泰山，不亲身领略这座"天然山岳公园"的风采，就触摸不到"天下第一山"的脉搏。

"泰山最险处，首推十八盘"。从对松亭到南天门，一千六百级台阶，四百多米落差，一条蹬道恰似摩天云梯，高高垂挂在南天门前。明人祁承业诗云："拔地五千尺，冲霄十八盘。径从穷处见，天向隙中观。重累行如画，孤悬峻若竿。生平饶胜具，此日骨犹寒。"沿着祁承业描写的蹬道拾级而上，每一级台阶都有前人淌下的汗水。下午四点多，我和妻爬过三百九十三级台阶，登上了"不紧不慢十八盘"。抬头仰望，升仙坊近在咫尺，脚下的台阶却一级连着一级，似乎没有尽头。山势陡峻，峭壁悬绝，我们数着台阶向上攀登，直累得上气不接下气。一步一喘，咬着牙坚持，终于爬上了传说中"升仙"的地方——升仙坊。

小憩片刻，再往上爬就是"紧十八盘"了。从它的名字可以看出，一盘比一盘险峻，一级比一级陡峭，四百七十级台阶几乎垂成六七十度。我们每登上一级台阶，都是对自己的一次挑战。人们常把登山比作登天，实际上它比登天还难！顺着蹬道连接而成的"天梯"，我和妻爬啊，爬啊，不到山顶非好汉，泰山终于用它巨人般的臂膀，把我们托上了南天门。

南天门古称天门关，是神话传说中人界进入仙界的入口。跨过南天门便是天街，回头望望云梯般的蹬道，更加感到门楼那副楹联"门辟九霄，仰步三天胜迹；阶崇万级，俯临千嶂奇观"，说得入"石"三分。天街这地名不知是谁起的，一条石板路直通玉皇顶，倒也显得自然熨帖。落日的余晖洒在天街上，给依山而起的楼阁、飞檐、朱门……披上了一层金黄色。朵朵白云从身边飘过，不大一会儿，大自然的生灵全都躲进了夜幕里。

在南天门住了一夜，天刚蒙蒙亮，我们就到日观峰去看日出。泰山日出是岱岳的一大奇观，登泰山如果看不到日出，就像一出大戏没有"戏眼"，味道儿终究有点寡淡。难得那天万里晴空，不见一丝云，我们站在观海石上，只见天边洇出一片绯红，半轮红日猛不丁跳出海面，升腾在波涛浪谷之间。你看，造物主多像神奇的魔术师啊，瞬间变幻出一幅五颜六色的水墨画，既让人陶醉，又令人憧憬！

看完日出我们缓步下山，路边的古树频频招手致意。名山自有古树相伴，那株因秦始皇避雨树下而得名的秦松，少说也有二千二百年了。它顽强地屹立在泰山肩头，亘古及今，浩然长存。斗母宫前有株汉代的卧龙槐，树干卧地十多米，那奇形怪状的枝丫，与身边的青石同福同寿。玉泉寺的"一亩松"，用铁干虬枝编织成繁密的树冠，层层叠叠，遮天蔽日……古树是人与大自然的杰作，当年那些植树人，不经意间，为后世树起了一座历史纪念碑。

刚才泰山还把我们托在云外，现在又温柔地揽进了怀抱。有山的地方必定有水，山泉顺着山势而下，一跌再跌，最后跌成了瀑布或小溪。西溪孕育了不同的色彩和韵味——且看这秋日的黑龙潭瀑布，径直从百丈崖跌入老龙窝，旋即又从老龙窝涌起，欢欢喜喜冲进黑龙潭。山因水而美，水因山而灵。这灵山秀水引得文人诗兴大发，元代诗人王旭那首"我爱西溪好，披云屡往来。一川烟景合，三面画屏开"，给游客带来了多少文化趣味和美的陶冶啊！

三

泰山享有"天下第一山"的盛名，有一半缘由是因为封禅。

封禅，是古代帝王在太平盛世或天降祥瑞之时举行的祭祀大典。《管子·封禅篇》释义："封"是祀天，"禅"为祭地。《史记·封禅书》中说："自古受命帝王，曷尝不封禅？"在古人看来，"天以高为尊，地以厚为德""天高不可及于泰山"。泰山封禅，就是古代帝王借天威佑君，扬皇恩安民。

三皇五帝时，就有巡狩的传说。巡狩是一种带有区域视察性质的活动，意味着远古对泰山的崇拜，已从自然范畴进入政治范畴。这种礼仪经过后世帝王的传承，接力赛般演变成了封禅。

秦始皇统一中国后，认为君权神授，自己的统治得到了上天委命。于是，他在公元前219年夏，亲率三万人马到泰山朝拜，由此拉开了封禅的帷幕。秦始皇把"柴望"祭祀改为国家大典，向神灵报告自己扫清六合、一统天下的丰功伟绩，祈求上天护佑秦王朝江山永固，基业长青。立于岱庙东御座大殿露台西侧的那通《秦泰山刻石》碑，记录了当时封禅的盛景。

公元前110年，汉武帝"勒兵十八万骑，旌旗千余里"，巡行北疆，然后到泰山设坛封，把封禅大典演绎得空前绝后。为了纪念这次盛典，他特意改年号为"元封"。面对巍峨峻拔的泰山，他在感叹"高矣，极矣，大矣，壮矣，赫矣，骇矣，惑矣"的同时，还给后人留下了明堂、汉柏、无字碑。

汉光武帝封禅之后，泰山寂寞了六百余年。公元 665 年十月，唐高宗率文武百官，扈从仪仗，浩浩荡荡开到了泰山。他祭祀天地，分封祀坛，诏立"登封""降禅""朝觐"碑。而今，立在岱庙碑廊里的那通"双束碑"，好似并栖的鸳鸯，佐证着武则天的政治抱负和她与高宗皇帝的爱情。

开元十三年（725 年）十月，唐玄宗"封祀岱岳，谢成于天"，首封泰山神为"天齐王"，亲书《纪泰山铭》，勒于岱顶的大观峰。与以往不同的是，他开封禅诏文昭告天下之先河，让黎民百姓看到，封禅是皇帝替天行道，祈求国泰民安。

到了北宋，宋真宗将泰山神的爵位升格为"天齐仁圣帝"，封泰山女神为"天仙玉女碧霞元君"。并在唐摩崖刻立《谢天书述二圣功德碑》，昭臣下撰《奉祀坛颂》《社首坛颂》和《朝觐坛颂》，并立碑纪铭。

1008 年，泰山送别真宗皇帝后，封禅大典虽然改为告祭，但祭祀活动从来没有停止过。从秦汉到明清，前往泰山朝拜的帝王，少说也有十几位，光乾隆皇帝就去了十多次。

泰山"气通帝座"，是中华大地上唯一被皇帝封过禅的大山。世界上还没有哪山哪岳接待过如此众多的皇帝，也没有哪山哪岳被至高无上的天子叩拜！

四

泰山"五岳独尊"，名扬四海，与名人登临有很大关系。古往今来，名人与大山结缘，大山才会知名；名人在大山留踪，大山才有文化内涵。

二千五百年前，有着"天下文官祖，历代帝王师"之誉的孔子，多次登临泰山，在眺望与沉思中寻觅思想灵感，锤炼人格意志。"孔登岩""瞻鲁台""孔子登临处"石坊、"孔子小天下处"碑、"泰山孔庙"等文化遗迹，成了泰山的文化符号。以至于孟子说："孔子登东山而小鲁，登泰山而小天下。"

孔子赋予泰山博大的儒家情怀和价值寄托，司马迁、曹植、谢灵运等文化名人也为泰山所动,留下了一篇篇天然文字。开元二十四年（737 年）二月,杜甫初登泰山,随口吟咏的《望岳》,一不小心就成了千古绝唱。这首七律以诗人独具的心灵感受抒发性灵,教化人格,将泰山诗提升到了至高至美的境界。乾隆年间泰安知县何人麟、光绪年间著名金石学家吴大澂、嘉庆年间山东巡抚铁保和老一辈无产阶级革命家李一氓,分别以草、篆、真、行体书写的《望岳》诗碑,巍然屹立在泰山东路,免费给游客提供滋养心灵的营养剂。

杜甫作《望岳》两年后,"诗仙"李白登上了南天门。他感于心,动于情,《游泰山六首》以超然的宇宙观和独特的时空透视,目览泰山万千气象于方寸,以写意山水法描摹这座自然之山、情感之山和心灵之山的风貌,在缥缈奇逸、自由舒放的意境中寄托情思。他用感情、阅历和智慧酿制的名句"天门一长啸,万里清风来",成了游客最入眼的一处人文景观。

诗是中华文化最具心灵价值的艺术创造,也是最具中国特色的情感表达方式。到了元代,大诗人元好问借泰山抒发情感,慰藉人心,他那首《登岱》,以"泰山天壤间,屹如郁萧台。厥初造化手,劈此何雄哉",状泰山之雄姿,形象生动,韵味绵长,似乡愁浸润着读者的心田。

泰山代表着中华民族的精神图腾,历代散文家纷纷以有温度、接地气的笔墨,为泰山营造自由、自觉的美学世界。东汉马第伯的《封禅仪记》,除记述汉光武帝封禅外,还描绘泰山的宏伟景象,被誉为"中国最早的游记文学"。元初散曲家杜仁杰的《天门铭》,是一篇别开生面的"三字经"——"五岳峙,真形露。惟岱宗,俨箕锯。仰弥高,屹天柱。浩千劫,空来去。谁为凿,起天虑。匪斤斧,乃祝诅。一窍开,达底处。十八盘,盘千步。荠初吐,抱围树"。语言朗朗上口,生动传神,是古代泰山散文中的经典之作。

明朝是泰山散文创作的鼎盛期,先后诞生了王世贞的《游泰山记》、钟惺的《岱记》、张岱的《岱志》等佳作。清代描写泰山的散文,首推姚鼐那篇《登泰山记》。"苍山负雪,明烛天南,望晚日照城郭,汶水徂徕如画,而半山居雾若带然……"绘声绘色的描写,恐怕今人都难以写出。到了现当代,徐志摩的《泰山日出》、杨朔的《泰山极顶》、李健吾的《雨中登泰山》、冯骥才的《挑山工》、汪曾祺的《泰山片石》等,也以人情味和佛祖心,把泰山的文化价值存盘在读者的脑海里。

泰山之重,在于中华传统文化之重。泰山的文化史,就是中华民族的文明史。

五

如果说，泰山是蕴含山水之乐和生命真谛的一部"天书"，那么，这部天书中最绝妙的篇章，当数摩崖石刻。

摩崖石刻既突出周围地貌的主题，又隐身于山水之间，就像人与自然互动中的画题或钤印。泰山的摩崖石刻无论数量还是文化价值，没有哪山哪岳能够与之比肩。行走在崎岖蜿蜒的盘山道上，崖壁上的石刻犹如放电影一般，一帧连着一帧，让人目不暇接。那里几乎无石不刻——大者洗削整面石壁，写洋洋文章；小者暗取缓平之处，留一字两字。二千二百多处摩崖石刻，真、草、隶、篆诸体荟萃，名家手迹行云流水，佳句名篇洋洋大观，堪称中国书法艺术的天然宝库。

见证秦始皇泰山封禅的唯一实物《李斯小篆碑》，是我国现存最早最有价值的泰山刻石。经过二千二百多年风雨洗礼，当年篆碑上的刻辞已经一字不存，只剩下秦二世题刻的十个残字。鲁迅先生称《李斯小篆碑》："质而能壮，实汉晋碑铭所从出也。"我们今天能在岱庙目睹这块"天下名碑之最"，不能不说是难得的造化！

玉皇顶盘路东侧的唐代摩崖，是帝王贤达向天倾诉思想和情感的舞台。七十多处历代题刻，字体或遒劲婉润，或凝重冷峻，或飘逸潇洒，或浑厚苍劲，几乎都是中华文化的艺术珍品。唐玄宗御刻的《纪泰山铭》与"五岳独尊""登峰造极""擎天捧日""仰观乾坤"等大字石刻，更显皇家帝王的气派。《纪泰山铭》高十三米三，宽五米七，刻一千零八字，铭曰："维天生人，立君以理，维君受命，奉为天子，代去不留，人来无已……"今日读来，仍能感受到唐玄宗"思如泉而壮凤、笔为海而吞鲸"的浩然之气。《纪泰山铭》是汉代以降帝王摩崖石刻之最，历代书法家称其"形制雄伟，文辞雅驯，波磔自然，殊异美特，若鸾凤翔舞于云烟之表，为之色飞"。

沿着泰山中路的一条岔道，我们蜿蜒而下来到经石峪，只见一块三千平方米大小的石坪上，刻着大乘佛教的重要经典《金刚般若波罗蜜经》。北齐僧人所刻的这部经文，现存一千零六十七字，每字直径五十厘米，铭深一至二厘米，古人称其为"大字鼻祖"。古往今来，摩崖大字都是刻在石崖上的，但刻在山谷间平铺的石坪上，世所罕见。经字似乎也有佛性，北齐人用这种方式表达思想，给后人以极大的艺术震撼力。我们低头看那一横一竖，一撇一捺，似乎觉得，大字深得北方之气，兼呈山石之力，堪称一部雄伟壮观的石头书。它寄托着多少代人的理想、情感和思考啊！北朝时，凿窟、刻碑成风，那些雕像、刻经、墓志、碑铭、摩崖、像记、山诗……都是当时文化重建工程的组成部分。经石峪，以有仪态、有表情的生命基元，塑造中国文化的美学品格。就凭这一点，我们即使不去南天门，不去玉皇顶，也值得到那里饱饱眼福！

造物主造就了泰山雄伟的山体，人们就在这石头上填刻思想，修炼人格，寄予情感。摩崖大字是泰山最恢宏的文明史，代表着中华民族的精神和性格，"亘古亘今，亦新亦旧"，等待后人耐心翻阅。

六

泰山如诗如画，似真似幻，是文化和自然的双重景观，中华民族的精神圣殿和心灵家园。它用血液和思想滋养一代又一代人，让每个仰慕中华文明的游客，从灵魂深处涌起深切的向往。

泰山是神灵和历史的物化存在，融摄着文化与人的现实关照。正如德国哲学家、20世纪存在主义哲学创始人马丁·海德格尔所述，它"在大地上"，就意味着"在天空下""在神灵前"，并包含着"向人之并存的归属"。

泰山是中华民族的国山，是中华儿女言说不尽的百科全书。它博大精深，浩瀚灿烂，有讲不完的故事，也有抒不尽的情怀！泰山是美丽的中国梦。走进泰山，就是走进历史，感悟中华文明的心率；走进泰山，就是寻找来路，书写未来辉煌的画卷！

啊，泰山——天下第一山！

啊，天下第一山——泰山！

最美是庐山

　　大自然以其绝妙神奇的排列组合，将山水草木装扮成一个个"美育课堂"。经过对称、奇巧、和谐等因素的演化和开发，它们就像植物释放氧气一样，不停地向游客挥洒着美感。来到庐山，我们仿佛感到，这里的景观都是从地母的筋骨中"蹦"出来的，每一处都洋溢着造化之奇、天籁之妙、文化之韵！

　　庐山东偎鄱阳湖，南靠滕王阁，西邻京九大动脉，北枕滔滔长江水，是一座从远古走来的文化名山。"峨峨匡庐山，渺渺江湖间"，造物主赋予它的雄奇、苍润、浪漫与诗意，让我们欣赏到了什么是美，什么是美的理想和美的追求。

　　庐山，是人与自然的交响乐，是中华大地上最经典、最壮美的诗。

一

　　汉阳峰临江接湖，独傲大地，成就了庐山"磅礴五百里，奇秀甲江南"的盛名。奇秀的峰峦、奇幻的云海、奇丽的飞瀑、奇绝的园林，瞅一眼都让人心驰神往！

　　五老峰俨若五位垂眉入定、神态栩栩的老翁，远远望去，前有层峦叠嶂，后有鹰旋深涧，旁有斧削悬崖，侧有峡谷激流，高峻挺拔，雄伟险峻，犹如一束仪态俏丽的金芙蓉。李白诗云："庐山东南五老峰，青天削出金芙蓉。九江秀色可揽结，吾将此地巢云松。"五老峰五峰嵯峨，长年累月凝视帆影点点，

庐山观光最佳景点之一——含鄱口

倾听鹤鸣声声，最能体味庐山的情怀和神韵。长江如带、鄱湖似镜，水光潋滟、峰色万层，宛若一尊巧夺天工的盆景。清人曹龙树赞曰："东南屏翰耸崔巍，一柄芙蓉顶上栽。四面水光随地绕，万层峰色倚天开。"

绝壁、云海、瀑布为庐山"三绝"。观赏庐山绝壁，龙首崖和石门涧最佳。龙首崖坐落在大天池西南侧，拔地千尺，悬壁峭立，可谓"天池之石斗奇骨，拔地参天皆怒立"。从观龙亭仰望，只见绝壁有如巨龙昂首，直冲云霄；俯瞰石涧峡谷，深渊百丈。素来有"匡庐绝胜"之称的石门涧，是由奇峰、怪石、飞瀑、碧潭、幽洞、秀壑连缀而成的自然胜景。峰峦削壁千仞，如剑插天尺，争雄竞秀，纵有鬼斧神工的本领，也难劈出如此惊心动魄的奇峰、奇石、奇境！

云海是庐山的一大奇景。古诗云："庐山云海景观奇，变幻无常千万姿。刚作浪涛腾汉海，又成瀑布泻天池。"庐山一年四季弥漫在云海中，那团团若絮、蓬蓬如棉的云雾，时而似烟，时而像海，时而层层叠叠，时而乱云飞渡，形态各异，变化莫测。难怪苏轼感叹："横看成岭侧成峰，远近高低各不同。不识庐山真面目，只缘身在此山中。"含鄱口是观赏云海最理想的所在。走在弯曲的山路上，不知从何处涌来的云浪，起伏着，翻腾着，簇拥着，奔跑着，一会儿缓缓飘升，一会儿飞泻而下，我们伸手去抓，只觉得它柔软、飘忽；

松开手，却又两手空空，一无所有。

"日照香炉生紫烟，遥看瀑布挂前川。飞流直下三千尺，疑是银河落九天"。李白这首绝句使庐山瀑布名扬天下。庐山瀑布集中在秀峰，那里石秀、峡秀、潭秀、林秀，瀑布更秀。最负盛名的三叠泉瀑布，上级若飘雪拖练，中级如碎玉摧冰，下级似玉龙走潭，宋人白玉蟾曾以"九层峭壁铲青空，三级鸣泉飞暮雨""寒入山谷吼千雷，派出银河轰万古"来形容它的气势。南宋时，朱熹很想一睹三叠泉的风采，但走近它，就得把极度的虔诚和汗水交给庐山，甚至把生命的脉动与庐山熔铸在一起。不知什么原因，他"此生无由得至其下"，只好请画家临摹给他。"游圣"徐霞客是个信念坚定、意志顽强的人。他名山必登，名川必访，可惜明末江山如晦，风雨飘摇，难以淡定的心不可能产生出太深的感悟。庐山瀑布虽然没有贵州的黄果树瀑布雄浑瑰丽，没有湘西的流沙瀑布细腻柔美，没有雁荡山的大龙湫瀑布落差大，但由三叠泉、石门涧、卧龙潭、碧龙潭、神龙潭、乌龙潭、黄龙潭和玉帘泉等瀑布组成的瀑布群，却最妖娆、最浪漫、最富有诗意。

庐山的山水美，是庐山奉献给中外游客的"精神盛宴"。它在理智与情感、主观与客观上，既帮助人们认识和感知山水的俊美，提高人们的审美情趣和审美创造，又以天然、真挚的本色解读人生真谛，诠释生命的意义。来到庐山，我们迷恋，我们忘情，竟有点如醉如痴，不想离开了。

二

庐山之美，美在文化。何谓文化？马克思说，文化是"自然的人化"和"人的本质力量对象化"。按照中国传统的说法，就是"以文化人"。文化是相对于自然而言的，它植根于人类创造的世界，并以旧邦维新的自信，传承文化的特质、风度和价值追求。

庐山文化是中国山水文化的缩影，文人墨客对庐山抒情写意，使"匡庐奇秀"由自然高峰跨上了人文高峰。新加坡有位学者评论："如果说，泰山的历史景观是帝王创造的，那么，庐山的历史景观则是文人创造的。"庐山的文化美，是诗化的神韵，"人化"的性灵。

作为历代文人的隐潜处，陶渊明、孟浩然、李白、杜甫、白居易、欧阳修、苏轼、黄庭坚、陆游等诗文大家，沿着司马迁攀登过的樵径，争相投入了庐山的怀抱。宋明理学的开山祖师周敦颐，也在山崖间朗笑声声，开始了他对宇宙生成论、"至诚""文静"道德论的沉思。庐山西南石耳峰下的圆通寺，据说是唐后主李煜所建。那里山碧而窕，水细而深，林茂而翠，是一个山环水绕、意幽境美的所在，唐宋八大家至少有一半到过那里。我们如果把时态归并一下，庐山实在是一个鸿儒云集、智能饱和的人文胜地。

苏轼初上庐山，虽然"发意不作诗"，但庐山用特殊的礼仪向他致敬。感动之余，他在翠环秀绕的山道上陶冶灵魂，熔铸诗情，不知不觉把感情的潮水化成了诗行："自昔怀清赏，神游杳霭间。如今不是梦，真个在庐山。"山性即吾性，水情即吾情。灵感触动着苏轼和一座名山的灵魂，营造了一种尚文爱智的氛围。他走到哪里，哪里就有文化气场，以至于后人把享受文化的时光，当成了弘扬文化的节日。

名山有鸿儒，秀水蕴群贤。庐山与名人结缘，才有人文意义；没有名人光顾，庐山山水固然在，但不会有韵味风情、文化内涵！

陶渊明以恬淡之心写庐山清辉，他所开创的田园诗风，影响了以后上千年诗坛。东晋诗人谢灵运的《登庐山绝顶望诸峤》，是我国最早描写庐山的山水诗。他的诗名虽然赶不上陶渊明，但诗人形庐山之物象，贯天地之形神，对庐山所做的诗化奠基，使庐山的文化浓度不知高出其他名山多少倍！李白曾五次游览庐山，为后人留下了十四首诗。他的《望庐山瀑布》《望庐山五老峰》《庐山遥寄卢侍御虚舟》等诗篇，不仅是中国古典诗歌中的极品，庐山也因此驰名天下。秦汉以降，一千五百多名诗文大家被庐山征服，他们创作的四千多首诗，是庐山物象在诗人心底掀起的波澜。

自古以来，"诗是无形画，画是有形诗"，诗画相融相通，犹如一对孪生姊妹。但绘画是二度空间艺术，它比之于诗歌，显然更富于形象的空间感、立体感和视觉美。东晋水墨画鼻祖顾恺之创作的《庐山图》，意味着一个美学思潮的崛起。山魂如诗，水魄似画。历代丹青大师有感而创，将独特的艺术体验以情景交融、物我皆意的境界，创造出"画中有诗"的灵动之美。五代荆浩的《匡庐图》、明朝沈周的《庐山高图》、清代石涛的《庐山观瀑图》、现代张大千的《庐山图》等画作，也尽显自然之美，尽得诗画之趣，张扬着"诗画合一"的艺术魅力。

庐山因名人愈加知名，名人因庐山佳话迭出。庐山是田园诗、山水诗和山水画的策源地，诗画大师触景生情，有感而发，赋予它独具特色的文化美和艺术美。文化，不仅是庐山的价值和精魂，更是中华儿女的精神家园。它给人的心灵以启迪，给人的精神以力量。秀甲天下的庐山，将因文化变得更俏、更美，更有内涵！

三

庐山之美，最终美在故事。故事是感染人、打动人的首要元素。寄情庐山水，固然美不胜收，但那些脍炙人口的故事，听一段就会激动三天！

我到过五岳之首的泰山，它的皇家气派尽管令人景仰，却难有关于生命的感悟；我爬过宗教圣地峨眉山、九华山、三清山、五台山……那些名山虽然清幽灵秀、圣光普照，但在其中游览探幽，总有一种虚无缥缈的神秘感。到了庐山我才明白，山水跟人一样，有了不同寻常的经历，才显得厚实深沉，富有灵性；有了以人为中心的故事，才显得神秘奇特，扣人心弦。我去过的那些山，自然风光和人文景观虽然让人如醉如痴，它们的故事却没有庐山可触可感。

庐山的故事，是远古与未来的绝响，是生命的声音、身边的感动，也是破译精神密码的钥匙；庐山的故事，最能释放超越时空的文化力量，最能抵达人心，引发游客强烈的共鸣。

比如，东晋佛学宗师慧远建东林寺，开创了中国佛教的"净土法门"，使庐山成为古代重要的宗教圣地。位于庐山天池山西麓的仙人洞，相传是唐代名道吕洞宾修炼成仙的地方。1961年，毛泽东同志题诗《七绝·为李进同志题所摄庐山仙人洞照》，使这座名不见经传的山洞名播四海。白居易在大林寺吟咏桃花："人间四月芳菲尽，山寺桃花始盛开。长恨春归无觅处，不知转入此中来。"几句俚俗式的诗造就了一处名胜——花径。南宋理学家朱熹复兴白鹿洞书院，使其成为中国古代教育和理学研究的学府，代表了宋明理学的使命和精神。

比如，地质学家李四光以庐山第四纪地质地貌为研究对象，他所开创的第四纪冰川学说，演奏出一部地质学的世纪交响乐。1934 年，植物学家胡先骕、陈封怀、秦仁昌等人在庐山创建中国第一座亚热带山地植物园，集中了三千四百种珍稀植物。嘉木奇树的秀色，展示着异域他乡的姿韵；异花珍卉的芬芳，带来了天南地北的风情。时任江西省委书记孟建柱赞叹："庐山植物园是我见到的最美丽的植物园。庐山是世界文化遗产，是一座金山，庐山植物园就是金山上的'金园'。"

比如，20 世纪初，欧美各国驻华使节和传教士借得名山避世哗，在庐山建造不同风格的别墅群。蒋介石从 1934 年起，每年暑期都到庐山办公，庐山成了国民政府的"夏都"。英国巴莉太太所建的"美庐"，因蒋介石夫妇和毛泽东同志先后住过，显得特别有纪念意义。新中国成立后，毛泽东同志三上庐山，在那里召开中央全会，从此，庐山由人文名山、宗教名山，变成了一座政治名山。

......

庐山是一座集风景、文化、宗教、教育、政治为一体的千古名山。庐山的美，归根结底美在故事。那些千古流传的故事，哪怕一个片段、一个传说，也是进入历史风情的渡口。到了庐山，当你听到古人陶渊明、谢灵运、李白、苏轼的故事，今人毛泽东、郭沫若、李四光、蒋介石、彭德怀的故事，洋人赛珍珠、李德、哈特的故事……肯定会在心底掀起波澜，甚至让你激动得食不知味、夜不能寐。这些故事不管委婉动人，还是舒畅温馨；不管振聋发聩，还是惊心动魄，其中都孕育着文化的精灵。放飞这些精灵，你更能看清庐山真面目！

其实，一个故事就是一本教科书。它引领你启迪智慧，开阔胸襟，不断加深对人生和社会的认识。故事，是庐山的精气神，也是庐山比其他名山吸引人、感动人的所在！

在庐山边走边看，边体味，隐隐中又觉得，庐山是美的化身，是最美土壤里孕育出来的文化气象。像种子发芽需要土壤一样，这种美的力量，根植于中华民族深厚的文化土壤。

最美是庐山！庐山的美让人想拥抱，想珍藏，想天人合一，想源远流长。

长城啊，长城

一

长城，东饮渤海水，西抵戈壁滩，行经十五省、四百零四县，绵延二万一千多公里，犹如横亘在祖国北方的一条巨龙。如果说，长江、黄河是中华民族的血脉，那么，长城就是炎黄子孙的脊梁。

作为古代的军事防御屏障，多元文化交流互鉴的前哨，长城不仅是中华文明的绝唱，也是人类伟大力量的象征。它宛若埃及的金字塔、罗马的斗兽场、法国的罗浮宫、印度的泰姬陵……是中华民族千年沧桑的丰碑，世界新七大奇迹之一。

长城在人们眼里，早就是军事与战争的化身。在中国古代，或出于生存危机，或出于利益分配，族群之间的争夺从来就没有停止过。有学者统计：在过去几千年间，世界上平均每两次战争爆发的间歇，最多九年。秦灭六国后，秦始皇针对北方匈奴的掠夺和滋扰，"因地形，用险制塞"，修筑了西起临洮、东到辽东的秦长城。汉朝是中国历史上修筑长城时间最长的朝代，汉武帝修筑的长城，在防御外侮的同时，也保护了新开通的丝绸之路。明朝大规模修筑长城有十八次之多，其工程之大、技术之精独一无二。我们今天所看到的，几乎都是明长城的遗迹。随着军事科技的迅猛发展，长城的军事防御功能虽然不复存在，但历史沧桑感和文化象征意义并没有褪色。走过漫长的历史，它仍然以雄健、阳刚、悲壮的魅力，展示着中华民族的智慧和创造力。

雄关存旧迹，形胜壮山河。长城是囊拾中华民族两千多年历史的百科全书，是"数不清的伟大故事形成的一部地球的历史"（美国作家威廉基尔语）。我们自东向西鸟瞰，它巍峨的身姿、磅礴的气势、绚烂的风采，就像一道雄浑壮丽的风景线，烙印在中华儿女心灵的底片上，激励我们不忘初心，艰苦奋斗，筑起中华民族复兴的伟大长城……

二

长江有源头，黄河有起点，明长城的最东端，在山海关城南的老龙头。万里长城从这里入海，也从这里翻群山、越草原、穿戈壁、跨沙漠，浩浩荡荡，逶迤西去。

老龙头呈半岛状伸入渤海，与城北的角山长城、城东的威远长城构成掎角之势，拱卫着有"边郡之咽喉，京师之保障"之称的山海关。它地势高峻，海天开阔，相传为明朝抗倭名将戚继光修筑。入海石城约高三丈，有一半在海平面以下，后来陆续坍塌，但浸于海水中的基石依稀可见。明人张时显赞曰："潮拥高墙浮蜃气，剑横绝塞闪龙文。"从远处看，入海石城宛若龙首引颈入海，弄涛舞浪，蔚为壮观。澄海楼是老龙头最高的标志性建筑，素来有"长城连海水连天，人上飞楼万尺巅"的美誉。康熙、乾隆皇帝多次登楼、观海、赋诗，澄海楼的"雄襟万里"匾额和镶嵌在楼壁上的名人卧碑、城台上刻的"天开海岳"碑，将老龙头海阔天高、山岩耸峙的形象烘托得更加动人。如果说，"日光用华从太始，天容海色本澄清"生动描绘了山海关的磅礴气势，那么，老龙头则像一组排箫，吹奏着轰轰烈烈的交响乐，让我们在21世纪凝神谛听！

清代，长城内外归于一统，老龙头失去国防防御功能，而成为帝王将相、文人墨客观海览胜的好去处。我们登上澄海楼俯身下望，入海石城吞吐海浪，激起飞涛如雪；极目远眺，海天一色，巨浪奔涌，不禁心襟大开，豪情满怀。更为奇特的是，海面上浊浪排空，海岸上风声阵阵，在澄海楼观海的游客却寂然不觉——这便是古今闻名的"海亭风静"奇观。

长城万里跨龙头，纵目凭高更上楼；大风吹日云奔合，巨浪排空雪怒浮。凭借中华民族的精神品格和文化底蕴，老龙头累聚生生不息、吐纳千年的禀赋，成了中华儿女的永久向往。我们登上入海石城，总觉得感官不够用，呼吸也有点急促。那里的每一个场面都让你惊呼,那里的每一个角落都让你留恋,那里的每一个故事都让你感叹。我们定了定被长城震撼的灵魂,再瞅瞅它山海交会的倩影,然后举起相机,调好焦距,对准了那些最丰富、最有层次感的景深……

三

位于密云古北口镇东南的古北口长城,山势险要、因险制塞,敌楼奇特、气势恢宏,在明长城中极为罕见。许多敌楼建在连鸟都飞不上去的悬崖上,假如一座座连接起来,比凌空飞舞的彩练还要壮观。

古北口自古就是边关重镇,卧虎、蟠龙两山对峙,紧锁关门,攻则难、守则易,素来有"燕京门户""京师锁钥"之称。不管是古北口感动了历史,还是历史选择了古北口,这段长城似乎与战争结下了不解之缘。每个深沟峡谷、险要山头,都建有一座敌楼,建筑形制因地势而异,有方形楼、圆形楼、扁形楼、拐角楼,也有平顶、船篷顶、穹隆顶、六角钻天顶、八角藻井顶,一楼一式,卓尔不群。有位美学家说:"敌楼已成为古北口长城最美妙的景观,它就像植物气韵生动的节,没有它,绵延万里的长城就显示不出内在的律动与节奏。如果把长城比作一件巨幅草书,敌楼就是线条流动中的顿挫。"

1691年五月,古北口总兵蔡元上奏朝廷,称他管辖的那段长城:"倾塌甚多,请行修筑。"康熙皇帝在上谕中示下:

秦筑长城以来,汉、唐、宋亦常修理,其时岂无边患?明末我太祖统大兵长驱直入,诸路瓦解,皆莫能当。可见守国之道,唯在修德安民。民心悦则邦本得,而边境自固,所谓"众志成城"者是也。如古北口、喜峰口一带,朕皆巡阅,概多损坏,今欲修之,兴工劳逸,岂能无害百姓?且长城延袤数千里,养兵几何方能分守?

清兵是靠攻破长城入关的,难道朝廷就以此为由,依靠这些砖石保卫江山社稷?如果没有长城,那牢不可破的防线又在哪里呢?康熙的见解是高瞻远瞩的，他知道，"守国之道，唯在修德安民。民心悦则邦本得，而边境自固"，这无形的长城，比什么铜墙铁壁都坚固！于是，清王朝成了中国古代基本上不大修长城的朝代。

在中国历史上，以修长城对付"野蛮人"，是冷兵器时代恪守的普世价值。但长城被"野蛮人"攻破后，也就失去了拱卫国家安全的功能。比如蒙古帝国远征四方，长城就没能阻挡住成吉思汗和忽必烈的铁蹄。1933 年，中国军队在冷口、喜峰口、古北口沿线抗击日本侵略者，书写了中国抗战史上可歌可泣的一页。1935 年 5 月，随着电影《风云儿女》的上映，由聂耳作曲、田汉填词的主题曲《义勇军进行曲》传遍全国。"把我们的血肉筑成我们新的长城"，使长城升华为万众团结一心、绝不屈服外侮的民族精神的象征。

四

八达岭长城是明长城的精华，也是目前保存最完好的古长城遗址。它让其他地段觊觎的，是热情接待了四百多位国家政要，以"以和为贵，合作共赢"，展现中华民族协和万邦的国际观、和而不同的社会观和人心和善的道德观，表达中国作为负责任大国的使命和担当。万里长城不管哪一处关隘、哪一处遗迹，恐怕都没有这样的荣耀！

八达岭长城在京城西北六十公里的延庆区境内，是军都山峰峦叠嶂中的一个山口。如果说，居庸关是古代京都的门户，那么，八达岭就是居庸关的铁锁。一旦八达岭失守，北京城就会不攻自破。正所谓"居庸之险，不在关城，而在八达岭"。八达岭长城自古就是"天下九塞"之一，顾炎武曾两度登临，赋诗称赞："雄托朔地当年大，不断秦城自古长。"

天下的名胜大都是文人"捧"起来的。中国文人对山水风物的热爱，既是一种情结，也是一种文化。诗文与名胜相映生辉，是中国文化史上一种独特的人文现象。譬如浙江绍兴的兰亭，如果没有王羲之的《兰亭集序》，兰亭溪水或许只是竹林中一道漂过酒杯的纤流；譬如南昌西北赣江东岸的滕王阁，如果没有王勃即席作《滕王阁序》，滕王阁也难免在千百年的烟尘中成为遗迹。八达岭长城有了顾炎武的眷顾，自然就多了一种情怀。如今，在八达岭水关长城西南侧中华文化名人雕塑纪念园里，安放着冰心、茅盾、叶圣陶、夏衍、田汉、徐悲鸿、郭沫若、曹禺、吴文藻九位现代文化名人的骨灰，他们使八达岭长城有了更大的文化气场和人文意义。

八达岭长城由"三台两墙"组成。所谓"三台"，就是城台、敌台、烽火台；所谓"两墙"，指的是堞墙和女儿墙。外侧的高墙叫堞墙，内侧不太高的宇墙叫女儿墙。长城墙体高八米，宽度可容五匹马并骑。砌城墙的砖，历经风雨沧桑，早已凝固成历史的标本、岁月的陶片和扑朔迷离的故事。

我们坐电缆车登上长城，倚着垛口远眺，立马有一种醍醐灌顶般的启悟。八达岭长城太古老了，随便一块砖，少说也有五百年。世间万物，都会无可奈何地老去，老就老吧，不老，哪来的沧桑感和神秘感呢？

在中国古代，八达岭长城是抵御外侮的屏障，它所演绎的，表面上是刀光剑影、烽火狼烟，但归根结底是文化。建筑是时代的语言，也是时代的精神。什么样的时代，就会产生什么样的建筑文化。八达岭长城代表着农耕文明与游牧文明的"隔墙对话"，他们的对峙和结亲，冲突和交融，正是中华传统文化的主题。

印度诗人泰戈尔说："古老的种子，它生命的胚芽蕴藏于内部，只是需要在新时代的土壤里播种。"天地万物承载着蓬勃的生命，这生命最值得品味和欣赏。人们从中体验人与万物的境界，就能获得精神的愉悦。长城具有的精神性和神圣性，是山水景观的最终价值。让历史遗存与当代生活共融，与人文内涵共生，长城文化就有了历史温度和蓬勃生机。

五

"三关冲要无双地，九塞尊崇第一关"。坐落在恒山西端余脉的雁门关，是北方游牧民族进犯中原的重要通道，也是战国以降风云激荡的戍守要地。它与宁武关、偏关合称为"外三关"。

天下九塞中，能够延续秦汉以后边塞的，只有雁门关和居庸关。雁门关依山傍险，傲然屹立在群峰之中，历来是兵家必争之地。雄关建东、西两座城门，巨砖叠砌，过雁穿云；古长城与诸峰连在一起，山上烽火台星罗棋布，城楼、城墙、亭墩守望相助。在险要地段，还建有堡寨、壕沟和暗门，东西两端分别向北延伸，最后与长城连接。唐代诗人李贺的《雁门太守行》，曾这样描写雁门关的气势：

> 黑云压城城欲摧，甲光向日金鳞开。
> 角声满天秋色里，塞上燕脂凝夜紫。
> 半卷红旗临易水，霜重鼓寒声不起。
> 报君黄金台上意，提携玉龙为君死。

李贺是中国诗歌史上有名的"鬼才"，他的诗极力在事物的色彩和情态上着墨，用浓艳辞藻表现战争的悲壮，构成了一幅幅色彩斑斓的画面。雁门关山势陡峭，中间有条山路蜿蜒曲折，直达关城。路边流动着奇丽的山石，山石间掩映着簇簇林木，造物主把大自然的美集中到这里，让溪涧、瀑布、虫鸣……各显神通，自享其乐。

我们原以为，雁门关长城最鲜明的特征是腥风血雨，人们尽可以在悲壮凄怆的气氛中，体验北方游牧民族和中原农耕民族的战争与融合。但在这里感触最深的，却是雁门关的古老、雄伟和壮烈。早在战国时期，名将李牧就在此镇守边关；到了秦朝，大将蒙恬在此修长城驱匈奴；汉代，名将卫青、霍去病驰骋塞外，大败匈奴，"飞将军"李广"不教胡马度阴山"；北宋，杨家将镇守三关保家卫国……如今，昔日的古战场已被荒草湮没，但将士们的军魂却嵌入了这片黄土地。在距雁门关不远的广武村北，有座广武汉墓群，埋葬着汉代在此战死的二百八十八位将士。也许，史书上压根儿就没有他们的名字，但他们个个是民族魂，是中华民族史诗中最磅礴的音符。

平型关西连雁门关，东接紫荆关，是晋西北一座著名的军事要塞。抗日战争时期，八路军一一五师在此伏击日军，激战三小时，击毙日寇一千余人，击毁汽车一百多辆，缴获机枪二十挺、步枪一千支。平型关大捷是八路军挥师抗日战场的首战大捷，是全民族同仇敌忾、浴血奋战的集体记忆，它永远存盘在中华儿女的血脉之中。

历史是最好的教科书。回眸中国人民与日本法西斯殊死战斗的烽火岁月，革命先烈用生命的陨灭见证生命的意义，捍卫生命的尊严，就像一枚精神的种子，把中华民族所经受的苦难和坚韧，全都化成了不灭的基因。我们只要盘点一下岁月的收藏，生命中的不朽和永恒，都是历史留下的脚印。

六

嘉峪关是长城巨龙的龙尾，明清长城最西端的军事要塞，与万里之外的"天下第一关"——山海关遥相呼应，闻名天下。

嘉峪关由内城、外城、城壕三道防线组成，城外有城，迭门重城，成并守之势。嘉峪关与长城连为一体，城台、墩台、堡城星罗棋布，形成了五里一燧、十里一墩、三十里一堡的军事防御体系。

道光二十二年（1842 年）六月，林则徐因禁烟获罪，被贬谪新疆。途经嘉峪关时，他登临怀古，挥笔写下《出嘉峪关感赋》："严关百尺界天西，万里征人驻马蹄。飞阁遥连秦树直，缭垣斜压陇云低。天山巉削摩肩立，瀚海苍茫入望迷。谁道崤函千古险，回看只见一丸泥。"这首七律叙事抒情，写景达意，激情赞美嘉峪关的雄伟险固，表达了林公以身许国、抗敌御侮的政治抱负。

嘉峪关长城最激动人心的地方是关城。"除是卢龙山海险，东南谁比此关雄"。嘉峪关长城以关城为中心，众星捧月，累聚成了一个吐纳百代的生命。

嘉峪关向南七公里有个墩台，它是明长城最西端的起点，被称为"天下第一险墩"。戈壁风光与西北风情在那里争春，长城文化与丝绸文化在那里融合，历史和现实在那里挥洒神韵。我们在对墩台的追忆中，浮起了一丝丝历史沧桑感。

嘉峪关西北的石关峡，分布着战国时期的一百五十余幅岩画。它是中国历史上最悠久的摩崖浅石刻画。岩画内容丰富，题材广泛，有动物、狩猎、舞蹈、操练、庙宇、古文字等，对于研究西北地区的民族、宗教、生态、环境，具有十分重要的价值。我们刚看了几幅，就有点陶醉了。不管谁听说这处胜迹，都会赶来饱览它的风采。

由嘉峪关东行十八公里，是"果园——新城魏晋墓群"。那里的千余座古墓，出土了六百六十余幅彩绘砖壁画。那些壁画真实描绘了河西走廊的政治、经济、文化、军事诸方面的情景，填补了魏晋南北朝绘画艺术之空白。它所汇聚的艺术美，看多少遍都不会生厌！

夕阳西下，朔风凛冽，验证过嘉峪关长城的羌笛和胡笳，也验证着一代代人生的壮美。我们忽然觉得，一切都那么遥远，那么悲壮，那么撼人心魄。在嘉峪关长城追寻文化的原乡，雄浑苍劲的气氛鼓荡胸襟，势可吞天！

七

我们从山海关一路向西，漫长的旅程犹如一条曲线，划过高山、划过丘陵、划过戈壁、划过绿洲，最后抵达西北重镇嘉峪关。站远了看，中华民族用人力修建的万里屏障，为我们生存的星球留下了人类意志力的骄傲；走近了瞧，万里长城的每一块砖、每一抔土，都蕴含着对生命、对灵魂的终极关怀，流淌着信仰的笃定、精神的健硕、文化的自信。

文化沉淀的是历史，我们务必重视长城的血脉延续和基因传承；长城是中华儿女创造的奇迹，我们与长城行稳致远，梦想将引领新的抵达！

其实，长城并非是中国独有的国防工程，从亚欧大陆最东端的朝鲜半岛，到印度、伊朗、俄罗斯南部、东南欧、德国、英国，都雄心勃勃地修筑过长城。出现在世界文化遗产榜单上的德国长城，和中国万里长城的作用有点相似；逶迤在英格兰北部的哈德良长城，是大不列颠最引人入胜的景观之一。如今，不列颠岛与河西走廊，已经成为"一带一路"的这一头和那一头。曾经视对方为世界尽头的彼此，经过跨文明握手，也近如邻里。绵延不绝的城墙和烽燧，卸下战甲，侧耳倾听，期待着更加昂扬的旋律。我们相信，它再次唱响的，是全人类携手前行的祝福，而不是刀光剑影的悲壮。

常忆峨眉山

一

"我在巴东三峡时，西看明月忆峨眉""两川风景世间少，令人常忆峨眉山""相似只有峨眉月，夜夜流光远照君"……峨眉山以雄、秀、神、奇为特色的自然景观，不但让李白、解缙、张宣训常思常忆，而且唤起无数文化名人和游客的情思，召唤他们不远万里来探幽览胜。不消说，峨眉山如画如诗、秀绝天下的风景令人陶醉，就连那山名"峨眉"，也有让人琢磨不透、品味不够的内涵。

峨眉山雄踞四川盆地东南，与昆仑山一脉相承，山体南北绵延二十多公里。《水经注》记载："从成都远眺大峨、二峨，两山相对而立，细长俊美，好像美女的两道弯弯蛾眉。"——峨眉山由此而得名。

峨眉山与五台山、普陀山、九华山并称中国"四大佛教名山"。那里一山有四季，十里不同天，"金顶祥光""洪椿晓雨""灵岩叠翠""圣积晚钟"等景观，无不展示着佛教圣地的文化魅力。偕妻女游览峨眉山，每一丝空气里都弥漫着梵音。我们还没登山，就像置身在虚无缥缈的禅境中了。

二

开元九年（721年），李白初登峨眉山，但见群峰叠嶂、陡峭险峻，云烟缥缈、秀丽无俦，霎时被天下绝伦的美景迷住了。他喜不自胜赋诗一首："蜀国多仙山，峨眉邈难匹。周流试登览，绝怪安可悉？青冥倚天开，彩错疑画出。泠然紫霞赏，果得锦囊术。云间吟琼箫，石上弄宝瑟。平生有微尚，欢笑自此毕。烟容如在颜，尘累忽相失。倘逢骑羊子，携手凌白日。"这首五言古风，以洒脱不羁的气质、傲世独立的品格、火山般爆发的情感，极写峨眉山的雄奇无匹和秀色无双，抒发了诗人探幽访胜、好道求仙的情怀。一千三百年过去了，峨眉山青山依旧，绿水依旧，诗人在山水间留下的《登峨眉山》，直到今天还让人陶醉。

峨眉山报国寺

　　沿着李白当年登山的路，我们来到峨眉第一寺——报国寺。这座古寺建于万历初年，寺名却源自康熙御题的"报国寺"匾额。整座寺庙由山门、弥勒殿、大雄殿、七佛殿、普贤殿、藏经楼组成，从前向后沿中轴线步步升高。山门有副楹联颇耐人寻味：

　　见了便做，做了便放下，了了有何不了；
　　慧生于觉，觉生于自在，生生还是无生。

　　我很喜欢这副楹联，特抄录于此，与读者共赏析。
　　报国寺祀奉着普贤菩萨、广成子和楚狂接舆，浓缩了中国百姓信奉的佛、道、儒三教。这和耶路撒冷有点相似，不用组织，不用命令，犹太教、基督教、伊斯兰教就集合在那里，成为三大亚伯拉罕教的信仰源流和共同圣城。而报国寺，由于康熙御题寺名，则演变成了专祀普贤的佛教寺庙。

相传，普贤与文殊同为释迦牟尼的胁侍。文殊表"智"，普贤表"德"，普贤广修十种行愿，因而享有"大行普贤"的尊号。报国寺依山而建，黛瓦红墙长年掩映在苍林古楠中。峨眉山被尊为普贤菩萨的道场后，全山由道改佛，成了中国乃至全世界影响深远的佛教圣地。

我们走进圣积晚钟亭，亭内有口铜钟格外引人注目。这口铜钟高三米，重五千斤，钟身刻满了佛经、佛偈、铭文和洪钟疏。只要撞击一下，洪亮的声音就能在旷野回荡一分多钟，夜深人静时，二十里外的金顶都能听到。史籍记载，铜钟为明代别传禅师化缘所铸。当时铸造了三口，这是最大的一口，其他两口分别安放在华藏寺和万年寺。

走出圣积晚钟亭，远望山腰岩壑林泉，峰峦逶迤；山顶烟云氤氲，虚无缥缈；路旁古树参天，绿拥翠绕，真个是佛国仙山的造化。沉浸于丹霞翠霭，陶醉在云山雾海，仿佛心与天合，魂游太虚。脚下那条由条石铺成的路，不知何时已被露水打湿，看上去光亮亮，踩上去滑溜溜。四周松柏森郁，碧色连天，那些叫不上名字的小花，或含苞，或吐蕊，或怒放，不等走近，我们就被馥郁的芳香迷住了，让人生出一种"碧树千重眉鬓绿，烟色万朵绕琼楼"的情趣。

古人说，石者，天地之骨也；水者，天地之血也。在峨眉山，满山遍野的石头、奔泻不息的溪流，遮天蔽日的古树，在我们眼里都是美的——美得原始，美的苍茫，美得壮观，美得刚毅……它们只要和游客互动，立马就有了生气和灵性。

三

峨眉山现有三十来座寺院，或巧构于溪涧之畔，或飞架于山峰崖间，或闲卧于白云之上，或隐匿于密林之中，依山就势，与山水相融，处处映现着佛家的法则。

顺左路穿过伏虎寺，我们来到了清音阁。建在大象鼻梁上的清音阁，凌空高耸，居高临下。紧挨着峡谷的生心岭，峡头下垂，犹如插入绝壁的象鼻子。象鼻尽头，立着一块状如牛心的"牛心石"，不舍昼夜看"二龙戏珠"，听"双桥清音"，感叹人间无他物能够胜之。

缘木寻葛，我们登上了洪椿坪。那里是典型的亚热带常绿阔叶林，主要树种有黄心、夜合、润楠、黑壳楠、红回香等。最有名的是洪椿古树，据考证，这树至少有一千年了。峨眉十景之一的"洪椿晓雨"，是最迷人的一处胜景——周围林木森森，藤萝幔垂，翠霭缥缈，云烟万态，润衣而不湿，沁心而不寒，在此沐浴身心，既可浣濯你的疲惫，亦能涤净你的烦恼。

我们坐在洪椿坪小憩，有个山民左手拿根木棍，右手托一灵猴，招徕游客与猴子合影。灵猴是峨眉山的精灵，当地人叫"山儿"。生态猴区位于清音阁、一线天至洪椿坪之间，灵猴顽皮、滑稽又通人性，跟人嬉戏、合影，给游客带来了不少乐趣。

乘缆车抵达万年寺，我们的眼界再次大开。

万年寺山门前有个水池，相传是李白与广浚和尚弹琴酬诗的地方。水池里的青蛙经常听大师切磋琴艺，久而久之，也能无师自通"弹"出悠扬的琴声。后来，人们便把水池称作"弹琴蛙"。我读《李太白全集》，记得其中有首《听蜀僧濬弹琴》，诗曰：

蜀僧抱绿绮，西下峨眉峰。
为我一挥手，如听万壑松。
客心洗流水，余响入霜钟。
不觉碧山暮，秋云暗几重。

这首五律明快畅达，如行云流水，在赞美美妙琴声的同时，寓有知音的感慨和难舍的乡愁。乾隆御选的《唐宋诗醇》称赞此诗："累累如贯珠，冷冷如口玉，斯为雅奏清音。"我和女儿凭诗念古，竟感到萧散清醇、幽雅浑朴，有种余音绕梁的错觉。

位居峨眉六大古寺之首的万年寺，是普贤讲经说法的场所。晋代称"普贤寺"，唐代名"白水寺"，宋代改"白水普贤寺"，明代以来为"圣寿万年寺"。走进寺内，别无仅有的"无梁殿"让人唏嘘不已。它融合了印度、缅甸和中国寺庙的建筑风格，全殿砖砌圆顶方形，寓意"天圆地方"。殿内供奉的普贤铜像，堪称峨眉山一绝。史料介绍，这尊铜像铸于太平兴国五年（980年），至今已有一千一百年的历史了。普贤头戴五佛金冠，身披袈裟，手持如意，所骑的六牙白象,粗鼻长垂、象牙微翘,四脚分立于莲花盆中,显示着佛国的圣洁与尊严。大雄宝殿有"三身"铜佛像,"三身"亦称"三佛",即释迦牟尼的法身、报身和化身。

心是人类的本源。有心,人便有慧、念、恩、怨、慈、悲、愁、怒、忍、慰;有心,人便有情、思、怜、悟、愧、怯、惧、悔、恨、恋……佛教以修心为上,而人的心灵,更期待大千世界召唤。我们在万年寺烧了一炷香,似乎觉得,有点大彻大悟了。

四

金顶是普贤菩萨最亮眼的示相之地,站在那里北眺百里平川,如铺锦绣,岷江、青衣江、大渡河蜿蜒奔腾;西瞰皑皑雪峰,瓦屋山、贡嘎山连绵起伏。天高云淡,万象排空,心与天和,如临仙境。在那里,不仅可烧香敬佛,流连于禅的世界,还能领略峨眉山的四大奇观:日出、云海、佛光、神灯。

金顶的黎明是令人憧憬的。东方墨紫黑紫,天地一色,渐渐地,天幕吐出一点紫红,慢慢变成了注弧、半圆,橘红、金红,然后纵身一跃,一轮红日拱出天边。随着旭日东升,朝霞喷薄,为峨眉山披上一件大氅,天上地下全都变成了金色的世界。

那天登金顶还算幸运,只见云海宛若绒毯铺在地平线上,一会儿似天马行空,一会儿如雪球滚地。地平线上是云,天空中也是云,人在云海中,有种飘然欲仙的感觉。山风乍起,云海飘散,群峰变成了一个个小岛;倏尔云海汇聚,重峦叠嶂被掩映得无影无踪。南宋诗人范成大感叹:"明朝银界混一白,咫尺眩转寒凌竞。天容野色倏开闭,惨淡变化愁仙灵。"

佛光又称峨眉宝光,佛家说是普贤眉宇间放射的光芒,实际上,是阳光洞穿云雾时衍射的浮光。夏天或初冬的午后,摄身岩下的云层幻化出七色光环,中央虚明如镜,观者背向阳光,有时会发现光环中自己的身影,举手投脚,影皆随形。奇怪的是,几百人同时同址观看,观者也只见己影,不见他人。

金顶无月的黑夜,摄身岩下有时会看见一光如萤。"细雨湿不灭,好风吹更明"——这就是闻名世界的"圣灯"。万盏明灯朝普贤。可惜我们下午下山了,

作者登上峨眉山金顶

不知道晚上是否有圣灯漂浮？

华藏寺依山势而建，殿门有赵朴初、本焕、明旸等大师题写的匾额，两侧是香港宝莲寺法师的对联："华藏长子，七处九会，辅助毗卢阐大教；金顶真人，四方八面，来朝遍吉出迷津。"华藏寺有座铜殿建在金顶最高处，屋顶檐瓦镏金，在阳光下迢耀百里。铜殿内置普贤骑象铜像，两旁陈列着二十四尊铜佛，规模仅次于万年寺。铜殿外立有铜塔、铜碑，有趣的是，一般寺庙的大门都朝南开，唯独这座铜殿坐东朝西。

金顶耸立的普贤圣像，是世界上海拔最高的佛像。普贤神态各异的十个头像，代表了世人的十种心态。金光耀眼的佛像威慑着每一位游客，让人不由心生敬畏。绕佛三匝，女儿问我，什么是佛？我说，众生皆有佛性，一悟即至佛地。佛是心的原态，是平实、淡定、安详、豁达的心境。女儿理解，佛是宗教，是哲学思考、人生参悟。心中有佛，人就和谐、平安、快乐。

由此看来，人是要有一点信仰的。高扬信仰的旗帜，挺直信念的脊梁，信不信佛都无关紧要。

五

走在下山的路上，我和女儿继续讨论：佛教这种纯然陌生的异国文化，为何能在两汉之际，穿越喜马拉雅山，传入文化背景不同、自身文化超浓度的中国，并被民众广泛接受？

余秋雨先生分析，这一文化奇迹源于中华文化存在方式的乏力。佛教的魅力，在于对人生的集中关注和深入剖析，聚集人间生、老、病、死，探究摆脱苦难的道路；在于立论的痛快和透彻，抱持慈、悲、喜、舍之心，引领众生摆脱轮回，涅槃重生；在于切实的参与规则，以教规戒律增强佛教的吸引力；在于强大而感人的弘法团队，以高尚品德和洁净生活为佛教徒做出表率。

佛教的根本宗旨，是摆脱人生之“苦”，追求永恒之“乐”。这种追求渗透到国民的生命内层，恰到好处地补充着中华文化的先天不足，成为佛教与儒、道文化融合发展的契机和基础。任何一种文化的选择，都离不开民族和时代的土壤。文化的交融互鉴，为中华文化注入了新的生命力，让佛教成了中国人也能听得懂的语言。我们到峨眉山旅游，不仅看秀甲天下的自然景观，更重要的，是寻找佛教溶入中华文化的理由，看传统文化怎样在禅意佛境中展示自觉和自信。

直到这时我们才理解，李白、杜甫、苏轼、陆游、范成大、解缙等文人墨客，为何对峨眉山情有独钟，常思常忆？那是因为，峨眉山存在于历史文化之中，那里有中华民族的趣味，也有中华民族的“根”和“魂”。

开元十三年（725 年），李白沿三峡出蜀。他站在船头，眺望半轮明月从峨眉吐出，月影映入江水，又随江水漂去，乡愁禅意尾随他，万般情思入诗来：“峨眉山月半轮秋，影入平羌江水流。夜发清溪向三峡，思君不见下渝州。”诗人“以青山吐月”的意境贯穿诗境，无处不渗透着他的离愁别绪和江行体验，使“峨眉山月”这一艺术形象，不仅成为诗情的触媒，而且有了丰富的文化意义。

由是，《峨眉山月歌》堂而皇之地把游客带进禅境。峨眉山有着宽广的包容性和坚忍的生命力，在年复一年的云淡风轻间，完成了与自然的对话，实现了与文化的融合。

三峡诗韵

长江，从雪山走来，向大海奔去。一路穿山越谷，浩浩荡荡，激情融合大自然的鬼斧神工，把所有的力量都凝聚在了三峡。瞿塘峡的雄奇，巫峡的峥嵘，西陵峡的险峻，搭起了一道看不够、赏不尽的山水画廊。

三峡既是长江风光的标志性河段，也是长江文明的华彩乐章。一山一水，一景一物，无不风情万种，钟灵妙秀，流淌着中华民族五千年的诗韵。

三峡的美是无与伦比的。它美在巧夺天工，美在天人合一，美在气韵天成，美在人文荟萃。山之光，水之色，交相辉映，蔚为壮观，自有一种撼人心魄的魅力。

三峡因长江而驰名，长江因三峡而骄傲。

一

轮船从重庆起航，天亮时到了夔门。夔门是三峡的西大门，瞿塘峡的入口处，白盐山耸峙江南，赤甲山巍峨江北，夹江对峙，如门半开，素有"夔门天下雄"之称。这段峡谷虽然在三峡中最短、最狭、最险，却镇全川之水，扼巴渝咽喉，有"西控巴渝收万壑，东连荆楚压群山"的气势。

长江进入瞿塘峡，水流湍急，惊涛拍岸，硬是从巫山劈出了一条水路。我们站在船头，只见山似拔地来，峰若刺天去，千丈峰峦，上悬下陡，夹江峭壁，如刀削斧砍。宽不足百米的峡面，把长江紧束得如同一条壑沟，谷深峡窄，云天一线，两岸亲密得几近"握手"。古人赞叹："两山夹抱如门阃，一穴大风从中出。""白盐赤甲天下雄，拔地突兀摩苍穹。"清人何明礼有首诗写得颇为传神："夔门通一线，怪石插横流。峰与天关接，舟从地窟行。"

位于瞿塘峡北岸的白帝城，是观赏"夔门天下雄"的绝佳之处。公元 725年春，"诗仙"李白乘舟出川，把诗从峨眉山带进了三峡。诗人边走边唱，三峡成了他生命的便道，诗流的河床。

朝辞白帝彩云间，千里江陵一日还。
两岸猿声啼不住，轻舟已过万重山。

我们吟诵着李白的《早发白帝城》长大，美的遐想也在这首诗的传唱中生发。李白告别白帝城，不管漫游到哪里，都有被山川召唤的激动。他把满脑子的诗句刻在山水间，不但树起了一个时代的标识，而且推动了唐代文学的审美大爆发。台湾已故诗人余光中《寻李白》诗云：

酒放豪肠，七分酿成了月光
余下的三分啸成剑气
绣口一吐就半个盛唐
从开元到天宝，从洛阳到咸阳
冠盖满途车骑的嚣闹
不及千年后你的一首
水晶绝句轻叩我额头
当地一弹挑起的回音
……

这首诗妙思巧构、想象奇特，有叙有议、感情浓烈，在淋漓尽致的倾诉中，表现了李白不凡的气度、飘逸的个性和洒脱的情怀，我们一直把它看作当代中国诗坛的绝唱。

白帝城是座历史悠久的文化古城，杜甫在那里客居了两年。诗人登高远眺，看大江呼啸东去，以沉雄的旋律抒发心中的忧患："风急天高猿啸哀，渚清沙白鸟飞回。无边落木萧萧下，不尽长江滚滚来。万里悲秋常作客，百年多病独登台。艰难苦恨繁霜鬓，潦倒新停浊酒杯。"《登高》这首诗，极力展现诗人"苍凉中见悲壮，惨淡中见热忱"的情怀。清代诗论家杨伦称赞它："浑然一气，古今独步，当为杜诗七言律第一。"

三峡的西大门——夔门

今天，我们来到白帝城，仰望巍巍夔门，放眼大江东去，情不自禁吟诵起杜甫的诗篇。诗人在白帝城写了四百多首诗，几乎占他全部诗作的三分之一。那里的一山一水、一草一木，都被"诗圣"咏叹过，我们即使在江边站一站，也能悟到诗的精灵，感受到诗的韵律。

轮船如离弦之箭，急切切行完八公里水程，给游客留下了"瞿塘嘈嘈急如弦，洄流溯逆将复船"的震撼。我们扭头回望，全景式的夔门雄姿展现在眼前。这里是拍照留影的最佳角度，游客们用镜头对准临江石壁上"巍哉夔门"四个大字，清人张问陶那首《瞿塘峡》，倏地"蹦"出了脑海："峡雨蒙蒙竟日闲，扁舟真落画图间。便将万管玲珑笔，难写瞿塘两岸山。"

二

"瞿塘逶迤尽，巫峡峥嵘起"。巫峡两岸峰峦挺秀、峭壁屏列，以幽深秀丽擅奇天下。船行其间，时而苍崖相逼，山塞疑无路，忽又峰回水转，湾回别有天。这哪里是游览巫峡？分明是在诗情画意中放归自然！

巫山云雨是三峡最奇妙的自然景观。峡谷内细雨蒙蒙，飘飘洒洒，与云雾相互交融，编织出一个如梦似幻的世界。江雾或缠绕于山腰，或漂浮在江面，行行止止，扑朔迷离，看上去就像少女的裙裾。轮船疾驶，微风轻拂，"裙裾"随风飘舞起来，于是，雾中的山跟着舞，树跟着舞，牛群、羊群也跟着舞。就连屈原、宋玉、孟浩然、李白、杜甫、白居易、苏轼、陆游等文化名人，也激动地抒怀唱志，或歌或赋，吟出了"朝云暮雨浑虚语，一夜猿啼明月中""巫山暮足沾花雨，陇水春多逆浪风"等传世佳句。更有元稹借巫山云雨感悟爱情，一首"曾经沧海难为水，除却巫山不是云。取次花丛懒回顾，半缘修道半缘君"，使巫山云雨成了天下云雨之冠。

巫峡处处有景，景景相连，随便一处景色，都有意想不到的峥嵘。久负盛名的十二峰坐落在巫山县东部的长江两岸，江北依次为登龙峰、圣泉峰、朝云峰、神女峰、松峦峰、集仙峰，江南净坛峰、起云峰和上升峰隐于山后，只有飞凤峰、翠屏峰、聚鹤峰可领略其雄姿。据中国最早的女仙传记《墉城集仙录》记载，西王母的幼女瑶姬偕众姐妹出东海，过巫山，见洪水肆虐，遂"助禹斩石、疏波、决塞、导厄，以循其流"。水患既平，姐妹们不愿回宫，便化作十二座峰峦，屹立两岸，为民祈福。

神女峰宛若亭亭玉立的仙女，飘然突兀于群峰之巅，每天第一个迎来旭日，最后一个送走晚霞。李商隐望着巫山神女的绰约风姿，似乎感到，冰冷的石头也有了生命。"巫峡迢迢旧楚宫，至今云雨暗丹枫。微生尽恋人间乐，只在襄王忆梦中"。他随口吟唱的《过楚宫》，表达了诗人对巫山神女的遐思和神往。陆龟蒙的《过巫峡》："巫峡七百里，巫山十二重。年年自云雨，环佩竟谁逢。"则幻想与神女年年相逢，共话桑麻！

古人云："行到巫山必有诗。"诗是最具中国特色的情感表达方式，蕴含着中华民族五千年的文化情怀。我们放声吟诵，不仅能读出诗人的审美感受和情感变化，更能读出中国人的价值、智慧和神韵，获得一种兴发感动的力量。巫山十二峰群峰竞秀，峡深水险，云锁雾罩，似烟非烟。古人叹曰，"放舟下巫峡，心在十二峰""巫山十二峰，皆在碧虚中"。更有甚者，有人将十二峰的名字连串起来，编缀成诗："曾步净坛访集仙，朝云深出起云连；上升峰顶望霞远，月照翠屏聚鹤还。才睹登龙腾汉宇，遥望飞凤弄晴川；两岸不住松峦啸，断是呼朋饮圣泉。"每一座山峰都洋溢的诗意，架构起中华民族的心灵空间，我们只要瞅上一眼，就会不由自主沉醉其间。

轮船随着山势，左一弯，右一折，出峡复入峡，拐进了巫山小三峡。小三峡由大宁河下游流经巫山的龙门峡、巴雾峡、滴翠峡组成，山奇雄、水奇清、峰奇秀、滩奇险、景奇幽、石奇美，被人们誉为"天下奇峡"。小三峡险峰异壑，竹木葱茏，瀑布凌空，云雾缭绕，群猴攀缘，百鸟戏水，饶有山野之趣和对诗意远方的向往。迷幻千古的巴人悬棺、船棺、古寨，令人费解的古栈道石孔，都是弥足珍贵的人文遗迹。这原始、古朴的自然景观就像一个谜，真说不清其中蕴含着多少奥妙！

游览小三峡，仿佛徜徉在神奇的山水宝殿里，不是三峡，胜似三峡！

在祖国的山水家族中，巫峡的幽深秀丽最令人迷恋。要不，文人墨客能把林林总总的诗灌满峡谷！巫峡是历代诗人留诗最多的峡谷，就连唐代才女薛涛也带着《谒巫山庙》，加入了巫峡诗词大合唱：

乱猿啼处访高唐，路入烟霞草木香。
山色未能忘宋玉，水声犹是哭襄王。
朝朝夜夜阳台下，为雨为云楚国亡。
惆怅庙前多少柳，春来空斗画眉长。

过巫峡留下诗词的女诗人，古代只有薛涛一人。一首诗使她声名鹊起，也使三峡因名人效应有了更大的气场！

三

轮船驶出巫峡，进入湖北秭归。那里是楚王熊绎的始封之地，也是爱国诗人屈原的故乡。南宋时，陆游站在西陵峡入口，隔江凭吊屈原，曾经发出这样的感叹："江上荒城猿鸟悲，隔江便是屈原祠。一千五百年前事，唯有滩声似旧时。"西陵峡的风涛，铸就了屈原忧国忧民"虽九死其犹未悔"的诗魂。时隔八百多年，陆游的感叹伴随着滚滚江涛，仍在我们心中轰鸣。

古人云："名峡荟萃聚西陵，西陵山水天下佳。"西陵峡青峰夹江壁立，峻岭悬崖横空，以滩险、流急、峡长、山奇著称。1961 年，郭沫若先生重游三峡，高度概括了西陵峡的胜景："秭归胜迹溯源长，峡到西陵气混茫。屈子衣冠犹有冢，明妃脂粉尚流香。兵书宝剑存形似，马肺牛肝说寇狂。三斗坪前今日过，他年水坝起高墙。唐僧师弟立山头，灯影联翩猪与猴。峡尽天开朝日出，山平水阔大城浮。已归东土清凉界，应惩西天火焰游。五十年来天地改，浑如一梦下荆州。"

轮船左冲右突，颠簸到了王昭君的故乡香溪。从那里顺流而下，峡中有峡，滩中有滩，滩滩都是"鬼见愁"。当年苏轼过青滩，"未至已先惊"。其实，青滩、泄滩不算滩，崆岭才是鬼门关。崆岭峡大珠、头珠、二珠、三珠峭立，猴子石、帐篷石暗礁交错，航道狭窄，江流湍急，不知有多少航船惨遭厄运，有多少生灵葬身江底！

西陵人坚忍不拔，不屈不挠，始终把挑战命运当成一种常态。他们风里雨里走天涯，脚蹬石头手扒沙，一步一鞭一把泪，当牛做马把船拉。那"哟嗬，哟嗬嘿……"的号子声，对于纤夫们来说，是精神寄托，也是对未来的呼唤。纤夫们将生活的艰辛汇入峡谷，江水一半是他们的汗，一半是他们的泪。长江号子唱了几千年，"哟嗬，哟嗬嘿"的应和声，是西陵峡最悠远、最深刻的记忆。

如今，三峡工程已经实现了截流，崆岭滩、鬼见愁、鬼门关全都变成了历史遗迹。船行那里，江水因上涨少了曾经的火爆，却多了近观的从容。船比路高，城在水下，虽然"极目楚天舒"，但我们耳畔依然回荡着纤夫们的号子声。

宜昌上控巴水，下厄荆襄，是西陵峡的终点。那里风光旖旎，有三游洞、桃花村、黄陵庙、三国古战场、三峡人家等名胜古迹。三游洞山水秀丽，景色绝美，因白居易与白行简、元稹同游古洞并赋诗作序而得名。景祐三年（1036年），"诗文宗祖"欧阳修被贬此地，他浪迹山水，探幽览胜，三峡涛声是他的诗行。欧阳公泊船三江赏夜景，随口吟出千古佳句："万树苍烟三峡暗，满川明月一猿哀。"他游蛤蟆碚泉，笔底涌动着明艳的风物："石溜吐阴崖，泉声满空谷。""共约试春芽，枪旗几时绿？"他游三游洞，又留下题刻："仙境难寻复易迷，山回路转几人知？惟应洞口春花落，流出岩前百丈溪。"后来，苏洵、苏轼、苏辙父子也来游洞，分别题诗于洞壁之上。"惟有山川为胜绝，寄人堪作画图夸"。被耻称为"荆蛮之地"的夷陵（宜昌古称夷陵），因欧阳修和"三苏"的生花妙笔，变成了驰名中外的人文胜地。

西陵峡是一个巨大的文化宝库，珍藏着中华民族几千年的文化积淀。那些源远流长的诗歌遗产，培育我们的审美感受，模塑我们的艺术趣味，陶冶我们的生命情操，已经成为一种美的浸润，一种文化的传承。

三峡工程蓄水后，三峡人家依旧保留着西陵峡的原始风貌和自然生态。石（灯影石、石令牌）、瀑（黄龙瀑、琴鹰瀑）、洞（灯影洞）、泉（天下第四泉）组合成山的伟岸、水的柔媚、洞的神奇、瀑的壮丽、石的气质，集中展示了大自然的洪荒之美、苍凉之美、阴柔之美和雄浑之美。

在那里感受巴风楚韵，我们三夜难眠；在那里经受精神洗礼，我们陶醉一生！

四

巴东三峡尽，旷望九江开。

楚塞云中出，荆门水上来。

鱼龙潜啸雨，凫雁动成雷。

南国秋风晚，客思几悠哉。

唐人胡皓这首五律，融写景、叙事、抒情、议论为一炉，展现了长江出峡时的柔情。送尽奇峰双眼豁，江天空阔下荆楚。三峡犹如一部气势磅礴的交响乐，短短一百九十公里，雄风日夜唱高歌，从古到今唱不尽！

山，是三峡的骨架；水，是三峡的血脉。长江有了三峡，不仅有了富足和美丽，而且接通了没有终点的山水。长江是中华民族的母亲河，也是"地球村"全体村民的家园。关注长江健康，"为河流让出空间"，三峡这部交响乐将奏出更加雄浑的乐章。

三峡，你说对吗？

江南诗山

地处皖东南、毗邻苏浙沪的安徽宣城，是长三角由沿海向内地梯度西移的过渡带。坐落在宣城北郊的敬亭山，虽说海拔不过三百二十四米，却因南齐诗人谢朓的一首诗声名鹊起。

谢朓是"继汉开唐"的山水诗人，他任宣城太守时所作的《游敬亭山》，不仅让李白"一生低首谢宣城"，杜甫"谢朓每诗篇堪诵"，也使敬亭山名齐五岳，饮誉海内外。此后一千年间，四百多位文人雅士登临览胜，寄情山景，于是，敬亭山成了一口"诗的泉眼"，一座吟无虚日的"江南诗山"。

天宝十二年（753年），"诗仙"李白飘然于此，随口吟出五绝《独坐敬亭山》：

众鸟高飞尽，孤云独去闲。

相看两不厌，唯有敬亭山。

李白独坐敬亭山，以丰富的想象力赋予山水以生命，尽情倾诉怀才不遇的孤独、寂寞和无奈，人不厌山，山不厌人，敬亭山就此在唐诗中定格。李白借景抒情，从表面上看，全诗句句是"活景"，其实字字蕴"真情"。古人评价此诗："情中景，景中情。"从不独写"独"，奇章秀句，警妙异常。

此后十年间，李白七访敬亭山，作诗四十余首，留下了《游敬亭寄崔侍御》《秋登宣城谢朓北楼》等千古绝唱。山不在高，有"诗"则名。由于李白的垂爱，敬亭山迎来了一个又一个诗文大家——你看，韩愈来了，孟浩然来了，白居易来了，欧阳修来了，苏轼来了，杨万里来了，文天祥来了，……他们追步谢李，览胜抒怀，用诗提升敬亭山的美誉度，敬亭山也使他们获得了永恒。

贞元十五年（799 年），白居易在宣城参加乡试，他的五言排律《窗中列远岫》，深得宣歙观察使崔衍的赏识，被推举赴长安参加会试。白居易二十七岁科举及第，成为"十七人中最少年"的进士。他喜不自胜赋诗曰："谢玄晖殁吟声寝，郡阁寥寥笔砚闲。无复新诗题壁上，虚教远岫列窗间。忽惊歌雪今朝至，必恐文星昨夜还。再喜宣城章句动，飞觞遥贺敬亭山。"

中华诗词是中国人的精神礼赞，是沉淀在炎黄子孙血脉中的文化因子。1939 年，陈毅元帅率新四军东进，即兴题咏七绝《由宣城泛湖东下有感》："敬亭山下橹声柔，雨洒江天似梦游。李谢诗魂今在否？湖光照破万年愁。"把敬亭山的秀美山景和文化精髓，存盘于文学，铭刻于历史。

敬亭山古称"昭亭山"，为避晋文帝司马昭讳，改名"敬亭山"。从地理方位上看，它属黄山余脉，山势呈西南—东北走向，绵亘十余里，主峰名"一峰"。六十多座山头如鸟朝凤、似星捧月般簇拥着它，不追"五岳"之雄奇，不纳"四佛"之烟火，自有清丽时俏之容，千古诗山之誉，风流不绝之趣。

古人说，路入宣城山便奇，不是青山是画图。我们来到敬亭山，山口两座徽派风格的仿古石门坊，一齐张开欢迎的双臂。石门坊内，李白的雕像迎门而立，飘然欲仙。穿过石门坊，敬亭山在蓝天白云的映衬下，愈加满目灵秀。我们拾级而上，姹紫嫣红的杜鹃花，青翠繁茂的茶树林，仿佛把人带进了画境。那里盛产的敬亭绿雪茶，深为历代茶圣和文人雅士激赏。太白独坐楼是敬亭山观景的"独一处"，在那里品茗谈诗，管教你灵感顿生、文思泉涌！从古昭亭向上登攀，远看满山叠翠，烟霞变幻，犹如猛虎卧伏；近观林壑幽深，云泉松风，仿佛一幅萧疏淡远的水墨画。我们还没登上主峰，就把这会友出游、亲近自然的好去处记在心里了。

人说高山仰止。敬亭山不需翘首，半小时就能登上山顶。极目远眺，只见东北方的漪湖烟波浩渺，水天一色；水阳江蜿蜒曲折，万壑争流；南边江城如画，高楼林立；北边田畴沃野，一览无际。一座江南诗山，真个"江城如画里，山晓望晴空""白云相辉映，空水共澄鲜"，我们想不喜欢都不容易！

谢朓任宣城太守时所建的谢朓楼，在中国文化史上的影响独一无二。明人王廷相作《宣州歌》，曰："强半峰峦带碧流，行人犹说古宣州。梦悬日月青莲赋，独占江山谢朓楼。"登斯楼，城郭皆在掌中，山川尽入眼底。李白"谁念北楼上,临风怀谢公""蓬莱文章建安骨,中间小谢又清发"等佳句皆作于此。他对其他前辈诗人,从未表示过如此强烈的敬慕之情。李白的激赏,引得历代文人纷纷登楼,谈古论今,以文会友。谢朓楼也与岳阳楼、黄鹤楼、滕王阁,并称为"江南四大名楼"。

敬亭山上的楼台亭阁大都与古代诗人有关。始建于大中年间(847—859)的一峰庵,因位于主峰"一峰"而得名。明人梅守德曾作《一峰庵》"冬日喜初晴,篱边尚菊英。岩云沉梵影,林霭落钟声"赞之。拥翠亭是李白独坐题诗处,那里碧山千层,青翠欲滴,敬亭风光,拥落身前。清人王可第叹曰:"探奇曾不厌,一榻拥昭亭。"云齐阁取谢朓诗"含沓与云齐"命名。我们在此凭栏把酒,不但尽览敬亭山风光,还能领略源远流长的酒文化。谢朓楼的酒香,从唐初一直飘到了今天。

"天下名山僧占多"。颇负盛名的广教寺,曾与九华山的化城寺、黄山的翠峰寺、琅琊山的开化寺,合称安徽四大名寺。鼎盛时期,形成了"山前山后寺连珠,寺外青山列画图"的繁荣景象。据史料记载,清代高僧石涛曾在广教寺寓居二十年,与宣城画家梅清切磋画艺,成为黄山画派的代表人物。佛是"觉者",即本觉、不觉、始觉、究竟觉,佛教的精髓是觉悟、智慧、慈悲、空性,是因果轮回、普度众生,敬亭山伴随着佛教文化的传播而名扬四海。

敬亭山虽说没有嵯峨峥嵘的奇石怪岩、奔流直下的万丈飞瀑,却因人杰地灵、诗名远播直追五岳。走在下山的路上,我们就像漂在诗的河流中。人在景中行,情在诗中浸,脑子里装的全是诗——有谢朓的"兹山亘百里,合沓与云齐""绿水丰涟漪,青山多绣绮"等佳句,有李白的《宣城谢朓楼饯别校叔云》、孟浩然的《夜泊宣城界》、杨万里的《晓过花桥入宣州界》,也有中华诗词学会常务副会长、《中华诗词》杂志社社长李文朝先生的《追梦敬亭山》,以及朱恩三、何昌启、邱忠尚等诗人在"敬亭诗会"上与他的唱和。

"诗是生命的呼吸"。自经骚以降,"不学诗,无以言",中华儿女发蒙启智、涵养品行,莫不由诗始、有诗在。诗是文学王国里的王冠,诗意是人生的乡愁。在人们的潜意识里,诗早已融入中华儿女的血液;"诗意地栖居",早成为一种文化必然和人们孜孜以求的生存状态。

敬亭山,诗意山水,诗意人生;敬亭山,千年时空,天涯共此时!

三坊七巷

一

来到古城福州，从繁华的八一七北路向西稍拐几步，就到了被称为"明清建筑博物馆"的三坊七巷。这片建筑群由北向南呈"非"字形排列，悠悠古韵幻化成中国都市中仅存的一块"里坊制度活化石"，福州最有乡土气息的文化地标和城市名片。

坊巷，就是市街、小巷。北京人叫"胡同"，上海人称"弄堂"，江南古镇则叫"里弄"。三坊七巷的建筑格局发轫于西晋，形成于唐宋，鼎盛于明清。一百五十九座院落你连着我，我牵着你，整齐对称，规整有序，就像一副天然的"棋盘"。天底下再也找不到这样一个地方了——拆开了，坊归坊，巷是巷，坊有坊的风姿，巷有巷的姿容，一坊一巷竞风流；拼起来，坊坊毗连，巷巷贯通，坊块巷垒依偎交错，孕育着福州独特而丰富的人文内涵。

中华文化推崇人际之和、天人之和和身心之和，千百年来，人们对"和谐城市"和"人文城市"的探讨，从来就没有停止过。从"乌托邦"到 18 世纪的"理想城市"和"田园城市"，再到上海世博会以"和谐城市"理念回应"城市，让生活更美好"的诉求，一系列理论、主张和模型，都围绕着和谐与"盛民"，对如何在空间上、秩序上、精神生活和物质吐纳上的创新，进行有益的探索和尝试。

时代是衬托城市梦想的底色。三坊七巷留在福州的，不仅有多元的文化印记，还有让当地人自豪、外埠人向往的人文魅力。

二

所谓三坊七巷，是指衣锦坊、光禄坊、文儒坊和杨桥巷、郎官巷、黄巷、安民巷、宫巷、塔巷、吉庇巷。这片明清民居遗存，手拉手拽住一段历史时空，一下子涌现出上百个风云人物。近现代中国，哪里能像三坊七巷，剑胆琴心，侠骨柔情，灼灼其华，万人景仰？

郎官巷因宋代郎官在此居住而得名，近代启蒙思想家严复在那里终老天年更知名。1918年，严复带三子严叔夏回乡与挚友陈宝琛的外甥女林慕兰完婚，就住在郎官巷20号。他以英国博物学家赫胥黎的《天演论》为薪矩，引取西方进化论的"天火"，用"物竞天择、适者生存"的惊雷，震醒华夏睡狮，开辟了中华民族的进化论时代。

郎官巷还住过一个年轻而辉煌的生命——十七岁呼啸出门、二十三岁慷慨就义的维新志士林旭。这位"戊戌君子"以万死不辞的牺牲精神，参与康有为发动的"公车上书"，被慈禧太后残杀在北京菜市口。他罹难后，近代政治家郑孝胥曾写诗悼念："谈笑临刑亦大难，道旁万众总执澜。书生自说君恩重，廿载头颅十日官。"

杨桥巷17号是黄花岗烈士林觉民的故居。林公在那座四进院里办女学，介绍欧美先进思想，宣传男女平等，呼唤共和国体。1911年4月，他在广州起义前写给妻子的《与妻书》，情真意切，字字泣血，敲响了封建王朝的丧钟。其悲壮情怀，剖肝沥胆，完全可以和颜真卿的《祭侄文稿》媲美。因而被当代新闻理论家梁衡列为"影响中国历史的政治美文"，并入选中学语文课本和各种文学、政治读物。

林觉民殉难后，其父带全家避祸郊外，房子卖给了中国新文学运动开拓者冰心的祖父。冰心在那座四进院里度过了无忧无虑的童年。我们跨进冰心故居，首先看到这样一段话："同一片屋檐下先后走出两位大写的人——一位为砸烂旧世界而英勇赴死，一位为建造大爱屋而毕生从文；一位秉血溅轩辕的男儿志投绝笔为檄，一位为照亮人类的生命路举橘灯为炬；前者觉民为有牺牲而永生时年廿四岁，后者冰心为有爱心而长寿享年一百岁。"冰心在耄耋之年曾写过一篇散文，题目叫《我的家在哪里》。她走南闯北，在许多国家许多城市居住过，也算是个"不知何处是他乡"的放达人。按说，冰心应该回到她成年后安家的任何一个门庭，然而奇怪的是，她每次回家，回的都是杨桥巷17号——她少女时代的那个家。对远行者来说，家就是根，就是乡愁和思念。只有家，才能安顿好精神的故乡，找到生命的源头。

宫巷有座坐北朝南的庭院，是民族英雄林则徐在福州的故居。林公在那里住了八年，如今，宫巷建有林则徐纪念馆，又称"林则徐祠堂"。祠堂屏墙内壁上嵌有"虎门销烟"大幅浮雕，"苟利国家生死以，岂因祸福避趋之"——林则徐流放新疆之前留给家人的诗句，赫然悬挂在御碑亭外；"海纳百川，有容乃大；壁立千仞，无欲则刚"——林公题于自家书室的自勉联，成了中华儿女世代传承的精神力量。

历史的脚步走到民国，三坊七巷更是人文荟萃、名人辈出。"近代陆军之父"曾宗彦，海军创始人沈葆桢，著名报人林白水，著名翻译家林纾，辛亥革命志士郑权、严骥、方声涛、方声洞，"五四"运动的引发者林长民，著名经济学家陈岱孙，文化名人郁达夫、林徽因、庐隐……哪一个"大写的人"，不是在国家和民族危难之际，义无反顾，挺身而出？

三坊七巷人杰地灵，名人、名流、名家云集，是最让福州人引以为豪的地方。三坊七巷的一砖一瓦、一木一石，都铭记着从这里走出的左海伟男。那些与中国近现代史有关的印迹，也都与这里的翘楚人物有关。

三

三坊七巷街坊纵横、巷弄交错，石板路径、黑墙黛瓦。高高的封火墙起起伏伏，规整对称的院落或数座并排，或前后多进，那简繁并济的门罩、威严的墀头、墙堵的灰塑、飞檐的卷草、高翘的鹊屋脊，无不彰显着明清建筑的特色。

三坊七巷沿袭唐代分段筑墙的传统，从建筑空间上看，都有砖砌的围墙，墙体随着木屋架的起伏呈流线型，翘角伸出宅外，状似马鞍，俗称"马鞍墙"。马鞍墙只作外墙，木屋全由柱子承重，一般两侧对称，墙头和翘角皆泥塑彩绘，形成了福州古民居的独特风貌。

宅院内，厅堂、披榭、楼台、亭榭、假山、鱼池和前后天井错落有致，斗拱、雀替、锯花、柁墩、挂落、窗棂、门扉木刻和抱鼓、柱础、踏跺、游廊构件雕刻精美。民居的门窗既多且大，门扇与窗户上雕刻的图案，无不洋溢着墨香和诗意。沿街的一方石头，一口天井，一扇小窗，也弥漫着坊巷的醇厚和温润。贯通郎官巷南侧和塔巷北侧的二梅书屋，结构通达，错齿咬合，流露着古代文人的风雅，看似漫不经心，实则自有神韵。

坐落在衣锦坊的水榭戏台，古为水网交汇、河湾会潮之地。花厅内的戏台三面临水，山石环绕，方寸之间尽现灵秀之气，你坐在戏台下，可以看到生、末、净、旦、丑栩栩如生的表演。池中蓄养锦鲤，水清不涸，与台上曼妙曲声交相辉映，犹如一幅和谐统一的水墨画。

林则徐的师兄、江苏巡抚梁章钜修建的小黄楼，坐落在福州最秀美精巧的古典花厅园林内。"黄楼月色杨桥水，照遍钟山万点春"。小黄楼宛若点睛之笔，布局严谨，匠艺奇巧，融人文、自然景观于一体。因这别致园林，因这扑面文气，三坊七巷也匍匐成闽都的精美浮雕，一砖一瓦载满了历史的记忆，古城的情韵。

建筑是城市的符号，是凝固的诗、立体的画、贴地的音符，也是一座城市的生动面孔、共同记忆和身份凭据。三坊七巷以木质斗拱结构、庭院式组合为特色，讲究比例对称和节奏韵律，注重色彩、形态、环境和谐统一，其建筑风格与西方大柱廊格式的古希腊建筑、大拱形大圆顶的罗马建筑和两坡尖顶的哥特式建筑大相径庭。来到这里，我们不管拐进哪一坊、哪一巷，都会从世俗世界走进审美空间。看看周围的民居，每一处都匠心独运，巧夺天工，蕴含着古典艺术的无尽魅力。

作为浓缩福州历史文脉的古建筑群，三坊七巷不仅是一街一坊的超常集成，更是明清民居文化的集中展示。文化是三坊七巷独一无二的业态资源，蕴含其中的科举文化、船政文化、饮食文化、楹联诗学文化、闽台及海外交流文化，与蜚声中外的城市坊巷建筑艺术、手工艺制作艺术、古典诗画艺术联系在一起，沉淀为源远流长的文脉精髓。

历史无语，把前尘往事全部铭刻在朱门青石上。三坊七巷，历经千年风雨沧桑，一砖一瓦都有动人的故事。

一座城市，有这样一座坊巷，真好！

四

　　三坊七巷承载着福州的文化积淀，是全国保存最完整的历史文化名街之一。它像一块海绵，吮吸着历史长河的活水，伴随着祖国日新月异的脚步，急不可耐地奔腾着、变化着。它把自己的过去写在坊巷的角落里和窗格的护栏、楼梯的扶手、避雷针的天线和旗杆上，每一道印记都有被抓挠、被锯锉、被刻凿、被撞击的痕迹。

　　三坊七巷七百年积淀的，是细细品味才能读懂的历史沧桑。我们在那里品读中国传统文化的趣味，依稀看见游人穿巷而过，有如欢快跳跃的五线谱；偶尔也有儿童在坊巷间嬉戏，让人想起"月光光，照池塘；骑竹马，过洪塘；洪塘水深难得渡，等妹撑船来接郎。问郎短，问郎长，问郎几时返"那首童谣，伴随着顽皮活泼的孩子们，飘过了无数个春夏秋冬……

　　青石，白墙，黛瓦，朱门，幽巷，古榕，曲翘屋檐，镂雕窗棂，精巧石础，亭台假山，一路夹道尾随，古意盎然。间或，某个名人故居的牌匾映入眼帘，那是先贤留在青册简编上的背影。睹物思人，肃然起敬，每叩访一处，我们都下意识地仰望苍穹，只见星斗还未上路，便安慰自己，不要着急，等到繁星缀空，自然有它们智慧的睿眼闪烁……

　　一座坊，一条巷，留下多少珍贵的历史遗迹；一幢房，一座桥，融入多少文化的价值和追求。岁月虽然褪去三坊七巷昔日的光彩，但又赋予它亲和儒雅的现代风韵。三坊七巷的文化气息，犹如一杯美酒，醉了福州人，也醉了南来北往的旅行客。

云冈石窟记

一

北魏人对石头有着特殊的感情，立国不到一百五十年，就在甘肃敦煌、山西大同、河南洛阳等地，留下了数十万尊佛陀造像。不消说，属意石头的南朝人惊得瞠目结舌，就是现代人看了，也会不由自主地抚掌赞叹！

鲜卑拓跋氏对石头的亲切问候，当数在大同武州山依山而凿的云冈石窟。这座东西绵延一千米，现存洞窟二百五十四个、造像五万余尊的石窟，代表了公元五六世纪中国石窟艺术的最高水平。窟中雕琢的大佛、菩萨、力士、飞天、虫鸟……个个造型精湛，栩栩如生；那些佛龛装饰、碑刻题记，也精巧富丽，别有洞天。

北魏人确实有着超乎寻常的意志和韧力，不管冰天雪地，饥寒交迫，只要面对石头，他们就会像希腊神话中的西西弗斯那样，把永无休止地推动巨石当成一件乐事，从来不知道什么是艰辛，什么叫劳苦。北魏人尽管没想过不朽，但三十年叮叮当当，凿击不止，竟上承秦汉现实主义艺术之精华，下开隋唐浪漫主义色彩之先河，凿出了一个享有"东方罗马石雕"盛名的艺术殿堂——中国历史上极具历史价值、艺术价值和科学价值的云冈石窟。

那些辉耀世界的佛陀造像作证，与莫高窟、龙门石窟并称为"中国三大石窟"的云冈石窟，是佛教东传的艺术反映，石窟艺术走向中原的开端。佛教起源于印度，随着汉代古丝路的开通，它翻过喜马拉雅山，传入了中华大地。经过与华夏文化的撞击与融合，南北朝时，它惊人的生命形式得到了广泛普及。

这是一种天无不覆、地无不载的包容和接纳。中华文化追求"各美其美,美人之美,美美与共,天下大同",其海纳百川、有容乃大的胸怀,是世界上任何一个民族都无法比拟的。

自从舍道入佛之后,梁武帝就成了最虔诚的佛教徒。他不近女色,不吃荤,不沾酒,一生用佛教教义来约束自己的生活。普通八年(527年)三月初八,梁武帝到同泰寺"舍身出家"。此后多次离宫,"出家"的时间一次比一次长。从宗教信仰的角度来说,梁武帝已经彻底皈依佛教了。

上有所好,下必甚焉。一时间,朝廷内外、王侯百姓奉佛成风,修建佛寺、雕凿佛像成为一种时尚。但就寺院而言,仅建康(今江苏南京)就有五百多座,且每座"经营雕丽,奄若天宫"。故而,杜牧写诗说:"南朝四百八十寺,多少楼台烟雨中。"与南朝对峙的北朝,向佛之风毫不逊色。据佛教典籍《洛阳伽蓝记》记载,公元534年,北魏修建的佛寺就有三万余座,僧尼二百万人。而平定凉州(今甘肃武威一带),则是佛教走向兴盛的中转站。

二

最早拉开云冈开窟序幕的,是来自凉州的高僧昙曜。公元460年,昙曜和尚在文成帝的支持下,主持开凿"昙曜五窟"。由于昙曜和他招募的工匠大都来自凉州,云冈石窟不可避免地弥漫着西凉的艺术神韵。

其实,西凉开凿的石窟早已融合了新疆龟兹(今库车一带)、于阗(今和田一带)的艺术特质,同时也洋溢着域外文化悠远而神秘的风格。龟兹、于阗同属于西域,也是连通印度文化、南亚文化和中亚文化的交汇点。云冈石窟在收纳西域文化的同时,顺便把与印度文化深度交融的希腊文化也收纳了。

这就是北魏人的胸怀——吞吐万汇,兼纳远近,几乎集中了全世界的文化精髓。然后,以前所未有的创造力洞穿人类历史,让文化互通、交流互鉴成为以后几个世纪的主旋律。

这就是北魏人的气魄——将"和实生物,同则不继"的中华文化和西方优秀文化,互相化育,相得益彰,那峥嵘气象和恢宏格局,推动全球文化因交流而多彩,因互鉴而丰富。

云冈石窟的
佛陀造像

著名文化学者余秋雨赞叹："这种宏大，举世无匹。"

云冈石窟记录了印度及中亚佛教东传的历史，再现了希腊古典石刻艺术的印痕，反映了佛教造像在中国世俗化、民族化的过程。它的独特创意，是按照帝王之身雕琢佛陀。唯因有了这不同凡响的"发明"，才在人与神、佛与帝、虚幻与现实之间，用石头雕琢出磅礴恢宏的皇家气势。"昙曜五窟"虽然历经千年风霜，露出了一副沧桑之相，但我们只要瞅上一眼，心里也会被惊叹填满。

第十六窟的释迦牟尼造像是现在佛。他身着毛毡披，胸戴佩结带，大裙齐胸，屹立在莲花座上，显示出道武帝征服鲜卑，建立北魏的不朽功勋。第十七窟以未来佛弥勒菩萨为主像，窟小像大，表现了明元帝平息叛乱的英雄气概。第十八窟的三世佛立像，身披千佛袈裟，屹立在二佛之间，暗示太武帝对灭佛的忏悔。第十九窟的佛像慈祥端庄，矜持肃穆，是太子拓跋晃的艺术形象。第二十窟的露天大佛是云冈石窟的标志性造像，也是文成帝的象征。工匠们用东方审美观赋予佛陀东方美女的造型，使中西文化在对石头的凿击中，实现了完美融合。

第七至八窟和第九至十窟是两组双窟，"二佛并坐"象征着冯太后参政一朝、摄政两朝。冯太后是文成帝的皇后、孝文帝的祖母，她不但主持完成了云冈石窟的二期工程，而且以霹雳手段实施"太和改革"。作为这场改革最重要的"均田制"，历经北齐、北周、隋、唐三百年而不衰，成为隋朝统一、唐朝鼎盛的基石。

冯太后是一位颇负盛名的女改革家。太和改革的火炬照亮北魏，光耀隋唐，我们对她油然而生的兴味，远远超过了吕雉、武则天和慈禧太后……

三

历史不能忘却的是，北魏第六代皇帝孝文帝为北方游牧民族走向农耕帝国所动的手术。延兴元年（471 年)，他顶着豪强贵族的巨大压力，先行政制度，再农耕制度，最后推行文化改革。朝廷明令：把首都从大同南迁洛阳；改汉姓，说汉语，穿汉服；提倡鲜卑拓跋氏与汉族通婚；推行汉族礼制，改革鲜卑族的传统祭祀方式……这些牵动文化生态的一系列汉化措施，既将中原文化融入了颠沛流离的马背民族，也将胡人的剽悍和豪气，植进了汉文化的血脉。

文化兼容并蓄，不仅加速了中国北方的文明融合进程，造就了伟大而开放的北魏盛世，而且打通了通往大唐的康庄大道。从这一点来说，孝文帝是北魏乃至中国历史上最杰出的封建帝王之一。我们在向他致敬的同时，也为分中国人为四等的元世祖忽必烈、强令汉人剃发的清摄政王多尔衮感到汗颜！

北魏把游牧民族的狂野之美引进云冈石窟，使佛陀造像更加异彩纷呈。第三窟是云冈规模最大的石窟。从外观上看，这座巨窟宏伟壮观，错落有致，但奇特的形制却为后人留下了悬念。我们不明白，这座石窟为何要凿成"凹"字形？它真是昙曜和尚的译经楼吗？石窟开凿初期为何不雕佛陀造像，等到了唐代再补雕"一佛二菩萨"像呢？这些不解之谜，既让游客们叹为观止，也期待后人研究和解读。

我们到第五窟去看看吧，那里有云冈石窟的第一大佛。大佛端坐在窟中央，头顶蓝色螺髻，身穿褒衣博带式袈裟，给人以挺拔肃穆之感。佛像俯视芸芸众生，把人间的悲欢离合尽收眼底；宽阔饱满的前额，似乎储满了佛陀的睿智和慈悲；一对垂到肩头的大耳，增加了造像的艺术感染力。云冈石窟"凿石造佛，形同帝身"，巨大的佛像与至尊的帝王融为一体，将北魏王朝的历史刻成了一部"石头书"。

第六窟是云冈石窟中最瑰丽的奇葩。矗立在那里的佛塔，集中体现了中西建筑艺术的完美结合。佛塔起源于古代印度，佛教传入中国后，拜佛礼塔之风盛行，佛像、佛塔就成了石窟雕凿的主要内容。云冈石窟现存佛塔一百四十多座，分塔柱和壁面上的浮雕塔两种。第六窟那座高十四米四的塔柱与窟顶相接，四壁的浮雕塔，塔形简洁凝重，装饰意味浓厚。我们走进石窟，发现一窟佛像、菩萨、罗汉、飞天、瑞鸟、神兽、花卉……富丽堂皇，争奇斗艳，犹如琳琅满目的佛国。中心塔柱的塔腰和四壁上雕刻的释迦佛陀本生故事图，解说着佛祖从诞生到降魔成道、初转法轮的佛传历程，更具有"观者听、听者悟"的艺术魅力。

云冈石窟是北魏一朝具有皇家风范的佛教艺术宝库。2004 年，女作家毕淑敏到那里游览，"惊叹鲜卑这个激情燃烧龙腾虎跃的民族，还有着如花的细致和如水的柔肠。只有强大的国力，才能支撑起塑像雄伟的风骨；只有精巧的手指，才能将草原游牧文明和中原农耕文明贯通在流畅的点线之中。北魏承上启下，你只要看到石窟，就会笃实地相信——这里已经蕴含了大唐的鼎盛和辉煌。中华民族的融合和遗传，转折和顿挫，都能在云冈石窟中找到基因"。

四

魏晋南北朝，是中国历史上一个纷乱动荡的无序时期。富有戏剧性的是，一曲雄壮激越的民族融合交响乐，竟然由北魏轰轰烈烈地完成了。余秋雨先生毕生致力于中华文化研究，他说自己最倾心的朝代，是鲜卑族拓跋珪建立的北魏。余公在立于"云曜五窟"西侧的石碑上题书："鲜卑拓跋氏铁骑建立之北朝，强劲提振中华文化，且同时汲取印度文化、希腊文化、波斯文化，而成为当时人类文明之交流中心。中华文化，亦由此而精气充溢，直至辉煌。"

余秋雨先生认为："诸子学说，难以构成大唐。直至北魏马蹄万里、雄气广凝，则大唐不远矣。"

通往大唐之路，就从云冈石窟启程。那一窟窟、一尊尊佛陀造像，是北魏亮出的文化名片，也是大唐文化激情飞扬的前奏。

北京的胡同

北京是一座有着千年历史的文化古城，来到这里，最让游人倾情的，不是名闻遐迩的故宫、颐和园、明十三陵、八达岭长城等名胜古迹，而是如同人体经脉的纵横交错的胡同。

那些胡同把北京切成一个个方块，烙印为京城最鲜明最生动的街道标识。按照元代都城——元大都的基本格局营建的北京城，它最突出的特点，就是以井田制的审美观念，展现蒙古统治者的家国情怀。"里"中的道路，"因井而成巷"。里中辟巷，巷外有巷，这种错落有致的道路形态，元代以后，就以"胡同"的面目呈现在人们的视野里，成了京城交通体系中的最小单元。

北京的胡同见证着京城的沧桑巨变，映现着百姓的民俗风情，每一条都有传奇般的故事。

一

胡同是蒙古语"水井"的借词。据元人熊梦祥所著的《析津志》记载，当时，元大都共有胡同二十九条。至于这些胡同的名字叫什么，由于该书是一部残书，我们也就不得而知了。嘉靖年间，有个叫张爵的人把北京的胡同名称搜集起来，出版了一本《京师五城坊巷胡同集》。据他统计，当时北京有坊巷一千一百七十条，其中四百五十九条被冠以"胡同"的称谓，几乎是元大都的十六倍。自此，胡同就以规整、严谨的道路形态，走进了老百姓的日常生活。

但北京到底有多少条胡同？老北京人说："有名的胡同三百六，没名的胡同似牛毛。"就是这有名的三百六十条胡同，假如不一条一条辨认，恐怕连名字都叫不全。

人类的居住，古人讲究"居之安"。街道把城市切得如同方块汉字，胡同就是汉字的笔画，一横一竖，一撇一捺，书写着这座城市的历史变迁。元人李好古曾在杂剧《张生煮海》中，讲述了张羽邂逅东海龙王的女儿琼莲的故事。杂剧中有这样一句台词："你去兀那羊市角头砖塔儿胡同总铺门前来寻我。"砖塔儿胡同如今还在——它位于西四路口，是北京的"胡同之根"。

胡同一旦形成，就要给它起个名字。地名，承载丰富的文化信息，接续千百年来的情感传承。一个长期形成的地名，就是那个地方的人文符号。我们常说珍爱乡愁、寻找乡愁，这乡愁，很大一部分融汇在地名之中。地名，在寻找乡愁的人们心中，是一条回家的路。

有趣的是，北京的胡同并非都叫"胡同"。有的叫"街"，如外交部街；有的叫"巷"，如西交民巷；有的叫"道"，如马场道；有的叫"路"，如南礼士路；有的叫"里"，如安平里；有的叫"条"，如东四十条……其实，很多叫法都是人们的约定俗成，其中的"条"，才最具老北京特色。它指那一带胡同的第几条胡同，只是人们图省事，才缩减了称谓，用老北京人的话说，这叫"吞字儿"。

北京的胡同大多以衙署府第、宫坛寺庙、桥梁河道、商品器物、人物姓氏、景物民俗的名称命名。比如以衙署命名的"府学胡同""贡院胡同"，以方位命名的"东坛根胡同""南月牙胡同"，以市场贸易命名的"猪市胡同""鲜鱼口胡同"……北京人干什么都讲生活化，老百姓开门七件事，于是就有了"柴棒胡同""米市胡同""油坊胡同""盐店胡同""酱坊胡同""醋章胡同"和"茶儿胡同"等称谓。有的胡同如果住过名人，这条胡同就会以名人的名字命名，比如"砂锅刘胡同""王皮匠胡同"。"文丞相胡同"和"张自忠路"，则是为了纪念民族英雄文天祥和抗日名将张自忠而命名的。也有的胡同按形状命名，像"烟袋斜街""羊尾巴胡同""耳朵眼胡同"。但为数最多的，是以"井"字命名的胡同，光"大井""小井""双井""细井""甜水井""苦水井"等"井儿胡同"，就不下四五十个。这些称谓乍一听，就非常民间。民间的东西最朴素最温暖，也最接地气。

在首都北京，胡同的称谓五花八门，呈现形态也不尽相同。最窄的大栅栏钱市胡同，宽不到一米；最宽的灵境胡同，最宽处三十二米；最长的东交民巷，西起天安门广场东路，东至崇文门内大街，全长近三公里；最短的一尺大街，十来米长，仅六家店铺；拐弯最多的九湾胡同，拐弯不下十三处；最形象的斜街——烟袋斜街，细长的街道好似烟袋杆儿，东头入口宛如烟袋嘴儿，西头入口折向南边，看上去活像一个大烟袋锅儿。

北京的胡同曲折着，蜿蜒着，灰墙灰瓦展示着民间中国的"范儿"——就像神话传说或民间故事，不卑不亢，不张不扬，什么时候都朴素平淡。不信，你只要串上几条胡同，再和那里的老街坊聊一阵子，准会发现，每条胡同都有传奇般的经历。那里的家长里短、悲欢离合，都是北京人津津乐道的话题。

二

老舍先生在小说《四世同堂》中，曾这样描写小羊圈胡同："说不定，这个地方在当初真是个羊圈，因为它不像一般的北平胡同那样直直的，或略微有一两个弯儿，而是像个葫芦……走了几十步，忽然眼一明，你看见了葫芦的胸……再往前走，又是一个小巷——葫芦的腰。穿过'腰'又是一块空地，比'胸'大着两倍，这便是葫芦的'肚'了。'胸'和'肚'大概就是羊圈吧！"老舍先生的出生地，就是位于"葫芦肚"的祁家大院，如今已改名叫"小杨家胡同"。

南锣鼓巷是京城最热闹的胡同区，如今仍保存着元大都时的建筑格局。这条胡同两侧分别排列着八条胡同，胡同里的四合院保留着原汁原味的北京百态，珍藏着让人津津乐道的逸闻趣事。像帽儿胡同，走出了末代皇后婉容；像雨儿胡同13号院、31号院、33号院，分别是近现代绘画大师齐白石、开国将帅罗荣桓和粟裕的故居……它们在岁月里坚守，成了时代的一面镜子。

琉璃厂西起柳巷，东至延寿寺街，全长八百米。漫步街头，你准能体味到浓浓的"文化味儿"。琉璃厂是北京最大的书市，著名老店如槐荫山房、古艺斋、瑞成斋、萃文阁、戴月轩、荣宝斋……都红红火火，青春依旧。琉璃厂与新华街交界处的厂甸，年年举办春节庙会，是北京最热闹最火爆的去处。

保存最完整的清王府——恭王府

全长二百七十五米的大栅栏，汇聚了京城商业文化的精华。那里虽说没有名胜古迹和名人故居，但百年商铺同样引人入胜。老北京人有句口头禅："看玩意上天桥，买东西到大栅栏。"而"头顶马聚元，脚踏内联升，身穿八大祥，腰缠四大恒"，说的就是大栅栏早年的繁荣景象。如今，大栅栏日均客流量十五万以上，除旧址老店瑞蚨祥绸布店、内联升鞋店、六必居酱菜店、荣宝斋文房四宝仍然释放着百年光泽，同仁堂和张一元茶庄、月盛斋肉店也生意兴隆，经久不衰。

北京最值得逛得胡同区是什刹海。在那里随便走走，你就会瞧见一所王府，红色的外墙，黄色的琉璃瓦，虽然经过时间淘洗，仍旧彰显着皇家的气派。有人说，没到过南锣鼓巷等于没逛过北京的胡同，没逛过什刹海等于没见过真正的王府。位于什刹海西南角的恭王府，是现存规模最大、保存最完整的清王府，素有"一座恭王府，半部清朝史"之称。后海北沿46号是大学士明珠、成亲王永瑆、光绪生父奕譞、溥仪生父载沣的府邸花园。新中国成立后，国家副主席宋庆龄在那里住了十多年。

近些年来，北京旅游开发了一个项目——"串胡同"。游客乘坐人力三轮车，经什刹海西沿，过银锭桥到鼓楼，登楼俯瞰北京旧城区和四通八达的胡同，然后前往后海，参观古老的南北官房胡同、大小金狮胡同、前后井胡同，最后沿着柳荫街，到被称为"红楼大观园"的恭王府一饱眼福。

东四地区的坊巷是京城最"牛"的胡同，那里深藏着一个个经典老院和名人故居。东四最经典的胡同，当数东四三条至八条。六条有晚清重臣崇礼和著名"七君子"之一沙千里的旧宅；八条71号院是著名教育家叶圣陶的故居，院子里两棵西府海棠，枝繁叶茂，满院花香。叶老在那里起草了《标点符号用法》，草拟了中学语文教程，还创作了诸多童话作品。

北京的胡同里藏龙卧虎，很多名人、名家云集在那里，为胡同平添了知名度和美誉度。米市胡同有康有为的故居，北半截胡同有谭嗣同的故居，北沟沿胡同有梁启超的故居，棉花胡同66号是蔡锷的故居，钱粮胡同19号是章太炎的故居，南半截胡同7号是绍兴会馆，鲁迅先生在那里写下了传世名作《狂人日记》，东堂子胡同有蔡元培、沈从文、吴阶平等人的旧邸……胡同里的一砖一瓦、一木一石，铭记着从那里走出的国中翘楚、左海伟男。与中国历史有关的印痕遗迹，很多与这些风云人物有关。

三

北京的胡同不仅是北京人生活的舞台，更是古都跳动了近千年的脉搏。它像一部百科全书，是北京历史变迁的遗存。我们在那里寻找什么？是京城的历史文化遗迹，还是某种不该忘记的情怀与精神？

随着危房改造和城市建设的推进，北京的胡同也日渐失去了赖以存在的基础。2012年初，我在柬埔寨旅行时，曾担心吴哥窟因为热带雨林的撕裂再次退隐到丛林里去，同样，我也为北京的胡同进入残局状态而忧心忡忡。胡同不仅是北京道路的组成部分，百姓较多依赖的生活环境，也是北京历史与文化的重要载体。著名考古学家徐苹芳先生断言："若干年后，一座城市有没有保留自己历史发展的遗恨，将是这座城市有没有文化的表现。"很难设想，没有胡同的北京将怎样感受市井民情和生活百态？没有胡同的北京还会有多少历史文化气息？如果连胡同都找不到自己合理的存在方式，那么，这座城市就会成为缺少"烟火气"的钢筋水泥森林。从城市景观、历史文化与经济建设协调发展的角度珍惜它、保护它，在现代化城市建设与古都风貌的保护中探索一条新路，是亟待深入研究和回答的课题。

引得春风度玉关

　　玉门关自古"春风不度"，清人杨昌浚却写诗说："新栽杨柳三千里，引得春风度玉关。"诗是中华儿女最经典的情感表达方式，是民族精神和民族文化最集中的载体之一。诗人为玉门关赋千古绝唱，玉门关为诗人留万世英名。一首首古人的诗作，使玉门关以最初的记忆展现民族风貌，成了一座涵养中华文化之根的"诗关"。

　　玉门关始置于汉武帝开通丝绸之路，列武威、张掖、酒泉、敦煌四郡之时，因新疆和田玉经此关输入中原而得名，省称"玉关"，俗称"小方盘城"。据《汉书·地理志》记载，玉门关东通酒泉，西抵敦煌，南接瓜州，西北与伊州（今新疆哈密）相邻。无可替代的地理位置，使玉门关在古代欧亚文明融合，中原与西域、汉民族与少数民族文化的交流中，占有十分重要的地位。西汉时，玉门关以西甘肃、新疆乃至更远的地方，被称为"西域"。当时，联络东西方的通道被匈奴所阻，汉武帝于公元前138年和公元前119年两次派张骞出使西域，打通了汉帝国与欧亚大陆的贸易通道，使玉门成为真正意义上的"丝路重镇"，总绾中西交通的"咽喉之地"。

　　在那段辉煌的历史中，丝绸之路，一个富有诗意的名字，成了横贯欧亚大陆的通道。因为张骞锲而不舍地"开凿"，大汉帝国才和罗马帝国遥遥相望，心手相牵。杜甫诗云："闻道寻源使，从天此路回。牵牛去几许？宛马至今来。"沉郁顿挫的诗行，满是对"寻源使"张骞"凿空"之功的敬意。

　　在汉唐，内地通往西域的丝绸之路，有南道——从敦煌经阳关、于阗，西逾葱岭；中道——西出玉门关，经西州、焉耆、龟兹、姑墨到疏勒，过葱岭；

北道——由玉门关经伊州沿天山北麓西行，穿庭州、轮台、热海到碎叶。历史上，三条丝路将沿线国家联系在一起，书写出"使者相望于道，商旅不绝于途"的华彩篇章。

如今两千年过去了，玉门关故址巍然兀立在敦煌城东北九十公里处的沙石岗上，四方形小城堡天然而完美地张扬着大自然的本色，营垒和城郭遗迹尽显汉代的古老和沧桑。登上玉门关遗址，只见古丝路与长城、烽燧连成一条游龙，在戈壁、沙碛间逶迤西去，与古关的雄姿交相辉映，争艳斗奇。

这片土地曾是人类文明最敞亮的地带，丝路精神奏响了合作、开放、共享的交响乐。来到玉门关，最先跳出我们记忆存盘的，是唐代诗人王之涣那首《凉州词》：

黄河远上白云间，一片孤城万仞山。

羌笛何须怨杨柳，春风不度玉门关。

王之涣虽然只有六首诗存世，但"每有作，乐工辄取以被声律"。这首五绝以千钧巨椽描绘西北边疆的壮美风光和戍边将士的怀乡之情，虽极力渲染戍卒不得还乡的怨情，但丝毫没有半点颓丧消沉的情调。全诗情景交融，苍凉慷慨，以悲而不失其壮的胸怀，吸引我们对玉门关倍加向往。

其实，最早吟咏玉门关的诗，当推北魏诗人温子昇的《凉州乐歌》："路出玉门关，城接龙城坂。但事弦歌乐，谁道山川远。"《凉州乐歌》与《凉州词》一前一后，提纯中华儿女的语言和情感，创造了既雄浑磅礴又悲凉壮美的意境。

在文学诸体裁中，诗是文学的冠冕，是人生的敏锐触须。诗中有古今一脉的文化印记，有慰藉人生的精神给养，也有耐人寻味的审美情趣。继温子昇、鲍照、庾信之后，玉门关成了唐代边塞诗的重要抒情对象。诗情似火，愈燃愈烈，玉门关赢得了"诗关"的美誉。

或描写塞外风光，或反映戍边艰辛，唐代边塞诗以如虹的才气，吟出了唐诗的阳刚之美。李颀的《古从军行》："白日登山望烽火，黄昏饮马傍交河。行人刁斗风沙暗，公主琵琶幽怨多。野云万里无城郭，雨雪纷纷连大漠。胡雁哀鸣夜夜飞，胡儿眼泪双双落。闻道玉门犹被遮，应将性命逐轻车。年年战骨埋荒外，空见蒲桃入汉家。"借汉武帝开边讽唐玄宗用兵，句句蓄意，步步逼紧，结句画龙点睛，展示出强劲的讽刺笔力。"七绝圣手"王昌龄的《出塞》："秦时明月汉时关，万里长征人未还。但使龙城飞将在，不教胡马度阴山。"把写景、叙事、抒情、议论结合起来，意境幽远，颇耐人寻味。

在边塞诗人高适、岑参的笔下，玉门关更是风骨凛然、雄浑悲壮。高适的《和王七玉门关听吹笛》："胡人吹笛戍楼间，楼上萧条海月闲。借问梅落凡几曲，从风一夜满关山。"在"虚景"和"实景"的交错中，用明快秀丽的基调、丰富奇妙的想象，描绘了一幅优美动人的塞外春光图。岑参两度出塞，他的《玉门关寄长安李主簿》："东去长安万余里，故人何惜一行书。玉关西望堪断肠，况复明朝是岁除。"集旅愁、乡思、怀友、思亲于一炉，抒发了思家怀乡的情感。胡曾的《咏史诗·玉门关》："西戎不敢过天山，定远功成白马闲。半夜帐中停烛坐，唯思生入玉门关。"李昂的《从军行》："汉家未得燕支山，征戍年年沙朔间。塞下长驱汗血马，云中恒闭玉门关。"都场景壮阔，气势磅礴，洋溢着浓郁的浪漫主义气息。

在唐代诗人中，李白写玉门关的诗不仅数量多，而且视野广。"明月出天山，苍茫云海间。长风几万里，吹度玉门关。"这首《关山月》以"关""山""月"描绘边塞景象，把眼前的离愁别绪融合进去，营造了更加悠远广阔的意境。"长安一片月，万户捣衣声。秋风吹不尽，总是玉关情。何日平胡虏，良人罢远征。"《子夜吴歌》先"景语"后"情语"，虽然没有直接写爱情，字里行间却渗透着深情厚谊；虽然没有高谈时局，但又不离时局，情调用意，始终没有脱离边塞诗的韵味。其他如《塞下曲》《从军行》《王昭君》……也都寄托着诗人的玉关情，含蓄隽永，委婉深沉，让人咀嚼不尽。

中国是诗的国度，诗是中国传统文化的表现形式。我们读诗，其实是在读诗人的情怀，读一个个远去的灵魂。在玉门关，我们没想到与那么多诗人不期而遇。可能是他们的人生轨迹和玉门关有着千丝万缕的交集，可能是他们或悲壮、或苍凉的诗，把汉唐盛世的自信与自豪，熔铸成了一块块碑石。

有副对联写道："看大漠孤烟长河落日秦燧汉关今犹在，听塞外羌笛胡角马嘶张骞李广俱往矣"。玉门关的戈壁荒漠、丛林沟壑，无不挥洒着诗的光辉。它积极健康的情调，激扬情感，净化灵魂，提升人格，成风化人。

玉门关是诗的玉门关，诗是玉门关远去的灵魂。

敦煌流韵袅千年

建元二年（366年），有位叫乐僔的和尚手执锡杖，戒行清虚，云游到了河西走廊最西端的敦煌。他见三危山对面的鸣沙山，金光四射，如现万佛，心有所悟，便在东麓断崖上开凿了一个石窟。时隔不久，法良禅师从东届此，又在乐僔石窟旁开凿一窟。两位僧人的锤声，吸引达官贵人、佛门弟子、商贾百姓、善男信女……纷纷把信仰投向这一千六百多米的陡坡，从而揭开了莫高窟千余年的开凿史。他们接力赛般凿到元代，累积了七百三十五个洞窟、四万五千平方米壁画、二千四百余尊彩塑。这就是世界上现存规模最大的佛教艺术宝库——敦煌莫高窟。

"敦者，大也；煌者，盛也。"敦煌其名，盛大而神圣。翻开中国辽阔的版图，似乎还没有哪个地方像甘肃敦煌，因文化交流互鉴而名扬四海。莫高窟长河落日，大漠孤烟，有讲不完的故事；莫高窟如诗如画，似真似幻，有听不够的梵音。这是历史对敦煌的无私馈赠，是中华文明定格在丝路上的精彩画卷。我们走近它，其实是走近心灵世界，感悟宁静与安详，寻找崇高唯美的梦乡。

莫高窟的故事离不开佛。佛教在印度传播之初，石窟便是僧人修行的所在，经中亚和西域传入中原后，就以造像艺术连通中国历史的血脉。莫高窟虽然是以表现佛教为主的宗教艺术，但内含的却是坚定而持久的精神信仰。在今天看来，这种精神信仰仍然具有涤荡心灵、振奋人心的力量。余秋雨先生说："莫高窟可以傲视异邦古迹的地方，就在于它是一千多年的层层累聚。看莫高窟，不是看死了一千年的标本，而是看活了一千年的生命。一千年而始终活着，血脉畅通、呼吸匀停，这是一种何等壮阔的生命！"

莫高窟的"壮阔生命"，在很大程度上源于东西方文化的多元融合。那片融建筑、雕塑和壁画为一体的世界级大型石窟群，用色彩对佛教故事、神话人物、山川景物、西域乐舞等形象进行艺术反映，淋漓尽致地透射出中华文明、印度文明、波斯文明、美索不达米亚文明和希腊文明的精髓。建筑为艺术提供了驰骋的空间。莫高窟的建筑按功用划分，可分为中心柱窟、殿堂窟、覆斗顶型窟、大像窟、涅槃窟、禅窟、僧房窟等不同形制。大小不一的石窟，集智慧、寄托、信仰、情感、文化、艺术于一体，中心圆形佛塔改成了方形塔柱，洞窟顶部前沿改成了像中国木结构房屋那样的人字披顶。毫无疑问，这是对印度式支提窟形制的借鉴和改造。

莫高窟的彩塑多为一佛二菩萨组合，有圆塑、浮塑、影塑、善业塑等形态。这些雕塑神秘而世俗地端庄着、快乐着，脸上挂着千年不变的吟笑和娇嗔。保存在大佛殿里的那座三十六米高的石胎泥塑像，是仅次于乐山大佛、荣县大佛的全国第三大弥勒佛坐佛。据佛经记载，弥勒佛是继承释迦牟尼的未来佛，他成佛后的世界就是弥勒世界。这身佛像是武则天为维护其统治而雕凿的，以造型之美、艺术价值之高享誉国内外。

遗存在莫高窟的一幅幅壁画，连接起来不下三十公里，堪称世界上最长、内容最丰富的佛教画廊。莫高窟的壁画不仅是佛教艺术的具体阐释，而且是历史画卷，是艺术永恒。它再现了十六国至清代的民俗风貌和历史变迁，也烙印着东西方文化融合的胎记。壁画中繁复华美的忍冬纹源自西亚，北魏吸收汉代云气纹的特征，北周又与中亚具有粟特风格的忍冬纹相结合，形成了别具一格的装饰神韵。

走进莫高窟最早有纪年的第二百八十五号洞窟，我们第一次见到了飞天。飞天在梵语中叫"提婆"，是源于印度的空中飞舞的神。这些壁画上的飞天形象，有的手持琵琶，彩云香花飘旋；有的扬手散花，姿势优美自如；有的紧握筚篥，羽衣随风翻动；有的穿过重楼高阁，势若流星；有的在无边无际的空中飘舞，美轮美奂……一个个天衣飞扬，满壁风动，呈现给游客的，是一个优美而空灵的佛教世界。

莫高窟挥洒的佛教艺术美，着重展示因果报应、求福消灾、丰衣足食、繁衍生息等内容，与世俗非常契合亲近，是人类珍藏和传承的生命精神。它把人性神化，付诸造型，又用造型引发人性，于是，它成了中华民族一种彩色的梦幻，一种圣洁的沉淀，一种永久的向往。所有前来朝圣的人，一定能带走超越佛教的感受，并在潜意识中生根、发芽、开花。

莫高窟是河西走廊上的"东方罗浮宫"，是半部中国佛教艺术史。我们仅看了几个洞窟，就有一种被千年不灭的信仰融化的陶醉，甚或被东西方文明汇聚绽放的晕眩。我们似乎觉得，洞窟中的佛像、壁画和游客全都融在了一起，与远方传来的磬钹声、木鱼声、诵经声，汇成了西域最壮观的风景线。

1900 年，在莫高窟居住的下寺道士王圆箓发现了藏经洞。那是一个保存中华文明辉煌岁月的方形窟室，五万件文献和纸画、绢画、刺绣等艺术品，不同程度地填补了中国历史的空白，同时也预示着那里将流泻出更多的屈辱。也许，藏经洞发现的不是时候，在八国联军进攻北京之际，谁还顾得上保管藏经洞里的文物？于是，欧美那些自诩为"汉学家""考古学家""冒险家"的强盗们，在民族败类王圆箓的配合下，以保护和研究文物的名义，由英籍匈牙利人斯坦因、法国人保罗·伯希和、日本人吉川小一郎、俄国人奥登堡、美国人兰登·华尔纳等强盗，偷偷将经书运到伦敦，运到巴黎，运到东京，运到圣彼得堡，运到华盛顿……被称为"墙上博物馆"的壁画，也被白俄士兵肆意破坏……历史留给后人的壁画和彩塑，都不同程度受到了空鼓、起甲、酥碱等病害的侵袭。

尽管古代文明屡遭不幸，但中华民族拥有世界文明宝库中最灿烂的文化。这种文化所凝聚的生命精神，孕育了生生不息、吐纳百代的独特禀赋。因此，莫高窟所代表的以佛教为主体的中华文明，仍然能够千古璀璨，笑傲世界！

中华文明的最大特点，是兼容并蓄、相互熔炼。它在不断吸收世界其他文明营养，并内化为旺盛生命力的同时，始终保持着自身文明的形态。莫高窟以可观可读的艺术形象，把古代一千六百年的历史浓缩在洞窟中。每一个洞窟记录的，都是人类鲜为人知的历史时光；每一幅壁画展示的，都是不同时代的民众生活。处在丝路"咽喉"之地的莫高窟，在中西文化交流、熔炼中扮演着重要角色。随着"一带一路"全球经济振兴计划的实施，鳞次栉比的洞窟将抖落岁月的尘埃，以壁画、雕塑和经卷讲述佛教文化的交流、勃兴与辉煌，让每一位走进洞窟的游客，都能近距离感受古人对生活的态度、对生命的理解和对信仰的追求。

千古风烟望大漠

左公柳

从西安出发沿公路西行，两排威武雄壮的柳树急速地向我们身后闪去。这些行道柳，枝干壮硕，树梢葱茏，犹如一条奔腾不息的河流。远远望去，茂密的枝叶宛若天际一抹绿云，看不到头，望不到边。一棵树，就是一通不朽的碑，一部传世的传。因为这树，我们世世代代铭记左宗棠。

晚清重臣左宗棠以平定太平天国、捻军和收复新疆等"武功"彰显于世，但他没有料到，自己死后会被谥号"文襄"；后人对他最没争议的，竟是那些被称为"左公柳"的行道树。

1866年9月，左宗棠调任陕甘总督。他发现那里政治腐败、军事瘫痪、土地芜废、人烟稀少，大军所过之处，全是不毛的荒山、无垠的黄沙、裸露的戈壁。这与江南的青山绿水、鱼肥稻丰形成了强烈反差。左宗棠隐居乡间时，曾躬耕陇亩，研究农林、水利等实用学。命运把他推到大西北，他干的最漂亮、最让人称道的事情，就是修路和栽树。

用兵西北首先要修路。左宗棠修的路东起陕西潼关，横穿河西走廊，旁出宁夏、青海；到新疆哈密后，又分别延至南疆和北疆。这条路宽六七丈，穿戈壁，翻天山，全长三千里，被人们称为"左公大道"。有路必须有树。1871年2月，左公相檄各防军夹道植树，路旁最少栽一行，多至四五行。他亲力亲为，每到一地都要检查营房周围是否栽了树。在他的率领下，湖湘大军一路走一路栽，前营栽罢后营管，终于，在千里戈壁栽的柳树，成了一条连绵不断的绿色长廊。

左宗棠为后人留下一片绿荫，也将自己栽种成了"大树"。绿色是生命的原色。对人类而言，自然界的绿，不是生活的点缀，而是人们赖以生存的基础。在里约奥运会开幕式上，有一个细节令人难忘：每位运动员入场时，都要取一粒种子种在装有土壤的小盒子里。绿色代表生态环境，也寓意发展与和平、未来和希望。拥抱绿色、融入绿色，涵养绿色心态，常存善念之心，必能结出善行之果。

1880 年 12 月，左宗棠奉旨回京。他在大西北到底栽了多少棵树，很难有确切的统计数字。史籍记载，光陕西长武到甘肃会宁，就植活了二十六万四千棵，加上在河西走廊、新疆沿路和甘肃各州栽的树，少说也有二百万棵。

山河不语，掩没了多少沧桑岁月。三千里大道，二百万棵柳树，是左宗棠留在西北开发史上的丰碑，是他辉煌的生命和尊严。

左宗棠和他的湘军改写了西北风物志，也丰富了西北文学史，一时以左公柳为题材创作的诗传唱不断。最有名的是左宗棠的部下杨昌浚将军写的："大将筹边尚未还，湖湘子弟满天山。新栽杨柳三千里，引得春风度玉关。"我们如果以杨诗打头，顺流而下编部《左公柳诗文集》，肯定不乏名家名作。

1934 年春，现代文学章回小说家、通俗文学大师张恨水，到陕西、甘肃体验生活。他看到百姓以树皮、树叶充饥，有感而发写了一首《竹枝词》："大旱要谢左宗棠，种下垂柳绿两行。剥下树皮和草煮，又充饭菜又充汤。"1935 年 7 月，著名记者范长江到西北采访，左公柳也进入他的《中国的西北角》："庄浪河东西两岸的冲积平原上……道旁尚间有左宗棠西征新疆时所植的柳树，古老苍劲，令人对左氏之雄才大略不胜企慕之思。"左宗棠去世不久，当时颇有名气的《点石斋画报》，发表了一幅《甘棠遗泽》图，再现左公大道的真实情景：山川逶迤，大道向天，绿柳浓荫下行人正匆匆赶路。画上题字："种树十余万来，浓荫蔽日，翠幄连云，六月徂暑者，荫赐于下，无不感文襄公之德。"手泽在途，口碑载道，千年遗爱，左公柳是配得上这样一份景仰的。

文学艺术意象化了左公柳，使一个人和他栽的树一百四十年传唱不衰。我们发现，在晚清和民国，政府文告中总少不了"左公""先贤""遗爱""遗泽"等词汇。1945 年初版于重庆，后经王震将军提议在 1984 年重印的《左文襄公在西北》，从书名到内文，凡提到左宗棠时，也一律尊称"文襄公"，而不得直呼其名。

或许，这比什么纪念碑都有深意存焉！

西出阳关

出河西走廊一路西行，过玉门，抵敦煌，我们最想去的地方是阳关。

拜访阳关完全是因为一首诗。安史之乱前夕，"诗佛"王维在咸阳置酒为好友元二送行。元二要去的安西都护府在龟兹（今新疆库车）。也许是苍天的特意安排，平日里车马交弛、尘土飞扬的驿道，那天却朝雨乍停，道路湿润，旅舍外柳色青翠，空气异常清新。两人坐在小酒馆里，相对执盏，醇酒燃情，酒喝了一杯又一杯，话说多少也说不完。王维举起酒杯，七言绝句《送元二使安西》（亦称《渭城曲》）脱口而出：

渭城朝雨浥轻尘，客舍青青柳色新。

劝君更尽一杯酒，西出阳关无故人。

临别依依，情深意切。在朝雨初晴、柳色清新的早晨送别元二，这样的机会不是很多，既然如此，那就再干一杯吧！出了阳关，可就找不到我这样的好朋友了。"酒喝干，再斟满，今夜不醉不还"，是寄情高原的男人的自语。举杯对苍天，惜别之情全在酒中，王维这杯壮行酒，元二不可能推却，也不会推却。

这就是唐人的气度——朋友离别，谁都不会洒泪叹息。这种气度，被王昌龄、李白、高适、岑参焕发得洒脱无比。王维以"诗中有画，画中有诗"闻名于世，《送元二使安西》情景交融，感情深蕴，成为当时最流行、传唱最久远的送别曲。"相逢切莫推辞醉，听唱《阳关》第四声"——首句不叠，其他三句叠唱，《阳关三叠》唱无休，南去北来无了期。

今天，我们冲着王维那首诗赶往阳关，与其说是追忆，不如说是寻诗——寻找诗人的离情别绪，感受《送元二使安西》的意境和乡愁。

阳关居玉门关之南，古代以南为阳，故称"阳关"。

始建于元鼎三年（113 年）的阳关，距今已有二千一百多年的历史。汉武帝为抗击匈奴、经略西域，曾在河西走廊"列四郡，据两关"。从此，阳关作为通往西域的交通咽喉，成了古代丝路必经的关隘。

阳关故址在敦煌西南七十公里处，西出阳关，但见沙山浩渺无人烟，一条大道无尽头。唐代边塞诗人李益感叹："眼见风来沙旋移，终年不省草生时。莫言塞北无春到，总有春来何处知。"我们穿过一片绿洲，看见不远处有个土墩，上面立着两块石碑，"阳关故址""阳关烽燧"几个大字提醒人们，这里就是王维诗中的阳关了。

阳关和我们的想象反差太大了。即使是古址，也不该落寞得没有水声，没有树影，没有古代关隘的遗迹，只把汉代的烽燧留在墩墩山上，任凭后人追忆和叹息。在墩墩山南面，有片一望无际的沙滩，当地人叫"古董滩"。古董滩残留的汉唐陶片、玉器、铜箭头、古币等，俯拾皆是。这些遗物，传递着阳关古往今来的凄凉和寂寞。

既然阳关已经变成一片废墟，我们只能凭想象来揣摩古人西出阳关时的心情。是豪迈？是悲怆？抑或还有荒寂和失落？虽然以后到这里来的文人不少，但大多数是被朝廷流放的逐臣贬官。

阳关，一座被流沙掩埋、被文人吟唱的关隘，古往今来，它在人们心里，是凄凉悲怆、寂寞僻陋的象征。说实在话，阳关遗址真没什么好看的，它最重要的是缅怀，是追忆历史的沧桑。

今日阳关，烽燧残迹仍然屹立在墩墩山上，只是新修了一道名人碑文长廊。徜徉那里，既可欣赏当代名人的诗词书法，又可凭吊古阳关遗址，还可远眺绿洲、沙漠、雪峰等自然风光，聆听远方传来的马蹄声和驼铃声。

回首阳关，故人已随黄沙去。辞别阳关，我们带着在古董滩拾捡的汉唐陶片，继续西行。

龟兹背影

新疆库车，盛唐以前称"龟兹"。

龟兹北倚天山，南邻塔克拉玛干大沙漠，东起轮台，西至巴楚，自从汉武帝派张骞出使西域，汉宣帝在乌垒城（今新疆轮台县）设西域都护府，龟兹就成了商品贸易的集散地，两河流域文明、南次亚大陆文明、黄河和长江流域文明交汇融合最集中的地区。作为古代丝路上的北道重镇、西域最大的城邦和佛教东传的中心驿站，龟兹吸引一代代旅行家、探险家、行脚僧、商贸者在那里驻足——一个看似荒凉偏僻、最缺少文化的地方，反倒成了中国古代最热闹、最有秩序的"文化集市"。

这个文化集市向人们昭示：文化是西域的精神大树，世代不倒，千年不朽。难怪英国历史学家汤因比说，如果生命能再来一次，我愿意出生在新疆那个多民族、多文化融合的库车地区。因为那里是文化汇聚的福地。

距库车县城二公里的西皮朗村，是龟兹国的都城遗址。龟兹人当年居住的绿洲，如今仍定居着维吾尔族人、回族人、柯尔克孜族人、哈萨克族人和蒙古族人。这片土地躲开中原王气，藏下了龟兹文化中西合璧的底蕴，把它独具的多元特征和杂交优势，推到了至善至美的境界。

龟兹，是佛教东传的第一站。公元3世纪，佛教发展成了龟兹文化的主流。在龟兹王的倡导和支持下，西域人建寺、开窟、塑像、供佛，龟兹国霎时高僧云集，佛法广布。今日犹存的龟兹石窟，不仅见证了当时的盛况，也折射着龟兹文明的开放和自信。到了公元4世纪，龟兹已成为西域佛教文化的中心。随着"道流西域，名被东国"的鸠摩罗什译经长安，更多汉文版的佛教典籍开始在中原传播，从而为六朝佛学的兴盛和隋唐佛教诸宗的形成，开启了先河。

由此看来，龟兹是中国佛教石窟艺术的诞生地。龟兹石窟有中心柱窟、大像窟、方形窟、僧房窟、龛窟、异形窟等不同形制。"龟兹式"中心柱窟是克孜尔石窟形制的特色体现和艺术创新。克孜尔石窟是世界上同类洞窟开凿年代最久远的石窟。这种开凿"大像窟"并在洞窟内雕塑大佛的传统，显著影响了敦煌石窟、龙门石窟、云冈石窟和新疆以东地区石窟的早中期开凿。

龟兹石窟的壁画以本生故事、因缘故事和佛传故事为主，还有弥勒兜率天说法、天相图、金刚、飞天等题材。其中，以菱形格构图形式表现的本生因缘故事有一百余种，佛传故事有六十种，远远超过了印度和中国其他地区。在古代西域，乐舞艺术源远流长。龟兹作为西域文化的摇篮，可谓是乐舞的圣地。因此，龟兹壁画不仅是"佛教故事的海洋"，也是一部流淌着灵动音符和美妙旋律的乐舞史诗。体态轻盈、舞姿曼妙的伎乐天人，或弹琵琶与阮咸，或吹长笛与排箫，从他们唇尖、指尖流出来的天乐，破壁而出，飘然而下。龟兹乐舞从魏晋开始东传，对中原乐舞有着广泛的影响。在石窟发现的多种文字题记和文书，包括婆罗迷文、汉文、突厥文、回鹘文和察合台文等，佐证着龟兹历史上曾经出现的多种宗教与文化交流活动。

很少有哪个地区像龟兹那样，拥有如此多元的民族文化。文化是流动的历史，承载着中华民族的思想追求、人文精神和智慧力量，是我们走向复兴的精神支撑。在今天这个文化多元、选择多样的时代，我们更需要用古代的文化精髓滋养今天的生活，让传统文化的甘霖变成滋润人心的力量。

作为世界佛教艺苑和世界文化遗产的重要组成部分，龟兹石窟不但保存着古代佛教艺术在我国形成、发展和流传、演变的清晰脉络，而且对中国佛教史、美术史、美学理论研究都有特殊价值。佛教是古代丝路上文化交流的载体，伴随着佛教东传的步伐，龟兹石窟艺术对西域文明和佛教文化东渐，产生了深远的影响。莫高窟是龟兹艺术的延续和发展，一东一西，交互辉映，唱和着中国石窟艺术的脉动。

经历了一千多年风雨沧桑，龟兹石窟的遗存、遗风依然焕发着不朽魅力，并把世界各地的人们吸引到那里，探索人类诸多文明的起源和千古之谜。也许，它们只是龟兹古国的一个背影，但耐下心来多看几眼，就会有所感，有所悟，有所得。

胡杨树

金秋十月，我们到塔里木河看胡杨。

胡杨又名"胡桐"，维吾尔语称"托克拉克"，意思是"最美丽的树"。全世界百分之九十的胡杨在中国，中国百分之九十的胡杨在新疆，而新疆胡杨的百分之九十，又集中在塔河流域。

胡杨耐寒耐旱，是世界上生命力最顽强的树种之一。据说，库车千佛洞发现的胡杨化石，距今已有六千五百万年。在这无涯无际的荒漠戈壁上，胡杨追着塔里木河的脚步，绘就了一幅自然天成、色彩绚丽的油画。

沙漠是生命的负面，连一棵小草都吝啬自己的踪影。塔克拉玛干大沙漠

胡杨林秋色

向来以绿色为尊、以绿色为王；而绿色又总是那么任性、那么倔强！我们沿着塔河逶巡，两岸的胡杨树郁郁葱葱，生机勃勃，或绿，或黄，或繁茂，或苍凉，它的根扎在沙漠，却震撼着我们的心灵。似乎觉得，只有这顽强的生命，孤傲的灵魂，才是沙漠不朽的宣言！

没有哪一种生命能像胡杨树，不动声色就把根须扎进沙漠，在地下积蓄生存的力量。任凭沙暴肆虐、盐碱侵蚀、干旱折磨、风雪杀伐，它依然顽强地挺立着，扩展着，如炬，如伞，如盖，如云，俨似哨兵、煞像卫士，年年月月，日日夜夜，守护着凄冷苍凉的大沙漠。那份热诚，那份坚贞，那份奔放，那份浪漫，不管浸入谁的心里，都会感慨万分，惊叹不已！

位于塔河中游巴州沙雅县的世界胡杨林公园，集胡杨景观和沙漠景观为一体，是世界上最原始、最古老、面积最大、保存最完整的胡杨林保护区。走进园区，胡杨树高大粗壮的身躯，或仰天长啸，或弯曲倒伏，或豪气万丈，或静默无语，它们在烈日的炙烤下，用金黄色的树叶为造访者撑起片片阴凉。有的树冠已经枯死，却从半腰间伸出一两枝绿桠；有的躯干已部分焦枯，却在另一侧长着茂密的枝叶；有的树身匍匐在地，但靠枝权的支撑，树冠依然歪扭着伸展。人们常说，不到塔河不知胡杨之美，其实，到了塔河不看胡杨，更不知道它的生命力有多么顽强！

傍晚，余晖洒进胡杨林里，微风吹过，枝叶巍巍地抖动着，阳光悄悄钻进来，落在一片片胡杨叶上。林区间，牧童唱着欢快的歌，羊群悠悠然自由走过。我们情不自禁举起相机，用镜头定格这美好的时刻。

沙漠的天黑得晚，八九点钟了，太阳还舍不得回家。碧蓝的天空上，月亮高悬一隅。胡杨树披着月光参悟人生，把深沉的情感埋在根下，把坚定的信念写进枝条，仿佛变成了生命的碑石。那一截截胡杨树残骸，更像荒漠里的幽灵，无声地讲述着遥远而悲壮的故事。

在我们的心目中，胡杨是有声音的。胡杨的声音是天籁，是沙漠与生命的变奏，是人与自然的交响；在我们的记忆里，胡杨是有色彩的。胡杨的色彩是五彩缤纷的集合，是浸润心灵的鸡汤，是人的生命的底色；在我们的感觉里，胡杨是有气质的。胡杨的气质是率真随性的洒脱，是恬静安然的内敛，是不趋功利的淡定。

沙漠是荒凉的，因为有了胡杨，它生命的音符才那样温润。直到这时，我们才明白，胡杨的本色是付出。它如同上苍赋予沙漠的使命，只有用心感应，用心体味，才能得其奥妙和真谛。于是塔河沿岸，那些耐旱的芨芨草、骆驼刺、杨柴、甘草、红柳……也都争先恐后赶来投靠，从而交织出一片翠绿，洋溢着生命的欢欣。不管风云如何变幻，在浩瀚无际的沙海，它们所期待的，永远是灿烂的春天。

胡杨生在沙漠，长在沙漠，倒在沙漠，即使叶已干，身已枯，也要把自己奉献给沙漠。那无私的胸怀、忘我的精神，凝聚着无限的爱恋和忠诚！

这是怎样的一种树啊——铁骨铮铮，刚正不阿，既像沙漠活化石，绿洲守护神，又是一种精神力量，一个百折不挠的灵魂。

这是怎样的一种树啊——生而一千年不死，死而一千年不倒，倒而一千年不腐。仔细想想，胡杨树就是一首诗，诗情使它的人生最灿烂，也最壮美！

来到塔河看胡杨，我们不仅看到了它生命的本色，也看到了塔里木人的心灵。我们真想变作一棵胡杨，为塔里木撑起明天的希望。

穷目千里鹳雀楼

白日依山尽，黄河入海流。

欲穷千里目，更上一层楼。

唐代诗人王之涣的一首五言绝句，既让占河山之胜、据柳林之秀的鹳雀楼名扬天下，也让登高望远的朴素哲理有了余韵千载的诗意。

走进永济蒲州古城，正是"白日依山尽"的时分。远远望去，鹳雀楼高台重檐，黑瓦朱楹，在夕阳的映照下，愈加显得雄浑壮观。鹳雀楼古称"鹳鹊楼"，据《蒲州府志》记载："鹳雀楼旧在城西河洲渚上，周（即北周）宇文护造。"因时有鹳鹊栖其上而得名。中唐诗人李瀚写的《河中鹳雀楼集序》云："宇文护镇河外之地，筑为层楼，遐标碧空，影倒横流，二百余载，独立乎中州，以其佳气在下，代为胜概。唐世诸公多有题咏。历宋至金明昌时尚存。"元人王恽也在《登鹳雀楼记》中写道："至元壬申（1272 年）三月，由御史里行来官晋府，十月戊寅，按事此州，获登故基，徙倚盘桓，逸情云上，虽杰观委地，昔人已非，而河山之伟，云烟之胜，不殊于往古矣。"

鹳雀楼立晋望秦，前瞻中条山秀，下瞰大河奔流，紫气度关而西入，黄河触华而东汇，龙踞虎视，下临八州，在唐代已是登临胜地。文人雅士凭栏远眺，但见黄河翻卷着金波，奔腾咆哮，顺流而下。妩媚的晚霞给河滩涂上一层光晕，五彩缤纷，如诗如画。河对岸深黛的华山，通天拔地，万象排空，起伏着悠远的苍茫。距鹳雀楼二十公里的西侯度遗址，在旧石器时代就是华夏民族的中心。华夏的"华"，指华山一带，黄河西岸这块地方；"夏"，指大夏民族。西为华,东为夏,鹳雀楼恰好坐落在中华坐标的中心点上。

鹳雀楼和岳阳楼、黄鹤楼、滕王阁,被誉为我国四大名楼。自古名胜出文章。文章与景物相映生辉,是中国文学史上的亮丽风景线。岳阳楼因范仲淹而不朽,黄鹤楼因李白、崔颢而出名,滕王阁因王勃而名扬天下,鹳雀楼因王之涣而誉满九州。北宋科学家沈括在《梦溪笔谈》中记载,鹳雀楼在唐代就被诗灌满了,"惟李益、王之涣、畅当三首最壮其观"。

公元704年,山西才子王之涣游览蒲州,登楼览胜,即兴写下的五绝《登鹳雀楼》,虽说只有二十个字,却以千钧巨椽描绘北国河山的磅礴气势和壮丽景象,堪称唐代五言诗的压卷之作。诗的前两句写景,一开口就缩万里于咫尺,尺幅间得千里之势;后两句写意,把哲理与景物、情势融会得天衣无缝。古代诗评家认为:"王诗短短二十字,前十字大意已尽,后十字有尺幅千里之势。"清人沈德潜在《唐诗别裁》中也说,《登鹳雀楼》"四语皆对,读来不嫌其排,骨高故也"。这首绝句总共两联,联联都用对仗,如果气势不够充沛,很容易雕琢呆板,支离破碎。《登鹳雀楼》首联用正对,句式极为工整,后一联用流水对,虽两句相对,却没有对仗的痕迹。1993年香港评选最受欢迎的唐诗,此诗在十佳中名列第四。

人们时常感叹王之涣走运——他在《全唐诗》中存诗不过六首,却有《登鹳雀楼》和《凉州词》(即《黄河远上白云间》)成其万世声名。或许《登鹳雀楼》的名气太大了,以至于围绕着它的署名权屡屡发生争议。唐人芮挺章的《国秀集》、明人赵宦光的《万首唐人绝句》和钟惺的《唐诗归》,不知是故意还是无意,竟把王诗的作者易为"朱斌"。但是,《登鹳雀楼》与王之涣早成为定式,要把作者改成一个陌生的名字,绝不是一件容易的事情。台湾诗人余光中戏言:王之涣传世之作寥寥,偏偏这首"白日依山尽",还有"朱斌"来抢,真是可恼!

李益的《登鹳雀楼》也值得一读:"鹳雀楼西百尺樯,汀州云树共茫茫。汉家箫鼓空流水,魏国山河半夕阳。事去千年犹恨速,愁来一日即为长。风烟并起思乡望,远目非春亦自伤。"诗人将历史沉思、现实感叹、个人感伤融为一体,赋景新切,寓感宏深,为历代所传诵。清初最有创见的文学批评家金圣叹说:"唐人思归诗甚多,乃更无急于此者。"畅当的《题鹳雀楼》:"迥临飞鸟上,高出尘世间。天势围平野,河流入断山。"生动描绘了鹳雀楼"迥标碧空，影倒横流"的秀美景色，诗境壮阔，逸情云上，不失为一首名作。但有王之涣《登鹳雀楼》在前，相较之下，李益、畅当的诗终因缺乏王诗的境界，只好让王之涣独步千古。

唐宋时期，拥山河之胜的蒲州名楼，成了诗人们赛诗的舞台。大历（766-780）年间，十大才子之一的耿湋曾写《登鹳雀楼》，感叹自己如同迷途的小鸟，抱负不成，壮志难酬。晚唐藩镇割据，朋党内讧，许多卓有才华的诗人沦为江湖游子，他们心里早就没了盛唐诗人的豪气。在落魄诗人司马札眼里，鹳雀楼烟云笼罩、阴影重重，夕阳日短、草木萧条。晚唐张乔的《题河中鹳雀楼》和吴融的《登鹳雀楼》，也情绪低沉，景色苍凉，看不到王之涣诗中的盛唐气象。

名诗传千载，黄河万古流。王之涣以如虹的才气，呵出了云蒸霞蔚的唐诗意蕴。唐代文学是中国历史上最有里程碑意义的高峰期，中华大地上的每一处山水，都铭刻着唐诗的印迹；中华儿女的每一条血脉，都流淌着唐诗的旋律。唐诗打开了中国人的精神世界，以亘古未有的激情鼓荡我们的理想，开阔我们的胸怀，升华我们的情操，奏响具有时代意蕴的华美乐章。

从北周到隋、唐、宋、金，七百年后，金兵与元军争夺蒲州。"夜半攻城一登，焚楼、橹，火照城中"，鹳雀楼毁于战火，仅存故基。此后，因黄河泛滥，河道频改，鹳雀楼故址难觅，人们只好把蒲州的西城楼当作"鹳雀楼"。其间，虽有登临题咏者，但不见王诗蓬勃向上的气象。正如清人尚登岸所说："河山偏只爱人游，长挽羲轮泛夕流。千里穷目诗句好，至今日影到西楼。"

1997年12月，鹳雀楼复建工程破土动工，重建的鹳雀楼四檐三层，通体采用唐代油漆画装饰。楼内陈设以黄河文化和河东文化为主题，彩色欧塑壁画、浮雕、蜡像、雕像，艺术地再现了"舜耕历山""大禹治水""嫘祖养蚕"等历史传说和秦晋名人，使盛唐景象重新得到了展示。

在中国文化史上，提炼时代精神和心灵的总是诗。马尔克斯是拉美魔幻现实主义文学的代表，他在诺奖宴会上讲话时，也把诗称为"平凡生活中的神秘力量"。我们吟诵王之涣的《登鹳雀楼》，领略"更上一层楼"的高远境界，仿佛觉得，山水给诗以灵感，诗给山水以灵魂。那些世代相传的诗词文本，是我们生生不息的文化滋养，民族复兴的精神支撑。

惠山皓彩入幽抱

共访青山寺，曾隐南朝人。

问古松桂老，开襟言笑新。

步移月亦出，水映石磷磷。

予洗肠中酒，君濯缨上尘。

皓彩入幽抱，清气逼苍旻。

信此澹忘归，淹留冰玉邻。

唐代诗人窦群一首意境清新的《同王晦伯朱遐景宿慧山寺》（慧，通惠），把一个个游客吸引到惠山。我们去那里造访，固然是为了品名满天下的"二泉"水，但更重要的，是寻找中华文化的乡愁，探索中华文化的历史命运。

惠山承载过厚重的历史。只有浸润着中华文化神韵的山，才有挹之不竭的灵感源泉；只有张扬着民族品格的水，才有与时俱进的时代之魂。

一

自古以来，惠山就是寻幽览胜、亲近自然的好去处。熙宁六年（1073年），苏轼赴任杭州途中，路过江苏无锡，他与诗友钱颖同游惠山，同品二泉水泡的小龙团，挥笔写下《惠山谒钱道人烹小龙团登绝顶望太湖》——

踏遍江南南岸山，逢山未免更留连。

独携天上小团月，来试人间第二泉。

石路萦回九龙脊，水光翻动五湖天。

孙登无语空归去，半岭松声万壑传。

这首七律想象奇特，意境丰富，一篇之中，句句皆奇；一句之中，字字皆奇，堪称"天下第一品茶诗"。你看诗人独携皓月，由天外飞来，与钱道人同汲"二泉"水，同品"小龙团"，明月有情洒惠山，清茶一杯也醉人。苏轼游览过无数或雄壮挺拔或清逸俊秀的名山，但"江南第一山"惠山，他来了就有点流连忘返。

惠山，以名泉佳水著称于世。苏轼诗中提到的"人间第二泉"，位于无锡西郊锡惠景区内。此泉有三个泉池，泉水从暗穴流出，再由龙口"吐"入池内。漪澜堂前有尊观音石，堂后就是闻名遐迩的"二泉亭"。亭内和亭前的泉池，相传由无锡县令敬澄所凿。上池为八角形，水质最佳；中池呈不规则方形，水从若冰洞浸出。此洞与石泉都是唐代僧人若冰发现的，故称"冰泉"。

这清碧甘洌的泉水，从开凿之日起，就和品泉鉴水连在了一起。唐朝是诗的黄金时代，也是茶之盛世。"茶圣"陆羽遍尝天下名泉，以为"庐山康王泉第一，惠山石泉第二"。一千多年间，帝王将相、文人墨客莫不以品"二泉"水为快。会昌(841–846)年间，宰相李德裕下令地方官用驿递的方法，把"二泉"水运到长安，供达官显贵享用。诗人皮日休写诗讽喻，曰："丞相常思煮茗时，郡侯催发只嫌迟；吴关去国三千里，莫笑杨妃爱荔枝。"

宋代，"二泉"水不仅被宋徽宗诏令为贡品，宋高宗也认为泡茶之水"惠山为上"。他南迁时，特意题写"源头活水"四字于二泉亭。康熙、乾隆多次到惠山品泉，写了不少诗，也题了不少联。明代著名书画家文徵明，更是将他在惠山的一壶茶，引至《惠山茶会图》中。

二

儒家以茶修德，道家以茶修心，佛家以茶修性，茶成了儒、道、释提升生命境界的媒介。贞元（785–804 年）之后，品茗悟道之风盛行，茶事诗家大量涌现，其中最著名的，当数新乐府运动的倡导者白居易。白公一生嗜茶，堪称茶的知音。"春风小榼三升酒，寒食深炉一碗茶""食罢一觉睡，醒来两瓯茶""无由持一碗，寄于爱茶人"……他有诗三千首留世，其中以茶为主题或叙及茶事的诗，就有六十首之多，是唐代写咏茶诗最多的诗人。

元稹和白居易齐名，并称"元白"。元公深知白居易嗜茶，特意写《一字至七字诗·茶》相赠。无心插柳柳成荫，这首宝塔诗成了我国古代茶诗中的名篇：

茶

香叶，嫩芽，

慕诗客，爱僧家。

碾雕白玉，罗织红纱。

铫煎黄蕊色，碗转曲尘花。

夜后邀陪明月，晨前命对朝霞。

洗尽古今人不倦，将知醉后岂堪夸。

元稹的宝塔诗文情并茂，道出了诗人与茶朝夕相伴、自由惬意的境界。元白之后，茶诗愈发兴盛，在苏轼、蔡襄、黄庭坚、陆游等大家的诗文中，都能看到他们爱茶、嗜茶、品茶的踪影。宋徽宗不仅嗜茶，还写了一部关于茶的论著《大观茶论》。现如今，惠山的茶文化居全国前列，想必是有缘由的。

吸引苏轼到惠山来的，除了和钱道人同汲"二泉"水煮茶品茗，还有我国五大淡水湖之一的太湖。太湖山环水绕，八百里湖岸蜿蜒如龙，三万六千顷碧波水光潋滟。苏轼站在惠山眺望，只见烟波浩渺，气象万千，七十二峰叠峦起伏。他临风怀古，饱览"浪叠雪峰连，山谷翠崖断"，品味"中流仿佛闻鸡鸣，何处堪追范蠡踪"，不由自主陶醉其间，物我两忘。

始建于南北朝的惠山寺，早就随着"人间第二泉"的声名誉满天下。唐宋时期，那里香火不绝，盛极一时。许多文人墨客如顾况、李绅、倪瓒、沈周等人，即使从门前路过，也要到寺里听晨钟暮鼓、经声佛号，体味遁世隐居的禅意人生。

锡山顶上的龙光塔鬼斧神工，是无锡的一座标志性建筑。我们登塔俯览山下，但见波涛翻滚，烟波浩渺，气势磅礴，水天一色，别有一番风情。远处传来的古寺钟声，仿佛是诗化的雷声，悠扬而神秘；二泉水淌过唐宋元明清的河道，波光粼粼，一路奔涌，倒映着一个又一个月圆——"但愿人长久，千里共婵娟"。

三

中秋赏月由"祭月""拜月"演变而来，宋代，被约定俗成为以赏月为中心的民间节日。由是，文人的笔触只要轻轻移动，就会以月寄心，与月亮相逢。月亮是古代文人写诗、作画常用的意象。他们写月，写的是月影；他们画月，画的是真情。真情实感一旦融入诗画之中，很容易引发"化学反应"。

临近中秋，惠山脚下金桂飘香。八月十五夜，人们到二泉边休憩聊天，品茶赏月，无锡民间音乐家华彦钧的二胡名曲《二泉映月》，一定能拨动你的心弦。要是你觉得还不过瘾，不妨踩着台阶往山上走走。途中，每一处亭台都是赏月的好去处。如果你从惠山寺御碑亭拾级而上，过洪武古银杏树不远就是听松亭。一块长约两米的天然石安卧亭中，附近有苍松翠柏烘托——这就是远近闻名的"听松石床"。传说，这石床是有灵性的，人躺上去，就会随着人的身高拉长或缩短。为了石床的"灵性"，来此体验的游客络绎不绝。

中秋对于无锡人来说，是最有传统意义的一天。无论阖家团圆，还是望乡思亲，都会借月状景，托月寄情，表达对亲人无尽的怀念和祝福。月亮是中秋的眼睛。李白诗云："今人不见古时月，今月曾经照古人。古人今人若流水，共看明月皆如此。"让古代的文化精粹流入今天的生活，让绵延不断的诗意沐浴未来的征程，无锡人忠实地守护着精神故乡，任凭时代变动不居，永远怀着自信和从容。

好美的中国乡村

地处皖、浙、赣交界处的婺源，是江西省的一个山区小县。那里山灵水秀，贤哲挺生，被誉为"海内灵奥名区"。我们慕名到婺源旅游，好像走进苏州的沧浪亭、狮子林、拙政园、留园等古典园林，在诗情画意的陶冶中，感受着"最美中国乡村"的魅力。

婺源山连着山，水连着水，山是青山，水是绿水，古朴秀美的风光既让人陶醉，又令人眷恋。我们只要瞅上一眼，就想天人合一，源远流长。它的气质，它的内存，不仅是当下的片断，更是过去和将来一以贯之的完美整体。

这种植根于山水的美的力量，是厚德、友爱、向善、孝道滋生的道德之长、思想之光和精神之美。它渗透在婺源的土壤里，不但融汇成一种观念，而且内化于心，外化于行，凝聚成砥砺操行、涵养文明的力量。在传统文化的传承发展中，汲取美的养分、慧的力量、文的气质，也就放大了婺源的人文内涵，孕育了"向美而生"的底蕴和风骨。

从本质上说，婺源文化是尚儒的。史籍记载，自宋至清，那里的文人存世三千一百部著作，其中一百七十二部入选纪晓岚主编的《四库全书》。江湾镇汪口村那座享誉中华的俞氏宗祠，不仅集中了俞姓家族的骄傲，也积淀着儒家文化的气场。大观年间（1107-1110 年），俞姓在此开山立基，八百年出了八十三个七品以上文武官员，十三个文人学者。宋代俞杲父子同朝为官，人称"父子柱史"；明代俞文进、俞文达兄弟同榜高中，也被传为佳话。在岁月流淌的长河里，俞氏宗祠是一座被汪口人世代守望的精神家园，数百年来，有多少人沿着青石板路走出大山，为人生平添了一份精彩。

凝聚着祖训家风的俞氏宗祠

坑头村是创造科举奇迹的摇篮。我们在村委会门前的广场上看到，横七竖八躺着几十个八角形柱础，每个柱础上面都有一个圆洞，上面刻着"乾隆乙酉科""乾隆乙亥科""道光己亥科"等字样。村民告诉我们，这是当年祝贺学子高中的旗杆石。它见证历代科举的成果，也点燃了读书向学的火种。

科举是中国历史上的"第五发明"，从隋唐到宋元，到明清，一直伴随着中华文化的历史进程。不管它有多少弊端，但作为诱导人们潜心向学的力量源泉，在很大程度上左右着中国的文风、文气和文脉，极大地提升了整个社会崇尚文化的氛围。

科举制度的"功绩"，是从根本上打破豪门世族对政治权力的垄断，把文化水准作为选拔官员的首要条件，使社会重心和人格价值形成了一种取向，一种文化秩序。科举制度给读书人炫示了一个既近又远的"诱惑"，于是，这诱惑就成了读书人浸入骨髓的抱负，改变命运的动力。"山间茅屋书生琅，放下扁担考一场"，形象地概括了婺源人崇尚读书的文化生态。

有这种文化生态催生，石头缝里也能长出大树！来婺源之前，我们从资料上看到，坑头村在明清两朝中了四十个进士，其中潘姓在明代就有十一个。潘潢是正德十六年（1521年）进士，先后担任户部尚书和南京工部、吏部、兵部尚书，因而享有"一门九进士、六部四尚书"的美誉。潘家老屋的门楼上，至今还挂着一块门匾，上面恭恭敬敬题写着"赐进士出身知婺源县事郑国宾——太宰读书处——南京礼部尚书潘潢——咸丰五年春"的字样。

婺源有句俗话："十户之村，不废朗读。"走出太宰读书处，我们见到了一位手捧书本轻声朗读的女学生。她不过十六七岁，也许就是"六部四尚书"潘潢的后人。我问她在哪里上学？她说："在清华镇中学。"我知道，坑头村地处深山，从那里到清华镇，光山路就有十多公里。我问："走那么远的路，累吗？"

她答："不累！"我问："星期天回家还用功？"她答："读完高中，我还要考北京的大学，不争分夺秒不行啊！"

我被她的远大志向感动了——"考北京的大学"，对一个山村女孩子来说，这是名副其实的"进京赶考"啊！

古人说："自孔子圣人，其学必始于观书。"书是人类视接千载、心通四海的桥梁，是每个人来到这个世界首先要拿的"通行证"。书总结了人类的智慧，是我们成长进步的阶梯。如果你的脚下不踏上一梯，踩着巨人的肩膀前进，终其一生也不过是只家雀。你可以不愁吃穿，自得其乐，但你无法开阔视野，掌握事物之理。从这个意义上说，读书是人生的避风港，诗意的栖居地，气质的涵养源。古人说："腹有诗书气自华。"读书给人带来的，不仅是知识的增长、视野的开阔，更是心境的淬炼、精神的澡雪和人格的升华。由此看来，书是人生所有的财富——有了物质，才能活着；有了精神，才是生活。

婺源是儒学的沃土，也是理学大师朱熹的故乡。在婺源人的人文架构中，朱熹是一簇引路的火把。他集理学之大成，建立了以"天道""天理"为核心的思想体系，是人们公认的可与孔孟比肩的大儒学家。他的"以理修身"思想不仅与婺源的民风合拍，也符合婺源人的道德标准。从南宋到乾隆年间，朱子理学走红六百年，对婺源文化及社会风气有着深刻影响。婺源人一直以朱熹为荣，他"穷理之要，必在读书"的教诲，让代代学子铭记在心！

在婺源行走，让我们叹为观止的，还有"我的祖先比你'阔'多了"的故事。传说明朝时，有七个文人到婺源游玩，走到渡口，便大呼小叫要船夫渡他们过河。船夫听说这几个人是文坛名士，有意向他们讨教学问，但七个文人谁也瞧不起船夫，随口出了对子的上联："尺蛇出洞量量九寸十分。"——讥笑船夫是小蛇一条。船夫应声对道："七雁投河点点三双一只。"——反讥他们是痴呆的大雁。

七个文人边走边观赏风景，他们看见路边有个茶棚，又目空一切地喊道："我等是北方才子，快快送杯茶来！"卖茶的村姑笑道："我这里有副对联，对出来不收茶资，对不出来再回家读书三年。"村姑随口说出上联："一杯清茶能解解解员之渴。"一连用了三个"解"字——这第一个"解"字，乃解除之意；第二个"解"字，乃姓氏中的解姓；第三个"解"字，乃乡试第一名，读"界"音。妙联一出，七个文人你看看我，我瞅瞅你，全傻眼了。

传说终归是传说，但婺源的"地域灵魂"绝不可小觑。透过这些，我们洞彻了婺源人的精神追求和内心世界，从一个侧面认识了婺源的文化底蕴。在婺源，就连地名也发思古之幽情。比如"紫阳""赋春""篁岭""理坑""词坑""虹关""太白"……哪一个不是文绉绉的？婺源的方言也很古雅，比如厕所称"舒园"，拔草称"刈青"，上午称"上昼"，黄昏称"断暗"，梅子叫"酸梅"，橘子叫"金豆"，猴子叫"猴狲"，母猪叫"猪娘"，甚至困了打瞌睡，也被称为"春困"，女人修面被说成"摘额"……地名和方言最能体现"地方美学"的特征，同时也闪烁着中华文明的光晕。

婺源于开元二十八年（740 年）建县，距今不过一千三百年。以厚重历史感和文化情怀孕育的乡土文化，是婺源的"地方心灵"。探究沉淀在当地民众心理结构中的文化因子，弄清这些文化因子对他们心理结构的塑造和影响，才算真正读懂了这个地方。

人人都说江南好，婺源美景赛江南。中国最美乡村的旷世之美，是自然生态和人文生态高度契合的蓝本，更是中华文化的超常集成和融合互鉴。

荆州古城墙

　　始建于汉代的荆州古城墙，与南京、西安、襄阳、兴城、平遥、北京等城市遗存的古城墙一道，以延续时间长、跨越朝代多、保存完好、规模恢宏而名闻遐迩。它的阅历有如一部编年史，无论你从哪章哪节读起，都能解码中华文化的精神基因和价值内涵。

　　荆州的历史可以追溯到公元前 6 世纪。唐代以前，长江流域最繁华的城市是扬州、益州（今成都）和荆州。这三座古城与以后崛起的西安、洛阳、开封、北京、杭州、南京、苏州等城市，构成了中国历史文化名城的第一方阵。荆州经过十五个王朝的刀光剑影，将文化底蕴深深烙印在这片载满梦想的土地上。面对以"铁打""完璧"著称的古城墙，我们只要登临其上，就能走进这位"历史老人"的家园。

　　荆州的古城墙由墙体、城门、瓮城、城垛、炮台等部分组成，城垣依地势而高下，顺湖池而迂回，就像一条逶迤绵延的游龙。城墙外，四季交替的原野勃发着无限生机；城墙内，悠远厚重的历史文化疏瀹灵魂，澡雪精神，昭示着不同的生命指归和精神向度。我国最早的城墙是周厉王姬胡修筑的，到了宋代，才由土墙发展成砖墙。我们看到，砌筑城墙的青砖有的刻着烧制时间、烧制地点和监制官员的姓名，铭文有阴刻，也有阳刻；书体有行书，也有楷书。荆州古城墙发现的文字砖，是洪武二年（1369 年）烧制的，它比修筑明长城用的文字砖，起码早了一百年。

　　在荆州古城墙修筑史上，文字砖是不可多得的实证。它像世代传承的"家谱"，悠久、凝重、有序，让人一眼就能看见昔日的峥嵘，感受到那个家族瓜飚绵绵、枝繁叶茂的气象。

荆州的古城墙与其他城市遗存的城墙相比，有着全闭合、多元化的特征。暗设在墙体中的藏兵洞，洞中有洞，从瞭望孔暗箭齐发，常常使攻城之敌猝不及防。城门、瓮城、马道、炮台等建筑形制，依然保留着明代砖城的风貌。护城河与古城墙，既是防御工事，又是人文景观。两千多年过去了，环绕城池的古城墙，雄伟挺拔，古朴深沉，就像城市的安全屏障。

一次次战火让荆州古城墙建了毁，毁了建，如今，城墙上行人，内环道驱车，外环道跑马，护城河荡舟，即使在幽静平淡的日子里，人们也能感受到生活的惬意。

荆州的古城墙有六座城门，城门外因地就势，增筑曲城，曲城门与主城门形成了双重城门，四重门防。改革开放后，为适应经济发展和保护古城的需要，当地政府又增开了新南门和新北门。至此，荆州古城加上改造加宽的小东门，就有三条机动主车道和五座古城门与外界连通。人们不管从哪座城门进出，都能抱希望而来，得彻悟而去，所有的憧憬和希望，全部成了复兴古城的梦想。

雄伟壮观的荆州古城墙

领略荆州古城墙的绝妙风采，最好的去处是东门和大北门。东门也叫"寅宾门"，城楼壮观，瓮城最大，是古代迎送朝廷使者和八方宾客的所在。大北门又称"拱极门"，古代为北上中原的驿道出口。我们沿着东门的马道拾级而上，信步登上雄伟峻肃的宾阳楼，只见章华台、江渎宫、息壤庙、辽王府、开元观、玄妙观、铁女寺、万寿宝塔等古建筑，如同一件件精美绝伦的艺术品，用不着张扬和渲染，本身就蕴含着深不可测的文化景象。远处的八岭山，林木葱郁，雄奇幽深，生命力格外古朴坚韧；古墓群、平头冢、换帽台、落帽台、马跑泉等胜迹，经过千年积蓄，也凝固成历史的标本、岁月的陶片和扑朔迷离的故事。

沿着古城墙一路前行，我们眼前飞舞着波澜壮阔的历史风云。楚国的崛起和衰亡，仿佛就在昨天。当它铅华落尽，风光不再，我们看到的最本真的东西，就是历久弥新的荆楚文化。中华文化的源头可以追溯到五千年前，但最早向世界展示大气和华丽的，却是春秋战国时期。屈原是我们不忍心提，又不得不提的爱国诗人，他把荆州作为建功报国的舞台，以悲剧的方式昭示着生命的价值。

荆州是三国文化的发祥地，各路英雄的爱恨情仇构成了魏、蜀、吴争雄的主轴。古城墙上，蜀国的彩旗随风招展，弥漫着当年的烽火狼烟；不远处的三国公园，把刘、关、张和"刘备借荆州""鲁肃讨荆州""关羽失荆州"等脍炙人口的故事，演绎成荆州人的生命和梦想。荆州是三国鼎立的沃土，只有这片土地，才能承载起群雄逐鹿、叱咤风云的豪迈。

"滚滚长江东逝水，浪花淘尽英雄。是非成败转头空，青山依旧在，几度夕阳红。白发渔樵江渚上，惯看秋月春风。一壶浊酒喜相逢，古今多少事，都付笑谈中"。明代文学家杨慎这阕《临江仙》，借历史兴亡抒发人生感慨，豪放中有含蓄，高亢中有深沉，让人在历史长河的奔腾中探索永恒价值，在成败得失间寻找深刻哲理，既有历史兴衰之感，又有人生沉浮之慨。

荆州古称江陵，是少有的宰相之城、文豪之城和名士之城。据说清代以前，共有二十三位宰相从那里走出，数不胜数的文人国士在那里流寓。我们站在城头，仿佛看见了楚庄王、孙叔敖、伍子胥、诸葛亮、张九龄、张居正等影响中国历史进程的王侯将相的身影，听到了屈原、宋玉、陶侃、习凿齿、王粲、李白、杜甫、岑参等文人墨客的歌吟。特别是李白在流放途中遇赦写的那首《下江陵》(《早发白帝城》),更给人一种锋棱挺拔、空灵飞动的欣喜。"朝辞白帝彩云间,千里江陵一日还。两岸猿声啼不住,轻舟已过万重山"。全诗悠扬轻快,意境奇妙,信手就能拈出回味悠长的气韵。杨慎在《升庵诗话》中称赞它:"惊风雨而泣鬼神矣。"的确,《下江陵》为李白雄奇奔放的诗风平添了飘逸之气,也使荆州因此誉满海内外。

漫步在荆州古城墙的观景走廊上,宛若行走在岁月长河的甬道里。荆州古城墙见证了一个个波澜壮阔的时代,展示着历史演进过程中的本来面目。荆州的历史太悠久了,随便一块砖、一片瓦,都比欧美一些国家的历史古老得多。世界上的事物都有一个规律,越是古老,神秘感就越浓重,无从查考的真伪也就越多。就像《周易》,万事万理皆系于它,可是,古往今来又有多少人能读懂弄通它?

荆州古城墙是古人留给我们的宝贵遗产,随着时光的流逝,也透射出了苍老和衰落的无奈。我们真担心有那么一天,释放着无限文化能量的荆州古城墙,会因风霜侵蚀和某些人的短视与盲目,失去好不容易才得以保存的本色。正因为如此,我们才有理由对它敬畏并进行保护,更有理由期待一座古城的神韵青春永在,与山川同寿!

荆州古城墙吸引我们的,是它满身的皱纹,甚至某些残缺不全。沧桑感是历史强劲的韧带,最能传唤生命的新陈代谢。这座古城墙所演绎的天荒地老,所映射的历史沧桑,都让人意犹未尽,流连忘返。就是那座亚洲最大的混凝土斜拉式长江大桥,那座仁立在凤凰广场中央的金凤腾飞雕塑,都与春天升腾的蛰气氤氲着,与城墙垛口下朦胧的灯带交织着,绘成了一幅既古典又现代的瑰丽画卷。

城市,是人类的创造;文化,是城市的灵魂。历史的滋养使荆州变得丰富、厚重、人文、传奇,动人的故事把荆州浸润得更加年轻,也更有魅力。

旅游,是一场观己察人的品读,是人与旅游景点进行沟通和交流的体验。能在荆州感受楚文化的精神粹质,能在心智和情操上得到美的陶冶,我们也就不虚此行了。

古黟桃花源

　　散落在长城内外、大江南北的古村落，是代代先民繁衍生息的聚居地。它像一件件历尽沧桑的文物，既有如诗如画般的聚落形态，又承载着丰富深厚的文化内涵。来到西递，我们仿佛走进了陶渊明营造的桃花源，满眼都是天人合一的自然美。

　　坐落在黄山南麓的西递，又叫"西川""西溪"。中国的地势西高东低，河水通常自西而东，顺势而下。西递的两条溪水却由东向西，缓缓奔流，所以就有了"西川""西溪"的称谓。明末清初，那里曾是古驿要道，朝廷设有"铺递所"，后来遂改名为"西递"。

　　西递是胡姓聚族而居的古村落。据《西递明经胡氏壬派宗谱》记载，西递胡氏的始祖胡昌翼是唐昭宗的皇子。公元904年，唐昭宗在梁王朱温的胁迫下，从长安迁都洛阳，途经陕县时皇后产下一子。他预感此行凶多吉少，便将皇子"护以御衣，侑以宝玩，匿讳民间"。后来，路过此地的徽商胡三公将他秘密带回老家安徽，改姓为"胡"，取名"昌翼"。公元925年，胡昌翼"明经登第"，胡三公才告知他的身世。于是，胡昌翼隐居乡里，"倡明经学，为世儒宗"。后人尊其为"明经公"，并以"明经胡氏"为姓。

　　西递始建于皇祐元年（1049年）。它之所以被联合国教科文组织列入《世界文化遗产名录》，就是因为那里的生态环境具有鲜明的徽州特色。曾在乾隆朝任户部尚书的曹文埴这样描述西递："青山云外深，白屋烟中出。双溪左右环，群木高下密。曲径如弯弓，连墙若比栉。自入桃源来，墟落此第一。"现如今，西递有"古黟人间仙境，桃花源里人家"的美誉，不能不说是安徽黟县的造化。

站在西递村口，我们首先被那座雕工精巧的石牌楼吸引住了。石牌楼古朴宏伟，富丽堂皇，正楼匾额上雕有"恩荣"二字，东西两面分别刻着"荆藩首相""胶州刺史"的字样。历史上，西递曾建有十三座石牌楼，以旌表孝悌贞节，但大都在"文革"中被毁。只有皇帝恩准敕建的胡文光牌楼，被当作"反面教材"保留了下来。它傲然矗立在西递村口，既是胡氏家族显赫地位的见证，也是西递九百多年沧海桑田的象征。

沿着纵横交错的街巷走进西递，脚下的路就像长长的胶卷，每一格都有动人的故事。西递的民居多为三间四合两层多进，外墙不设窗户，仅留天井采光通气。厅堂正中摆着一张木桌，上面放着徽商"四宝"：座钟、帽筒、花瓶和镜子，隐喻"终生平静"之意。我们不管走进哪家哪户，都能见到给人以陶醉、思索和启迪的楹联。"孝悌传家根本，诗书经世文章""世事让三分天宽地阔，心田存一点子种孙耕""几百年人家无非积善，第一等好事只是读书"等对联，是西递人感悟人生的体会，也是他们警示或鞭策自己的座右铭。

我们跨进一座名叫"瑞玉庭"的民居，这是一户典型的诗书人家。正厅墙壁上，有副"快乐每从辛苦得，便宜全自吃亏来"的楹联。耐人寻味的是，这副楹联中"快乐"的"快"字少了一点，"辛苦"的"辛"字多了一点——暗喻子孙少一点安逸，多一点奋斗，才能平安快乐。我们常说苦中有乐，乐在其中，西递人把这种辩证法演绎到了极致！

穿过石桥，便是胡氏祠堂的敬爱堂。胡氏祠堂分宗祠、总支祠、分支祠和家祠。坐落在村中央的敬爱堂，是胡氏祠堂的总支祠。祠堂横跨三十米，面积一千八百平方米，下庭两根黑色大理石柱与上庭两根大白果木柱，相互对称，支撑着规整的梁架，给人以恢宏端庄、雄伟壮观之感。祠堂是家族的圣殿，是一方独特的"中国印"。那里供奉着祖先的牌位和天地人的大道理，那里血脉绵延，传承赓续，千年百代，生生不息。走进祠堂，黄皮肤的中国人都能找到自己的"根"，都能听到先人熟悉的脚步声，感受到香火味里的家训和宗功祖德。

绣楼是小姐抛绣球招亲的所在。我们闲坐在美人靠上，品一杯香茗，浓郁的桃花香充溢其间，好像走进了"桃花源人家"。据说，那里经常有"抛彩球、选佳婿"的民俗节目表演，可惜我们没有遇到。否则，还不知名花最终落谁家呢！

从绣楼出来，我们漫步曲径深巷，感受徽派古建筑独特的神韵。建筑是凝固的音乐，固体的诗行。以黑白为底色的古民居在青山绿水的映衬下，好似一幅清新淡雅的水墨画。"有堂皆设井，无宅不雕花"。跨进居室，那华板、柱棋、莲花门，那上方的沿条、沿口，下方的石墙裙、屏风隔扇……都是精美的石刻、砖塑和木雕构件。石刻的奇花异卉、山川秀色，砖塑的楼台亭阁、人物戏文，木雕的八仙过河、狮子滚绣球，以及五颜六色的彩绘壁画、八景图画，其布局之工、结构之巧、造型之美、营造之精，件件体现着非凡的艺术创造力。西递是中国古民居建筑艺术的活标本，明清民居文化的博物馆。村民们在向游客介绍祖先的荣光时，也不忘记兜售他们真真假假的"文物"。

西递的整体布局犹如一条船。村民解释，这地方缺水，把村庄建成船型，就是期冀以船招水。西递人把山上流下来的溪水引进水渠，渠水清澈透亮，用温柔的臂膀把"船"搂在了怀里。村里的古建筑与水亲切拥抱，宛若城郭，好似园林，体现着优美的自然生态和浓郁的文化氛围。

中国古村落的选址、规划、布局、建筑和装饰，大都承载着传统的民族文化。其中最主要的，一是经世致用的儒家文化，二是建立在《易经》基础上的堪舆（风水）文化。用现在的观点来看未必科学，但它毕竟是古村落文化建设的基础，反映了古人宁静致远的精神境界和亲近自然的审美理想。一个村庄，一个家族，一部历史，一种文化，世代赓续的古村落是中华文化的"根"和"魂"。在西递漫步，我们油然升起一缕怀古之情。那古朴民居，幽幽深巷，道道券门，清清溪水，让我们在乡村园林中获得心灵的慰藉。

西递以阳尖山为背依，以罗峰山为朝拱，北面石狮山盘绕，南面天马山横亘，溪水缓缓穿行其间，构成了一片山环水抱的福地。我们站在村南山腰的观景台上俯瞰全村，更能感受到西递旷世的美丽与和谐。曲径通幽处，梦境在此间。西递真值得好好看看——不仅看自然生态，更重要的，是看浸润在徽派古建筑群中的历史文化，体味那份不屑于我们这个喧嚣世界的宁静。

梦回羑里城

　　出河南汤阴县城北行四公里，有座规模宏大的建筑群，名曰"羑里城"。那里是全世界遗存最早的国家监狱，是中华民族最早探索宇宙奥秘的卜筮哲学典籍——《周易》的发祥地。

　　文王拘演《周易》的故事，我小时候就听老师讲过；上中学时，才知道《周易》也叫《易经》，自古被尊为"群经之首""大道之源"，是几千年来上自王侯将相、下至凡夫俗子竞相阅读的经典著作。在大学里，当我掀开《周易》那层神秘的面纱，体悟它内在的深刻和美丽时，越发感到，这部奇书在神秘外衣的包裹下，建构对万事万物的认知体系，以独特的结构形式解读中国古代朴素的辩证法思想，筑起了古典文化建筑中一座巍峨的易学大厦。

　　当我来到闻名遐迩的羑里城，面对周文王威武的汉白玉雕像，思绪仿佛回到了公元前 11 世纪。穿过遥远、诡奇的时空，聆听一代哲人讲象数，说义理，论占筮，解风水，更加慨叹《周易》内容之丰富、思想之深刻。

　　《周易》记述了我国上古时期的经济、政治、文化状况，包括农业生产、畜牧养殖、生老病死、诉讼征伐、婚丧嫁娶、祭祀经商、天文历法等，不仅是一部探索宇宙奥秘的哲理书，也是一部反映上古社会生活的百科全书。《周易》深刻揭示了大自然否极泰来的变化规律，字里行间洋溢的相生相克、阴阳互补、天人合一思想，为后世营造了一个神秘的心灵牧场，使人们得以驰骋其间，以高度的历史自觉拓宽人生视野，把有限的生命变成无限。

　　有人说，哲学家读《周易》，能悟得思辨；政治家读《周易》，能悟得治世；数学家读《周易》，能悟得缜密；普通人读《周易》，能悟得处世良方……但在我看来，一千个人读《周易》，会有一千种感悟；一万个人读《周易》，会有一万种收获。不管谁和周文王进行思想碰撞或心灵交流，生命的境界都会得到提升，人生之旅都会变得平坦、顺畅。

周文王姓姬名昌，"文王"是武王灭商建周后所追授的谥号。文王四十五岁时，继承父亲公季的爵位，是为西伯。殷商时期，王之下有五等公爵：公、侯、伯、子、男，"伯"居中。姬氏部落崛起于陕西扶风、岐山和宝鸡一带，中国的青铜器凡是带铭文的，大都出自那里。文王顺命行道，实行仁政，一方面，"怀保小民"，发展农业，增强了部落的实力；另一方面，招贤纳士，广揽人才，伯夷、叔齐、闳夭、辛甲等贤士，纷纷归附到他的麾下，使岐周部落成了地方诸侯中最强大的一个。

岐周部落的强大，引起了商王朝的不安。纣王的亲信崇侯虎暗中进谗，于是，文王八十二岁时，被逆天暴物、耽于淫乐的纣王关进了羑里城。不管他心里多么愤懑，多么焦急，暂时是无法走出高墙了。怎样打发一个又一个漫长而孤独的长夜呢？姬昌感到了从未有过的无奈。他眼下唯一能做的，就是静下心来回忆和思考。

文王需要回忆和思考的东西太多了，他更想知道自己未来的命运。但怎样预测未来，又用什么方法预测呢？文王想起了传说中伏羲氏创造的八卦，想起了八卦中的乾、坤、震、巽、坎、离、艮、兑。于是，他把天、地、雷、风、水、火、山、泽作为万物之源，把世界上纷纭复杂的事物抽象为阴、阳，然后按照刚柔相对、变化其中的规律，将八卦推演为六十四卦和三百八十四爻……正当文王潜心预测自己的命运时，纣王杀死了他的长子伯邑，并烹成肉羹强令他喝下，妄图从精神上彻底把他击垮。面对纣王惨无人道的心理摧残，文王含泪喝下难以下咽的人肉羹，然后以磐石般的意志投入了对《周易》的研究。

整整七个春秋，文王用蓍草把六十四卦、三百八十四爻演绎得出神入化。《周易》的奥妙在于，一生二、二生三的变幻模式与世界变化暗合得天衣无缝。也许，文王在推演《周易》的过程中，找到了否极泰来的自然规律，要不然，他何以能忘却难以忍受的精神折磨，勇敢而顽强地活了下来？歪打正着的是，他的研究成果，为我国预测学埋下了第一块基石，他创立的《周易》演绎方法，也被当代信息科学广为借鉴。

周文王的功绩，固然在于他统领部族讨伐商纣，为西周的建立奠定了基础。但比这更绚烂更伟大的，是他为后人留下的《周易》。孔子是儒学的创始人，最早的儒家思想却在《周易》中孕育和生发。明人唐鼐在《重修羑里城周文王庙记》中有言："孔子之道即文王之道，流传古今，扶持纲常，羽翼王化，其有功于天下国家大矣。"孔子则感叹："文王既没，文不在兹乎！"

苦难催生了《周易》，也成就了文王。周文王关于人生哲理、生命价值、自然法则、修身养性和安身立命的思考，是历史学、社会学和生命科学常论常新的话题。也许，仅仅一句话，就能拨动人们的心弦，产生和谐美妙的共鸣；也许仅仅一朵思想火花，经过岁月的磨砺，就能淬炼成发人深省的启迪。

人生不能复制，但可以借鉴；人生不能重复，但可以创造。在羑里城这座远古监狱里，我走近周文王，就像走进了大千世界。在那里，我看到了人性狡诈、丑恶的一面，也感受到了人的意志的坚强和不屈，更重要的是，发现了苦难比快乐更有价值的真谛。快乐能给人以短暂的幸福，苦难却长久地刺激人的生命力。尤其是当苦难与你所追求的真理目标，与人世间的自然秩序、宇宙大道以及人类共同的价值理念联系在一起时，更能在心里产生一种幸福感，平添一种置身于苦难之上的超越力量，阻止外界可能强加于人的苦难。

中国有句老话，叫"多难兴邦"，这是对国家而言的；但对个人来说，则是"多难兴智"。苦难是上天赐予人类的宝贵财富，没有痛苦与死亡，人的生命不可能完整。将苦难转化为思考，转化为寻求智慧的动力，是中华民族历代精英的选择，也就是人们所说的"异禀"。

梦回羑里城，我每次都有新的感悟。从哲学的角度分析，人是需要在痛苦的反省中找回自我的，因此，苦难作为信念和意志的试金石，其实是化了妆的幸福和快乐——只要脊梁不弯，精神不倒，就能在逆境中坚定信念，磨砺意志，就没有迈不过去的"坎"，跨不过去的"山"！

守望

守 望
SHOU WANG XIANG CHOU
乡 愁

寻根黄帝陵

日本"画圣"东山魁夷画了一幅风景画，曰《根》。画面上，一株光秃秃的树根，你撕我咬，盘曲如虬，纵横交错，生死相依，深深扎进泥土之中，忘情地吮吸着天地灵气。唯有它，才能将大树的枝叶举向天空，支撑起一簇绿色的生命！

这种意象似乎是说，世间万物都有生命的根脉。中华儿女的始祖是轩辕黄帝。黄帝陵，作为中华文明的历史标识和精神家园，炎黄子孙的源头在这里，他们最初的呼吸和心跳也在这里。

一

当中华大地还处在太古洪荒时，先人们就把文明的开创贴附在黄帝身上，把他看作"人文之初"。至于黄帝出生在哪里，建立了什么功勋，只能靠猜测。余秋雨先生认为："猜测黄帝，就是猜测我们遥远的自己。"

不管是猜测还是传说，渐渐地，远古那些荒诞离奇的故事就被当成了史实。于是，司马迁追溯可能追溯到的源头，以不可超越的"母本"形态，求证中华民族的文化江山，交给了每个中国人一部生命化了的"族谱"。太史公确认，黄帝是奠定华夏文明的第一块基石，是中国五千年文明史的起点。

黄帝陵坐落在陕西黄陵县以北的桥山。桥山古称"轩辕之丘"，又叫"轩辕之台"。那里沮水环绕，苍茫起伏，因《史记》记载"上古，黄帝崩，葬桥

黄帝陵冢

山"而青史留名。那里有全国覆盖面积最大、保存最完整的古柏林,有"桥山夜月""南古黄花""龙湾晓雾""凤岭春烟"等黄陵八景。2015年深秋,我偕妻从西安出发,北行一百七十公里,来到被称为"天下第一陵"的黄帝陵,拜谒中华民族的祖先,寻找自己的生命之根。

在我国,尊宗法祖的传统源远流长。对于功昭日月的黄帝来说,后世的景仰之情可想而知。台湾诗人丘逢甲有首诗,最能表达这种爱国怀乡、敬宗法祖的情怀:

人生亦有祖,谁非炎黄孙?
归鸟思故林,落叶恋本根。

黄帝是中华儿女认同亲近的情感标识。五千年前,他率先民在这块土地上辛勤耕耘,繁衍生息。桥山那地方,既是炎黄子孙的产床,中华文明的发祥地,又是民族记忆中最生动的历史教科书。

二

拜谒黄帝，轩辕广场是起点。偌大的广场用五千块河卵石铺成，代表着中华民族五千年的历史。轩辕桥横跨印池，桥北通向庙院的龙尾道有九十五级台阶，象征着黄帝"九五之尊"的地位。沿着条石砌成的台阶拾级而上，我们来到了轩辕庙的山门。轩辕庙坐北朝南，庄严肃穆，黑漆庙门上悬挂着一帧匾额，爱国将领程潜手书的"人文初祖"四个大字，铁画银钩，端庄古拙，苍劲中带着股娟秀之气。庙门两边有副楹联"祖功泽百世，宗德润千秋"，透视出生命聚集和延续的意义。大殿画栋雕梁、碧瓦飞甍、红漆木柱、纹窗珠帘，煞是雄伟壮观。轩辕庙始建于汉初，经历朝历代重修扩建，融陵、山、水、城于一体，好一派庄严肃穆的气象！

跨进轩辕庙正殿，只见黄帝的塑像头戴朝天冠，身着宽衣袍，静静地端坐在大殿中央，就像一个憨厚的庄稼老头儿！圣像两侧各有两通石碑，右侧第一通刻着孙中山任中华民国临时大总统时的祭词："中华开国五千年，神州轩辕自古传，创造指南车，平定蚩尤乱；世界文明，唯有我先。"第二通石碑上，刻的是蒋介石题写的"黄帝陵"三个大字。左侧第一通石碑，为毛泽东、朱德同志1937年4月5日在国共两党同祭黄帝陵时的祭文；第二通石碑上刻的，则是邓小平手书的"炎黄子孙"四个大字。

跪在黄帝坐像前，我和妻恭恭敬敬上了一炷香。五千年前，黄帝伐榆罔、诛炎帝、杀蚩尤，历经五十二战，统一三大部落，建立了世界上第一个有共主的国家。他发明舟车、烧制陶器、捕鱼狩猎、饲养六畜、创医学、调音律、造文字、立典章，夯实了中华文明最初的基座。黄帝功高于山，德深如海，各方"咸尊轩辕为天子"。从此，以血缘为基础的原始部落，逐渐被跨地域的部落联盟所取代。

穿过轩辕庙正殿，院内有株黄帝栽植的古柏树，人称"黄帝手植柏"。1982年，英国林学家罗皮尔考察了二十七个国家和地区，惊叹它是"世界柏树之父"。这株古柏挺拔苍劲，郁郁葱葱，以磅礴的气势和壮烈的情怀，凝滞时代风雨，聚合岁月沧桑，一片老叶承载一个故事，一圈年轮成就一册史书。

从这个意义上说，古柏树是时间的具象符号，是一部生长着的中华文明史。时间的深沉力量，涵养华夏文化，塑造民族精神。循着交臂叠翠的古柏树，我们更能看清楚黄帝奠华夏之初基、开文明之先河的印迹。

继续往里走，左手有块一米见方的青石板，上面刻着黄帝的脚印。游客总爱把脚叠放在那双脚印上，用他们的话说，这是"踩着黄帝的足迹前进"。

三

离开轩辕庙正殿，前行不远就是黄帝陵。

黄帝陵古称"桥陵"，黄帝就是在那里乘龙升天的。传说，一次黄帝出巡河南，突然晴天响起霹雳，玉皇大帝派黄龙接他返驾。黄帝实在眷恋好不容易才开创的事业，更不愿离开与自己休戚与共的子民，无奈天意难违，只好跨上龙背，冉冉西去。当黄龙飞越桥山时，黄帝下驾与子民道别，大家拽着他的衣襟，眼含热泪，依依难舍。

最终，黄帝被黄龙带走了，他把衣冠留在桥山，人们便起冢为陵，永世祭扫。如今，黄帝陵前还有嘉靖年间立的"桥山龙驭"碑，笔锋雄浑，大气磅礴，彰显着王者的气宇。

秦朝规定，天子墓为"陵"，庶民坟称"墓"。黄帝陵山水环抱，气象森郁，我们呼吸着古柏吐纳的气息，仿佛听见了远古的呼唤。那里是黄帝的归宿，只有在那里，我们才能遥寄情思，有一种在母亲怀里的温暖感。

通往陵冢的道路旁，有块明代立的"下马石"，上面刻着"文武百官到此下马"八个大字。从下马石向前走，不远就是"汉武仙台"。公元前110年，汉武帝率十八万精兵北巡六郡，归来时路过桥山，幻想着像黄帝那样化仙升天，长生不老，于是传诏驻跸休息，祭奠黄帝，祈仙求神保佑国运昌隆。又命将士一人一担土，一夜之间筑起了汉武仙台。

沿着陵道登上黄帝陵，我们看见，墓台与土冢结合，上圆下方，具有"天圆地方""天地相合"的象征意义。至于黄帝陵建在哪个朝代，我查了很多资料，也没有得出确切答案。手头资料能证实的，就是中华儿女对黄帝的祭祀，从黄帝驾崩那年就开始了。黄帝仙逝后，大臣左彻每年都去祭奠，秦汉以降已经形成了制度。明太祖规定，祭文由皇帝亲笔撰写，陪祭官员要刻石立碑。清王朝立国二百六十多年，以国家的名义祭奠黄帝，至少有二十次之多！

四

中国人不信鬼神，但崇敬祖先。每到清明节，不论皇亲贵胄，还是平民百姓，不论海外赤子，抑或方内裔胞，都会不约而同到桥山祭陵。

寻根祭祖，不仅是生命的交流仪式，也是历史与文明的对话。人类从洪荒走来，黄帝是炎黄子孙的始祖。祭祀黄帝，既是华夏儿女尊祖爱国的情感表达，也是中华民族追根寻祖的文化认同。

黄帝陵还是海内外华人寻根、铸魂、筑梦、聚心的圣地。面对始祖圣陵，中华儿女都会搁置歧见，团结起来。1937年清明节，在中华民族危亡之际，国共两党捐弃前嫌、同祭先祖，共御外侮、一致抗日。毛泽东同志起草的那篇《祭黄帝陵文》，恰似抗日救亡的"出师表"，坚定了全民抗战的决心和信心。

1980年以来，祭祀黄帝形成了清明公祭、重阳民祭的传统。由香港特别行政区首任行政长官董建华、澳门特别行政区首任行政长官何厚铧分别题写的回归纪念碑，相继在黄帝陵落成。中国国民党荣誉主席连战、吴伯雄，新党主席郁慕明，世界华人协会会长程万琦等知名人士，也先后到黄帝陵寻根祭祖，为推动海峡两岸合作，促进祖国和平统一做出了贡献。

历史上，四大文明古国曾经显赫一时，为何古印度、古巴比伦和古埃及无可奈何地衰落了，唯独中华文明一脉相承、继往开来，源远流长五千年？原因很简单，就是中华民族不仅有辽阔的国土和完整的文化记忆，还有轩辕黄帝这个民族

黄帝手植柏

公认的"精神领袖"。中国人只要凭借"炎黄子孙"这个称谓，就能掀起民族情感奔腾不息的波涛，筑成坚不可摧的民族团结长城。

中华儿女谒陵祭祖已有几千年历史，这在世界历史上是绝无仅有的。黄帝身上体现的"修德振兵，抚顺讨逆；敦厚慈仁，有容善蓄；睿智文明，尊礼守义；多所改作，革故创新；克勤克俭，不屈不挠；协和辑睦，天人合一；同源同根，凝心聚力；励精图治，自强不息"等民族精神，始终起着维系民族情感、振奋民族精神的作用。拜谒祖陵，缅怀黄帝，就是为了继承和发扬这种精神，凝聚中华民族伟大复兴的力量。

五

黄帝陵背后有座瞭望台，我们登台四顾，整条沮河尽收眼底。那里背山面水，正是堪舆学公认的最佳位置：前有朱雀——沮河南岸的邱台山，陵丘后的高原恰似一个乌龟。左有青龙——那地方叫龙首，正所谓"神龙见首不见尾"；右有白虎——即"神虎见尾不见首"。把目光再放远点，陕北高原千沟万壑，起伏跌宕，黄河之水破峡谷，穿莽原，用甘甜的乳汁滋养古老文明葳蕤千秋；阳光普照，古柏森森，把黄帝陵衬托得至尊至伟。李白曾写诗咏叹：

> 黄帝铸鼎荆山崖，不炼黄金炼丹沙。
> 骑龙飞去心清家，云愁海思今人嗟。

黄帝是天神之父，大地之母，不管哪朝哪代，黄皮肤黑头发的中国人来到这里，都会充满生命的原动力，超自然的民族凝聚力！

黄帝陵——中国五千年文明的源头。那宽厚浑朴的黄土高原，那山环水抱的桥山沮河，那神圣肃穆的黄帝陵冢，那苍劲挺拔的参天古柏，挟千年风尘，从远古走来，用年轮沉淀历史的记忆，护佑中华民族屹立在世界东方。

华夏文明，浩浩荡荡，我祖勋德，万古流芳；蒙昧既启，开辟鸿荒，呜呼帝后，泽被八方……

遥远的殷墟

一

殷墟之所以名扬四海，不仅是因为它通过现场发掘和实物考证，使三千三百年前的商殷王朝恢复了记忆，还因为它重构中国古代文明的早期框架，为商殷考古确立了坚实的年代学基础。

殷墟之所以蜚声中外，不仅是因为它以甲骨文和青铜器揭开了商殷王朝的面纱，还因为它以重要的科学价值、历史价值和文化价值，被联合国教科文组织列入《世界文化遗产名录》，被国际专家、学者誉为"第二个古埃及"。

殷墟横跨洹河，古称"北蒙"，甲骨卜辞称其为"商邑"。殷墟发掘确证了殷都的历史方位，成为解读中华文明源头的初始密码。郭沫若先生赞叹："中原文化殷创始，观此胜于读古书。洹水安阳名不虚，三千年前是帝都。"

殷墟，就像一本翻开的历史教科书，记载着商殷时代的历史变迁和文化思考。我们探访殷墟，实际上是探访中华文明典型的奴隶制社会。

二

甲骨文的发现，经历了一个曲折坎坷的过程。

1899 年深秋，金石学家、鉴藏家王懿荣身患痢疾，家人在宣武门外的鹤年堂药店抓药时，抓到一味名叫"龙骨"的中药。王懿荣猜测，这味中药或许与《史记》"闻古五帝三王发动举事，必先决蓍龟"的记载有关。他通过山东古董商人范维卿收购，几个月就购买了一千五百多块。这个意外发现把汉字历史推到了殷商时代，王懿荣也由此成为我国甲骨文研究的奠基人。

1900 年，八国联军进攻北京，王懿荣被任命为京师团练大臣，负责京城的军事防务。8 月 14 日，八国联军攻破东直门，他写下绝命词："吾义不可苟生！"然后偕夫人与长媳投井以殉。王公为官清廉，债台高筑，儿子王翰甫为偿还债务，不得不把父亲收藏的龙骨卖掉了。

买主是王懿荣的好友、《老残游记》的作者刘鹗。刘公买下王懿荣收藏的甲骨，等于接过了甲骨文研究的重担。1903 年，他在付梓中篇谴责小说《老残游记》的同时，又从收藏的五千片甲骨中精选一千零五十八片，辑成《铁云藏龟》石印出版，使甲骨文首次从私家秘藏走到了公众面前。

后来，刘鹗辑印的甲骨文拓本被他的儿女亲家——著名考古学家、金石家罗振玉看到了。罗公以广博的学识对甲骨文进行释读，断定甲骨刻辞是殷代王室的遗物。他提出，首先要考定甲骨的出土地点——出土地点考定了，才有可能理清甲骨文的来龙去脉。

1908 年，一位姓范的古董商人酒后失言，让罗振玉意外听到了一个地名：河南安阳小屯村。他派弟弟和亲友前去勘察，毫不费力就找到了甲骨的出土地。罗振玉从小屯村紧靠洹河的地理位置，联想到《史记》记载的"洹水南殷虚（虚同墟）上"，以及唐人《史记正义》中"相州安阳本盘庚所都，即北冢殷虚"的话，从而得出结论：小屯村就是商代晚期的都城遗址，而甲骨卜辞正是殷王室的藏物。

1915 年 3 月，罗振玉亲自到小屯村勘察。中国近代考古学由此出发，一个对甲骨文进行现场勘察、废墟释疑、实证立言的时代开始了！

罗振玉对甲骨文的研究偏重于文字释读，而近代大学者王国维，则通过甲骨文来研究殷代历史。1917 年，他发表的《殷卜辞中所见先公先王考》，证实了《史记·殷本纪》记载的殷代世系，并非呓想，也不是虚构。

王国维对殷代历史的研究，把甲骨文研究推向了高峰。由于他，中国新史学在片片甲骨中奠基了。

1928 年，中央研究院决定，由国家组织力量发掘殷墟遗址。蔡元培院长特意致电河南守军冯玉祥将军，请他派兵驻守小屯，监护殷墟的发掘。

在中国考古史上，1928 年是个分水岭。从那一年开始，中央研究院对殷墟连续进行大规模发掘，从发现的十五万片甲骨、四千五百多个单字来看，甲骨文经过金文、篆书、隶书、楷书等字体的演变，已经具备了汉字象形、指事、会意、形声、转注、假借等造字方法，保留了以形、音、义为基本特征的汉字结构，成为中国已知最早成系统的文字形式，世界四大古文字中唯一传承至今的方块字。

甲骨文不仅是商殷时代的文明符号，更是照亮中华文明的明灯。它结束了仓颉造字的神话传说，印证了包括《史记》在内的一系列文献的真实性，把有记载的中华文明史向前推进了五百年。

文明的核心是文字。全世界四大文明古国中，古代苏美尔和古埃及的文字消失了，其文明也就消亡了；古印度的文字中断了，今天的印度和古印度也就出现了文化断裂。唯独中华民族的甲骨文、大篆、小篆、隶书、楷体、草书传到了 21 世纪，中华文明才不死不灭，保持着旺盛的生命力和影响力。

三

殷墟的精彩，全在地下。商朝是中国青铜时代的第二个王朝，殷墟出土的青铜器，包括礼器、乐器、兵器、生活用具、装饰品、艺术品等，形制丰富多样，纹饰繁缛神秘，见证了商代以礼器和兵器为主的青铜文明。

1939 年 3 月出土于武官村的司母戊鼎，在商殷青铜器中最负盛名。司母戊鼎也叫"后母戊鼎"，是商王祖庚为祭祀母亲戊铸造的祭器，也是迄今发现的世界上最大最重的青铜器。司母戊鼎通体以雷纹为底纹，以饕餮纹、夔纹为主体装饰，是古代科技与艺术、雕塑与绘画的完美结合，代表了中国青铜文化的最高水平。

青铜鼎由陶鼎发展而来，最早是日用容器，后来被当成祭祀天帝和祖先的"神器"。在奴隶社会盛期，鼎是一种"别上下，明贵贱"的礼器，典籍上就有"天子九鼎、诸侯七鼎、大夫五鼎、元士三鼎"的记载。那时，鼎成了贵族身份的代表，权力和地位的象征。青铜鼎以雄浑古朴的造型、精美细腻的纹饰，弥漫着殷商时代的文化气息，给后人以深沉凝重的历史感。

中国是世界上最早进入青铜时代的国家,青铜器种类繁多、制作技术精湛,充分体现了中国青铜器的民族风格和艺术价值,展示了中国源远流长的青铜文化。与世界上其他文明古国相比,殷墟出土的青铜器器形厚重,铸造工艺高超,既反映了商殷先民的宗教情感和审美观念,也意味着殷墟青铜文化达到了前所未有的高度。

商代曾自豪地将殷地称为"大邑商"。1928年以来,考古工作者在小屯村陆续发现了八十多座宫殿、宗庙、祭坛等建筑基址。这些形制阔大、气势恢宏、布局严整的基址,足以证明殷墟不但是殷王朝的都城遗址,而且是世界文明古国中最著名的"古典城邦"之一。新中国成立后发掘的建筑基址,是殷墟宫殿宗庙区的主体和都城遗址的重心。十五座甲组建筑基址是商王的宫殿,二十一座结构繁复、面积巨大、互相连属的乙组建筑基址是宗庙建筑,十七座丙组建筑基址是祭坛建筑。它们当年的故事,在密集的邑聚间得到了自然表达。

殷墟发掘以来,曾多次发现车马坑。畜力车是古代先民最重要的陆上交通工具。殷代畜力车作为我国考古发现的实物标本,证明中华民族是世界上最早发明和使用畜力车的民族之一。车马坑和道路遗迹展现了我国古代交通的基本雏形,对研究殷代都城的形成和变迁,具有极其重要的价值。

从本质上说,殷墟挖掘所开启的,不仅是商殷时代记忆的闸门,而且是现代的精神启蒙。有了殷墟,有了文字,商殷王朝的风景就看得一清二楚了。

四

殷墟是久远的,也是神奇的。商殷王朝从地下醒来,让所有已经拒绝接受远古安慰的中国人,不能不重新瞪大了眼睛。

作为中国最早最完整的古代都城遗址,殷墟以规模巨大、规划严饬、独具风格的宫廷建筑和商王陵墓体现出来的气派卓绝一时;以造字方法成熟、内容丰富、传承有序的甲骨文,在世界文明史上独领风骚;以制作精美、纹饰细腻、应用广泛的青铜器闻名中外;以青铜冶铸、玉器制作、制车、制骨、制陶、纺织等高度发达的手工业享誉世界。

殷墟文化遗存是历史对我们的丰厚馈赠。这本翻开的文明教科书告诉人们，中华民族不但早就有了文字、青铜器、都市三项标志文明成熟的要素，而且建立了精密的天文观察系统，能够准确记录日食、月食和星象。殷代历法采用阴阳合历，将一年分为十二个月，并以增加闰月的方法，解决了与回归年实际太阳日的矛盾。

殷墟文化遗存是历史对我们的现代阐释。这本翻开的文明教科书告诉人们，商殷时代拥有最先进的矿产选采冶炼技术和农作物栽培管理技术；他们建立完整的教学机构，数学不仅有个、十、百、千、万的概念，还采用了十进位制。商殷时代的医学也很发达，举凡外科、内科、妇产科、小儿科、五官科等医学门类，不仅已被人类认识，药物、针灸、按摩等治疗方法，也达到了较高的水平。

殷墟文化遗存是历史对我们的精神启蒙。这本翻开的文明教科书告诉人们，商殷先民的审美水平，已经达到了一定的高度。司母戊鼎的气韵和纹饰、妇好墓出土的精美玉器，今天还让海内外鉴赏家叹为观止。

……

华夏先民不管大事小事，都喜欢向苍天、宗祖问卜，但他们没有想到，问卜用的卜辞却是记载商殷历史的信据。殷墟遗址所展示的实证细节，更让后世对那段历史无可置疑。

公元前1320年，商王盘庚为了走出内忧外患的困境，把都城从奄（今山东曲阜）迁到了殷地（今安阳小屯村）。殷，是盘庚迁都后对商王朝的别称，一般称"商殷"或者"殷商"。三千三百年后，我们站在洹河之滨，历史风云从眼前飘过，《诗经·商颂》曾经温暖过的时代，也赋予了我们新的历史使命。

那就抓紧出发吧！脚下的路，任重道远。

鉴湖越台名士乡

一

国都临都郡治州府首邑，水乡桥乡酒乡名士之乡。做了几千年水之梦，绍兴缓缓从橹声中醒来。

绍兴古称"会稽""山阴""越州"，1131 年，宋高宗取"绍奕世之宏休，兴百年之丕绪"之意，改元"绍兴"。绍者，始也；兴者，中兴也——绍兴由此而得名。绍兴是先民的家园、文明的摇篮，岁月被鉴湖水淘了一遍又一遍，淘洗出一抹赏不尽的风景，留下了一串听不够的故事。

绍兴水在城中，城在水中，犹如一座"漂在水上的古邑"。三山万户巷盘曲，百桥千街水纵横，无论你倚桥顾盼，凭栏远眺，还是在大街小巷徜徉漫步，都能领略"文物之邦、水乡泽国"的诗情画意。那里就像天界馈赠给人间的水墨画，随风飘落在江南一隅，让我们直想卷起来，顺水路带回家乡。

绍兴备会稽之形胜，具山阴之风韵，无处不是历史的切片、文化的标本。春秋的风、秦汉的雨、唐宋的雅、明清的颂、民国的韵……全都搭乘乌篷船款款驶来，欸乃的桨声和着吴越软语，把乡愁留在牵动全世界鼠标的古城里。

绍兴钟灵毓秀，人杰地灵。1961 年，毛泽东同志作《七律二首》，纪念鲁迅先生八十寿辰：

博大胆识铁石坚，刀光剑影任翔旋。

龙华喋血不眠夜，犹制小诗赋管弦。

鉴湖越台名士乡，忧忡为国痛断肠。

剑南歌接秋风吟，一例氤氲入诗囊。

悠悠鉴湖水，浓浓古越情。绍兴名流荟萃，赓续相继，从那里走出来的名士，用明代公安派领袖袁宏道的话说："如过江之鲫。"

两千五百年的文化底蕴，搅动着水乡泽国的人文情怀。我们兴冲冲去访绍兴，离古城越近，越能触动心中诗意的琴弦，风尘仆仆的脚步是它悠扬的歌吟。

二

绍兴的灵魂是会稽山塑造的。建在会稽山麓的大禹陵，古称"禹庙"。其实，大禹陵不是庙，而是大禹的葬地，是纪念夏朝"立国之祖"的所在。

大禹是中国古代的治水英雄。相传四千年前，九州洪灾肆虐，大禹的父亲鲧用"堵"的办法治水，结果事倍功半。大禹反其道而行之，因势利导，改"堵"为"疏"，终于治平了水患。司马迁在《史记》中记载，大禹治水

江南水乡的诗情画意

十三年，"三过家门而不入"。大禹陵拜厅的柱子上有副对联："三过其门虚度辛壬癸甲，八年于外平成江淮河汉。"高度概括了大禹艰苦奋斗、自强不息，公而忘私、民为邦本的精神。

大禹去世后，被安葬在绍兴东南的会稽山。往事越千年。会稽山山明水秀，挥洒着不尽的"王霸之气"。当年，大禹在那里会诸侯，祭诸神，明君位，示一体，开春秋"诸侯会盟"之先河。秦始皇统一天下后，出于对会稽山的敬意，特旨"上会稽，祭大禹"。建隆元年（960年），宋太祖颁诏保护禹陵，自此，祭陵成了国家法典。

大禹所昭示的，是一种精神，一种美德。这种精神和美德一旦融入中华文化，就承载起了一个民族的责任和担当。

1946年6月，由阮璞作词、俞鹏作曲的《大禹纪念歌》，传遍了大江南北。这首激人奋进的乐章，生动诠释大禹治水的时代精神，追思先贤，策励后人，至今仍在浙江中小学校传唱。

"东南山水越为首""天下风光数会稽"。春秋时期，会稽上演的吴越争霸活报剧，使稀世政治家、军事家、"商圣"范蠡名垂青史！

公元前494年，吴国把越国打得大败，越王勾践为吴王"驾车养马"，执役三年。获释回国后，他卧薪尝胆，发愤图强，在谋臣文种、范蠡的辅佐下，内亲群臣，下义百姓，劝农桑，务积谷，外对吴王纵其所欲，衰其斗志，终于复国雪耻，圆了春秋时期最后一个霸主梦。

范蠡的高明之处，不仅在于审时度势，以持盈者与天、定倾者与人、节事者与地和后则用阴、先则用阳，近则用柔、远则用刚的灵活战术，辅佐勾践兴越灭吴，还在于他功成名就急流勇退，经商致富，成为远近闻名的"陶朱公"。世人赞誉他："忠以为国；智以保身；商以致富，成名天下。"

春秋战国将近五百年，以功名始终者唯范蠡一人。绍兴涵养了范蠡的智慧，范蠡使绍兴名扬四海。

东汉称得上杰出思想家的名士，唯有深得董仲舒、司马迁、扬雄赞誉的王充。王充的祖上因从军有功，由河北迁居江南，"孤门细祖"几代后，子孙就成了绍兴人。王充的哲学思想虽然属于道家，却与"黄老之学"不同。在他看来，天地是无意志的自然的物质实体，宇宙万物的运动变化和事物的生成都是自然无为的结果；天地万物都是由物质性的"气"生成的。"气"是一种物质元素，元气、精气、和气的自然运动，构成了庞大的宇宙生成模式。他的代表作《论衡》解释世俗之疑，辨照是非之理，是古代"博通众流百家之言"的哲学文献。

三

"竹林七贤"的精神领袖嵇康，堪称中国文化史上第一等率性洒脱的名士。他与阮籍并称于世，但就生命的乐章而言，却比阮籍清晰、响亮得多！

嵇康的可爱之处，莫过于藐视世俗，放浪形骸，把庄子哲学人间化、诗化了。他离乡背井隐居山阳（今河南焦作东南），后来在洛阳城外开了个铁匠铺，整天叮叮当当打铁。嵇康打铁，没人要他打，只是自愿；没有实利可图，只是觉得开心。

"越名教而任自然"的生活方式成全了嵇康。他写的《养生论》，是中国第一篇全面论述养生的专论；他的诗，气峻辞清，立意高远；他的文，大气磅礴，深刻犀利；他的书法，精光照人，气格凌云。嵇康还通晓音律，他的《琴赋》《声无哀乐论》等音乐理论著作，鼓吹自然和谐，呼唤心灵回归，在魏晋南北朝独树一帜。

假如嵇康的艺术成就得益于打铁，这铁打得还真值！

嵇康一生敬佩阮籍，对那些知心换命的朋友，也因过分看重而割舍不下。公元262年夏，他遭钟会陷害，被判处死刑。嵇公临刑自若，援琴弹奏名曲《广陵散》，神秘的旋律、生命的绝响，让后世既敬慕，又怀念！

嵇康之死，为中国文化史做了某种悲剧性的人格奠基，开拓了中国知识分子自在而又自为的心灵秘土。余秋雨先生说："中华文明的成果就是从这方心灵秘土中生长出来的，以后各个门类的千年传代都与此有关。"

绍兴出了嵇康这样的名士，应该感到幸运，更应该自豪和骄傲！

兰渚山下的兰亭，以景幽、事雅、文妙、书绝闻名遐迩。在这座一千六百年前的园林里，鹅池池水清碧，白鹅戏水，见证着王羲之爱鹅、养鹅、书鹅的传说。池旁有座碑亭，碑上刻的"鹅池"二字，相传"鹅"字由王羲之所书，"池"字则出自其子王献之的手笔——父子合璧，传为千古佳话。

早在魏晋时代,兰亭就是江南的游览圣地。永和九年（353 年）三月初三,王羲之邀谢安、孙绰等名士文友,至兰亭修禊雅聚,饮酒赋诗,曲水流觞。而后,他把众人的诗汇编成册,并乘兴赋序——这就是有"天下第一行书"之称的《兰亭集序》。

王羲之以钟繇为师,融汇众家之长,他的书法出水芙蓉,浑然天成,点横撇捺皆成气度。是以,王羲之被尊为"书圣",和钟繇并称"钟王"。我们细品王羲之的书法,一撇一捺,一点一横,不仅有楷书的体态法度,更有书法家的情操和人格,以及蕴含其中的养心、正己、修德之理。

王羲之是东晋最著名的书法家,但王家出了多少书法才俊,一时还真数不上来。史籍记载,王羲之的祖父生了八个儿子,其中四个可以载入史册。到了王羲之一辈,堂兄弟中王恬、王洽、王劭、王荟、王茂之,个个都是书法大家；王洽的儿子王珣、王珉,也是有名的书法俊彦。王羲之有七个儿子,其中五个从不同方面继承发扬了他。古人评论："凝之得其韵,操之得其体,徽之得其势,涣之得其貌,献之得其源。"

更加令人惊诧不已的,是王家女性中也有不少书法家。王羲之的妻子郗璿,被誉为"女中仙笔"；王羲之的儿媳妇、王凝之的妻子谢道韫,其书法"雍容和雅,芳馥可玩",堪称"人中之凤"。王洽的妻子荀氏、王珉的妻子汪氏,都是罕见的书法高手。就连王献之的保姆李如意,由于耳濡目染,也能写手好字。

书法是以点画示人的视觉艺术,不仅包蕴着民族的意趣和文化基因,也积淀着中华文化的价值观。古人说,写字先做人,做人先立德。以德为要,德才兼美,才能在点画之美中养心怡情,于千锤百炼中铸造经典。

公元 383 年,东晋与前秦的淝水之战,使谢安的声望达到了顶点。他放逐官场,没人比他走得更潇洒！谢安死后,他的侄孙谢灵运寄情山水,成了我国山水诗的鼻祖。谢灵运一生佩服的人不多,唯独对族弟谢惠连刮目相看。谢惠连的《雪赋》《捣衣》,他说自己写不出来。一百年后,南朝谢朓以"继汉开唐"的山水诗与谢灵运齐名,世称"小谢"；因为谢朓与谢灵运同宗,又称"二谢"。李白终生仰慕小谢,他的"我吟谢朓诗上语,朔风飒飒吹风语""解道澄江静如练,令人常忆谢玄晖"等名句,至今仍被广泛传唱。

这种家族式的文化大聚集,是中国文化史上千年不遇的生命氛围。它出现在公元 4 世纪的绍兴，此前不能重复，此后也不可再造。因为这珍罕的集体生命，并不是容易模仿的。

四

贺知章早年迁居山阴，少时即以诗文闻名，官做到了礼部侍郎、太子宾客、秘书监。贺公风流放旷，尤喜饮酒，杜甫的《饮中八仙歌》开篇说："知章骑马似乘船，眼花落井水底眠。"——他醉酒之后，骑在马上前俯后仰，就像坐在船上一般。醉眼昏花掉到井里，竟然在井底睡着了。由此看来，贺知章还真够得上"四明狂客"。

天宝二年（743 年），贺知章求还乡里，唐玄宗以御制诗相赠，皇太子率百官饯行。这礼仪也够隆重的了。屈指算来，贺公离开家乡已经半个世纪了，当年风华正茂，而今鬓毛疏落，心里自然有说不尽的感慨，他作《回乡偶书》记之："少小离家老大回，乡音无改鬓毛衰。儿童相见不相识，笑问客从何处来。""离别家乡岁月多，近来人事半消磨。唯有门前镜湖水，春风不改旧时波。"诗人从充满感慨的自画像，到戏剧性的儿童笑问，弦外之音如空谷传响，哀婉不绝。虽然家乡物是人非，但镜湖的水波一如既往，不改旧容。《回乡偶书》的"偶"字，不是说贺诗作得偶然，而是说他的诗情来自生活、发于心底，不知不觉把读者带进了诗境。

这首脍炙人口的《回乡偶书》问世不久，贺知章就病逝了，享年八十六岁。李白对酒思人，回首往事，怅然写下《对酒忆贺监二首》纪念。

涌动在中国人心头的，是文化的"还乡"与"寻根"。绍兴文化，让我们在寻找心灵原乡的同时，用历史滋养"新的时间"，每一程都有诗心相伴。

陆游生活在偏安的南宋，他的一生，呼吸着时代的气息，呐喊着抗金复国的强音。绍兴十一年（1141 年）十二月，岳飞以"莫须有"的罪名被害。陆游闻噩耗，说不出话，哭不出声，半夜徘徊中庭，和泪书写英雄的遗作《满江红》。

陆游原本不想做诗人，也不愿被后人当作诗人看。他志在"经世"从政，渴望驰骋沙场，抗金复国，但屡屡遭到主和派的迫害，一生郁郁不得其志。

陆游不能成就莘渭事业，只好将一腔忠愤尽托于诗，"六十年间万首诗"，成了中国文学史上存诗最多的爱国诗人。

朱自清先生说："在过去的诗人中，也许只有他（陆游）才配称得上爱国诗人。"从"报国寸心坚如铁""残躯未死敢忘国"，到"一闻战鼓意气生，犹能为国平燕赵"；从"安得铁衣三万骑，为君王取旧山河"，到"逆胡未灭心未平，孤剑床头铿有声"，陆游留下的爱国诗，气势奔放、境界壮阔，字里行间奔腾的金戈铁马声，是特定历史时期的一面镜子，并由此具有了不朽的诗史价值。

国破山河在，诗心不可摧。读陆游的诗，最容易让人热血沸腾。"早岁那知世事艰，中原北望气如山。楼船夜雪瓜洲渡，铁马秋风大散关。塞上长城空自许，镜中衰鬓已先斑。出师一表真名世，千载谁堪伯仲间"。陆游六十二岁写的那首《书愤》，字字是"悲"，句句是"愤"，强烈抒发了诗人壮志未酬的郁愤之情。这种情感一旦冲决心灵的堤坝，就会升华为崇高的道德责任。嘉定三年（1210年），陆游与世长辞，绝笔《示儿》"死去元知万事空，但悲不见九州同。王师北定中原日，家祭无忘告乃翁"。既是诗人披肝沥胆的遗嘱，也是他爱国情怀的写照。

陆游高扬爱国主义旗帜，淋漓尽致地展示南宋文人的人格力量，他的诗焕发的精神力量和文化品性，直指雄浑激昂的人生美学。陆游所追求的，是契合自己个性的艺术因子，是从民族文化根基上萌生的精气神。有了它，陆诗就有了打动读者的艺术力量，有了精神的归属和生命的意义。

梁启超诗云："诗界千年靡靡风，兵魂销尽国魂空。集中十九从军乐，亘古男儿一放翁。"——"放翁"是陆游的号，他很喜欢这个称谓，别人也这样叫他，一叫就叫了八百年。

五

徐渭是地地道道的绍兴人。他诗、文、书、画无所不精，与解缙、杨慎并称为"明代三才子"，是"青藤画派"的鼻祖、中国"泼墨大写意画派"的创始人。

徐渭最鲜明的艺术特征是独创。他说："鸟学人言，本性还是鸟。写诗如果一味模拟前人，学得再像，也不过是鸟学人言而已，毫无真实价值。"徐渭的写意花鸟，在似与不似之间，皆一挥而就，笔势狂逸，水墨淋漓，气格刚健，虚实相生，使人觉得他的画就是一幅苍劲的书法。正如晚明文学家张岱所言："今见青藤诸画，离奇超脱，苍劲中姿媚跃出，与其书法奇绝略同。昔人谓摩诘之诗，诗中有画，摩诘之画，画中有诗；余谓青藤之书，书中有画，青藤之画，画中有书。"

中国山水画肇始于隋唐，成熟于北宋。古人强调自然与心性、心性与笔墨、笔墨与图像相互统一，认为山水画是打通人与道的基本方法，也是中国传统的"山水精神"。中国的山水画，说到底画的是道、是人，而不是真正的山水。徐渭以"书中有画、画中有书"为艺术追求，画了一幅幅惊世骇俗的水墨画。他笔下的花木，以勾、点、泼、皴等技法，将牡丹之雍容、紫薇之隽秀、竹子之萧疏、霜菊之孤傲、寒梅之挺洁，摹画得入木三分。他笔下的水墨葡萄，串串果实倒挂枝头，鲜嫩欲滴，茂盛的叶子用豪放泼辣的水墨技法点来，浓淡交错，风格疏放，代表了徐渭大写意花卉的风格。画上的题诗："半生落魄已成翁，独立书斋啸晚风。笔底明珠无处卖，闲抛闲置野藤中。"字势欹斜跌宕，诗、书、画完美统一，使受局限的写意画传达出深阔的思想容量。

张岱比徐渭稍晚一些，人称"明清第一散文大家"。张岱爱生活、爱花鸟、爱繁华、爱热闹……但他最酷爱的，还是文字。张公自嘲"学书不成，学剑不成，学节义不成，学时文不成，学仙学佛、学种地皆不成"，偏偏"一事无成"的张陶庵（张岱号陶庵），竟把诗文学成了。

"蝶庵居士"张岱工诗擅文，精于小品，有"小品圣手"之誉。有人说，他是晚明小品的集大成者，具大节义、大学问、大手笔。他的绝代名著《陶庵梦忆》《西湖梦寻》《夜航船》《湖心亭看雪》等，语言清新，文笔柔美，识见奇卓，情致深厚，生动描写了江南水乡的山水风光、风花雪月、花鸟鱼虫、古玩珍异，丰神绰约，富有诗意，洋溢着赏心悦目、休闲遣兴的艺术韵味，读之如历山川，如睹风俗……张岱喜欢热闹，又耽于做梦。他的热闹，是一个世界的热闹；他的梦，是一个人的梦！

张岱爱热闹，文字写得也热闹。他戏谑天成，下笔有神，骨子里的痞气、蛮气、风流气，改不掉也掩不住，读之有趣味、有口味、有幽默感。所著除《自为墓志铭》中所列十五种之外,还有《琅嬛文集》《快园道古》《奚囊十集》《涫朗乞巧录》等三十余种。古人评价:"吾越有明一代,才人称徐文长(徐渭字文长)、张陶庵,徐以奇警胜,先生以雄浑胜。"

与张岱同时代的,还有变形人物画的杰出代表陈洪绶。陈公所画的人物形象夸张,变态怪异,以色彩含蓄、格调高古享誉晚明画坛。他的艺术成就,突出表现在版画方面。明代是中国版画的黄金时代,陈洪绶独霸人物画坛,《九歌图》《屈子行吟图》,都是稀世珍品。他花四个月时间创作的《水浒叶子》,后世的水浒英雄画没人能够超越。他给《西厢记》画的插图,达到了传统文人的最高境界。时人评价陈洪绶:"力量气局,超拔磊落,在仇(英)、唐(寅)之上,盖明三百年无此笔墨矣。"

诗、文、书、画是古代文人最经典的情感表达方式。徐渭、张岱、陈洪绶在山水间获得精神解放,被解放了的山水又成为他们艺术创作的源泉。他们没想成为里程碑,却独树一帜,从绍兴连接起了以后的中华艺术史。

六

位于绍兴塔山附近的和畅堂,古朴典雅,环境清幽,没有任何装饰的黑漆大门,氤氲着鉴湖女侠的剑琴风华。门楣上何香凝先生题书的"秋瑾故居"匾额,足见一位女革命家对另一位妇女解放运动先驱的赞赏和怀念。

秋瑾少年时代曾在和畅堂读书习文,练拳舞剑。她从日本回国后,那里就成了她从事革命活动的重要场所。秋瑾故居陈列着她为妇女解放事业奋斗不息的实物、照片、手迹、书刊,以及与她一起从事革命斗争的徐锡麟、陶成章等烈士的照片、手迹等文物。当你看到秋瑾当年用过的文房四宝、刻有"鉴湖雌侠""秋闺瑾印"的象牙印章和她飒爽英姿手扶佩剑的男装照片,当你于无声处读到她的《勉女权歌》:"吾辈爱自由,勉励自由一杯酒,男女平权天赋就,岂甘居牛后?愿奋然自拔,一洗从前羞耻垢……"以及"危局如斯敢惜身?愿将生命作牺牲""拼将十万头颅血,须把乾坤力挽回"等诗句时,更能近距离领略中国近代高亢激越的革命风云。

"莫重男儿薄女儿,平台诗句赐蛾眉。吾侪得此添生色,始信英雄亦有雌"。

秋瑾是近代中国首位女权运动者，1904年，她东渡日本，寻求救国救民的真理。1907年1月创办《中国女报》，号召同胞诸姊妹："为醒狮之前驱，为文明之先导，为迷津筏，为暗室灯……"同年7月，徐锡麟组织安庆起义失败，秋瑾不幸被捕。面对敌人的严刑拷打，她大义凛然，坚贞不屈。7月15日，怒号的秋风、呜咽的山水，默默为一代女侠送行。孙中山闻噩耗，含悲题赠其"鉴湖女侠千古巾帼英雄"十个大字。

参观完鲁迅故居和鲁迅纪念馆，我们愈发感到，鲁迅早已融入中华民族的血液。无论什么时候阅读中国现代文学，他都是一个绕不开的存在。

鲁迅被公认为中国现代文学的奠基人。他全部创作的"总序言"《狂人日记》，深刻揭露封建礼教吃人的本质，"救救孩子"的呼声，至今仍回荡在历史和现实之中；他成功塑造的以"精神胜利法"自尊自大、自轻自贱，自欺欺人、欺软怕硬的阿Q，深刻批判了病态中国的国民劣根性；"哀其不幸，怒其不争"，他笑中含泪的艺术描写，体现出大艺术家的大悲悯和大情怀。他的散文集《朝花夕拾》，纵横古今中外，既诙谐幽默，又尖锐泼辣。他的散文诗集《野草》，融深刻思想与奇特形象于一体，成为中国现代诗史上难以逾越的高峰。鲁迅独创的风行一时的杂文，"论时事不留面子，砭痼弊常取类型"，是"匕首和投枪"，更是一把犀利的解剖刀。

鲁迅从"解剖自己"入手，剖开中国文化的深层，触及到了每个人的"根性"。我们对着鲁迅这面镜子，照见的就是我们自己。他以现代人的清醒、思想家的理智、革命家的敏锐和文学家的激情，构建了一个独特的文学世界，并引领我们造访远古的遗存，攀缘精神的圣地。毫不夸张地说，我们所寄寓的文学传统，有相当一部分肇始于鲁迅。

鲁迅的价值，在于他发现了中华民族图强的"秘密"——国家立于不败之地，"其首在立人"。而这个"人"，一定要具有独立、自由的精神，完善的心智与人格。这是鲁迅精神的核心，也是其精神的出发点和归宿。

鲁迅为什么常读常新？就是因为他把"立人"和国民性改造、新文化建设联系起来，纠葛着历史的敏感之点，人性的敏感之点和存在的敏感之点。他对中国文化进行的改写，是发自思想深处的文化自觉——既有对民族文化的忧虑与反思，也有对民族前途的拷问与考量；既有对本土文化的诊脉和甄别，也有对世界文化的探究和展望。鲁迅是一部百科全书，写着我们民族的过去与现在，中华文化的根脉在这里得以延伸。

现代作家郁达夫说："没有伟大人物出现的民族，是世界上最可怜的生物之群；有了伟大人物而不知拥护、爱戴、崇拜的国家，是没有希望的奴隶之邦。"享有"民族魂"之誉的鲁迅，是大变革时代的文化巨人。在人类文学和思想的星空上，他的光辉永远不会褪色！

七

历史是过去了的现在，现在的一切都来自昨天。到了现当代，更没有哪里像绍兴那样，星光灿烂，歆动中外，我们随便拎出一个，都会令人振聋发聩。比如——

蔡元培：著名革命家、教育家、政治家；

刘大白：著名诗人、文学史家、新诗开创者；

马寅初：当代著名经济学家、教育学家、人口学家；

马一浮：现代思想家、新儒家的代表人物之一；

夏丏尊：著名文学家、语文学家；

周建人：中国民主促进会创始人之一，现代著名社会活动家、生物学家；

竺可桢：著名地理学家和气象学家，中国近代地理学的奠基人；

陈建功：数学教育家，我国函数论研究的开拓者之一；

朱自清：中国现代著名诗人、散文家；

俞平伯：著名诗人、作家、红学家；

钱三强：著名核物理学家，院士；

谢晋：著名电影导演，中国电影之父；

……

毫无疑问，这些名士都是绍兴最灵慧的文化精魂，最璀璨的地域标签。有了他们，绍兴自然会找到生命的方向，点燃心灵的青春。

有一个故事，叫汴梁

开封古称"汴梁""东京""汴京"，是一座历史悠久的文化名城。

开封的古老沧桑，要到新石器时代去追溯，要到夏彝周鼎上去触摸，要到秦简汉牍中去稽考，要到范仲淹、欧阳修、王安石、苏轼、张择端等文化名人的行踪中去寻觅。

据史籍记载，夏朝在开封建都，称"老丘"；商朝在开封奠基，名"嚣"；春秋五霸，郑庄公修仓城，启拓封疆，取名"启封"。战国时期，魏惠王迁都邑，始为帝都。到了汉代，因避汉景帝刘启讳，改"启"为"开"——"开封"由此而得名。

"琪树明霞五凤楼，夷门自古帝王州"。战国时期的魏，五代时期的后梁、后晋、后汉、后周以及北宋、金，都在开封立国建都。而今，这里仍是全世界城市中轴线从未改变过的"七朝都会"。

悠久的历史，使开封厚重、博大，底气十足！

历经三千年风雨洗礼，开封繁荣过，也衰败过。黄河六次决堤淹没了开封，现在我们所看到的，只是古城褪了色的遗址。如果对地下十三米深的土层做个剖面，更能看清楚开封历史变迁的轨迹。

北宋被泥沙埋在脚下，升腾着这座古城历经苦难、愈挫愈勇的豪迈之气。一次次被洪水吞噬，几回回被战火焚毁，开封人一代又一代，骨子里有勇，脉络里有智，血液中是火，气质里是钢，谁都不肯丢下祖宗开创的基业。开封人是顽强的，灾难难不倒，不死就重建，他们把战天斗地当成一种常态；

开封人是坚韧的，他们在灾难中站起，在废墟上再生，终于"水涨城高"，形成了"城摞城"的地理奇观。

开封好壮烈啊，壮烈得和庞贝城几乎相似！公元79年10月，地中海东岸的那座古城，还没来得及从地震中醒来，维苏威火山的岩浆就把它从地球上抹掉了。灭顶之灾使庞贝城的生命戛然而止，它在它被毁灭的瞬间，凝固成我们今天所能领略的古文明遗址。庞贝城遗址之所以惊心动魄，撼山震岳，就在于它真实地保留着灾难降临前庞贝人的模样。如今，这座"天然历史博物馆"已被联合国教科文组织列入《世界文化遗产名录》。

还有以色列首都耶路撒冷，它虽然被誉为"和平之城"，但世界上没有哪座城市比它遭受的苦难更多。从公元前586年被新巴比伦国王尼布甲尼撒二世攻陷之日起，耶路撒冷至少被毁灭了八九次。它一次次被毁，一次次重建，终于成了犹太教、基督教和伊斯兰教基本教义派的圣地，无神论和有神论对峙交锋的前沿，全世界被投注信仰最多的所在。不同文化、不同宗教、不同民族、不同社会阶层集合在那里，既严守教规又有世俗的生活方式，其旺盛的延续性和生命力，在全球其他国际大都市中很难找到。

开封和庞贝、耶路撒冷一样，早已凝固成不可复制的标本。它铭刻在人们心里，更让开封人扬眉吐气！开封人对祖根不离不弃，有人说他们不思进取。其实，痴心不改，固执地坚守，也是一种信念、一种骨气。开封多像多灾多难、英勇顽强的祖国啊——洪水淹不死，泥沙埋不住，战火烧不垮，苦难压不倒，不屈不挠，坚忍不拔，为实现民族复兴中国梦不懈地奋斗！

九百年前，张择端将北宋的繁华景象绘进《清明上河图》；九百年后，开封的梦想正变成现实。

今日开封，"躺着的画卷"站起来了。一城古韵，二街瓦肆，三大秀场，"一进一出"间，演绎着古城的精彩蝶变。

记忆中的东城古城墙，颓垣残壁、低矮破败，现在再看，仿佛一夜之间"长高"了、"变靓"了。全长十四公里的城墙，是我国现存仅次于南京城墙的古代城垣建筑。半城水、一幅画、一个故事，是古城开封的"文化宝贝"。如今，这"三宝"已经活化为文化旅游项目。一条御河连通包公湖和龙亭湖，夜晚乘画舫畅游，穿过仿宋桥、包公祠、天波杨府、龙亭……处处是看不尽的园林美景，赏不完的桨声灯影。在占地六百亩的清明上河园，一弯虹桥、勾栏瓦肆、市井街巷，无不是宋代建筑的复原。

一城古韵，一脉文化，让一段有血有肉的历史可触可感。古城开封，已被打造成现代文化产业的"超级平台"。

始建于洪武十二年（1379 年）的鼓楼，曾因毁于战火而被拆除。2012 年复建后，由传统夜市变成了观光夜市。夜色降临，鼓楼亮起盏盏红灯，两旁的仿古餐车一字排开，叫卖声不绝于耳。沙家牛肉、五香兔肉、炒红薯泥、羊蹄……我们随便点上一份，都能品尝出北宋的味道。鼓楼街和书店街成"丁"字形连通，是开封集多种业态为一体的"文商旅"样本。鼓楼街东西走向，经过改造已成为中原大地唯一保留民国建筑风貌的商业街。街内的鼓楼食坊、宋都小吃和评书、坠子、大鼓书、宋词弹唱，再现了宋朝"勾栏瓦肆"的盛况。书店街南北走向，街边建筑有仿明清样式，也有西式和中西合璧式。这些老房子经营图书音响、笔墨纸砚、体育器材、中外乐器、古今字画，生意红红火火，承载着《东京梦华录》中多少传奇故事！

开封有"三大秀场"：《大宋·东京梦华》、多媒体歌舞剧《千回大宋》和我国首个室外水上演绎秀《银基O绣》。"三大秀场"以北宋历史为背景，以开封人文为主线，融舞蹈、武术、杂技为一炉，再现了北宋的市井风俗和繁华盛景，诉说着一幕幕独具风情的大宋故事。"三大秀场"外，各个景点实景演出的《大宋东京保卫战》《岳飞枪挑小梁王》《包公巡视汴梁河槽》《梁山好汉劫囚车》等剧目，美轮美奂，吸引着一拨又一拨游客。

徜徉在开封新开发的宋都御街、清明上河园、翰园碑林、开封府和大梁门，犹如走进了"东方威尼斯"。这些景点与包公湖、龙亭湖、铁塔湖、城门楼、古城墙交相辉映，形成了"一城宋韵半城水"的鲜明特色。我和河北省记协的同志一起穿城门，越虹桥，过张择端像，游览开封府、包公祠、大相国寺、七盛角，看鳞次栉比的仿宋建筑群，"宋家汴都全盛时，万方玉帛梯航随"的景象如在眼前。

发源于开封的"宋文化"，对中原文化的繁荣发展产生了深远影响——作为"戏曲之乡"，开封是豫剧"祥符调"的发祥地；作为"木版年画之乡"，朱仙镇的木版年画被誉为国宝；作为"盘鼓艺术之乡"，开封盘鼓参加了香港、澳门回归和新中国成立五十周年的庆典活动；作为中国五大名绣之一的汴绣，其独特的针法绣出了中国民间手工艺的精品；作为"书画艺术之乡"，那里诞生了苏、黄、米、蔡四大书系，翰园碑林成为集诗、书、画、印为一体的艺术宝库。开封还是"豫菜"的发祥地，享有中国烹饪始祖之誉的伊尹，就出生于兹。

开封人酷爱菊花，可以追溯到一千六百年前的南北朝。千头菊、大理菊、九龙菊、魏紫菊、姚黄菊……黄花遍圃中，菊香满天下。乾隆皇帝曾来开封赏菊，留下了"风叶梧青落，霜花菊百堆"等诗句。花以景衬，景以花容，开封真有"十月花潮人影乱，香风十里动菊城"的韵味。作为"菊花之乡"，开封不仅孕育了世界上第一部菊艺专著，还在1999年昆明世界园艺博览会上，一举夺得四项第一，确立了"开封菊花甲天下"的地位。

建于皇祐元年（1049年）的开宝寺塔，是开封的标志性建筑。铁塔通体镶嵌着赭色琉璃砖，砖面饰以栩栩如生的飞天、麒麟、伎乐等图案，远远望去，虽非铁铸胜似铁铸。九百年来，雷轰电击而不毁，水淹风摧而不塌，战火地震而不垮，巍然屹立在天地之间。我们怀着好奇心走进铁塔，逐级向上攀登，就像在塔中进行一场接力赛。当我们爬上塔顶，眺望被晚霞染成褐红色的开封城时，一个历史与现实交相辉映的古城，钟灵毓秀，格外耐人寻味。

开封在我们眼里，是古老的——梁园汴水、繁台舟桥、隋堤金池、七角八巷，尽展古色古韵；但开封也是现代的——黄河大桥、高速公路、金明广场、水光楼影，再现时代英姿。每座古城都有它独特的历史情怀，开封更给游人留下了无尽的怀念。

开封，"开"乃进、乃兴；"封"则退、则衰。开封的复兴之梦，将伴随着古城"开封"的步音，迈得更加铿锵响亮。

襄阳，来了就不想走

一

襄阳，南船北马，七省通衢，十里青山半入城，一道汉水穿城过，自古就是交通要塞、经贸重镇、文化名城。

襄阳，不南不北，亦南亦北，历史上即为八方商品的集散地、南北文化的交汇点，史称"襄河道"。

然而，襄阳的地名却是前几年才"找"回来的——2010 年 11 月 16 日，经国务院批复同意，襄樊市更名为"襄阳市"。作为行政区划，"襄樊"的地名始于 1948 年。1950 年隶属襄阳专署，1983 年地市合并，其行政区域并入襄樊市，满打满算不过六十余年。而襄阳作为行政区的名称，从古到今延续了将近两千年。

东汉末年，自从荆州刺史刘表移州治襄阳，襄阳城便横空出世，雄踞淮汉。建安十三年（208 年），曹操置襄阳郡。此后，襄阳一直为州、道、路、郡、署的治所。悠久丰富的人文历史，与"襄阳小儿齐拍手，拦街争唱《白铜鞮》""襄阳好风日，留醉与山翁"中的"襄阳"，紧紧地联系在了一起。

二

襄阳是文学艺术开宗立派的地方，是孕育明星大师和传世精品的所在。

早在战国时期，那里就诞生了中国文学史上第一个辞赋作家——宋玉。宋公首创的赋体文学，催发了中国文学的觉醒和纯文学的诞生，与中国开端性诗人屈原并称"屈宋"。唐代，襄阳走出了大诗人孟浩然，他"为多山水乐，频作泛舟行"，与同时期的王维并称"王孟"。北宋倡导"学书为乐"，那里又涌现出与苏轼、蔡襄、黄庭坚齐名的大书法家米芾。米公博采王羲之、欧阳询、褚遂良、颜真卿、柳公权等著名书家之优长，追求潇洒情趣，形以达德，真草、隶、篆无所不能，那些谁看了谁觉得眼熟，但又说不出是谁的笔意的书法艺术，被米芾交互取用，独成一格，成就了一个德艺双馨的"米襄阳"。

丰富的人文资源，源远流长的文化传统，犹如一个大磁场，吸引贤达名人荟萃于此。三国智星诸葛亮，晋代名将羊祜、杜预，唐朝大诗人杜审言、张九龄、李白、杜甫、岑参、韩愈、刘禹锡、李贺、元稹、白居易、杜牧，宋代诗文大家范仲淹、欧阳修、梅尧臣、曾巩、王安石、苏轼、黄庭坚、陆游，明清文化大师张居正、唐寅、袁宏道、袁中道、袁枚等人，都成了襄阳不可多得的代言人。他们"外揽山水之秀，内得人文之胜"，吟唱酬和，留下了一篇篇讴吟襄阳的诗作。像杜审言的《登襄阳城》、王维的《汉江临眺》、李白的《襄阳曲》、杜甫的《解闷（其六）》……都记述着襄阳特有的精神追求、文化精神和智慧力量，尽显古城的历史风华与人文之美。那里诞生的吟诵襄阳山水之胜和美丽传说的诗，少说也有二千五百首，其中尤以唐诗为盛，多达三百余首。

诗歌是从故乡出发、最终抵达故乡的旅程；故乡，是诗人创作生命的营养源。诗人对故乡的感悟，关系着诗人艺术生命的长短和质量。从这个意义上说，优秀诗歌都具有故乡的意义。没有故乡的诗人，肯定缺乏诗歌成长的酵母，也写不出有筋骨有温度的优秀作品。

襄阳是荆楚文化的发祥地。从周成王封熊绎于荆山丹阳开始，几代楚王继往开来，五百年基业红红火火。"下里巴人""阳春白雪""曲高和寡"等典故家喻户晓，"穿天节""端公舞""牵钩戏""唢呐巫音"等楚俗广为流传。西周邓城、宜城楚皇城、南漳楚寨群、枣阳九连墩等楚文化遗迹，无不彰显着春秋战国的文化底蕴。

襄阳是三国文化之乡。《三国志》八十六卷有十八卷写到襄阳，《三国演义》中最精彩的"剧目"，大都在襄阳"上演"。徐庶、司马徽、庞统、刘备、关羽、张正、刘表、诸葛亮、曹操、周瑜等政治精英汇聚到那里，通过"司马荐贤""马跃檀溪""三顾茅庐""隆中策对""水淹七军""火烧赤壁""三气周瑜"等传奇故事，与襄阳紧紧联系在一起，呈现出一派蔚为大观的文化气象。

丰富的自然景观和人文胜迹，是襄阳特有的文化标识。始建于西汉的襄阳城，"楼阁依山出，城高逼太空"，护城河最宽处达二百五十米，素有"华夏第一城池"之称。广德寺碧水环绕，古木参天，是中原最著名的古刹。鹿门寺环山临水，秀丽壮观，汇聚了多少佛教徒和文人雅士！古隆中是以诸葛亮故居为主体的风景名胜区，自然风光优美，人文景观丰富，是一座三国文化大观园。米公祠亭堂台榭错落有致，石林碑廊曲径通幽，书法大家遗墨满壁，宛若一座巨大的艺术宝库。

文化是城市的灵魂。一方水土，一座古城，有了这些人文胜迹和文化精灵，就会芳名远播，辉耀日月！

三

在陆路交通相对闭塞的时代，襄阳就是内河最便捷最畅达的"黄金水道"。南方人到北方去，或者北方人到南方来，必须在襄阳下船乘马或弃马登舟。由此，襄阳成了人口流动和商品交易最繁忙的码头。汉代，襄阳南援三州，北集京都，上控陇坻，下接江湖，导财运货，懋迁有无；唐宋，襄阳往来行舟，夹岸停泊，千帆所聚，万商云集；明清，襄阳商贾连樯，列肆殷盛，客至如林，商业贸易辐射到了大江南北。古人曾这样描述襄阳的繁荣景象："酒旗相望大堤头，堤下连樯堤上楼。日暮行人争渡急，桨声幽轧满中流。"

商业贸易的繁荣，必然带来文学艺术的兴盛。南北朝时，襄阳就是著名乐府《西曲歌》《襄阳乐》《白铜鞮》的发源地。产生于唐代的《大堤曲》，颇为李白、刘禹锡、李贺等诗人喜爱，他们以此为题，创作了许多脍炙人口的诗篇。到了明清，随着襄阳商业和手工业的发展，形成了皮坊街、瓷器街、炮铺街、米花街、铁匠街等具有行业特点的街巷。数以万计的从业人员聚集一地，自然少不了对文化的渴求。于是，勾栏瓦舍、茶馆戏楼、剧场书场应运而生。

美国哲学家路易斯·芒福德说："城市，专门用来流传人类文明的成果。"与商埠经济发展相适应，襄阳把丰富的文化元素融入城市的个性之中，出现了代表某地或某行业利益的办事机构——商会会馆。明清时，仅樊城一带就建有山陕、江西、江苏、浙江、徽州、福建等地的会馆三十多座。会馆是异地设在本埠的民间经济团体，一方面，为同乡提供当地风土人情、市场行情、经营场所、饮食住宿等方面的服务；另一方面，协调同乡与当地经营者、同乡与同乡之间的关系。同时，把全国各地的经济信息、乡事民情带到襄阳，以推动那里经济、文化的蓬勃发展。

沿汉水排列的商会会馆，随时随地影响着襄阳经济、文化的发展。会馆开展的多种文化活动，既提升了当地民众的审美情趣，也促进了襄阳文化与各地文化的交流。最早产生于鄂西的西曲，入陕后变成了土腔小调，后来重返襄阳，发展成了楚调。随着李自成"军戏"带来的同州梆子和蒲州梆子广为流传，本地楚调又与秦腔、越调、清戏相融合，形成的"西皮襄阳腔"被京剧吸纳。河南坠子在襄河流域落地生根后，不但由一人演唱发展成双人或多人演唱，而且更加注重抒情性和戏剧性。源于民间的"躲躲戏"加入文场伴奏后，历经数十载传承发展，以其绝无仅有的艺术魅力，荣登国家第三批非物质文化遗产扩展项目名录。

四

源远流长的荆襄文化，兴旺繁茂的城市文明，瑰丽多彩的诗文华章，在襄阳这块宝地上聚合成一个个亮点，让后人源源不断地传承光大。

古城悠悠，千年风雨，如无言的碑雕，记录着历史的风华；汉水滔滔，不舍昼夜，烙下一方水土的印记，滋养着悠远、深厚的襄阳文化！

时代是衬托城市梦想的底色。襄阳把汉水文化的内涵，物化为外在的城市符号，实现了地方文化与现代城市的有机衔接。"江山留胜迹，我辈复登临"。一个山清水秀、天蓝地绿，城在林中、人在景中的古城，正在汉水之滨崛起。我们只要瞅上一眼，就想留下来，分享这座历史文化名城的热情。

无字碑前的沉思

立在乾陵朱雀门外司马道东侧的无字碑，是唐中宗为母后武则天立的墓碑。碑首八条螭龙缠绕，碑身圆首方趺，两侧各刻一幅《升龙图》，龙爪锋劲，活灵活现，是我国迄今最大的一幅升龙图像。碑座阳面刻的《狮马图》，雄狮昂首怒目，骏马俯首屈蹄。整通墓碑浑然天成，无与伦比，堪称"历代碑群之冠"。

乾陵是我国乃至全世界唯一一座皇帝合葬陵。按古代规制，历代帝王驾崩后，全都单独成陵，陵前也不立碑。唯独乾陵改变了这一规制，不仅两个皇帝合葬在一起，还在朱雀门外立了两通石碑：一通是唐高宗的金字"述圣纪碑"，一通是女皇武则天的"无字碑"。

武则天是中国历史上唯一的一位女皇帝，她陵前的墓碑不刻一字，个中缘由，后人各执一词。比较流行的说法有五种：

其一，德大说——武则天上承贞观之治，下显文治武功，功高德大，非语言文字所能表述。故嗣君仅立白碑，不刻文字，取《论语·泰伯》"三以天下让，民无得而称焉"之意。

其二，无奈说——唐中宗亲眼目睹了武则天的暴政、阴毒和荒淫，立碑铭功真不知说什么好——"颂德"吧，无德可颂；"述恶"吧，与孝道不和。无奈之下，只好装出一副道貌岸然的样子，立碑而不铭一字。

其三，称谓说——唐中宗给母后立碑，是称武则天"武周皇帝"呢，还是称"则天大圣皇后"呢？一时举棋不定，只好以"无字"为万全之策。

其四，非碑说——古代有"左祖右社"之说："祖"代表宗庙，"社"代表土神。"无字碑"在左，"述圣纪碑"在右，意味着无字碑是"祖"，而不是碑，当然不能铭文刻字。

其五，遗言说——此说来自郭沫若先生的《我怎样写〈武则天〉》。该文略云："无字碑，是纪念武则天的碑，原无文字。据说是武后的遗言：自己的功过由后人评说，不刻文字。"

以上说法仁者见仁，智者见智。武则天自显庆五年（660年）参与朝政，到神龙元年（705年）归位中宗，内辅外临将近半个世纪。无字碑尽管什么都没说，其实什么都说了。

无独有偶。泰山岱顶玉皇庙前，也有一通无字碑。碑上为何不刻一字，两千年来莫衷一是。据明人萧协中《泰山小史》

无字碑

考："无字碑在岳顶登封台下，秦始皇所立，绝无字痕。或曰秦始皇功德难名，或曰焚书绌字，或曰碑文在内，此碑幽也。"——"或曰""幽也"，留给后人的，始终是一个不解之谜。

武则天的悲剧，在于她没能最终战胜她想战胜的男人世界，当她无法把至高无上的权力带进坟墓时，不得不传位给儿子李显。后人称颂她的，也是这一明智之举。"一转乾坤狄相力，令人千载慕精诚""聪明终悟梁公谏，宗庙礼仪无附姑""无字碑，谁立竖？李兮唐，周兮武。千秋冤结一抔土。唐家余子不足数，于阗此意晦终古"……这些诗文，客观评说武则天的一生，揭示出"千秋冤结"充其量就是一抔黄土！

我默默伫立在无字碑前，抚摸着这通历经一千四百年历史风云的墓碑，禁不住浮想联翩：古往今来，凡是有地位、重形象的人，有几个不想立碑铭功，昭示后人？毕竟，碑是移动的摩崖，是对威仪和权力的表达。但"先名实者，为人也"——好名声不是天赐的，而是他有没有为民、救民、富民的情怀。不想修身，不甘为民，身无半点作为，手无丁点余香，想生而闻于当时、死而传于后世，恐怕是水中捞月、竹篮子打水！

唐朝有个叫裴谐的人，一天他从杜甫墓前经过，情有所感，心有所动，随口吟出"名终埋不得，骨任朽何妨"两句诗。今日读来，仍然叫人感叹不已。仔细想想，谁都免不了一死，骨殖也难免腐朽糜烂，但人的名声，未必人亡而亡，骨朽而朽。人活着一心为自己，他走了，就什么都消逝了，来去似无影；人活着尽心为他人，他走了，仍然活在人们心中，来去都有迹。

因而，人死之后，比的不是墓碑的高大，墓志铭的优劣，而是为老百姓做了多少好事，为社会做了多大贡献。有些人把自己的"丰功伟绩"刻在碑石上，欲名垂青史，殊不知，他的声名可能比尸体腐烂得还快；有些人来去无痕，淡如云影，从不给自己树碑立传，但他永远活在人民的心里！

有道是：人生一世欢，死有万世名，名难立，更难传。正因为如此，明智者总是忘其名、逃其名、避其名——越是忘名，越会有名；越是逃名，越会留名；越是避名，越会得名。

唐朝名相宋璟，因辅佐唐玄宗开创"开元盛世"而彪炳史册。他在广州担任都督期间，为官公正、政绩卓著，深得黎民百姓的拥戴。宋璟升任尚书右丞相后，广州民众为他立了一块"遗爱碑"。如果换了别人，对这种"形象工程"高兴还来不及呢，但宋璟却对唐玄宗说，我在广州也没为老百姓做什么事，现在职高位显，就有人谄谀奉承，拍马溜须，还是从我开始革除此弊吧！唐玄宗采纳了他的建议，下令狠刹立碑之风，告诫百官切莫好大喜功，贪图虚名。

20世纪六七十年代，大寨自力更生、艰苦创业名扬全国。被周总理誉为"老英雄"的大寨首任党支部书记贾进才，一生垒坝无数，满手老茧如铁锈铜斑。有人对他说："贾老，大寨应该给你立通碑啊！"他反问："立碑干啥？这满沟满坡的石坝难道不是碑？"这话说得多么深刻啊！碑本天成，何必人立？如果贾老也像某些领导那样，在每块坝石上都刻上自己的名字，人们看了会有何感？正因为这石坝无字，贾进才的形象才高大无比！

人民是历史的终极法官——为人民做好事，人民就铭记他、缅怀他、纪念他。中国人喜欢树碑铭功，但大功无碑，大道无形。历史上有多少功德碑已湮没荒草，埋进泥土，而那些尽心为民者，虽无碑无铭，无墓无灰，却永存青史，长在人间！

开国总理周恩来位高而不显，有权而不私，为党和人民的事业鞠躬尽瘁，死而后已，是最干净最彻底的无产阶级革命家。他生而无后，没有一根血脉流传下来；他没有遗产，去世时，留给亲属的只是几件补丁衣服；他一生从不立言，除了公文报告，没有任何表白；他不留骨灰，不修墓，不立碑，不建祠，连一个让后人凭吊、叹息的地方都没有……他越是应该"有"而"没有"，人们就越感念他的大德大爱；人们越是不忍心接受他的"没有"，就越发崇敬和缅怀他的高尚人格。

感动中国的"十大人物"之一的杨善洲、县委书记的好榜样焦裕禄、最美"村官"沈浩和心中有党、心中有民、心中有责的县委书记谷文昌……他们不忘初心，不忘根本，始终把老百姓摆在最重要的位置，为官从政便有了行事指南。他们留给人间的，不仅是润泽乡梓的功德实事，更有促使人们以此为标杆的精神召唤！

宋代高僧释普济在《五灯会元》中说："劝君不用镌顽石，路上行人口似碑。"武则天的无字碑，其实就是一通普通的墓碑。这碑那碑，不如老百姓的口碑。无字碑立在乾陵，武则天的功过自有后人评说。毕竟，身后有口皆是碑，功名全在自为之。

"罪槐"的诉说

在中国古代，对人最残忍最不人道的惩罚，莫过于株连。株连也叫"瓜蔓抄"，指一个人犯了罪，他的父母、妻儿乃至九族都要像瓜藤须蔓那样，被攀扯牵连，无辜受害。

北京景山公园有棵歪脖子槐树，因为吊死了崇祯皇帝，也难逃攀诬、株连的厄运——皇太极定鼎北京后，不仅滑稽地指责老槐树有"罪"，还给它戴上铁链，以示惩罚——好像崇祯并不想死，而是老槐树硬把绳索套在了他的脖子上，或者老槐树长得不是地方，才断送了崇祯的性命。后人有副对联讽刺道："君王有罪无人问，古树无辜受枷锁。"

景山南接神武门，北对钟鼓楼，西邻北海公园，是俯瞰紫禁城的一个制高点。早在元代，那里就是一座土丘，称作"小青山"。等到明成祖重建紫禁城时，城中废弃的渣土和从护城河里挖出来的泥沙，堆成了皇宫北面的一道屏障，曰"万岁山"或者"镇山"。由于山下堆过煤，所以又叫"煤山"。顺治十二年（1655 年），才改名为"景山"。

崇祯之死表现了一种气节，一种舍生取义精神。按说，那棵老槐树是有"功"的：由于它的支持，明朝的亡国之君才走上了成全之路。但我每次到景山游览，总能听到老槐树愤懑的诉说——不仅为自己辩护，也为崇祯皇帝打抱不平。

崇祯是中国历史上最让人同情的一位皇帝。他忠诚王事，夙兴夜寐，一心想把国家治理好。但他生不逢时，刚从皇兄朱由校手里接过皇位，内忧外患就从四个方面威胁着明王朝：

——女真部落崛起于白山黑水之间，努尔哈赤建立的大金国，厉兵秣马，虎视眈眈，疯狂的马蹄声和着金兵的斯杀声，由远及近震撼着大明王朝的窗棂。

——天灾肆虐，民不聊生，百姓蓬草食尽，被迫挖"观音土"充饥，人吃人的现象屡见不鲜。于是，"两脚羊肉"——妻儿的肉被摆到了"人市"上出售。

——农民起义军揭竿而起，势如破竹，以星火燎原之势纵横全国数十省，直逼北京城。

——官场腐败，内斗不止。

江山风雨飘摇，抽刀断水水更流。崇祯剪除巨阉魏忠贤后，自以为是把敏感多疑当英明睿智，把刚愎自用当行事果敢，把轻率酷苛当乾纲独断，把反复无常当随机应变。他实在缺乏一个国家元首总揽全局的心胸、气魄、谋略、智慧和政治手腕，也不知道如何审时度势、谋定而动。面对内忧外患，崇祯战则无力，和则无方，结果束手无策，按下葫芦浮起瓢。随着国事日坏一日，他有一种从未有过的屈辱感，甚至有一种被臣子们"愚弄"的痛苦。这种感受所激发的愤恨，使他的情绪总是处于烦躁之中，动不动就像挣脱了锁链的疯狗，歇斯底里地狂吠、杀人。

崇祯在位十七年，接连创造了好几项纪录：撤换内阁大学士五十人、兵部尚书十四人；杀死首席大学士两人、总督七人、巡抚十一人。崇祯三年（1630年），大明王朝的中流砥柱袁崇焕被凌迟；崇祯十二年（1639年），三十六名文武官员集体被杀，其中包括英勇善战的总兵祖宽、精明强干的山东巡抚颜继祖等人。

按照系统理论，大明王朝这样一个庞大系统维持正常运转，全靠各个子系统的有机链接和交互作用。子系统的异变如果不能及时被制止、被纠正，就会产生连锁反应，导致更大范围、更高级别的系统紊乱。当紊乱的破坏性累积成足够的能量时，整个系统的崩溃就会轰然而至。

崇祯对自己的失误永远有动听的掩饰，在他看来，皇帝永远是对的，而臣下从来就是错的。这给他色厉内荏荼毒大臣提供了充足的理由。本来，纠错机制是为维护系统运转服务的，但由于崇祯的刚愎自用和情绪化，纠错机制反倒成了明王朝系统紊乱的根源。他越惨无人道地杀人，就越没人愿意为他卖命；他杀的人越多，明王朝的运行系统就越紊乱。

由于诸多致命的缺陷，崇祯再废寝忘食，不事铺张，也无法挽救明王朝覆亡的命运。1644 年 4 月 25 日，李自成攻陷京城，历时二百七十六年的明王朝走到了尽头。

《明史·神宗本纪》为崇祯辩解："明之亡实亡于神宗。"明神宗即万历皇帝朱翊钧。清代文史学家赵翼的《廿二史札记》也为他鸣不平："论者谓明之亡，不亡于崇祯而亡于万历。"万历固然是中国封建社会由盛而衰的转折点，但崇祯悲剧的导火索，归根结底是其先祖——开国皇帝朱元璋点燃的。

明太祖南征北战创立的大明帝国，一开始就把治国理政的方略推向了极端。这

吊死崇祯的老槐树

些极端方略和他制定的家法——《皇明祖训》，有如遗传基因深深植根于子孙后代的细胞里，并宿命般笼罩在明王朝的上空，长久地膨胀，发酵，扭曲，演变，最终使明朝变成了具有高度刚性的板状结构，把文明和进步"勒"得几近窒息。

朱元璋放过牛，讨过饭，当过和尚，干过兵伍，这些不"光彩"的"胎记"，深深地铭刻在他的潜意识中，使他很自卑，也很恼火，以至于成了终其一生都无法解开的"心结"。这个心结就像阿 Q 头上的疮疤，是谁都不能碰、不能摸的一个"死结"。至高无上的皇权和帝国政治制度，又使这个"死结"不停地释放负面能量，其结果是：丧心病狂地杀人——有罪的杀，无罪的也杀。朱元璋"大戮官民，不分臧否"，直杀得大臣们噤若寒蝉，不敢出一口大气。

几次成规模、批次量地屠杀，差不多把明初的功勋宿将杀光了。著名历史学家吴晗说，太祖打江山三十年，坐江山三十年，当上皇帝以后杀的人，比他登基前只多不少。朱元璋兽性般地杀人，是建立在绝对专制的基础上的，

他对人权的蹂躏和践踏，史无前例，令人发指。在中国古代，人权观念本来就淡漠，但绝对专制制度的建立和实行，从朱元璋开始，更是横冲直撞，一发而不可收。

此时的欧洲，已经挣脱中世纪愚昧的锁链，迎来了文艺复兴的曙光。而明王朝，却将长期领先于世界的中国，淤塞成污秽腐臭的"酱缸"，死拉硬拽进一个黑暗时代。

朱元璋死后，皇太孙朱允炆即位，是为建文帝。朱允炆的屁股还没坐热，就被皇叔朱棣赶下了台。明成祖朱棣在位二十二年，虽然将郑和下西洋、设立交趾省（越南北部）、亲征北方、修筑长城、开掘大运河载入了史册，但他建立的灭绝人性的"瓜蔓抄"制度，始终为历史所不齿。

明成祖驾崩后，第四位皇帝朱高炽登基不到一年就去世了。此后，经过明宣宗没啥作为的经营，到第六位皇帝朱祁镇，发生了中国历史上著名的"土木堡之变"——皇帝被蒙古瓦剌俘虏，皇弟朱祁钰继位，是为景泰皇帝。一年后朱祁镇获释，被景泰皇帝软禁七年后，经夺门之变复位，史称"天顺帝"。由正统帝变成天顺帝的朱祁镇，做了两件让后人唾弃的事情：一件是杀了"忠心义烈，与日月争光"的杰出政治家、军事家于谦；另一件是不承认弟弟当了八年皇帝的历史，死后也不许他进皇家陵园。

第九位皇帝朱见深在位二十三年，以"断头政治"统治明帝国，太监成了他的依附和灵魂。在中国古代，太监是遭受皇权专制最残酷、最血腥戕害的群体，他们本应诅咒皇权专制的残忍和罪恶，但由于人性发生霉变，便相互展开了冷酷而残忍的竞争——看谁最阴险、最贪婪、最暴戾、最凶残、最会谄媚、最有奴性。在明宪宗时代，太监已变成滴着鲜血的屠刀，整个明王朝的黑暗政治，几乎都和这些不阴不阳的怪物有关。

朱见深的儿子朱祐樘勤于政事，任贤使能，废除苛法，赏罚严明，以抑制宦官闻名于世。他的儿子朱厚照却是中国历史上最"酷"的一个玩家——不但在宫中建店铺、开妓院，在豹房豢养虎豹、驯兽斗兽，而且潜出京城，胡作非为。当蒙古骑兵犯境时，他特命总督军务的威武大将军"朱寿"——实际上是皇帝自己，"统率六军，扫清星躔，靖安民物"。次年，又加封朱寿为镇国公，要吏、户二部给他发年俸五千石。这场闹剧直到宁王朱宸濠叛乱时，明武宗还令"朱寿"到南昌征讨，出京不远，获悉叛乱已平，他仍执意率军南下，为的是"阅诸妓于扬州"。

朱厚照恶作剧般当了十六年皇帝，三十岁寿终正寝。他既无子嗣，又无兄弟，根据古代宗法制度，由其堂弟朱厚熜继位，史称"嘉靖"。由于嘉靖是以亲王身份入承大统的，于是就发生了著名的"大礼仪"和"左顺门"事件——朱厚熜不顾群臣反对，执意追尊死去的父亲为"皇帝"，母亲为"皇太后"。这既不是事实，也不符合法统规范的诏命，终于引发了一场血雨腥风：二百三十位大臣跪在左顺门前请愿，其中一百四十二人被捕，一百八十多人被廷杖，十七人被活活打死。

这一顿棍棒，固然打出了明世宗嘉靖的威风，也把明王朝打进了死胡同。此后，嘉靖发展"断头政治"，二十七年躲进深宫修斋醮，建雷坛，基本上不上朝，也不见臣下，他控制朝政的手段，就是靠"朱批"和"票拟"。

朱厚熜当了四十五年皇帝，公元1566年驾崩。第十三位皇帝朱载垕在位六年，没有什么作为，死后由他十岁的儿子朱翊钧继位，是为"万历"。

万历继承了祖父的劣根性，异曲同工地把"断头政治"推向了极端。他在位四十八年，是明王朝执政时间最长的帝王，也是中国历史上最叫人无法理解的皇帝。万历近三十年不出宫，大臣的奏疏哪怕是关于战争或天灾人祸的紧急报告，他也随意拖延，或留中不发。一位内阁大学士感慨："一事之请，难于拔山。"——请求皇帝批准的事情，比撼大山还难！万历皇帝沉湎在酒色之中，全国行政管理长期处于瘫痪状态。万历中后期，皇帝对空缺职位和官员调整置若罔闻，致使明帝国高级职位空缺一半以上，中央六部有五部没有尚书，都察院十年没有都御史。大官无法办事，小官升迁无望，纷纷辞职而去。首席大学士李廷机连上一百二十道辞呈，万历一道都不予理会。无奈，他不辞而别，也没人追究。首席大学士带了头，一走了之的省部级高官，少说也有十几人。

公元1619年，辽东经略杨镐与金国交战，结果兵败萨尔浒（今辽宁抚顺东），群臣跪在文华门外哀请万历派军救援，急发军饷，但他无动于衷，不理不睬。万历靠太监开矿征收赋税，聚敛的金银财宝如山似海。当清军进犯、朝廷财力匮乏时，他拿出的那些银子，全因窖藏太久、变黑发霉而难见天日。余秋雨先生说："这是一个失去了人格支撑的心理变态者，但他又集权于身，明王朝怎能不垮？"

我翻阅了不少古籍，也没找到明朝这样的政治生态和如此荒怠国事的君王。此时的欧洲，正加速发展资本主义，而明王朝，已经变成了"断头僵尸"，浑浑噩噩向悬崖奔跑！

第十五位皇帝朱常洛，在位一个月就命归西天，他留下的"红丸案"和"移宫案"，至今仍是一个解不开的谜。十六岁的皇长子朱由校对治国理政一窍不通，也不感兴趣。他在位六年多，除了重用挖空明朝根基的巨阉魏忠贤，就是乐此不疲地干他喜欢干的木匠活。大明王朝的棺材经过朱由校斧锯凿削，很快就合上了盖，只不过由御弟朱由检接着钉了几枚断头钉，最后宣告寿终正寝而已。

明朝十七位皇帝，个个嗜血慵懒，冷酷无能，没有一点"人君"的样子。鲁迅先生说他们是一群"无赖儿郎"。影响华人世界数十年的台湾作家柏杨，说得更是入木三分："明朝的皇帝，好像跟明王朝有不共戴天的血海深仇，竞争着对它百般摧折，似乎不把它毁灭誓不甘心。"近代中国落后挨打，华夏大地满目疮痍，追根溯源，是朱元璋埋下祸根，然后，由他那些草包子孙前赴后继完成的。

老槐树吊死了崇祯，也给历史留下了无尽的思索。我站在老槐树下，想起明朝那些不齿于人类的龌龊事，还有崇祯皇帝——中国历史上那个既可怜又倒霉的亡国之君，暗自庆幸，这一天终于结束了。如果明王朝苟延残喘到19世纪，中国的国土势必被西方列强瓜分，中华民族也将面临更大的灾难。

西安的"徽章"

在世界文化坐标中，每座城市都有代表其文化特征的标志性建筑。它们承载着这座城市悠久而厚重的历史，传递着这座城市的性格、气质和人文精神，既是当地人百看不厌、外埠人看了还想看的景观，也是挂在这座城市胸前的金光闪闪的"徽章"。

挂在西安胸前的"徽章"，就是名扬中外的大雁塔。

西安古称"长安"，是我国第一座被称作"京"的古代都城。从地理意义讲，它是中国对外经济贸易的出发地，文化交流融汇的源头。"东长安，西罗马"，东起长安的丝绸之路，联结起一座座名城、一个个帝国，架起了沿路各国和平合作、互通互鉴的金桥；从历史意义讲，它意味着中华大地开放包容的文化胸怀。那袅袅不绝的时代和音，引领我们梦回长安。

大雁塔始建于永徽三年（652年），矗立在慈恩寺已经一千三百多年了。塔是伴随着佛教东传而建的宗教建筑，东汉开始修建楼阁式木塔，南北朝时有了砖塔和石塔。河南洛阳从北魏到清代，一千二百年建塔不止，形成了禅音袅袅的"佛塔之城"。唐朝在长安南郊修建佛塔，与一个僧人相关。他就是到西天取经的唐玄奘。

玄奘姓陈，河南洛阳偃师人。他遍历陇蜀荆赵诸地，参谒佛道宿老，足迹踏遍了大半个中国。唐初，宗是宗，教是教，佛教内部各执我执，各执法执。玄奘阅读佛教教义，走访远近名僧，发现他们所讲经论互有歧异，各种经典不尽相同，且疑伪杂陈，真假难辨，便决意到佛教的发源地——天竺国取经，探求佛门精蕴。

那时，唐朝与突厥冲突不断，朝廷严禁臣民私自出关。直到贞观三年（629年），长安发生饥荒，唐僧才"乘危远迈，杖策孤征"，踏上了茫茫西行路。他要用自己孱弱的身躯，寻找生命证言，打通东土到中亚的千山万水。

其实，最早到西天求法的，还不是唐玄奘。史籍记载，魏晋南北朝到西天取经的僧侣，不下一百七八十人，其中全身而归者仅四十三人，大多数死在了西行路上。西天取经跋山涉水，出生入死，虽然有点悲壮，却成了寻求"真理"的必由之路。

唐玄奘从长安出发，经秦州，过兰州，穿过河西走廊，跋涉塔克拉玛干大沙漠，义无反顾，孤身而西。他发誓："不到天竺，绝不回头！宁愿朝西而死，也不东回半步。"凭着坚强的意志、顽强的精神，他走出"死亡之海"，横穿帕米尔高原，最终到了佛祖的诞生地印度。古印度是人类文明的四大策源地之一，唐玄奘瞻礼胜迹，谒拜明贤，钻研诸部，寻求梵本，领悟深邃佛理，每一天都有新的收获。

唐僧经西域而中亚而摩羯陀国（今印度比哈尔邦南部），历时十八载，跋涉五万里，历尽千难万劫，将三百五十七部梵文经典带回了大唐。那天适逢贞观十九年（645年）正月二十五，整个京城"道俗奔迎，倾都罢市"，以最高礼仪迎接他取经归来，那是怎样一幅激动人心的盛景啊！

为保存从天竺国取回的经卷、佛像、舍利和梵文经典，唐玄奘以"恐人代不常，经本散失，兼防火难"为由，附图奏请朝廷，在慈恩寺兴建一座礼佛高塔——大雁塔。这塔之所以名曰"大雁塔"，盖因《大唐西域记》记载的那个传说：很久以前，摩羯陀国有个信奉小乘佛教的寺院，允许僧侣吃三净肉。一天，空中飞来一群大雁，有个和尚信口说道："今天没有东西吃了，菩萨应该知道我们肚子饿呀！"谁知话音刚落，一只大雁就坠死在他的面前。和尚惊喜交加，遍告众僧，大家都认为这是佛祖在教化他们。于是，就在雁落之处葬雁建塔，取名"雁塔"。

玄奘法师主持修建大雁塔，"亲负篑箕，担运砖石，首尾两年，功业始毕"。大雁塔最初设计五层，后来多次变更，最后经重修、整容，固定为七层。大雁塔呈方锥形，底层四面有石门，南门两侧镶嵌的碑石，相对排列，相互对称。西侧由右向左是唐太宗撰写的《大唐三藏圣教序》，东侧由左向右是唐高宗执笔的《大唐皇帝述三藏圣教序记》，两碑皆由著名书法家褚遂良手书。石门、

西安大雁塔

石楣上的线刻浮图，则由大画家阎立本和尉迟乙曾敬绘，人称"二圣三绝碑"。

细细想来，一个僧侣的译著由两代皇帝作序，一座佛塔留有当时最著名的书画大师的墨宝，这际遇和规格也算空前绝后了！

慈恩寺落成不久，朝廷迎请唐玄奘主持寺务，翻译经卷，那里成了中国大乘佛教的圣地。唐代著名画家吴道子、"诗佛"王维为慈恩寺画了不少壁画，可惜都已湮没尘埃。但大雁塔底层四门洞的石门、石楣上，依稀可见精美的唐代线刻画。南门券洞两侧镶嵌的记录唐玄奘一生的《玄奘负笈像碑》和《玄奘译经图碑》，也是研究唐代书画和雕刻艺术的重要文物。

塔座登道东侧墁砖处，平卧着一块"玄奘取经跬步足迹石"，上面的图案再现了玄奘西天取经的故事。沿着塔内的楼梯拾级而上，每层四面各有一个拱圈门洞，站在那里可以饱览古城的风貌。一层的名塔图片，展示了佛塔的起源与发展、结构和分类。二层供奉的释迦牟尼像，一向被视为"镇塔之宝"。两侧塔壁上，附有文殊、普贤菩萨的壁画及现当代书法家的墨宝。珍藏在顶层的《大唐西域记》，述说着大雁塔的由来和西域的历史地理、宗教神话、风土人情。

在大雁塔保存的文物中，最有名的是贝叶经，即书写在贝多罗树叶上的佛经。古代印度没有纸张，常以贝叶代替。大雁塔珍藏的贝叶经，梵文密密麻麻，据说全世界能识者没有几人。

后来，大雁塔成了唐朝新科进士的题名之地，以至于后世以"雁塔题名"代称进士及第。神龙年间（705-707年），新科进士张莒游慈恩寺时，将自己的名讳题写在大雁塔上，引得文人纷纷效仿。白居易二十七岁中第，也以"慈恩塔下题名处，十七人中最少年"，表达少年得志的喜悦之情。

"雁塔诗会"为大雁塔留下了一页辉煌的历史。佛塔建成之初，唐高宗曾率百官登临赋诗。唐中宗专置修文馆，招纳文人吟诗作赋，相互唱和。宋之问写的那首《奉和九日登慈恩寺浮图应制》，最为有名：

> 瑞塔千寻起，仙舆九日来。
> 莫房陈宝席，菊蕊散花台。
> 御气鹏宵近，升高凤野开。
> 天歌将梵乐，空里共裴回。

大雁塔鲜为人知的故事，早已浸入西安古城的血脉。西安人爱塔，爱得真挚而深沉。在他们看来，大雁塔是有灵魂的。宗教传播爱，挥洒在大雁塔身上的佛光，已经熔进西安的"徽章"。

其实，大雁塔就是一个人。一部梦幻现实主义小说《西游记》，曾使这个人家喻户晓；一座现存最早、规模最大的唐代四方楼阁式砖塔，更让这个人千古不朽！

这个人叫唐玄奘。他公元600年出生，664年圆寂，只活了六十四岁。巧合的是，大雁塔恰好高六十四米。

唐玄奘以一份执念书写一个人杖策孤证、求悟真谛的精神史诗，架起了中印两国文明交流的桥梁。如今，他的铜像立在大雁塔广场上，身披袈裟，手执锡杖，好像仍在取经路上跋涉。信念的力量是无穷的。只要不忘初心，百折不挠，就没有过不去的火焰山——这是唐僧西天取经留给我们的启示。

刀锋下的艺术

中国民间艺术种类繁多，但没有哪一种能像剪纸，制作简单，流行广远，以浓郁的乡土气息让人爱不释手；中国剪纸艺术的传承地不下四五十处，但没有哪里能像河北蔚县，在《世界非物质文化遗产名录》中，位居所列剪纸福地榜首，作品畅销一百多个国家和地区。

蔚县东临京津，南接保定，西倚大同，北枕张家口，是中国剪纸艺术之乡、国家级文化产业示范基地。汽车一出张石高速公路，醒目的民俗文化展示牌就映入了我们的眼帘。悬挂在路边的反映农村生活和民俗民情、钩沉历史故事和民间传说、展示旅游风光和舞蹈杂技的剪纸作品……把我们带进了一个既古老又现代的民间艺术世界。

剪纸俗称"窗花"，是劳动人民口传心授、约定俗成的文化记忆。它承载着中华民族的审美理想，成为世界剪纸艺术交流传承的中心。中国的剪纸分南北两派。南派以湖北沔阳、广东佛山、江苏扬州为代表，剪纸精细入微，纤巧秀逸，以至于"剪下出春秋，东风遍九垓"。北派以山西、河北、陕西为代表，剪纸造型朴拙，风格粗犷，堪称民间艺术的"活化石"。

蔚县剪纸的独特之处在于"刻"，即以宣纸为原料，阳刻见刀，阴刻见色，因物造型，随类施彩，几刀下去，就刻成了"中国民间艺术的符号"。它如同北京的糖人、苏州的刺绣、成都的蜀锦、潍坊的风筝、浏阳的花炮……是延续"独此一份"情感的民间手工艺。

手艺人都有始终如一的匠心，他们用手里的绝活儿打磨时光、创造生活。时间从手上悄悄流过，极缓慢，极认真，也极细致。那一丝一缕，一刮一敲，不仅是一种爱好，一种艺术，还能给人带来诗意的生活，甚至变成一种遗产，一种文化象征。

从本质上说，剪纸是镂空艺术。它用剪刀将纸张、金银箔、树皮、树叶、布匹、皮革等片状材料，剪成窗花、门笺、墙花、顶棚花、灯花等多种图案，给人一种透空的艺术享受。剪纸的基本单元是线条，基本语言符号是装饰化了的点、线、面。在创作者的刀剪下，这一民间艺术没有体积、没有空间，不讲透视、不顾比例，全凭经验和灵性自由挥洒。其构图思维打破了自然的客观法则和空间限制，通过变形或夸张托物寄语，将不同时空的物体放在同一个平面上，以连贯、对比、衬托等手段，抓住人们的欣赏味蕾。

近些年来，在现代化洪流的冲击下，许多传统手工艺受到了冷落。有人甚至预言，那些身怀绝技的手艺人，很快就会无用武之地。然而，欧洲巧夺天工的机械腕表、美轮美奂的钻石切割、不差毫厘的西服定制、如梦似幻的编织刺绣……依然承载着悠久历史和厚重文化，其魅力与价值正被重新认知和挖掘。面对传统手工艺的嬗变和创业秩序的重构，剪纸要保持竞争优势，唯一的选择，就是弘扬文化艺术的内涵。因为，传统剪纸的出现与发展，毕竟是植根于人民群众对生活的理解和创造。无论是窗户上的贴花，还是门板上的人物，形色各异的艺术形象，都是人民群众表达生活情感和审美追求的载体。正是这种文化根性，保证了剪纸在时间长河里的生命力。蔚县人喜欢家乡的民间艺术，他们对那些阴刻生活的剪纸作品，在守住根脉的基础上，又加入了某些创新元素，剪刀上的艺术之花是他们最有魅力的"绝响"。

从另一方面讲，机械化量产的商品千篇一律，很难满足人们对"独此一份"的个性化诉求和差异化表达。流水线上吐出的产品或许日臻完美，但它们无法复制手工艺品浸润的情感。中国文联副主席、中国民间文艺家协会主席冯骥才曾这样描述蔚县剪纸："那种巧妙而洗练的阴刻，那种斑驳又华美的色彩，那些栩栩如生的人情物态，究竟出自谁人的刀剪与彩笔？究竟是怎样一块神奇土地能够产生如此灵秀的文化土产？"

要回答冯骥才先生提出的问题，我们还是到中国剪纸第一街去看看吧！中国剪纸第一街位于蔚县古城与新区的交接处，是我国第一个"国字号"剪纸艺术研创、展销和交易的集散地。分布在一百多米长的街道上的全国剪纸精品展馆、蔚县剪纸展和大大小小的店铺，就像一座座璀璨的民间艺术博览馆。

蔚县人自豪地说："世界剪纸看中国，中国剪纸看蔚县。"剪纸一条街俨然成了蔚县最鲜亮的文化名片，最灵动的中国音符。

走进剪纸艺人的工作室，一张张色彩斑斓、刀工遒劲，活灵活现、惟妙惟肖的作品，犹如天使般的精灵，展示着民间艺术的魅力。徜徉在蔚县剪纸的世界里，那些表现戏剧人物、神话传说、历史故事、戏剧脸谱、古装仕女、名胜古迹、翎毛花卉、鸟兽虫鱼、喜丧节俗、草木动物的作品，造型优美，形态生动，洋溢着浓郁的乡土气息。

在中国剪纸第一街入口处，有尊已故剪纸艺术大师王老赏的半身雕像。王老赏是蔚县"国宝级"的剪纸艺人，他改进镂刻刀具，对二百多出戏曲中的八百多个人物进行再创作，赋予了刀工粗糙、人物呆板的戏人剪纸以新的艺术生命。他的作品饱含着丰富鲜活的民族精神、民族情趣和民族习俗，记录、传递着民族发展史和地域文化的基因，是中华民族最生动、最典范的文化标记之一。2004 年，王老赏和他的作品在联合国"人类口头和非物质文化遗产代表作"评选中，名列中国民间剪纸艺人之首。

继王老赏之后，蔚县剪纸在传承中求新求变，赋予剪纸艺术以蓬勃的生命力。被誉为"中国剪纸第一村"的南张庄，是王老赏的家乡，如今，那里的剪纸已成为一种文化产业和民生产业。王老赏的徒弟周永明以画、刻、染"三绝"，成为国家级非物质文化遗产的传承人；第三代剪纸艺术家周淑英，荣获了联合国教科文组织"中国民间工艺美术家"的称号。

对于艺术家来说，作品什么时候都是"硬通货"。剪纸艺术家永远活在有筋骨、有道德、有温度的作品中。

蔚县剪纸是艺术的，也是情感的。它在完善和蜕变中体现的对老百姓的温情、对美好生活的向往，既是中国传统生活习俗的一部分，也反映了苍生大众对新事物的追求。正是这一剪一刀、一刀一剪，蔚县剪纸才打破时间、空间和比例关系的限制，创造了主次、对称、均衡的艺术美，老百姓的生活情感才多了一种表达，一种归宿。我们在中国剪纸艺术之乡参观，看不尽品不够，真有点舍不得离开了。

霍州的镜鉴

　　坐落在山西临汾的霍州署，是我国唯一一座保存完好的州府署衙。它与北京的故宫博物院、保定的直隶总督府、豫西南的内乡县衙，是古代从中央到地方四级官衙的代表。我们在那里随便看了几个景点，就被"古霍名郡"的神韵感染了。霍州犹如一本古书，刚刚翻了几页，它积淀深厚的文化遗存，得天独厚的自然景观，质朴敦厚的民风民俗，冰天雪地间张扬的诗情画意，都让我们意趣盎然，浮想联翩。

　　徜徉霍州，载入《中国名胜辞典》的西周厉王墓，唐高祖反隋途中休整兵马的歇马滩，唐朝开国名将尉迟恭处理军务的行辕帅府，唐宋元明接力赛般雕凿的千佛崖石刻，万历年间建造的鼓楼、雁塔……固然令我们如醉如痴，心驰神往，但最让人膜拜和追慕的，还是被史学家尊为"明初理学之冠"的大学者曹端。

　　曹端生活在洪武、永（乐）宣（德）年间，他博览群书，专心性理，打下了深厚的儒学功底。永乐七年（1409 年），曹端参加京城会试，金榜题名，被朝廷委为霍州学正，主管全州的国民教育。

　　不管从哪个角度讲，曹端都是一个了不起的人物。他学宗朱熹，推尊太极，躬行实践，重视教化，主张心未发先做"预养"功夫，强调以"诚""敬"修身养性；他倡明理学，著述甚丰，有《通书述解》《西铭述解》《性理文集》《孝经述解》等十多部著作传世。曹端的理学思想对明代影响极大，嘉靖三十四年（1555 年）出版的《皇明通纪》评价："本朝武功首推刘诚意（即刘基），理学肇自曹静修（即曹端）。"

承接程朱理学，固然是曹端的一大建树，但最让后世尊崇的，还是他首倡的"公生明，廉生威"官箴。

永乐二十二年（1424年），曹端的门生郭晟被朝廷擢为西安府同知，临行前，他向恩师辞行并请教为官之道。曹端说："吏不畏吾严而畏吾廉，民不服吾能而服吾公。廉则吏不敢欺，公则民不敢慢，公生明，廉生威。"郭晟深服其说，连连称是。到西安后，他把这六字官箴制匾悬挂起来，没过多久就传开了。百余年后，明代思想家、大学者洪应明还将"居官有二语，曰：唯公则生明，唯廉则生威"写进其语录体著作《菜根谭》中。

如今，霍州署衙大堂外的甬道上立着一座牌楼，上书"清慎勤"三个大字。牌楼东西两侧即是著名的公廉碑，正面"公生明，廉生威"六个大字格外醒目。公廉碑背面分别镌刻的"尔奉尔禄，民膏民脂""下民易虐，上天难欺"，也最耐人深思。霍州署的楹联、石碑、匾额，有许多是对官德养成的思考，今天读来仍颇受启迪。

譬如，清左都御史魏象枢撰写的悬于大堂东耳房的楹联："欺人如欺天毋自欺也，负民即负国何忍负之。"悬于大堂西耳房刑厅的楹联："宽一分，民多受一分赐；取一文，官不值一文钱。"

譬如，民国知县汪志翔为大堂撰写的楹联："莫谓民可欺，一二事偶不经心，其怨其咨，议腾众口；漫说官易做，千万户于兹托命，以教以养，责在藐躬。""法合理与情，倘能三字兼收，庶无冤狱；清须勤且慎，莫谓一钱不要，便是好官。"天理、国法、人情犹如经纬，是古代为官者的官德和官格，正如此楹联所讲，廉洁则是为官从政的要义。

在中国古代，士大夫的官德修养被概括为"六慎"：慎欲——控制自己的欲望；慎微——不能因为小事小节放纵自己；慎权——不能滥用权力，为所欲为；慎嗜好——官员是公众人物，个人嗜好要慎重、再慎重，以免影响社会；慎言行——官员具有表率作用，一定要谨言慎行；慎始终——慎始，勿为蝇头小利所惑；慎终，勿让名节不保。

做到"六慎"，关键在于慎独。何谓慎独？《中庸》曰："莫见乎隐，莫显乎微，故君子慎其独也。"这表明：慎独就是在私底下、无人时能抵御住诱惑。它蕴含着强烈的自觉自律意识，党员、干部都应自架"高压线"、自设"防火墙"、自念"紧箍咒"，做到人前人后一个样、有无监督一个样、"八小时"内外一个样，无论在什么情况下，都要守住做人做事的底线。慎独的基础是慎德。道德修养不高，一旦有机可乘，就会丧失道德定力，思想上跑冒漏滴，行为上放纵越轨。

在霍州署的谯楼大门上，有一砖雕题额，曰："拱辰。"这两个字出自孔子的《论语·为政》："为政以德，譬如北辰，居其所而众星拱之。"意思是说，用道德来治国理政，老百姓就会像星辰一样，聚集在你的周围。

官德率民德，千百年来，中国人始终把修身立德作为为人为官之本。为官者必先修圣贤之德，然后再用高尚品行教化民众。在霍州署大堂"正大光明"匾后的大梁上，有截长二米、直径四十厘米的茹茹木。据说，此木之所以被称为"茹茹木"，就是为了告诫官员，含辛茹苦，励精图治。此外，也有以"木中奇木"比喻"人中奇人"之意。一个人成长为官员不容易，一旦当了官，就要自珍自重，慎始慎终，慎独慎微，慎德慎法。

漫步霍州署衙，官员修身之联比比皆是。在静怡轩过厅前门，有清人赵慎畛撰写的一副楹联："为政不在多言，须息息从省身克己而出；当官务持大体，思事事皆民生国计所关。"胸怀社稷民生，饱含务实精神，吟诵间，提醒人们勿忘报国为民。

古人云："为政之要，曰公与清。"公正清廉，乃为官从政者的立身之本、从政之道、成事之要。不为百姓莫为官，不清不廉莫从政。这是为官从政者的"官德"。平民百姓作为个体公民，可以有点私心、私利、私情，一旦成为官员，就实现了由私到公的跨越，就必须倡行公义，施行公举，谋求共利，而不能徇私情，谋私利，为自己着想。为什么有的人守得清白过一生，有的人却做人做事做官不为人耻？归根结底就在于"修养"。

何谓"修"？就是把每一次的诱惑与恶欲，都当成对思想灵魂的砥砺，而不是盲目信从，成为权、钱、色的奴隶；何谓"养"？就是见贤思齐，见不贤而自省，心有一泓清水，无惧身外浊泥。这与曹端心未发先做"预养"功夫，以"诚""敬"修身养性的主张一脉相承。

党中央开展的"三严三实"专题教育活动，严于修身是第一"严"。严以修身，就是严以修心。内化于心，才能外化于行；以笃学为先，以深省为重，以慎独为基，以躬行为要，才能行得正、坐得稳、不翻船。廉乃正本，贪为堕源。如果把曹端的六字官箴掰开揉碎，进行逻辑整理，就会觉得它是惊堂木、强心针、清醒剂，句句警策，字字药石，言有尽而意无穷！

像曹端这样的九品学正，不管哪朝哪代，都能一抓一大把。但难能可贵的是，他安贫乐道，治学至勤，任物欲横流，永葆清廉本色。他的弟子说："先生平生，衣取蔽体，食取充口，目不观非圣之书，口不谈非圣之言，未尝一日闲也。夜分乃寝，鸡鸣而起，诸子侍立左右，肃恭不殆。"

曹端在霍州为官十六载，不为名利所累，不为物欲所动，不为浮华所惑，不为私情所扰，始终保持着高尚纯洁的情操。例如，他三次受命到陕西主持乡试，不仅将"至公无私，鬼神鉴察"八个大字贴在试院，还对身边的工作人员说："取士一定要公平、公正。这好比盖房，用一朽木，必弃一良材。"这话说过不久，有个考生拿着某要人的信请他关照。曹端看罢，写诗断然回绝："天道原来秉至公，受天明命列人中。抡才若不依天道，王法虽容天不容。"那个考生不想再讨没趣，抬腿灰溜溜地走了。

宣德九年（1434年），曹端积劳成疾，逝于任所，享年五十九岁。叶落归根，是中华民族的传统，但他像"诗圣"杜甫，连回家安葬的钱都没有，只好暂厝霍州。好在曹端并不寂寞，出殡那天，万人空巷，连少年儿童都为他恸哭送别。诸生为他服丧三年，私谥"静修"。十三年后，才由翰林学士黄谏捐资，将曹公的遗骸迁回了故里。

历史是最好的教科书。历史上发生的事情，都可以作为今天的镜鉴。曹端是做人做事做官的一面镜子。我们用他立身行事的品行对照、砥砺自己，就能成为一个廉洁干净不贪婪、境界高尚不低俗、严格约束不懈怠的人，一个常怀敬畏之心，不想腐、不能腐、不敢腐的人。

哦，金上京

一

对于金国，如同对匈奴、西夏、辽、元、清等少数民族王朝一样，我始终有一种复杂的情感阻隔。记得小时候读《说岳全传》，李纲、宗泽、岳飞等民族英雄，犹如一座座丰碑屹立心头，巍然不倒，而完颜阿骨打、吴乞买、金兀术等人，莫不激起我强烈的民族仇恨。上中学时，历史老师在课堂上讲"金军南侵""靖康之耻"，我的眼眶里噙满了泪水，对金国的排斥、仇视心结，大半辈子都化解不开。

直到来到黑龙江阿城，我才意识到，五千年中华文明史不仅是汉人缔造的，同时也有另一半——匈奴、鲜卑、突厥、契丹、靺鞨、蒙古、鞑靼等少数民族的功劳。在漫长的历史进程中，五十六个民族共同建设精神家园，共同创造中华文化，形成了唇齿相依、休戚与共的多元格局。在现代人看来，国家和国民是两个概念，一个国家的公民由不同的族群组成；但在古代，"中国"并不具有国家的意义。当时的王朝或政权，只有国号，没有国名，人们所说的"中国"，只是地域、文化上的概念，是"中央之城"或"中央之国"的代名词。那些活跃在书本或传说中的人物，只是人们的道德评判和情绪化认同，而不是历史定义和社会评判规范。这些评判和认同，大多是从封建正统观念中引申来的，既不公平，也不公正，甚至带有很大的盲目性。

位于哈尔滨东南阿什河畔的阿城，是大金王朝的开国之都。太祖完颜旻（阿骨打）、太宗完颜晟（吴乞买）、熙宗完颜亶、海陵王完颜亮四位皇帝，曾在那里执政三十八年。如今，刀光剑影虽然已经黯淡，但金上京会宁府（皇城）遗址、完颜旻初葬地——金太祖陵址公园和金源文化历史博物馆，仍在向游客讲述着九百年前的历史风云。

我站在金国皇城的遗址上，回望大金王朝渐去渐远的背影，一种莫名的感叹油然而生！

二

1115年正月初一，完颜旻在上京会宁府称帝，国号"大金"。从那时起，富饶辽阔的中华版图上，就有了四个并存的"国家"——建都汴梁（河南开封）的宋，建都上京临潢府（今内蒙古巴林左旗林东镇）的辽，建都兴庆（今宁夏银川）的西夏，女真人在上京会宁府创建的金。

据考古学家考证，女真人的祖先叫"靺鞨"，世世代代居住在黑龙江、松花江、乌苏里江流域和长白山地区。虞舜时，称"肃慎"；三国时，改"挹娄"；魏晋南北朝时，叫"勿吉"；到了隋唐，自称"靺鞨"。靺鞨人不断到内地洗脑，一步步从愚昧走向了开化。唐代中叶，靺鞨的粟末部落创立了渤海国；五代和辽时，黑水靺鞨逐渐兴盛起来，改称"女真"，翻译成汉语，就是"东方之鹰"的意思。

女真人和契丹人，同为马背上纵横驰骋的游牧民族。契丹人比谁都明白，自己能用武力灭掉渤海国，抢占燕云十六州，在中国北方称雄两个世纪之久，女真人也会以其人之道还治其人之身，把他们消灭在内蒙古大草原上。为此，辽国居安思危，两次逼迫女真人南迁，到辽河平原与汉人、契丹人杂居，用犁铧给未来重新定义。几十年后，留下的女真人与南迁的女真人就有了"生熟"之分——所谓"生女真"，就是仍在白山黑水间繁衍生息的土著；而"熟女真"，则是迁徙到辽阳府以南的女真人。

生女真保留了本民族的特性，但又必须接受辽国的统治。辽兴宗继位后，为避"宗真"讳，下诏将女真人改称"女直人"。他们极尽掠夺奴役之能事，使女真人陷入了水深火热之中。天庆三年（1113年），完颜旻被推举为"勃极烈"——部落联盟酋长。从此，他把仇恨当成改写历史的原动力，带领女真人举起了抗辽大旗。

大金建国当年，完颜旻就义无反顾，率军伐辽。当时虽然只有两万军队，但面对数倍于己的敌人，他们愈战愈勇，屡战屡胜，整个过程尽管血腥残酷，但金国由此打开了扩张掠夺的坦途。公元1123年，完颜旻病死战场，他的弟弟完颜晟继承伐辽大业，终于在1125年二月，把辽国送进了历史的坟墓。

那一年，距大金建国刚好十年。

李唐以降，契丹几乎成了"虎狼之师"的代名词，以至于许多欧洲人只知契丹，不知中国。二百年间，他们在长城内外炫耀武力，势不可挡，靠的就是逢敌亮剑的英雄气。辽国后期，这股英雄气逐渐被享乐所取代，昏庸残暴的末代皇帝耶律延禧，玩文化玩不过汉人，玩剽悍玩不过女真人，除了一败涂地，走向灭亡，哪里还有他途呢？

三

辽国的天祚帝寿终正寝了，他的厄运同样等待着宋徽宗。

宋徽宗是神宗皇帝的第十一个儿子。他天纵将圣，艺极于神，诗词书画无不精擅。他独创的"瘦金体"书法，挺拔飘逸，意度天成，九百年没人能够超越；他擅长的山水画，寓物赋形，随意以得，笔驱造化，发于毫端，令人起神游八极之感，不复知还有人间奇物。

宋徽宗根本不是当皇帝的料，他只知把艺术发挥到极致，只知荒淫无度，醉生梦死，硬让他登上九五之尊，那是宋朝的不幸，也是宋徽宗的悲哀！

宋徽宗纵情声色，轻佻浮浪，整个社会必然歌舞升平，奢侈享乐。12世纪初的北宋，已经变成纸醉金迷的游乐场、人生极致的嘉华年。宋徽宗昏庸透顶，忠奸不分，在他眼里，佞幸小人全都成了"香饽饽"：市井无赖高俅因为球踢得好，被委为太尉；太监童贯善于奉迎，被封为宰相；会编小曲说俚语的李邦彦，蹿上了高位；官场混混蔡京写得一手好字，也被宋徽宗扶上了相位……朝臣卖官鬻爵，广结党羽；军队毫无血性，不堪一击。制度性腐败犹如吃人的鸦片，满朝文武越抽越上瘾，浑浑噩噩拉着大宋帝国向悬崖狂奔。

此时，冰天雪地的金上京正厉兵秣马，沙场点兵。活捉天祚帝不到十个月，金太宗就兵分两路，向中原进发：东路军以完颜宗望为主帅，提兵六万，自平州（今河北卢龙、昌黎一带）入燕山，下真定；西路军以完颜宗翰为主帅，亦统六万劲旅，自云州（今山西大同一带）下太原，兵逼洛阳。两路大军会师后，再合力直捣京都汴梁。

完颜宗望率东路军伐檀州（今北京密云），破蓟州，攻陷燕京（今北京西南一带）、保定，尽取燕山六州二十四县。当西路军攻打太原时，东路军已经渡过黄河，向汴梁杀来。

宋徽宗听到失城陷地的恶耗，吓得惊慌失措，六神无主。他做出的第一个决定，就是禅位给太子赵桓。宋钦宗赵桓登基不过几天，完颜宗望就势如破竹，兵临城下。按说，金军长途奔袭，孤军深入，三十万勤王之师完全可以将其歼灭。然而，宋军久不习战，还未临阵心先怯之，根本组织不起有效的抵抗。

靖康元年（1126 年）正月，同父皇一样没有血性的宋钦宗，派使节到金营求和，同意割中山、太原、河间三镇，尊金帝为伯父，派亲王和宰相为人质，每年交纳岁币二百万贯犒军……

屈膝求和失去的，不仅是割地赔款，而且是民族气节。人不同于动物的，是气节和尊严。气节是精神上的"钙"。一个国家、一个民族，如果理想信念坚定，充满朝气、锐气、虎气、英雄气，就会将有威武之气，士无贪生之念，就能所向披靡，战无不克；如果断了脊梁骨，连气节、尊严都不要了，就会失去浩然正气和精神支撑，变成摇尾乞怜的哈巴狗。

二月初九，完颜宗望带着战利品班师回朝。经过这次远征，金国发现，貌似强大的宋朝不过是银样镴枪头。半年之后，金太宗下诏再次伐宋，大军仍分东、西两路，主帅依然是完颜宗望、完颜宗翰兄弟。

不到二十天时间，西路军就攻克了太原。太原是汴梁西北的军事要塞，此城一破，等于摧毁了京城的桥头堡。完颜宗翰乘势进军，连克汾州（今山西汾阳市）、孟津、洛阳、郑州，杀气腾腾向汴梁扑来。东路军先于西路军抵达京城，八天后，两路大军会合在一起，把汴梁城围了个水泄不通。

宋钦宗为求自保，亲自到金营乞降。皇帝的颜面，他不要了；大宋的尊严，也让他丢尽了。1127 年四月初一，金军带着战争赔款和从皇宫、民间抢劫的金银珠宝，押着徽、钦二帝及三千多名皇亲贵戚，惶惶北去。

野蛮劫走了文明，糜烂葬送了江山。赵匡胤好不容易创立的北宋王朝，历经一百六十八年沧桑风雨，至宋钦宗凄然落幕！

四

从汴梁到金上京，大约有六千里路程。徽、钦二帝经过一年艰难跋涉，才走到白山黑水间。

回望漫漫长路，那是怎样一段生不如死的里程啊！昔日的皇妃皇子帝姬驸马王公贵戚，全成了蓬头垢面的"囚徒"。那么遥远的路程，既无轿舆，又无车马，白天食不果腹，夜晚宿于旷野。跨过黄河，行至河北邢台，燕王赵俣就被活活折磨死了。金兵随便找来一个马槽敛尸，草草葬于荒郊野外。宋徽宗悲痛欲绝，对天而泣："皇儿葬于斯，也算中原故土，为父却要做异乡野鬼了。"

宋俘被押至燕京，有一半人死在了路上。可怜宋徽宗的嫔妃、才人，康王的母亲、妃子，皇室的帝姬、宫女，一个个被金兵强奸、轮奸。这位只知醉生梦死的太上皇，一不敢动武，二不会求人，甚至连抗议的胆量都没有。这一点，他真不如乌江自刎的项羽。楚霸王宁舍其身而成其义，把行将定格的生命价值提升了一个档次。他留给历史的回味，比苟且活着的徽、钦二帝悲壮得多！

抵达金上京的第二天，金太宗在供奉先祖的祭庙里举行献俘大典。按照女真人的习俗，除二帝和郑后、朱后改穿金国的服饰外，其余皇室成员不管老幼，不分男女，一律脱光上衣，身披羊裘，依次进庙祭拜太祖阿骨打。

随后，金太宗在乾元殿接见二帝，分别封他们为"昏德公""重昏公"。韦贤妃、邢妃、帝姬柔福和其他宫嫔宗女，逐一进了"浣衣院"——金军实际上的妓院；皇子皇孙和其他男俘，全部分给金将为奴。

所有这些，被掳掠到金上京的皇亲贵戚们看到了，中原的千百万臣民也听说了。那一年是靖康元年（1126 年），历史将这奇耻大辱称为"靖康之耻"。

金太宗天会八年（1130 年）七月，徽、钦二帝被赶到边陲小镇五国城（今黑龙江依兰县），八年后，宋徽宗病死在了那里。据《宣和遗事》记载，徽宗皇帝薨后，金兵以火焚尸，焦烂及半，复以水浇灭，以杖击之。这种近似鞭尸的野蛮行径，是汉人永远无法弥合的伤口。后来，宋钦宗被押回中都（今北京），绍兴二十六年（1156年）六月，在一次马球比赛中被踩死了。

<h2 style="text-align:center">五</h2>

对于北宋来说，金上京是个不堪回首的所在；但对于金国，却是"王气肇造"之地。我在金上京遗址谛听历史回音，声声响锤敲击着难以平静的心鼓。

九百年前，女真人打败了汉人。从表面上看，是两个"国家"、两个民族的胜负，其实是新兴的平民文化战胜了衰落腐朽的贵族文化。文化，是一种包含精神价值和生活方式的生态共同体。一个国家、一个民族的最终意义，从来不是军事的、政治的浮面较量，而是以积累和引导创建集体人格为目标的文化力量。

宋朝苟且偷安，以文抑武，整个国家湮灭了敢打必胜的阳刚之气。一枝独秀的文化，纵然有岳飞、陆游、辛弃疾、张孝祥、陈亮等爱国诗人激情奔涌、杀敌雪耻的长啸，但整体上很难形成气候。人们看到的，不是雄健豪迈的气魄，高昂奔放的格调，而是"寻寻觅觅，冷冷清清，凄凄惨惨戚戚"的低吟。这样的文化氛围，不可能砥砺战必胜、攻必克的英雄气，铸就励精图治、富国强民的民族魂。

中华文化凝聚中华民族的智慧、气韵和神采，潜移默化地改变人的精神，引领时代的风气。精神是文化之魂。没有精神，文化将情无定所，魂无所归；没有精神，一个民族必然是一盘浑浑噩噩的散沙。

公元1727年五月，康王赵构在河南商丘即位，史称"宋高宗"。高宗比之父皇徽宗、皇兄钦宗，"恐金症"有过之而无不及。面对金军第三次南侵，国家处于生死关头，他先是携百官逃至扬州，接着将行宫迁到了杭州。媚骨和脂粉气，早就迷乱了宋高宗的心智，控制了南宋的大脑神经。对朝廷来说，不思雪耻，奢侈享乐，似乎成了一种惯性。这种惯性不可能知耻而后勇，更不会容许岳飞、辛弃疾横扫酋虏，抗金复国！

徽、钦二帝和宋高宗赵构，一方面崇儒尚文，温柔敦厚；一方面颐指气使，穷奢极欲，其行事风格与金国初期的情形大相径庭。据史料记载，当时金国君臣之间，根本没有尊卑之分，朝廷议事，有不同意见，可以各抒己见，也可以你争我吵。意见统一了，就去踩刀梯，耍火球，以矫健剽悍的歌舞愉悦身心。这和汴梁的浅斟低唱、临安（今杭州）的靡靡之音相比，孰优孰劣，一目了然！

完颜旻虽然贵为天子，但与百姓水乳交融，打成了一片。他所居住的"皇帝寨"，充其量比其他人住的房子大些，间数多些。"皇帝寨"没有重门深禁，谁都可以自由出入。金太宗在朝堂上与大臣议事，端茶倒水都由后妃负责。国家举行重大活动，百姓谁都可以观看；哪家百姓杀鸡、宰羊，也会邀他去打牙祭。金太宗还与百姓一起下河洗澡，从来不讲什么礼仪。打败辽、宋之后，国库的银子多了，金太宗花钱也就大方起来。不少大臣批评他违背了"非军需不启库银"的祖训，应该受到处罚。他心甘情愿按规矩办事，老老实实挨了二十军棍。

这样的事情别说在宋朝，就是以后历朝历代，也很难做到！

在规矩面前人人平等，就能凝聚起内心的光明。人的心里有盏明灯，世界永远不会黑暗。从这一点来说，金太宗是伟大的，了不起的！

金上京历史博物馆，是全国唯一集中收藏和展览金代文物的博物馆。九个展厅为解读那段历史打开了多重空间，也刻下了中华文化的地理符号。我从那里回望昨天，仿佛金戈铁马仍在耳畔驰骋，那无言的警示，长鸣于今天，也指示着未来。

田 园 牧 歌

一

义熙元年（405 年）八月，陶渊明任江西彭泽县令。十一月，会郡遣督邮至，县吏请曰："应束带见之。"渊明叹曰："我岂能为五斗米折腰向乡里小儿！"即解绶去职，赋《归去来兮辞》。陶渊明任彭泽县令不过八十多天，在此之前，他做过江州祭酒、桓玄左僚、镇江参军之类的小官，过着时仕时隐、时隐时仕的生活。这次他"不堪吏职"，辞官归乡，与以往不同的是，自此隐而不仕，躬耕自给，终老在了田园。

《归去来兮辞》是陶渊明终生不仕的宣言，也是他辞赋创作的巅峰。这篇抒情小赋融叙事、摹景、抒情、悟理于一体，把归乡的快乐、乡居的怡然，全都融汇在三百三十九个字的短文之中，营造了一种宁静恬适、乐于自然的意境。以至于欧阳修说："晋无文章，唯陶渊明《归去来兮辞》一篇而已。"这话说得也许绝对了些，但晋代除了王羲之的《兰亭集序》，还真找不出哪篇文章能与之媲美！

"归去来兮，田园将芜胡不归"。为何不归？因为陶渊明不愿与腐败官场同流合污；归向何处？归向洋溢着自然温情的田园。陶渊明二十九岁因"亲老家贫"出仕，四十一岁弃官归田，《归去来兮辞》是田园的召唤，也是他的本性使然。孟浩然说："赏读《高士传》，最佳陶征君。目耽田园趣，自谓羲皇人。"陶渊明没办法改变官场生态，只好在田园里安平乐道。谁想歪打正着，为中国文脉平添了一股自然之气。

身心在田园，陶渊明懂得了珍惜当下，享受生活。他改名为"潜"，取意为"隐"；看到门前有五棵柳树，又给自己起了个别名："五柳先生"。他的《五柳先生传》假托为五柳先生作传，实际上是他的自况"实录"。陶公不提主人公"何许人也""亦不详其姓字"，而是用一百七十三个字，塑造了一位清高洒脱、怡然自得，安贫乐道、宁静致远的隐士形象，表达了作者不慕名利、不与世俗同流合污的高尚情操。李白写诗说："梦见五柳枝，已堪挂马鞭。何日到彭泽，长歌陶令前。"

《桃花源记》以武陵渔人进出桃花源为线索，按照时间顺序，把发现桃花源、小住桃花源、离开桃花源、再寻桃花源的离奇情节贯穿起来，描绘了一个自食其力、自给自足，无拘无束、自得其乐的人间仙境。这仙境与老子"甘其食，美其服，安其居，乐其俗，邻国相望，鸡犬之声相闻，民至老死，不相往来"的政治构想颇为相似，是陶渊明憧憬向往的理想世界。

如今，桃花源如同柏拉图的理想国和托马斯·莫尔的乌托邦，已经成了空想社会主义的代名词。

二

自秦汉至魏晋，陶渊明是仅次于司马迁的散文大家。但最能表现陶渊明之为陶渊明的，还是他的诗。

陶诗存世一百二十六首，首首通俗淡雅，明白如话，展示着以"田园"为标识的人生境界。作为中国田园诗的鼻祖，陶渊明辞去彭泽县令写的《归园田居五首》，感情基调和思想内容与《归去来兮辞》相似，表现了诗人归隐的本志和自得于田园生活的悠然情态，是古今田园诗的范本。我们什么时候吟诵，都能获得美的陶冶。先欣赏其一：

少无适俗韵，性本爱丘山。
误落尘网中，一去三十年。
羁鸟恋旧林，池鱼思故渊。
开荒南野际，守拙归园田。

方宅十余亩，草屋八九间。

榆柳荫后檐，桃李罗堂前。

暧暧远人村，依依墟里烟。

狗吠深巷中，鸡鸣桑树颠。

户庭无尘杂，虚室有余闲。

久在樊笼里，复得返自然。

　　陶渊明"误落尘网"三十年，终于在园田找到了自己心仪的生活。桃红李白、榆青柳碧，炊烟袅袅、狗吠鸡鸣，白描式的语言让读者爱不释手。《归园田居五首》写得太乡野太率真了，越读越能体味到农家乐的惬意。我们再欣赏其三：

种豆南山下，草盛豆苗稀。

晨兴理荒秽，带月荷锄归。

道狭草木长，夕露沾我衣。

衣沾不足惜，但使愿无违。

　　这首诗通俗易懂，明白如话，千百年让人百读不厌。元好问说："一语天然万古新，豪华落尽见真淳。"天然和真淳，是陶诗享千古盛名的关键。诗歌是心灵的艺术，唯有天然，才如大匠运斤，自然天成；唯有真淳，才能拨动读者的心弦，经久而弥新。

　　梅尧臣认为："作诗无古今，唯造平淡难。"陶渊明的诗以己意驱遣，一气呵成，既无玄谈遗风，也无斧凿痕迹，难怪后人称他为"平淡之宗"。唐代以来，不少诗人穷搜心力"拟陶""和陶"，但很难写得像陶诗那样语近气近，静穆自然。究其原因，就是缺乏陶渊明的生活体验和内在气韵。

　　陶渊明的魅力在于安于田园，安于清贫，并在田园里找到了生活的乐趣。他乐在其中，所以信手便是田园诗的乡野味。

　　陶渊明以乡居为根本，以耕读为终身，被钟嵘誉为"古今隐逸诗人之宗"。其实，陶渊明只是按照自己喜欢的方式生活罢了，他闲逸平淡、安贫乐道的生活方式，最先影响了中华民族。他的诗是古代文人田园生活的活广告——田园生活的乐趣经他阐发，更加让人乐不思蜀，流连忘返！

我们吟诵陶渊明的诗，其实是在欣赏他的生活，解读他这个人。

陶渊明的生平事迹，在《晋书》《宋书》《南史》和《隐逸传》中都有记载。一传而入三史，在中国历史上颇为少见。这固然得益于他的诗告别了魏晋清谈之风，更重要的是，他走出中国知识分子的庙堂情结，给后人提供了一个全新的生活视角。

三

陶渊明在园田住了两年，义熙四年（408 年）六月，他家不幸失火，只好移居南村。乔迁新居，陶公诗兴大发，写《移居》二首记之。我们从诗句看出，陶渊明"过门更相呼，有酒斟酌之"，成了"无夕不饮""造饮辄醉"的酒仙。由于受外祖父孟嘉的教育和影响，他既喜儒家经典，又对玄学和神仙道化充满了兴趣，结果变得和外祖父一样，"好酣酒，逾多不乱；至于忘怀得意，傍若无人。"难怪萧梁时代，就有"渊明之诗，篇篇有酒"之说。到了唐代，杜甫说他："宽心应是酒，遣兴莫过诗。"白居易说他："篇篇劝我饮，此外无所云。"有人做过统计，陶诗中提到饮酒的诗句，就有五十六首之多，几乎占了他全部诗作的一半。

酒是诗人引燃艺术灵感的助燃剂。义熙十三年（417 年），陶渊明归隐田园的第十二个年头，他接连创作了二十首饮酒诗。序言说："偶有名酒，无夕不饮。顾影独尽，忽焉复醉。既醉之后，辄题数句自娱，纸墨遂多，辞无诠次，聊命故人书之，以为欢笑尔。"《饮酒二十首》首首是佳作，尤其第五首，被后人视为"圣品"中的圣品——

结庐在人境，而无车马喧。
问君何能尔，心远地自偏。
采菊东篱下，悠然见南山。
山气日夕佳，飞鸟相与还。
此中有真意，欲辨已忘言。

　　这首诗以优美的意境、精巧的结构、深蕴的哲理，尽显陶渊明隐居避世、超然物外的乐趣，展示他安贫乐道、回归自然的惬意。田园是陶渊明的归宿，更是他作诗的"心境"。他生活在田园，就是生活在自己的心灵之中。身之所处，乃心之所恋；手之所采，乃心之所慕；目之所见，乃心之所想；智之所悟，乃心之所求。他的生活达到了心外无物的境界，他的一举一动、一念一想，都源于他的悠闲心。

　　中华文化中的田园是陶渊明式的，陶公的心灵之光照亮了田园，也为田园涂上了他的本色。《饮酒二十首》写得太感人了，我们再读第十一首：

> 故人赏我趣，挈壶相与至。
>
> 班荆坐松下，数斟已复醉。
>
> 父老杂乱言，觞酌失行次。
>
> 不觉知有我，安知物为贵。
>
> 悠悠迷所留，酒中有深味！

　　陶渊明过着恬然宁静的乡居生活。一天，他邀友人松下坐饮，"故人赏我趣，挈壶相与至"。宾主围坐在一起，没有丝竹音乐，就听微风吹松叶，父老杂乱言。醉意朦胧中，不知不觉进入了物我两忘的境界——此情此景，酒不醉人人自醉。陶渊明即使喝醉了，也能挥笔写诗，尽抒情怀！

　　文人与酒，如影随形。"诗酒趁年华"，酒醉了人，也酿造了诗。杜甫曾用精练的语言和人物素描的笔法，把唐代最能喝酒的八位诗人集合在《饮中八仙歌》中，描绘出一幅栩栩如生、风趣幽默的群像图。这"饮中八仙"最有名的是李白。酒，是他的文胆。他的诗，像《月下独酌》《春日独酌》《金陵酒肆留别》《襄阳歌》，都是由酒酿制的。

　　李白是"诗仙"，也是"酒仙"。诗借酒兴，酒壮诗情，他的《将进酒》情极悲愤而狂放，语极豪纵而沉着，笔酣墨饱，如大河奔流。欧阳修、范仲淹、苏轼、陆游、辛弃疾及其后的元好问，虽然不像陶渊明那样"但恨在世时，饮酒不得足"，也都用诗神的自由奔放来浇筑诗篇，留下了许多脍炙人口的饮酒诗。就连南宋女词人李清照独树一帜的"易安体"，也飘溢着浓郁醉人的酒香。

　　"酣饮赋诗"是田园生气的体现，也是陶渊明人生哲学的一部分。他的饮酒诗诗如其人，他高尚的人品如同他的诗篇，因酒而大放异彩！

四

从本源上说，生命是"大化"变迁的具体体现，完美的生命形态只有归复自然才光芒四射。陶渊明寓哲理于形象之中，使自然美成了中国文脉的重要符号。

公元 427 年，陶渊明走完七十六年的生命历程，与世长辞。在当时和以后很长一段时间内，他的诗文并没有得到社会承认。钟嵘的《诗品》仅把陶诗列为中品，刘勰的《文心雕龙》只字没有提及，直到梁太子萧统编《陶渊明集》时，才在序言中称陶公"其章不群，辞采精拔，跌宕昭彰，独超众类，抑扬爽朗，莫如之京"。

南朝以后，陶渊明的诗文得到了广泛流传。李白仰慕陶渊明的人品和诗品，他在《戏赠郑溧阳》中说："陶令日日醉，不知五柳春。素琴本无弦，漉酒用葛巾。清风北窗下，自谓羲皇人。何时到栗里，一见平生亲。"

杜甫更是把陶渊明视为诗友、酒友，他在《奉寄河南韦尹丈人》中写道："宽心应是酒，遣兴莫过诗。此意陶潜解，吾生后汝期。"

元和十年（815 年），白居易被贬江州（今江西九江）。那里离陶渊明的家乡不远，他特意造访陶公故居，写下名篇《访陶公旧宅》："柴桑古村落，栗里旧山川。不见篱下菊，空余墟里烟。子孙虽无闻，族氏犹未迁。每逢陶姓人，使我心依然。"

宋代，陶渊明在中国文学史上的地位得到了进一步巩固。王安石评价陶诗："趋向不群，词彩精拔，晋宋之间，一个而已。"陶渊明是苏轼最崇拜的诗人，他说："吾与诗人无所甚好，独好渊明之诗。渊明作诗不多，然其诗质而实绮，癯而实腴，自曹、刘、鲍、谢、李、杜诸人，皆莫过也。"苏轼把陶诗放在李杜之上，虽然有失公允，但他用"质而实绮，癯而实腴"概括陶诗的艺术风格，还是恰如其分的。

苏轼一生奉陶渊明为师，逐首唱和，"以晚节师范其万一"。陆游不仅喜爱其诗，更仰慕其人："我诗慕渊明，恨不造其微。"到了晚年，他还以"学诗当学陶"自勉。辛弃疾则把陶渊明引为知己，他留下六百二十多首词作，其中吟咏、提及、明引、暗引陶诗陶文的，就有六十余首。清人贺贻孙在《诗筏》中说："晋人诗，能以真朴自立门户者，唯陶元亮（陶渊明字元亮）一人。"

近现代，推崇陶诗的名人更是数不胜数：梁启超、王国维、闻一多、朱自清、钱钟书……但历代评论者引用最多的，还是苏轼的评价："欲仕则仕，不以求之为嫌；欲隐则隐，不以去之为高。饥则叩门而乞食，饱则鸡黍以迎客。古今贤之，贵其真也。"近百年来，注陶、评陶风气大开，形成了与"杜学""红学"并称的"陶学"。

平淡自然的陶渊明，也为季羡林先生所喜爱。季老把陶渊明《形影神答诗》中的四句话"纵浪大化中，不洗亦不惧。应尽便须尽，无复独多虑"作为座右铭，随时鞭策激励自己。

一个诗人，能像陶渊明那样影响后世，在中国文学史上并不多见。

陶渊明辞官归隐，开田园诗新风的意义，怎么说都不过分。毕竟，他"戒色彩，戒夸饰，戒繁复，戒深奥，戒典故，戒精巧，戒粘滞"（余秋雨语），一扫堆砌辞藻、追求绮丽的魏晋遗风，把"自然"提升为美的至境，成了中国文脉的重要符号。

从陶诗的开拓性贡献和深远影响来看，陶渊明无疑是魏晋南北朝最杰出的诗人。唐代的山水田园诗人无不受其影响，使"王右丞（王维）有其清腴，孟山人（孟浩然）有其闲远，储太祝（储光羲）有其朴实，韦左思（韦应物）有其冲合，柳仪曹（柳宗元）有其峻洁"（清·沈德潜语）。在中国诗歌史上，固然有比陶渊明更著名的诗人，但陶公这座高山——追慕自然，回归自然，再以自然之笔写自然的文化人格，却是其他诗人不能企及的。

沈园悲歌

　　来到沈园，已过正午。登上园东南那座俯仰亭，小桥流水、碧池古井、亭台楼榭、梅树假山等胜景尽收眼底；"春波惊鸿""残壁遗恨""宫墙怨柳""鹊桥传情"等景观，错落有致，互为映衬，尽显南宋"池台极盛"时期的旖旎风采。

　　沈园位于绍兴禹迹寺南，原来是当地富商沈氏的私家花园，故名"沈氏园"，省称"沈园"。这座古典园林历经八百年风雨沧桑，之所以至今享有盛名，完全是因为陆游和唐婉的爱情悲歌。

一

　　绍兴十四年（1144年），陆游与表妹唐婉喜结良缘，两人琴瑟相和，如胶似漆，真是一对绝世佳配。但陆母不喜欢唐婉，在封建礼教的淫威下，纵然小两口恩爱情深，也不得不劳燕各飞。尽管后来陆游别娶川中王氏为妻，唐婉也改适"同郡宗子"赵士程，但他们的爱始终铭刻在心灵深处，丢不开，挥不去。

　　绍兴二十五年（1155年）三月，陆游到沈园游览，他怎么也没有想到，竟会与偕夫同游的唐婉偶遇。唐氏遣致酒肴，聊表心情；陆游见人感事，情不能已，怅然赋《钗头凤》于园林壁间——

　　红酥手，黄縢酒，满城春色宫墙柳。东风恶，欢情薄，一怀愁绪，几年离索。

错！错！错！

春如旧，人空瘦，泪痕红浥鲛绡透。桃花落，闲池阁，山盟虽在，锦书难托。莫！莫！莫！

这阕千古绝唱，字字血，声声泪，述说着陆游生死离别的感伤和相逢难言的痛苦。"错！错！错"和"莫！莫！莫！"几个叠词，回环往复，一唱三叹，让人有一种肝裂肠断之痛。第二年，唐婉独游沈园，满希望再与陆游相逢，但逝去的时光不会再来，她所看到的，只有留在残壁间的那阕《钗头凤》。唐婉触景伤情，百感交集，伴着泪光奉和一首——

世情薄，人情恶，雨送黄昏花亦落。晓风干，泪痕残，欲笺心事，独语斜阑。难！难！难！

人成各，今非昨，病魂常似秋千索。角声寒，夜阑珊，怕人寻问，咽泪装欢。瞒！瞒！瞒！

唐婉再游沈园后，更加黯然神伤，凄苦难言，不久就香消玉殒了。陆游听到这个消息，悲悼之情郁积于怀，心灵的创伤愈加痛苦。沈园，是他们爱情悲剧的见证，此后半个世纪，陆游多次到沈园凭吊，睹物思人，写诗追悼唐婉。那刻骨铭心的爱情鸣奏曲、苦恋二重唱，一直弹奏到他生命的尽头。

二

陆游六十六岁隐居绍兴，过着简朴宁静的田园生活。绍熙三年（1192年），他再游沈园，见重阳过后的枫叶刚刚泛红，槲叶在秋风的吹拂下开始发黄，自己的双鬓也染上了秋霜。感怀往事，无限伤感，对唐婉的思念情不能已，于是作《禹迹寺南有沈氏小园》。这首诗被近代诗论家陈衍推崇为"古今断肠之作"：

枫叶初丹槲叶黄，河阳愁鬓怯新霜。

林亭感旧空回首，泉路凭谁说断肠？

坏壁醉题尘漠漠，断云幽梦事茫茫。

年来妄念消除尽，回向禅龛一炷香。

庆元五年（1199 年）春，唐婉去世四十年之际，陆游旧地重游，在无限悲伤中写下《沈园二首》：

城上斜阳画角哀，沈园非复旧池台。

伤心桥下春波绿，曾是惊鸿照影来。

梦断香消四十年，沈园柳老不吹绵。

此身行作稽山土，犹吊遗踪一泫然！

在这两首绝唱中，诗人的抚今追昔之感，至死不渝之情，海枯石烂之意，即使你是铁石心肠，也会为之动容！近代文学家陈衍对《沈园二首》评价极高，他说："无此等伤心之事，亦无此等伤心之诗。就百年论，谁愿有此事？就千秋论，不可无此诗。"诗的魅力源于情感。把真情实感渗透其间，诗的力量就能惊天地、泣鬼神！

陆游对唐婉的痴情，好似陈年老酒，时间愈久就愈香洌。嘉泰元年（1201 年），他写下《禹寺》："暮春之初光景奇，湖平山远最宜诗。尚余一根无人会，不见蝉声满寺时。"不久，又有"禹寺荒惨钟鼓在，我来又见物华新。绍兴年上曾题壁，观者多疑是古人"问世。日有所思，夜有所梦，陆游八十一岁再游沈园，作七绝《十二月二日夜梦游沈氏园亭二首》：

路近城南已怕行，沈家园里更伤情。

香穿客袖梅花在，绿蘸寺桥春水生。

城南小陌又逢春，只见梅花不见人。

玉骨久成泉下土，墨痕犹锁壁间尘！

陆游对唐婉一往情深，至老弥笃。开禧二年（1206年），诗人不顾年迈，再次来到沈园。他俯瞰城南，亭榭池阁散落在规整的城坊中，笼罩在暮春的烟霭里，自己犹如一只孤寂的归鹤，独自抚摸着心灵的创伤。他看到当年的题壁蒙满尘埃，生了苔藓，几行墨迹清晰可见，情不自禁作《城南》抒怀：

城南亭榭锁闲坊，孤鹤归飞只自伤。

尘渍苔侵数行墨，尔来谁为拂颓墙？

嘉定元年（1208年），陆游辞世前一年，最后一次到沈园凭吊。五十多年前和唐婉的邂逅，恰似一场来去匆匆的幽梦，他写《春游》悼念前妻——

沈家园里花如锦，半是当年识放翁；

也信美人终作土，不堪幽梦太匆匆。

陆游的爱情诗，深沉凄怆，低回哀怨，不管什么时候吟诵，都能让人刻骨铭心。钱钟书先生说："从唐宋两代的诗词来看，也许可以说，爱情，尤其是在封建礼教眼开眼闭监视之下那种公然走私的爱情，从古体诗里差不多全部撤退到近体诗里，又从近体诗里大部分迁移到了词里。"唯有陆游的爱情诗，让我们看到了诗人的高尚人格和精神世界。

三

陆游和唐婉的爱情绝唱，从生命的早晨一直唱到黄昏，首首深沉凄楚，动人心弦。这不仅是因为他们的生死恋热烈、真挚、持久，更重要的是，他们的恋情随着时间流逝，已经超越男女性爱与夫妻伦理，而成为一种精神慰藉。陆游有儿女之私，也有家国情怀。只要家国的心上供奉着诗神，只要人们还追求高尚的爱情，陆游的沈园诗就会激荡在游客心头。

如今，沈园因陆游名动古今的爱情悲歌更加令人神往。成千上万的游客不远万里，慕名而来，是为了寻景、寻诗，也是为了寻觅陆游与唐婉邂逅的遗迹，体味他们诗词唱和的哀婉情深。我不知道当年沈园是何等的繁盛，今天所看到的，只是它沾满灰尘的遗容。池台依旧，亭榭依旧，假山依旧，伤心桥下流淌的碧水，仍在诉说着一对恋人的悲苦。凝望沈园门口"禹迹阅遗踪，犹传临水惊鸿句；燕然寻旧梦，未死冰河铁马心"那句联语，我不由自主口占一首：

绍兴古城寻放翁，山新水新人不同。

沈园诉说当年事，杨柳又吟《钗头凤》。

沈园是中国古典文化的一张名片，它让游人体悟，一个民族对文化的渴求是多么强烈！文化将悠远的历史打磨成一条缆索，连接起中华民族的昨天和今天；文化又将偌大世界的生僻角落，变成了人们昼夜思念的故乡。沈园回荡的陆游和唐婉的爱情悲歌，也给游客留下了从未有过的心灵震撼！

游览沈园，我有点流连忘返。抬头看看西斜的太阳，天不早了，还是回去吧！等有了机会，我还会再来。

潇湘洙泗

一

在湖南长沙旅行，我最想去的地方是岳麓书院。这座掩映在湘江西岸、岳麓山东麓的千年学府，得天地之灵，撷山川之秀，张扬着儒家文化源远流长的道统。每一座院落，每一间房舍，每一块碑匾，每一片砖瓦，都蕴含着从尧舜到孔孟，从程朱到陆王的"心传"，以及冶炼和传递儒家文化所必需的精神人格。

两宋之际，官学未兴，萌芽于唐末五代的书院便开始了它的兴盛。据《中国书院史》记载，宋代创办的书院不下五六百座。这些书院既保持了一种清风朗朗的文化理想，又大体符合中国的国情，在中国教育史和文化史上，实在是一个让人赞叹不已的创举。

继承发扬古代私学教育制度的优长，用书院的文化品格把各级官员的潜能激发出来，促使他们以教育者的自觉来参加书院建设，是宋代书院千年不衰的重要原因。北宋创办的嵩阳书院、岳麓书院、应天书院和白鹿书院，并称古代"四大书院"。岳麓书院更是以"潇湘洙泗"享誉天下，成为承载儒家文化使命的路标，湖湘学派蓬勃发展的基地，后人精神瞻仰的指引性符号。

岳麓书院兴盛的意义，在于以千年韧劲弘扬国民教育对一个民族的重要性。它与官学最大的区别，就是摆脱政治功力的羁绊，而着眼于人文精神和人格力量的贯注。这种人文精神和人格力量，彰显着教育的本质和使命。有了它，书院才能选聘"经明行修，堪为多士模范者"担任山长或教职人员，并把一大批教育家包括哲学大师朱熹、张栻、王阳明等人招来，传授知识，探讨义理，培养出了一个个足以影响中国历史进程的"岳麓巨子"。

一千年太久，仅清代以来列出的名单就让人叹为观止。像哲学大师王夫之，理财大师陶澍，启蒙思想家魏源，"中兴将相"曾国藩、左宗棠、郭嵩焘、胡林翼、刘长佑，"戊戌变法"领袖谭嗣同、唐才常、沈荩，资产阶级民主革命先驱蔡锷、程潜，教育家杨昌济等人。岳麓书院正门悬挂着嘉庆年间的一副对联——"惟楚有才，于斯为盛"，意思是说，楚国（特指湖南）人才辈出，岳麓书院尤为昌盛。这话似乎口气很大，但绝不是自吹自擂。"你看整整一个清代，那些需要费脑子的事情，不就被这个山间庭院吞吐得差不多了？"（余秋雨语）

二

岳麓书院完整地保存着明清建筑的遗构，那头门，那祠庙，那园林，那教学斋，那御书楼，那校经堂……分别见证了宋明理学的争鸣，诉说着书院的兴盛和衰亡。

岳麓书院实行山长负责制，山长即院长，是书院工作的主持人。在山长的执掌下，书院制定学规规范学生行为。书院最早的学规是朱熹发布的《朱子书院教条》，内容包括办学方针、教育思想、修身准则、学习生活及为人处世通则等。乾隆年间，山长欧阳正焕提出"整齐严肃"四字学规，并刻碑嵌于讲堂右壁。书院反对功利化教育，着力培养"传道济民"之才，全面提升学生的人格、能力和综合素质。要求学生"言忠信，行笃敬，惩忿窒欲，迁善改过""正其义，不谋其道，不计其功"，将自我人格的完善与家国情怀的培养结合起来。课程设置以经学、史学、文学为主，晚清又增加了自然科学方面的内容。教学方法以严格的讲学程式与自由论辩相结合，每逢朔（初一）、望（十五），由山长或副讲开讲；学生平时以自学为主，有不明之处，可随时向老师请教，或互相讨论，共相质证，以达到传道授业解惑之目的。

这种富有弹性的教学方法营造了一种轻松、愉快的学习氛围，这种氛围比课程本身更有诱惑力。当时有个名叫刘梅村的学生，曾经写过一首《岳麓听讲》："老木识前辈，响石弹清流。阒然西麓庐，宗此东家丘。衣冠陪讲席，典册贮危楼。林阴自茂密，鸟语相应酬。而我思古木，妙意归冥搜。回廊转东风，散步逍遥游。"这首诗真实反映了书院的学习生活，不管谁读了，都会觉得，在那里读书是一件乐事。

古人说，读书有三境：有我之境、无我之境和忘我之境。其实，读书的最高境界是"悦读"。与心共舞，就会把读书当成精神的修行、灵魂的洗礼。摩挲书页，聆听古今中外的钟鸣，啜饮先进文化的甘露，就能完成人类精神在某种文明层面的递交。

岳麓书院先后有五十五位山长主持院务，他们几乎都着眼于学生的人格塑造，下大力培养品行高尚的人才，实现立德树人的目标。书院讲授经、史、文学，通过学生对知识的体悟，以达到天人合一的境界。尤其是后来成为书院学术支柱的宋明理学，更可以看作是中国古代的"文化人格学"。由此，岳麓书院成了人文教育最有名的冶炼所。

教育的使命是育人，是让学生拥有远大志向，学会独立思考，掌握立身学识，懂得公民责任。联合国教科文组织提出："一切教育活动都是为了学生的成长和发展，为了学生一生的幸福。"如何培养和提高学生的独立思考能力、创新创业能力、兼容协作能力和社会担当能力，显得尤为重要。

岳麓书院首任山长周式，学行兼善，因材施教，以办学和传播学术文化闻名于世。宋真宗不仅接见他，还给书院赐书、赐额。如今，书院门口悬挂的"岳麓书院"匾额，就是真宗皇帝的手迹。这给岳麓书院平添了不少美誉度，也使这座学府弦歌不断，绵延了十多个世纪。

三

岳麓书院区别于官学的显著标志，就是允许不同学派自由讲学。这种教学形式扩大了多元文化的竞技跑道和交流空间，以"百家争鸣"推动学术研究日益深入。

朱熹是一个把教育看成冶炼精神人格、提高民族素质的大学者，他广泛吸收糅合佛学和道学的体系化理论，对天地万物的运行逻辑进行重构，为中华文明建立了一个包罗万象的知识体系，并为这个体系找出了让天地万物回归秩序的理由、圣人人格的依据和仁义礼智信的本源。清代学者全祖望认为，朱熹的学说，"致广大，尽精微，综罗百代"；辛弃疾说他："历数唐尧千载下，如公者仅有两三人。"

乾道三年（1167年）八月，朱熹一来到岳麓书院，就与山长张栻讨论学术问题，并登坛进行了中国教育史上有名的"朱张会讲"。所谓"会讲"，就是邀请不同学派有影响的学者讨论学术问题，或者会同讲学。那一年，朱熹三十七岁，张栻三十四岁，都是跻身中国学术前沿的大师级人物。因此前来听讲的学子络绎不绝，"一时舆马之众，饮池水立涸"——听讲者的马把池塘里的水都喝干了。

朱熹和张栻讨论的问题相当广泛，据史籍记载，两人"举凡天地之精深，圣言之奥妙，德业之进修，莫不悉其渊源，而一归于正大"，以至于三天三夜没能形成一致的意见。最后，虽然以朱熹接受张栻"性为未发心为已发""先察识而后持养"等观点结束，但彼此也越来越佩服对方，都觉得是对方启发了自己。《宋史》认为，张栻的学问，"既见朱熹，相与博约，又大进焉"；而朱熹则在一封信中说，张栻的见解，"卓然不可及，从游之久，反复开益为多"。

"朱张会讲"树立了自由讲学、互相讨论、求同存异的典范，加速了朱学和湖湘学派的融合。岳麓书院由此声名大振，从游之士请业问难至于千人，弦诵之声回响在衡峰湘水。

朱熹去世三百年后，明代理学大师王阳明来到了岳麓书院。王公是一位可与孔子、孟子、朱熹比肩的旷世大儒，他虽然命运多舛，饱受磨难，仍矢志不渝地治学讲学，匡时济世，他的"心学"，不但影响了晚明及清代的社会思潮，而且为民国和近代的思想革命做了远期铺垫。就连蒋介石都对他崇拜有加，败退到台湾后，特意把草山改名"阳明山"。正德二年（1507年），王阳明因忤逆太监刘瑾被贬贵州龙场，路过长沙时，他漫步书院，触景生情，被朱熹、张栻的学识和他们对教育事业的忠诚打动了，随口吟出"春阳熙百物，欣然得予怀；缅思两夫子，此地得徘徊"，让无数后来人感叹不已。

王阳明在岳麓书院讲授的"格物致知说""知行合一说""致良知说"，不仅使人耳目一新，也使自由讲学之风再起。历史的车轮驶到了改革开放时期，余秋雨、余光中、金庸、傅聪、何祚庥等数十位著名学者、作家、艺术家，也陆续来到岳麓书院，登坛讲学，把朱熹、张栻创立的学术讲论传统发扬光大。

教育不是简单的教与学，而是一种爱心传递。老师给学生一个眼神、一个启示、一声问候，对学生都有很大的影响。岳麓书院所坚守的，不是灌输，而是启迪，是通过师生互动传递情感，开发智慧，提高学生的素质与修养。

单凭这一点，不用康熙、乾隆御书表彰，它对教育方法的创新也功不可没！

四

从北宋到今天，岳麓书院把千年文化遗存在一副副楹联里。悬于前门的"千百年楚材导源于此，近世纪湘学与日争光"、悬于赫曦台的"三湘隽士讲研地，四海学人向往中"、悬于讲堂的"院以山名，山因院盛，千年学府传千古；人因道立，道以人传，一代风流直到今"、悬于大成殿的"道若江河，随地可成洙泗；圣如日月，普天皆有春秋"等楹联，言简意深，内涵丰富，不仅展示着书院的办学思想，也蕴涵着书院的文化底蕴。

从北宋到今天，岳麓书院把千年精神镌刻在一通通碑石上。如唐刻"麓山寺碑"，明刻宋真宗手书"岳麓书院"石碑坊、"程子四箴碑"和"岳麓感旧诗碑"，清代御匾"学达性天""道南正脉"，清刻朱熹"忠孝廉洁碑"、欧阳正焕"整齐严肃碑"、王文清"岳麓书院学规碑"，以及"朱熹诗碑""道中庸碑""重修岳麓书院记碑"，等等，不仅见证了书院的浮沉变迁，也启迪着一代又一代后来人。

岳麓书院积淀的传统，回答了教育的本质、责任和生命等问题，以至简、担当、务实开启学生获得感的方向。来到这里体味教育和文化的原始况味，以"学会关心"和追求幸福构建具有中国特色、中国风格、中国气派的高等教育体系，我的心情豁然开朗，脚下的路也坚实了许多。

浊世清溪

一

天宝三年（744年）秋，"诗仙"李白被唐玄宗"赐金返还"。他离开京城，漫游池州（今安徽贵池县），作五古《清溪行》，着意描绘清溪水色的清澈，抒发诗人喜新厌浊的情怀。诗曰——

清溪清我心，水色异诸水。
借问新安江，见底何如此？
人行明镜中，鸟度屏风里。
向晚猩猩啼，空悲远游子。

李白笔下的清溪，就是发源于安徽黄山的新安江。新安江又称"徽港"，在中国地图上，一条浅蓝色的细线在群山中蜿蜒，经淳安至建德与兰江汇合，向东北缓缓流入了钱塘江。江水四季澄碧，清澈见底，船如天上坐，鱼似镜中游，堪称名闻中外的"清溪"。

清溪是新安江的别名，素来以山青水美著称。它挽起淳安千峰秀色、万种风情，将一个个古村落抛在了身后。淳安属浙西山地丘陵区，迄今建县已有一千八百年的历史。山峦连绵，峰回水转，细涛拍岸，鱼鸥追戏，沧波万顷无纤尘，此情此景如画境。

一条清溪，蜿蜒曲折，冲出五股尖山的环抱，不知疲倦，扬波远去。爱民如子"海青天"，为官一任，造福四方，他的声名如同浊世中的清溪，不舍昼夜从明代淌来。

二

嘉靖四十一年（1562）五月，海瑞由福建南平县教谕（古代对教师的称谓）升任浙江淳安县令。他站在县衙前，望着远方的群山和蜿蜒东去的清溪，一种为民做主的责任感油然而生，遂提笔写下"知县知一县之事，一民不安其生，一事不得其理，皆知县之责"，并制匾悬挂在县衙最显眼的地方。

这二十四个大字悬挂在县衙，也刻在了海瑞心里。在他看来，人生于天地之间，就要以圣人为楷模，堂堂正正，光明磊落，为黎民百姓谋福祉。于是，海瑞一到任，就深入基层，考察民情，足迹踏遍了淳安大地。他亲眼看到，县域内地少山多，土地贫瘠，百姓以茶叶、竹子、林木为生，赋税特别繁重。由于开国初期土地丈量不准，每亩面积实际上只有八分，有的甚至不足六分，加上官吏豪强串通舞弊，致使"富豪享三四百亩之产，户无分厘之税，而贫者无一粒之收，虚出百十亩税差"。

百姓负担最重的，除了赋税，还有徭役。每丁少则一两二钱，多至十余两，农户往往因赋税和徭役过重离乡背井。淳安是杭州至徽州的必经之路，官员来往不暇，接待费用都要由百姓负担。地方官员为讨好上司，接待规格越来越高，接待费用越来越多，"小民不胜，憔悴日甚"，黎民百姓不堪其扰。

赋税和徭役就像两座大山，压得老百姓喘不过气来。海瑞认为，不根除这些"莫甚于此"的"不均之事"，百姓就过不上好日子。为此，他制定《兴革条例》，重新丈量土地，查实各户田亩，按实有数目分摊税赋；根据田亩多少、贫富状况确定徭役多寡。他推行"一鞭法"，把田税、力役和其他杂税合并在一起，统一按田亩核算征收。原来按丁户征收的，一律改为摊丁入亩。同时，将过去由纳税户轮流征收解运改为官府自行征收解运，从而减轻了纳税户的负担。他上《均徭禀帖》，提出让有能力的人多负担，没能力的人不负担，决不能不问家业贫富、额税虚实与人丁多少，一律按户均摊。

海瑞还改革驿站管理制度，严格接待标准，管住吃拿卡要。他强令贪官污吏把侵占的土地退还原主，百姓可以赎回卖给别人的儿女。对于赤贫者，分给荒田、耕牛，种子也可以借贷……这些惠民利民之举减轻了农民负担，外出逃荒的百姓回来了，破碎的家庭团圆了，村村落落听到了欢笑声。我们虽然没有看到淳安百姓安居乐业的升平景象，但可以想见，当年他们是何等兴高采烈"喜欲狂"。

三

"治国就是治吏"。海瑞在改革赋税、徭役的同时，又挥起大刀，砍向官场的陈规陋习和贪腐之风——

明制，地方官员每三年上京朝觐一次。为了巴结和讨好京官，他们每次进京，都要带去数不胜数的金银珠宝。地方官员谁也不会自掏腰包，旅费、礼金自然都要出在百姓身上。海瑞带头打破陋规，他不但对京官分文不送，任内两次上京朝觐，所花食宿车马费，还不到前任的一个零头。

海瑞戒奢以俭，艰苦奋斗，把厉行节约、反对浪费写在生活的点滴之间。他精简公文，办公经费专款专用，办公用具坏了，能修理就不换新的；接待过往客人，也不摆阔气，不讲排场。他带头穿布袍，吃糙米，母亲七十大寿时，只买了二斤猪肉。

正当海瑞挥刀猛砍官场陋习和奢靡之风时，当朝首辅严嵩的党羽、都御史鄢懋卿到两浙、两淮巡查盐政来了。这个口蜜腹剑的家伙先发宪牌，通令各地"毋得过为华侈，靡费里甲"，但他一路上耀武扬威，每到地方，就吃山珍海味，坐八抬大轿，用金银餐具，住华丽驿馆，并对各地官员的"孝敬"，来者不拒，照单全收，甚至利用职权敲诈勒索。

海瑞听到鄢懋卿的劣迹，就给他写信说，你不要下面特殊招待是"为民为国，言出由衷，非虚设也"，但我听到的传闻和都御史的宪令相去甚远。他揣着明白装糊涂，请示鄢懋卿是按宪令办，还是照沿途的样子做？这实在是"将"了姓鄢的一"军"，他脸皮再厚也不好吐了唾沫再舔回去，只好指示按宪令办。后来，鄢懋卿感到在淳安捞不到油水，干脆收敛威风，到别处巡查去了。

海瑞还把所有的不合理收费统统砍掉。上至知县，下至衙役，灰色收入一律革除。他将各级官员的优免标准张榜公布，接受百姓监督，规定"今后凡有送薪送菜入县衙者，一律以财嘱论罪"。海瑞下大力革故鼎新，铲除滋生贪腐的土壤，使淳安的官场风气为之一新。

四

海瑞在淳安为官四年，全县经济稳健发展，百姓安居乐业，生活秩序井然，清廉之风日盛，他由此赢得了"爱民如子海青天"的美誉。

嘉靖四十二年（1563年）二月，海瑞调任江西兴国知县。离开淳安时，百姓感念他的功德，自发立去思碑、建生祠堂。淳安进士徐廷绶还撰文刻碑，以记其德："侯之政在吾淳者，百代而为范；侯之泽在吾民者，百年而未艾。侯之心在民所未尽谅，众所不及知者，足以表天日，质鬼神而无愧。是故有孚惠德，有孚惠心，不市名而名垂不朽。"

古往今来，为政是为公的事业，权力是民赋的责任，为公为民乃为官之本。有首歌唱道："老百姓是地，老百姓是天。"戴上了"乌纱帽"，就要胸怀黎民百姓，有"为天地立心，为生民立命"的抱负和"先天下之忧而忧，后天下之乐而乐"的担当，为治地留下造福百姓的好基业、风清气正的好传统、功利长远的好前景。

你看，柳宗元在柳州任上四年，凿百井、释奴婢，办学院、修孔庙，易风俗、兴文化，让黎民百姓百般受益，以至于今天的柳州人仍念念不忘。

你看，范仲淹只要有可能，就为老百姓谋利益、办实事。1021年，他在泰州管理盐仓，看到海堤年久失修，海水倒灌，这虽然不是他的职责，但范公亲率民众劳作三年，终于把海堤修成。百姓感念范仲淹的功德，不仅将此堤命名为"范堤"，不少人还以改姓"范氏"为荣。

杭州西湖附近的花家山庄，至今立着苏轼的雕像。碑文记载，苏轼为政杭州时，曾令百姓掘高丽寺旁的赤山筑湖堤。此举遭到了僧人的反对，理由是：赤山乃风水宝地，掘土将致祸患。面对跪了一地的僧人，苏轼把道理讲了又讲，众僧就是不听。北宋佛教盛行，得罪了僧人，绝对不是小事。何况苏公早年"喜佛"，中年"近禅"，佛在他心中有着非常重要的位置。他反复掂量心中的天平该如何倾斜，凛然对众僧说：事由我起，上天若降灾祸，就冲我来，但筑堤一刻也不能延耽。于是，西湖便有了苏堤和这尊"护法"雕像……

柳宗元、范仲淹、苏轼、海瑞之所以受到百姓的爱戴，就是因为他们为官一任，造福四方。中国的老百姓最朴实最厚道，你把他们的利益举过头，他们就会把你记在心里！

五

如今五百年过去了，随着淳安城沉入千岛湖底，古老的海瑞祠也安睡在湖里。政声人去之后，老百姓并没有忘记"海青天"，20世纪80年代，一座海瑞祠又立在碧水环绕的龙山岛上。

重建的海瑞祠依然保持着旧祠的原貌，大门古色古香，匾额上镶嵌着著名书法家舒同题写的"海瑞祠"三个鎏金大字；大门两边，一副对联龙凤飞舞："遗像丰碑清风不歇千山破浪尽刚峰；祠堂县署对宇依然一湖照世开明镜。"走进庭院，闻名退迩的"去思碑"迎门而立——"去思"，是说海瑞离任去了，但百姓一直在思念他。碑前两边的立柱上，有"一代词宗"夏承焘书写的楹联："忧世匡时，刚烈肝胆昭日月；依山傍水，魏峨祠宇壮湖天。"

特别引人注目的，是前厅碑廊上立的"寿字碑"。海瑞亲笔所书的那通寿字碑，由"生、母、七、十"四字组成，正看倒看都像一个"寿"字，让人感叹其书法的精妙。走进后堂，端坐中堂的海瑞像，表情凝重，目光深邃，上方横匾上"光争日月"四个大字，将海瑞光明磊落的品质喻为"像太阳一样灿烂，如明月一般皎洁"。两旁立柱上那副楹联："均赋税，除陋规，平冤狱，四载辛苦，小邑山高铭德政；恤黎民，抗权贵，谏帝王，一生刚直，大江水涌颂清官"，高度概括了海瑞的高风亮节。

海瑞祠飞檐翘角，画栋雕梁，古朴典雅，静谧清幽。我与南来北往的游客一起拜访海青天，解读他非凡的操守、品性、风骨和人格，更加感到海瑞端方特立，气象岩岩，就像四季清澈的新安江，是从浊世淌来的清溪。尽管他的改革无法从根本上扭转世道，但他忧国忧民的情怀，向陋规和腐败宣战的壮举，永远值得后世敬仰。

忠义永新

永新，东向泰和，西接湘境，南通井冈，北走庐陵（今江西吉安县），自古就有"楚尾吴头"之称，是罗霄山脉中段一片神奇的土地。

永新，层林叠翠，绿水环流，云雾缥缈，如接九霄，既有建县一千八百年的历史，又出了四十多位开国将军，是全国著名的"将军县"。

毛泽东同志说："看永新一县，比一国还重要。"来到永新，我们在禾水河畔、高洲街头，听当地人讲古老而动人的传说；到三湾场院、龙源桥边，瞻仰毛泽东旧居、士兵委员会旧址和红军练兵场；去石桥古镇、高士山中，拾捡千年历史遗落的碎片……每到一处，每看一景，都有一股浩然正气扑面而来。

春秋战国时期，永新先后属吴、越、楚；秦灭楚，归九江郡。三国时，孙权派周瑜平庐陵，谁知风云不测，下起了大雨。当地民众主动为吴军搭营房，等到周瑜发觉，一座偌大的军营已经落成。

随后几天，风雨交加，山洪暴发，周瑜又一次看到，族长一声号令，众乡亲奋力抢险。半个月后洪水退去，老人又率民众帮灾民重建家园。

这些忠义之举，让周瑜看到了当地百姓的高风亮节，于是向吴大帝孙权禀报。孙权感动之余，决定在那里建县。起县名时，取《礼记·大学》"苟日新，日日新，又日新"之意，用"永新"二字概括当地民风，祝愿这片土地永远日新月异……

永新钟灵毓秀，人杰地灵，唐代大书法家颜真卿，北宋名相刘沆和著名诗人黄庭坚，元代名儒谭天如，明代"布衣哲人"颜钧、国学大师尹台和著名旅行家徐霞客，清初文学家贺贻孙等名士，都是永新人的自豪和骄傲。不少儒士入仕之后，或以亲民政绩，或以忠勇义行，或以学术卓见，为家乡增光添彩。

南宋末年，朝廷腐败，元军的铁骑踏破了江西的版图。文天祥率义兵拼死抵抗，终因寡不敌众，兵败被俘。祥兴二年（1279年），他被押往北京，途中写《过零丁洋》，决心以身殉国。千古名句"人生自古谁无死？留取丹心照汗青"，慷慨激昂，掷地有声，表现了诗人舍生取义的民族气节。

文天祥在元大都被囚禁了四年，屡经威逼利诱而不屈，作《正气歌》以明志节。诗人用一连串的排比句式，历数史册上十二位忠臣义士的壮烈之举，感情深沉、气壮山河。孟子说："我善养吾浩然之气……其为气也，至大无刚，以直养而无害，则塞于天地之间。"这里所说的"气"，就是精神正气。"是气所磅礴，凛烈万古存。当其贯日月，生死安足论。"文天祥由理想人格所支撑的民族气节，成了中华儿女舍生取义的象征。

文天祥的妹夫彭震龙也是抗元志士，听到文天祥被囚禁的消息，当即联络八姓豪杰，揭竿而起，收复了永新县城。但在来势凶猛的元军和降将刘磐

永新将军馆

的夹击下，终因弹尽粮绝，被困在皂旗山上。义军与元军血战，刀砍得卷了刃，箭用光了，就搬起石头砸向敌人。激烈的战斗一直持续到夕阳西下，义军尽管伤亡惨重，但三千将士没有一个人缴械投降。他们身绑巨石，视死如归，义无反顾跳进了万丈深潭。其忠勇之举，惊天地，泣鬼神，山河感叹，日月动容！

两千年前，古罗马进攻马萨达城堡，将坚守在那里的犹太人围困了三年。眼看最后一块自由之地无法保全，犹太人决定集体自杀。殉难之际，守城将领艾勒阿扎尔慷慨激昂地对大家说："感谢上帝让我们和所爱的人一起死去！我们要把整个城堡烧毁，但不要烧掉粮食。让它告诉敌人：我们的死不是因为缺粮，而是为自由献身！"

马萨达是犹太人最后坚守的一座城堡，九百六十七名壮士以集体自杀的方式，上演了惨烈悲壮的一幕。我们尽管怀疑艾勒阿扎尔这番演讲的真实性——守军集体自尽，是谁记录下来并广为传播的呢——但丝毫不怀疑马萨达是犹太人宁死不屈的圣地。由于他们忠于信仰，坚定信念，才把民族尊严表现得大义凛然。如今，马萨达仍然屹立在犹地亚沙漠，它面对死海，庄严宣誓："马萨达永远不会陷落！"

近千名犹太人集体自杀，是何等的壮烈悲壮，气吞山河！永新三千名将士集体沉潭，"忠义"二字浇筑的丰碑，更让青天颔首，白云驻留，子孙后代顶礼膜拜！

为了缅怀三千将士的壮举，永新人不仅把与皂旗山隔江相望的山岭命名为"幡竿岭"，将英雄殉节之潭称为"忠义潭"，还在潭边建忠义祠，在墙壁上书写文天祥的诗——《挽彭司令震龙》："堂上会亲戚，可怜马上郎，呻吟更流血，干戈浩茫茫。"明朝礼部尚书尹台亲往忠义祠瞻仰，并赋诗："痛哭江南倒虔戈，勤王其奈宋亡何。青山乔木悲多少，碧水芳祠感故多。"清人贺贻孙著的《忠义潭记》，抗战时期被刻在忠义潭北岸的陡壁上，激发人们抗击外侮的斗志。

英雄是民族最闪亮的坐标。崇尚英雄、捍卫英雄，学习英雄、关爱英雄，反映了具有中国特色、民族特性、时代特征的核心价值观。英雄是核心价值观的重要载体，是决定文化性质和方向的深层次要素。一个国家、一个民族，如果没有英雄，没有共同的核心价值观，就会魂无定归，行无依归。

与自己的夫兄一样，永新女人的血管里，也流淌着忠勇刚烈的血液。

永新县城陷落后，元军屠城三日，义军将领谭方平的妻子赵氏怀抱婴儿躲在城隍庙里，不幸被元军俘虏。元军欲行奸淫，赵氏奋力抗争，元军用刀刺向她的胸膛，顿时血溅八砖，过了好多天，鲜红依旧如初。在谭氏家谱里，"血染八砖"记载得非常详尽，六百年来，成了永新人创造历史的精神力量。

到了现代，永新人更以新的姿态，展现出"忠、义、信"的风骨。第二次国内革命战争时期，毛泽东、朱德在永新开辟湘赣革命根据地，建立了一支新型人民军队。三湾不仅是红色革命的摇篮，也是中国革命走向胜利的起点。井冈山第一场保卫战——龙源口大捷，"不费红军三分力，打败江西两只'羊'"，开创了井冈山革命斗争的全盛时期。永新当时有人口二十七万，其中八万人参军，一万人参加长征。在烈士英名录上，记着八千多个永新儿女的名字。

永新的红色旅游资源十分丰富，仅革命遗址就有四百七十多处，其中国家级重点文物保护单位七处。我们在那里，瞻仰了湘赣苏维埃政府旧址群、红四军军部旧址、毛泽东同志亲手创建的第一个农村党支部——秋溪党支部、巾帼英雄贺子珍的家乡——黄竹岭、红军长征的出发地——牛田、朱德总司令亲笔题写的龙源口大捷纪念碑和红军街、十送红军的原唱地望月亭等。细细体悟其中蕴含的精神因子，就能涵养更从容、更深沉的家国情怀！

对于中华民族来说，爱国是再朴素不过的情感，再自然不过的认同，再基本不过的责任。倡导爱国主义、激发爱国热情，在任何时代都是主旋律。对于生于斯、长于斯的故土的依恋，对于命运共同体的祖国的热爱，是人类普遍的心理诉求。正因此，民族的每一个记忆，国家的每一个进步，都能激发人们内心深处的民族自豪感。

"为什么我的眼里常含泪水？因为我对这土地爱得深沉"。爱得深沉，就会爱得真诚、得体。改革开放以来，永新人把爱国心、忠义情汇聚成加快发展的洪流，坚定不移地开辟新天地、创造新奇迹——这是历史的传承，也是具有爱国情怀和民族意义的收获。我们敬重永新，是因为永新不忘初心，忠义常在；我们祝福永新，祈愿永新日新月异，青春不老！

千年瓷韵

从来没有这样一种产品，能跟千家万户的生计密切相关；从来没有这样一种产品，能跟一座城市相伴千年。然而，有一种产品除外，它就是享有"琼玖""饶玉"之誉的瓷器。

从来没有这样一座城市，能以宋真宗所赐的年号命名，并将一种存在形式植根在中国人心中；从来没有这样一座城市，"工匠八方来、器成天下走"，瓷器成了它最早递给世界的名片。然而，有一座城市除外，它就是"汇各地良工之精华、集天下名窑之大成"的江西景德镇。

景德镇古称"新平"，又名"昌都"，它的历史可以追溯到春秋战国时期。从东晋建镇，到宋真宗以年号为名置镇，景德镇不息的窑火，造就了名扬四海的"瓷器王国"。郭沫若先生诗曰："中华向号瓷之国，瓷业高峰是此都。"那里的每一个细节、每一个褶皱，无不流淌着源远流长的瓷文化。

瓷器，是泥与火的艺术，更是景德镇人的生命和灵魂。它以一种静态的民族舞蹈，将这座城市的陶瓷发展史，演变成了中华民族的文明史。

瓷器源于陶器，又精于陶器。景德镇制陶始于汉代，五代时完成了由陶到瓷的华丽转身。1004年，宋辽澶渊之盟带来的准工业化浪潮，开启了中国陶瓷史上属于景德镇的时代。那时，景德镇"户户陶埏，村村窑火"，烧制的瓷器光致茂美，四方竞放，成了"天下窑器所聚"的制瓷中心。于是，宋真宗诏命烧制御瓷，器底款署"景德年制"字样。从元、明、清到近现代，景德镇的瓷文化始终贯穿着一条主线，那就是不断创新。创新，既是景瓷文化发展之动力，更是景瓷文化绵延之生命。如今，景德镇的制瓷技术愈加炉火纯青，出神入化。无论官窑，还是民窑，无论产品造型，还是装饰题材、技法和风格，都达到了"参古今之式，运以新意，备诸巧妙，于彩绘人物、山水、花鸟，尤各极其胜"的境界。

景德镇集历代名窑之大成，汇各地技艺之精华，创造了中国陶瓷史上前所未有的黄金时代。三千年坎坷也辉煌，它流淌着一座城市成长变迁的神韵，孕育着中外游客喜闻乐听的故事。

景德镇的故事很精彩，也很动人。它的情节和细节，不仅使那些没有生命的官窑遗址与瓷器器物呈现出鲜活生动的景象，也使那些陈年旧事有了生命的方向和精气神。

景瓷中最负盛名的，是青花、青花玲珑、粉彩、颜色釉四大传统名瓷。青花瓷用氧化钴料在坯胎上描绘纹样，施釉后高温一次烧成。其瓷胎骨细腻，晶莹柔润；其花清新明丽，幽静雅致；其釉光亮洁净，白中泛青；其色青翠欲滴，永久不褪，以胎釉精细、青花浓艳、造型优美居四大传统名瓷之首。青花玲珑瓷融青花技术之长，集镂雕艺术之妙，在细薄的坯胎上，既绘"青花"，又布"镂孔"。二者相互衬托，怡然成趣，以玲珑剔透、晶莹细腻驰名海内外。粉彩瓷将粉彩装饰与中国画的表现方法结合起来，彩绘时先在白瓷釉面上勾成图案，然后填上一层"玻璃白"，用彩料描绘洗染，入彩炉烘烤而成。粉彩技法既有简洁洗练的写意，又有严谨规整的工笔，线条纤细秀丽，形象生动逼真，色彩粉润柔和，有很强的立体感。颜色釉瓷是在釉料里添加金属氧化物，施于泥坯或瓷胎表层焙烧而成。这类瓷器品种繁多，釉面斑斓，釉色五彩缤纷，被业内誉为"人造宝石"。

瓷器是景德镇的代言人。因为四大传统名瓷，景德镇人才有理由自豪；因为四大传统名瓷，景德镇才被全世界关注！

中国瓷文化源远流长，气象万千。湖南醴陵、浙江龙泉、福建德化、山东淄博、广东佛山、河北唐山等地烧制的瓷器，尽管都以自己的方式为中国瓷文化增光添彩，但景德镇毕竟是中国陶瓷艺术的"根"。要不，那里能享有"第一瓷都""瓷器之国"的美誉？要不，中国的英文名字"CHINA"，能成为"瓷器"的双关语？

一个中国人，他或许不知道景瓷怎样以精美的造型、绚丽的装饰、莹润的瓷质、多样的品种誉满全球；一个外国人，他或许不知道"第一瓷都"在哪里，"瓷器之国"意味着什么，但提到"景德镇"，他们都会像游子听到家乡的名字一样，油然而生出一种亲切感。

毫无疑问，瓷器是景德镇最有个性的图腾，也是中国的地理标志产品。当年，景德镇人从三间庙街码头出发，沿着海上丝绸之路，将称奇全球的"人间珍品"运往世界各地时，这座城市就成了一个标志，一种符号，一块代表中国陶瓷文化的"圣地"。

中国瓷器艺术的魅力在于胎质、造型和装饰。景瓷的胎质素以"白如玉、薄如纸、明如镜、声如磬"蜚声海内外，造型有圆器、琢器两种。在装饰方面，青花、釉里红、古彩、粉彩、斗彩、新彩、釉下五彩、青花玲珑争奇斗艳，白、青、蓝、红、黄、黑等釉色各领风骚，既表现出了国画工笔描绘的空灵和神采，也展示着刻、划、雕、印的写意与装饰工艺。

来到景德镇，就像走进一个瓷的世界。大街小巷的宣传画、广告牌，向我们勾勒出瓷都的民族复兴梦。柱形陶器装饰的围墙，展示着景德镇人独具匠心的创造；瓷器做的路灯、装饰灯，为这座城市平添了时尚和气派。这里无处不是瓷器的大卖场。林林总总、琳琅满目的瓷器店，有如一座艺术博物馆，我们随便进去逛逛，即便什么都不买，也会觉得像是参观了一回瓷器展。

持续千年的窑火做证，景瓷的强韧、博大、坚毅和沧桑，是景德镇人的品格和形象；五代、宋、元、明、清遗留的瓷片做证，从泥土走来的勃发着中国精神的生命，是人类陶瓷文化史上的丰碑。

"中国陶瓷甲天下，景德镇陶瓷甲中国"。景瓷是温润的玉，晶莹的冰，是山水间永恒的翡翠。它凝聚着景德镇的前世今生，也彰显着景德镇人的信仰之美和崇高之美。与景德镇终生相伴的瓷文化，将引领景瓷追梦圆梦，展现时代最生动的气象。

北京之源

树有根，水有源，北京的源头在哪里？在京西南房山区琉璃河畔的燕都遗址。

据史籍记载，公元前 1045 年，周武王姬发兴师灭商，分封诸侯。在牧野之战中击败商军的姬奭，被封在燕地。后因朝廷需要他留在镐京（西周王朝的国都，位于今西安市）辅佐，就派长子姬克率部族"北漂"到琉璃河畔，在那里安营扎寨筑起了一段城墙。三千年后，一座具有历史悠久性、持续性、多元性的现代化都市，由此兴起。

古代每一座城邑的选址，既有地之理，又有人之为。中华文化讲究"形胜"：有险可守，有便可乘，有美可瞻，有利可图。北京艺术博物馆馆长王光镐在《人类文明的圣殿北京》一书中，开篇论述的就是北京之形胜。他援引清初史志家孙承泽的话说："幽燕自昔称雄，左环沧海，右拥太行，南襟河济，北枕居庸。苏秦所谓天府百二之国，杜牧所谓王不得不可为王之地。"王光镐先生认为，北京位于"东方生命带的中心"，是东北平原与华北平原史前文明的接合点，中华文明视野中的"南北中轴线"。

北京在旧石器时代，就发现了标志古人类起源的北京人和标志现代黄种人起源的田园洞人与山顶洞人；到了新石器时代，在那里居住的先是东胡林人，后是北迁来的黄帝部落及其后人。黄帝源自燕山以北，崛起于燕山之南，再迁都于中原之土。北京，作为全球唯一从上古走来并永葆大都市品格的都市，在红墙绿瓦深处蓄积着极其丰富的历史风韵。

北京适宜建城，也有深远的城脉。据文献和考古证明，始建于周成王时的西周燕都，就是召公的封邑。姬奭选择燕都建城，这个"燕"就成了北京的名号。它作国名、作郡国名、作城名、作都市名……尽管历史不断变换风景，这个名号却一直被后人铭记着。

燕都南承中原、西望长安、北临草原、东沐海风，天然形成的地理结构，使北京成了多民族与多元文化交融的温床。从西周开始，幽燕地区逐步纳入了中华主流文化圈。10世纪后，辽金西进、蒙古东渐、明朝北上、清军南下，造就了北京历史、民族、文化的多元性。城市是文化的容器，文化是城市的灵魂。在多元文化的土壤中吮吸骨髓，北京城越来越有魅力。人们生活其中，一定能感受到四季，看得见乡愁，拥有情感寄托、认同归属和心灵栖息。

由于燕国远离周朝政治中心，20世纪60年代以前，姬克这段"北漂"历史，并不为人所知，相关记载也空幻阙如。实际上，姬奭在西周历史上相当活跃。他因平乱有功，获得了"召"这块封地，即今天陕西扶风县召公镇，史称"召公"。武王去世后，他与哥哥周公旦一起，辅佐年幼的周成王姬诵。召公勤政亲民，恪尽职守，曾在一棵甘棠树下办公，后人为了纪念他，谁也舍不得砍那棵树。《诗经》对这个典故有所记载。

正因为召公有较高的知名度和美誉度，所以也给后世留下了问号：他没到燕国去，谁在那里治国理政呢？可惜文献没有记载。司马迁写燕召公世家，对召公之后二百多年的历史也是一掠而过："自召公已下九世至惠侯。"不仅中间七代燕侯无名无号，燕国最初的都城在哪里，也没有人知晓。

20世纪60年代，考古学家在房山区董家林村发现了西周初期城址、宫殿区和诸侯墓地遗址。出土的大量带有"匽侯"铭文的青铜器，记载着周成王分封燕侯、由召公之子姬克统辖部族建立燕国的"分封讲话"，证明那里就是西周的重要邦国——燕国最初的都城。

这段由暗转明的历史，珍藏在1995年建成的西周燕都遗址博物馆里。博物馆建在董家林村东，建筑风格采取对称四合院式。我们登上新修的仿燕长城，老远就望见"王在灵囿，麀鹿攸伏"弥漫在周代的"明堂"式建筑中。来到博物馆前的草坪上，只见一尊巨大的铜器，犹如堇鼎的"扩大版"；一高四低四角攒尖式大屋顶覆盖的楼阁，用棕红色展示着博物馆的宏伟气势和典雅格调。序厅对面设立的屏风式石面影壁上，刻有考古界前辈苏秉琦先生题写的馆名；大门入口处的石柱斗拱，配以饕餮、夔龙等纹饰浮雕，是历史的符号，更像母亲的面容。

燕都遗址博物馆内，数千件陶器、铜器、玉器、漆器、石器、兵器、贝币、殉人、殉狗、原始青瓷等文物，再现了西周燕国的灿烂文明，最能讲清北京建城建都的历史。

馆内一层主展厅外的主题板上，写着"鼎天鬲地受命北疆"八个大字。工作人员介绍，"鼎"和"鬲"是董家林村出土的最有代表性的青铜礼器。而"受命北疆"，则是对姬克这位北京最初建城者的赞美。自他而后，燕国慢慢发展为战国七雄之一，"金台招士""秦开破胡""乐毅破齐""荆轲刺秦"以及修建北长城等，姬克与最初部族的后代们，描绘了一幅色彩斑斓的画卷。

参观西周燕都遗址博物馆，把玩那些穿越时空的文物，听它们讲述北京的起源与沿革，了解燕都在"鼎文化""鬲文化""罐文化"中的演变和崛起，一个个"凝固的音符"跳跃着历史的记忆。博物馆外有块残墙般的立壁，上面用红漆写着"燕都城墙遗址"，在蓝天绿树的衬托下，似乎是北京最醒目的身份认同。

孔子有言："与德比邻，道不孤。"北京建城之日就有自己的"道"，那就是：爱国敬业、文明富强，诚信友善、和谐法治。岁月流逝，沧桑风雨，一个个传奇故事，仿佛变成了历史的绝响；桃红柳绿，春风轻拂，田野里吹来的，是绵延了几千年的文化气韵、审美呈现和生命精髓……

家 国

JIA GUO QING HUAI

情 怀

此心早已寄汨罗

农历五月初五，是中华民族的传统节日——端午节。这个由民间自发形成，并入选中国和世界非物质文化遗产名录的节日，完全是因为屈原的缘故。二千三百年来，举国上下单为屈子留下一个让全民纪念的日子，绝对不是偶然的。

一

屈原生活在战国后期的楚国，他的生平事迹见于司马迁的《史记·屈平贾生列传》。据太史公记载，屈原出身贵族，博学多才，二十九岁就当上了左徒，"入则与王图议国事，以出号令；出则接遇宾客，应对诸侯，王甚任之"。这表明，他执掌内政、外交事务，深得楚怀王的信任。

屈原年纪轻轻就位高权重，免不了遭受权贵们的排挤和毁谤。何况，他推行"美政"，修明法度，损害了他们的既得利益。屈原不谙权术，又不改初衷，终于，楚怀王听信谗言，把他贬为三闾大夫，到夷陵（今湖北宜昌）掌管宗社事务去了。

那一年，屈原三十八岁，当楚怀王的左徒将近十年。

从屈原开始，中国文人因嫉妒而遭诬陷，成了纵贯两千多年历史的重要主题；从屈原开始，文人被流放的程序悄然启动，中国贬官文化掀开了极其痛苦的一页；从屈原开始，文人墨客把人生疆场搬到内心，开启了个体文学的新纪元。

屈原被贬夷陵，奔波劳累不说，还经常遭受贵族子弟的嘲弄。受气是次要的，最让他放心不下的，还是楚怀王和楚国的江山。楚怀王十五年（前314年），屈原被召回郢都（楚国都城，今湖北省荆州北），随后出使齐国。他万万没有想到，面对纵横家张仪的"连横"策略，楚怀王会左右摇摆，举棋不定。屈原卖力不讨好，又被朝廷放逐汉北，在那里一待就是九年。

这九年，楚国危机四伏。楚怀王二十六年（前303年），屈原再次出任三闾大夫。顷襄王十二年秋（前287年），朝廷又以"讥讽朝政"的罪名，将屈原流放到南楚洞庭。

屈原放逐洞庭十年，有心报国，无力回天。顷襄王二十二年（前278年），秦国大将白起攻克郢都，屈原彻底绝望了。七十多岁的老人，愤然写下绝笔诗《怀沙》："知死不让，愿勿爱兮；明告君子，吾将以为类兮！"然后抱起一块石头，把不屈的灵魂交给了汨罗江。

汨罗江因为成就了屈原的宿愿，而声名鹊起；端午节因为收留了屈原的灵魂，而内涵充溢。一个展示中华民族永恒诗意的节日，当它把缅怀和敬仰当作主题时，文化就是溯流而上的渊源。就像台湾乡愁作家余光中所说："蓝墨水的上游，是汨罗江。"

屈原以死明志，壮烈殉国，固然是对现实的决绝，但也有对大自然皈服的意味。在弥漫着巫风、神话的战国后期，投江自沉是一种凄美的祭祀仪式，也是展现生命价值的无奈选择。德国著名哲学家马丁·海德洛尔说，一个人对自己生命的形成、处境、病衰，谁都没有办法控制，唯一能控制的，就是何时结束自己的生命。屈原以极端的方式告别世界，感动了中国二千三百年，也使很多人在理想破灭时效仿屈原，以死解脱！

死亡是悲剧，也是人生的智慧。中国历史上满是悲剧。没有悲剧就没有悲壮，没有悲壮就没有崇高！

明人边贡在《午日观竞渡》中写道："屈子冤魂终古在，楚乡遗俗至今留。"中华儿女对屈原的纪念，让端午节有了文化的多重景深。它激活历史传统，唤醒文化记忆，塑造民族心灵，既是我们文化身份的形象表达，也是以文化创新形塑文化自信的抓手。有人极言之："没有屈原，何以端午；没有端午，何以中国？"

二

端午一旦植根于民间沃土，就像有脉有筋的苇叶，包裹住中华儿女既浪漫又现实的情怀，洋溢着古往今来的色香。端午文化在世代传承中永葆深情，屈原也成了一个"箭垛式"人物。实际上，屈原是一部大书，每个读者都能从他身上读到自己所需要的东西，都能按照自己的理解去认识他，解读他。

这样一来，屈原也就千人千面，如同一千个读者眼里有一千个哈姆雷特。有了后人附加给他的恁多东西，"屈原"这个名字所包含的意义、价值和精神，也就成了一个人文事实。中华民族记忆中的"这个人"，也就变得越来越丰富，越来越有文化内涵。

我始终认为，屈原影响中国历史的，不是他的思想，他的事功，而是他的"失败"。大家不妨算算，屈原所推行的"美政"，不过是"举贤而授能""循绳墨而不颇""效法先王"那么几条，空洞呆板毫无原创性；他的事功还没开始就夭折了，以至于在先秦典籍中找不到屈原的名字。唯独他的"失败"，是中国历史上第一次个人与社会发生冲突并惨遭毁灭的记录，是个人对历史的失败，理想对现实的失败。

在此之前的诸子及儒家六经，都是对社会秩序、历史规律、价值认同的认知，并没有给个性留下多少余地。《诗经》中为数不多的个性痛苦，也因"怨而不怒，乐而不淫，哀而不伤"而黯淡无光。比屈原稍早的庄子看到了个性与社会冲突的必然性，并认为在冲突中失败的必然是个人，因而他避开锋芒，不战而退，悄悄逍遥在天地之间。屈原"不识时务"，企图以个性去改变世界，他的结局只能以失败而告终！

失败，是屈原留给中国历史的最深刻的印记。当他对内变法图强、对外联齐抗秦时，他并不知道，古代圣贤所推崇的"至善至美"，不可能全部与现实统一起来。他的天真终于导致了这样一个局面：自己明明是为大多数人谋福祉，大家却不理解他，也不肯对他施以援手；自己夙夜在公、含辛茹苦不说，反而招来了权贵们的嘲笑和捉弄。当楚王听信谗言将他流放时，他才感受到自己在体制中是多么无奈！

"举世皆醉我独醒，举世皆浊我独清""人之心不与吾心同"——独醒者屈原把自己摆到主流政坛的对立面了。面对世俗和邪恶，他愤怒，他呼喊，他追问，他抗争，并一再声明："亦余心之所善兮，虽九死其犹未悔！虽体解吾犹未变兮，岂余心之可惩！"

司马迁为屈原作传时，对他的评价至为深情："其志洁，故其称物芳；其行廉，故死而不容。自疏濯淖污泥之中，蝉蜕于浊秽，以浮游尘埃之外，不获世之滋垢，皭然泥而不滓者也。推此志也，虽与日月争光可也。"因为太史公这段话，屈原成了中国历史上一个不朽的存在。

其实，屈原的伟大，就体现在这种不屈不挠的抗争之中；屈原的价值，就在于他用自己的生命，树起了一座令人景仰的丰碑！

三

屈原变法图强的梦想成了泡影，就把"美政"保存在文化的基因之中，成为出入于文字内外、游弋于山河之间的"悬崖独吟者"。他三次流放长达二十年，足迹踏遍了荆楚大地，他与神巫对话，与鸟虫交谈，精神的喷射力凝聚成疾风骤雨般的诗句。

开端性的诗人，开端性地用悲愤的情感写诗，字里行间喷射着悲愤的火焰。司马迁说："屈平疾王听之不聪也，谗谄之蔽明也，邪曲之害公也，方正之不容也，故忧愁幽思而作《离骚》。"当代诗人何其芳感叹："《诗经》中有许多优秀动人的作品，然而，像屈原那样用他的理想、遭遇、痛苦、热情以至整个生命，在他的作品中打上异常鲜明的个性烙印的，却还没有。"

愤怒出诗人，颠沛写华章。屈原以楚声发"忧愁幽思"，以大悲大鸣为中国文脉注入诗魂。这种注入，陶渊明、李白、杜甫、苏轼都望尘莫及！

屈原被朝廷放逐，却被诗歌召回。由此，他让很多中国文人把人生的疆场搬移到内心，深刻领悟那里才有真正的诗和文学；由此，他让中国文脉出现了一个重大变化——"不再合唱，不再聚众，不再宣讲"，只"凭自己的心，说自己的话，说给自己听"（余秋雨语）；由此，他让中国走到了个性文学的高点上，中国文学再也不是以前的中国文学了。

古往今来，文人墨客喜欢用政治框范文学，让文学成为政治的衍生物。余秋雨先生说："他们不知道，一个吟者因冠冕而喑哑了歌声，才是真正值得惋叹的；一个诗人因功名而丢失了诗情，才是真正让人可惜的；一个天才因政务而陷入平庸，才是真正需要抱怨的。而如果连文学史也失去了文学坐标，那就需要把惋叹、可惜、抱怨加在一起了。"

屈原既无孔孟一类政治理论家的原则文本，又无苏秦、张仪等政治实行家的具体谋略，只能歪打正着打开文学的通途，做"整个先秦时期的文学冠军""中国文学史上第一个伟大诗人"。

"第一个"，盖因在他之前尚无称得上"伟大"的诗人，甚至连真正的"诗人"都没有出现。《诗经》是悠扬的合唱，群体的美声，屈原第一个为诗做了某种定位，并首次向世界呈示一个坐标：什么是第一等的诗，什么是第一等的诗人！

二千三百年来，人们对屈原的仰望不是无缘无故的。东汉文学家王逸说："屈原之词，诚博远矣！自终没以来，名儒博达之士，著造词赋，莫不拟则其仪表，祖式其规范。"梁代文学理论家刘勰评论，屈原、宋玉的作品叙述怨恨情感，能使人抑郁并容易感动；诉说离愁别绪，能使人悲伤不平并难以忍受；描绘山水风景，能使人依循声韵得到山水的形貌；叙述季节更替，能让人打开文辞看到时令的变化。枚乘、贾谊追随《楚辞》，学到了雅丽的特色；司马相如、扬雄借《楚辞》的余波，也获得了成功。《楚辞》给汉魏文学提供营养，不仅仅浸润了一个作家、一个时代啊！

屈原的传世作品不多，刘向散佚的《楚辞》及王逸的《楚辞章句》列出了二十五篇：《离骚》一篇，《九歌》十一篇，《天问》一篇，《九章》九篇，《远游》《卜居》《渔父》各一篇。这些作品以大精神、大人格、大境界描绘自立于民族之林的灿烂风景，标志着屈原在诗歌创作上的成就，远远胜过楚国几百年创立的基业。

四

屈原的代表作是《离骚》。司马迁解释："离骚者，犹离忧也。""离"，指离别；"骚"，指忧愁、愤懑。"离骚"，即离家去国、悲哀怨愤之意。《离骚》太让人震撼了，就其规模来说，全诗三百七十二句，二千四百九十余字，在中国古代诗歌史上史无前例。

　　《离骚》以深邃的思想、浓郁的激情、丰富的审美想象，抒发诗人空怀抱负、壮志难酬的愤懑之情，字里行间都是不屈的呐喊和无奈的叹息。《离骚》是屈原的心灵史、磨难史和流放史，阅读《离骚》，你准能读出一个空有理想却不能为国效力的歌者的愤懑。《诗经》也抒发愤懑的情感，但这种愤懑是道德愤懑，集体愤懑；《离骚》所表达的愤懑情绪，任何单篇的《诗经》都望尘莫及！

　　历史上首位评价《离骚》的西汉文学理论家刘安，称它兼有《国风》《小雅》之长，可"与日月争光"。其后，司马迁把《离骚》和《春秋》相提并论，称它"其文约，其辞微……"魏征在《隋书·经籍志》中也说，屈原之作"气质高丽，雅致清远，后之文人，咸不能逮"。梁启超干脆把屈原称作"中国文学家的老祖宗"。

　　《九歌》和《九章》是《离骚》的上游，因为它们的发源奔腾和热情汇聚，才有了《离骚》白浪滔滔，澎湃千里。《九歌》是祭歌，祭祀方式也是原始的、民间的。它为《离骚》提供了抒情形式和抒情主题，是《离骚》恢宏壮阔的前奏。《九章》是后人归拢到一起的，九篇作品不约而同地慨叹屈原的政治遭遇和身世沧桑，仿佛是一曲小合唱。就整体而言，《九章》的影响力尽管逊于《九歌》，但它的精髓会在《离骚》中重放。

　　屈原所处的时代，思想活跃，情感奔放，反映到他的作品中，有不拘一格的长短句式，有急促连贯排炮式的发问，有波澜壮阔活泼灵动的抒情，也有或于句中或于句尾协调音节的"兮"字。屈原开创的新诗体楚辞，突破《诗经》的表现形式，极大地丰富了古典诗歌的艺术表现力。

　　楚辞是自由奔放的杂言诗，句式参差不齐，情感深沉博大，思想犀利深刻，后人将它与《诗经》并称为"风骚"——"风"是现实主义的源头，"骚"是浪漫主义的发轫。《诗经》以朴素优美的语言、和谐自然的音律，描写周代的社会风貌；赋、比、兴表现手法的运用，提高了诗歌的审美情趣和文化韵味。楚辞则以瑰丽雅致的文辞，错落有致的诗句，集中表现浪漫主义诗歌的特征，读来跌宕起伏，曲尽其妙，具有一唱三叹的悲怆美。

　　屈原把诗歌带进独唱时代，从他开始，中华民族诞生了以文学著称于世的诗人。屈原是人的丰富性的开端阐释者，秦汉以降，历代文人莫不崇拜他，仰望他。鲁迅先生说，楚辞"逸响伟辞，卓绝一世""其影响于后来之文章，乃甚或在三百篇之上"。1953年，屈原被世界和平理事会列为"世界四大文化名人"之一。

五

我们今天谈论屈原，很自然地把他同民族精神联系在一起。春秋战国时期，中国正处在诸侯割据状态，一个诸侯国就是一个政权，一个国家。生活在这个国家中的人民，就与这个国家形成了天然的"血缘关系"——你在这个国家出生、成长，这个国家就给了你特定的种族遗传、生活基础、社会关系、价值观念和文化修养，你与这个国家就有了情感上的依存和利益的一致，你不可能不关心自己国家的前途和命运，不可能不希望自己的国家繁荣富强。这种浓烈炽热的故国情感，其实就是爱国。"爱国，永远是一个民族、一个国家存在的支柱，也是做人的起码标准。"（梁衡语）

楚国地处中原之南，地理位置相对封闭，伴随着经济的发展，逐渐形成了具有独特品格的楚文化，造成了楚人对故土的依恋情结。屈原以一种极端的方式，让不屈的灵魂得到了生动诠释。在他身上，生命的意义远远超过了生命本身。屈原代表着以爱国主义为主要特征的人格精神，直到现代，闻一多、郭沫若等名人还认为，这种对楚国深沉不渝的爱，构成了屈原精神的主体，成为中华民族爱国主义的核心。

屈原和端午节所承载的爱国主义情怀，既是端午文化最宝贵的人文品格，也是中华民族含兹在兹的美学价值。这份丰厚的文化遗产，正在变成民族复兴不可或缺的精神力量。从这个意义上说，屈原是一个失败的胜利者。他的胜利，在于他面对世俗和邪恶不屈不挠，顽强抗争，以死明志，壮烈殉国，感动了中国二千多年；他的胜利，在于他开端性地用生命写诗，他诗中喷射的忧国忧民精神和诗歌艺术融为一体，既影响了汉赋，也影响了唐诗、宋词以及其后的中国文脉。

正气长存武侯祠

　　尽管正门匾额上题的是"汉昭烈庙"（刘备谥号昭烈帝），成都人却不约而同地称它为"武侯祠"。这座中华大地上唯一的君臣合祀庙，既保留着三国文化的精髓，又将诸葛亮志存高远的理想、忠贞不贰的品德、杰出高超的才干、"鞠躬尽瘁，死而后已"的精神演绎得出神入化。中国历史上还没有几个人能像他那样，让不同时代经久不衰地记忆、崇拜和追思。

　　武侯祠位于成都市偏南的闹市区。祠庙大门朱红飞檐，门口有两棵古榕树为屏，一对石狮子拱卫左右。进门是一个庭院，满院翠柏森森，绿荫披道，一条五十多米长的甬道直达二门，甬道两侧耸立的古碑，向游客解说着蜀汉一朝的盛衰。我们来到这里，庄严肃穆的氛围先教你酝酿一下情绪，然后再去拜谒三国时代的精神教父诸葛亮。

　　跨进二门那座四合院，刘备殿飞檐翘角，雄踞正中，左右两廊分别供奉着蜀国的二十八位文臣武将。穿过刘备殿，是座三面回廊相通的四合院，正北坐落着"名垂宇宙"的诸葛亮殿。诸葛亮为辅佐刘备成就霸业，近三十年鞠躬尽瘁，死而后已。如今，他前配天子庙，右依先帝陵，一千七百年享此祀地，这荣耀也算绝无仅有了！

　　诸葛亮确实有非凡的事功：三分天下，是他谋划的；蜀汉根基，是他奠定的；刘备霸业，是他辅佐的。公元234年，他在北伐曹魏时病死五丈原，蜀汉一时国倾梁柱，民失相父，举国上下悲恸欲绝。黎民百姓缅怀他的功业，请求修建庙宇纪念，但朝廷以礼数不合为由不允。百姓只好到荒郊野外对天设祭，痛呼魂兮归来。民心所向，民意难违。直到景耀六年（264年），朝廷才允许在诸葛亮殉职的定军山建庙。不想此例一开，全国祠庙林立，河南南阳、襄樊隆中、重庆白帝城和甘肃祁山等地修建的武侯庙，都香火不断，颇负盛名。

成都最早修建武侯祠是在东晋。南北朝时，朝廷以良相伴明君为由，将武侯祠迁到昭烈庙旁。孰料武侯祠前香火旺，昭烈庙反而车马稀。这种反差强烈昭示出诸葛亮的人格魅力。明初，朝廷将昭烈庙和武侯祠合为一殿，康熙十一年（1672年）才改为君臣合祀庙——刘备在前，诸葛在后，前殿高于后殿。这样布局，倒也凸显了君尊臣卑的封建秩序。

武侯祠是一个让人寄托情思的所在，每年大约有二百万人前来祭祀。人们到武侯祠，看似是凭吊三国时代的精神教父，其实是借古证今，表达对诸葛亮所代表的文化意象和道德魅力的向往。

诸葛亮殿是丞相的治所，我们跨进殿门，倏地感到一种正气的笼罩和使命的召唤，激动、景仰之情溢于言表。诸葛亮头戴纶巾，手持羽扇，安静地端坐在龛台上，聪慧的目光穿过了千年风云。他的左侧是他儿子诸葛瞻，右侧是长孙诸葛尚——瞻、尚秉承父祖遗志，驰骋沙场，为国捐躯，后人追思忠烈，在四川绵竹建有"双忠祠"。诸葛亮的贴金塑像前有三面铜鼓，传说是他南征夷蛮时所制，如今虽然锈迹斑驳，但雄风不减，余威尚存。我们在铜鼓前默立片刻，眼前仿佛奔腾着金戈铁马，耳畔依然回响着呐喊厮杀声。

大殿左壁上，当代书法家沈尹默书写的《隆中对》格外醒目。诸葛亮的功业就是从这篇"政治策划书"开始的。他受刘备三顾之礼，在茅庐纵论天下大势，提出了三分天下、成就霸业的政治构想和联吴抗曹、兴复汉室的基本国策。《隆中对》的横空出世，使刘备率领的流寇集团，由乌合之众变成了有主张有目标的新兴政治力量。它不但路线方针正确，军事策略可行，而且将匡扶汉室的战略策略付诸实践——通过决战赤壁，总揽荆、益，奠定了魏、蜀、吴三足鼎立的基础。

大殿右壁上，南宋民族英雄岳飞所书的《出师表》，笔走龙蛇，倒海翻江，表达了他与诸葛亮忠君爱民、以身许国的宏愿一脉相承。刘备中道崩殂，关、张相继殁故，诸葛亮在国家生死存亡之际，追先帝之殊遇，以强烈的历史责任感和道德使命感，外结孙权，内修政理，七擒孟获，六出祁山。他明知"北定中原、兴复汉室"的战略目标难以实现，但感刘备托孤之恩，仍然义无反顾，矢志北伐。这种看似有点轻率、偏执，甚至"病态"的伐魏之举，却为他赢得了巨大的身后之誉。

如果说，诸葛亮经罗贯中笔下生花而成为人们崇拜的偶像，那么，他"鞠躬尽瘁、死而后已"的精神，却感动了一代又一代士大夫。一个人在道德至上的中国能够成为忠义和正气的象征，是难能可贵的。难怪梁衡先生遴选的影响中国的十篇政治美文，《出师表》也能名列其中。

诸葛亮既是特定时代的价值代表和文化符号，也是智慧的化身、道德的楷模。作为一个活生生的物理形式消失后，他被后人随己意或随时代需要赋予了不同的内涵。于是，"诸葛亮"这三个字所包含的意义、价值和精神，就成了一个人文事实。中华民族记忆中的"这个人"，也就变得越来越丰富，越来越有生命力。

到了南宋，诸葛亮明知不可为而为之的北伐，与横扫酋虏、抗金复国的时代主旋律合流，成了主战派的思想旗帜和道德资源。和着陆游"出师一表真名世，千载谁堪伯仲间"和文天祥"或为《出师表》，鬼神泣壮烈"的高歌，他以中华民族的文化范式和命运注释，再次深入到炎黄子孙的血脉之中。

诸葛亮殿的顶梁上，书写着《诫子书》中"非淡泊无以明志，非宁静无以致远"的修身箴言。《诫子书》是诸葛亮晚年写给儿子诸葛瞻的家书，文章阐述的以"淡泊"自守，以"宁静"修身养性、治学做人的道理，是诸葛亮睿智而有理性的家训。清代四川盐运使赵藩撰写的楹联"能攻心则反侧自消自古知兵非好战；不审势即宽严皆误后来治蜀要深思"悬于大殿两侧。这副治世名联既是对诸葛亮一生成败得失的总结，也提醒后人治国理政要把儒家文化和兵家文化结合起来，以"攻心""审势"为上。

匾联是我国传统文化的一朵奇葩，历史上最早的对联"新年纳余庆，嘉节号长春"，就诞生在巴蜀一带。武侯祠现存的匾联，很多是对武侯的赞颂或追思。比如"三顾频烦天下计，一番晤对古今情""日月同悬出师表，风云常护定军山""亲贤臣国乃兴，当年三顾频烦，时延得汉家正统；济大事人为本，今日四方麇骈，愿佑兹蜀部遗黎""一生唯谨慎，七擒南渡，六出北征，何期五丈崩摧，九代志能遵教受；十倍荷褒荣，八阵名成，两川福被，所合四方精锐，三分功定属元勋"……都怀古喻今，感时叹世，打动着每一位游客的心。

走出诸葛亮殿，我们在四合院里翻捡南北朝以降的历代遗物，发现"诗圣"杜甫是到此凭吊最多的诗人。他先后留下《蜀相》《咏怀古迹》《八阵图》《古柏行》《武侯庙》等佳作，其名句"出师未捷身先死，长使英雄泪满襟"，表达了武侯壮志未酬的遗恨。杜甫对诸葛亮的景仰，引来了许多同调诗人。岑参、刘禹锡、温庭筠、李商隐、王安石、苏轼、陆游、辛弃疾、文天祥、杨慎等诗坛大家，也纷纷赶来赋诗唱和。这天井式的祠院始终笼罩着诸葛亮的凛然正气，不管谁在这祠院里站一站，都会被武侯的忠义之举和道德魅力所倾倒，都会为他"鞠躬尽瘁、死而后已"的精神所感动。

元和四年（809年），剑南西川节度使武元衡率裴度、柳公绰、杨嗣复等僚属到武侯祠拜祭，看到祠内没有记载诸葛亮功德的碑刻，提议由裴度撰文、柳公绰书写、鲁建刻字，留下了一块"汉丞相诸葛亮武侯祠堂碑"。时任四川巡按的华荣还在碑上题跋："人因文而显，文因字而显，然则武侯之功德，裴、柳之文字，其本与垂宇不朽也。"由是，武侯之功德与裴文、柳书并称，被誉为"三绝碑"。武侯祠现存碑碣五十余通，碑文或篆或隶，或楷或草，具有较高的艺术价值。

后人对诸葛亮太崇拜了，以至于崇拜得有点五体投地。记得小时候读《三国演义》，我们总是希望魏国败，蜀国赢。说实在话，那绝对不是因为刘备，而是因为诸葛亮。但诸葛亮最终还是失败了。自古人犟不过天，英雄也难造时势。他举兵北征，六出祁山，看似是为了克曹灭魏，兴复汉室，实际上是在实践自己的治国方略和做人规范。三国争雄不过是一个舞台，他借此实现了一代伟人的人生价值。

不管怎么说，诸葛亮还是走得太匆忙了——他只活了五十四岁，按现在的生命指数计算，似乎正值壮年。假如上天再给他十年、二十年时间，他或许会再造一个盛汉；假如他少一点愚忠，遵照刘备"若嗣子可辅，辅之；如其不才，君可自取"的遗言，取阿斗刘禅而代之，他或许会重建一个新朝。

但"假如"就是假如，现在追溯旧事，只能扼腕叹息；诸葛亮就是诸葛亮，因为他尽其所能，精忠报国，才向后人展现了一个历史伟人的道德价值。

太阳渐渐西斜，我们该向武侯告别了。他的贴金塑像端坐在龛台上，轻轻挥动羽扇，仿佛沙场点兵。心头不由自主一阵温热，仿佛觉得，诸葛亮离我们并没有多远。

精神圣殿岳阳楼

一

"洞庭天下水，岳阳天下楼"。对于和滕王阁、黄鹤楼齐名的江南名楼岳阳楼，我们总有一种挥之不去的情愫。岳阳楼是一座精神圣殿，遥远而神秘，灿烂且深邃，它在岁月的磨砺淬炼中，记录着中华民族或快或慢的文明心律；岳阳楼是一座心灵家园，博大而精深，宁静且安详，虽经千年风雨沧桑，但它"巴陵胜状"的造像，依然如诗如画，令人神往！

岳阳楼前瞰洞庭，遥对君山，北眺长江，南望四水（即湘江、资江、沅江、澧水），是江南三大名楼中唯一保持原貌的古建筑。看上去，它与"天下名楼"有点名不副实，但盔顶、飞檐、斗拱、纯木结构，榫头咬合梁、柱、檩、椽，一扫古建筑的老气横秋，洋溢着一种朝气蓬勃的灵动感。

岳阳楼最引人入胜的，是把八百里洞庭揽入怀抱。它的色彩，它的和谐，它的错落有致，它的动与静、光与影的绝妙组合，恒久地云集着，飞扬着。那万千气象，那多情性格，那奕奕神采，就像从大自然的性灵中"迸"出来的。要不，它能以诗的名义，把孟浩然、李白、杜甫、韩愈、刘禹锡、白居易、元稹、李商隐等诗文大家，一个个全招来了。他们登临览胜，凭栏抒怀，赋了满满一楼诗，有悲、有喜、有忧、有乐……岳阳楼从此诗意盎然！

说到诗，自然首推与王维齐名的孟浩然。后人常把他算作"田园诗人"或"隐逸诗人"，其实，孟浩然孜孜以求的，还是做官为政。开元二十一年（733 年），他写的《临洞庭湖赠张丞相》，就体物写志，委婉地表达了期盼权贵引荐他入

名闻遐迩的岳阳楼

仕的愿望："八月湖水平，涵虚混太清。气蒸云梦泽，波撼岳阳城。欲济无舟楫，端居耻圣明。坐观垂钓者，徒有羡鱼情。"这首干谒诗曲笔撷旨、借景抒怀，委婉含蓄、独标风韵，"起结都含象外之意景，当与杜诗俱为有唐五律之冠"（清·高步瀛语）。

乾元二年（759年），李白在流放途中遇赦，他怀着激动的心情回舟江陵（今湖北荆州），南游岳阳，写下脍炙人口的《与夏十二登岳阳楼》。这首五律用陪衬、烘托、夸张等手法，让楼去观览，让川去迂回，让雁牵愁心飞去，山衔好月走来。其气势之豪迈，意境之新颖，前无古人，后无来者——

楼观岳阳尽，川迥洞庭开。

雁引愁心去，山衔好月来。

云间连下榻，天上接行杯。

醉后凉风起，吹人舞袖回。

大历三年（768年），杜甫沿江漂泊，登上神往已久的岳阳楼。他极目远眺，心驰神往，赋诗礼赞——

昔闻洞庭水，今上岳阳楼。

吴楚东南坼，乾坤日夜浮。

亲朋无一字，老病有孤舟。

戎马关山北，凭轩涕泗流。

《登岳阳楼》所表达的对国家对人民的深厚情感，是杜诗意境开阔、风格沉雄的重要原因。一个诗人对国家和人民有感情，对祖国的历史和山河大地就会无限热爱。岳阳楼是座有思想有诗意的精神圣殿，我们还没登楼，那怀古的思绪，那由衷的敬意，就是想压抑也压抑不住了。

二

唐诗是中国诗歌史上的"黄金时代"，刘长卿、韩愈、李商隐等诗人，都曾写诗赞美岳阳楼。但岳阳楼声名大噪，为世人瞩目，还是因为范仲淹写了《岳阳楼记》。

庆历五年（1045 年），谪守巴陵（岳阳的古称）的滕子京重修岳阳楼。竣工前夕，他给好友范仲淹写信，曰："窃以为天下郡国，非有山水环异者不为胜，山水非有楼观登临者不为显，楼观非有文字称记者不为久，文字非出于雄才巨卿者不成著。"同时附上《洞庭晚秋图》，请范公"作文以记之"。

滕子京的"求记信"深深触动了范仲淹的家国情怀。他挑灯对图，皓首穷经，借洞庭波涛激扬胸中的豪情，把政治、理想、情感、人格全部融进《岳阳楼记》，既表达了范仲淹的做人标准和政治理想，也使一座楼宇有了超越时空的精神生命。

《岳阳楼记》的论题，是阐述"先天下之忧而忧，后天下之乐而乐"的忧乐观，其中无尽的历史文化思考，为中华民族留下了难能可贵的遗产。难怪从《古文观止》到历年中学课本常选不衰，从政界要人、学者教授到大中学生无人不读。文章既有思想，又有美感，才称得上佳作。中国古代原创性的经典数不胜数，如果让我从中挑选一篇最好的，那就是范仲淹的《岳阳楼记》。

《岳阳楼记》诞生在我国封建社会的成熟期北宋。范仲淹生于忧患，长于忧患，他对中国政治文明的贡献，就是倾其一生来解读一个"忧"字，将"进亦忧，退亦忧"概括为忧民、忧君、忧政。

范仲淹说："居庙堂之高，则忧其民。"忧民的实质是官员要有爱民之心，无论何时何地，都不能忘记黎民百姓。范公从 1015 年中进士到 1028 年进京任职，在基层为官十三年，只要有机会，他就用手中的权力为民请命，为民除弊。在范仲淹眼里，为政之要在于"政必顺民""以天下之心为心"，也就是中国共产党人奉行的立党为公、执政为民，全心全意为人民服务宗旨。古往今来，民为邦本，民心高于天命。能否顺乎天而应乎民，是检验官员优劣好坏的试金石，也是千百年来永远不变的政治话题。心无百姓莫为官。始终把人民群众的根本利益放在心上，忧百姓之忧，乐百姓之乐，干事才有根基，为官才有底气，才能在百姓心里筑起恒久的丰碑。

范仲淹说："处江湖之远，则忧其君。"在封建社会里，"君"代表着国家。忧"君"，就是忧帝王所代表的国事。无论封建社会里的皇帝，还是现在的总统、主席、总理，虽然权在一人，但身系国家和民族的安危。于是，以"君"为核心的君政关系、君臣关系、君民关系，就构成了一国政治的核心。而君臣关系，则是核心中的核心。范仲淹为官三十七年，不管在朝还是在野，他都心忧其君，不忘国事，哪怕以生命作抵押，也直言规谏，九死不悔。忧君也是爱国的具体体现。人与国家是一种天然的血缘关系，既有情感上的依存，又有利益上的一致。爱国和忧君，就像爱父母一样天经地义，义无反顾。

不管忧民还是忧君，最终都要落实到"忧政"上。一个政权的衰亡，往往是从吏治腐败开始的。范仲淹忧民忧君，始终从吏治发轫。景祐二年（1035 年），他任礼部员外郎、知开封府时，曾连上四章，指陈时弊，请求宋仁宗整顿吏治。庆历三年（1043 年）四月，范仲淹主持"庆历新政"，短短几个月时间，朝野风气为之一新。《岳阳楼记》是他改革吏治的文字表达，是他为官从政的政治宣言。当今为官用权，首先要弄清"我是谁、为了谁、依靠谁"，把"三严三实"作为修身之本、为政之道、成事之要。我们常抓、细抓，久久为功，就能使"严"和"实"的要求立起来、强起来。

看万家灯火、念百姓忧乐，是超时代、超阶级的政治文明。从表面上看，《岳阳楼记》写的是一座楼，实际上是范仲淹借楼言志，表达自己"进则尽忧国忧民之诚，退则处乐天乐道之分"的道德规范，是写他为人、为臣的立身行事准则。清代文学批评家叶燮说："志高则言洁，志大则辞宏，志远则旨永。"《岳阳楼记》虽然只有三百六十八个字，但它超越时空的精神力量，惊天地醒人智，承千古启后人，影响中华民族政治文明、人格行为和文化思想八百年。

明代著名文学家陈继儒提出："有补于天地曰功，有关于世教曰名，有精神曰富，有廉耻曰贵。"他的功名富贵观与范仲淹的忧乐观如出一辙。生之为人，必"为天地立心，为生民立命，为往圣继绝学，为万世开太平"（宋·张载语）。正因为范仲淹不同凡响的文化创造，他的个体精魂才化作映照千秋的思想火炬，他才以不朽的政治家、思想家、文学家载入史册，光照万代！

三

文章有思想、有境界，自成高格。《岳阳楼记》的境界，由时光和苦难锻造，由深厚的文化传统支撑。西晋以后，中华文化向南方和长江流域拓展，前后绵延数百年。岳阳楼经过历史风云、文化风韵和时代风雨的洗礼，以"忧乐"观观照天地，独立潮头，成了思想者抒情寄志、灵魂壮游的平台。

岳阳楼前有副对联："四面湖山归眼底，万家忧乐到心头。"上联写景，下联写情，以清新隽永的形境、意境、理境，迎迓八方游客。走进一楼，就像走进一座艺术馆，迎面墙上镶嵌的清代书法家张照手书的《岳阳楼记》雕屏，由十二块紫檀木拼成，文章、书法、刻工、木料全是珍品，人称"四绝"。清人窦垿撰写的那副长一百零二字的楹联，更是岳阳楼现存文物中的极品——

一楼何奇？杜少陵五言绝唱，范希文两字关情，滕子京百废俱兴，吕纯阳三过必醉。诗耶？儒耶？吏耶？仙耶？前不见古人，使我怆然涕下！

诸君试看：洞庭湖南极潇湘，扬子江北通巫峡，巴陵山西来爽气，岳州城东道崖疆。渚者，流者，峙者，镇者，此中有真意，问谁领会得来？

这副长联上联用杜甫的诗、范仲淹的文、滕子京的政绩、吕洞宾的轶事，吊古怀今，抒发情怀；下联用广角镜头，把巴陵的名山、大川、雄关、险邑一一摄来，诗、儒、吏、仙、渚、流、峙、镇跃然之上，活灵活现，让人回味无穷。岳阳楼的名联很多，比如"杜诗范记高千古，山色湖光共此楼""后乐先忧，范希文庶几知道；昔闻今上，杜少陵可与言诗""八百里洞庭凭岳阳壮阔，五千年湖湘唱荆楚风骚"……都以时代精神砥砺品格，凝练气韵，其中蕴含的深刻思想和幽远意境，感动了一拨拨过往游客。李白的八字短联"水天一色，风月无边"，更是展尽"诗仙"的洒脱，令人一咏三叹！

三楼是观赏洞庭胜景的绝佳之处，凭栏远眺，一眼就能把浩渺的湖面尽收眼底。那一碧万顷的烟波云影，那雾卷云飞的湖光山色，那随波起伏的点点樯帆，那翔集嬉戏的翩翩沙鸥……仿佛是一幅自然天成、色彩绚丽的古典油画。我们原以为，岳阳楼是为观赏洞庭湖而建的，后来才知道，它的前身是东吴大将鲁肃的"阅军楼"。魏晋南北朝时，阅军楼称"巴陵楼"，李杜赋诗后才改为"岳阳楼"。

从"阅军楼"到"巴陵楼"，再到"岳阳楼"，这座楼更替的是名字，变换的是岁月，不变的是永恒的灵魂，坚贞的守望！

我们真该感谢滕子京，要不是他重修岳阳楼，并请范仲淹"作文以记之"，《岳阳楼记》就不会有中国文人的体温和性情，更不会借景抒情，描绘一种让人神往、让人陶醉的气象，说出一个让人不得不信、不得不服的道理。那样，中国文学史乃至影响中国历史的政治美文，就有可能留下无法填补的空白。

滕子京除了官声清正和催请名文之功，我们不能忘怀的，还有他写的《临江仙》——那可是滕公留给后世的绝无仅有的一阕词啊！

湖水连天天连水，秋来分外澄清。君山自是小蓬瀛。气蒸云梦泽，波撼岳阳城。帝子有灵能鼓瑟，凄然依旧伤情。微闻兰芝动芳馨。曲终人不见，江上数峰青。

我们从滕子京的词里，体味到了他对岳阳的一往深情。滕公作《临江仙》次年，不幸英年早逝，年仅四十六岁。宋诗"开山祖师"苏舜钦写《滕子京哀辞》，称他"忠义平生事，声名夷狄闻。言皆出诸老，勇复冠全军"；《宋史》说他："宗谅尚气，倜傥自任，好施与，及卒，无余财。"

人事有代谢，往来成古今。历史带着悲欢离合远去了。一切就像洞庭水，浩瀚无际，云烟氤氲，与千古风云因应着，交流着；一切就像岳阳楼，古老而又现代，其气势，其精神，其诗意，我们唯有用心去偎近，去仰望……

苦难使者的绝唱

一

　　唐诗之于中国，是最集中最壮观的审美大爆发，以至于历朝历代都始料不及；李杜之于唐诗，是最巍峨最奇崛的文化高峰，以至于唐之后所有的诗人，只能吟诵，无力超越！

　　李白才华横溢，浪漫奔放，他所抵达的文学高度，后人没有谁能够企及；杜甫集前人之大成，开后人之大路，他所创造的毫不逊色于李白的成就，同样代表着唐诗的顶峰。我们由此认定，中国诗史上少了李白，可能声色大减，不免寂寞；如果少了杜甫，恐怕就无法续写下去了。

　　在中国古代，诗人大都命运多舛。杜甫浓缩个体生命所能承受的全部苦难，虽然颠沛流离，饥寒交迫，但对国家、对民族的爱从来没有泯灭。他的诗，是时代和社会的写真，苦难使者的绝唱！余秋雨先生说："中国从来没有一个文人，像杜甫那样用那么多诗句告诉全社会苦难存在的方位和形态，以及苦难承受者的无辜和无奈。因此，杜甫成了中国文化史上最完整的'同情语法'的创建者，后来中国文人在面对民间疾苦时所产生的心理程序，至少有一半与他有关。"

　　杜诗所展现的家国情怀，源自杜甫的天性和良知。正因此，他的胸襟才比一般诗人博大，他的感情也比一般诗人炽烈。他把国家前途和个人命运融合在一起，他的诗中所表现的对国家对人民的爱，前无古人，后无来者！

　　诗由情而生，情因诗更浓。诗情，是杜甫吟咏不尽的"飞花令"。

二

杜甫二十岁辞亲远游，经淮阴（今江苏淮安）、扬州，到金陵（今江苏南京）、姑苏（今江苏苏州）、会稽（今浙江绍兴）等地，饱览吴越山水，结交达官显贵，寻找仕进的阶梯。

唐朝选士，士子有名人政要引荐，往往会被优先录用。那个时代，士子漫游成风——“游”见识，也“游”前程。四年后，杜甫回乡参加科考，但没有中第。开元二十四年（736 年），他又“放荡齐赵间，裘马颇清狂”，二十五岁登临泰山，写出了第一首传世之作：

岱宗夫如何？齐鲁青未了。
造化钟神秀，阴阳割昏晓。
荡胸生层云，决眦入归鸟。
会当凌绝顶，一览众山小！

泰山横跨齐鲁，为五岳之首。山高而尊者称“岳”。《望岳》这首诗，讴歌了盛唐的升平景象，表现了杜甫勇攀绝顶、傲视群山的雄心壮志。历代诗人写泰山，此诗被公认为第一。

将近十年的漫游，虽说一些文坛名士称赞杜甫是汉代的扬雄、班固，但没人助他登上“要路津”。天宝五年（746 年），杜甫来到长安，四处投诗献文，希望以此打开仕进的通途，仍然得不到“当路者”的援手。

仕路不通，经济没有来源，杜甫的境遇每况愈下。那年长安霖雨六十日，农田被淹，房倒屋塌，他卧病三个月，床边长青苔，出门踏水凼，屋里的积水里生了小鱼。陆游曾写诗再现杜甫当时的窘境：“长安落叶纷可扫，九陌北风吹马倒。杜公四十不成名，袖里空余三赋草。车声马声喧客枕，三百青铜市楼饮。杯残炙冷正悲辛，仗内斗鸡催赐锦！”

杜甫冷静地观察社会，思考人生，他在哭声震天的咸阳桥头，倾听征夫们的怨愤诉说；他在仕女如云的曲江池畔，目睹杨贵妃姊妹的荒淫生活……诗人忍无可忍，提笔写《兵车行》《丽人行》进行鞭挞。

《兵车行》和《丽人行》，标志着杜甫已把个人的不幸与苍生的苦难联系起来。因其批判万方多难的时代，明代文学家王嗣奭称他为"诗史"。

天宝十四年（755 年），杜甫好不容易谋了个从八品小官：右卫率府兵曹参军——负责掌管兵器甲仗和门禁锁钥。十一月，他回奉先（今陕西蒲城县）探望妻儿，谁知推开柴门，却听到一片哀号之声——他最小的儿子被活活饿死了。

妻子失声痛哭，诗人心如刀割。草草葬埋了幼子，杜甫怨愤系之，一气呵成《自京赴奉先县咏怀五百字》：

杜陵有布衣，老大意转拙。许身一何愚？窃比稷与契。居然成濩落，白首甘契阔。盖棺事则已，此志常觊豁。穷年忧黎元，叹息肠内热……朱门酒肉臭，路有冻死骨。荣枯咫尺异，惆怅难再述……

这首"大篇"，深刻反映了天宝后期尖锐的社会矛盾，是诗人忧国忧民、忠君念家的真实写照。人世对杜甫那么冷酷，他对人世却那么热情。历史上有民胞物与情怀的文人不少，但大多数以旁观者的姿态出现，鲜有像杜甫那样的切身之感和切肤之痛，更难达到"穷年忧黎元，叹息肠内热"的程度。

长安十年，"残杯与冷炙，到处潜悲辛"的生活，使杜甫很快从浪漫主义诗坛游离出来，踏上了"以时事入诗"的现实主义道路。

三

天宝十四年（755 年）十一月，安史之乱爆发。持续七年三个月的战乱，从根本上动摇了大唐帝国的统治基础，世界顶级繁荣由此走向衰亡。

诗是时代的晴雨表。始终与灾难相伴的诗人，时代风雨更能在他心里掀起波澜。安史之乱之前，杜甫已有不少诗作问世，但真正惊天地、泣鬼神的作品，大多创作于战乱之后。

安禄山长驱南下，相继攻陷洛阳、长安。天宝十五年（756 年）六月，杜甫举家避乱于鄜州（今陕西富县）。八月，他听说唐玄宗"幸蜀"，太子李亨在宁夏灵武即位，便赶去效力，不幸为叛军俘获。侥幸逃脱后，朝廷拜他为"左拾遗"——门下省的一个八品谏官。

长安沦陷，不知有多少皇室宗亲被杀，多少黎民百姓在叛军的铁蹄下呻吟。杜甫把所见所闻写进《哀江头》《哀王孙》中。诗人忧思广大，心胸宽阔，普天下的苦难，他都表示哀悼！

杜甫写苦难，发哀声，他在长安创作的十多首诗，有一半是名篇。《春望》更是经典中的经典：

国破山河在，城春草木深。
感时花溅泪，恨别鸟惊心。
烽火连三月，家书抵万金。
白头搔更短，浑欲不胜簪！

八月，杜甫回羌村省亲，《羌村三首》记述了他与家人团聚时的情景。诗人在家里住了一个多月，"大篇"《北征》横空出世。这首诗凡七百言，仅次于他晚年写的《壮游》。连同《自京赴奉先县咏怀五百字》，三首长诗犹如三条波澜壮阔的大河，开古文运动以"诗"代"文"的先声。

乾元元年（758年），杜甫因谏房琯事触怒唐肃宗，被贬为华州司功参军。第二年春天，他经新安、石壕、潼关赴任，沿途看到未成年的孩子和白发苍苍的老妇被强征入伍，触景感怀，写下名篇"三吏""三别"——《新安吏》《石壕吏》《潼关吏》和《新婚别》《垂老别》《无家别》一组新乐府。

"三吏""三别"深刻刻画了当时的社会现实和劳苦大众的悲惨境遇，表达了诗人对安史之乱的痛恨之情，其思想意义和艺术造诣都达到了汉乐府难以企及的高度。读这样的诗，才知道什么叫生死离别，什么是撕心裂肺、悲恸欲绝！

乾元二年（759年），杜甫弃官流寓秦州，开始了他一生最为遥远的迁徙。秦州在甘肃天水，山路九转，光翻陇山就得七八天。杜甫本以为那里生计容易，但他没有料到，寄居三个月筑巢不成，衣食无着，全家只好迁到同谷。岂知到了那里，生活同样濒临绝境，一家人因饥饿病倒在床上。在饥寒交迫的日子里，诗人作《乾元中寓居同谷县作歌七首》，描绘全家流离颠沛的情状，抒发老病穷愁的感喟，大有"长歌可以当哭"的意味。

苦挨了一个多月，杜甫和妻儿商议：到四川去。十二月，一年中最寒冷的季节，一家人冒着风雪上路了。

"蜀道难，难于上青天"。杜甫翻山越岭，飞湍走壑，走了一年才到成都。一路上，诗人天天写诗，步步纪行，半年就有一百二十首佳作问世。这些诗犹如一幅山水长卷，引领读者登绝顶、穿峡谷，经栈道、涉激流……诗人的身世之感和生活之艰全部融入诗中，是古代纪行诗中空前绝后的杰作。

四

来到成都，杜甫先在草堂寺寓居。次年春，才在浣花溪畔盖了几间茅草屋，世称"杜甫草堂"。全家好不容易有了安身之所，他激动地写《堂成》记之。此后五年，杜甫大部分时间是在草堂度过的。乱世的蜀地虽然不是世外桃源，但一家人的生活比过去安定多了。诗人把草堂生活写进《卜居》《江村》《客至》《为农》《独酌》《绝句漫兴》等诗，首首散发着田园诗萧散恬淡、幽静浑朴的风韵。

草堂的旖旎景色在杜甫笔下，意象精警，言近旨远："田舍清江曲，柴门古道旁。草深迷市井，地僻懒衣裳。榉柳枝枝弱，枇杷树树香。鸬鹚西日照，晒翅满鱼梁。"造访的邻居也让诗人感到可亲可爱："惯看宾客儿童喜，得食阶除鸟雀驯。秋水才深四五尺，野航恰受两三人。白沙翠竹江村暮，相送柴门月色新。"杜甫除了描写草堂生活，还写题画诗和咏物诗，草木鱼虫都成了独立的审美对象。

杜甫特别崇拜三国时代的精神教父诸葛亮，他的《蜀相》熔情、景、议论于一炉，既有对历史的评说，又有对现实的寓托，让历代咏叹诸葛亮的诗望尘莫及：

丞相祠堂何处寻，锦官城外柏森森。
映阶碧草自春色，隔叶黄鹂空好音。
三顾频烦天下计，两朝开济老臣心。
出师未捷身先死，长使英雄泪满襟。

上元二年（761年）八月的一天，秋风把草堂屋顶的茅草卷走了。大雨下了整整一夜，诗人无眠，写《茅屋为秋风所破歌》，记所见所想，抒所思所感——

……床头屋漏无干处，雨脚如麻未断绝。自经丧乱少睡眠，长夜沾湿何由彻！安得广厦千万间，大庇天下寒士俱欢颜。风雨不动安如山！呜呼，何时眼前突兀见此屋，吾庐独破受冻死亦足！

这首歌行体，通过描写杜甫自家茅屋被秋风所破的痛苦，来表现社会和时代的苦难，体现了诗人为"天下寒士"疾呼的忧国忧民情感，是全部杜诗的典范之作。俄国文学评论家别林斯基说："任何一个伟大诗人之所以伟大，是因为他们的痛苦和幸福的根子，深深扎进了社会和历史的土壤里，因为他是社会、时代、人类的器官和代表。"《茅屋为秋风所破歌》之所以经久不衰地震撼着读者，就在于狂风急雨袭击之夜，诗人脑海里翻腾的，不仅是"吾庐独破"，而且是"天下寒士"的茅屋俱破。他不仅为自家的不幸哀叹，而且为变革黑暗现实的崇高理想疾呼。这种胸怀天下的情怀和境界，与范仲淹的"先天下之忧而忧，后天下之乐而乐"，何其相似乃尔！

"草堂留后世，诗圣著千秋"。一个伟大的诗魂栖居在杜甫草堂，那里成了后人拜谒或凭吊的胜地。

五

宝应元年（762年），唐玄宗驾崩。次年，杜甫迎家人至梓州（今四川三台县），听到史朝义自缢，安史之乱结束，不禁欣喜欲狂，脱口吟出"生平第一快诗"《闻官军收河南河北》：

剑外忽传收蓟北，初闻涕泪满衣裳。
却看妻子愁何在，漫卷诗书喜欲狂。
白日放歌须纵酒，青春作伴好还乡。
即从巴峡穿巫峡，便下襄阳向洛阳。

杜甫祖居襄阳，在蜀怀楚，他写诗说："厌蜀交游冷，思吴胜事繁。应须理舟楫，长啸下荆门。"那几年，资助他的故交调离的调离，病死的病死，一家人的生活再度陷入了窘境。杜甫决计先移居夔州，再回乡终老。

夔州的州治在今重庆市奉节县城东，唐代称"白帝城"。途中，杜甫作《旅夜书怀》，以景物对比烘托独立于天地之间的飘零形象："细草微风岸，危樯独夜舟。星垂平野阔，月涌大江流。名岂文章著，官因老病休。飘飘何所似，天地一沙鸥。"

杜甫在夔州过着寄人篱下的生活。一天，他登上城外高台，临眺长江秋色，穷困潦倒、流寓他乡的悲愤情感，怎么也压抑不住。于是，就有了《登高》这首高浑一气、古今独步的"七律之冠"：

风急天高猿啸哀，渚清沙白鸟飞回。
无边落木萧萧下，不尽长江滚滚来。
万里悲秋常作客，百年多病独登台。
艰难苦恨繁霜鬓，潦倒新停浊酒杯。

厄运没能扼杀杜甫的生活激情，他的心永远伴随着时代的脉搏跳动。任何时代的文学，只要同国家和民族维系在一起，就能发出振聋发聩的歌吟。杜甫再不幸，也要把根扎在脚下的土地上。这是造成杜诗现实主义传统的源头所在。

次年正月，杜甫到湖南耒阳，途中遇江水大涨。入冬，诗人病倒在由潭州（长沙的古称）开往岳阳的船上，他作绝笔诗《风疾舟中伏枕抒怀三十六韵奉呈湖南亲友》，对"战血流依旧，军声动至今"的疮痍乾坤，表示了最后的哀悼！

杜甫一生在颠沛流离中煎熬，安史之乱前后的中华大地，几乎被他体验了个遍。诗人虽然只活了五十九岁，但他所经历的苦难，古今中外的诗人恐怕找不出第二个人来。他的灵柩厝在岳阳，四十三年后，才由其孙杜嗣业归葬洛阳偃师，彻底结束了流浪漂泊的长旅。

六

杜甫千锤百炼的诗学绝诣、炉火纯青的老成境界、转益多师的文学史观、擘鲸碧海的审美理想，是最具中国特色的情感表达方式。在他笔下，再苦的事、再苦的景、再苦的人、再苦的心，都有美的成分。他千方百计把它们挖掘出来，使美成为苦的背景，甚至把美和苦融为一体。读杜甫的诗，不仅能读出深蕴其中的民族气质，更能读出中国人的文化、价值和智慧。

韩愈诗云："李杜文章在，光焰万丈长。"因为杜甫，中国古典诗歌才从描写理想境界转到社会现实，并且沿着写实的道路越走越远。同时代的诗人，还没有谁像杜甫那样，刻意用诗去记录现实。

杜诗是一座开不完掘不尽的艺术宝库，是一部足够后人揣摩一辈子的语言范本。历代书法家喜欢书写杜诗，自宋迄今，杜甫草堂就藏有祝允明、董其昌、张瑞图、傅山、郑板桥、刘墉、康有为、章太炎等名家的珍品。杜诗也为绘画提供了素材，历代画家如齐白石、徐悲鸿、傅抱石、陈半丁、李苦禅、朱屺瞻等名人的作品，都有杜诗的意象传世。

杜甫文化意义的深层次体现，是对民族性格的潜移默化。诗人坚定踏实的人生态度、推己及人的仁爱精神、以天下为己任的责任感和忧国忧民的忧患意识，是中华民族文化性格中最耀眼的部分。虽说这种性格的陶铸不是少数人能够完成的，但杜甫的影响不可或缺。诚如闻一多先生所言，杜甫是"四千年文化中最庄严、最瑰丽、最永久的一道光彩"。

杜诗是诗人生命的全部诗意和价值热望，也是人间温情、世俗关怀和价值追问的结晶。我们唯有用心热爱它、偎近它、追随它，才能在淬炼精神中坚定信仰，在世事沉浮中保持从容。

有杜诗在，我们永远不会渺小！

中国文脉的珍罕奇迹

一

古往今来，没有哪一个文人墨客的独立人格比苏轼更洒脱，更有精气神。唯独他这颗命运多舛的文化恒星，提纯儒家遗传基因，以井喷般的激情和创造，筑起了一座雄伟峻拔的文化丰碑。

苏轼有体温有表情，也有筋道和韧性。不管历史风云、人间沧桑，还是江河湖海、山川草木，一旦到了他的笔下，都会张扬至善、盛德、大美的品格，让读者在诗意中涵养生命的意蕴。他诗、文、书、画样样精通，其纵横古今、雄视华夏的艺术成就，展示了中华民族古今一脉的文化印记和价值追求，是我们生生不息的精神滋养。

苏轼最大的功业，是突破官场体系的桎梏，给历史留下了一个豁达潇洒、快乐可爱的人格形象。苏轼既是秉性难改的乐天派，悲天悯人的道德家，一个在地狱里也能活出天堂滋味的人间精灵，也是一座攻不破、摧不毁、打不垮的精神堡垒。这种人格形象，中国文学史上绝无仅有！

难怪余秋雨先生感叹，苏轼是中国文脉的珍罕奇迹。就连法国《世界报》在全球评选"千年英雄"，参与者也忍不住把手中的选票，投给这个历经困厄、返璞归真的生命，使他有幸成为其中唯一的中国人。

苏轼是中华文化的集大成者，他生命中的核心要素，兼容并蓄了儒、佛、道诸家精髓，体验着古代文人的自省和自重。苏轼是一位生活大师，他穷尽生命所有的可能性，抵达了生存的广度和深度的极限。他在《自题金山画像》

中总结自己："问汝平生功业？黄州惠州儋州。"

二

黄州、惠州、儋州，是苏轼三次被贬之地。苏公将三地戏称为"平生功业"，足见他对人生本质的彻察，对厄运逆境的傲视。这种清旷达观的生活态度，是一种境界，一种胸怀，一种生存智慧。

苏轼被贬黄州（今湖北黄冈），缘于北宋首起震惊朝野的文字狱——"乌台诗案"。而"乌台诗案"的导火索，与王安石变法有直接关系。

宋朝立国百余年，表面上莺歌燕舞，骨子里却危机四伏。尽管冗官、冗兵、冗费导致国家财政捉襟见肘，但权贵们依然承平享国，纸醉金迷。宋神宗万般无奈，只好倚重参知政事王安石，"变风俗、立法度"，下猛药医治北宋王朝的沉疴痼疾。

王安石是一个有责任担当的人，他以"天变不足畏、祖宗不足法、人言不足恤"的大无畏精神，推行新法，当年就颁布了《均输法》《青苗法》和《农田水利法》。这些新法尚未奏效，他又推出《募役法》《市易法》《保甲法》《方田均税法》等法规。王安石不怕走极端，他的思路是：通过"骤变"加强中央财政，抑制地主豪强，扭转积贫积弱的局面。苏轼则主张"渐变"，他认为：白昼不可能一下子变成黑夜，人也不能马上从严冬进入酷暑。气温大起大落，人的肌体受不了，上百年实行的政治、经济、文化制度，瞬息间摧毁它也不现实。事情过于激进，很可能适得其反。于是，他给神宗上书："今日之政，小用则小败，大用则大败！若力行不已，则乱亡随之。"

苏轼如此强烈地反对变法，王安石即使不置他于死地，也希望搬开这块"绊脚石"。这时，一个名叫谢景温的小人跳出来弹劾苏轼，尽管罪名让人将信将疑，但为了变法顺利进行，宋神宗还是将苏轼"通判杭州"。苏公在西湖畔既问事，又题诗，然后把诗刻印了几十本，供亲朋好友赏析。《梦溪笔谈》的作者沈括也得到一本，带回京城去了。

沈括是一位百科全书式的人物，但也是一个官场小人。他探知王安石和苏轼政见不同，便以"词皆讪怼、攻击新政"的罪名发难，但阴谋最终没能得逞。元丰二年（1079 年），御史台谏官李定、舒亶、王珪、李宜之、张璪、何正臣等人，重演沈括的伎俩，使苏轼陷入了文痞小人的包围之中。

苏轼被文痞小人弹劾，主要原因还不是攻击新政，而是他"名太高"——就中国文脉而言，苏轼是北宋最高等级的生命潜流。一个人太出色太响亮了，势必把周围的文人比得十分寒碜，引起一帮小人酸溜溜的嫉妒，继而你一拳、我一脚地诋毁你，糟践你，不置你于死地决不罢休。

由嫉妒而诽谤，是文痞型小人的天性；把黑的说成白的，是小人们惯用的伎俩。这群小丑轮番上阵，诽谤诬陷，终于把苏轼关进了连鬼都不去的乌台。

乌台是御史台的别称，关押要犯的牢狱。苏轼在那里被折磨了四个多月，"乌台诗案"审结：以团练副使贬谪黄州，不得签署公事。

三

苏轼被贬黄州，一如初谪永州的柳宗元，内心的忧愤可想而知。但让人敬佩的是，他善于在顺境和逆境的转换中，提取生命能量，寻找活好当下的乐趣。苏轼扁舟草履，放浪山水之间，听渔樵讲他们的故事；或焚香静坐在寺院里，"撷亭下之茶，烹而饮之"；或与人对饮，喝高了回家。家童鼻息如雷，敲门不应，他就转过身来，倚在桥头听江水的撞击声。苏轼还学佛参禅，研究美食，求索养生之道。空闲了，就到沙滩上拣小石子……自由，旷达，恬静，洒脱，江山风月的主人跌宕出崭新的人生，让志士敬，小人妒。

苏轼在黄州的朋友越来越多，家里的开销日渐捉襟见肘。为长远计，黄州通判马正卿"为郡中请故营地数十亩，使得躬耕其中"。这样，苏轼就成了继陶渊明之后又一个亲执耒锸的文化大师。他开荒的地方在黄州东坡，"苏东坡"——苏轼的别号——由此诞生。

苏轼在黄州谪居了四年，他"上可陪玉皇大帝，下可陪卑田院乞儿"，在人生转身中体味着生活的真谛。生活，是一个人从生到死的旅程，这个旅程不管短暂还是漫长，最重要的是"看开"——看开，就是"悟"。佛教把"悟"当作禅，普通人把"悟"当成智慧。我们不能强迫生活，却能改变自己；自己的命运自己做主，就能成为生活的主人！

人间万事，还有什么比做生活的主人更惬意呢？生活的意蕴五光十色，苦乐各半，傲视困厄就能活出精气神来。苏轼身处逆境而清旷达观，一般人做不到，他应对苦难的心理承受力，更值得我们品味和效仿！

黄州是苏轼人生旅途的重要驿站，他在那里经历了一次脱胎换骨，他的艺术才华也实现了历史性升华——"一词二赋"横空出世，震古烁今，不仅为中国文坛留下了绚烂的篇章，也让一个荒蛮之地万树繁花，千年灿烂！

"一词"——《念奴娇·大江东去》，一扫晚唐五代的绮丽柔靡之风，成为中国词史上豪放派的始祖；"二赋"——前后《赤壁赋》，是赋体散文的巅峰之作，平易自然，流畅婉转，比唐代散文更重说理、叙事和抒情。苏轼的书法与蔡襄、米芾、黄庭坚并称"宋代四大家"，他留下的《寒食帖》，有一种倔强中的丰腴、大气中的天真。他还将奇木、怪石"搬"到画中，以情景交融、虚实相生的意境，开中国文人画之新风。

余秋雨先生说，苏轼被贬黄州，在"完全混同于渔夫樵农的时刻，中国文脉聚集到了那里"。他的"黄州突围"，是"文化本体的突围。有了他，宋代文化提升了好几个等级"。

四

元丰八年（1085年），宋神宗驾崩，宋哲宗即位。新朝新政，苏轼被委为礼部郎中、中书舍人、翰林学士知制诰。元祐四年（1090年），苏公出任杭州太守，不到一年半，又先后知颍州、扬州、定州，半年后，被朝廷以兵部尚书召还，并兼端明殿学士、侍读。苏轼如此火箭般地升迁，又一次引起了政敌和小人的嫉妒。

绍圣元年（1094年），谏官黄庆基等人连上七道奏折，诬蔑苏轼"讥斥先朝"。超级政治打手章惇等人更是赤膊上阵，欲置苏轼于死地而后快。这年四月，朝廷告下：责苏轼知英州（今广东英德）军事州。离京不到百里，第二道谪命到了：降为六品官。行至安徽当涂，第三道谪命又至：责受建昌军司马，惠州安置。

惠州地处岭南。岭，在现今江西大余县南，广东南雄县北，俗称大庾五岭。

苏轼抵达那里时，已是金秋十月。他用平和的目光打量这座小城，满眼都是市井寥落、萧条破败的景象。不过这不要紧，有了黄州被贬的经历，还怕不能随遇而安吗？

苏轼怀着这样的心情在惠州住下了，他为自己找了一个好去处——嘉祐寺。佛门净地最能安定人的心绪，他读书，写诗，打坐，出游，会友，酿酸酒，做美食……不急不躁，不温不火，栖息在诗意的生活之中。

次年四月十一，苏轼在惠州吃到了荔枝，欢愉之情溢于言表："垂黄缀紫烟雨里，特与荔枝为先驱。海山仙人绛罗襦，红纱中单白玉肤。不须更待妃子笑，风骨自是倾城姝。"此后，他多次作诗表达对荔枝的喜爱之情。绍圣三年（1096年）写的《食荔枝·之二》，最脍炙人口："罗浮山下四时春，卢橘黄梅次第新。日啖荔枝三百颗，不辞长作岭南人。"解诗者大都认为，这是苏东坡在赞美岭南的风物，其实是他把满腹苦水唱成了赞歌。

舛途没能愚钝苏轼对人生的感悟，荔枝又让他找到了热爱生活的理由：生活的核心元素是看开，是达观——把自己融入百姓，多予少取，就能获得生活的乐趣！

连接东江两岸的浮桥过于简陋，每年都有人不幸落水，苏轼急得寝食难安。他建议官府修桥，但官府拿不出钱来。无奈之下，他给胞弟苏辙写信，动员弟媳捐出皇家多年的赏赐。桥成之日，两岸民众雀跃欢呼，手舞足蹈，苏轼写诗记录当时的盛况："父老喜云集，箪壶无空携。三日饮不散，杀尽西村鸡。"

惠州瘴气弥漫，常有瘟疫流行，苏轼就在房前屋后种植药材，并开方瞧病当起了郎中。被贬惠州的第三年，他在白鹤峰建造新居，打算永久居住下去。新居落成，乡邻同贺，苏轼欣然命笔："白头消散满霜风，小阁藤床寄病容。报道先生春睡美，道人轻打五更钟。"这首名曰《纵笔》的诗传到京城，权倾朝野的政敌兼小人章惇笑道："苏轼还这么快活，贬他到儋州去！"

五

儋州地处海南，比惠州荒凉偏远得多。《儋州志》记载："盖地极炎热，而海风苦寒。山中多雨多雾，林木荫翳，燥湿之气不能远，蒸而为云，停而为水，莫不有毒。"海南在人们眼里，处于文明边界之外，是蛮荒之岛，天涯海角。一去一万里，千之千不还。崖州何处在，生度鬼门关。有宋一朝，官员被放逐海南，是仅次于杀头的处罚。

绍圣四年（1097年），苏轼孤身到了那里。居无所，他就住在比杜甫的茅草屋还破陋的官舍里；食无肉，他就入乡随俗，像本地人那样吃老鼠、蝙蝠、蜈蚣；出无友，他就把黎民百姓当成知己，与黎人"华夷两樽合，醉笑一杯同"，时间不长，身边聚集了一大帮朋友。苏轼穿黎装，说黎语，甘愿"化作黎母民"。他坐在槟榔树下，听农夫讲鬼怪的故事；他指地凿井，让远近乡民改变饮用咸滩积水的陋习；他劝黎民摈弃"不麦不稷""朝射夜逐"的狩猎方式，以发展农耕保"其福永久"。唐代开科取士以来，儋州未曾有一人登第，苏轼在那片文化荒野上办学堂，养学风，终于教出了海南第一个进士——姜唐佐。

"他年谁作舆地志，海南万里真吾乡"——苏轼把自己当成地地道道的海南人了。他在那里饮酒载歌，自得其乐，活得有滋有味；他在那里找到了孕育文化人格的舞台，元气淋漓、多才多艺的生命能量，更让人目瞪口呆！

谪居儋州，苏轼的灵感如火山喷发，一连写了一百四十首诗、一百篇文赋和四十多封书信。他还撰《书传》，编《志林集》，注释《五经》，修订《易经》和《论语说》……接近人生尽头的流放，使苏轼远远走在时代前面。

苏轼对陶渊明推崇备至，陶公天然去雕饰的美学风格经过苏轼创造性阐发，愈加显得精进成熟。南宋文学家朱弁在《曲洧旧闻》中说："东坡文章至黄州以后，人莫能及，唯鲁直（黄庭坚）诗时可以抗衡。晚年过海，则虽鲁直亦瞠若乎其后矣！"

苏轼总结谪居海南的生活，这样写道：

参横斗转欲三更，苦雨终风也解晴。
云散月明谁点缀？天容海色本澄清。
空余鲁叟乘桴意，粗识轩辕奏乐声。
九死南荒吾不恨，兹游奇绝冠平生！

"九死南荒吾不恨，兹游奇绝冠平生"。苦难磨砺了苏轼，就物质的他来说，不可战胜；就精神的他而言，同样坚不可摧！

元符二年（1099年），宋哲宗驾崩，章惇失势，苏轼奉诏北还。他离开儋州时，黎民喜极而泣，哭送至海边。苏轼触景生情写《别海南黎民表》："我本海南民，寄生西蜀州。忽然跨海去，譬如事远游。平生生死梦，三者无优劣。知君不再见，欲去且少留。"抒发了对海南的眷恋之情。

遗憾的是，他走到常州就病逝了，终年六十五岁。

六

苏轼谪居儋州三年，加上惠州三年、黄州四年，恰好十年。这十年，虽说只有他生命历程的六分之一强，却是他全部人生的黄金阶段。

苏轼三次被贬是不幸的，但不幸也从另一个方面成就了苏轼。十年流放，他以万端感怀写心灵美文，从从容容自立于中国文学之林。翻开苏轼存世的诗文，最优秀的作品大都诞生在这一时期。我们今天读苏公的诗词文章，还能体味到他对宇宙无穷、个体有限，命运艰辛、人生偶然的彻悟。

苏轼"身行万里半天下"，对他和他的家庭固然苦不堪言，但对中国文化来说，未尝不是一件好事。如果没有苏轼，如果没有苏轼傲视困厄，极地突围，宋代文学肯定会平淡许多，中国的文化地理也会减少很多景观。如今，四川眉山把他的头像作为市徽，蕴含着家乡人民多少敬仰之情啊！即使远离眉山两三千里的衡岳湘水，只要一提起苏轼，乡间父老的脸上也会浮现出尊崇的笑容。苏轼赢得了一代又一代人的爱戴，他的文化人格穿越历史，气贯长虹，正是苏轼作为历史文化名人的最可称道之处。

曹雪芹，读你千遍都不厌

曹雪芹是中国乃至世界文学史上千年不遇的奇才，他的艺术成就和地位，比之于莎士比亚、巴尔扎克、列夫·托尔斯泰……丝毫都不显得逊色。如果没有曹雪芹，我们在面对这些世界级文学巨擘时，很难想象会处于何等尴尬的境地。

曹雪芹的《红楼梦》，是可以与全世界任何一部经典小说媲美的"宇宙性杰作"。而今，它已成为中华民族的文学符号与文化瑰宝。英国人说："宁可失去英伦三岛，也不能失去莎士比亚。"曹雪芹创造的珍罕奇迹，莎士比亚恐怕都望尘莫及。从这个意义上讲，他是炎黄子孙真正的"金不换"。

一

《红楼梦》又名《石头记》《金玉缘》，它记述了一块顽石被弃在青埂峰下，无缘补天、自怨自愧的悲情。空空道人见石头上刻有一段故事，便受石之托，抄录下来传世。他因空见色，由色生情，传情入色，自色悟空——遂易名"情僧"，改《石头记》为《情僧录》。后东鲁孔梅溪题《风月宝鉴》，经曹雪芹披阅十载，增删五次，纂成目录，分出章回，《金陵十二钗》横空出世。

梦觉主人在序言中说："红楼富女，诗证香山，悟幻庄周，梦归蝴蝶。"乾隆四十九年（1784年），序本题为《红楼梦》。原书《凡例》说，《红楼梦》是"总其全部之名"。意思是说，整部小说就是"红楼一梦"。

曹雪芹纪念馆

《红楼梦》以贾、史、王、薛四大家族的兴衰为背景，以贾府的家庭琐事、闺阁闲情为脉络，以贾宝玉、林黛玉、薛宝钗的爱情婚姻为主线，着意刻画贾宝玉和金陵十二钗等人物形象的人性美和悲剧美。曹雪芹对现实社会包括宫廷及官场的黑暗、封建贵族及其家庭的腐朽，科举制度、婚姻制度、奴婢制度、等级制度，以及与此相联系的孔孟之道和程朱理学，都进行了深刻有力的批判。并通过家族悲剧、女性悲剧和主人公的人生悲剧，揭示了封建社会的潜在危机。

《红楼梦》诞生在封建社会末期，清政府虽然还沉醉在康乾盛世、天朝上国的迷梦之中，但各种社会矛盾加剧激化，整个王朝已经到了盛极而衰的转折点。曹雪芹将贾宝玉和一群身份不同、性格各异的女性，放到大观园这个既是诗化的、又是真实的小说世界里，来展示她们青春生命被毁灭的悲剧。作品的深刻之处，就在于没有把悲剧完全归于恶人的残暴，更多的则是封建伦理关系中"通常之道德、通常之人情、通常之境遇"所致，是几千年积淀的正统文化的深层结构造成的。

《红楼梦》广泛而深刻地反映封建末世的矛盾冲突，揭示了封建贵族必然衰亡的历史命运。尤其深刻的是，小说通过封建家族"温情脉脉的面纱"所包裹的矛盾和斗争，对腐朽的封建统治阶级和行将崩溃的封建制度进行了无情批判。在中国文学史上，还没有哪部作品把封建末世的矛盾冲突，描写得如此淋漓尽致；也没有哪部作品把这种冲突的社会根源，揭示得比《红楼梦》刻骨铭心。它"使中国文脉悚然一惊，猛然一抖，然后就在这片辽阔的空地上站住了，不再左顾右盼"（余秋雨语）。

二

清兵入关后，曹雪芹的祖上就是皇家的奴仆，隶属于"内务府"正白旗籍。由于他的曾祖母是康熙皇帝的保姆，曹家近水楼台，三代四人得以主政江宁织造，历时近一个甲子；他的祖父曹寅还做过康熙的伴读和御前侍卫，并兼任两淮巡盐监察御史。在康、雍两朝，曹家家世显赫，极富极贵，堪称"南京第一豪门"。曹雪芹托赖天恩祖德，早年亲历了一段锦衣纨绔、富贵风流的公子哥生活。他在自序中说，"按自己的事体情理"写的作品，必然"新鲜别致"，引人入胜。而那些"大不近情，自相矛盾"之作，还"不如我半世亲睹亲闻的这几个女子"。

在《红楼梦》中，曹雪芹既不借助于传奇故事，也不以民间创作为基础，而是直接取材于现实生活，"叙述皆存本真，闻见悉所亲历"，使我们历历如绘、栩栩如生地看到了贾府如何穿衣吃饭，如何言笑逢迎，如何礼数相接，如何举止行为。他们的喜悦，他们的悲伤，他们的情趣，他们的遭逢，他们的命运……都在曹雪芹笔下找到了例证。他虽然只写了一个家族的兴衰荣辱和悲欢离合，但反映的却是中华文化的蔚为大观。他的高度也是世界性的。这是所有经典著作的共性，但《红楼梦》又中国得不能再中国。

鲁迅先生认为，现实主义艺术的"生命是真实，不是曾有的实事，但必须是会有的实情"。《红楼梦》描写的建筑、园林、服饰、器用、饮食、医药、礼仪典制、岁时习俗、哲理宗教、音乐美术、戏曲游艺……无不绘声绘色，形神毕肖。这需要作家多么深厚的生活体验、多么广博的知识修养啊！敏锐地捕捉时代及其精神的变化，并以史诗般的格局呈现他们的生活与情感，仪态万方地体现中华文化的光彩和境界，以传世之心锻造传世之作，只有曹雪芹这样的艺术天才，才能信手写来。

三

评价文学作品优劣的标准，无疑是它所昭示的精神指向。在人类社会，女性地位的高低从来是衡量社会平等与否的试金石。对待女性，尤其是对待社会底层的女性的态度，更是检验作家思想道德和文学追求的标尺。《红楼梦》能够巍然屹立于世界文学之林，一个重要原因，就在于它对处于弱势地位的女性的尊重，以及它所折射的民主思想与人文精神。在中国文学殿堂里，贾宝玉的典型意义在于此，《红楼梦》的人文价值也在于此。

曹雪芹生于繁华，终于沦落，他将这段经历写成小说，以此为女孩子树碑立传。于是，他着意于闺中，叙闺中之事切，涉外事者则简。他遣之于笔端的，即便是同样处于底层的丫鬟，也因其遭际不同而各具特色。《清代奴婢制度》记载，当时的奴婢分为两类：一类属于白契，指仅由"买主和卖身人凭中签立，未经官府钤盖印信，未经录入'奴档'的卖身契"。一类属于红契，是"经过官府税契登记，钤盖有官府印信的卖身契"。红契在法律上属于家生子，世代为奴，不得脱离主家；白契则可以通过赎身重获自由。书中的袭人是白契奴婢，因此敢对贾宝玉说离开贾家的话。

同样是丫鬟，背景和境遇也不尽相同。贾母身边的鸳鸯、王夫人身边的金钏、玉钏以及彩霞这些小姑娘们，都是经官府税契登记的红契奴婢，终生不能脱离贾府。到了婚配年龄，就由主子指配给身份相当的小厮。她们因为是家生子，主人也可以当作玩物随意侮辱。贾母的大儿子贾赦看上了鸳鸯，意欲纳她为妾，直把她逼得赌咒发誓，一辈子伺候贾母，最终在贾母去世后悬梁自尽。最不幸的是金钏，因为和贾宝玉说了一句调笑话，就在井底结束了花一样的生命。无论从哪个角度讲，这都是封建女性的悲剧，封建制度的戕贼。

曹雪芹在满汉文化的邂逅、对话、冲突和融合中，感受到了妇女的悲惨命运，为此，他立意写一部反映"闺友闺情"的鸿篇伟著。在《红楼梦》中，曹雪芹借男人如何对待女子这一根本问题，提出"千红一窟（哭）""万艳同杯（悲）"，全方位探寻人性美的存在状态和幻灭过程，不经意间，抚慰了中国文脉五百年的荒凉。

四

《红楼梦》的"主旨"是什么？是"情"。中华文化以天、地、人为"三极"。三极之中，人为万物之灵。物经娲炼，也能"通灵"，即有生命，有思想感情。曹雪芹认为，在"灵性"的功能体用中，"情"是根本。所以，《红楼梦》开宗明义："大旨谈情。"

大旨谈情"谈"什么？一言以蔽之，谈"人之常情"，即"爱"和"人性"。在曹雪芹看来，"情"最有人情味，最通人性，最贴近天下苍生。如果人人有"情"、重"情"，这个世界就会越来越美好。

"情"，体现了曹雪芹的"情本思想"。他尊重女性，主张个性解放与自由、平等、博爱，其核心就是"情治"——以情治人，以情治家，以情治国，以情治天下。因而空空道人改名"情僧"，而"一生辛苦为芹忙"的红学大师周汝昌，也认为曹雪芹是"'创教'的英雄哲士"。他"创"了什么"教"？"情教"也。周汝昌说，曹雪芹创了"情教"，他就是"情教教主"。

曹雪芹"大旨谈情"，并非只"谈"儿女真情和男女爱情，更多的则是借一大群女子的命运来写未来世界的理想和憧憬。从这个意义上说，《红楼梦》是言情小说，但起于言情终于言情，并不止于言情，从而衬托出了"情"的深度与厚度。

在曹雪芹笔下，"大旨谈情"不再叫作仁义道德。他所展示的18世纪中国封建社会的人情世态，揭露的封建制度下的人生悲剧和悲剧人生，不就是天地万物所具有的"仁"吗？孔子挂在嘴上的"仁"，属于社会伦理范畴；而曹雪芹主张的"情"，则是文学的审美修养，即人的精神世界、文化素养和品格品味。但"情"是抽象的，无法成为故事。于是，曹雪芹把他的悲剧体验、诗化情感、探索精神，全部托体于稗史小说，以众多人物的悲欢离合来表现"情"——"说来虽近荒唐，细按则深有趣味"。

小说是叙事的艺术。曹雪芹把生活描写得逼真而有味道，情节细节活现于纸上。人们读懂了《红楼梦》，也就读懂了曹雪芹。

五

人物是推动小说情节发展的主体。《红楼梦》塑造了四百八十多个有血有肉的人物形象，其中给人留下深刻印象的，少说也有四五十个。

《红楼梦》塑造的人物形象，最成功者莫过于贾宝玉。他是"花柳繁花地，温柔富贵乡"中的公子哥，既毓秀聪慧，天真烂漫，又"似傻如狂""愚顽""乖张"；既对清洁女儿无比眷恋，又具有"多情公子"的劣根性。曹雪芹反复皴染贾宝玉个性的丰富性和变异性，使笔下的人物惟妙惟肖，活灵活现。脂砚斋评曰："写宝玉之发言，每每令人不解；宝玉之生性，件件令人可笑。不独于世上亲见这样的人不曾，即阅今古所有之小说传奇中，亦未见这样的文字。"

《红楼梦》中的林黛玉和薛宝钗，都是以亲戚关系寄居贾府的千金小姐。论"诗才"，两人不相上下；论容姿，也都艳冠群芳。但一个行为豁达、随分从时，一个孤高自许、任性尖酸；一个执着于感情，具有诗人的感情和冲动，一个倾向于理智，是"任是无情也动人"的冷美人。曹雪芹通过日常生活细节，描绘人物性格的迥异，使她们神态相似而不雷同，言语相近而不重复。

凤姐既是有计谋、有权势的琏二奶奶，又是舞弊的班头，从内部蚀空贾府的蛀虫。作者浓笔艳抹，展现她嘴甜心苦、笑里藏刀的形象，以及治家与败家的尖锐矛盾。读者看到凤姐，也就看到了封建统治阶级的贪婪、凶残、阴险、狡诈的本质。

曹雪芹笔下的人物形象，各人各面，千姿百态，个个有血有肉，有个性，有灵魂。他塑造人物极重"神似"而不拘泥于"形似"。所以书中的人物一出场，一开口，就如闻其声，如见其人，而又绝不见他对外貌细节的"描写"和"刻画"。这是中国古典文学的一大精髓，最需要我们细细体认。

《三国演义》《水浒传》也塑造了数百个人物，但有的缺乏真实性，比如刘备和诸葛亮。鲁迅先生批评说："欲显刘备之长厚而似伪，欲状诸葛之多智而'近妖'。"他对《红楼梦》，反而给予了很高的评价："《红楼梦》的价值，可算是在中国的小说中实在不可多得的。其要点在敢于如实描写，并无讳饰。和从前的小说叙好人全是好，坏人全是坏的，大不相同，所以，其中所叙的人物，都是真的人物。总之自有《红楼梦》出来以后，传统的思想和写法都打破了——它那文章的旖旎和缠绵，倒还是其次的事。"

人们都羡慕英国"剧圣"莎士比亚，他一生写了三十七八个剧本，塑造的人物形象个个栩栩如生。但莎翁笔下的人物是分散在不同作品里的，而《红楼梦》塑造的人物形象，如同托尔斯泰创作的《战争与和平》，数百个人物全部集中在一部书里。曹雪芹所展现的，是一个整体的"万尺画卷"。况且，数百个人物大多是年轻的女性，而不是抽象完美的神。由此可见，《红楼梦》是以鲜活形象概括生活本质、揭示生活浓度的中国封建社会百科全书。

六

雍正六年（1728 年），曹家因亏空获罪，曹雪芹随家人迁回北京。在西郊住草庵，赏野花，过着觅诗、挥毫、唱和、卖画、买醉、狂歌、忆旧、著书的隐居生活。他常常"日望西山餐暮霞""举家食粥酒常赊"。好友敦诚写诗勉励他："劝君莫弹食客铗，劝君莫叩富儿门。残羹冷炙有德色，不如著书黄叶村。"曹雪芹不负所望，穷且益坚，笔耕不辍，终于在京西黄叶村写出旷世巨著《红楼梦》。

文学对曹雪芹而言，是一种未加雕琢的真诚与率直，是温暖心灵的幽燏炬火。文学之魂附在他这样的人身上，即使穷困潦倒，也会忠诚操守，做有"德色"之人。

短短三百年，《红楼梦》"红"成了一个美丽的"梦"；《红楼梦》红遍五洲，也使曹雪芹大名垂宇宙，光辉耀日月！

《红楼梦》是封建社会的挽歌，也是人的青春、爱情和灵魂的颂歌。它像一座巍峨的丰碑，屹立在中国和世界文学史的峰巅！

曹雪芹有老庄的哲思、屈原的《骚》愤、司马迁的史才，也有李义山（李商隐）和杜牧之（杜牧）的风流才调……他一身兼有贵贱、荣辱、兴衰和悲欢离合，读它千遍也不厌！

"精神界之战士"永生

1936 年 10 月 19 日，中国现代文学的奠基者鲁迅先生溘然长逝。出殡那天，上海民众在他的棺木上覆盖了一面锦旗，上书"民族魂"三个大字。"魂"者，崇高精神之谓也。现代作家叶圣陶在悼念文章《鲁迅先生的精神》中说："与其说鲁迅先生的精神不死，不如说鲁迅先生的精神正在发芽滋长，播放到大众的心里。他的精神是超乎慈祥的。他伟大，他坚强。中华民族将来真的得到解放，必然由于人人具有了他那样的精神。"与鲁迅先生不在一个阵营却是知己朋友的大作家郁达夫断言：鲁迅虽死，他的精神当与中华民族永存。

鲁迅精神是火炬，是灯塔。它之于莎士比亚之后的英国文学，其价值、意义和重要性或许更高更大。八十年来，伴随着方兴未艾的"鲁迅热"，享有"精神界之战士"美誉的鲁迅，已经超越自身而成为一个阅读空间。他的精神，也如淅淅春雨，融入中华民族的血脉，化为炎黄子孙的灵魂。

一

鲁迅的价值，在于把"立人"与国民性改造、新文化建设联系起来，浓墨重彩对中华文化进行改写。所谓"立人"，就是在灵魂深处促成人的觉醒和成长。"人立而后凡事举"。只有唤醒民众、解放民众，培养有明白理性和深沉勇气的国民，中国才有希望走向科学、民主和独立。鲁迅认为，正是精神的萎靡，造成了人性的堕落。"如果人民的脑子不从封建文化的束缚下解放出来，人民不能获得人的知识、人的思想，无论什么改革，无论改革得到怎样的胜利，也将是表面的、形式的，换汤不换药的。"（聂绀弩语）

鲁迅所处的时代，是晚清和民国初年的大变革时代。作为一个既浸染着传统也沐浴了西风的读书人，他孜孜以求探寻拯救民族和国民的"良方"，下定决心用笔"改良这人生"。鲁迅以博大的人文情怀将自己和最广大民众的命运联系在一起，笔锋直接切入国人的生存困境，努力"反映那些'奴隶''下等人''被吃者'们在三座大山压迫下求生存、求温饱、求发展的历史要求"。他始终关注着"病态社会"中知识分子和农民的精神"病苦"，因而在小说《故乡》中，最撼人心魄的不是闰土的贫困，而是他一声"老爷"所展现的心灵的麻木。为了引起"疗救的注意"，并造成一个使新生命能够诞生的机运，鲁迅甘当"扫荡一切旧物"的马前卒，虽然因此招致了身前身后许多明枪暗箭，但为了大众和民族的未来，他义无反顾，愈难愈做，即使卧床不起，也不忘苦难中的民众。唯其如此，鲁迅的作品才有极其广泛的代表性和现实意义，才能成为认识中国社会的一面镜子、唤醒广大民众的响亮号角。

"中国新文学的先进性，集中体现于这种坚实的人民大众立场"。鲁迅博物馆馆长陈漱渝谈起研读鲁迅的感悟时说，鲁迅从来都是根据下层人民的需求来判断是非、决定取舍、表达爱憎的，他将自己的思考融入这种立足于现实的创作，因而他的作品包含着巨大的思想力量和艺术力量，并成为他整个生命的一部分。可以说，鲁迅是"中国新文学一切开端的开端"。

鲁迅为我们留下了三百多万字的杂文、中短篇小说、散文、诗歌、文学和思想评论、古代典籍校勘与研究、外国文学翻译等作品，数量虽然不多，也没有鸿篇巨制，但就这些，足以使他成为 20 世纪中国最受瞩目的文化巨人。经过时空的沉淀和过滤，我们愈发感到，他与深受凌辱和欺压的百姓之间的联系，是他生命和创作的最显著的特征。或者说，他就是祥林嫂、闰土、孔乙己以至阿 Q 这些被压迫者的代言人，就是站在平民视角，为社会底层的小人物疾呼的平民作家。

鲁迅说："外面的进行着的夜，无穷的远方，无数的人们，都和我有关。"——这是鲁迅心灵的独白，也是他和他的作品最终获得恒久意义的根源。

鲁迅评价高尔基："他的一身，就是大众的一体，喜怒哀乐，无不相通。"其实，这也是鲁迅的自我写照。

二

鲁迅是国民灵魂最尖锐、最深刻的解剖者，是民族精神最精辟、最深邃的反省者。他毕其一生都在对封建专制社会以及附庸其上的文化礼教，对一切假、恶、丑现象进行着毫不留情的批判。鲁迅思想的魅力，就在于他对民族性格的根性剖析具有长久的"当代性"。

1908 年，二十七岁的鲁迅对 19 世纪后期西方的物质至上主义进行了尖锐批判：人们只是一心向往客观的物质世界，而把自己主观的内在精神全然抛在一边，不加省察。芸芸众生都被物欲蒙蔽，社会日趋衰退，进步因而停止，于是一切奸诈虚伪的罪恶行为，无不乘机滋生，这样就使人们精神的光辉愈来愈暗淡。鲁迅批判的物质并非物质本身，而是拜物教。在物质主义几乎发展成全球最高意识形态的当下，他的批判仍然具有现实针砭意义。

1918 年 5 月，鲁迅的第一篇白话小说《狂人日记》，深刻揭露封建礼教血淋淋的"吃人"本质，发出了"救救孩子"的呼喊："我翻开历史一查，这历史没有年代，歪歪斜斜的每页上都写着'仁义道德'几个字。我横竖睡不着，仔细看了半夜，才从字缝里看出字来，满本都写着两个字是'吃人'！"

鲁迅以笔为"投枪和匕首"，掀翻或吃人、或被人吃的"人肉筵宴"，期冀压在雷峰塔下的民众赢得"做人"的资格；鲁迅反对那种"瞒和骗的文学"，呼吁"取下假面，真诚地、深入地、大胆地看取人生并写出他的血肉来"。

最能体现鲁迅批判精神的，是他对中国国民性中种种劣根性的鞭挞。阿Q 和他的"精神胜利法"，揭示出了鲁迅最为痛恨的"奴性"和苟活、卑怯心理；麻木的"看客"、愚昧的华老栓，也使鲁迅不遗余力地呐喊：必须扫荡"吃人"的"文明"，彻底根除中国国民性中的顽疾。

杂文是鲁迅最有战斗力的"武器"。鲁迅把他的杂文分为"社会批判"和"文明批判"两大类，特别强调杂文的"批评（批判）"内涵与功能。我们依次翻开鲁迅生前出版的十四本杂文集，可以看到，这无疑是一部批判、论战、反击的思想文化斗争编年史。从《热风》开始对封建礼教和旧传统的批判，与复古派的论争，一直延续到《且介亭杂文末编》对国民党法西斯专政的抗议，对中国共产党内"左倾"路线的反击。鲁迅杂文所显示的"不克厥敌，战则不止"的战斗精神，集中体现了鲁迅其人其文的反叛性和异质性。

鲁迅的批判不同于一般的思想评论，而是将批判锋芒直指人的心理和灵魂。这是文学的观照，也是文学的责任使然。正如鲁迅所说："我的习性不太好，每不肯相信表面上的事情，常有'疑心'。"因此，他最关注人们隐蔽的心理状态，如杂文《论"他妈的"》，就在中国人习以为常的"国骂"背后，看出了封建等级、门第制度所造成的扭曲的、卑劣的反抗心理。

鲁迅那把启蒙主义的解剖刀，真是刀刀见血！哪怕辫子、面子一类的意象，国粹、野史一类的话题，无不信手拈来，不留情面地针砭奴性和专制互补的社会心理结构，把一个国民性解剖得淋漓尽致，物无遁形。

鲁迅研究学会会长林非认为，从来没有哪一个作家或思想家，像鲁迅如此执着、如此严厉、如此深刻地批判国民的精神弱点。而鲁迅，则将此贯穿于自己一生的思考和写作之中。

三

毛泽东同志说："鲁迅是中国文化革命的主将，他不但是伟大的文学家，而且是伟大的思想家和伟大的革命家。鲁迅的骨头是最硬的，他没有丝毫的奴颜和媚骨，这是殖民地半殖民地人民最可宝贵的性格。鲁迅是在文化战线上，代表全民族的大多数，向着敌人冲锋陷阵的最正确、最勇敢、最坚决、最忠实、最热忱的空前的民族英雄。"

这段话可谓一针见血，说到了根本上！

一百多年前，鲁迅怀着改造国民精神的启蒙主义理想，走上了文学之路。他历经五四运动的呐喊与彷徨，目睹血的屠戮与"暗暗的死"，立志"背着因袭的重担，肩住黑暗的闸门，放他们到宽阔光明的地方去"，而成为"在寂寞里奔驰的猛士"。

战士或革命者鲁迅，始终以现代人的清醒、思想家的理智、革命家的敏锐、文学家的激情，进行着空前的彻底的反省，勇敢地向腐朽落后发起冲锋。"叛逆的猛士出于人间；他屹立着，洞见一切已改和现有的废墟和荒坟，记得一切深广和久远的苦痛，正视一切重叠淤积的凝血，深知一切已死，方生，将生和未生。"（鲁迅语）

枕戈复待旦，荷戟独彷徨。鲁迅一生都在与看得见和看不见的敌人斗，自己也因此处处受到迫害与排挤。鲁迅的眼光很"毒"，可以从信誓旦旦中看见伪，从豪言壮语中看见怯，对人心世故有一种锐利可怕的勘破。一方面，他是一个清醒而勇敢的斗士，见人所不能见，发人所不敢发，没有什么奸猾可以逃过他的火眼金睛，也没有什么卑琐可以躲过他的如椽巨笔；另一方面，他又是一个真诚、单纯的人，他毫不留情地揭露、无所畏惧地"道破"，就像《皇帝的新装》中那个童言无忌的孩子，照见了自身的真诚、单纯，乃至不通世故——因为那些真正精于世故的人，反倒因世故而缄口不言。

正是在这种"征伐"中，鲁迅成长为"最伟大和最英勇的旗手"，引领了"中华民族新文化的方向"。刚刚写完《中国鲁迅学通史》的张梦阳先生，久久感动于鲁迅强烈的社会责任感，大声呼唤今天的"精神界之战士"。他认为，这是"鲁迅精神最为现实的体现"。鲁迅精神不仅在下一个百年有其不可磨灭的价值，在下一个千年里也将愈加显现出理性的光芒。

鲁迅的革命经历有两个显著特点：第一，他是在革命处于低潮、白色恐怖异常严酷时投身革命的。他鄙视那些通过革命谋取特权、吃特等饭、坐特等车的蛀虫，而尊崇孙中山、李大钊、瞿秋白等革命者。第二，他从来不对革命抱罗曼蒂克幻想，即使革命暂时遇到挫折也不消极动摇。比如1935年底，北平的军警对参加"一二·九"运动的爱国学生进行残酷镇压，鲁迅在《题未定草·（九）》中预言："石在，火种是不会绝的……"

当前我们为实现民族复兴中国梦而进行的奋斗，其艰巨性和复杂性绝不亚于历史上任何一次革命。我们应该学习鲁迅对崇高理想的执着追求，弘扬鲁迅"横眉冷对千夫指，俯首甘为孺子牛"的牺牲精神，"即使艰难，也还要做；愈艰难，就愈要做。"（鲁迅语）

四

20世纪初，当鲁迅开始出现在中国思想文化前沿的时候，他就给自己确定了一个目标："明哲之士必洞达世界之大势，权衡校量……外之既不后于世界之思潮，内之仍弗失固有之血脉，取今复古，别立新宗。"

1934 年，鲁迅为《中华时报》副刊《动向》撰写文章，提出了著名的"拿来主义"——"我们要拿来，我们要或使用，或存放，或毁灭"。他所倡导的"拿来"是为我所用的"拿"，虽然"不必问西洋风和中国风"，却一定要"运用脑髓，放出眼光，自己来拿"。他认为："没有拿来的，人不能自成为新人，没有拿来的，文艺不能自成为新文艺。"

那个时代，假如没有尼采、夏目漱石、安特莱夫等人的启发与熏陶，假如没有异质文明作为参照物，鲁迅不可能提出国民性等一系列具有创新意义的命题，鲁迅也难以成为鲁迅。经历了一个多世纪的苦难历程，中国已经崛起为世界第二大经济体，但实现中华民族伟大复兴，不会"运用脑髓，放开眼光，自己来拿"，就不可能讲好中国故事。

鲁迅一开始就把中国置于世界的大背景下，从对世界大趋势的洞察中探寻中国的发展道路。因此，他提出要从两个方面来努力：一方面不落后于世界潮流，不断从中吸取养料，这就是我们通常所说的"拿来"；另一方面，不离开原来的血脉，从中国传统中去寻找自己的思想资源，我们通常称之为"继承"。但广泛地吸取并不是目的，"创造"才有实际意义。

"非有天马行空似的大精神，即无大艺术的产生"。鲁迅的创新精神首先表现为思想观念的创新。他的中国新文学的奠基之作《狂人日记》，借狂人之口发出疑问："从来如此，便对么？"鲁迅对旧价值观的质疑，不但打破了以帝王将相、才子佳人为中心的创作格局，把满腿是泥的农民和其他弱势群体作为关注对象，而且在艺术形式上也勇于探索，不断出新。正如茅盾在《读〈呐喊〉》一文中所言："在中国新文坛上，鲁迅君常常是创造'新形式'的先锋；《呐喊》里的十多篇小说几乎一篇有一篇新形式，而且这些新形式又莫不给青年作者以极大的影响，必然有多数人跟上去试验。"

阅读鲁迅的作品，我们就像涉进湍急的精神激流，被一遍又一遍地洗刷着，涤荡着。鲁迅引领我们既造访远古的遗存，又攀缘精神的圣地；他的文风既透着热气，又散发出古老文明的气息。他有一种颠覆性的智慧，中西兼顾，相生相合，用全新的观念去创造属于新时代的中国文化。鲁迅文学创作的根基，始终着眼于对始源性东西的探寻，他早年所谓的"复古"，不仅具有历史性内涵，也寄寓着文化生命的民族向度和人文情怀。他的每一篇文章都不重复，其创新笔法也显示出了现代中国人的高度。

创新是一个民族的灵魂。鲁迅的创新精神，代表着文化自觉基础上文化自信和文化自强。

五

鲁迅的作品，无论是思想性还是艺术性，全都达到了 20 世纪的最高水准，成为中国现代文学史上最重要的奠基石和纪念碑。它所蕴涵的艺术力量，伴随着中华民族和人类命运的炽热情怀，辐射出了震撼读者心灵的光芒。可以毫不夸张地说，鲁迅的创作不仅后人难以企及，我们所寄寓的文学传统，也有相当一部分肇始于鲁迅。鲁迅之后的中国现当代文学，在一定程度上，就是鲁迅思想和创作高度的延展。

从这个意义上说，在人类文学的天空，鲁迅是一个永远不会消逝的存在。"鲁迅的方向，就是中华民族新文化的方向。"（毛泽东语）

苏联著名作家法捷耶夫评价鲁迅，是"中国的高尔基"。日本文学评论家竹内好认为："鲁迅是现代中国国民文化之母。"

鲁迅逝世后，有副挽联写道："平生荆棘向前进，未死精神待后人。"鲁迅的开拓精神、创新精神和战斗精神，深刻影响着我们整个民族的精神与文化。

缅怀鲁迅，是为了彻悟和把握鲁迅精神的精髓，让"精神界之战士"永生！

纪念鲁迅，是为了高扬鲁迅精神的旗帜，为开启中国特色社会主义新时代凝聚正能量！

醉里挑灯看剑

　　在中国古典文学的皇冠上，宋词以姹紫嫣红、绚丽芬芳的丰姿，与唐诗争奇，与元曲斗妍，从而成为那个时代独具特色的文学标识。宋词存世一千四百三十家，二万一千余首，其中辛弃疾一人六百二十首，居两宋词人之冠。

　　南宋诗论家刘克庄评价辛弃疾："公所作，大声鞺鞳，小声铿锵，横绝六合，扫空万古，自有苍生以来所无。"

　　清代《四库全书总目提要》以为，辛词"慷慨纵横，有不可一世之概，于倚声家为变调，而异军突起，能与剪红刻翠之外，屹然别立一宗"。

　　清代著名词人陈廷焯赞誉："辛稼轩（辛弃疾自号"稼轩居士"），词中之龙也，气魄极雄大，意境却极沉郁。"

　　……

　　南宋有了辛弃疾这条"词中之龙"，足以雄视拥有柳永、苏轼的北宋！

一

　　唐诗李杜为尊，宋词苏辛称雄。南宋爱国词人刘辰翁说："词至东坡，倾荡磊落，如诗，如文，如天地奇观。"辛弃疾师承苏轼而不蹈袭苏轼，他开拓词的意境，解放词的句度，创新词的语言，以吞天坼地、溅玉喷珠之势，把宋词演绎得风生水起，自成高格。

苏轼、辛弃疾都是中国古代词史上划时代的巨擘。他俩的区别在于，苏轼生活在北宋太平盛世，没有民族仇、复国志来炼其词魂，也没有胡尘飞、金戈鸣来壮其词威。因而他的词，或表现为平冈突骑、锦帽貂裘、挽弓射天狼时的激昂，或表现为骤雨穿林、芒鞋竹杖、吟啸徐行时的豁达，或表现为大江醉月、故国神游、缅怀先人时的沉郁，不可能有辛词的武气、霸气、英雄气。

而辛弃疾，是以武起事、以文为业的爱国词人。他曲折坎壈的遭际、胸藏万卷的才气，他对国家兴亡、民族命运的关切，使他有了一般文人不可能有的勇武和豪放。他的词，无论高楼登眺、旅途书壁、归隐题轩，还是移官留别、饯客祝寿、论史谈经，那横戈跃马恢复中原的豪情，那因遭受朝廷打击而郁积在胸的悲愤，不但词的曲子缚不住，就连起码的句度也不得不放开手脚。他干脆用词抒发对时代的渴望与失望、对民族的热情与愤慨，每一阕都别开生面，横绝古今，有一股慷慨激昂、不可一世的豪气。

苏辛一向被称为"豪放之宗"，然而苏之"豪"，仅止于大江东去，山水之阔，是文人士大夫之豪；而辛之"豪"，则是武将军之豪，慷慨悲歌，气吞山河，是由金国给大宋造成的创伤所催生。台湾有位学者说："以武喻文的话，苏词如隐居深山的侠客，低吟长啸，固然超出尘外，驳剑而舞，更能收发自如；辛词则如万人敌的将军，长鞭一挥，便见千军万马，奔腾而来。"

由此看来，苏词是文人士大夫旁观式的描述或抒发，辛词却是剑与火、血与泪浇铸的浩叹沉吟。像《永遇乐·京口北固亭怀古》《鹧鸪天·壮岁旌旗拥万夫》《摸鱼儿·更能消几番风雨》《破阵子·醉里挑灯看剑》《贺新郎·把酒长亭说》《南乡子·何处望神州》等等，哪一阕、哪一句不是剑"刻"火"炼"出来的？

苏辛都以意境开阔、格调高旷著称，不同的是，苏轼时常以旷达的胸襟和超越历史的时空观来思考人生，他的词时时表现出哲理性的启悟，并以这种启悟参透人生，使思想情感从冲动归于深沉。而辛弃疾，一生以恢复中原为志，更多地表现出民族英雄的豪情与悲愤。他把对国家、对民族的责任担当全部寄寓于词，形成了雄健悲壮、苍莽奔放的词风。

苏辛各有各的豪气，各有各的境界。有苏辛在，宋词当仁不让唐诗！

二

与旁观式的文人士大夫不同，辛弃疾有着拍马催刀、驰骋沙场的经历。绍兴三十一年（1161 年），他组织抗金武装，矢志北伐复国，后来率两千义军投靠耿京，在其手下担任"掌书记"。其时，辛公不过二十一岁。

辛弃疾投靠义军不久，就把另一支义军的头目义端拉到了帐下，谁知义端不"义"不"端"，竟偷走义军的印信。辛弃疾盛怒之下，提刀追贼三日，斩义端于马下，缴获印信而归。其时耿京已聚众二十五万，面对金人的威逼利诱，辛弃疾劝他"奉表归宋"，并南下亲为联络。他在完成使命北返途中，听到耿京被裨将张安国所害、义军溃散的消息，遂率五十骑突袭敌营，将张安国献俘行在，斩首于市。这一壮举，使"懦士为之兴起，圣天子一见三叹息"。

这传奇般的故事，南宋文学家洪迈的《稼轩记》有记载。辛弃疾晚年作《鹧鸪天》，回忆那快心惬意、豪兴飞扬的一幕——

> 壮岁旌旗拥万夫，锦襜突骑渡江初。
> 燕兵夜娖银胡䩮，汉箭朝飞金仆姑。
> 追往事，叹今吾，春风不染白髭须。
> 却将万字平戎策，换得东家种树书。

辛弃疾南归的本意，是横扫酋虏、杀敌复国，谁知他上书《美芹十论》，论抗金方略，朝廷置之不理；写《九议》阐述治国主张，也不被宋孝宗认可。辛弃疾更没有料到，他或被朝廷派去剿匪缉盗，整顿治安，或投闲置散，空耗青春，将才相略无处施展。

辛弃疾陷入了难以名状的苦闷。他发现，自己不是回到了"家"里，而是一个颇受猜疑的"归正人"（南宋对北方沦陷区南归者的蔑称）。他空有一腔热血，没有机会杀敌，只能临江水、望长安，登危楼、拍栏杆，把悲壮的呼喊、遗憾的叹息、无奈的自嘲化成词。

> 楚天千里清秋，水随天去秋无际。遥岑远目，献愁供恨，玉簪螺髻。落日楼头，断声鸿里，江南游子。把吴钩看了，栏杆拍遍，无人会、登临意。

休说鲈鱼堪脍、尽西风、季鹰归未？求田问舍，怕应羞见、刘郎才气。可惜流年，忧愁风雨，树犹如此！倩何人唤取，盈盈翠袖，揾英雄泪。

这阕《水龙吟》作于登临建康（南京的旧称）赏心亭时。赏心亭遥对古秦淮河，为历代文人墨客游览之所。辛弃疾登楼远眺，故土又给他平添了杀敌的力量。他拍遍栏杆，朝中文武谁也不理会他洗雪国耻的抱负。他被捆住了手脚，折断了翅膀，只能身披晚霞，站在楼头，伴着孤雁的嘶鸣，望故国，生惆怅，洒英雄泪！

淳熙六年（1179 年），辛弃疾由荆湖北路转运副使平调南路，同僚在小山亭为他送行。辛公即席赋《摸鱼儿》，哀叹自己报国无门、壮志难酬的忧愤——

更能消、几番风雨？匆匆春又归去。惜春长怕花开早，何况落红无数。春且住，见说道、天涯芳草无归路。怨春不语。算只有殷勤，画檐蛛网，尽日惹飞絮。

长门事，准拟佳期又误。蛾眉曾有人妒。千金纵买相如赋，脉脉此情谁诉？君莫舞，君不见、玉环飞燕皆尘土！闲愁最苦。休去倚危栏，斜阳正在、烟柳断肠处。

古往今来，文人惜春怨春佳作如云，哪一首能像辛弃疾的《摸鱼儿》，以春色寓国事，把心中的悲愤抒发得这样淋漓尽致呢？辛弃疾长于用典，"长门事"，指汉武帝时陈皇后遭忌被打入长门宫。他以此典暗喻自己政治失意，一片痴情和着辛酸泪，波涛奔涌，如泣如诉。梁启超评价这阕词："回肠荡气，至于此极，前无古人，后无来者。"

三

辛弃疾在南宋生活了四十余年，他只要有机会，就练兵、筹粮，整饬政务，随时准备杀向战场。他在湖南，克服重重困难，创建了雄镇湘楚的"飞虎军"，铁甲烈马，为诸军之冠；他在福建，修车马，备器械，招壮强，严训练，夙兴夜寐，筹备北伐。辛弃疾的忧民情、复国志，千山万水隔不断，即使被朝廷削职罢官，闲居带湖、瓢泉，也如卧龙蛰居，等待着重返战场的一天。我们来看他的《破阵子》：

> 醉里挑灯看剑，梦回吹角连营，八百里分麾下炙，五十弦翻塞外声。沙场秋点兵。
> 马作的卢飞快，弓如霹雳弦惊。了却君王天下事，赢得身前身后名。可怜白发生！

除了岳飞的《满江红》，我们还真找不到哪阕词比《破阵子》更加壮怀激烈。辛弃疾从淳熙八年（1181 年）到孝宗继位，一闲就是十年。幸而带湖陪他舞文弄墨，醉里狂歌，否则，真不知道他如何打发这难熬的时光？爱国词人陈亮"慨然有经略四方之志"，他三次上书孝宗，反对议和，被辛弃疾引为知己。陈亮的词虽然不及辛词雄深雅健，但戛戛独造，恣肆汪洋，自有黄钟大吕之音。淳熙十五年（1188 年），他从浙江东阳来访，着实让辛弃疾高兴了一阵子。辛公陪他游玩几日，依依惜别，归来惆怅不消，作《贺新郎》相赠：

> 把酒长亭说。看渊明、风流酷似，卧龙诸葛。何处飞来林间鹊，蹙踏松梢微雪。要破帽多添华发。剩水残山无态度，被疏梅料理成风月。两三雁，也萧瑟。
> 佳人重约还轻别。怅清江、天寒不渡，水深冰合。路断车轮生四角，此地行人销骨。问谁使、君来愁绝？铸就而今相思错，料当初、费尽人间铁。长夜笛，莫吹裂。

辛词是激情燃烧的血肉文字。他把滥觞于苏轼的豪放一脉发扬光大，格调悲壮而沉雄，即使我们今天读来，也会让人热血沸腾。辛弃疾前后赋闲十八年，就是猛虎也会被磨去雄风，但他那股憋不住、使不完的劲，始终激荡着读者的心扉。我们欣赏他的《贺新郎》：

> 将军百战身名裂。向河梁，回首万里，故人长绝。易水萧萧西风冷，满

座衣冠似雪。正壮士、悲歌未彻。啼鸟还知如许恨，料不啼清泪长啼血。谁共我，醉明月？

辛弃疾慢慢走向了暮年，尽管北伐宏愿蹉跎成空，但在他垂老的胸膛里，抗金的火焰仍然越燃越旺，沸腾的热血依旧澎湃奔流。我们读他的《南乡子》，照样能听到他悲壮的呐喊。

何处望神州？满眼风光北固楼。千古兴亡多少事？悠悠。不尽长江滚滚流！年少万兜鍪，坐断东南战未休。天下英雄谁敌手？曹刘。生子当如孙仲谋！

老骥伏枥，志在千里；烈士暮年，壮心不已。《南乡子》喷射的激情，丝毫不亚于曹操渴望建功立业的古风。感情的浇铸、艺术的升华、思想的爆发力，在辛弃疾笔下，全都凝成了可以燃烧、可以炸响的词。

四

极为巧合的是，辛弃疾和李清照都是山东济南人，清代神韵派大师王士禛称其为"济南二安"（辛弃疾字幼安，李清照字易安）。在中国词史上，豪放幼安称首，婉约易安为宗。李清照是宋代文学成就最高的女性，凭着超群的艺术天赋，她"将一生的故事和心底的怨愁转化为凄清的悲剧之美，她和她的词永远高举在历史的星空"（梁衡语）。

辛弃疾所追求的，是做武人、政人，而不是做一个词人。因而，他无论被用还是被弃，对国家始终有一颗放不下、关不住的心。朝廷不让他为官从政，也不让他马革裹尸，他就把心中的无奈和悲愤尽托于词。梁衡先生说，辛弃疾的词，是在政治的大磨盘间磨出来的豆浆。政治为文学之骨，文学为政治之形、之容。真正的词人，只有被政治烧炼、锤打，才能获得合乎历史潮流的感悟，写出大事大情大理。历史歪打正着把辛弃疾逼向词人之道，使他犹如一座巍峨挺拔、峻峭多姿的青山，奔腾耸峙，不可一世！

公祭鼎的昭告

一

9月3日，是中国人民抗日战争暨世界反法西斯战争胜利纪念日。来到古城南京，我们首先要凭吊的，自然是耸立在侵华日军南京大屠杀遇难同胞纪念馆前的公祭鼎。

鼎是国家祭器，体现国家礼仪。古之以鼎记事，今之铸鼎铭史。这尊按"楚大鼎"等比例放大的公祭鼎，正面的铭文大德沛然，意蕴精深，与公祭鼎浑然一体，昭昭前事，惕惕后人；后侧的记事，详细记录了国家公祭日的设立和首次公祭仪式的举行。

2014年12月13日，党和国家领导人与南京军民一道，为侵华日军南京大屠杀遇难同胞举行首次公祭。中共中央总书记、国家主席、中央军委主席习近平出席公祭仪式，并挽扶着南京大屠杀幸存者代表、八十五岁高龄的夏淑琴老人，缓步走上公祭台，为公祭鼎揭幕。

以国家的名义祭奠死难同胞，是为凝固历史记忆而设置的最高规格的祭祀仪式。二战以来，许多国家都以公祭的形式显扬先祖，明示后世，凝聚爱国、强国的正能量。

比如德国，将每年的1月27日定为"纳粹受害人纪念日"，年年举行悼念活动，哀悼受害同胞，强化对战争的集体记忆。

比如以色列，每年犹太历尼桑月27日，都在犹太大屠杀纪念馆前集会，公祭战争亡灵，彰显尊重生命、爱好和平的国家价值。

比如俄罗斯，每年 5 月 9 日，都在莫斯科红场举行阅兵仪式，由国家领导人向无名烈士墓敬献花圈。同日，阿塞拜疆、白俄罗斯、哈萨克斯坦、吉尔吉斯斯坦、乌克兰、英国、乌兹别克斯坦等国，也都举行悼念活动，缅怀死难同胞。

还有美国，每年 12 月 7 日——"国家珍珠港荣军纪念日"那天，全国降半旗向珍珠港事件中的殉难将士志哀，告诫国人牢记历史，勿忘国耻。

……

公祭是对战争亡灵的告慰。古往今来，"神不歆非类，民不祀非族"。以国家的名义祭奠惨遭日本侵略者杀戮的死难同胞，缅怀为中国人民抗战胜利献出生命的革命先烈和民族英雄，我国尽管迟到了七十多年，但这一天终于来到了！

南京大屠杀，三十万人死于非命。这不仅是一个耻辱的数字，而且是一个个鲜活的生命；这不仅是中华民族的创伤，而且是人类的浩劫、世界的耻辱。我们应该用多种方式揭露历史真相，让世界重新认识日本侵略中国的暴行！

前事不忘，后事之师。站在公祭鼎前，我们听到历史在昭告世界，警示未来！

二

对于南京军民来说，1937 年 12 月 13 日是个末日。从这一天开始，攻进南京城的东洋鬼子，丧心病狂，满城杀戮，屠刀所向，血染江河。

当年驻防南京的中国军队记得，那年 12 月，是侵华日军杀人最多最集中的一个月。逃往下关江边的市民，不是被列队于城根下用机枪射杀，就是像驱赶牲畜一样被押到江边，全都成了日军洋枪洋炮的活靶子。日军侵入南京，以征服者的傲慢屠杀中国人，杀的人越多战绩越大，以至于街道上、广场上、秦淮河边、莫愁湖畔……到处都是中国人的尸体。黄浦江水被死难者的鲜血染红了，一直红到了入海口。

参与南京大屠杀的日军佐证，那些日子，他们宛若"过大节"一样"欢天喜地"。只要是女人，不管黄花闺女，还是老妪、孕妇、女童，全都成了他们发泄兽欲的工具。侵华日军就"像吃饭和收获战利品一样",发现女人就蹂躏、就强暴。日军天天"花姑娘的干活",到 1938 年 5 月,南京城里的女同胞至少有三分之二落入魔掌,每个日军几乎都有强暴妇女的记录。日军的暴行一经披露,马上遭到了国际社会的强烈谴责,就连纳粹德国驻南京外交秘书罗森,也指责他们是"兽类集团",是以"集体兽行"为自己立"耻辱纪念碑"。

蠢立在南京的数十座纪念碑记载,城陷之日,逃往燕子矶江滩的五万中国军民,全部被日军无辜杀戮;东郊一带惨遭杀害的同胞,"尸蔽丘陇,骨暴荒原",迨至翌年 4 月,竟收尸三万多具;逃往下关沿江的近六万难民和已被解除武装的士兵,"因连日惨遭凌虐,冻饿致死一批;续于十八日夜悉被捆绑,押解至草鞋峡,用机枪集体射杀。少数伤而未死者,复用刺刀戮毙;后又纵火焚尸,残骸悉弃江中"……每座纪念碑都是日军残杀南京同胞的见证者,每座纪念碑都是南京人民的血泪控诉书!

那一幕幕骇人听闻的恐怖场景,让人全身直起鸡皮疙瘩。中世纪蒙昧、野蛮的恶元素蔓延一千年后,被日本法西斯有计划有组织地复制,其罪行令人发指,罄竹难书,他们永远被钉在历史的耻辱柱上。

大量史料表明,自甲午海战开始,哪一次针对中国的战争,都少不了日本;哪国侵略者在中国惨无人道地杀戮,都不如侵华日军制造的南京大屠杀。历史上还没有哪一个国家像日本那样,灭绝人性,以杀人为快;也没有哪一个国家像日本那样,给中国带来了如此巨大的伤害!

日本是一个资源匮乏的岛国,为了生存和强大,扩张成了他们的国家意志和民族"天性"。1590 年,丰臣秀吉统一日本列岛后,旋即率军十五万以朝鲜为跳板,妄图"啃"一口大明帝国的"肥肉",但是阴谋没能得逞。明治维新后,日本对外实行侵略扩张国策,彻底走上了战争强国的道路。1875 年,日军入侵琉球群岛,强令废止清王朝年号而改用明治年号,两年后又废琉球为郡县——大清帝国的"中山国",一夜之间变成了日本的冲绳县。

肢解完琉球群岛,日本又以更大的胃口窥视中国。甲午海战,日军把清朝的海军摧毁了一大半,迫使中国割让台湾,赔偿白银二亿三千万两。尝到甜头的日本强盗,就像一条喂不饱的饿狗,伺机鲸吞中国的领土。20 世纪初,日本"脱亚入欧",蜕变成了不折不扣的法西斯。

法西斯就是战争。1927 年 7 月,日本内阁制定先夺取"满蒙",再占领整个中国，进而吞并亚洲、称霸世界的总纲领。1931年，日本参谋本部又制定《解决满洲问题方策大纲》，确定了以武力攻占中国东北的方针。

于是，就有了"九一八"日军打响的侵华战争第一枪，从而在世界东方形成了第一个战争策源地；

于是，就有了日军悍然发动"七七事变"，将局部侵华战争扩大为全面战争；

于是，就有了南京大屠杀，有了日本军国主义在亚洲主战场犯下的滔天罪行。

三

忏悔吧——为了南京三十万死于非命的生灵！

忏悔吧——为了中国乃至亚洲曾经遭受的蹂躏和耻辱！

忏悔吧——为了记取战争教训，化解历史仇怨，开创和平的未来！

公祭是为了用公理和正义唤醒良知，是为了让下一代牢记历史，不再重蹈战争的覆辙。二战结束后，欧洲各轴心国无一例外地被清算侵略罪行，建立反省战争系统机制，唯独日本是个例外。面对早已被远东国际军事法庭和中国审判战犯军事法庭做出的判决，日本本应低头认罪，反省悔过，但他们没有。那些右翼势力和军国主义分子，反而把南京大屠杀淡化为无足轻重的"南京事件"，更别说从国家层面进行反省和道歉。

中华民族不是一个耿耿于怀的民族，也没有必要以牙还牙、延续仇恨。我们只是要讨个"说法"。但这看似应该给也并不难给的"说法"，在中国人民抗日战争暨世界反法西斯战争胜利七十年后的今天，十三亿中国人民仍然没有看到。

20世纪40年代，纳粹德国同样犯下了反人类罪行。1970年1月25日，西德时任总理勃兰特冒着凛冽的寒风，向华沙犹太死难者纪念碑敬献花圈，沉痛哀悼被纳粹杀害的犹太人。他似乎感到，六百万冤魂不约而同向他扑来，勃兰特不由自主地跪在大理石上："上帝，饶恕我们吧！愿苦难的灵魂得到安宁。宽恕死难者的灵魂，宽恕杀害他们的凶手。"

霎时，波兰人惊呆了，德国人惊呆了，平日见惯不惊的记者们惊呆了，全世界有人性有良知的人也惊呆了！

有家报纸评论说："不必这样做的他，替所有必须这样做而没有这样做的人下跪了，他们没有下跪——因为他们不敢这样做。勃兰特试图为德国人及其牺牲者的历史搭起一座桥梁，以表达紧密相连的感情。"

但在二战中制造罪恶、欠下血债的日本，要么百般抵赖侵略历史，不肯理智反省、悔过认罪；要么参拜靖国神社，严重冲撞国际公理和正义的底线；要么打造"战争国家"，企图复活军国主义。

当代诗人李士非在《反差》一诗中写道：

当勃兰特在华沙双膝跪下
全世界看到了一个反差
跪着的德国总理
比站着的日本首相高大

这种"反差"将讨伐的锋芒直指日本右翼。小泉纯一郎、安倍晋三等日本政要倒行逆施，破坏战后国际秩序，必然遭到全世界一切爱好和平的人们的唾弃，而勃兰特，却获得了 1971 年诺贝尔和平奖。

战争是日本侵略者发动的，他们反而仇视被自己伤害的国家；罪恶是日本侵略者制造的，他们却没有丝毫罪孽感。即使手上沾满中国人民鲜血的战犯受到法律的惩罚，他们也不把滔天罪行当成罪行。更让人不能容忍的是，供奉着甲级战犯的靖国神社，参拜者如潮如汐。我们真不明白：正义哪里去了？公理哪里去了？

1998 年初夏，诗人李士非到东京探亲，看到这目不忍睹的一幕，义愤填膺，拍案而起，挥笔写下挟雷电之怒的长诗《登东京塔》。他在诗中排炮般发问："他们想干什么？是不是还想血战台儿庄？"并提醒炎黄子孙，"我亲爱的中国同胞啊，别忘了东边有狼！"——这诗句似匕首、如号角，每次吟诵都让人警觉，让人警醒！

历史虽然已成为过去，但对于日本而言，历史认知不是随意取舍的战略筹码，也不是自由选择的外交手段。日本军国主义的侵略史，是日本必须认真对待的历史，而不是一道选择题。日本战后出生的一代对南京大屠杀和侵华战争的罪恶，固然没有直接责任，但对现实、对未来却负有使命。日本对中国人民造成的伤害是前所未有的。这已和日本及亚洲的历史联系在一起，成为日本及亚洲文明史上最惨痛的一页。那段历史虽然苦涩，但必须进行忏悔和赎罪；道义负担虽然沉重，但必须责无旁贷地担当！

日本反思历史，开拓未来，不仅是对罹难者、幸存者及其家人的安抚，对自己人性和良知的救赎，也是对军国主义亡魂的告别，对人类和平持久延续的宣示。否则，就不能和过去彻底决裂，就永远是精神上的侏儒，道义上的弱者。

四

国家公祭是永志不忘的"国家记忆"，它让全世界一切爱好和平的人们，重新认识了那段历史。2015 年 10 月 9 日，联合国教科文组织公布"南京大屠杀档案"入选"世界记忆遗产名录"，标志着南京大屠杀已由国家认识上升为世界共识。我们应该借助国家公祭的力量，运用联合国教科文组织给予的平台，凝聚起一种普遍认同。从这个意义上说，国家公祭不是基于复仇的历史清算，而是基于生死庄严感的道德决断，是对整个民族生命认知的砥砺。

南京国家公祭鼎

古往今来，中国从来没有侵略过别的国家，对和平的向往和追求，一直流淌在中华儿女的血脉中。"以和为贵"是中华民族优秀文化的传承，也是人类最真切最持久的夙愿。它像阳光一样温暖，像雨露一样滋润，有了阳光雨露，万物才能茁壮成长；有了和平稳定，人类才能更好地实现自己的梦想！

公祭鼎做证：公祭是中国人民对南京大屠杀的无辜死难者、所有惨遭日本侵略者杀戮的同胞和为中国人民抗日战争胜利献出宝贵生命的先烈的缅怀。死者已矣，生者哀悼。它强化民族集体记忆，凝聚同胞内在唤醒，既是对死难者的深切怀念和沉痛悼念，也是生者礼敬生命、追寻道义的德性体现。

公祭鼎做证：公祭是中国人民牢记历史、开启未来的宣示。南京大屠杀是中华民族刻骨铭心的历史之痛，为了仁爱，我们必须牢记残暴；为了振兴，我们必须牢记国殇；为了和平，我们必须牢记战争。国家公祭日的设立，将成为全世界纪念二战胜利的重要标志仪式，表明中国人民对历史的认知，已经融入国际主流体系。

公祭鼎做证：公祭是对日本右翼分子挑战战后秩序的警示。日本侵略者制造的南京大屠杀震惊了世界，震惊了一切有良知的人们。当今执政的日本右翼分子，不但不深刻反省历史罪孽，反而篡改历史，洗白过去，谎称南京大屠杀"是中国人自己编造的故事"，并妄图修改"不战"宪法，重温军国主义旧梦。历史事实不容篡改，国际秩序不容挑战，公祭成了提高国民自卫意识的必要形式。

面对公祭鼎，我们的思绪遥远而沉重。今天的中国，已经崛起于世界民族之林，中华民族任人宰割、饱受欺凌的时代一去不复返了；今天的中国，是世界和平的坚决倡导者和有力捍卫者，中国人民将坚定不移地同各国人民团结起来，为建设一个持久和平、共同繁荣的世界而努力！

公祭鼎矗立在侵华日军南京大屠杀遇难同胞纪念馆前，也矗立在每一个爱好和平的人的心里。它警示人们，军国主义不能重来，历史悲剧更不能重演！

听利玛窦如是说

一

丙申中秋，我揣着一个萦怀已久的问题，前往北京西城区车公庄大街，请教被称为"中西文化交流奠基人""西方汉学之父"的"泰西儒士"利玛窦。

利玛窦的"家"在北京市委党校院内。说是"家"，其实是他的墓园。利玛窦自万历十一年（1583 年）踏上中国的国土，在肇庆、韶关、南昌、南京、北京等地一住就是三十年。他是最早来中国传教的意大利天主教耶稣会传教士，是继马可·波罗之后用国际眼光完整考察中华文明的欧洲人。当年，马可·波罗把中国介绍给了世界，利玛窦却通过传播天主教教义和西方天文学、数学、地理学、机械学、生物学、西医药学、人文学史等科学文化知识，把世界介绍给中国，开创了一个被历史学家称为"西学东渐"的黄金时代。

利玛窦的贡献在于"文化交融"。他把天主教神学和礼仪术语翻译成中国语言，既为中国人认识天主创造了条件，又为福音和教会在中国植根开辟了园地。利玛窦神父"做中国人中间的中国人"，一做就做到了"汉学家"的地步。因为他把司铎（神父）和学者、天主教徒和东方学家、意大利人和中国人如此不同的身份，令人惊叹地融合到他一个人身上了。

从这一点来看，利玛窦是聪明的。他抓住基督教与儒学的共同点，尽可能地使外来宗教"适应"中国国情。这种"间接传教"的方式，不知不觉成就了利玛窦。公元 2000 年，在北京落成的中华世纪坛上，雕刻着一百位对中华文明做出杰出贡献的中外历史名人，其中有两位意大利人入画，一位是著名旅行家马可·波罗，另一位是"泰西儒士"利玛窦。

二

1610 年 5 月 11 日，利玛窦在北京病逝。依照《大明律例》，客死中国的外国传教士，都安葬在澳门神学院。鉴于利玛窦对中西文化交流所做的贡献，万历皇帝破例照准礼部奏请，"以陪臣礼葬阜成门外二里沟嘉兴观之右"，并"立石为文记之"。那地方原来叫"滕公栅栏"，利玛窦被赐葬于此，他就成了第一个在北京安葬的西方传教士。

利玛窦的墓为土丘形，四周以透花砖墙环绕，南墙正中有两扇灰色铁花棂门。墓前立通螭首方座碑，碑额由十字架纹饰，碑身刻"耶稣会士利公之墓"八个大字，用拉丁文和中文分别刻写的碑文是："利先生，讳玛窦，号西泰，大西洋意大利亚国人。自幼入会真修，明万历壬午年首入中华行教。万历庚子年来都，万历庚戌年卒，在世五十九年，在会四十二年。"灰白色的墓碑象征着利玛窦中西合璧的一生——顶部雕的蟠龙怀抱十字架，表明墓主是一位天主教徒。利玛窦墓的两侧，分别是南怀仁、汤若望的墓碑，有这两位西洋传教士陪伴，他在天堂也不会寂寞。

站在利玛窦墓前，我迫不及待地提出了那个萦绕心头的问题：伴随着中国综合国力和国际地位的提升，"中国威胁论"为何在西方甚嚣尘上？究竟是谁炮制了"中国威胁论"？中国的发展又"威胁"了谁？

这个问题似乎有点凝重，以至于墓园里寂静得鸦雀无声。利玛窦告诉我，他深入研究中华文明史，晚年所著的《利玛窦札记》一书，详细记录了有关中国名称、土地物产、政治制度、科学技术、风俗习惯和他在传教过程中的所见所闻。后来，由一位比利时传教士带回了欧洲，1615 年在德国出版发行。

利玛窦说，中国自古就尊崇"国虽大，好战必亡"的理念，在华夏儿女的血脉中，从来就没有称王称霸的遗传基因，也没有征服别的国家、别的民族的野心。当时中国陆军、海军装备精良，虽然有能力征服别国，但他们的皇帝和人民，从来没想过发动战争、侵略别国……

当时有些欧洲学者认为，中国必然要征服邻国，扩张自己的领土。但利玛窦在书中写道："我仔细研究了中国长达四千多年的历史，不得不承认，我从来没见过这类征服的记载，也没有听说他们对别国有过领土要求。"

利玛窦还说，他就这个问题请教过中国问题专家，他们的回答如出一辙：中国从来没有侵略过其他国家，也不可能发生这样的事情。

三

为了鉴证利玛窦这一结论的可靠性，我翻阅了很多历史文献，发现古代的波斯人、罗马人、阿拉伯人，近现代的西班牙人、葡萄牙人、荷兰人、俄罗斯人、英国人、法国人、德国人、日本人……都留下了征服别国、扩张领土的罪恶记录，却怎么也找不到"厚土观念"强烈的中国。即使在唐代，中国的综合国力名列全球第一，也没有参加中亚、西亚、北非、欧洲之间的征战。

许多国家都在扩张，中国却"以和为贵"；中国有能力扩张，却不称王称霸。这太让人不可思议了，于是他们纷纷猜测：中国迟早会穷兵黩武，对别的国家构成威胁。结果猜测了那么多年，也没有看见中国侵略别国。文化大师余秋雨分析："产生这种情况的根本原因，是中华文明的本性决定的。"

中华文明非侵略、非扩张的本性，丰富了中国哲学的思想内涵。中国哲学吸收西方哲学之优长，秉持"天下情怀"，主张以德惠之行"表正万邦"，不仅做到了"强不执弱，众不劫寡，富不侮贫，贵不傲贱，诈不欺愚"（墨子语），而且以"亲仁善邻""卫弱禁暴"的理念协和万邦，合和万国。

正是以追求"合和"为最高理想，中国才在现象和本质的矛盾统一中，赋予天道之"仁"、以德服人等内涵，护佑中华文明成为人类文明传至今日的唯一者。按说，中国创造了三十年文明崛起的奇迹，世界各国应该高兴才是，但遗憾的是，西方一些国家却无端抛出"中国威胁论"，认为中国经济快速发展，势必会走上军事扩张的道路，对西方构成严重威胁。这种论调开始只是一个概念，一种猜测，但是最近几年，却由抽象的概念变成了具体的"威胁"。

他们怎么就不明白，中国是世界上最大的发展中国家，经济实力还不够强大，怎么可能在国际经济关系中对他国构成威胁？

他们怎么就不明白，中国的发展是世界发展的机遇，越来越多的国家会从中国的发展中受益。如果中国积贫积弱，十三亿中国人反倒会给世界的和平与发展带来冲击。

他们怎么就不明白，中国奉行防御性国防政策，从来没有侵略过别的国家，也从来没有威胁过谁。恰恰相反，中国积极参与国际事务，积极参与联合国维和行动和亚丁湾、索马里海域护航行动，始终是维护世界和平与地区稳定的坚定力量。

"不明白"不是揣着明白装糊涂，就是别有用心。西方一些国家之所以大肆宣扬"中国威胁论"，说到底，是因为他们习惯了以"优越心态"看世界，对于拥有后发优势的国家，武大郎开店，担心、嫉妒甚至充满偏见，对中国走到世界舞台的中心无法接受，担心中国会超越自己。

事实表明，西方一些国家宣扬的"中国威胁论"，完全是主观臆想，以己度人，完全是为了打压、遏制中国而进行的"贼喊捉贼"的故意炒作，是早被利玛窦神父否定和唾弃了的"精神幻觉"。

听利玛窦如是说，我仔细思索"中国威胁论"的实质，愈发感到，这个伪命题不过是冷战思维的延续，是世界警察的霸权心态，是惧怕中国因为崛起而改变国际秩序，或者借口"中国威胁"，满足牵制中国、制衡中国的战略需要。

四

1874年，晚清重臣李鸿章曾说："历代备边，多在西北……今则东南海疆万余里，各国通商传教，来往自如，麇集京师及各省腹地，阳托和好之名，阴怀吞噬之计，一国生事，诸国构煽，实为数千年未有之变局。"一百四十年后，现实不幸被李鸿章言中。如今，东海、南海风云变幻，美、日等国"阳托和好之名，阴怀吞噬之计"，搅局南海，妄图利用东南亚某些国家，对南海、马六甲海峡和孟加拉湾进行全面控制。

由此看来，真正对世界和平与发展构成威胁的，不是中国，而是那些"麻烦制造者"和"中国威胁论"的宣扬者。

中华文明的主体是农耕文明。农耕文明与游牧文明和海洋文明不同，它自古以来就追求天下太平、天下大同，而没有生存空间上的拓展性、进犯性和无边界性。几千年形成的天下观，早把固土自守、协和万邦变成了一种"文化契约"，提倡开放兼容、互利互让，守正持中、和合共生。如果离开历史文化而主观臆测"中国威胁论"，那是世界的悲哀，良知的坟墓！

有哪个国家像中国那样，公开向世界宣示走和平发展道路的坚定决心：不管国际风云如何变幻，我们都要坚持和平发展、合作共赢，坚持要和平不要战争，要合作不要对抗，永远不认同"国强必霸"的逻辑，现在不称霸，将来也不称霸。

有哪个国家像中国那样，更加开放地活跃在国际舞台上，以"命运共同体""新型大国关系""亲诚惠容"等充满智慧的外交新理念，向国际社会表达中国以发展造福世界的真诚意愿，展示中国负责任大国的使命和担当。

有哪个国家像中国那样，提出全球最大规模的经济振兴计划——"一带一路"倡议，让中国通过世界上最长的经济大动脉和文化大长廊，不断扩大与世界各国的互利合作，奏响共商、共建、共享、共赢的交响乐。

中国走和平发展道路，不是权宜之计，更不是外交辞令，而是根据时代发展潮流和我国的根本利益做出的战略抉择。走和平发展道路，对中国有利、对世界有利，我们实在找不出任何理由，不坚持这条越走越宽广的金光大道。

习近平总书记强调，中华民族是爱好和平的民族，源远流长的"和"文化蕴涵着天人合一的宇宙观、协和万邦的国际观、和而不同的社会观、人心和善的道德观。在五千年文明发展中，中华民族一直追求和传承着和平、和睦、和谐理念，"以和为贵"和"己所不欲、勿施于人"，深深体现在中华儿女的行为方式中。我们深入挖掘和阐发中华文化讲仁爱、重民本，守诚信、崇正义，尚和合、求大同的时代价值，就能形成中华民族的文明特色。

德国著名哲学家莱布尼茨说："唯有相互交流我们各自的才能，才能共同点燃我们的智慧之灯。"利玛窦架起了东西两大文明交流的桥梁，作为龙的传人，我们应该比他更加感知中华文明的内涵。

记住利玛窦吧！有了他，那是中华文化的幸运！

一座山和一个人

西周时,山东兰陵县称"鄫国",春秋灭国后,属鲁。兰陵县向城镇西北有片起伏连绵的山麓,背负齐鲁群山,面向鲁南平原,遥望鲁国次室,名曰"鲁卿山",又称"鲁南小泰山"。这块风水宝地泇水环绕,清泉长流,来到这里,我的脑海里马上浮现出一个人——春秋时期的鲁国正卿季文子。

季文子,即季孙行父,曾相鲁宣公、鲁成公、鲁襄公三朝三十三年。他的事迹散见于《春秋》《左传》《论语》《史记》《国语》等历史典籍。据《史记·鲁世家》记载,季文子当政时,"克勤于邦,克俭于家",以至于身居鲁国上卿大夫,有自己的田邑封地,但妻子儿女谁也不穿绫罗绸缎,家里的马匹只喂青草,不喂粟米。

大夫孟献子之子仲孙认为,季文子的"节俭"是吝啬,不仅有失国相身份,也影响了国家的形象。听到这话,季文子说:"吾观国人,其父兄之食粗而衣恶者犹多矣,吾是以不敢。人之父兄食粗衣恶,而我美妾与马,无乃非相人者乎!且吾闻以德荣为国华,不闻以妾与马。"孟献子闻知这件事,怒将儿子幽禁了七天。后来,仲孙幡然悔悟,仿而学之,"妾衣不过七升之布,马饩不过稂莠"。季文子对此大加赞赏,举荐他当了上卿大夫。

季文子既廉又俭,死时连葬品都没有预备,家人只好用他使过的旧器皿陪葬。看到季文子的葬品如此寒酸,鲁襄公感动地说:行父"廉忠矣!"——"廉",是对季文子克俭于家的褒扬;"忠",是对他忠于国家的礼赞。

《左传》有言:"俭,德之共也;侈,恶之大也。"老子提出:"治人、事天,莫若啬。"——强调小到一个人、一个家庭,大到一个民族、一个国家,都不能离开"节俭"二字。墨子甚至断言:"节俭则昌,淫佚则亡。"在"礼崩乐坏"的春秋时代,季文子忠贞守节、清廉节俭,具有极其深远的意义。

季文子死后,被安葬在神峰山上。为了昭彰他的功德,鲁襄公特授季公谥号为"文",将神峰山命名为"鲁卿山"。后人改称"文峰山",并将鄫城西面的泇河改为"季文子河",修季文子庙和文峰祠,世世代代让人凭吊。

东汉时,季文子被各级官员奉为楷模,纷纷学之效之。县令虞延去官还乡,太守富宗请他去做幕僚。富宗是一个喜欢奢靡、讲究排场的人,他乘坐的车马和使用的器物,都超出了朝廷的规定。虞延劝他切莫以奢误身,并举例说:"昔晏婴辅齐,鹿裘不完;季文子相鲁,妾不衣帛。以约失之者鲜矣。"富宗不以为然,结果被朝廷处死。他临死时,揽涕而叹曰:"吾恨不用功曹虞延之谏!"

《旧唐书》记载,京兆尹李元纮以季文子为榜样,"政事累年,不改第宅,仆马弊劣,未曾改饰,所得封物,皆散之亲族"。唐代名相宋璟赞赏他:"贵为国相,家无储积。虽季文子之德,何以加也!"南宋,朱熹将"一粥一饭,当思来之不易;半丝半缕,恒念物力维艰"当作齐家训言,经常与季文子等廉吏相比。清人汤斌任江宁巡抚时,安于清贫,一日三餐常以豆腐汤佐食,人称"三汤巡抚"。

勤俭节约是中华民族的传统美德,对领导干部而言,俭亦是廉。荀子说:"强本而节用,则天不能贫;本荒而用侈,则天不能使之富。"宋人费枢赞叹:"季文子可谓无忝矣,妾不衣帛,马不食粟,乃念及国人之父兄食粗而衣恶,盖廉者,政之本;俭者,廉之本。文子之为政,其知本欤?"季文子"克勤于邦,克俭于家"的操守,也影响了清人张圻。他在《答周仲和书》中说:"居官之所恃者,在廉。其所以能廉者,在俭。"晚清重臣曾国藩给儿子写信,叮嘱说:"勤俭自持,习老习苦,可以处乐,可以处约,此君子也。余服官三十年,不敢稍染官宦之气,饮食起居,尚守寒素家风,极俭可也,略丰亦可,大丰则我不敢也。凡仕宦之家,由俭入奢易,由奢返俭难。尔年尚幼,切不可贪爱奢华,不可习惯懒惰,不论大家小家,士农工商,勤苦守约,未有不兴,骄奢倦怠,未有不败。"为了使家中子弟崇尚勤俭,戒骄除奢,他亲手制订尚俭课目,反复告诫家人:"持身俭,则自立自尊,不求他人;治家俭,则家业兴隆,永世不堕;为官俭,则以俭养廉,居高不败。"

俭以养德,俭亦是廉。中国封建王朝衰亡的原因,与奢靡腐化有着很大关系。君不见，李自成起义时与士兵同甘共苦，攻无不克，战无不胜，但占领北京城后，骄奢腐化，纵情酒色，结果丧失民心，在清军的铁骑下丢盔弃甲，仓皇而逃。由此可见，"一个没有艰苦奋斗精神做支撑的民族，是难以自强自立的；一个没有艰苦奋斗精神做支撑的国家，是难以发展进步的；一个没有艰苦奋斗精神做支撑的政党，是难以兴旺发达的。"（胡锦涛语）毛泽东同志在民主革命胜利前夕，曾以李自成和郭沫若的《甲申三百年祭》为教材，号召全党"进京赶考"，交出一张合格的答卷。

站在文峰山上，我愈加感到，勤俭节约、艰苦奋斗是我们党的立业之本、取胜之道、传家之宝。1935 年，赣东北革命根据地和红十军的主要创始人方志敏，曾在狱中作《清贫》，我每读一遍都会为之动容："清贫，洁白朴素的生活，正是我们革命者能够战胜许多困难的地方。"清贫是中华儿女难以磨灭的记忆，是中国共产党人的理想信念。1936 年春，美国记者埃德加·斯诺访问延安，看到毛泽东同志吃粗糙的小米饭，周恩来同志睡简陋的土炕，彭德怀同志穿缴获敌人降落伞做的背心，林伯渠同志戴断了腿儿的用绳子系着的眼镜……顿时被党的领袖们的朴素作风感动了。他断言，这种作风必能产生"东方魔力"，成为中华民族的"兴国之光"。而奢靡浪费是恶俗，是败兆，用它理家则家败，用它做事则事砸，用它治国则国衰。

唐代诗僧齐己说："始作骄奢本，终为祸乱根。亡家与亡国，云此更何言。"想当年，满清八旗兵骁勇善战，所向披靡，但入关后染上了奢靡之风，文恬武嬉，锐气尽消，很快就蜕变成只会提笼架鸟、没有任何战斗力的"废物点心"。在淮海战役中被俘的国民党高级将领黄维，虽然打了败仗，心里却不服气。当他看到刘、邓首长和战士们在一口锅里吃饭时，才心悦诚服："我终于明白了，为什么全套美式装备的国民党打不过装备落后的共产党，他们不光败在战场上，更败在作风和精神上。"

"历览前贤国与家，成由勤俭败由奢"（唐·李商隐语）。季文子以"克勤于邦，克俭于家"的道德力量，为后人竖起了一根标杆。我们追思他，缅怀他，就是为了居安思危，筑牢国家长治久安和党员、干部做人干事的基石。

文峰山不高，却因季文子成了中华文化的制高点。有人说，文峰山是山东兰陵人心中的一枚印章，我却以为，季文子高高站在山顶上，那山、那人，是一种民族品格，一种优良作风……

贾生才调世无论

贾谊博学多识，十八岁即有才名。二十一岁被汉文帝召为博士，不到一年时间，又被提拔为太中大夫，成为汉文帝一朝最耀眼的政治新星。他二十三岁时，因遭绛侯周勃、颍阴侯灌婴、东阳侯张相如等王公显贵的嫉妒，被贬为长沙王太傅。汉文帝十二年（前 168 年），贾谊在郁郁寡欢中辞世，年仅三十三岁。

贾谊的生命太短暂了，短暂得就像流星，倏忽而逝，根本来不及展示更绚丽的光华。这有点像唐代诗人王勃、李贺，像英国浪漫主义诗人拜伦、济慈、雪莱，高度浓缩的人生使他迅速成熟，十几年便展现出超绝千古的才情。他如同天上波诡云谲的陨星，只要与大气层发生碰撞、摩擦，就会迅速放射出灿烂的光焰。

贾谊的价值和贡献，在于他留下的五十篇政论文章。"文章千古事"。任何一篇文章，都是作家情感、思想的再现，是作家生活体验、生活感悟和生命本质的熔铸。我们打开贾谊的文章，就像面对面地和他交谈，在获得智慧、增长学识、提升境界的同时，情不自禁深情向慕，"悲其志，想见其为人"。（汉·司马迁语）

一

汉初思想界的一大任务，就是反思秦王朝为什么二世亡国，汉朝怎样才能力避秦朝速亡的教训？贾谊的《过秦论》作为反思大潮中的经典之作，被司马迁写进了《史记·秦始皇本纪》。2002 年 4 月，这篇政论散文又被新闻理论家梁衡列为"影响中国历史的十篇政治美文"之首。从古到今，能够影响中华民族政治文明、人格行为和文化思想的美文本

贾谊（公元前200-前168）

来就不多，梁衡设置的门槛更是高得出奇：

——文章提出了一个影响中华民族政治文明、人格行为的思想；

——文章中的一些名句、熟词广为流传，成为格言或座右铭，有的已经载入词典，丰富了民族语言；

——文章符合艺术规律，词、句、章、形、情、理都达到了美的要求。

按照这三条标准，梁衡遴选的其他政治美文是：司马迁的《报任安书》、诸葛亮的《出师表》、陶渊明的《桃花源记》、魏征的《谏太宗十思疏》、范仲淹的《岳阳楼记》、文天祥的《正气歌序》、梁启超的《少年中国说》、林觉民的《与妻书》、毛泽东的《为人民服务》。

正如《过秦论》的标题所示，贾谊的这篇千古美文，总结秦孝公以迄秦始皇由弱而强的历史经验，分析秦王朝由盛而衰、由兴而亡的惨痛教训，为汉文帝改革政治、保持国家长治久安提供了借鉴。秦始皇统一六国，自称"始皇帝"，奢望儿孙为"二世皇帝""三世皇帝"……如此代代相传，以至千秋万代。但事与愿违，秦王朝只存在了十四年。即使从秦王嬴政继位的公元前 247 年算起，满打满算也不过四十年时间，是中国历史上最短命的一个朝代。

秦朝速亡的原因，是错综复杂的。但归结到一点，就是朝廷不停地瞎折腾——大兴土木修离宫别馆、万里长城和至今仍为不解之谜的秦陵，每年征调劳动力不下二百万，占当时全国总人口的十分之一，致使百姓家不复家，国亦不国。文化关乎人文化成天下，但他却焚书坑儒，实行极端文化专制。

秦二世继位后，不思纠正先帝的过失，反而破坏宗庙，残害百姓，比秦始皇还要荒淫无道。

因为"过"秦，贾谊在这篇美文中，充分发挥骚体"铺采摛文"的优势，不径言秦之过，而历举秦之功；不直言秦之衰，而详述秦之兴；不写秦之亡，而概括秦之盛，在纵笔泼墨后点出主题："仁义不施，而攻守之势异也。"

何谓仁义？说到底就是爱民、保民、富民。无仁义之人，是谓暴徒；无仁义之君，是谓暴君；无仁义之政，是谓暴政。行仁政者得人心，得人心者得天下。贾谊指出，实行兼并，必须重视实力；安定国家，必须顺时权变。也就是说，夺天下和保天下不能采取同样的办法。秦朝由变法强国到天下一统，它的路线应该改却没有改，它的政令应该变也没有变，终于导致了陈涉起义、国家灭亡——这是秦之过，也是历代亡国之君的沉痛教训！

《过秦论》是贾谊从理论上对秦王朝进行的清算，也是他对新朝立国的道德基础和统治理论进行的探索。他虽因受谗遭贬未能登上公卿之位，但他的远见卓识是身居高位而庸碌无为的公卿们提不出来的。正如王安石诗云："一时谋议略实行，谁道君王薄贾生？爵位自高言尽废，古来何啻万公卿。"

二

西汉初期，随着国民经济的复苏，社会上侈靡之风逐渐曼延，丧葬嫁娶以奢侈豪华为荣、以出伦逾等为耀。贾谊在《治安策》（也叫《陈政事疏》）中指出，侈靡之风不仅诱发一些人贪污受贿、抢劫杀人，还把儒家倡导的伦理道德抛在了一边。如果听任这种状况发展曼延，就会影响社会安定，破坏汉王朝的统治秩序。

针对侈靡之风，贾谊提出了"以礼治国"的思想，即通过礼治的手段来改变侈靡风气，改善混乱的社会状况，进而形成各司其职，上下不疑，父子、夫妇、兄弟、姑妇和睦有序的社会生态。贾谊认为："君臣相冒，上下无辨，此生于无制度也。今去淫侈之俗，行节俭之术，使车舆有度，衣服器械各有制数。制数已定，故君臣绝尤，而上下分明矣。"也就是说，通过制定服饰制度、车舆制度、器械制度等，对商人和地主的行为进行限制。贾谊进而提出，国家要规范奢侈品生产，严禁商人和地主私铸钱币，扰乱国家经济秩序。在伦理制度方面，要建立"君惠臣忠，父慈子孝，兄爱弟敬，夫义妻贤，姑慈妇听"的和谐关系。朝廷要行仁政，选贤能，去不肖，澄清吏治，发展生产。

贾谊强调以礼治国，但不否认法的作用。他的礼治思想，就是以礼为主，以法为辅，礼法结合，相辅相成。他以荀子的思想为蓝本，结合当时的社会情势和政治需要，阐述了对礼与法的认识：礼的作用是用道德的力量感化人、用仁义的思想教化人，使人行善去恶，防患于未然。在人尚未犯罪的时候，就用礼消灭在萌芽状态，使之在仁义道德的氛围中受到熏陶和教化。然而，礼义德教也不能代替惩戒，如果罪恶已经发生，就要以刑罚治之。在他看来，礼义德教对形成良好的社会风气具有重要作用。只有以礼为本、礼法并用，才能促进社会和谐，保持稳定的社会秩序。

《治安策》的弥足宝贵之处，在于贾谊透过当时政局的稳定，看到了其中潜藏的社会危机。这种居安思危意识，对今天狠刹侈靡之风仍有借鉴意义。毛泽东同志认为，这篇政论是"西汉一代最好的政论……全文切中当时事理，有一种颇好的气氛，值得一看。"他还多次写诗称赞贾谊，比如1954年写的《七绝·贾谊》，就称赞贾生"才调世无伦"；1964年写的《七律·咏贾谊》，又夸贾生"胸罗文章兵百万，胆照华国树千台"。

三

贾谊是我国第一位探讨封建社会统治理论的政治家。他在《论积贮疏》中，痛斥当时社会上出现的"背本趋末"（即弃农经商）现象，主张重农抑商，发展农业生产，增加粮食贮备，以安百姓、治天下。他在《论定制度礼乐疏》中，奏请汉文帝改正朔，易服色，定官名，兴礼乐。他作《六术》和《道德》，全面阐述封建道德的理论基础，主张列侯就国，反对对匈奴一味忍让，提出用"三表五饵"之法灭其于无形……短短几年时间，贾谊有如此之多的理论建树，足见这位青年政治家学识高远、才调无伦！

贾谊横空出世，气吞山河，标志着西汉有了自己的理论家。

好文章替时代立言，是一个人在一定时代背景下全部知识和阅历的结晶。

梁衡先生说："这其中不知要经历多少矛盾、冲突、坎坷、辛酸、成功与失败。这非主观意志可得，只可遇而不可求。因此，一篇好文章就如一个天才人物、一个历史事件，甚或如一个太平盛世的出现一样，不是随随便便就有的。它要综天时地利之和，得历史演变之机，靠作者的修炼之功，是积数十年甚或愈百年才可能出现的一个思想和艺术的高峰。"贾谊留世的文章，篇篇针砭时弊、理切词明，文势充畅、波澜层叠，不但有思想，而且文字美，已然成为中华文明的经典之作。遗风所及，两汉论者辈出，下至唐宋奏议，莫不蒙其远泽。

在历代文人士大夫眼里，贾谊足以为帝王师。大概因为这个缘故，不知有多少人为他惋惜——

西汉经学家刘向说："言三代与秦治乱之意，其论甚美，通达国体，虽古之伊、管，未能远过也。使时见用，功化必盛。为庸臣所害。甚为悼痛。"

唐代诗人刘长卿在贾谊故居抚视前迹，感慨平生，哀叹贾谊："三年谪宦此栖迟，万古惟留楚客悲。秋草独寻人去后，寒林空见日斜时。汉文有道恩犹薄，湘水无情吊岂知？寂寂江山摇落处，怜君何事到天涯！"

过了七十年，"晚唐第一人"李商隐也写诗为贾谊打抱不平："宣室求贤访逐臣，贾生才调更无伦；可怜夜半虚前席，不问苍生问鬼神。"

宋代，欧阳修更是痛惜贾谊之才不能尽展，其策不能尽用，否则汉将追远三代，汉文帝也将功比三皇。

贾谊是个"望尽天涯路"的历史人物。他才高不凡，又凌傲人物，只好带着雄心和抱负，如同蜡烛最后耀眼地一跳，悲壮地熄灭了。从那一刻起，贾谊不再属于汉代，而是属于遥远的未来。

耿耿此心终不悔

翻开中国历史文化名人录，我对顾炎武总有一种顶礼膜拜的情感。他"明道救世""利民富国"的经世思想，"博学于文""行己有耻"的为学宗旨，在经史、音韵、金石、考古、方志、舆地和诗文诸学上的开创性研究，以及忠于大明王朝的气节和操守，都以个体生命的强悍呈现，把他的博通气象和道德人格传达出来了。

万历四十一年（1613 年）七月，顾炎武出生在吴郡昆山（今江苏昆山县）。他十四岁考中秀才后，就与同乡挚友归庄一起，加入了江南最大的政治学术团体——复社。顾炎武"感四国之多虞，耻经生之寡术"，二十七岁那年，断然弃绝科举帖括，而遍览历代史乘、郡县志书及文集、章奏。这对以追求功名为人生价值的封建文人来说，不啻是一个了不起的反叛。

崇祯十七年（1644 年）三月，李自成攻陷北京，崇祯自缢煤山。五月，福王朱由崧在南京建立南明政权，改元"弘光"。顾炎武把复明的希望寄托在弘光身上，撰"乙酉四论"——《军制论》《形势论》《田功论》和《钱法论》，为朝廷出谋划策。清兵南渡长江，南京陷落，朱由崧被俘，顾炎武和归庄、吴其沆等人参加了王永柞组织的义军。可惜不敌气焰正盛的八旗精锐，遇伏而溃。他潜回家乡，守城拒敌，不日昆山失守。母亲临终前叮嘱儿子："汝无为异国臣子，无负世世国恩，无忘先祖遗训，则吾可瞑目于地下矣。"

母亲的遗训鞭策顾炎武心存故国，永不屈服于清朝的统治。这年五月，他举家迁居常熟，联络抗清力量，寻机建功立业。顺治十一年（1654 年）春，顾炎武移居南京神烈山，也就是现在的钟山。三百年前，朱元璋在那里建立的大明帝国，而今风雨飘摇，国将不国。顾公自比精卫，立志报仇雪恨：

> 万事有不平，尔何空自苦。
>
> 长将一寸身，衔木到终古。
>
> 我愿平东海，身沉心不改。
>
> 大海无平期，我心无绝时。

　　理解并读懂顾炎武，这首《精卫》是把金钥匙。古人说："诗言志，歌咏言。"顾炎武从心底发出的长啸，回肠荡气，前无古人！

　　顺治十四年（1657年）元旦，顾炎武再谒孝陵，寄故国之思，而后变卖家产，北上考察山川形势，结纳抗清志士，徐图复明大业。1659年，他到山海关凭吊古战场，到天寿山拜谒十三陵，心中的忧愤决堤般涌出："下痛万赤子，上呼十四皇。哭帝帝不闻，吁天天无常。"此后二十多年间，顾公九州历其七，五岳登其四，足迹遍及鲁、冀、晋、豫，至死不忘反清复明大业。

　　顾炎武崇敬"富贵不能淫，贫贱不能移，威武不能屈"的孟子；崇敬被匈奴幽禁十九年，仍手持西汉符节的苏武；崇敬从容就义，宁死不肯"事二姓"的文天祥……我们从王昌龄"黄沙百战穿金甲，不破楼兰终不还"、令狐楚"未收天子河湟地，不拟回头望故乡"、岳飞"壮志饥餐胡虏肉，笑谈渴饮匈奴血"、陆游"僵卧孤村不自哀，尚思为国戍轮台"的浩然正气中，更能理解顾炎武为什么对民族气节忠贞不贰，坚如磐石！

　　1647年9月19日，夏完淳等四十三名抗清义士慷慨就义。那年他才十六岁，活在世上不到六千天。人生孰无死，贵在死其所。夏完淳所呈现的精神气象，比指挥千军万马的将军毫不逊色。他把自己的死看成殉国、殉君、殉道，但和文化联系起来，则是儒家人格的觉醒，是殉文化。

　　著名历史学家翦伯赞说："文化是历史的幽灵，是社会的魂魄；它存在于典籍，也存在于人民的生活。"中华文化推崇名节，孕育了求不朽、重节操、讲自律、辨荣辱的民族传统。曾子说："临大节而不可夺也。"何谓"大节"？就是关乎家国、族类和人伦的志气与节操。大节是对人性和道德最根本、最严苛的考验，古人把它同道义、忠信并列。"节者，死生此者也"（荀子语）。"志士仁人，无求生以害仁，有杀身已成仁"（孔子语），说的就是以保全名节安身立命。

康熙十四年（1675 年），顾炎武应友人之邀前往陕西，致力于《日知录》和《天下郡国利病书》的写作。他虽然离乡背井，但魂牵梦绕的，仍是反清复明大业。康熙十七年（1678 年），同乡好友叶方霭等人荐他出山，顾公三度致书，表示"耿耿此心，终始不变"。次年，叶荣任明史馆总裁，又邀顾入馆。他依然坚定地回答："人人可出，而炎武不可出。""七十老翁何所求？正欠一死！若必相逼，则以身殉之矣！"

中国人一向讲中庸之道，唯独在名节上，就显得特别绝对，甚至绝对到了水火不容的地步。这种断然不能容忍贰臣的心态，历来是中国人独有的情操。名节丢了，就一丢百丢。不管哪朝哪代，一旦被列为贰臣、叛逆，就很难改写或者翻案。大清王朝鼎革之际，朝廷作为权宜之计，不得不对前朝降臣洪承畴、钱谦益优礼有加，待为上宾。百年之后，大清政权日益稳固，乾隆先是推翻了先皇赐予这些贰臣的谥号、袭封和恤典，接着向国史馆降旨：洪承畴只配放在《贰臣传》中。而钱谦益，乾隆更加瞧不起他，认为此人在《贰臣传》中还得次一级，只能放在乙编，甚至还写诗把他奚落了个够。

鲁迅先生诗曰："扫除腻粉呈风骨，褪却红衣学淡妆。"中华儿女对贰臣永远无法宽恕，而对民族气节忠贞不贰的人，世世代代都受到了人民的敬仰。

由此看来，理想信念、民族气节是人的政治灵魂和精神之"钙"。面对各种困难险阻，无数仁人志士勇往直前以赴之，断头流血以从之，殚精竭虑以成之，靠的就是信仰，为的就是理想。秋瑾"一腔热血勤珍重，洒去犹能化碧涛"；徐锡麟"只解沙场为国死，何须马革裹尸还"；朱自清宁肯饿死，也不吃美国的救济粮；夏明翰"砍头不要紧，只要主义真"；瞿秋白面对蒋介石的威胁利诱，视死如归，义无反顾，临刑前，高唱《国际歌》和红军歌曲，对死亡没有一点畏惧。

方志敏烈士在狱中所写的《死》，是他大义凛然、视死如归精神的崇高体现："敌人只能砍下我们的头颅，决不能动摇我们的信仰！因为我们信仰的主义，乃是宇宙的真理！为着共产主义牺牲，为着苏维埃流血，那是我们十分情愿的啊！"当一个人把气节同马克思主义的信仰、同对党和人民的忠诚联系在一起，明白气节是一个民族、一个人的灵魂时，就会把理想举过头，何时何地都"不易志""不逾矩"。

在我们党的历史上，也有人信念动摇，信仰迷失，经不起残酷斗争的考验，最终背叛了革命，背叛了党。像党的早期领导人陈公博、周佛海、张国焘，投身敌对阵营，背叛了自己的初心和使命；像李默庵、宋希濂，面对蒋介石"4·12"清党，摇身一变，成了国民党的悍将；像孔荷宠、龚楚等红军领导人，被革命激流所淘汰，起到了敌人起不到的作用；还有当代作家何建明在《忠诚与背叛》一书中塑造的刘国定、冉益智、蒲华辅等叛徒形象，也经不起敌人的严刑拷打，最终走向了革命的反面。

对于共产党人来说，比牺牲更严重的，是自己队伍里的叛变。叛徒对党造成的伤害，远远超过了敌人。正因此，中华民族"汉贼不两立"的文化传统，无论什么时候都根深蒂固！

顾炎武反清复明的抱负没能实现，就从"明道救世"的经世思想出发，撰写了《日知录》《音学五书》和《天下郡国利病书》等书。他在《日知录·正始》中强调："保国者，其君其臣肉食者谋之；保天下者，匹夫之贱与有责焉耳矣。"梁启超诠释说："人生于天地之间，各有责任。知责任者，大丈夫之始也；行责任者，大丈夫之终也；自放弃其责任，则是自放弃其所以为人之具也。"并把这句话概括为："天下兴亡，匹夫有责。"

责任是天赋的使命，是一种政治担当。早在先秦，就有"仕而废其事，罪也"之说。一个缺乏责任感的民族，是走向没落的民族；一个缺乏担当的人，是什么事情都做不好的人。顾炎武肩负使命，勇于担当，即使卧病在床，仍然大声呼吁——

天生豪杰，必有所任……今日者，拯斯人于涂炭，为万世开太平，此吾辈之任也。

责任是永恒的生存法则。顾炎武"临大节而不可夺"的道德操守，承载着中华民族的浩然正气；耿耿此心终不变，就能凝聚成道义和忠信，淬炼为使命和担当。

那个特立独行的身影

一

自从在清刻本《板桥家书》中认识了这个道士打扮、撅着一小撮山羊胡子的瘦干巴老头儿，郑板桥就和我如影随形，成了怎么也驱不走、拂不去的影子。他好像打着渔鼓唱道情的渔翁，抑或是街头插科打诨的秀才，怎么看都觉得可亲可爱。其实，郑板桥是一个参透翰墨场世情的弃儿，一个命运多舛、特立独行的漂泊者。当他与嚣杂纷乱的世界打交道时，留在世人眼中的形象，就显得有点另类，或者说"怪"！

"怪"是少见之物。怪与"异"通，即怪异；怪与"诞"联，即怪诞；怪与"妖"合，即妖怪。世人将郑板桥列为"扬州八怪"之首，无非是说，这个瘦老头儿出身贫贱，性格怪僻，行为怪异，他的书画作品离经叛道，桀骜不驯，不合潮流。于是，那些以卫道士自居的鸿儒大贤，纷纷讥诮其"狂奴故态""旁门左道"，诟病其"可羞可贱""夫使酒骂座"，并毫不吝啬地为他加谥，曰："怪。"

"怪"就怪吧，做个"另类"也没有什么不好！郑板桥大半辈子卖画不为官、不求贵、不求显，是俗人里最雅、雅人中最俗的"小人物"。他四十岁以前，"谋事十事九事殆"，日子过得十分清贫，对百姓疾苦感同身受。雍正十年（1732年），他中举人；乾隆元年（1736年），他中进士。乾隆七年（1742年），郑板桥年过半百，才得以知山东范县，四年后调署潍县，"布袜青鞋为长吏""陇上闲眠看耦耕"，是一个刚正清廉、体恤民生的好官。

郑板桥知潍县时，曾在墨竹画上题诗："衙斋卧听萧萧竹，疑是民间疾苦声。

些小吾曹州县吏，一枝一叶总关情。"乾隆十八年（1753年），他为灾民争取赈款而忤逆上司，弃官回到了扬州老家。离开潍县时，他写诗向百姓告别："乌纱掷去不为官，囊橐萧萧两袖寒。写取一枝清瘦竹，西风江上作钓竿。"百姓遮道挽留，画像以祀，而他一肩明月，两袖清风，带回老家的，只有兰花一盆、黄狗一条、书簏若干。

郑板桥原以为，凭借自己的学识和才能，完全有可能做到州官或府官。谁知命运多舛，仕途不顺，他仅当了十年县令，就"三绝诗书画，一官归去来"，仍旧和"二十年前旧板桥"一模一样——落魄街头，以卖画为生，与

郑板桥（1693.11-1765.1）

同道诗酒唱和。郑板桥尝尽人间辛酸，看透世态炎凉，他在《初返扬州画竹第一幅》上题诗，曰："宦海归来两鬓星，春风高卧竹西亭。而今再种扬州竹，依旧江南一片青。"借竹抒情，托物言志，竹子的高风亮节和他不入俗流的个性，在尺寸画幅间表现得淋漓尽致。

二

明代画坛陈陈相因，仿古拟古之风盛行，在很长一段时间内，这种画风被视为"正统"。郑板桥师法自然，一生只画兰、竹、石，自称"四时不谢之兰，

百节长青之竹，万古不败之石，千秋不变之人"。他画兰，以焦墨挥毫，藉草书之中竖长撇运之，把兰花的天性表现得活灵活现；他画竹，意在笔先，趣在法外，突出竹之刚直坚贞品格，收到了气韵生动、形神兼备的效果；他画石，骨法用笔，先勾勒石之外貌轮廓，或配以兰、竹，极其和谐自然。郑板桥认为，"有兰有竹有石"，才"有节有香有骨"，真气、真意、真趣俱全。

乾嘉年间，文人书法大都冲不破赵孟頫、董其昌等人的壁垒，唯独郑板桥，以隶楷相掺、杂以行草，创造了"六分半书"。他将画入字，写来大小不一，歪斜不整。后人将他的书法形容为"乱石铺街、浪里插篙"。其实，郑板桥写字如画兰，那横飘竖撇营造的气象同样令人叹为观止。一时间，"板桥体"异军突起，独领风骚。郑板桥在《赠潘桐冈》中评说自己的书法："吾曹笔阵凌云烟，扫空氛翳铺青天。一行两行书数字，南箕北斗排星躔。"

郑板桥的画，摆脱了以诗就画或以画就诗的窠臼，他每画必题以诗，诗画相映，给人一种清新的艺术享受。郑公的题画诗如枪似剑，寥寥几笔竹叶，简单几句诗题，就使"凝固的瞬间"变成了"流动的故事"。比如《竹石图》中，两三株竹子在石缝中挺立，与题诗"咬定青山不放松，立根原在破岩中。千磨万击还坚劲，任尔东西南北风"相互交融，让人感到，"诗是无形画，画是有形诗"，竹子的品格更加坚忍不拔，不屈不挠。

在郑板桥笔下，自然界的石头也活了起来。他的《柱石图》别出心裁地画了一块峰石，并题诗"谁与荒斋伴寂寥，一枝柱石上云霄。挺然直是陶元亮（陶渊明字元亮），五斗何能折我腰"，一下子点破画题，将石头与人品结合在一起。所谓"画不足而题足之，画无声而诗声之；诗画互相为用，开后人无数法门也"。

郑板桥以兰花为形象的画，也借题画诗发挥，寓意十分深刻。如《荆棘丛兰石图》中的荆棘在兰花中穿插，题画诗"不容荆棘不成兰，外道天魔冷眼看。看到鱼龙都混杂，方知佛法浩漫漫"，表达了作者虚怀若谷、和谐相处的情怀。

题画诗最能体现"书画同源""用笔同法"的主旨，而传统画家的题款跋文，大多题于画的空白处。郑板桥的题画诗却在隶书中掺杂着楷、行、篆、草等书体，大小、长短、方圆、肥瘦、疏密错落穿插，如同"乱石铺街"，看似随笔挥洒，整体观之却有跳跃灵动的节奏感。郑板桥的题画诗或长题于侧，或短题于上下，或纵题，或横题，或斜题，或贯穿于兰竹、藤叶之间，参差错落，行款得体，是书也是题，是题也是书，是画也是诗，是诗也是画，以书法绝妙、画境清新、诗境隽永给人一种艺术美。

三

读书人重义轻利，写字作画一向羞于向人要钱。郑板桥却明码标价，不赊不欠："大幅六两、中幅四两、小幅二两、书条对联一两、扇子斗方五钱。凡送礼物食物，总不如白银为妙。盖公之所送，未必弟之所好也。若送现银，则心中喜悦，书画皆佳。礼物既属纠缠，赊欠犹恐赖账。年老神倦，亦不能陪诸君子作无益语言也。"他意犹未尽，又作一诗："画竹多于买竹钱，纸高六尺价三千。任渠话旧论交接，只当秋风过耳边。"

郑板桥重回扬州卖画，脾气愈加古怪：腰缠万贯的盐商出高价买他的画，他偏不理会。他高兴时，就提笔作画；不高兴时，就动辄骂人。郑板桥题字自供，曰："终日作字作画，不得休息，便要骂人。三日不动笔，又想一幅纸来，以舒其沉闷之气，此亦吾曹之贱相也。索我画，偏不画，不索我画，偏要画，极是不可解处。然解人于此，但笑而听之。"

郑板桥作画，常盖"七品官耳"印——这不是故作卓雅的炫耀，而是恃才傲物的自嘲，抑或是对自己短暂仕途的纪念。诚如他本人所言："下笔别自成一家，书画不愿常人夸。颜唐偃仰各有态，常人尽笑板桥怪。"

这些颇显前卫的言行，自然被那些以"正道"自居者所不齿。古往今来，艺坛上创新与保守的冲突如瓦釜雷鸣，浪涛拍岸，保守者总是给创新者冠以"怪异"的"罪名"。更何况，郑板桥宣称，他要画出"掀天揭地之文，震电惊雷之字，呵神骂鬼之谈，无古无今之画"，并作诗："画竹插天盖地来，翻风覆雨笔头载。我今不肯从人法，写出龙须凤尾来。"

实际上，郑板桥"四十年来画竹枝"，从来没有破坏书画艺术的基本法度。他对徐渭、朱耷、石涛等画家的继承，也是"青藤门下牛马走""撇一半，学一半，未尝全学"。郑公终其一生，每时每刻都在儒家伦理的绳墨之内，言谈举止更没有超出封建礼教的范畴。他不像魏晋文人那样放荡不羁，装痴作怪，而是率真处世，忠厚待人，愤世嫉俗，忧民间疾苦，是一个坦坦荡荡、品德高尚的文人和清官。

"传家有道存忠厚，处世无奇但率真"。郑板桥在人们眼中的"怪"，不过是不入俗流罢了。"怪"中总含着几分真诚，几分幽默，几分辛辣，有点济公活佛的味道。

四

其实，"怪"又何妨？他不正可以向世人明示郑板桥惊世骇俗、自成一格的旗号吗？不正可以表示他与贬抑者汉水楚河、壁垒分明的区别吗？郑板桥的过人之处，就在于其思想道德、学识素养、艺术才华卓异，为人为文为艺俱馨。

郑板桥是"扬州八怪"的集大成者，也是中国文人书画艺术的创新者。他以求新求变点燃了书画市场离经叛道的导火索，并放话："板桥诗刻止于此矣，死后如有托名翻版，将平日无聊应酬之作，改窜烂入，吾必为厉鬼以击其脑！"这不失幽默诙谐的"警告"，藏不住心中的桀骜不驯！

到了晚年，郑板桥的诗、书、画艺术愈发清俊挺拔，奇气纵横。艺术终究是为了表达思想和美感。郑板桥将诗、书、画熔为一炉，让人感受到自然与生活的美好，发现生命与心灵的意义。难怪后人说他："性旷达，不拘小节，疏宕洒脱，天性独厚；""日放言高谈、臧否人物，无所忌讳，坐是得狂名。"

郑板桥如王维、苏东坡、徐青藤（即徐渭），是中国历史上几百年才出现的天才艺术家。他的传人尽管很多，但真正能达到德艺双馨者微乎其微。对"扬州八怪"素有研究的江树峰先生诗云："扬州八怪有遗珠，诗书画章融一炉。善学前人题绝唱，任情挥洒出新图。"当是对郑公的期许，也是对后人的期冀。

契诃夫的人道情怀

一

每当我们谈起 19 世纪的俄罗斯文学，"贵族"的话题最让人津津乐道。这一话题除了作品中"忏悔贵族"的精神救赎故事，还有贵族作家富有传奇色彩的人生经历：普希金和情敌丹特斯的决斗、列夫·托尔斯泰因理想与生活的矛盾离家出走……然而，和莫泊桑、欧·亨利、马克·吐温齐名的短篇小说巨匠契诃夫，却没有这样异乎寻常的遭际。

契诃夫出生在一个小市民家庭，终生与社会底层保持着密切联系，不可能像普希金、列夫·托尔斯泰那样，一举一动都张扬着贵族的做派，也不可能从宗教的角度来进行灵魂拯救。他始终用平民心凝视大地、山川、河流、草原，表现身边的世俗生活和平常世象。他笔下的人物，几乎清一色属于中下层社会：农民、兵士、医生、小商人、小职员、小地主、小官吏……他截取平凡的生活片段，凭借精巧的艺术细节对生活和人物进行描绘和刻画，把褒扬和贬抑、欢快和痛苦全都融化在艺术形象之中。他展示给读者的，永远是谦和而亲切的态度，忧郁而善良的情思。假如我们在"作家契诃夫"的头衔前加个定语，最贴切最准确的词汇莫过于"平民"二字。这两个字不仅能涵盖他的出身、他的社会身份、他作品中的人物类型，而且包含着他的创作立场和艺术取向。

"平民"这一特质，使契诃夫在俄罗斯作家中独树一帜，并因此与中国现当代文学产生了深刻关联。

二

在俄罗斯 19 世纪的作家群中，契诃夫遭遇的人生苦难，是托尔斯泰那样的贵族作家难以想象的。他出生在塔甘罗格城的一个小杂货商家庭，小时候不但要在自家店铺里当伙计，屈辱地为得到一小块面包向顾客道谢，而且每天要忍受脾气暴虐的父亲的鞭笞。1876 年，父亲的杂货铺倒闭，契诃夫靠自己做家教读完了中学，并在母亲的支持下，以优异成绩考上了莫斯科大学医学院。由于父母无力承担他高昂的学费，二十岁的契诃夫一跨进大学校门，就自食其力，靠写作赚钱。

命运对人从来是不公平的。当托尔斯泰在为"为什么我生下来什么都有，周围的人却承受着贫穷折磨"而痛苦自省时，契诃夫只能感叹："贵族作家们天生免费得到的东西，平民知识分子却要以青春的代价去购买。"

契诃夫从小就迷恋戏剧。他刚懂事，母亲就给他讲民间故事，为他长大后走文学之路奠定了基础。契诃夫自白："我的天赋源于父亲，我的灵魂却来自母亲。"大学毕业不久，他就开办诊所，当了一名职业医生。之后，他一边行医，一边进行文学创作。严格地讲，契诃夫只是一个"业余"作家。这也是他和同时代的大多数作家不同的地方。

然而，以医生为职业的契诃夫却入不敷出，糊不住口。因为他对穷人充满同情感，经常看病不收钱，还白给患者用药。有时候看几百个病人，却只挣几个卢布。他不得不靠写作来弥补因人道施舍落下的亏空。

可以说，在相当长一段时间内，契诃夫的小说创作都是被生活逼出来的。在这个过程中，他的创作天才充分展现，艺术水平渐入佳境，以至于后来，"作家契诃夫"的声望远远超过了"医生契诃夫"。

创作前期，契诃夫为了生机，写了一些单纯追求喜剧效果，一味搞笑读者的作品。后来，随着他思考的深入，转而对人性的虚伪、庸俗、懦弱进行嘲讽。这是契诃夫创作主题的重大转变，预示着他对小人物悲剧命运的同情，将改变今后的创作立场和艺术追求。

俄罗斯诗人霍达谢维奇在总结契诃夫对待小人物的立场转变时写道："起初他把他们表现为庸人，后来把他们表现为平常人，对他们表示怜悯，再后来开始在他们身上寻找优点，最终对他们怀抱起巨大的爱。"其实，这句话也可以作为对契诃夫小说阅读体验的概括和总结——起初，我们把他塑造的人物想象为庸人，后来把他们想象为平常人，对他们表示同情和怜悯，再后来在他们身上发现了优点，并"最终对他们怀抱起巨大的爱"。

契诃夫从十九岁开始文学创作，到四十四岁生命终结，二十五年共发表短篇小说一千多篇，平均每年有四十篇问世。据史料记载，他1885年写得最多，至少有一百二十九篇。这在我看来，简直不可思议。但正是他这种顽强意志和奋斗精神，使《胖子和瘦子》《小公务员之死》《站长》等作品，奠定了他在俄罗斯文坛上的地位。

三

1890年，契诃夫只身到沙俄流放政治犯的库页岛体验生活。他虽然没有像"流亡作家"索尔仁尼琴那样，实实在在地当几年囚徒，但那里地狱般的环境，也使他经受了艰苦的磨炼。契诃夫在一封信中写道："如果我是文学家，我就要生活在人民中间……我至少需要一点社会生活和政治生活，哪怕是很少的一点也好。"优秀文学作品的产生需要许多条件，但最根本、最重要的一条，就是作家扎根生活、扎根人民，用人民群众的伟大实践来丰富自己的生命体验。你看路遥1986年发表的长篇小说《平凡的世界》，30年来，无论是年度畅销书排行榜，还是相关文学阅读调查，都像集中而壮观的审美大爆发，不仅他生前未曾遇到过，就是活跃在当下的作家、诗人，也望尘莫及。这充分说明，作家心中有人民，脚下有生活，笔墨中充满真情实感，声韵中高扬时代精神，就能创作出真正属于时代、属于人民的精品。

作为一个对下层生活十分熟悉、与下层民众联系密切并对他们的生存状态充满同情心的作家，契诃夫塑造了很多体现下层民众悲惨生活的人物。比如《牡蛎》中那对在街头乞讨，靠想象中的食物充饥的父子；《苦恼》中那个刚死了儿子，却不得不强颜欢笑招揽生意，只能把心中的痛苦向马表白的车夫；《万卡》中那个在外做工，受尽欺凌，只想把自己的悲惨遭遇写信告诉疼爱自己的祖父的九岁男孩……在这些人小物面前，我们所体验到的，是社会最底层民众的苦难遭遇，是他们令人酸楚的内心世界。

人物的情感有喜有悲，某种滑稽可笑的事情遇到不太和谐的环境时，他的意识、心理和行为，也会让人发出笑声。契诃夫或截取日常生活的某些片段，或凭借精巧的情节和细节，多侧面展示小人物丰富多彩的生活，把褒扬和贬抑、欢悦和痛苦全都融汇在艺术形象之中。对可怜的人、可怜生活的善意嘲笑，使他的作品逐渐形成了机智幽默、略含讥刺，平而不淡、浓而不烈的喜剧风格。读契诃夫的作品，你会觉得他写的就是自己身边的人、身边的事，那些人或许有缺点，他们的行为举止甚至让人发笑，但笑声中常常含有理解的善意。就是面对希腊语教员别里科夫、街头巡警奥楚蔑夫洛那样的讽刺对象，读者在笑过之后，也会为他们在权力压迫下的人性异化感到惋惜，对他们惶恐不安、朝不保夕的生存状态表示怜悯。

契诃夫的中篇小说《第六病室》《在流放中》和报告文学《库页岛旅行记》等作品，抓住日常生活中具有典型意义的事件，揭露和控诉沙俄监狱般的阴森。列宁读后，"觉得可怕极了"，以至于"在房间里都待不住""感到自己好像也被关在'第六病室'里了"。《第六病室》标志着契诃夫小说创作的飞跃，此后，他的中短篇小说有了更强烈的人道情怀和批判精神。

20 世纪前后，俄国解放运动进入了无产阶级革命阶段。契诃夫创作的《带狗的女人》，暴露人的庸俗和虚伪，唤起读者对浑浑噩噩、半死不活的生活的厌恶；《带阁楼的房子》和《我的一生》，批判自由主义者的渐进论思想，发出了"不能再这样生活下去"的呐喊；《新娘》和《樱桃园》，表达要"把生活翻个身"的强烈渴望，展示了贵族不可避免的没落和被无产阶级所取代的趋势。他引领读者学会在复杂的、热乎乎的情感世界里徜徉，懂得惜别"樱桃园"里伐木的斧声和"新生活万岁"的欢呼声。

四

契诃夫的目光始终聚焦在"小人物"身上，并善于从生活琐事中揭示他们的庸俗习气。《农民》《苦恼》和《凡卡》，以清醒的现实主义反映了农民的贫困和愚昧；《变色龙》讽刺见风使舵者的奴颜媚骨，揭露了维护专制暴政的奴才们专横跋扈、暴戾恣睢的丑恶嘴脸；《胖子和瘦子》《小公务员之死》，展现了"小人物"的战战兢兢和卑躬屈膝;《跳来跳去的女人》《挂在脖子上的安娜》,针砭追求虚荣、庸俗无聊、鼠目寸光的人生哲学,对"人变庸人"进行了艺术鞭挞……

契诃夫是诚实的。他的诚实,让他从尖锐中透出同情与怜悯,从冷峻中体现温暖的诗意。英国小说家毛姆说:"今天,还没有一个作家的小说,在最好的评论家心目中占有比契诃夫更高的位置。他已经把所有的小说家都挤到一边去了。赞赏他,是你有鉴赏力的证明;不喜欢他,就等于承认自己是外行,是庸人俗子。他的小说自然而然地成了青年作家的典范。"

契诃夫对底层民众有着深切的同情和执着的爱。读他的作品,总能从心里激发出高尚的人道情感。他对《万卡》中的九岁小男孩万卡和《渴睡》里的小保姆瓦丽卡,充满了温柔的怜悯;对《苦恼》中的车夫姚纳、《歌女》中的帕莎和《家庭教师》中的玛依卡,表现出了强烈的同情心;在《带阁楼的房子》中,他更是哀叹底层劳动者通往精神生活的每一条道路,像雪崩一样被死死地堵住;他对《跳来跳去的女人》中的男主人公戴莫夫,有着充分的道德关怀,说他具有"伟大的道德力量",是一个"善良、纯洁、仁慈的灵魂"……凡此种种,都说明契诃夫的心始终与底层劳动者连在一起,也说明一个真正的作家,必须具有普世的人道情怀。

契诃夫的作品总是充满引领人、净化人的道德力量,他要挤出奴性,让全世界的人都过上有尊严、有意义的生活。诚如他自己所说:"把身上的奴性一点一滴地挤出去",然后,"在一个美丽的早晨醒来,觉得自己血管里流的已经不是奴隶的血,而是真正的人的血了"。他早就体验到了人与人之间的疏远和隔膜,感受到了环境对人的强大挑战,并在《忧伤》《草原》等作品中,给予了相应的艺术观照。尊严,是人的生命;没有尊严的生活,无异于生活没有意义。契诃夫的人道情怀,恰恰体现在这里。

借用普希金概括果戈理的话说,契诃夫小说的重要主题,就是揭示"庸俗人的庸俗"。其实,契诃夫写人的"庸俗",只是为了表达他对现实生活中人性和人格不完善的痛心疾首,营造各类人物平等共处的"民主王国"。每一个读者都能根据契诃夫的灵魂或灵性品质,从他的短篇小说中感受自己的人生道路,并挑选出贴近心灵的一个小段落。

五

契诃夫二十多岁得了肺病，1904年6月病情恶化，被送往德国治疗。当他预感到自己将不久于人世后，便立下遗嘱，将财产分别留给母亲、妹妹和妻子。他希望妹妹"帮助穷人，爱护母亲，保持全家的和睦"，在母亲和她去世后，"将全部财产捐献给塔甘罗格政府，以此作为家乡的教育基金"。

7月15日夜，契诃夫溘然长逝。从此，世界文坛少了一个"短篇小说之王"，一个最富平民意识的批判现实主义作家。

高尔基高度赞赏契诃夫的文学成就，称他"是一个最有价值的巨人"，是"俄国还没有一个可以比得上的短篇小说家"。

列夫·托尔斯泰称赞契诃夫，是"无与伦比的艺术家"，是"小说中的普希金"。他说："撇开一切虚伪的客套，肯定地说，从技巧上讲，他，契诃夫，远比我更加高明！"

索尔仁尼琴说："对于千百万俄罗斯读者来说，契诃夫不仅是一位俄罗斯经典作家，而且他贴近人的灵魂，几乎就是一位家庭成员。"

……

一个多世纪过去了，契诃夫仍然活在我们心里。他对现实人生的关注，对人性弱点的暴露，对社会不公的抗议，对小人物悲惨命运的同情，与中国五四精神高度契合，对中国现当代作家文学观念的形成，产生了很大影响。他的《变色龙》《胖子和瘦子》《凡卡》《套中人》《小公务员之死》等作品，都被收进中小学语文课本里。

2010年1月29日，是契诃夫诞辰一百五十周年，世界各地都以不同的形式缅怀纪念他。六年前，契诃夫逝世一百周年之际，莫斯科艺术剧院前矗起的那座纪念碑，仿佛就是契诃夫的化身。他的吸引力，在很大程度上表现为平民精神的吸引力；他的不朽，也是平民文学的不朽！

一个流亡作家的礼赞

2007 年 6 月 12 日，是俄罗斯联邦的独立日。那天，被誉为"俄罗斯的良心"的"流亡作家"索尔仁尼琴，荣膺了俄罗斯人文领域最高成就奖——"俄罗斯国家奖"。俄联邦总统普京在颁奖典礼上说，全世界成千上万人把亚历山大·索尔仁尼琴的名字与创作和俄罗斯的命运联系在一起，他的科学研究和杰出的文学著作，作为他生命的全部，全都献给了自己的祖国。

以批判的方式深爱着自己的祖国的政治异见者，在摘取诺贝尔文学奖桂冠三十七年后，终于得到了国家对作家自主创作权的尊重。索尔仁尼琴坐在轮椅上和普京合影，他的形象犹如刻在时代坐标上的雕像，比任何时候都巍峨、高大。

一

或许是上帝的刻意安排，索尔仁尼琴注定要和党和国家的头面人物结下不解之缘——他因头面人物被捕坐牢，因头面人物一炮走红，因头面人物流亡天涯，又因头面人物获得新生……这样的际遇，使他的人生充满了传奇色彩。

1945 年 2 月，苏联卫国战争胜利前夜，索尔仁尼琴因在与中学同学柯克的通信中"批评斯大林"，内务人民委员部便以"进行反苏宣传和阴谋建立反苏组织"等罪名，缺席判处他八年劳役——据说，这在当时"还算是温和的判决"。

铁窗生涯改变了索尔仁尼琴的人生轨迹。劳役期满后，苏维埃当局把他流放到哈萨克斯坦。1956 年，他被解除流放，由当局安排到梁赞市当了一名中学教员。

1962 年 11 月，《新世界》杂志发表了索尔仁尼琴的处女作《伊万·杰尼索维奇的一天》。这部第一次描写斯大林时代劳改营生活的作品，甫一问世就轰动了苏联文坛。党和国家最高领导人赫鲁晓夫称赞这部小说，"从党的立场反映了那些年代的真实情况"。索尔仁尼琴由此横空出世，一夜成名。1963 年，他被苏联作协吸收为会员。

"俄罗斯的良心"索尔仁尼琴
（1918.12-2008.8）

正当人们将羡慕或嫉妒的目光投向索尔仁尼琴时，赫鲁晓夫轰然倒台，文坛也随之改变了"风向"。1965 年 3 月，《伊万·杰尼索维奇的一天》受到公开批判。

1967 年 5 月，索尔仁尼琴给第四次苏联作家代表大会写信，要求取消"对文艺创作的一切公开和秘密的检查制度"。这封信以及他不经批准就在国外出版《癌病房》《第一圈》等作品，进一步恶化了索尔仁尼琴同当局的关系。1969 年 11 月，苏联作协将他开除会籍。

1970 年 10 月，瑞典皇家学院因索尔仁尼琴"在追求俄罗斯文学不可或缺的传统方面所具有的道义力量"，授予他诺贝尔文学奖。苏共中央书记处认为，这是"冷战性质的政治挑衅"。基于当时的政治环境，索翁没有前去领奖。

1973 年 12 月，以揭露"非人的残暴统治"为主题的《古拉格群岛》第一卷，在法国巴黎出版。从此，索尔仁尼琴再也没有了回旋的余地。次年 2 月 12 日，最高苏维埃主席团将他驱逐出境。他先是在联邦德国、瑞士侨居，后来流亡到了美国。

索尔仁尼琴在美国一住就是十八年，1989 年，苏联作协撤销将索尔仁尼琴开除会籍的"不公正的、与社会主义民主原则相抵触的决定"。1990 年 8 月 16 日，苏联总统戈尔巴乔夫签署命令，恢复了他的俄罗斯国籍。

苏联解体后，索尔仁尼琴应叶利钦总统邀请，回到了阔别二十年的祖国。

1998 年，索翁八十寿辰时，叶利钦给他颁发"圣安德烈荣誉勋章"。索尔仁尼琴因不满叶氏"休克疗法"造成的乱局，严词拒绝说："我不能从一个将俄罗斯带入灾难的最高权威那里领奖。"这让高高在上的叶利钦总统很没有面子。

2007 年 6 月，索尔仁尼琴从普京手中接过了俄罗斯国家奖章。舆论评价："昔日的特工和昔日的异议者，毕竟拥有共同的底线，或者说拥有最低限度的共识。"这个"共同的底线"与"最低限度的共识"是什么？就是对人类共同良知和普世价值的尊重！

2008 年 8 月 3 日，索尔仁尼琴走完了他八十九年的多舛人生。时任俄联邦总统梅德韦捷夫、总理普京向他的遗体敬献了鲜花。普京说，索尔仁尼琴一生的艰辛之路"给我们留下了一个范例，印证着他对人民、对祖国，以及对自由、公正和人道主义的全心投入与无私奉献"。

是耶非耶，一切都随人去。俄罗斯民谚说："一位长者的辞世，等于烧毁了一座图书馆。"索尔仁尼琴恰恰相反，他给俄罗斯和全世界留下的，是一座琳琅满目的文学宫殿。

二

索尔仁尼琴是唯一能与莎士比亚和列夫·托尔斯泰比肩的俄罗斯作家。他的主要作品有：《伊凡·杰尼索维奇的一天》《第一圈》《癌症楼》《古拉格群岛》《牛犊顶橡树》《红轮》等。

《伊万·杰尼索维奇的一天》虽然只写了舒霍夫和狱友们在"集中营"里的"一天"，却代表了俄罗斯文学的一个时代。这部开"集中营"文学创作之先河的中篇小说，以其对时代发人深思的启示一"矢"中的：不是斯大林对人不人道，而是人对人不人道。无论专制把人摧残到何等地步，都无法泯灭人的本性。"集中营"或许无处不在，我们每"一天"都在与命运进行抗争。每个尊重人的尊严和价值的人，每个身处逆境而不屈服于命运的人，都能从索尔仁尼琴的《一天》中获得教益。

一百四十万字的长篇小说《古拉格群岛》，是索尔仁尼琴对苏联政治体制所做的精辟描写。所谓"古拉格"，即"劳动改造营管理总局"——苏联劳改制度的象征。索翁将其喻为"群岛"，意在指出这种制度已经渗透到社会生活的各个领域，变成了苏联的"第二领土"。全书分监狱工业、永恒的运动、劳动消灭营、灵魂与铁丝网、苦役刑、流放、斯大林死后七部分，既以"群岛居民"的经历为线索，又穿插苏联劳改制度发展史中的大量资料；既有激昂的控诉、愤怒的谴责，又有尖锐的嘲讽、深切的诉说，是深刻理解斯大林时期的苏联政治体制的重要参考作品。

如果说，《古拉格群岛》的主题是表现灾难，那么，《癌症楼》则致力于剖析灾难发生的病理学根源。小说的第一句话就是："癌症楼也叫'13号楼'。"在基督教里，"13"意味着背叛、受难和死亡。犹大当年背叛了耶稣，癌症楼则象征着对人类的背叛。小说的主人公科斯托格洛托夫，在劳改营里服劳役七年，之后在流放地患上癌症，住进了"癌症楼"。治疗癌症常用的"激素疗法"，使他失去了"什么是男人、什么是女人"的本能，他在反抗中发现了社会的病症和人类灵魂的癌细胞——对于个体性的蔑视、压制和消解。这种现代意义的"癌症"，是一种反个体综合征——当它爆发时，人们就会以集体、理念、正义的名义，对自己进行合法性"授权"，然后理直气壮地去剥夺他人的个性。此时，癌细胞就会裂变为不同形态的"古拉格群"，各种各样的"癌症楼"也会迅速崛起。索尔仁尼琴从流放地到塔什干治病的坎坷经历和所见所闻，构成了创作《癌症楼》的基本素材。"癌症楼"仿佛是一面透视灵魂的照妖镜，那些自以为健康的人，那些在官僚主义机制下"正常"运转的各个"部件"，大都滋生了置人于死地的"癌细胞"。

《红轮》是索尔仁尼琴耗尽一生心血完成的纪实性作品，也是世界文学史上规模最宏大、卷帙最浩繁、所反映的历史事件时间跨度最长的系列小说。全书二十卷，从1914年8月第一次世界大战、1917年俄国资产阶级革命和十月社会主义革命、1918—1920年外国武装干涉和苏联国内战争，一直写到1920—1922年水兵叛乱和新经济政策、1928年工业化、1931年农业集体化、1941年苏联卫国战争、1945年卫国战争胜利。索翁把这些历史事件和历史人物展现在读者面前，构成了一部俄罗斯生活的百科全书。索尔仁尼琴特别看重这部承载着他全部心血的长篇巨著，认为《红轮》象征着不停旋转的历史车轮，指向一种非人的、非理性的、强大的、无法遏制的力量，表现了以爱为核心的人文主义思想。

从古拉格囚犯到诺贝尔文学奖得主，从流亡异域到荣归故里，从具有破冰意义的《伊万·杰尼索维奇的一天》，到揭露集中营生活的《古拉格群岛》和卷帙浩繁的历史风云录《红轮》，索尔仁尼琴以"牛犊顶橡树"的韧性和毅力，一肩扛着人类的道德旗帜，一肩背负着俄罗斯民族的苦难，坚韧而顽强地向前跋涉。是什么力量支撑他在道德层面进行批判性反抗？就是因为他是一个燃烧着理想、信仰的"文化主教"。

三

索尔仁尼琴穿行在历史与现实的泥淖中，近乎偏执地用文学反思极权政治。他坚信文学肩负的崇高使命，相信文学能够抵制暴力，消泯人与人之间的隔阂，成为祖国和民族的"活化石"。

瑞典皇家学院在授予索尔仁尼琴诺贝尔文学奖的颁奖词中写道："俄罗斯的苦难使他的作品充满咄咄逼人的力量，闪耀着永不熄灭的爱火。故土的生活给他提供了题材，也是他的作品的精神实质。在这些雄壮的叙事诗中，中心人物便是不可征服的俄罗斯母亲。"正因为如此，他才成为全球公认的"俄罗斯的良心"。

何谓良心？索尔仁尼琴说："我绝不相信这个时代没有放之四海而皆准的正义和良善的价值观，它们不仅有，而且不是朝令夕改、流动无常的，它们是稳定而永恒的。"他以自己的方式证明，政权并不等同于祖国。他不愿将自己对祖国的爱，盲同于爱政权。在他心中，祖国从来是有血有肉的具体人，是古拉格群岛上的千百万囚徒。他出版了许多为俄罗斯"诊病"的专著，他说："只要我活着，就要给国家开药方。"

在索尔仁尼琴看来，"给国家开药方"必须说真话。"一句真话比整个世界的分量都要重"。现代人最大的人性缺失，是对谎言俯首听命，对不义熟视无睹。为此，他写下《莫要靠谎言过日子》，希望人们不要讲违心话，至少不要参与撒谎。按说，这在任何民族文化中，都是共同的底线和常识，索尔仁尼琴却为此付出了沉重代价。

索尔仁尼琴无法从良心上抹去鲜血、屈辱、恐惧和死亡造成的伤痕，他认为，斯大林用阶级平等改变社会，只能使人心的恶愈加泛滥。善和恶的界线不在国与国、党与党、阶级与阶级或种族、地缘、血缘，而在于人的内心。革命可以摧毁承载恶的肉体及其生存环境，但摧毁不了邪恶本身。因为人的恶（原罪）是与生俱来的，是人类始祖偷吃禁果的结果。不管有没有"革命"，邪恶都会存在。但一旦打开潘多拉盒子，邪恶就会像脱缰的野马，肆无忌惮地四处泛滥。

个体性的泯灭从来是邪悲之源。不管以什么名义消灭个性，都是在为自己建造"古拉格群岛"和"癌症楼"。索尔仁尼琴找到了这个秘密，便反思文学重构灾难的发生学机制。他反思和暴露的目的，不是为了报复，而是为了记录个体受难的真相，保存"残酷的、昏暗年代里的历史材料、历史题材、生命图景和人物"，让无数患过灵魂之癌的人承认："我曾经是刽子手和杀人犯！"并为此进行忏悔，同时也启示后来者：永远告别给人造成伤害的"古拉格群岛"和"癌症楼"。

文学是个体的，最能表达作家的真切感受；但文学也是社会的，随时用思想和情感反映社会。文学关乎世道人心，它的每一个表达，都会或多或少地影响读者。这是文学与生俱来的使命。作品一旦生产出来，进入流通环节，它所蕴含的思想、精神和情感，就会清除人们内心的垃圾，让因世故而板结的心更有理性。

索尔仁尼琴的重量来自历史，指向未来。他虽然不是耶稣，不能以自己的死为民族、为人类赎罪，但作为有限的、卑微的个体，每个人的死都是他的死。有多少人死去，他就会死去多少次。

四

每次打开索尔仁尼琴的小说，我的脑海里总回荡着他洪钟大吕般的声音。这声音，犹如思想者发出的呐喊，具有巨大的反叛力量和重塑精神。

索尔仁尼琴是文学家，也是思想者。他把恐怖与血腥变成思考，把野蛮与残酷变成求索。他始终高举着思想的明灯，就像怒海中的一叶孤舟，孤零零地与暗夜抗争。他是孤独的——思想者总是因孤独而标新立异，独树一帜！

思想者的力量在于批判。他们是异端，但不是邪说；他们是反叛，但不是反动。

公元前 339 年，苏格拉底被雅典人以"不敬神"和"蛊惑青年"的罪名判以死刑。雅典人一向以文明著称，但他们的文明，是死守传统与教条。他们穿着文明的外衣，打着道德和法律的旗号，让全世界痛苦了二千三百年。

苏格拉底是因思想而死的；死，加重了他思想的力量。苏格拉底思想的火炬，被一代又一代人高举着，跑遍了全世界每一个角落，照亮了无数劳苦大众的心。

索尔仁尼琴留给人类的思想财富，是一笔不可多得的精神遗产。俄裔美国诗人布罗茨基说："当我们阅读一位诗人时，我们是在参与他或他的作品的死亡。"我们谈论索尔仁尼琴的死，其实是在探讨他的生，探讨他的文学和思想遗产对于俄罗斯甚至整个世界的价值和意义。

索尔仁尼琴的文学和思想遗产，与时代同在，与人类同在！

域外览胜

YU WAI LAN SHENG

拥抱法兰克福

　　偕妻到欧洲旅行,第一站是德国西部城市法兰克福。上午十点从北京出发,穿越七个时区,飞行八九个小时,抵达时太阳还没有落山。我们隔着机窗向外瞭望,满眼都是传统与现代的风情、开放和自由的力量,恨不得把这座城市搂在怀里。

　　法兰克福有个美丽的传说:公元元年前后,莱茵河和多瑙河都是罗马帝国的北部边界,由于无险可守,帝国便在两河之间筑起了一道长城。这长城虽说不如中国的万里长城雄伟磅礴,但也绵延数百里,成了军事防御的坚固屏障。七百年后的一天,查理大帝打了败仗,退守到莱茵河中部支流美因河右岸。眼看着敌人杀气腾腾地追来,他们却找不到向导,没办法渡河,一个个急得像热锅上的蚂蚁。正在危难之际,忽然看见一只麋鹿向河边跑来,随后涉水而过,消失在天际。查理大帝眼睛一亮:这不是上帝赐给我的"领路天使"吗?遂下令军队循着麋鹿的脚印过河,终于化险为夷,转危为安。为了这不能忘却的纪念,他特意在河边修建了一座城市,取名"法兰克福"。

　　由此算来,法兰克福已有一千二百多年的历史。罗马贝格广场是老城的中心,在现代建筑群的辉映下,见证着法兰克福的历史变迁。罗马帝国时期,皇帝由雄霸各方的诸侯推选,史称"选帝侯"。1152 年,各方诸侯在法兰克福聚会,一致推选巴巴罗萨一世为皇帝;1356 年,卡尔四世颁布金牛诏书,规定以后选帝侯都在这里举行。从 1562 年开始,法兰克福取代亚琛,成为皇帝举行加冕典礼的福地。1866 年,法兰克福被并入普鲁士,结束了帝国自由城市的状态。二战时,整座城市几乎被炸成废墟,战后经过重建,才成为德国最有经济活力的国际大都市。

罗马贝格广场西侧的哥特式建筑，是罗马皇帝举行加冕典礼的地方，如今已改为法兰克福市政大楼。在二楼大厅里，悬挂着从查里曼大帝到佛朗茨二世五十二个皇帝的肖像，它们默默地告诉游客，历史不能遗忘，更不能被人利用！德国人向来迷恋足球，如果国家足球队胜利归来，运动员和球迷们都会在广场上彻夜狂欢。广场正中，正义女神手持象征公平、公正的天平，仿佛要把人世间的事情摆得不偏不倚。这座雕像始建于 1611 年，最早用的材料是沙石，1887 年才换成了铜材。

从罗马贝格广场东侧穿过一片民宅，我们来到圣巴特罗梅欧大教堂。那座砖红色的哥特式建筑，又称"多姆大教堂"。从 14 世纪迄今，已有七百多年的历史。它昂扬的英姿、高贵的气质，瞬间把人们带进历史的记忆之中。教堂南面的投票礼堂，是当年选举皇帝的地方，现在陈列着大主教加冕典礼时所穿的衣袍。教堂内，有三百三十级台阶直通塔顶，爬上去，可以鸟瞰整座城市的新貌。

法兰克福金融区是德国金融业兴盛的象征，欧洲中央银行设在那里，使法兰克福拥有了包括德国中央银行、德国商业银行、德国德累斯顿银行、花

罗马贝格广场

旗银行、中国银行等世界著名银行在内的四百多家银行和七百七十家保险公司。世界上所有的大银行，几乎都在法兰克福设有分行。那里还是欧洲第三大证券交易所，经营着德国百分之八十五的股票交易。设在法兰克福的欧洲银行总部和德国货币基金会，更像一根敏锐的神经，左右着德国经济升降的箭头。

很多人认为，犹太人是世界上掌控财富最多的民族，而法兰克福不仅是犹太人居住最密集的城市之一，也是欧洲货币机构的汇聚地。由此，法兰克福赢得了"莱茵河畔的耶路撒冷"之称。

法兰克福不仅是世界上著名的金融中心，还是一座具有八百年历史的博览会城市。因为得天独厚的地理优势，法兰克福每年都要举办几十次国际博览会。譬如每年春夏之交的国际消费品博览会，两年一度的国际卫生取暖空调专业博览会、国际服装纺织品博览会、汽车展览会、烹饪技术展览会……参加博览会的人数，年均一百万以上。毫无疑问，那里成了人们了解世界和世界了解德国的重要窗口。

坐落在法兰克福火车站附近的国际书展，堪称"出版界的奥运会"。1455年，古登堡发明的金属活字印刷，首先征服了欧洲图书市场，使法兰克福成为世界图书的交易中心。1611年，与莎士比亚同时期的英国文学家科里亚特所写的游记中，有这样一段详细记载：

> ……我走进书店街，看见了无数书籍，这情景让我惊讶万分。因为这条街的盛况，远远超过了伦敦圣保罗教堂前的广场、巴黎的圣雅各大街、威尼斯的美彻丽雅，以及所有我曾在旅途中走过的街市。这在我看来，真可以说是全欧洲最重要的书籍流通处了。这里的每条街市不仅因为各种书店，同时也因为艺术、知识及印刷术的高超专业水准而出名。尤其是此地的印刷术经过过去几年的蓬勃发展，使得法兰克福不亚于任何一个基督教城市，更不亚于因为印刷精良而受人赞赏的巴塞尔。

2016年10月19日—23日举行的第六十八届法兰克福书展，吸引了来自全球一百二十个国家和地区的七千三百余家出版企业和图书商。中国展团展出的一千多种出版物，讲述中国故事、阐释中国理念、解读中国发展道路，受到了越来越多的国际关注。它告诉人们，法兰克福书展不仅是图书展览，也是繁荣国际图书市场的重要载体。全球图书业需要这样一个平台。有着六百年历史的法兰克福书展，疏通了一条传播知识、弘扬文化的智慧长河。

有些欧洲人不喜欢法兰克福，认为它发达的商业过于嘈杂。但更多游客酷爱的，则是它的开放性和包容性。我们穿行在法兰克福的大街小巷，饿了，就去品尝路边裹着法兰克福香肠的热狗；渴了，就走进小酒馆点杯红葡萄酒；累了，就在书店里翻翻新出版的书刊……直到此时，我们才感受到了法兰克福的和谐。

这座城市太有魅力了，它的睿智与庄严、清纯与凝重、豁达与多情，吸引我们一次次回眸驻足。德意志是一个严谨务实的民族，我们与日耳曼人相处，或许看不到他们生命喷发的火焰，却能在幽静平淡的时光里，分享到一种惬意和诗意。

我在河北大学读书时，就被歌德的经典著作《少年维特之烦恼》《浮士德》吸引住了。歌德是德国民族文学的杰出代表，他把德意志文学的影响力提升到了全欧的高度，是空前绝后的集大成之作。歌德通过阅读中国文学，看到了人类共同的本质："中国人在思想、行为和情感方面，几乎和我们一样；只是在他们那里，一切都比我们更明朗，更纯洁，更合乎道德……"他还写了十四首《中德四季晨昏杂咏》，抒发对东方文明的向往之情。歌德说："我愈来愈深信，诗是人类的共同财产。世界文学的繁荣时代就要来到了！"

法兰克福是歌德的故乡，更是德国少有的文豪之城。我们很想去歌德故居拜谒这位文学大师，但遗憾的是，旅程没做这样的安排。无奈，只好把遗憾留在心里。世界上的事情从来都不会十全十美，有遗憾，才会对下一次充满期待。白驹过隙，世易时移，不管以后是否有机会再来法兰克福，歌德的光芒，都会照亮我们的精神世界。

告别法兰克福这座国际化大都市，我和妻闭上眼睛，慢慢做了次深呼吸，萦绕在心头的遗憾，也就丝丝缕缕淡去了许多。车窗外，天高云淡，山川飞逝，仿佛掠过一幅自然天成、色泽绚丽的古典油画。我们放眼望去，不但萌生出一种激动，而且获得了一份释怀。

法兰克福，永远在我们的怀抱里！

特里尔追寻红色幽灵

　　1848 年 2 月 21 日，马克思、恩格斯为共产主义者同盟起草的纲领——《共产党宣言》，首次在伦敦公开发表。自此，"一个幽灵，共产主义的幽灵"，开始"在欧洲大陆游荡"。

　　这个幽灵吸引我们一到特里尔，顾不上天色已近黄昏，就匆匆去瞻仰马克思的故居。马克思是国际共产主义运动的创始人，全世界无产阶级的导师和领袖，拜谒他老人家，不仅是枝叶对根须的叩问，也是当下对过去的缅怀。虽然马不停蹄，一路风尘，但神奇的遐想和迫切的渴望，让我们沉浸在对一个伟大灵魂的追寻之中。

　　历史是过去了的现在。来到"共产主义幽灵"的诞生地，最容易弄清自己从哪里来，到哪里去；最能"鉴前世之兴衰，考当今之得失"，找到开启中国道路的目标和方向，把握实现民族复兴的动力和方法。

一

　　特里尔是德国最古老的城市之一，早在古罗马时期便闻名于世。美丽的莫泽尔河缓缓从那里流过，辉映着古城典雅而朴素的市容；一座座罗马风格的建筑，述说着特里尔久远的历史；大街小巷延伸的石头路，历经两千年行人的足履，依然散发着温润的光泽。教堂里此起彼落的管风琴圣音，似乎在告诉游客，马克思从历史走来，他的诞生地的文化土壤有多么丰厚！

坐落在特里尔布吕肯街的马克思故居，是一座带有巴洛克建筑风格的三层小楼。淡黄色的外墙、乳白色的窗扉、棕色的门楣和窗沿，在落日的余晖下散发着温馨。这座小楼始建于1727年。1818年4月，马克思的父亲亨利希·马克思把它租赁下来。5月5日，卡尔·马克思就降生在这里。

马克思在小楼里住了一年多，1819年10月全家就搬走了。对于自己的出生地，马克思或许没有一点印象，以后也没有再回来过，但这座小楼却成了无数人朝拜的"圣地"——因为这里是红色风暴的源头，那轰轰烈烈、排山倒海般的国际共产主义运动，就是在这里孕育、从这里起航的呀！

推门走进马克思故居，柜台前陈列的马克思铜像，依然那么慈祥、睿智。他宽大的额头里，不知道储存着多少智慧；他如炬的目光，似乎要把整个世界看穿。我们在马克思铜像前伫立良久，愈发觉得那张面孔幽深莫测，他所提出的"批判性思想"，仍然是人类观察世界、分析问题的思想武器。

故居第一层原来是马克思父亲的办公室，现在一个房间作参观者的接待室，其他房间作展室。在这个房间展出的，有马克思的出生证、马克思与燕妮的结婚盟约和结婚证，还有马克思家庭成员的照片和他的英文死亡证明等文物。

第二层是马克思降生的地方，如今陈列着马克思和恩格斯的全身铜像，介绍马克思生平事迹和国际共产主义运动、马克思和恩格斯与革命家的交往，以及建立共产主义者同盟、第一国际、各国工人阶级政党和德国社会民主党的珍贵史料。

第三层陈列着马克思的经典著作：有《共产党宣言》的各种版本，有1867年出版的《资本论》第一卷，有马克思、恩格斯赠给友人的书籍，有马、恩的手稿和书信，还有马克思送给父亲的诗集和他为妻子燕妮收集的民歌。

这些展品，述说着一位国际共产主义运动先驱的光辉历程，以及他在当时所产生的影响。透过发黄的老图片，我们仿佛看到，一个伟大生命从他诞生之日起，就有着理性与逻辑的基因，感受到一位在书本里、在我们精神世界里的伟人的存在。

在这座独立的小楼里，最珍贵的展品是共产党人的"圣经"——《共产党宣言》和《资本论》。《共产党宣言》先后出版了七十多种文字、一千多个版本。在当今世界上，还没有哪部著作像它那样，运用辩证唯物主义和历史唯物主义，分析生产力与生产关系、经济基础与上层建筑的矛盾，分析阶级和阶级斗争，特别是资本主义社会阶级斗争的产生、发展过程，论证资本主义必然灭亡和社会主义必然胜利的客观规律，鼓动"全世界无产者联合起来"，用革命的暴力"消灭私有制"，建立无产阶级的"政治统治"。我们只要看一眼橱窗里陈列的《共产党宣言》，就知道它的生命力有多么强大！

《资本论》全称《资本论——政治经济学批判》，全书一百六十多万字，是马克思研究了一千五百种书籍、呕心沥血四十年完成的。唯物史观和剩余价值规律是马克思的两个伟大发现。由于这两个伟大发现，社会主义由空想变成了科学。在这本书里，他第一次提出了政治经济学的研究对象是资本主义生产方式以及与其相适应的生产关系和交换关系，创造了生产力与生产关系矛盾运动的历史唯物主义分析方法，并据此进行社会经济分析，首创了生产商品的劳动二重性学说、科学劳动价值论和科学剩余价值学说，发现了资本积累的一般规律和历史趋势。在此之前，还没有哪个政治家发现了资本主义的生产规律，更没有谁能讲清楚资本和劳动的关系。

《资本论》宛若一个大海，人类社会的知识经过各门学科的吸收和过滤，全部汇集到这本书里。牛津大学希腊文教授休·劳力埃德琼斯说："现有的大量文献，都是在马克思主义的基础上产生的。不但在历史、政治、经济和社会各门学科中，而且在美学和文学批评领域，马克思主义都是每个有常识的读者必须与之打交道的学说。"20世纪80年代末，在巴黎举行的一次国际会议上，有人甚至喊出了"马克思没有死，他还活着"的口号。

习近平总书记指出："马克思主义尽管诞生在一个世纪之前，但历史和现实都证明它是科学的理论。"这位"现代社会思想之父"所揭示的资本主义社会产生、发展、走向灭亡，并被社会主义社会所取代的历史规律，对于构建中国特色社会主义政治经济学，具有重要的科学价值和指导意义。

二

从马克思诞生到现在，满打满算不过二百年。马克思描绘的共产主义蓝图，是他批判地吸收空想社会主义思想成果，运用辩证唯物主义和历史唯物主义分析社会发展规律，总结工人运动实践经验而提出的人类历史上最先进、最美好的社会理想。在此之前，陶渊明的《桃花源记》、莫尔的《乌托邦》和康帕内拉的《太阳城》，都幻想建立一个没有剥削、没有压迫的人类社会。1825年欧文开办"新和谐公社"、1871年法国无产者创立"巴黎公社"，只能说是近现代版的"桃花源"。可惜它们与当时的生产力水平和道德水准相差太远，美丽的实验必然以失败而告终。

俄国十月革命后，国际共产主义运动风起云涌。特里尔的幽灵在中华大地一登陆，就围绕着怎样接纳它和运用它，展开了异常激烈的争论。争论的焦点是：社会主义能否救中国？近代历史逾百年，中华民族有太多的苦难和挫折，经过无数仁人志士艰苦卓绝、前仆后继的奋斗和牺牲，历史选择了中国共产党，中国选择了社会主义。

读了几十年马克思的书，走过几十年坎坷的路，难得有缘，来到马克思降生的地方，就像唐僧朝圣佛祖释迦牟尼一样，终于还了这个愿。这时，街上的路灯亮起来了，而我们心中的思考，却比泰山还要沉重！有资料显示，列宁、斯大林当年看好的，是日本革命而不是中国。为什么中国共产党能够带领全国各族人民从苦难走向辉煌，改变了中华民族落后挨打的命运？为什么印有镰刀、锤子和金边红星图案的苏联国旗，仅在克里姆林宫上空飘扬了六十年，世界上第一个社会主义国家就土崩瓦解，毁于一旦？为什么随着柏林墙的倒塌，东欧社会主义国家会出现"塌方式"垮台？为什么西方普遍认为中国红色政权的颠覆只是时间问题，而中国共产党却力挽狂澜，顺势应变，实现了"文明型国家"的崛起？一言以蔽之，就是看它能否以高度的历史自觉，推进马克思主义同中国革命、建设和改革的实际情况相结合。

什么是历史自觉？历史自觉首先是对历史规律的清晰把握，其次是对社会前景的主动营造。毛泽东同志以农村包围城市，工农武装割据，最后夺取城市，建立了新中国；邓小平同志实行改革开放基本国策，走出了一条中国特色社会主义道路。江泽民同志提出的"三个代表"重要思想，胡锦涛同志提出的科学发展观，习近平同志提出的全面建成小康社会、全面深化改革、全面依法治国、全面从严治党的战略布局和创新、协调、绿色、开放、共享的发展理念，都以高度的历史自觉，把新时代中国特色社会主义推向前进。

这种历史自觉，是中华民族由"东亚病夫"蜕变为"东方巨龙"的力量源泉。

就像法国《世界报》所评论的："每一次中国出现危机，都会有共产党垮台的预言。垮台论的预言家没有看到的是，中国共产党人的反思让其表现出全球共产党历史上前所未有的可塑性。他们所具有的快速调整、自我批评以及不断考察国外有效模式等灵活方式，不但巩固了政治基础，而且还具有与民众达成一种新的契约的能力。"

三

世界社会主义五百年风雨历程、五百年奋勇前行，从空想到科学，从理论到现实，从一国到多国，从初步探索到不断深化发展，始终代表着人类的前进方向。在历史长河中，五百年不算长，但世界社会主义发展的历史，是人类摆脱不平等不公正不合理的剥削制度、实现更加美好的社会制度的探索过程，是无产阶级寻求自身解放和全人类解放的奋斗过程。

马克思主义之于中国的意义，近一个世纪以来已有不少导师进行过概括和论述。1938 年，毛泽东同志在党的六届六中全会上指出，马克思列宁主义理论是放之四海而皆准的理论，不应当当作教条，而应当看作行动的指南。只有这个行动指南，这个立场和方法，才是革命的科学，才是引导我们认识革命对象与指导革命成功的唯一正确的方针。九十多年来，中国共产党人高举马克思主义旗帜，以不屈不挠的奋斗、义无反顾的牺牲，推动了中国历史上最广泛、最深刻的社会变革，不可逆转地结束了近代以来中国内忧外患、积贫积弱的悲惨命运，不可逆转地开启了中华民族不断发展壮大、走向伟大复兴的历史进军。中国共产党的历史如同过山车一般跌宕起伏，堪称人类历史上最动人的故事。

中国特色社会主义是前无古人的崭新事业，任何时候都要坚定道路自信、理论自信和制度自信，实现马克思主义中国化的新飞跃。马克思揭示的自然界、人类社会、人类思维发展的普遍规律，为人类社会开辟了通向真理的道路。在人类思想史上，还没有哪一种理论像马克思主义那样，拨云见日、照亮历史，引领时代、辉耀未来。正因此，1999 年，英国剑桥大学评选"千年第一思想家"时，马克思毫无悬念地名列榜首。2005 年，英国广播公司评选"古今最伟大的哲学家"，马克思再次独占鳌头。

马克思逝世一百二十年了，为何还有如此巨大的影响力？我的脑海里再次浮现出他老人家常说的一句话："如果我们选择了最能为人类的福利而劳动的职业，那么，重担就不能把我们压倒，因为这是为大家而献身；那时我们所感到的，就不是可怜的、有限的、自私的乐趣，我们的幸福将属于千百万人，我们的事业将默默地、但是永恒发挥作用地存在下去，面对我们的骨灰，高尚的人将洒下眼泪。"正是这种坚定的信念、崇高的理想、满腔的热情和无私奉献精神，成就了马克思的伟大和不朽。

20世纪末，因解构主义而享有盛名的法国哲学家德里达出版了《马克思的幽灵》一书。他在这部轰动西方世界的著作中疾呼："不能没有马克思！没有马克思，没有对马克思的记忆，没有马克思的遗产，也就没有将来。"伟大的思想，总是诉说着时代的心曲，总是属于人类永恒的历史。不忘初心，方得始终。距中华民族伟大复兴的目标越近，我们这个国家和这片土地上的人民，就越需要以马克思主义为指导。

特里尔是马克思诞生的地方，他的壮年和老年却是在伦敦度过的。尽管他在这座小楼里住的时间很短，但我们看到，前来拜谒的人络绎不绝。有的伫立静默，有的挥手致敬，有的细声交流，有的低头沉思，他们都以自己的方式，表达对这位伟人的怀念。马克思虽然"是世界上最遭嫉恨和最受污蔑的人，但他的英名和他的事业，人类永远不会忘记"（恩格斯语）。

从马克思故居出来，天完全黑了下来。我们在旅馆里吃过晚餐，然后草草洗了个澡，就带着红色圣地带来的兴奋进入了梦乡。一觉醒来，天已大亮，到屋外逛逛，发现这里离黑门不远。古罗马时代，黑门是特里尔的北城门，经过岁月的风化和剥蚀，如今留给游客的，是一派幽远悲壮的苍凉。黑门和马克思故居仅隔几条街，咫尺方寸地，跋涉上千年，披着早晨的霞光，我们的眼睛豁然一亮，好像触到了历史的灵魂。

特里尔——马克思的故乡，国际共产主义运动的源头！

特里尔——人类精神的梦乡，真理和道义的制高点！

肃穆静谧的浩劫纪念碑

一

在"创意之都"柏林旅行，最震撼我们心灵的所在，是坐落在德意志联邦议院和联邦总理府附近的那片肃穆静谧的碑群——欧洲犹太人大屠杀纪念碑。

占地一万九千平方米的欧洲犹太人大屠杀纪念碑，也叫浩劫纪念碑。二千七百多座中空混凝土板，以网格图形有序地排列着，放眼望去，就像连绵起伏的山丘，层层叠叠的波涛。纪念碑群没有入口，也没有出口，更没有聚焦游客目光的中心，人们可以从不同方向进出。走进碑群，犹如走进一条条小巷，环顾前后左右，混凝土浇筑的深灰色碑身，冰冷凝重，严整逼仄，从心理上把人们挤压得喘不过气来。

顺着浩劫纪念碑东南角的通道，我们随导游下到了地下信息中心。六幅犹太人的巨幅画像代表着被纳粹屠杀的六百万犹太人，向来自世界各国的游客频频致意；排列整齐的老照片，控诉着1933—1945年纳粹屠杀犹太人的滔天罪行。

地下信息中心有七个展厅。第一展厅地面上平铺的灯板，闪烁着受害者留下的日记、书信和遗言；四周墙壁上，醒目的数字和国别文字，告诉游客欧洲有多少犹太人被害——最多的是波兰：三百万人左右；最少的是丹麦：一百一十六人。

第二展厅展示着十多个被害犹太人的家庭照——这些照片有"全家福"，

也有结婚照，每个家庭成员的生死状况，清清楚楚，一目了然。

在接下来的"姓名厅"里，扩音喇叭播放着被害犹太人的简历。假如我们从头听一遍，大约需要六年零八个月。

第四展厅是集中营展厅。照片和影视资料向人们展示着遍布欧洲的二百多个集中营的概况，如果我们在每个集中营前驻足十分钟，至少要花三十个小时。

第五展厅介绍的二战纪念馆、博物馆与纪念碑，是德国清算侵略历史、避免悲剧重演的责任担当。

第六展厅摆放着几台电脑，电脑背后的墙壁上写着"牢记第二次世界大战和犹太人人屠杀的教训，是欧洲大多数国家身份认同最核心的部分"一行大字。我们从电脑上，能够查到三百九十万被害犹太人的资料。

第七展厅用英、德、法等国的语言播放着记者对七名大屠杀幸存者的采访录音——那是他们对纳粹屠犹的血泪控诉，也是德国告别历史、开拓未来的庄严宣示！

翻开世界文明史，我们很难找到哪个民族像犹太人那样，两千年流离失所，浪迹天涯，穿行在艰难坎坷的炼狱路上。无论是古埃及时代、古希腊时

欧洲犹太人大屠杀纪念碑

代，还是中世纪的"十字军东征"时代，犹太人不是被侮辱、被迫害，就是惨遭屠戮，死于非命。特别是希特勒的"最后解决"，使数不胜数的犹太人还没弄清是怎么一回事，就被糊里糊涂地赶到了另一个世界。在毛特豪森集中营，被关押者每天都要背着六十公斤重的石头，沿着一百八十六级"死亡台阶"攀登，几年时间就夺去了八万人的性命；在"死亡工厂"奥斯维辛集中营，仅 1940 年至 1945 年，就有一百一十万犹太人惨遭杀戮；奥地利、波兰、挪威、荷兰、卢森堡等国的集中营，也一夜之间成了犹太人的冥冥世界……

二

修建欧洲犹太人大屠杀纪念碑的构想，最早来自德国民间。1988 年 8 月，一位名叫莱娅·罗什的女记者提议，以德国的名义在首都柏林修建一座纪念碑，让世界各国人民直观地记住纳粹的罪行。

经过十年激烈争论，1999 年 6 月 25 日，德意志联邦议院通过了建碑的决议。时任联邦议院议长蒂尔泽说，为被害犹太人修建纪念碑，是因为我们认识到：统一的觉醒的德国不但必须坦白地承认自己的历史，而且要在柏林中心地带公布过去的罪行，以便让后人牢牢地记住这一切。

欧洲犹太人大屠杀纪念碑北接布兰登堡门，南临波茨坦广场，那里是柏林的地理中心，是德国的政治、文化心脏。在一个具有象征意义的地方建碑纪念被杀害的六百万犹太人，揭露纳粹丧心病狂、惨无人道的历史罪行，需要多大的悔罪决心和道德勇气啊！

浩劫纪念碑于 2003 年 4 月动工，2005 年 5 月落成。它对于德国人来说，首先是一种警醒：往事虽不光彩，但是不能忘记。蒂尔泽在揭碑仪式上说，修建欧洲犹太人大屠杀纪念碑，并不是德国反省纳粹所犯罪行的终点。它时刻警示我们：永远不要忘记那段惨痛的历史！

欧洲犹太人大屠杀纪念碑虽然只是一个标志，但它体现了一种历史自觉，一种责任担当。战后半个世纪，德国经过反省和悔罪，不但建立了自我身份认同，得到了国际社会的谅解，而且作为一个受尊敬的国家，活跃在国际舞台上。修建欧洲犹太人大屠杀纪念碑，完全是德意志民族的历史自觉。

在许多国家建碑纪念民族英雄的地方，德国修建浩劫纪念碑来纪念当年的受害者，这在世界历史上是一个非同寻常的赎罪之举。德国不仅在首都柏林，还在全国各地修建纪念性建筑，仅大屠杀死难者纪念馆就占世界各国的百分之四十。这些纪念性建筑，既将自己的"痛点"展示给世界人民，同时也警示后人：不要忘记德意志民族罪恶的过去！

1949年12月，德国首任联邦总统特奥多尔·豪斯在一次集会上，承认那段历史"无论现在还是将来，都是我们全体德国人的耻辱"。1951年，德国对发动侵略战争的后果"全面承担责任"，并向受害国认罪、道歉。1970年，社民党总理勃兰特访问波兰时，在华沙犹太人殉难者纪念碑前双膝下跪，向全世界赔罪。1985年，联邦总统魏茨泽克在纪念二战胜利四十周年集会上，提议把纳粹德国的"战败日"改为"解放日"。之后，德国绝大多数政治家尤其是国家领导人，如联邦总统赫尔佐克，联邦总理科尔、施罗德、默克尔，都延续了德国对二战历史的理性认识和道义担当，不时有新的忏悔与反省。

1996年，德国将每年的1月27日定为"纳粹受害者纪念日"。2013年8月20日，联邦总理默克尔前往纳粹最早关押政治犯的集中营——达豪集中营哀悼。她强调，对受害者的苦难记忆必须代代传承，年轻人应当记住纳粹给人类造成的灾难。2015年3月，她在日本访问时，又"敲打"安倍首相："正视历史是和解的前提""战后德国能够幸运地被国际社会接受，是因为德国彻底与过去决裂。"

历史不能遗忘，反思没有终结。不承认战争罪行，不进行反思、道歉，哪里能得到被害国的谅解？

三

对于历史问题的处理，国际惯例不外乎三种方式：第一种是法律层面，包括责任追究；第二种是平反、赔偿；第三种是思想和理论反思。德国人认为，我们有责任把纳粹的罪行认同为德国历史的组成部分。如果不敢面对历史，就不能和过去彻底决裂；如果不认"老账"，过去的魔影就会一直跟随着你。作为一个负责任的国家，道德和舆论的压力也会越来越大。

承认并悔过历史罪行，尽管带有某些耻辱和苦涩的味道，却使德国赢得了国际社会的尊重。2011 年 2 月，在英国 BBC 委托国际调查公司"环球扫描"和美国马里兰大学国际政策态度项目调查中，德国摘取了"最受欢迎的国家"的桂冠。以色列政府也向为建碑做出贡献的德国表示感谢，称"这片纪念碑对德以两国关系具有巨大的象征意义"。

和纳粹德国同为二战元凶的日本，由于对战争罪行的清算不彻底，最终导致了民族主义抬头，极右势力猖獗。靖国神社供奉着十四名甲级战犯和两千多名乙、丙级战犯，许多国家政要时不时以各种方式参拜。在《开罗宣言》发表七十周年之际，安倍政府强推《特定秘密保护法案》，企图修改日本宪法第九条"永远放弃作为国家主权发动的战争、武力威胁或使用武力作为解决国际争端的手段"之规定，妄图复活军国主义，打造"战争国家"，破坏战后国际秩序与和平主义精神。这自然伤害了邻国的感情，亵渎了全世界一切爱好和平的人们的尊严。

日本是二战轴心国中发动战争最早、结束战争最晚的国家，它给亚洲人民造成的伤害，甚于任何一个法西斯国家。2013 年，德国举办了五百场活动来反思战争，日本什么时候反省过侵略历史，并向无辜的受害者道歉？德国政府将每年的 1 月 27 日定为"纳粹受害者纪念日"，日本为什么不把 9 月 3 日定为"亚洲解放日"？包括昔日轴心国在内的欧洲各国，都把纳粹投降七十周年纪念日作为"解放日"来庆祝，日本为何反而感到屈辱？在日本，哪里有一处二战受害者的纪念性建筑？就连南京大屠杀、慰安妇都不承认，他们怎能与中国、韩国等受害国和解？

和解的前提是认罪赎罪。但愿日本能像德国那样，拿出为被害犹太人建碑的勇气，反省历史，忏悔道歉，不再挑衅国际正义，践踏人类良知，加剧中日两国关系的紧张和对立。

四

"二战"结束后，世界各国在对纳粹进行审判和清算时，不约而同地提出了一个问题：德国这个曾经为世界文明做出重大贡献的民族，为什么会惨无人道地屠杀六百万犹太人？

美国史学家戈德哈根在《希特勒的自愿刽子手》一书中披露，当年的屠犹是从三个方面进行的：一是警察营的暴虐；二是虐杀以非生产为目的的"劳动营"；三是纳粹即将灭亡时，对犹太人进行最后杀戮的"死亡跋涉"。戈氏说，警察营"让我们看到反犹主义对德国社会的感染是多么广泛，以至于普通人都变成了刽子手……'死亡跋涉'让我们看到，作恶者屠犹的欲念在德国人心里埋藏得多深。他们做这件事时是多么用心，以至于没有命令也能把屠犹进行到最后一刻。劳役让我们看到反犹主义是多么顽固，以至于德国人不惜以经济自我戕害的方式来对待犹太劳工"。

驱使纳粹屠犹的，既不是希特勒的疯狂意志，也不是经济困境和政治胁迫，那么，根本原因是什么呢？是德意志民族的文化信念和政治生态。文化信念导致了德国社会对犹太人根深蒂固的偏见和仇恨；以政治立场、政治纪律、政治作风为内涵的政治生态，形成了区别于其他时代的社会发展环境。二者相辅相成，决定了德国人必须按照自己所理解的对国家、对民族的责任，把屠犹当成一个发自内心的"道德命令"，而自觉自愿主动为之。

德国作为一个文明国家，仇犹并不是其文化和社会的特征。普通人做出离奇的恶来，离不开社会政治生态的影响。从这个意义上说，纳粹之恶归根结底是制度之恶。在特定的政治生态下，整个社会的道德意识被扭曲，公理正义被颠覆，举国上下充斥着暴力和谎言，国家成了一架无恶不作的机器。置身于这样一个是非颠倒的世界，单靠人性不可能抵御作恶的诱惑或压力，就连本质善良的普通人，都有可能离奇地作恶，作离奇之恶。这种"恶"加剧并放大了制度之恶。制度之恶不是个人之恶的简单叠加，但又不可遏制地扩充"恶"，加深"恶"，使"恶"演变成无法解释的悲惨世界。

前事不忘，后事之师。在反省历史中找出纳粹屠犹的原因，在医治战争创伤中警惕悲剧的重演，或许是德国修建欧洲犹太人大屠杀纪念碑的初衷。

在哈瑙寻找儿时的梦境

一

　　哈瑙距法兰克福二十公里，是德国黑森州一座普通得不能再普通的小镇。它之所以名噪全球，游人如织，归根结底是因为《格林童话》。

　　《格林童话》是德国民间文学奠基人雅各布·格林和威廉·格林收集、整理的童话经典著作。格林兄弟以非凡的艺术表现力，讲述了一个个神奇浪漫的童话故事。这些故事十分契合少年儿童的阅读味蕾，既给孩子们的想象世界平添了丰富内容，又在伦理观念上满足了他们对善良和正义的渴望。恐怕连格林兄弟都不会料到，他们从民间收集、整理的原始素材，不但以特有的文学魅力征服了德国的孩子们，而且传遍全世界，成了不同国度、不同肤色的少年儿童茁壮成长的精神食粮。

　　从这个意义上说，不是《格林童话》感动了少年儿童，而是少年儿童选择了《格林童话》。

　　不同时代、不同地域，都将孕育不一样的童年。但无论何时何地，"快乐"从来是孩子们的天性，是孩子们童年的底色。《格林童话》让孩子们释放自己的天性，探索心中的好奇，描绘眼中的多彩，还原童年的意义，其实是在引燃他们的学习热情，让他们的童年从快乐中出发。

　　由此看来，一个少年儿童没有读过《格林童话》，他的童年肯定缺少纯真和温馨；一个成年人没有读过《格林童话》，他肯定不了解孩子们的精神世界。德国启蒙文学大师席勒说，《格林童话》的意义，不在于生活所教的真实，而在于童年所读的童话。二百年来，这部老少咸宜的经典著作，先后被翻译成一百四十多种文字，在西方基督教国家，发行量仅次于被列入吉尼斯世界纪录大全的《圣经》。

二

哈瑙是格林兄弟的诞生地，他们在那里虽然只住了五年，但漂亮的小镇却是《格林童话》的摇篮。

驱车来到哈瑙，恍若走进一个亦虚亦实、似幻犹真的迷离境界。我们在"格林兄弟之城"寻觅雅各布和威廉的踪迹，既是为了发现这片土地蕴藏的丰富想象力，打开通向另一种生活的窗子，也是为了寻找儿时的梦境，把童年的幻想和烂漫传递给更多的小读者。

哈瑙依莱茵河而建，大街小巷恬静优雅，散发着德国人严谨而内敛的气息。这座小镇不像英国的斯特拉特福那样张扬——那里因为诞生了人类伟大的戏剧天才莎士比亚，就把他的故居、墓地、纪念碑，连同他母亲、妻子和女儿的住所，都醒目地标示在指示牌上，甚至旅游手册、明信片和纪念品之类，也都印上相关内容，以此来炫示这座城镇的荣耀。当我们步入哈瑙宁静的街道，环顾四周一幢幢沐浴着童话色彩的民居时，方才感到，格林兄弟营造的梦幻世界是多么迷人！

矗立在集市广场上的格林兄弟纪念像，是哈瑙最显著的标志性地标。这尊1896年落成的雕像，基座上刻着"雅各布与威廉·格林"等字样，弟弟在基座上托腮坐着，膝盖上放着一本摊开的书；哥哥手扶椅子站在旁边，凝重的目光直落到书页上。据说，威廉自幼体弱多病，雅各布对他照顾有加，即使是纪念像，哥哥也让弟弟坐着。

从纪念像向东，不远处就是格林兄弟的故居遗址。按照常理，那里应该建座博物馆，把格林兄弟的生平事迹和文学成就展示出来。但遗憾的是，故居遗址除了一片民房和公共汽车站，唯一可循的，就是路边那座不起眼的石碑，上面刻着"对面的建筑毁于1945年，那里是语言文化研究家与童话搜集家雅各布和威廉·格林出生的房子"。我们揣测，哈瑙之所以没有修建格林博物馆，或许是因为集市广场上的那尊纪念像，让任何纪念形式都微不足道！

始建于 1700 年的菲力普斯鲁尔宫，是当时的伯爵菲力普·莱茵哈德的行宫，如今已改为哈瑙历史博物馆。他们特意在一楼为格林兄弟辟设展厅，让《灰姑娘》《白雪公主》《小红帽》《睡美人》《青蛙王子》《不来梅城的乐师》等脍炙人口的童话故事，为慕名而来的"铁粉"们营造快乐。哈瑙年年举办格林童话节，那些具有梦幻色彩的童话故事，还被改编成纸影剧、歌剧或芭蕾剧，舞台上简朴而风趣的演出，既保持着德国民间文学的特色，又赋予了这些经典故事崭新的生命。

对于格林兄弟来说，卡塞尔才是他们的"童话梦工厂"。兄弟俩在那里读了四年中学，工作了二十多年。从 1812 年到 1857 年，格林兄弟就在卡塞尔和黑森州走访"有故事的人"，搜集富有民族特色的童话和传说。他们的后期工作更是"人尽其才，优势互补"——思维严谨的雅各布负责把搜集来的童话故事整理分类，有艺术天赋的威廉则负责加工润色。他们生前，《儿童与家庭童话集》（即《格林童话》）前后再版了七次，以毫不逊色于歌德、席勒等世界级文豪的艺术成就，与安徒生的《安徒生童话》、奥斯卡·王尔德的《快乐王子》、古代阿拉伯民间故事集《一千零一夜》（又名《天方夜谭》），跻身世界"四大童话"行列，并获选世界文化遗产，被联合国教科文组织纳入"世界记忆"项目。

城市因名人而闻名。由于格林兄弟的影响，卡塞尔荣膺了"德国童话之都"的殊荣。兄弟俩当年居住的地方，也被命名为"格林兄弟广场"，广场上的小花园里，伫立着他们的纪念像。1959 年，供人们休闲、观赏的小王宫又被改建成博物馆，收藏了格林兄弟的部分手稿和七十多个国家出版的不同译本的《格林童话》。

三

为了纪念格林兄弟诞辰二百周年，缅怀他们为世界儿童文学所做的贡献，1975 年，联邦德国政府专门规划了一条名曰"德国童话之路"的旅游线路。这条线路以哈瑙为起点，途经六十多个与格林兄弟生平或《格林童话》故事相关的城镇，最终抵达城市音乐家的梦想地——不来梅。沿途优美宜人的青山绿水、沧桑斑驳的古堡宫殿、秀丽雅致的木桁架建筑……被热爱童话的游客们打造成了绵延六百公里的"奇幻盛宴"。

从"德国童话之路"上的任何一座城镇出发，都能踩着格林兄弟的足迹，找回儿时的纯真和欢乐。我们虽然没有机会沿着"童话之路"旅行，却对这段极具诱惑力的旅程满怀憧憬。

我们憧憬着到依山傍水、风景如画的施泰瑙，在格林兄弟的故居、提线木偶剧院、卡特琳娜市集和童话小屋……找回他们最怀念、最眷恋的童年记忆，以及深藏在他们心灵深处的童话种子。

我们憧憬着到"小红帽之乡"阿尔斯菲尔德和施瓦姆施塔特，看"小红帽"兴高采烈地挎着篮子，蹦蹦跳跳跑向原野；或者站在小红帽喷泉、圣诞市场和"小红帽与大灰狼"的铜像前……体验《格林童话》创造的意境，以及它赋予动物、植物等"物体人"的那份情感。

我们憧憬着到白雪公主的故乡巴特维尔东根，参观她与小矮人生活过的村庄。在神奇浪漫的童话世界里，感受格林兄弟所营造的幻想氛围和他们带给孩子们的温馨。

我们憧憬着到童话妈妈的家乡包纳塔，看格林兄弟饶有兴趣造访的童话啤酒坊，或者站在"童话大王"多萝西·菲曼太太的雕塑前，听童话妈妈讲奇闻趣事和民间传说，以及启迪人生智慧的动人故事。

我们憧憬着到充满中世纪风情的沃尔夫哈根，重温格林兄弟讲述的《狼和七只小羊》的故事，探寻狼怎样影响了日耳曼人的生活，以至于连代表这座城市标识的徽章，都是张牙舞爪的黑色野狼在小树林里穿梭的图案。

我们憧憬着到城市音乐家的梦想之地不来梅，与来自世界各地的童话"铁粉"们，簇拥在动物音乐家的雕塑前，欣赏他们演奏的"驴吼叫、狗狂吠、猫喵喵叫、公鸡喔喔啼"大合唱。

我们还憧憬着到睡美人沉睡百年的萨巴堡城堡，在粉墙外一睹睡美人的芳泽；到高塔耸立的特伦德尔堡，看长发公主怎样依靠自己的不懈奋斗赢得幸福；到灰姑娘的家乡波勒，在古堡寻找她的倩影；到吹牛大王的故乡博登维尔德，听明希豪森男爵信口开河胡诌离奇故事；到花衣魔笛手的故乡哈默尔恩，在鼠疫肆虐的小镇看捕鼠人滴滴答答吹奏魔笛；到铁胡子医生的家乡汉明堡，看他怎样用大钳子给病人拔牙……这些形形色色的人物，仿佛是我们阔别已久的朋友，他们留给少年儿童的那份纯真、那份滑稽、那种浪漫，召唤我们前往这个天马行空的世界一饱眼福。

沿着童话之路寻觅《格林童话》的渊源，固然能满足游客的好奇心，但异国文化的震撼力，同样能唤醒我们的童话之旅。沿途点点滴滴的笑声、泪花和感悟，也会变成《格林童话》的灵与肉，为未来的日子平添真、善、美。

四

离开哈瑙时，我们在历史博物馆里看到了一张印有格林兄弟肖像的面值一千元的马克。如今，尽管马克已不再流通，但把格林兄弟的肖像印在德国当年的钞票上，不言而喻是一种荣耀。世界各国的钞票，很多印着本国领袖的肖像，像美元上印的华盛顿像、人民币上印的毛泽东像、英镑上印的英国女王像……德国人把格林兄弟视为"领袖"，实在是对文学开天辟地的倚重。

文学的使命是讲故事，是用故事打动人、感染人。一个精彩故事，必然有触动人心的源点。《格林童话》为孩子们打开了想象的天地，让他们荡起双桨，在包罗万象的海洋里审视自我、塑造心灵。它不仅仅为了孩子，也让我们这些成年人享受到了阅读的乐趣。我们都有依在妈妈怀里听故事的经历，我们也都是"有故事"的人。用故事传递人类的善良之心、正直之情和感恩之意，培养孩子的思考力、想象力和探索力，或许是文学得天独厚的优势。

从本质上说，文学是一个国家的文化名片，是民族精神的火炬、时代前进的号角，它反映人们的精神世界，又引领人们的精神生活。作家的作品，绝不仅仅是个人情感的直接表达，而是对社会生活的深刻思考，对人的生命和人类社会的认知和揭示。这是文学与生俱来的品质，永远都不会改变。任何一个时代的文学，只有与国家和民族同频共振，才能发出振聋发聩的声音，最大限度地彰显它的价值和意义。

不管时光怎样流转，历史怎样变迁，只要人类还需要文学，格林兄弟都是不朽的。

珍藏历史和艺术的宫殿

一

　　来到世界历史文化名城巴黎，如果不到罗浮宫博物馆饱饱眼福，就如同到了中国不看万里长城，到了埃及不看金字塔，到了印度不看泰姬陵，到了意大利不看罗马竞技场和圣彼得大教堂，不管从哪个角度讲，都等于没真正到过巴黎。

　　罗浮宫博物馆曾经是世界上最豪华的王宫。1793 年 8 月 10 日，法兰西共和国将它作为中央艺术博物馆，正式对公众开放。从那时起，这座由二十七位国王接力赛般修建了六百多年的皇宫，终于成为全世界最古老、最著名的历史博物馆。从那时起，皇帝的家和他们家里的一切，也都成了民众可以观赏的文物。这是人类历史上的重大文化事件——博物馆时代由此开启！

　　由皇家禁地变成博物馆，北京的故宫博物院和罗浮宫异曲同工。1924 年11 月 5 日，末代皇帝溥仪被冯玉祥将军勒令搬出紫禁城，次年 10 月 10 日，神武门挂上了"故宫博物院"的匾额。对外开放的第一天，尽管一张门票要花半个大洋，但整座北平城仍然万人空巷，参观者不下二万五千人。

　　深藏于皇宫的文物迎来民众期待的目光，罗浮宫要比故宫博物院早一百三十年。16 世纪中期，醉心于文艺复兴的法国国王弗朗索瓦一世，开启了君主收藏艺术品的先河。1799 年，拿破仑当选为法兰西共和国第一执政，这位在马背上夺得政权的小个子，对艺术的酷爱更是达到了无以复加的地步。1804 年 12 月 2 日，他在巴黎圣母院加冕后，随即请画家路易·大卫绘制油画

《拿破仑加冕礼》，用艺术把这庄严的时刻记录了下来。

绘画的功能在于以色彩和线条表现对生活的理解，它一旦承载着帝王的政治理想，一旦与国家和民族的意志结合起来，就会成为最具原创性、崇高性和生命力的经典之作。拿破仑一方面用艺术褒扬自己的功绩，另一方面，把从世界各地搜罗来的艺术品运回罗浮宫。这不仅引发了前所未有的国宝大汇聚，还折射出八百年来历史与艺术的相互交织。

19世纪初，罗浮宫已经成为欧洲规模最大的艺术宫殿。七百多个展示间珍藏的四十万件文物，每一件都讲述着一个故事，每一件都代表着一个时代。

1989年，这座古建筑经过八年改建，美籍华裔建筑师贝聿铭精心设计的透明金字塔，巍然矗立在罗浮宫正门入口处，迎迓八方游客走进珍藏历史和艺术的宫殿。偕妻来到举世瞩目的"万宝之宫"——罗浮宫，我们的呼吸仿佛凝固了，脑海里只留下了两个字："震撼"！

二

走进罗浮宫西亚展厅，令人难以置信的是，眼前这个有限空间竟容纳了人类早期文明的璀璨篇章。那里地处幼发拉底河与底格里斯河流域，历史上称为"巴比伦"。

巴比伦意为"神之门"。七千年前，当人类还靠捕鱼、打猎果腹的时候，两河流域已经有了比较完备的农业灌溉系统；距今四千年前，那里诞生了历法和世界上最早的文字——楔形文字。

巴比伦土地肥沃、物产丰富，吸引苏美尔人、阿尔德人、赫梯人、亚述人、迦勒底人、波斯人……相互争夺了四千年。开疆拓土，万世留名，是历代帝王的梦想和荣耀，于是，他们就以功德碑来宣扬自己的功绩。《纳拉姆辛记功碑》是西亚藏品中存世最早的功德碑。碑上的主人公纳拉姆辛头戴只有神才有资格佩戴的牛角头盔，踩着敌人的尸体大步向前，他的身后，跟随着忠诚威武的士兵们。

《汉谟拉比法典》是古代东方文物馆珍藏的最重要的艺术品。在用黑色玄武岩雕刻的石碑上，古巴比伦国王汉谟拉比威武地站立着，太阳神沙马什把象征帝王权力的权杖授给了他。石碑上刻的三千五百行楔形文字，记录的二百八十二则法律条目，凝练精确，简朴直白，开创了人类历史以法治国的先河。

据《圣经·旧约·创世纪》记载，当时人类都用一种语言沟通交流，他们试图建立一座通天塔，来炫耀人类的崇高和伟大。这无疑是挑战上帝的权威。于是，他就以变乱语言来束缚人类的交流。上帝的震怒是人类不幸的原点，不同文化的差异和冲突束缚了人类的力量。二千六百年前，巴比伦王国修建了上古最壮观的建筑——巴别塔，可惜的是，巴比伦王国存世八十八年就被波斯帝国颠覆了。巴比伦城和象征光荣与梦想的巴别塔，也被波斯王薛西斯毁于一旦。从此，巴别塔在西方世界，只是历史和艺术的遥远蓝本。

在罗浮宫古代东方艺术馆里，我们穿越西亚六千年的历史，金戈铁马仿佛仍在耳畔奔腾。巴比伦文明是人类文明的第一缕曙光，我们既为它自豪，也为它的失落叹息！

三

欧洲文明发源于古希腊，到了 16 世纪，人们猜测，古希腊文明的源头在埃及。

罗浮宫有尊石灰岩雕像，它的姓名已经无法查考。我们只知道，它来自四千五百前的尼罗河畔，人们称它为"坐着的书记官"。这尊雕像引领我们走进古埃及，探寻人类生命的古往今来。

埃及有首诗写道——

那时候，我们王国的核心是法老王

在神的眷顾下，他们独享着天下的荣耀

我们相信，人会永恒地活着

法老们在世的时候

他们常常修建宏大的神庙和陵寝

死后就让人把自己的身体制成木乃伊

并施以咒法，使肉身不灭

等待着来世的重生

    罗浮宫古埃及艺术馆的入口处，有尊花岗岩狮身人面像。在古埃及，狮子是权威和力量的象征，埃及人把法老的面容和狮子的身体雕为一体，让它威武地守护着神庙和金字塔。古埃及是个崇奉神灵的国度，君权神授观念比中国牢固得多，他们认为，法老是神的天使，是受命于神祇而替神行道的。

    罗浮宫有组行船特别有趣：船中央搭了个凉棚，法老的尸体安放在凉棚下面，几个奴隶或蹲或站护送法老前往幽冥世界。在他们看来，人生是由此岸驶向彼岸的过程。船头那双神秘的眼睛，被人们称为"乌加特之眼"——代表着重生与正义。

    埃及的帝王谷安葬着六十多位法老，1822 年，法国"埃及学之父"商博良在那里考察了三个多月，回国时带回的壁画《女神哈索尔和赛提一世》，成了罗浮宫博物馆的一大看点。我和妻都没有想到，当年在帝王谷旅行时，没能见到这幅绝代壁画，如今却在罗浮宫邂逅。那些和死亡有着千丝万缕联系的墓葬品，向我们传递着埃及人对待生死的智慧。

四

    罗浮宫博物馆有三件镇馆之宝，其中两件来自希腊。一件是胜利女神——希腊神话中胜利的化身；一件是维纳斯——希腊神话中的爱与美之神。

    胜利女神尼姬是公元前三世纪为纪念罗德岛海战胜利而创作的。1863 年，她在萨姆特拉斯岛的一座神庙里被发现后，就被送到了罗浮宫。胜利女神独自站在达鲁楼梯口的最高处，我们无论从哪个角度欣赏，都能看到她展翅欲飞的雄姿。胜利女神虽然无头无手，但她丰满而圣洁，柔媚而单纯，优雅而高贵，浑身洋溢着青春的活力和胜利的豪情。她迎着海风，薄薄的衣衫隐隐透露出丰满而有弹性的身躯，与身后飘扬的衣角、展开的双翅构成流畅的线条，腿和双翼的波浪线加强了她勇往直前的雄姿。这哪里是一尊雕像？分明是灵与肉的完美统一，爱与美的和谐圆融，神与人的天然合一，人类追求女性美的理想化标志！

胜利是浪漫的，也是动人的。胜利
女神独尊于此，仿佛站在船头，仍然引
领着船队远航；仿佛张开羽翼，仍然庇
护着脚下的土地；仿佛屹立在神庙之巅，
仍在大声宣称："我永远是胜利的象征！"

在希腊神话中，维纳斯还有个美丽
的名字：阿芙洛狄特。传说她诞生在大
海的泡沫之中，是天界最美的神。《断
臂维纳斯》雕于公元前 2 世纪，反映了
希腊古典时代的理想追求和人文风貌。
1820 年，爱琴海米洛岛有个农夫在挖土
时发现了她。这是一尊高二米零四的大
理石半裸全身雕塑，法国人用重金买下
后，陈列在罗浮宫古希腊与罗马艺术馆
里，其绝世魅力震撼了世界二百年！

罗浮宫的镇馆之宝——维纳斯

维纳斯身材匀称，肌肤嫩白，衣衫滑落至髋部，右臂虽然残缺，仍然端
庄妩媚，展示出女性特有的曲线美。她每个角度的边线，都十分和谐完美；
她的脸从容静默，她的情绪和动机，也都包含着一种尺度表达，即人对事物
进行测量、判断基础上的规范、归纳和选择。它们潜藏在雕塑的内部结构中，
变成了潜在的完美框架。

罗浮宫汇聚希腊文明，这浪漫而傲慢的地方，时时勃发出坚定自信、坚
忍不拔的力量。我们在雕塑馆参观，不知不觉就被艺术感染了。

五

罗马帝国是西方文明史上最强大的政权之一。尽管它已经消亡了两千年，
尽管曾经的罗马已由一个帝国变成了一座城市，但它失去的，"只是某一单纯
的片刻"。帝国的某些气质、某些个性，都被艺术保存下来，至今仍不可遏止

地曼延着。

起初，罗马只是拉丁人修建的一个城邦，由于它修建在七座小山上，俗称"七丘之城"。虽说罗马城不是一天建成的，但它却有一个非常确切的竣工奠基日：公元753年4月21日。它的名字来自一个由狼养大的男孩——"罗穆路斯"。最早的罗马人都是男子汉，罗穆路斯说服他们，建立国家一定要有女人和后代。于是，他们就到附近的拉宾部落抢劫，抢来的妇女全都成了罗马人的妻子。萨宾人发誓报仇雪恨，三年后，当他们全副武装开到罗马时，发现被抢的妇女已经变成罗马孩子的母亲。面对两个敌对部落，拉宾的妇女们站在他们中间，举着孩子阻止一触即发的残杀。《调停拉宾妇女》述说的复杂人性和情感交织，至今都是人们怀想罗马的理由。罗马艺术是军事和政治相互融合的艺术。走进罗浮宫，抬眼就能看到古罗马的遗迹。这些艺术品比希腊多得多，因为巴黎原来就是古罗马帝国的一个行省。

罗马皇帝恺撒有句名言："我来，我看，我胜利！"此后的皇帝们默念着这句名言，在征服欧罗巴大陆后，又把罪恶的铁蹄踏进亚洲和非洲。他们把掠夺来的财富带回罗马，使台伯河下游的"七丘之城"，成了西半球最富足、最奢侈的地方。

古罗马人喜欢嗜血的娱乐。一个个奴隶在角斗场上厮杀，死亡和鲜血让他们兴奋。他们狂呼，他们高喊，一旦把精力和财富耗尽，就到更遥远的地方掠夺。罗马帝国用这种方法滋养罗马人，罗马人的艺术乳汁变成了罗马帝国的精神力量。

罗浮宫博物馆珍藏的希腊雕塑，大部分是古罗马时期的复制品。古罗马人征服了希腊，从美学的角度讲，是被希腊征服了。古罗马继承了希腊，但又与希腊不同——希腊雕塑的是神圣，古罗马雕塑的是世俗，是现实生活中的人的形象。

六

罗浮宫博物馆收藏了数不胜数的中世纪绘画，其中"圣像画"占有很大的比例。西方文明反映在艺术上，一是希腊的神，二是基督教。公元1000年，基督教预言中的末日审判就要到来,整个欧洲的宗教情绪空前紧张起来。于是,人们建造了一座座教堂,祈求上帝保佑他们。然而,末日审判并未成真,最终的救赎也没有实际意义,宗教战争、自然灾害、饥荒与瘟疫,反而席卷了欧洲五百年。

在现代人看来,公元5—15世纪是欧洲历史上的"黑暗时代"。在那个时代,光明成了基督教信徒最大的渴望。在狭窄漆黑的墓道里,最早的基督教徒凭借微弱的烛光,完成了上帝的嘱托。上帝在《创世纪》中说:"要有光,于是有了光。"耶稣是上帝的独生子,是基督教信奉的救世主。这就意味着,耶稣不仅是一个神圣不可侵犯的名字,也是情感和信仰的象征。他的母亲圣母玛利亚,就是上帝圣洁的光。那些基督教信徒更能理解母亲中年丧子的痛苦,更加相信圣母能给自己带来力量。

14世纪哥特式艺术杰作《让娜·德芙约圣母》雕像,是罗浮宫珍藏的绝世艺术品。金银匠巧妙地将金属箔卷曲起来,圣母的轮廓略现S形。她面部温柔,手抱耶稣,圣婴用手抚摸着母亲的面颊,让人们感受到母性的依归,亲情的慰藉。

《让娜·德芙约圣母》不单单是一幅圣母像,还有容纳圣物的功能。它由三部分组成:底座、圣母像和圣母手中的百合花。水晶做的百合花瓣内,曾经保存过圣母的面纱碎片、头发和乳汁。作为圣母留下的神迹,这些圣物在基督教徒眼里,具有忠诚、笃信、博爱的品质。

在罗浮宫博物馆,表现宗教题材的珍品数不胜数。像《基督受难头像》《十字架上的耶稣》《岩间圣母》《圣母与天使》《路易十三的宣誓》等,都记录着那个时代的艺术追求,传递着上帝对人类的热望和期冀。

无论东方还是西方,宗教都给人类提供精神慰藉。面对无法解释和把握的世界,它带给人们超越现实的力量。我们在罗浮宫欣赏中世纪的宗教艺术品,面对的不只是艺术品本身,而是人们精神寄托的载体。这些作品,使我们感受到了从未有过的心灵震颤。

或许,这就是宗教艺术恒久动人的魅力!

艺术的最高境界是让人的灵魂接受洗礼,发现生命与心灵的意义。以传世之心锻造传世之作,就要读懂、读透生活和艺术的大书。

七

作为镇馆之宝之一的《蒙娜丽莎》，是意大利著名画家达·芬奇在 1503—1506 年完成的杰作。画中人物坐姿优雅，脸上带着深沉、和煦的微笑，我们无论从哪个角度观赏，她总是用微笑的目光注视着你，因而被世界美术史家称为"神秘的微笑"。

蒙娜丽莎的微笑，我们只要看过一次，就会成为永恒的记忆。难怪《蒙娜丽莎》又叫《永恒的微笑》。画家作画讲究以空间感创造逼真世界，尼德兰人在线条透视的基础上，发明了大气透视法。达·芬奇用这种方法作画，造成了一种空间深入效果——背景幽深苍茫，色彩含混模糊，看近处清晰，看远处混沌。他还借鉴早期画家擅长的明暗画法，用光线和阴影来表达画面的立体感，消融了物体转折中过分生硬的明暗分界线。你看，蒙娜丽莎脸上、手上和胸部的光线，似乎都是烛光或灵光折射。这光随着观赏者的眼睛，依次照亮画面，使人物的感情和外貌达到了完美统一。

没有一件艺术品，能与蒙拉丽莎的微笑媲美，她仿佛成了罗浮宫的形象代言人。拿破仑很喜欢蒙拉丽莎的眼神，曾把她的画像挂在自己的卧室里欣赏，现在不可能有人会这样幸运。

蒙娜丽莎展厅外的画廊里，汇聚了文艺复兴时期最杰出的绘画作品。佛罗伦萨是文艺复兴的策源地，艺术家崇尚人性的自由张扬和理性的科学严谨，把历史推向一个崭新的时代。乔托、保罗·乌切罗、多那太罗、安东尼奥·马奈蒂和布鲁内莱斯基，一代接一代，张扬着文艺复兴的艺术魅力。

在罗浮宫画廊的起点，乔托的《圣弗朗西斯》所展现的文艺复兴时期的求真写实精神，既是对人物情绪的真实表达，也是对事物形体的准确描绘。在乔托旁边的厅廊里，波提切利将文艺复兴精神推向了一个特殊方向。在他的画笔下，线条的描绘极其细致深刻，人物面部洋溢的神秘和优雅，难掩对人性解放的渴望。

沿着以科学理性表达人性的道路，我们终于从古希腊走到了文艺复兴时期。这是"一个需要巨人而且产生巨人"的时期，达·芬奇、米开朗琪罗、拉斐尔成了这一新文化运动的先驱。人们还在熟睡，他们却早早醒来——这是先驱者的不幸，却是人类的大幸。我们今天在罗浮宫博物馆参观，还能感受到这份荣幸。

八

罗浮宫博物馆陈列的六千多幅油画，分别代表着不同时代的艺术成就。从文物看文化，从艺术创造探索文明发展的轨迹，更能体味到世界级博物馆的魅力。

在那里，我们结识了17世纪欧洲的伟大画家伦勃朗。他一生画了六百多幅油画、三百多幅饰版画和两千多幅素描画。他的《木匠家庭》《牛肉》《夜巡》等作品，用简约的笔触表现形体最微妙的变化和人物精神状态最生动的细节，将人的情感和愿望全部泼洒到画布上。伦勃朗的艺术创新集中在表现运动、暗示三维空间等方面，他通过色彩、肌理和画面展示张力，创造了一个真实又虚幻的艺术世界。

在那里，我们见到了法兰西"绘画之父"普桑。他是17世纪法国古典主义的先驱，画风源于古希腊罗马，对传统和古典的敬意更接近中国的元代和明代。他的画作大多取材于神话、历史和宗教故事，画面追求统一、和谐、庄重、典雅、完美。他创作的《阿卡迪亚的牧人》《掠夺萨宾妇女》等作品，就像来自地中海的风，吹得欧洲为之一振。普桑的觉醒，延续了文艺复兴时期的人性觉醒，也带来了一个崭新的时代——法国接替意大利而成为欧洲的艺术中心。

在那里，我们邂逅了18世纪浪漫主义画派的代表人物布歇。他善于用抽象的冥想和寓意表达感情的深度力量、描绘运动的激烈气势，至今还没人能够超越。他创作的油画《早餐》，将洛可可的浪漫风格发挥到了极致。艺术没有国界，开放的法国开始将目光投向东方。1742年，布歇在沙龙展出的《中国皇帝上朝》《中国市集》《中国花园》《中国捕鱼风光》等画作，曾在当时引起了轰动。布歇画笔下的中国人物，每一个女人都风情万种，每一个男人都风度翩翩。这优雅的姿态，戏剧化的造型，与其说是中国，不如说是路易十五的宫廷。

在那里，我们了解了19世纪法国浪漫主义的代表人物德拉克洛瓦。争取自由和个性解放的浪漫主义洪流，特别给力德拉克洛瓦摆脱古典主义的构图模式。他一反当时社会主流绘画的风格，创作了一系列表现命运抗争、直面死亡、废墟、地狱、杀戮、鲜血、屠狮、烈马等刺激感官的画作。站在《萨达那帕勒斯之死》《自由引导人民》等画像前,我们只觉得画面沸腾、人物奔放、色彩饱和、动感十足,让人有一种血管贲张、肌肉颤动的审美感受。德拉克洛瓦用生猛而绚丽的色彩歌颂死亡,他的浪漫跨越千古,辉耀寰宇!

罗浮宫绘画馆收藏的作品之全之珍贵,让世界上所有的博物馆都望尘莫及。它们的艺术生命将超越时代,万古长青!

九

罗浮宫是法国的象征和骄傲。作为珍藏历史和艺术的宫殿,今天仍然焕发着活力。不消说其中藏品最多的古希腊与古罗马艺术馆、东方艺术馆和古埃及艺术馆,就是珍宝馆、绘画馆和雕塑馆,也都丰富馆藏、强化学术研究和文化遗产保护,其藏品种类之丰富、艺术价值之高,让每一个游客都难以想象。这些稀世珍品一两天难窥庐山真面目,更何况,罗浮宫博物馆展出的展品,仅占全部馆藏的三分之一,六个展馆也不可能同时开放。这是我们无法左右的遗憾。

毕竟,我们从两河流域出发,穿过古埃及文明、古希腊文明和古罗马文明,走进中世纪和文艺复兴时期,邂逅了法国古典主义和浪漫主义艺术家的创作成果。对于那些馆藏,每个游客都有自己的解读,也会对其中的故事津津乐道。

其实,罗浮宫博物馆珍藏的,只是世界文明演变过程中的一些碎片。用中国的眼光观察罗浮宫,我们加深了对世界文明的认识;用现代的视角透视罗浮宫,也激励我们借鉴东西方艺术,创造更灿烂的文明。

巴黎的文化符号

一

玛利亚是耶稣的母亲，也是天主教徒和基督教徒最崇敬的人物。不知是因为耶稣在基督教世界的精神领袖地位，还是由于《圣经》长期影响着人类的信仰和现实存在，以信德救世为使命的玛利亚，不但被天主教、东正教奉为"圣母""天后"，而且以她的名字命名的大教堂，像加拿大的蒙特利尔圣母大教堂、德国的德累斯顿圣母大教堂、瑞士的洛桑圣母大教堂、俄罗斯的莫斯科圣母大教堂、梵蒂冈的圣母玛利亚大教堂、佛罗伦萨的百花圣母大教堂……在西方世界星罗棋布，数不胜数。坐落在巴黎西岱岛上的巴黎圣母院，只是其中的一座旷世杰作。

在世界文化坐标中，不管哪座城市都有代表其文化特征的标志性建筑。巴黎圣母院如同北京的故宫、西安的大雁塔、成都的武侯祠、武昌的黄鹤楼、拉萨的布达拉宫……是艺术之都留给人类的文化符号。六百多年来，它默默抚慰心灵，引领精神，为中外游客贯注着善良的天性、悲悯的情怀、良好的道德和高尚的心灵。

在很多网友眼里，巴黎圣母院是个神奇的存在。那里所珍藏的，不仅是它的古老和神秘，还有人们尚未认知的合理性。巴黎圣母院不只与法国人有关，也与无穷的远方、无数的人群心心相印。它是心灵的，更是文化的。心灵和文化一旦接通互联网技术，或者绑定现实生活中的"粉丝"，就会以互动分享宗教对美的理解，获得全新的艺术生命力。

二

巴黎圣母院之所以闻名世界，是因为它集建筑、宗教和艺术于一身，是欧洲建筑史上的划时代标志。在它之前，教堂建筑大多数笨重粗俗，沉重的拱顶、粗矮的柱子、厚实的墙壁、阴暗的空间，使人倍感逼仄和压抑。巴黎圣母院冲破传统建筑模式的束缚，创造了一种"哥特式"建筑风格——以直、高为基本特征，造型既空灵轻巧，又符合变化与统一、比例与尺度、节奏与韵律的审美法则。这种结构使教堂的拱顶变轻了，空间升高了，光线充足了。一种全新的建筑风格，一棵奇特的艺术大树，迅速在法国和欧洲生根、发芽、开花。

从 1163 年教皇保罗·亚历山大三世奠基，到 1345 年教堂落成，巴黎圣母院经过一百八十多年前赴后继，终于完成了许里主教的夙愿。教堂全部采用石材，法国文学家维克多·雨果形象地将其喻为"石头的交响乐"。我们站在塞纳河的游船上眺望，只见巴黎圣母院宛若一个拉丁十字，坐东朝西，高耸挺拔，庄严宏伟的形体加上顶部的钟塔，使人的灵魂有一种向蓝天升腾的幻觉。

巴黎圣母院的双塔高六十九米，游客可以从北塔拾级而上，俯瞰巴黎如诗如画的市容。南塔内悬挂的，是一口重十三吨的玛丽大钟，它因雨果在《巴黎圣母院》中的诗意描写而久负盛名。九十米高的尖顶，是法国建筑师维奥莱·勒迪克加建的。站在南侧钟楼楼顶上远眺，塞纳河的景色一览无遗，偌大的巴黎城尽收眼底。巴黎圣母院正面被两条横向装饰带分割成三层——底层三个桃形拱门是进出口，拱门门楣上雕刻的中世纪的圣经故事，再现了最后的审判、圣母复活和圣安娜与大主教许里为路易七世受洗时的情形，拱门上方雕刻着旧约时期二十八位君王的塑像。第二层两个玫瑰花窗五光十色，《圣经》人物绕在圣母膝前，象征着人们对宗教的崇拜。第三层有一排细长的雕花拱形栏杆，上面雕刻着神魔乱舞的世界。这些精灵默默地蹲守在那里，凝视着巴黎城一代代男女的命运。巴黎圣母院用飞扶壁支撑的外墙，与别具一格的后殿一起，创造了可影响教堂每一个部位的动感。

巴黎圣母院西门外，有一个面积不大的广场，广场右侧矗立着亨利四世的铜像，周边全是卖纪念品的商店。靠近巴黎圣母院的右拱门，有个原点纪念物，它是丈量全国各地里程的起测点。这个起测点类似马路上的活动井盖，差不多快被游客踩光了。巴黎圣母院地处巴黎市中心，我们站在原点，也就站在了巴黎地理和精神的中心点上。

巴黎圣母院承载的悠久历史，折射的宗教光芒，是法兰西人历久弥新的文化价值和以情感为"底色"的艺术表达。站在这座地标前，游客们只要瞅上一眼，就能在心里打下烙印。

三

我们由远及近凝视巴黎圣母院，虽然生出恁多感叹，但真正撼人心魄的，还是教堂里浓郁的宗教氛围。

巴黎圣母院直径一百二十八米，几排圆柱将内仓分成五个回廊，高高的穹顶在圆柱的支撑下，形成了狭窄高耸的空间。沐浴着幽暗的光线，隐隐约约，扑朔迷离，似乎头顶上就是天堂。长长的回廊进深很大，显得神秘而浪漫，悠长而遥远。圆柱上不是挂着精美的壁画，就是刻着美轮美奂的雕像。如果你仔细端详这些艺术品，定会认为它体现了教徒对天主的虔诚。巴黎圣母院的建筑师们把自己对宗教的理解，融注进教堂的每一个角落，每一个部位。要不，这些"幽灵"也不会如此惟妙惟肖，活灵活现！

教堂正前方的祭坛上，"耶稣受难像"被牢牢地钉在十字架上。讲台后面有三幅雕像，中间是圣母玛利亚的哀子像，耶稣横躺在圣母膝上，母子俩的神情悲戚而哀伤；两侧分别是国王路易十三和路易十四，两人的目光一齐投向哀子，脸色是那样肃穆凝重。教堂里每天都有宗教活动，不管你是有神论者还是无神论者，不管你是东方人还是西方人，只要来到这里，都会被浓郁的宗教氛围所感染。教堂里尽管游客如织，但每个回廊都鸦雀无声，井然有序。每个游客都在默默地观看，默默地拍照，默默地深思，默默地用眼睛和心灵跟上帝交流。教堂里还有祷告室，你可以随便进去，面对神像祈祷许愿。一排排长椅上，坐满了闭目沉思的游客，让人不能不感叹宗教的力量。

巴黎圣母院不仅是布道的圣地，也是重大仪式的见证者。当年，法国自由女神圣女贞德、罗马教皇碧岳七世、法王斐理四世等政要名人曾来这里参观，英格兰国王亨利六世和法兰西帝国的缔造者拿破仑曾在这里举行加冕典礼，法国总统查尔斯·戴高乐的安魂弥撒和祭奠仪式，也在这里留下了难忘的回忆。

巴黎圣母院因法国积极浪漫主义文学领袖雨果在同名小说《巴黎圣母院》的诗意描写而闻名世界。它是巴黎的象征，是巴黎世代相传并引以为豪的文化符号。这符号释放着宗教的力量，挥洒着艺术的神韵。

教堂诠释宗教，真实而有诗意。品宗教之魂，听历史之韵，请到巴黎圣母院来！

四

教堂是宗教的外在形式，宗教通过教堂宣泄情感，放松精神，洗涤灵魂，完善人格。时过景不迁，我们无论在巴黎圣母院广场追寻历史的足迹，还是登上塔顶倾听这座城市的声音；无论是站在圣母和圣婴雕像前发思古之幽情，还是攀上七十八级唱诗台与上帝对话……尘封的沧桑岁月，浩渺的历史变迁，雨果笔下的卡西莫多和艾丝美拉达的爱情故事，都会在时间的长河里过滤和沉淀。于是，巴黎圣母院的宏伟，天主教的灵魂，以及那些表现宗教艺术的雕塑和绘画，就像一个个小精灵，振翅飞进了我们的记忆，即使我们对宗教没有一点兴趣，也会把它们长久地留住。

也许，这就是巴黎圣母院的永恒，或者说，是巴黎文化符号的温馨和浪漫！

威尼斯的贡多拉

　　威尼斯是一座历史文化名城，从地图上看，它位于意大利东北部的威尼斯湾，三面被亚得里亚海浸泡着，犹如一块镶嵌在长靴腰上的天然水晶。这座由数百个岛屿组成的水城，被成千上万根木桩支撑在水面上，与任何一座城市的性格都格格不入。它有点像中国的苏州，以至于偕妻来到这里，竟有一种游子归乡的感觉。

　　威尼斯人出门见水，以河为路，水路是城市的大街小巷，船只是唯一的交通工具。这座城市的奇特之处在于：城在水上，桥岛相连，以舟代车，以桥代路，是世界上唯一没有汽车、没有交警、没有红绿灯的港口城市。

　　水是威尼斯的血液。上帝把眼泪抛洒在那里，城市就与水结下了不解之缘。蜿蜒的水巷，轻扬的碧波，起伏的游船，也被赋予魔法般的柔情。在威尼斯旅游，最惬意最有趣的，莫过于乘坐"水上宝马"贡多拉，顺着弯弯曲曲的水路观赏风景。

　　贡多拉是威尼斯特有的"TAXI"。这种造型独特的尖舟有大有小，小的是双人情侣座，大的可乘坐六个人，与中国江南的小木船、云南泸沽湖的猪槽船有点相似。贡多拉船体纤巧，船底扁平，乌黑锃亮的船身装饰着金色雕花，船首船尾微微翘起，就像挂在天边的弯月。据说，"贡多拉"一词源于希腊语"kondyle"，意思为"轻快的小舟"；或者"kondoura"———一种船的名字；还有人说来自拉丁语"cymbula"，也就是"小船"的意思。

　　贡多拉的称谓源自哪里并不重要，重要的是，它已然成了威尼斯的"旅游徽章"。我们乘坐贡多拉在水巷里穿行，不管怎么摩肩接踵，都能左拐右拐，与两两相会的船只擦身而过。这固然与船夫娴熟的撑船技术有关,但更重要的,却是默契配合,相互谦让。游客们大都保持着人类友好、热情的原性,只要看见有船驶来,两条船上的人不分男女,无论肤色,也不管认识不认识,都会主动招手,抢镜头拍照,那情那景好像久别重逢的朋友。

船夫们穿着横条纹上衣,头戴扎有红色帽箍的草帽,边划桨边唱歌,美妙歌声和着船桨的击水声,把威尼斯的魅力全都张扬在贡多拉的摇曳中。我们不懂意大利语,也不知道船夫们在唱什么,但听说奥芬巴赫《霍夫曼的故事》第二幕,就发生在威尼斯蜘蛛网般的水巷里;门德尔松也有三首歌曲,塑造了贡多拉的音乐形象。意大利是世界美声唱法的策源地,船夫们的歌声从贡多拉飘来,连大运河也激动地荡起了涟漪。

贡多拉在水巷里缓缓穿行,就像进入一个曲径通幽的世界。我们仔细端详运河两岸的建筑,有拜占庭风格,有巴洛克风格,也有哥特式、文艺复兴式,一幢接一幢,在贡多拉的起伏中,极不情愿地向身后闪去。这些排列有序、风格各异的楼房,随着海潮的一次次涨落,描绘着威尼斯的生态景观和经典记忆。望着水面上来回穿梭的"水上宝马",我们不禁想起一句话:"世界上所有的城市都一样,只有威尼斯是个例外。"说它"例外",就例外在它与其他城市的不同生态。在这座举世无双的水城中,到处都有布鲁诺、米开朗琪罗、拉斐尔、莫扎特、马可·波罗、歌德等文化名人的背影,我们仿佛看见,他们正挨个走出贡多拉,急着去文艺复兴的舞台上扮演角色。

千年时光悄然逝去,水巷不分昼夜地流淌着。两岸的墙基经年累月浸泡在水里,墙体的涂饰已经部分脱落,铁栅门锈迹斑斑,青苔沿着墙角、台阶蔓延,我们嗅到一种久远而陈腐的气味。窗台上一盆盆叫不出名字的鲜花,姹紫嫣红,争相吐艳,给水城平添了无限生机。

贡多拉宛若一片苇叶,被风轻轻吹进大运河;又恰似一钩新月,从遥远的天穹飘到了潟湖。潟湖是威尼斯的明珠,湖面上波光粼粼,熙熙攘攘,来来往往的水上巴士、桑德罗渔船、托普货船和救护船,好像在合奏一曲交响乐,把一湖碧水"搅"得都兴奋起来。那里是威尼斯的西北角,海风从四面八方拥来,温润地亲吻着水城的面颊。倘若从空中俯视,你会惊奇地发现:威尼斯是一个被一百多条水道分割的岛屿,岛与岛之间有四百座桥梁相连。乘坐贡多拉欣赏水城的浪漫,别有一番情趣在心头。

利阿托桥是威尼斯久负盛名的桥梁，这座白色石拱桥横跨在大运河上，桥头是 19 世纪东方丝绸、香料、茶叶、瓷器等商品的集散地。赓续两千多年的丝绸之路，从汉朝的长安出发，携手各国打破藩篱，友好交往，留下了人类共建共商、和谐互利的佳话。如今，伴随着"一带一路"新引擎的启动，桥头商贾云集，游人如织，不知比当年繁华了多少倍！大桥附近的建筑鳞次栉比，钟楼、教堂、宫殿、豪宅……全都随着贡多拉的摇曳，向游客解说威尼斯的古往今来。

我们乘坐的小船从利阿托桥下驶过，好似闯进了一个童话世界，桥上桥下都有动人的故事。这桥如同水上半浮半沉的明月，船在"明月"的簇拥下，张开双臂，划开轻波，驶向莎士比亚演出《威尼斯商人》的舞台。

新世界运河边的那幢小楼，据说是著名旅行家马可·波罗的故居。当年，马可·波罗千辛万苦到达元上都（今内蒙古自治区锡林郭勒盟），在中国整整旅行了十七年。1295 年，他带回故乡的记录中国见闻的《马可·波罗游记》，引起了西方世界对东方的兴趣。哥伦布正是在他的启发激励下，才在寻找通往东方的旅途中，阴差阳错发现了美洲"新大陆"。七百年前，马可·波罗独自穿行在中华大地上，而今，他在家门口见到这么多来自第二故乡的亲人，在天之灵真不知道有多么高兴！

对于中国和意大利人民而言，马可·波罗早就成了探索远方世界的代名词。丝绸之路是古代东西方文明交流的载体。丝路上交换的不仅是商品，东西方文化也在此交融。历史表明，文化交往愈紧密，经贸关系也就愈活络。假如没有古代丝路上的东西方交流，无论马可·波罗还是哥伦布，都无法对西方文明史产生影响。

贡多拉像田沟里游动的水蛇，穿过一座又一座小桥，游到了尴尬无奈的叹息桥下。叹息桥一头连着法院，一头连着监狱，是 15 世纪把死囚押往牢狱的必经之路。传说，一名死囚经叹息桥走向不归路时，隔窗向外看了一眼，映入眼帘的，是他的女友正和另一个男子亲吻，死囚无可奈何地长叹了一声。人之将死，叹声也哀——叹息桥由此而得名。

人类总是向往美好，翻过扼腕叹息的一页，悲剧也就演绎成了喜剧：恋人在穿过叹息桥时拥抱接吻，会使爱情天长地久。于是，那里就成了威尼斯的一个旅游景点。多少年来，游客们到叹息桥游览，既为了以浪漫的方式完成人生邂逅，也为了见证他们爱情的永恒。那瞬间的忘情，那激动的故事，让流水和空气都凝固了。

夕阳西下，晚霞在悠长的水巷里"碎"成一片金黄。贡多拉恰似归巢的倦鸟，把我们送回了圣马可广场。那里是威尼斯的政治、文化和宗教活动中心。广场上，作为威尼斯精神圣殿的圣马可教堂，曾经是威尼斯共和国的总督府。科雷尔博物馆把拜占庭艺术、古罗马艺术、中世纪哥特艺术和文艺复兴艺术全部收藏起来，不经意间，成了威尼斯珍藏经典艺术的宝库。

圣马可广场集中了威尼斯的标志性建筑，浓缩了水城最有个性的历史风韵。游客们在那里感受水上都城的魅力，一群群鸽子也飞来助兴。它们或自由翱翔，或悠闲觅食，或与人嬉戏，不大工夫就装点出一道人鸟合一的景观。妻子一向喜欢鸽子，她买来一包玉米给小生灵喂食，没承想，成群的鸽子争先恐后朝她飞来。有的落到手臂上，有的落到肩膀上，还有两只胆子大的，竟不管不顾站到她的头顶上，那突如其来的"亲热劲儿"，一时让她手足无措。看着妻子的"狼狈"样儿，我赶紧举起相机，打开镜头，记录下了那开心、有趣的瞬间。

站在圣马可广场回望轮渡码头，贡多拉大都已经回港。那优雅的身影在路灯照耀下闪闪烁烁，更加让人流连忘返。不管再过多少年，我们只要想起威尼斯，最先映入脑海的，肯定不是圣马可广场、总督府、叹息桥，而是摇曳在水巷碧波中的贡多拉。

看不够的比萨斜塔

全球引人注目的斜塔，少说也有几十座。譬如英国的布里斯托斜塔、德国的苏乌尔胡森斜塔、俄罗斯的纳维亚斯基斜塔、荷兰的老教堂斜塔……都因"斜"而成为旅游胜地。但最让游客看不够的，还是意大利的比萨斜塔。

一

比萨斜塔坐落在阿诺河河口，距离文艺复兴的策源地佛罗伦萨不到七十公里。据说，这座斜塔的设计开始是垂直的，可是建到第三层时，建设者发现，塔身慢慢向南倾斜，万般无奈，只好把工程停了下来。比萨人不死心，经过九十四年锲而不舍地检测和试验，终于认定，塔身虽斜但不会倒塌。于是，又接着往上建，直到 1350 年才完工，整整建了一百七十六年。

毫无疑问，比萨斜塔是世界建筑史上的一朵奇葩。它建在绿草如茵的米拉科利广场上，人们不太喜欢这个名字，而更青睐"奇迹广场"的称谓，似乎它更能表达对斜塔的惊叹。距斜塔不远的大教堂、洗礼堂和墓园，全都披着乳白色的外衣，各自独立又和谐统一。比萨斜塔尽管不是刻意造"斜"，却歪打正着名噪四海，成了游客们向往的地方。

任何建筑师都没有这样的"绝笔"，让一座钟塔因"斜"而显于世，名于世。即使公元前 270 年建造的全球最高的灯塔——埃及亚历山大灯塔、全球历史最悠久、造价最昂贵的东方圣迹——缅甸仰光金塔，也没有胆量跟比萨斜塔

比萨斜塔

比"斜"。

　　这座蚌病成珠的宗教建筑矗立到 1590 年，现代力学和实验物理学的创始人伽利略，借斜塔进行重物自由落体实验。他在人们的期待中，把两只重量不同的铁球同时从塔顶抛下，结果两个铁球同时落地。伽利略满面春风从塔顶走下来，在围观者的目瞪口呆中，他用"自由落体定律"敲开近代物理学的大门，推翻了亚里士多德关于"物体落下的速度与重量成正比"的论断。

　　伽利略对运动的基本概念——包括重心、速度、加速度进行研究，给出了极其严格的数学表达式。尤其是关于加速度概念的提出，在世界力学史上更是一个里程碑。他在发现惯性定律的基础上，又提出了相对性原理：力学规律在所有惯性坐标系中是等价的，力学过程对于静止的惯性系和运动的惯性系也完全相同。这个原理从根本上动摇了地球是静止的、是宇宙的中心的说法，从而为爱因斯坦相对论的诞生奠定了理论基础。

后来，伽利略将手中的天文望远镜指向天空，开启了人类科学史上一个崭新的时代。他成功研制的显微镜，"可以将苍蝇放大成母鸡一般"。这位近代实验科学的先驱，衔接了文艺复兴与现代科学两个人类文明的时期，是人类由追求宗教精神向追求科学精神转折的标志。

古希腊"力学之父"阿基米德说："给我一个支点，我就能撬起地球。"比萨斜塔"撬"起了比萨小镇的盖世之名，这座风姿绰约的圆柱形建筑，成了伽利略最响亮的名片，最有历史意义的纪念碑。

20世纪60年代初，我在中学物理课上，听老师讲伽利略在比萨斜塔进行重物自由落体实验。但没有想到，半个世纪后，竟有缘来到他当年进行实验的现场，一睹斜塔的绝妙风采，聆听伽利略进行运动学和材料力学实验的故事。这是当时连做梦都不曾想到的啊！

二

偕妻抵达比萨小镇时，正是草地泛黄的初冬季节。斜塔耸立在奇迹广场上，既宏伟壮观，又气势非凡。这座八层圆柱形大理石建筑，高五十四米五，一百八十根廊柱层层环绕，把斜塔装扮得有其貌，亦有其神。

比萨斜塔不允许攀缘，我们在塔下听说，南边的塔基还在下沉。导游介绍，塔身从开始倾斜那天起，比萨人的固斜工程就没有停止过。专业人员先是通过电脑监测它的"脉搏跳动"，后来在斜塔北侧灌注铅块，在塔身加铜线组缆牵拉。1990年以后，又采用激光科技、人工凿洗和注射器清洁等方法，对塔身进行全面"美白"。耗时八年多，塔身的斜度终于回到了安全值内。

科学家预测，比萨斜塔再过三百年都不会倒塌。这让比萨人欣喜若狂、弹冠相庆，比萨斜塔也因此声名雀跃，率先抢占了旅游的先机。

比萨人一向视斜塔如命，希望斜塔能像比萨人一样结实硕壮。为了这个"诱惑"的存在，比萨斜塔虽然像整齐队列里冒出来的异类，但对以"斜"为美、以"斜"为荣的比萨人来说，这个异类还真有点可爱！

比萨斜塔做证，伽利略把宗教长期控制的愚昧世界捅了个大窟窿。于是，罗马教廷对他进行严刑逼供，连续审讯了三个多月，于 1633 年 6 月 22 日判处终身监禁。伽利略被囚在幽深的教堂里，外边的世界却按照他揭示的科学规律改变着，就连那些神父、主教，也言不由衷地去做物质相对运动。直到 1979 年 11 月 10 日，罗马教皇才无可奈何地承认了"日心说"，伽利略这位"现代科学之父"才得以平反昭雪。

我和妻在斜塔下漫步，但见斜塔歪斜着身体，冷眼傲视上帝安排的大千世界。斜塔旁的大教堂里，被罗马教会认可的那些历史名人面前，都有一个大理石雕像。我们没有料到，走进教堂邂逅的第一个逝者，竟然是被教会视为异类的伽利略。他的雕像长须齐胸，明眸远眺，右手攥着两个铁球，左手拿着单筒望远镜，象征着他对物理学和天文学的卓越贡献。教堂的尽头，主教正在布道，虔诚的教徒们跪在长凳前，像是在寻找慰藉心灵的妙方。伽利略绝对没有想到，至死都不肯给他平反的教会，三百五十年后会把他"请"进教堂，给他安排一把交椅，让他终日与唱经布道的主教们为伴。

上午的光线分外柔和，游客们纷纷举起相机，以斜塔为背景拍照留念。到奇迹广场游览的人们好像全受了斜塔的感染，一个个八仙过海，各使"斜招"：他们或用双手撑住斜塔的腰部，从现场看，人和塔相隔百米，但通过镜头，整座斜塔似乎是靠人的双手支撑的；他们或站在与斜塔倾斜的反方向，摆出猛力推塔的姿势，但从照片上看，斜塔之所以倾斜，似乎是因为"推"的缘故。

每天来比萨观光的游客不下十万，当地人抓住商机，在奇迹广场外建了一溜儿市场。比萨盛产大理石、雪花石膏、陶瓷和玻璃，那些不同材质制成的艺术品，都以斜塔为原型，一个个都像中了"斜"。特别有趣的是，那些语言不同、肤色各异的游客在选购艺术品时，也都歪着脑袋，斜着身子，似乎只有这样，才能体味到其中的奥秘。

三

建筑是人类文明的视觉载体，不仅折射着人文内涵，更是一种民俗的演化。苏州古城耸立着"吴中第一名胜"虎丘塔，我们每次从沪宁线经过，都会向它投去心仪的目光。因为这座斜塔珍藏着苏州人的智慧、情感和灵魂，文人雅士如张继、韦应物、白居易、陆龟蒙、范成大、唐伯虎、冯梦龙、金圣叹等大家，也都留下了让苏州人引以为豪的佳作。

虎丘塔在明代就开始倾斜，后来经过"填实塔基"，现在已经相对稳固。这是中国现存斜度最大的古塔，它即使不斜，也是一座精美的今古奇观。当代诗人孙友田有首《双塔》诗写道：

> 两座塔并肩而立
> 风景，有了沧桑的容颜
> 城市，有了历史的美感
> 雄伟厮守高大，巍峨厮守挺拔
> 两情相约，谁也不许倒下
> ……

分别体现中西文化特征的虎丘塔和比萨斜塔，让苏州和比萨有了不断修复、不断补强、不断更新的文化自信力。到意大利旅行的人，如果不去看看比萨斜塔，肯定会感到意犹未尽，心里总有莫名的遗憾。因为那里的每一块砌石，都蕴藏着经典而动人的故事；那里的每一丝空气，都能穿透你的心扉，让你油然而生出无限崇敬感来。

说不尽的比萨斜塔，看不够的建筑奇观。离开比萨半年了，那座斜塔仍在我们心头耸立着。它像一块吸力极强的磁石，吸引着游客好奇的目光。或许在不久的将来，我们还会不远万里，再到比萨造访。

谛听佛罗伦萨

在文艺复兴的策源地佛罗伦萨，我惊愕地端详着那些被时光凝固的雕像，仿佛从梦境回到了眼前。佛罗伦萨是个花一生时间都探索不完、感动不尽的艺术馆，我虽然只轻轻瞥了几眼，全身所有的细胞都趾高气扬起来了。

在我的心目中，佛罗伦萨最响亮、最动听的声音，莫过于让东方帝国觊觎的文化觉醒。六个世纪以来，这座城市就在这悦耳的声音中发育，在这声音的变奏中前行。这些没有乐队、没有指挥的声音，听上去虽然杂乱无章，但每个音符都是那样的温婉圆润。徜徉在佛罗伦萨街头，我不再满足于用耳朵倾听，而是用心谛听。用心谛听，不仅是对世界艺术之都的尊重，更是对自己未来的祝福。

一

14世纪中叶兴起的文艺复兴运动，拉开了近代欧洲的序幕。随着但丁、乔托、彼特拉克、薄伽丘重新拾回古希腊罗马的人文精神，佛罗伦萨率先从中世纪的噩梦中醒来，成为欧洲最著名的思想文化中心。

佛罗伦萨是那个时代留给今天的独一无二的标本，其建筑、雕塑和绘画，集中展现了文艺复兴时期的艺术精华。佛罗伦萨人太"神"了，轻描淡写，寥寥几笔，就为近代欧洲埋下了自由和个性的基石。

建筑艺术在佛罗伦萨的复兴，无论是设计技巧还是施工技术，都是一场

文艺复兴创新精神的标志——
百花圣母大教堂

深刻的革命。引发这场革命的建筑师布鲁内莱斯基，以整体的和谐、稳定和对称，创造了史无前例的建筑奇迹。由粉红色、绿色和奶油白条纹大理石贴面的百花圣母大教堂，是文艺复兴创新精神的标志。这座罗马式建筑用鼓座托起八角形橘色大穹顶，圆柱、柱顶盘、圆顶、圆盖争奇斗艳，在欧洲建筑史上独一无二，轰轰烈烈的文艺复兴建筑史由此拉开了帷幕。乔托钟楼、洗礼堂、皮蒂宫、圣洛伦佐教堂、东正教圣诞教堂、圣米尼亚托大殿等建筑，也以稳定的造型追求理性美，形成了文艺复兴时期的建筑特色。

在佛罗伦萨广场、教堂、美术馆游览，随处可以看到展示古希腊罗马神话、宗教故事、历史事件的雕像。那些被"关在石头里的精灵"，一经雕塑家释放出来，就为这座城市带来了冲破中世纪黑暗、奔向自由和人道主义的精神。最让游人叹为观止的，是林立在佛罗伦萨广场的《大卫》《海神喷泉》等直接反映人体艺术的裸体雕像。这些充满阳刚之气的杰作，从表面上看，是通过对人体的赞美，展示人在改造世界中的力量，实际上是对思想文化运动的艺术表达。佛罗伦萨以建筑与雕塑的完美结合，打造"雕塑帝国"和"艺术之都"，代表了西方文化的最高价值和美学传统。

借助于布鲁内莱斯基发现的线性透视，佛罗伦萨画派以温暖匀称的色彩，淋漓尽致地表现文艺复兴艺术的特点。绘画题材不仅从宗教扩展到现实生活，而且由"神"转变为"人"，实现了理性与情感、现实与理想的完美统一。乌菲齐美术馆、帕拉蒂纳美术馆收藏的那些经典作品，开创了集中透视、效果明暗、注重空间关系与人物立体表现的画法，为现实主义与人文主义的完美结合确立了一种范式。佛罗伦萨绘画标志着中世纪向文艺复兴的过渡，我在美术馆徜徉，在教堂里参观，仿佛回到了七百年前那个杰作迭出、大师倍涌的时代，脑海中留下的，除了惊叹，就是震撼！

建筑、雕塑和绘画，既是佛罗伦萨的鲜明符号，又在很大程度上决定着这座城市的文化走向。在此后几百年的艺术发展中，人们仍能感受到它的强大辐射力。

二

在佛罗伦萨寻访文艺复兴的轨迹，最让我感到惊讶的，是灿若群星的艺术家加重了这座城市的分量，使它时不时发出几声浩叹！

佛罗伦萨画派创始人乔托，把写实风格和明暗远近法结合起来，以独立意义奠定了文艺复兴的现实主义基础。他所描绘的宗教人物，个个有血有肉有人情味；他以突出主体形象、再现立体空间效果的画面处理法，成为"开创写实画风的鼻祖""欧洲近代绘画之父"。乔托的意义在于，以卓绝的画技结束了对前人作品的复制。从他开始，艺术家不再等同于"匠人"和"手艺人"，而有了属于自己的身份认同。

马萨乔是文艺复兴时期第一个掌握透视法、第一个在衣纹下隐显人体结构、第一个运用明暗对比法作画的艺术家。他的贡献，就是以科学态度对画面（人物）进行艺术描绘，使风景与人物相辅相成，相得益彰。他的艺术成就，标志着文艺复兴高潮的到来，为佛罗伦萨抵达新的艺术高度奠定了基础。

进入文艺复兴盛期，佛罗伦萨的绘画艺术冲上了史无前例的高峰。"文艺复兴三杰"——达·芬奇、米开朗琪罗和拉斐尔，成为千年一出的里程碑人物。

达·芬奇最独特的艺术语言，是用渐隐法创造平面形象的立体感，再现人物的内心活动，使艺术形象像烟雾般过渡，给人留下了琢磨不定的想象。他的肖像画《蒙娜丽莎》、壁画《最后的晚餐》、祭坛画《岩间圣母》，是欧洲近代艺术的拱顶之石。达·芬奇认为，绘画之所以优于其他艺术，是因为它具有比语言文字更逼真、更形象地再现生活的功能。他以微妙的、恍若在画面上流动的幽逸，把绘画艺术从微不足道的手艺变成了高贵、体面的职业。法兰西斯一世说："世间再没有比达·芬奇更伟大的人物了。"

如果说，达·芬奇注重营造温馨柔美的艺术氛围，那么，米开朗琪罗则追求磅礴宏伟的气势。他创作的集中了所有男性美和古典美的雕像《大卫》，代表着文艺复兴时期雕塑艺术的最高峰。他为圣彼得大教堂西斯廷绘制的天顶画《创世纪》，是西方美术史上最复杂最宏伟的杰作；他画的祭坛壁画《末日的审判》，画风沉郁悲壮、雄浑磅礴，被称为文艺复兴时期绘画艺术的楷模。他的雕塑《摩西》《被缚的奴隶》《垂死的奴隶》和美第奇陵墓群雕，都以现实主义的方法和浪漫主义的幻想，表现了市民阶层的爱国主义和为自己而斗争的精神面貌。

拉斐尔虽然只活了三十七岁，却以超越时代的艺术成就，攀上了文艺复兴盛期的峰巅。他不但为文艺复兴绘画提出了具有深远影响的命题，而且以雷鸣般展现的新生力量，将自己祭献给了艺术。他的作品既博采众家之长，又不失自己的风格，画面洋溢着典雅优美、和谐对称的风采。他的巨幅湿壁画《雅典学院》和为梵蒂冈皇宫绘制的壁画，堪称绘画艺术的登峰造极之作；他的《带金莺的圣母》《草地上的圣母》《花园中的圣母》等系列画，以母性的温情体现人文主义思想，冲上了意大利绘画艺术的高坛。

艺术的单元是个体创造。文艺复兴时期的艺术家缔造了一个庞大而神秘的艺术帝国，它的不朽原则和世袭精神，永远臻于遥远的时空。

三

在佛罗伦萨街头漫步，M-E-D-I-C-I 几个字母，一次次在我的眼前晃动——那是美第奇家族英文字母的拼写，百合花和药丸组成的美第奇家族徽章，也如影随形，我走到哪里它跟到哪里。

16世纪初，文艺保护成为教皇、君主和贵族获得声誉的重要方式。美第奇家族作为意大利告别中世纪、走向近代社会的文化推手，佛罗伦萨的艺术家几乎都和这个家族有关：在西尼奥列广场上，被当地人称为"故宫"的建筑物，曾经是这个家族的官邸；全球文艺复兴藏品最丰富的乌菲齐美术馆，曾经是这个家族的办公室；佛罗伦萨最有名的皮蒂宫美术馆，曾经是这个家族的宫殿……在历史长河中，没有艺术赞助的历史，是苍白沉闷的历史；谁赞助了艺术，谁就赞助了文明的发展。

人们感叹：如果没有文艺复兴，世界走向现代是不可想象的；如果没有佛罗伦萨，欧洲文艺复兴是不可想象的；如果没有美第奇家族，佛罗伦萨和文艺复兴也是不可想象的。

美第奇家族第一个赞助艺术的，是乔凡尼·美第奇。他首先赞助了佛罗伦萨画派的早期代表人物马萨乔。接着，他的儿子柯西莫·美第奇赞助了多纳太罗和利比。美第奇家族中赞助艺术最出名的，是柯西莫的儿子洛伦佐·美第奇。他不仅赞助了波提切利、达·芬奇和拉斐尔，还把年幼的米开朗琪罗带回宫中培养。他在圣马可花园开办雕塑学校，邀请文学、哲学、艺术界人士进行创作和研究。这种文化遗产保护行动营造的文化氛围，把新柏拉图主义者菲奇诺、文学批评家兰迪奥、古典诗人波利齐亚诺等人文主义改革先锋，全都吸引到了美第奇家族的艺术沙龙。

美第奇家族对艺术的赞助，使新思想变得更加感性，新时代变得更加美丽。我在佛罗伦萨看到的美第奇家族墓园，就是米开朗琪罗为报答洛伦佐的知遇之恩而设计的。波提切利《三圣来朝》中的人物形象，都有美第奇家族的影子。乔尔乔·瓦萨利在《意大利艺苑名人传》一书的献词中，也把自己"献"给了柯西莫·美第奇。

美第奇家族把财富和权力作为汇聚艺术的媒介，持之以恒地培养、传扬和保护艺术，造成了一种集体性的文化崇拜。佛罗伦萨并非天生就有艺术细胞，但它三百年如一日，始终不渝地追随着美第奇家族；而美第奇家族，更是不弃不舍地追随这些艺术大师们。这种追随，就以示范性的强大存在，完成了一次关乎人类素质的集体提升。

四

法国存在主义文学、"荒诞哲学"的代表人物阿尔贝·加缪有句名言："旅游领你返回你的自身。"就是说，旅游作为一种自我回归，让人在行走中体验生命的活力，在不同文化间寻找自己的影像。每一步走的都是古道，相见尽为乡人，投宿他乡酒店，丝丝呼吸叩击的，也是桑梓故土的文化基因，即使做梦，也离不开自家门前的山河和小溪。

人生如寄，他乡有悟。站在佛罗伦萨回望文艺复兴，我愈发感到，谁最先拥有强烈的自觉意识，谁就占据了文化发展的制高点。鲁迅先生曾视魏晋时代是一个"文学自觉时代"，在那个时代，许多新的文学现象孕育着、萌生着、成长着，使当时文坛出现了一幕幕精彩景观。文艺复兴是新兴资产阶级的思想解放运动，也表现了高度的文化自觉。它如同魏晋时代，"是一次人类从来没有经历过的最伟大进步的变革，是一个需要巨人而且产生巨人——在思维能力、热情和性格方面，在多才多艺和学识渊博方面的巨人的时代"。（恩格斯语）它引领欧洲资产阶级文化运动，一步也不停滞，一步也不重复，一路披荆斩棘，率先冲到了世界文化的高端。

这种抵达不同凡响！它以个性解放复兴古典文化，把人文主义精神融进了每个市民的血液；它以创新精神改变佛罗伦萨的文化生态，使整座城市变得繁荣、高雅、开明、有品位！

如今，世界各国都习惯了谛听——谛听那些呼唤个性解放的响亮声音。佛罗伦萨的声音是发自世界高端的史无前例的绝响，每一个音符都牵动着意大利人的生命内层。正是这种谛听，使文艺复兴恰如星火燎原，漫延到了罗马，漫延到了威尼斯，漫延到了亚平宁半岛和整个欧洲……

这似乎意味着，文化最有辐射力和穿透力。它不但能打通国界，而且能打通人类的心灵。

实际上，文化无界，更无价！那我们就再谛听一次吧，佛罗伦萨将爆发出更加热烈的共鸣！

到罗马看艺术

艺术体现并物化人们的审美观念、审美趣味和审美理想，是用形象来反映现实，但比现实更有典型意义的社会意识形态。罗马人崇尚艺术创新，他们的艺术造诣甚至超过了希腊和以前所有时期的文明。

建在台伯河下游七座山丘上的罗马城，是全球规模最大的一座露天博物馆。大巴一直开到特米尼火车站，我们还没下车，就感受到了艺术的零距离存在。对于中国人来说，罗马是一座人性伴随宗教绽放的古城，那里的每一条街道、每一座桥梁、每一扇门窗，都是值得我们品味的艺术品。高密度的教堂、博物馆、美术馆，更是让人眼花缭乱，目不暇接，即使走马观花，也会陶醉其中。

罗马人是建筑的天才，他们以混凝土为新型材料，巧妙使用拱、穹造型，创造了前所未有的空间感。修建于公元 80 年的竞技场，如今仍是罗马城的纪念性建筑。竞技场也叫"斗兽场"，是专供战俘、奴隶或罪犯角斗的地方。古罗马从掠夺和征服中走来，最喜欢嗜血的、带刺激性的搏杀。角斗是一种残忍的赌博。战俘、奴隶或罪犯在斗兽场上厮杀，鲜血和死亡让他们兴奋不已。后来，罗马人发明了人兽相搏，以惨不忍睹的场面挑战观众心理极限。罗马帝国用这种你死我活的办法激励人们："我来，我看，我胜利！"——胜利了，接着到更远的地方去掠夺。

斗兽场曾以庞大、雄伟、壮观著称于世，现在呈现在游客面前的，虽然只剩下一副破败的骨架，但我们仍能从中窥见它昔日的风采。从外观上看，斗兽场呈圆形；俯瞰时，却是椭圆的。这种建筑形态源于古希腊的剧场，到

罗马斗兽场

了古罗马时期，建筑师用拱券结构解放内部空间，并将两个半圆形"剧场"对接，形成了并不落后于现代审美的建筑结构。但斗兽场不是剧场，而是"坟墓"。作为庞大的公共工程，它一向被视为罗马帝国鼎盛时期的标志，可是有多少人注意到，尘封其中的一幕幕血腥、一个个冤魂？

当年斗兽场竣工时，罗马帝国举行了盛大的落成典礼。三千名奴隶、战俘、罪犯和五千头猛兽轮番上场，人与兽、人与人的血腥厮杀整整持续了一百天，直到人、兽同归于尽。斗兽场是罗马帝国的象征。英国历史学家比德说："斗兽场矗立的时候，罗马将存在；斗兽场一旦坍塌，罗马就会灭亡。"

斗兽场的西北角，是由恺撒广场、奥古斯都广场、涅尔瓦广场、图拉真广场、威尼斯广场组成的帝国议事场群。那里是罗马帝国时期的政治、宗教和公众活动中心，如今虽然风烛残年，但我们一踏上那条黑玄武岩铺成的"圣路"，仿佛又听到了武士们凯旋的鼙鼓声。圣路两侧的神庙、神殿、会堂、元老院遗迹和残留的古楼、石柱、石墩……犹如一件件雕塑艺术品，悠久、遥远而又陌生。恺撒广场仅存的三根圆柱，废墟上耸立的恺撒大帝雕像，不仅代表着一段历史，而且象征着罗马的荣耀！

教堂是基督的行营和讲坛。在罗马旅行，几乎一抬头就能看见以宣扬圣道为使命的教堂。坐落在罗马西北角的圣彼得大教堂，是全球最大的一座天主教堂。教堂正前方的圣彼得广场，是当年圣彼得殉难的地方。广场长三百四十米，宽二百四十米，被左右两个弧形长廊环绕着，大有囊括宇内、怀抱四海的气势。每个长廊由一百四十二根圆柱支撑，是教堂主建筑的有序延伸。广场中央耸立的埃及方尖碑，犹如天主的大纛，高扬着宗教的力量。巴洛克艺术之父贝尼尼的设计，哪里像消极出世的宗教，分明是积极入世的帝王！

自古以来，教皇干预政治、争夺治权从来没有停止过。公元 756 年，法兰克国王丕平为酬谢罗马教皇帮他登上王位，便以罗马城及其周边的土地相赠。嗣后，教皇的权势越来越大，罗马成了一个半世俗政体的"教宗国"。1870 年，意大利收回了教皇占领的罗马城，教宗被迫避居在梵蒂冈。直到1929 年，墨索里尼与教宗匹乌斯十一世签订《拉特兰条约》，才正式承认梵蒂冈为城邦主权独立国。

梵蒂冈与罗马城四面接壤，是名副其实的"国中国"。这个城邦国不足半平方公里，面积和天安门广场差不多，全国一千三百多人，是世界上领土面积最小、人口最少的主权国家。全球比梵蒂冈大一点的"袖珍国"，还有面积不足二平方公里的摩纳哥、世界上最小的岛国瑙鲁、被联合国列为最不发达国家之一的图瓦卢、全世界第一个共和国圣马力诺……这些"玲珑国"，面积最大的也不过六十平方公里，大约是上海市的百分之一。它们虽然各有各的历史，各有各的优势，但和梵蒂冈相比，大都缺乏俯视世界的视野和地位。

圣彼得大教堂既是意大利最著名的文艺复兴建筑，也是世界上规模最大的天主教堂。在欧洲政教合一的年代里，教会有着至高无上的权力。16 世纪初，当教皇朱理二世决定重建圣彼得大教堂时，就为布拉曼特、米开朗琪罗、德拉·波尔特、卡洛·马泰尔等建筑师，提供了展示智慧和艺术才华的舞台。教会有权，也有钱。教会花钱雇建筑师修建教堂，建筑师的聪明才智越发挥得淋漓尽致，教堂在形式和内容统一的结合点上就越完美无瑕。这就像"书圣"王羲之的《兰亭集序》，一千六百年后，仍以"天下第一行书"独尊。在中国艺术史上，《兰亭集序》以其深厚的魅力，展示了中国书法艺术所追求的"亲切自然"的生命理想，它所享受的"至高无上"的地位，与其说是笔法技艺，不如说是人文底蕴和心灵精神。正为如此，魏晋之后的书法家，面对王羲之的《快雪时晴帖》《平安帖》《姨母帖》等遗墨，从来都是临摹、临摹再临摹，而不敢有半点傲慢和觊觎。

罗马吹起的文艺复兴气旋，早已演变为自由繁复的巴洛克风。建筑师越把圣彼得大教堂修建成无与伦比、不可复制的典范，就越能证明教皇英明伟大。这种心照不宣的互相利用，就为后世留下了具有里程碑意义的艺术品。

借修教堂成名的艺术家首推米开朗琪罗。米翁是"吃铁锤和凿子的奶长大的"，他一生都没有离开石雕和绘画。1499 年，米开朗琪罗为圣彼得大教堂创作的大理石雕像《哀悼基督》，甫一问世就引起了雕塑界的关注。人们不敢相信，这幅洋溢着母爱情感的作品，会出自一个二十四岁的小伙子之手。唯有创造之手，才是有生命的手。米开朗琪罗以极大的热情释放关在石头里的精灵，历时三年用整块大理石雕塑的《大卫》，成为世界雕塑史上最值得夸耀的男性人体雕像。他的《摩西》《昼》《夜》《晨》《暮》等作品，也被视为旷世杰作。

米开朗琪罗曾两次接受教皇的征召，前往圣彼得大教堂作画。第一次是 1508 年为教皇的私用经堂——西斯廷礼拜堂大厅画穹顶画《创世纪》。他从脚手架设计到绘画安排、从构图草创到色彩涂鸦，全部由自己一个人完成。他爬上十八米高的脚手架，仰着脸在八百平方米的天花板底下作画，面部五官天天接受颜料的"洗礼"，历时四年五个月，终于完成了这幅长三十八点五米、宽十四米的传世之作。那是怎样的四年五个月啊！一个人天天不停地作画，孤独寂寞不说，那意志、那毅力是怎样炼成的？我们在那里仰脸看画，不一会儿就脖颈酸痛，很难想象，米开朗琪罗是如何坚持下来的？

二十四年后，米翁再次到西斯廷礼拜堂画祭坛壁画《末日的审判》。这次他画了六年，画高七十米、宽十米，二百多个裸体人物，当时就轰动了全世界。我和妻挤在人群中，屏住呼吸看米开朗琪罗创造的艺术，只觉得天堂与地狱、光明与黑暗、正义与邪恶、希望与幻灭一齐从山墙上拥来，凄厉的声音带着画家的呐喊，向我们诉说文艺复兴，诉说人性解放！

其实，最让米开朗琪罗感到荣耀的是建筑。晚年，他为圣彼得大教堂设计的中央圆形穹顶，融合了对称美学、透视美学、比例学等学科的原理，不但气势恢宏，而且从局部到整体都是绝世精美的艺术品。经典艺术是艺术家的生活史和社会发展史，不仅带有双重历史的烙印，而且作为"历史的产物"，又具有突破和超越时代的"超历史性"。圣彼得大教堂始建于公元349年，直到1615年才最后建成，前后一千三百年。只有宗教才能长时间地维系这种马拉松工程，一代接一代，教堂成了意大利人最爱显摆的艺术大树。

教堂是欧洲文明的监护者，人们读懂了教堂，就在一定程度上读懂了罗马和意大利。走进圣彼得大教堂，色彩艳丽的绘画、栩栩如生的塑像、贝尼尼雕制的青铜华盖、圣彼得宝座和教皇阿勒桑德罗七世纪念碑，米开朗琪罗创作的《伯多禄》《圣殇》，件件都是艺术珍品。我们在这里，不仅能饱餐视觉盛宴，还能接受灵魂洗礼。教堂是接近天堂的地方，如果您信奉上帝，这里就是您的天堂；如果您向往艺术，这里就会给您带来艺术的享受。

教堂、博物馆、美术馆珍藏的艺术品，是罗马馈赠给世界的绝唱。梵蒂冈博物馆汇集了埃及、希腊、罗马的古代文物和文艺复兴时期的艺术精华，希腊名雕《拉奥孔父子群像》和拉斐尔巅峰时期创作的壁画《雅典学院》，给这座博物馆平添了不少艺术底蕴。博尔盖赛美术馆是意大利雕刻艺术的典藏地，拥有罗马最丰富的私人收藏。国家古代美术馆收藏的绘画作品、拉特兰诺圣乔瓦尼大教堂存放的耶稣受难时走过的"圣阶"、神天使堡收藏的令人惊艳的湿壁画，虽说有民族文化、时代精神和个人风格的差异，但都表现出超越世俗的情感和生命关爱。它们之所以不朽，就在于作为人类心灵史的结晶，不是束缚创新，而是启迪创新；不是终结历史，而是开启历史。

久负盛名的特莱维喷泉，俗称"许愿池"。传说，第一次到罗马旅行的游客，只要背对水池，在把钱币抛向身后的同时许三个愿，假如第一个是再来罗马，其他愿望都会梦想成真。所以，许愿池又叫"幸福泉"。我和妻在许愿池许完愿，忽然感到，罗马以许多心照不宣的生活秩序，形成了一整套心理文化方式。这种方式赋予一切社会命题以人格意义，并不断提升人们的"幸福指数"。从这个意义上说，罗马是一座值得慢慢欣赏的城市，它已经陪我们走了一程，还会不会联结以后的里程？

答案，在天地间，也在我们心里。

初 识 开 罗

　　午夜从北京出发，飞机追着星斗远航。等到飞累了，慢慢降落下来，我们和黎明同抵开罗。

　　开罗是欧非亚三洲的交通枢纽，埃及人称其为"城市之母"，阿拉伯人则叫它"卡海勒"，即"征服者"或"胜利者"的意思。开罗的历史，可以追溯到公元前30世纪的古王国时期。那时，中国的"人文之初"黄帝，或许还在与炎帝、蚩尤交战，或许已经统一了三大部落。而开罗作为埃及的首都，少说也有一千四百年了。

　　偕妻女第一次到开罗旅行，随处可见穿各色服饰、操各种语言的人。当地人宽袍大袖，有着伊斯兰世界的古风，不管是老妪还是少妇，都用纱巾包头，只把面部袒露给行人。那些赶着马车的农民、骑着毛驴的村姑，混杂在现代城市的马路上，怎么看都有点不伦不类。行人中，黄皮肤的中国人占很大比例，埃及人大老远看见，都会友好地扬扬手，用生硬的汉语主动问好。

　　开罗是伊斯兰文化保存最完整的历史名城，始建于公元970年的艾资哈尔清真寺，集中体现了北非和西班牙伊斯兰教的建筑风格。这座清真寺从建成之日起，就是伊斯兰教研究的学术机构，后来成为世界上最大的伊斯兰高等学府——艾资哈尔大学。学校图书馆里珍藏着数不胜数的古籍，是迄今全球最大的伊斯兰文化宝库。

　　开罗素来以"千塔古城"闻名遐迩，这"塔"就是清真寺的宣礼塔，也有人叫它"望月楼"。遍布全城的宣礼塔，代表着埃及不同时代的文化标识。伊斯兰教是埃及的国教，穆斯林教徒每天都要祷告五六次。我们还没走下萨拉丁城堡，宣礼塔就传来了诵经声。虔诚的穆斯林教徒放下手头的工作，面朝圣地，跪地礼拜，整座城市都沉浸在肃穆的气氛之中了。

这时，我想起一位哲人对真善美的解释："真"是科学，"美"是艺术，"善"是宗教。此起彼伏的诵经声有如悦耳的空灵诗，感应心扉的天籁神音，猛烈地震撼着我们的灵魂。女儿说，她好像触摸到了真善美的真谛，灵魂也沿着宣礼塔扶摇升腾，直飘苍穹！

能把不同肤色、不同国度的游客召集到开罗的，还有埃及博物馆。这座全球最古老最奢侈的艺术宫殿，珍藏着古埃及法老时代至公元6世纪的十二万件文物。我们走进去参观，首先映入眼帘的石人、石棺、石碑、石柱……仿佛是埃及古老的史书，或者说是一部"石头记"。博物馆珍藏的法老石像、纯金制作的宫廷御用品、重二百四十二磅的图坦卡蒙纯金面具和形态各异的棺椁，做工精美，巧夺天工。西展厅展出的二十多具木乃伊，眼睛凹陷，面庞清晰，皮肤呈棕褐色。导游介绍，古埃及制作木乃伊，从第一王朝就开始了。在他们看来，人的身体只是灵魂的安息处，要想获得永生，就得把遗体保存好。望着这些千年不腐的木乃伊，我们身上直起鸡皮疙瘩，总怕几千年前的生灵会突然醒来，伸手把我们这些现代人拽住。

穆盖塔木山是开罗的一个制高点。说它是"山"，其实就是一座高高的土丘。四周用围墙围起来，土丘就成了城中城——死人城。有钱人死后，他的家人都要在穆盖塔木山修建像阳世一样的阴宅，讲究点的，还建有门庭、围墙、院落……天长日久，死人城就形成了宽窄不一的坊巷。1967年第三次中东战争爆发，苏伊士运河两岸的难民潮水般涌进开罗，这些阴宅就成了逃难者的"家"。现在仍有不少穷人居住在那里，其中也混杂着一些罪犯——历史文化名城允许这样的"景观"存在，看着确实有点不雅。这或许是古埃及文明残存的污迹，或许还有我们想知道但尚未弄清楚的原因。

位于开罗中心的汉·哈里里市场，是埃及旅游业的窗口，开罗社会生活的缩影。那里曾是法特梅三朝后裔的墓地，14世纪，埃及的统治者汉·哈里里以法特梅叛教为由，下令拆毁墓地，建起了驰名中东的小商品市场。哈里里市场迷宫般的街巷，鳞次栉比的店铺，琳琅满目的地摊儿，热气腾腾的小吃店，喧闹嘈杂的咖啡馆……历经几百年长盛不衰，想必与埃及人过于执着的信念有关。

走进哈里里市场，我们发现，林林总总的手工艺制品和衣服鞋帽等小商品，和北京的地摊儿没什么两样。卖小商品的，不少是不远万里的中国人。我们真佩服中国人的市场意识，从丝绸之路到郑和下西洋，再到轰轰烈烈的西域贸易，哪里有新大陆，哪里就有他们"无形的手"。我和妻女在哈里里市场转了两圈儿，每一步都被热情的兜售声包围着，摊主推销的纸草画、铜盘、石雕、皮革制品、金银首饰……不管是真是假，都展现着埃及人对"国粹"的自豪。

遍布开罗城的"烂尾楼"，是一道别开生面的风景线。这些楼房大都没有封顶，一束束钢筋直插蓝天，外墙还是施工时的样子。就是这样的坯房，一楼却住着人家。莫不是家里人口较多，住房拥挤，抑或缺乏资金，留待以后上"二期工程"？我们一问不全是，一半原因与开罗人的思想观念和生活习惯有关。开罗气候干燥，不经常下雨，坯房子能住就先住下。有位刚搬进来的居民说，以后有钱了，自然会接着往上盖，急什么？开罗人不急，一国之都的面貌却不雅观，让我们这些东方人都感到汗颜。

其实在我们眼里，开罗的"烂尾楼"就是废墟。2017 年 7 月 10 日，《人民日报》曾发表过一篇文章，题目叫《废墟之美》。作者以为，年代的久远常常会使最为寻常的物体具有一种残缺美。早在 15 世纪，人们从偶然的废墟挖掘中发现了古希腊、罗马时代那些生机勃勃的壁画、雕塑等艺术品，心灵受到了极大的震撼，甚至有点觊觎。这种共鸣其实是一个审美过程。一幢幢"烂尾楼"看似大煞开罗的风景，但它却是这座文化名城不可或缺的审美元素。废墟昭示着沧桑，是古代派往今天的使者，也是民族文化的选择。人的某种行为方式或思维模式一旦形成文化，就成了须臾不能离开的东西。因为一个民族的觉醒，首先是文化上的觉醒；一座城市的品格，在很大程度上取决于文化的自觉。

开罗人的生活节奏不像北京、上海、深圳，每天除了像机器一样飞快地运转，谁也不知道为了什么。那里的上班族每天上午九点上班，下午三点下班，中间还要喝一次红茶，吃一顿午餐，做一次礼拜。我们不妨计算一下，开罗人一天能工作多长时间？他们大都没有时间概念，再急的事情，约好半小时见面，能一小时如约就不错了。也许，这是开罗人劳役般忙碌了几千年后，元气损耗、体力不支而形成的古文明的"现代生态"。这种生态很像希腊人、西班牙人、意大利人追慕闲散，贪图安逸，但天长日久，就会习以为常，走向慵懒，造成精神上的失重和贫血。

开罗在尼罗河畔演绎了人类难以复制的文明，但最终没能延伸到更广更深的维度。今天看来，落寞、零乱，缺乏精气神，是埃及文明的现代生态，也是对开罗公共审美的惊扰。恩格斯说，文化植根于"一个民族或一个时代的一定的经济发展阶段"。文化是民族和时代的血脉。城市文化的哲学本质，归根结底是一种密集空间的心理共享。人们在几千年形成的精神惯性或文化契约，构成了一个庞大的审美课堂，天天都在为游客上课。尽管开罗人因为不适度地消耗元气，至今还没找到文化复兴的基点，但"一带一路"已为开罗写下了新时代文化华章的序言。

1916 年，印度诗人泰戈尔在东京帝国大学讲演时说："古希腊的明灯在初点燃的土地上熄灭。罗马的威力被埋葬在广大帝国的废墟下。但是建立在社会与人的精神理想基础上的文明，仍然活在中国和印度……正像活的种子一样，天上降下滋润的雨水，它就会抽芽、成长，伸展它造福的树枝，开花、结果。"开罗"伸展它造福的树枝，开花、结果"，是时代的激昂变奏，也是世界的殷切期待！

神秘的金字塔

吸引我和妻女到埃及旅行的，是金字塔。金字塔是法老的陵墓，由于它的神秘，由于它留给人类的一连串问号，公元前 3 世纪，旅行家昂蒂帕克把它列为"世界七大奇观之首"。著名学者余秋雨则称它，是"用巨石筑建的《易经》""是古人对后人的一种智能遗嘱"。

埃及共发现了九十七座金字塔，在现存的七十座中，最大的三座位于开罗郊外的吉萨。那天我们乘中巴前往，路边的绿树、骆驼、黄沙很快就被抛到身后。转眼之间，金字塔雄伟的身姿亮在了眼前。我们向四周眺望，只见天地全被褐黄色笼罩着，失落的文明看不出一点复兴的迹象。文明记载着一个民族的精神活动，是一个民族生生不息、励精图强的精神滋养。无论哪个国家、哪个民族，失去文明就立不起来。埃及文明悠久深远，超越时空，它的衰落着实让人痛心！

难怪余秋雨先生感慨："我只知道它如何衰落，却不知道它如何构建；我只知道它如何离开，却不知道它如何到来。就像一个不知从何而来的巨人，默默无声地表演了几个精彩的大动作之后轰然倒地，摸摸他的口袋，连姓名、籍贯、遗嘱都没有留下，这多么叫人敬畏！"

金字塔以"人类城市召集人"的身份，把世界各地的游客陆续召集到尼罗河西岸，荒凉、单调、苦涩的环境，把人们的感觉惯性一下子推出了常规。我们站在金字塔前，欣赏埃及古王国遗留的风采，始终觉得任何时代都望尘莫及。建于第四王朝第二位法老统治时期的胡夫金字塔，是埃及现存规模最大的金字塔；塔的四个斜面分别对着东西南北四个方向，一切显得规整有序。

作者在埃及金字塔前留影

金字塔建成后，表面上曾涂过一层石灰石，经过几千年风雨侵蚀，如今几乎剥落殆尽。金字塔是禁止攀缘的，但底层的八九级，去爬也不会有人干预。我和女儿爬了几级，转身看到一个洞口，听人说，从这里可以进入金字塔内部。我们原想进去饱饱眼福，但想起"不论谁搅扰了法老的安宁，死神之翼将在他头上降临"的铭文，也就打消了这个念头。

位于胡夫金字塔西南的第二座金字塔，是胡夫的儿子哈夫拉的陵墓。这座金字塔形式宏伟，气势磅礴，塔前起蠹立的由整块巨石雕琢的狮身人面像，更让人感到神秘莫测。西方称狮身人面像为"斯芬克斯"。在希腊神话里，斯芬克斯是巨人与妖蛇所生的精灵——它长着妖头、狮身、鸟翅，生性残忍，经常守候在路边让行人猜谜，谁猜不中就把谁吃掉。在埃及人眼里，狮子是权威和力量的象征。用岩石雕刻法老头像狮子身，既展示了斯芬克斯的智慧与勇猛，也契合法老是太阳神之子的传说。几千年来，斯芬克斯忠诚地守护在金字塔前，与黄沙为伴，看日出日落，留下了一个个神话传说。

在胡夫金字塔和哈夫拉金字塔西南建造的曼卡拉金字塔，是落户在吉萨的第三座金字塔。这座金字塔建造时，正是第四王朝衰落之时，由于奴隶的强烈反对和法老财力拮据，那时建造的金字塔规模较小——塔的底边只有一百零八米，塔高不过六十六米，比起祖父胡夫那座金字塔来，规模小了一半还多！

吉萨金字塔堪称埃及金字塔之最，在巴黎的埃菲尔铁塔落成之前，它一直是全球的最高建筑。拿破仑估算，如果把建造金字塔的巨石砌成一道三米高、一米宽的石墙，至少可以绕法国一圈。于是，他在狮身人面像前留下名言："在这些金字塔顶上，四千年的历史正注视着你们！"

我和妻女站在金字塔下，与埃及遥远而漫长的历史对视，只见一块块累积的巨石自下而上、层层缩窄，棱角分明、线条清晰，呈现出排山倒海般的气势。简单的几何图形，沉稳的冲击效果，沙漠独特气候下产生的审美视觉，让我们这些东方人倍感惊奇。如果用手去摸巨石，仍能感觉出它的坚硬和冰冷。这些石头超越物质形态，战胜时空距离，传递着法老时代的神秘信息。

在人类失落的古文明中，像金字塔这样的奇观屈指可数。它犹如古巴比伦的"空中花园"、津巴布韦的"石头城"、阿克苏姆的方尖碑、克里特的克诺索斯王宫，是人类智慧的结晶，远古文明的标志。当人类文明还处于萌芽之际，埃及人就把全部智慧集中到为法老修建的陵墓中去了。

金字塔见证了古埃及历史的兴替，它所包蕴的未知与神秘，也给后人留下了一个个问号。考古学家断定，胡夫金字塔建于公元前 2664 年，当时没有炸药，没有起重机，也没有吊车，古埃及人是怎样把数百万块重几十吨甚至上百吨的巨石开采出来，运到吉萨，然后一层接一层垒砌起来的呢？据推算，修建金字塔即使每人每天劳动十二个小时，也要十万奴隶花三十年时间，这样的巨额开支需要多大的财力才能支撑啊？金字塔又是怎样进行精密设计，巨石之间不用任何黏着物，就能契合得天衣无缝，甚至连一片锋利的刀刃都插不进去？

更加让人惊异和困惑的，是金字塔暗藏的数学玄机：胡夫金字塔的纬线把五大洲、四大洋一分为二，人类在 16 世纪才知道纬度的概念，当时的埃及人是怎样认识纬度，并掌握了高超的测绘技术呢？圆周率是公元前 200 年希腊数学家发明的，为何胡夫金字塔的底边周长除以原高的两倍，恰好等于圆周率的值？和底边与塔高之比相对应的，是胡夫金字塔的倾斜角度和塔内甬道的角度，这些根据地表动力学计算的符合建筑学原理的角度，离开三角函数根本计算不出来，古埃及人又是怎样创造了这一奇迹的呢？无限延伸胡夫金字塔底正方形的纵平分线，再把正方形的对角线引长，为何正好将尼罗河三角洲包括在内？那条延伸正方形的纵平分线，为什么恰好平分尼罗河口三角洲？

这些问号，只是有关金字塔无数问号中的冰山一角，更多的玄机则存在于金字塔内部。修建在塔内的王殿，从垂直方向看，是塔高的一半；从水平侧面看，地面面积恰好是水平切面面积的一半。黄金分割率是古希腊毕达哥拉斯学派发现的，在此之前，人们肉眼看到的最佳和谐比例，为何恰到好处地体现在王殿建筑中？金字塔设计者的数学造诣很深，对地球和太阳系的结构也十分清楚，在史前时代，谁能拥有如此高深的数学和天文学知识呢？

胡夫金字塔蕴含的数学信息，意味着当时的文明已相当发达。金字塔落成时，巴比伦古城、巴别通天塔、摩索拉斯陵墓、亚历山大灯塔、万里长城等奇观，都还没有开建，唯有它，像耀眼星座灿烂一时，让以后的人类望尘莫及！

金字塔是法老的"永恒宫殿"，一次次挖掘进去，谁都没有见到法老的木乃伊。前几年，有家电视台直播胡夫金字塔的考古行动，当打开塔内"王后墓室"南侧通道的那扇石门后，呈现在观众眼前的，竟然仍是一道石门。秘密不但没有解开，反而给观众留下了更多的秘密。

面对这座世界奇观，人们有太多的未知和疑问。秘密解不开，必然引发推断和猜想。于是，有人说它具有种种魔力，有人说它暗合着一系列神秘数字，有人说它被法老施加了咒语，有人说它是失踪的亚特兰蒂斯岛先民们所建，也有人说它是外星人修建的降落点、观察星辰运行的天文台……最近两年，又冒出了一个"新发现"，说塔型结构能产生无穷无尽的能量。

种种难以解开的千古之谜，意味着人类知识的苍白。我们对这个世界了解得太少了。也许，无数未知困扰着我们，人生才有求知的乐趣。假如有一天，世界上的一切都能解释清楚，这个世界就会变得简单无聊。对金字塔而言，它的神秘比容易解读更神秘，也更永久。

唯其神秘，才能把游客源源不断地召集到金字塔前；唯其永久，才期待更遥远的智者继续探索。

探访太阳神庙

卢克索是古埃及遗留的地标，也是世界上最大的露天博物馆。我偕妻女到那里旅行，就是为了探访太阳神庙。我们坐了一夜火车，终于告别七百多公里的颠簸，披着晨光走出火车站，抬眼就望见了拔地而起的石柱、直逼苍穹的方尖碑。女儿禁不住惊呼："哇，太阳神庙！"——古埃及遗存最完整、规模最宏大的"神的宫殿"。

卢克索坐落在埃及中古王国和新王国的都城底比斯遗址上，太阳神庙的所有建筑，集中展示了那个时代鼎盛、成熟的文明。埃及的历史少说也有五千年了，最初的三千年是法老时代，政治、文化中心先在孟菲斯，后来迁到了底比斯，也就是现在的卢克索；接下来的一千年是古希腊罗马时代，政治、文化中心在亚历山大港；最后一千年是阿拉伯时代，政治、文化中心在"城市之母"开罗。卢克索创造了比克里特文明、迈锡尼文明、波斯文明、巴比伦文明毫不逊色的法老文明，把历史交响乐中那个响亮音符，留在了尼罗河漫长而永久的记忆中。所以埃及人说："没有到过卢克索，就等于没真正到过埃及。"

在旅店吃过早饭，我们直奔太阳神庙。神庙是卢克索最宏伟最有纪念意义的建筑群，出于对太阳神的崇拜，中古王国的法老们争相以自己的方式给这座神庙添砖加瓦。于是，它从中古时期一代接着一代拓建，一直建到了罗马帝国时期。两千多年马拉松式的建筑工程，一开始就把埃及人的想象力发挥到了顶点，甚至连一点都不需要修正。

在国际建筑史上，古希腊和古罗马是大理石的宠儿。古希腊人用它刻石雕塑，古罗马人用它建造城池，但推本溯源，师承的都是古埃及。拉美西斯二世坦言，这些永恒的石头，就是为展示诸神和法老的荣耀而准备的。

古埃及是个崇奉神灵的国度，在埃及神话传说中，给人类带来光明和温暖的太阳神是宇宙的主宰，是众神之王。太阳神庙供奉着太阳神阿蒙、阿蒙的妃子、自然神穆特和月亮神柯恩斯。每天清晨，法老和他的臣民们集合在那里，迎接崇敬的神灵从睡梦中醒来。在很长一段时间，那里是埃及人朝圣的地方，鼎盛时期，来神庙祭祀的信徒超过了三万人。

在太阳神庙入口，两排狮身羊面像以同等的距离同样的蹲姿，列队欢迎我们这些来自东方文明古国的不速之客。狮身羊面像与吉萨金字塔前的狮身人面像相似，唯一不同的是，每个羊头下面都挂着拉美西斯二世的雕像。这种独特设计，既增添了整体布局的纵深感，也为太阳神庙营造了肃穆的宗教氛围。

顺着公羊甬道走进神庙，只见门前立着一尊八米高的拉美西斯二世石雕。他的两腿间镌刻着王后的雕像，一大一小，和谐地融为一体。据说，电影《尼罗河上的惨案》中高耸的石柱、雄伟的庙宇和巨石从石柱顶部轰然坠落的惊险镜头，就是在这座神庙里拍摄的。神庙内，错落有致耸立的一百三十四根

埃及太阳神庙

石柱，宛如一片巍峨壮观的石林。圣殿中央耸立的十二根圆柱，最高也最宏伟，我们六个人伸开双臂，手拉在一起，也没有把一根圆柱抱住。

希腊、罗马的廊柱与这些石柱相比，显得有些微不足道，更别说中国的殿柱和庙柱了。石柱傲然耸立在朝阳夕辉下，就像承载着重大的历史使命，把更多的期冀送给了上天。难怪四百多年前，第一个走进太阳神庙的欧洲人惊呆了："我一看到整行整列的巨大圆柱，还以为自己在做梦哩！"

最让我们着迷的，是刻在石柱上、墙壁上、神像基座上的象形文字。这些文字和中国早期的象形文字相比，更有一种感性的力量。因为中国的象形文字已经抽象成笔画，而这些文字，好像上帝、神和人间的语言连接，它所借助的，只是一种自然符号，以至于三千多年无人能够识读。直到 1882 年，法国学者商博良才艰难地揭开了谜底。

从直观猜测，这些象形文字所描绘的，是主宰一切的神，以及处在人神之间的法老和朝廷重臣的形象。在内容上，既表现了神灵与法老的亲密无间，也展示出田园生活的幸福场景。神庙的始建者图特摩斯三世没有忘记给自己歌功颂德，他用象形文字记载自己的功绩，也记载埃及文明的演变。拉美西斯二世完成了神庙主殿的建筑工程，不仅把自己的雕像立在神庙里，还把自己的名字和表现自己丰功伟绩的图案，镌刻在所有能镌刻的地方，以此来彰显他的伟大和神圣。实际上，神庙就是拉美西斯二世的功德碑！

我们一路往里走，老远就看见一座方尖碑，如同利剑，刺向蓝天。古埃及女法老哈特谢普苏特立的这座方尖碑，无论当时还是现在，都是埃及最高的一座。我们真不知道女法老是怎样从阿斯旺山采来整块巨石，然后刻石成碑，竖立在太阳神庙里？真该感谢古埃及文字的破译者，使遥远的东方人在三千年后，还能读到哈特谢普苏特留在方尖碑上的铭文，一字字，一句句，仿佛在讲述她不同寻常的一生，以及法老们的爱恨情仇。

如今，世界上尚存的十三座方尖碑，有七座分别流落到了英国、法国、意大利、土耳其等国，另外六座则留在自己的家乡。方尖碑是法老献给上天的礼物，是和太阳神直接对话的媒体。今天，每一个站在方尖碑前的人，都能感受到它像一束阳光直射蓝天。

在一座残缺的方尖碑旁，有个用花岗岩雕刻的"圣物"——屎壳郎。埃及人可崇拜这小东西了，认为它不仅能推走粪便，还能把太阳从西边推到东边，是人类最忠诚的护卫神。导游说，围着屎壳郎雕像转几圈，准能心想事成，万事如意。我忘了是按顺时针转还是按逆时针转，只记得妻女照导游说的，转啊，转啊，至少转了七八圈。要不是转得头昏脑涨，不知道她们还要再转多久。

古埃及人把太阳神庙称为"伊佩特——伊苏特"，意思是"至乘之地"。整座神庙给我们的感觉，是夸张般的神奇，心灵上的震撼。那些或耸立、或横卧、或完整、或残缺的狮身羊面像、石柱、法老神像、方尖碑、浮雕……既让人目眩神迷，叹为观止，又感到有始无终，难以消化。卢克索延续了埃及的法老文明，悠久的历史就像夜空中的银河，旷古垠远，令人敬畏。我们在那里旅行，虽然有时候晕车、晕船，但更多的，是晕文明！

其实，埃及的古文明早就衰落了，衰落得叫人既心痛，又惋惜。也许，埃及文明开始就沉醉在自负的神秘之中，卢克索的奇迹缔造者，只希望自己以木乃伊的形式长存于世，但从没想到为后世做出什么安排。它不远不近的地理位置，又成了波斯、罗马、阿拉伯等部落轮番蚕食的对象。每一个占领者都力图隔断埃及的历史，结果几度下来，本体文明几近湮灭，只剩下一些自诩为纯种的法老的后代们，叮叮当当地修复着祖先的陵墓，好供来自世界各地的游客们参观。

人类早期文明的衰落尽管无一例外，合乎逻辑，但衰落毕竟是一种遗憾。文明需要继承，更需要阐扬。我们在太阳神庙所看到的，只是一些零星的遗留。透过它们，依然能感受到古埃及文明的赫赫雄风。它和古巴比伦文明、古希腊文明、古罗马文明等人类早期文明，慷慨无私地把自己奉献给了人类，我们今天所期冀的，只能借助它们曾经拥有的辉煌，一步步从历史走向未来。

孟菲斯，一段乡愁

在埃及旅行，我们最想去的地方，大都与古代历史文化留下的脚印有关。或许，它是我们想摆脱又摆脱不了的人文情结，每到一地，心里总有一种游子归乡的感觉。他乡是我乡。对故乡的深情，不断加重我们人生的负载，并由历史沧桑感激发出浓浓的乡愁。

乡愁是根。记住乡愁，就是记住人的生命指向。当代散文家杨明说："所有的故乡原本不都是异乡吗？所谓故乡，不过是我们祖先漂泊旅程中落脚的最后一站。"为了异乡的召唤，余秋雨先生把广袤大地当作故乡，不但凭借山水风物来探索中国文化的历史使命和中国文人的人格构成，而且冒着生命危险考察巴比伦文明、埃及文明、克里特文明、希伯来文明、阿拉伯文明、印度文明、波斯文明……从而成为全球唯一抵达现场的人文学者。

"读万卷书，走万里路"，是人们成长进步的必由之路，也是人类的生活常态。其实，走路也是读书，是读有实用价值的"无字书"。我们唯有走在路上，才能在天地之间痛痛快快地活一回，并寻找到人生价值和生命价值的内涵。

距开罗二十多公里的孟菲斯，是一座不太起眼的古镇。胡夫金字塔落成不久，它就成了埃及古王国的首都。当时，这座古城由白色城墙环绕，所以又叫"白城"，后来才改成现在的名字。孟菲斯经历了埃及古王国的辉煌顶点，直到公元前2000年才被底比斯取代。我们在历史留下的断壁残垣中寻觅文化原乡，也没找到更多记载古都沧桑的遗迹，唯独萨卡拉金字塔和露天博物馆，向游客诉说着它们的命运变迁。

建于公元前2700年的萨卡拉金字塔，是古王国第三王朝法老左赛尔的陵寝。因为它呈阶梯状，人们习惯上又叫"阶梯金字塔"。它的设计者和建筑师伊姆赫特普先让奴隶们建造一座塔基，然后层层垒高、缩窄，一直垒成六十二米高的六层阶梯。埃及人相信灵魂不灭，法老的灵魂拾级而上，就能直通天国，永享奉祀。

萨卡拉金字塔是埃及早期金字塔中最有名的一座。伊姆赫特普石破天惊的锥形设计，一举奠定了后世金字塔的形制，阶梯金字塔也成了所有金字塔的源头。伊姆赫特普最早用石头建造陵墓，今天看来习以为常，但在世界金字塔建造史上，却是一个了不起的创举——金字塔用石头建造的范式由此奠定。因而，伊姆赫特普被史学界称为"大金字塔锥形结构的鼻祖"，后世则把他奉为"工程之神"。他对人类文明的贡献，比统一了上下埃及的美尼斯毫不逊色！

在埃及人心目中，太阳神和法老形同父子。也许是为了最先沐浴到太阳的光辉，以后的法老们纷纷追求纯粹的锥形，于是斜边金字塔应运而生。埃及文明诞生在五千年前，繁盛期达三千年之久。古王国时期的建筑标识是金字塔，图坦卡蒙时代是石窟陵墓，Cleopatra 女王时代留给后人的，则是各式各样的神庙。

我和妻女围着萨卡拉金字塔转了一圈，一面拍照，一面议论金字塔的古是今非。金字塔是埃及第三王朝繁荣的标志，也是古王国文明发达的象征。吉萨金字塔雄伟壮观，结构复杂，要多神秘有多神秘！但萨卡拉金字塔的每一块石灰岩，都是从尼罗河对岸采掘来的，每块石头被凿得大小适中，一个人就能搬得动，它们以十六度的斜角垒砌，块块对着中心，相互倚靠，相互咬合，我们虽然感到简单，但人人可为，没有一点神秘感。

来到孟菲斯，一定要去看看名闻遐迩的露天博物馆。博物馆的规模很小，小得甚至不如一个标准的足球场。也许，它是全球最小的历史博物馆，但脚下的土地，却有着五千年的历史。我们很难根据周边的环境去考察古埃及文明，只有那座代表阿迈诺菲斯二世的狮身人面像，以及散落在花园里的数十尊法老雕像，或面带微笑，或凝神思索，或庄严肃穆，或满怀期待，把游客们的目光吸引到花岗岩上。当年，埃及古王国的法老们在此开疆拓土，如今，铁马金戈都成了遥远的传说。

在孟菲斯这座露天博物馆里，我们看到了新王国第十九王朝法老拉美西斯二世的卧像。本来，这尊由整块石灰岩雕成的卧像是站着的，但在一次地震中，不幸折断了双腿和左手，万般无奈，他只好静静地躺在博物馆的一楼。时光转眼过去了三千年，雕像仍保持着庄严高傲的神态。

缺胳膊少腿的拉美西斯卧像，看似是一种缺憾，但缺憾中散发着让人流连盘桓的磁力。记得在罗浮宫参观时，我们曾被胜利女神迷住了。她没有头颅，但体态优美，气势非凡，即使换个角度欣赏，也不失一种风韵之美。罗浮宫有三件"镇馆之宝"，其中两件形体残缺。胜利女神和断臂维纳斯所展现的魅力，活像一个残疾了的悲剧英雄。由此看来，残缺也是一种文化，一种美。有了对残缺美的彻悟，我们再去看圆明园，就不只是浅层次的愤慨，而是悲剧美的震撼。

拉美西斯二世活了九十九岁，治国理政长达六十七年，比中国历史上在位时间最长的康熙、乾隆皇帝还长。他是埃及新王国一位功勋卓著的法老，威名赫赫，享誉埃及几千年。敌人惧怕他，神灵保佑他，臣民怀念他。而今，除了他的木乃伊保存在埃及历史博物馆里，全国各地都有他英俊雄武的雕像。从眼前这尊卧像来看，拉美西斯二世确实是个美男子，他的脸部轮廓分明，两眼炯炯有神，微笑中带着一种舍我其谁的自信和所向无敌的英雄气。他在世时，文治武功曾经赢得了举国上下的赞誉，但他不可能预料到，他死亡的史诗同样千古不朽！

拉美西斯二世的生命力超级旺盛，就连寿命越来越长的当代人都望尘莫及。据说，拉美西斯二世娶了三十四个妻子，生了五十二个儿子、六十三个女儿。他活着的时候，最喜欢的雕像是自己高高站立，把妻子娇小的身躯护卫在身边，似乎很有男子汉大丈夫的风度。仅凭这一点，就让全世界的女人们心满意足，男人们自豪骄傲！孟菲斯是块了不起的土地，那里曾经站立过顶天立地的男子汉，只不过他站得太久太累，现在仰面而卧，坦然睡着了。拉美西斯二世的雕像躺在博物馆一楼，他的音容笑貌长留在游客们心中。

似乎还没有进入状态，露天博物馆就看完了。回头望望那些荷枪守卫的警察，络绎不绝的游客，我们猛然醒悟，这就是孟菲斯——那个让人无端激动、无端向往的地方，心里不免生出缕缕乡愁。精神故乡的迷失，使现代人的乡愁越来越浓。这乡愁不仅属于生活，属于文化，而且属于对历史的追寻，对经典的凭吊。

圣彼得堡的"白夜"

　　午夜，圣彼得堡本应繁星闪烁的天空，光线却充足得如同白昼。那里是世界上少数有"白夜"的城市。因为它位于北纬六十度，所以仲夏时节，日照超过了二十个小时，每年六七月间，夕阳西下与旭日东升之间的间隔，几乎让人无法分辨。即使在一天仅有的三四个小时的"黑夜"里，街上的行人无须路灯照明，也能借助天边透来的光亮，看清路边林立的路标。

　　圣彼得堡是俄罗斯重要的水陆交通枢纽，世界上久负盛名的历史文化名城。从空中俯瞰，整座城市鳞次栉比，雄伟壮丽，设计典雅的广场与辽阔浩渺的水域相邻，城市建筑依旧保持着18—19世纪的风貌，就像一件古色古香的工艺品。圣彼得堡城区分布在涅瓦河三角洲，人工运河缓缓汇入波罗的海芬兰湾，四百二十座桥梁联结起四十多个岛屿，把古城装点得别具风情。四通八达的河道、夕阳下的游船、大桥上看风景的游客、和孩子一起在草坪上游玩的母亲……一幅优雅和谐的图景酷似意大利的威尼斯，但比威尼斯多了一份宁静，一份典雅。

　　来到圣彼得堡，首先要看的是冬宫。坐落在圣彼得堡宫殿广场上的冬宫，与伦敦的大英博物馆、巴黎的罗浮宫、纽约的大都会艺术博物馆，并称为"世界四大博物馆"。那里原来是沙皇的皇宫，华丽阔大的内厅里，悬挂着达·芬奇、拉斐尔、毕加索等世界名人的画作。据说，冬宫珍藏的二百七十万件艺术品，按地域和年代陈列在三百五十多间展厅里，连接起来，堪称世界上最长的艺术画廊。我们站在冬宫的窗前眺望涅瓦河，寻找当年停泊在那里的"阿芙乐尔号"巡洋舰，只见河水循着历史故道，不舍昼夜扬波远去，哪里还有

圣彼得堡的夏宫喷泉

巡洋舰的影子？夜色如同白昼，往事似梦似幻，沧桑岁月已将"阿芙乐尔号"巡洋舰的炮声留在圣彼得堡，沉淀为这座城市的光荣传统和精神血脉。

游览了冬宫，不能不去夏宫。夏宫在芬兰湾南岸，是历代沙皇的郊外离宫。夏宫最吸引人的地方，是它举世无双的喷泉。下花园里的一百五十眼喷泉，造型惟妙惟肖，每当泉水顺着喷柱冲天喷溅，两道落差十八米的梯形瀑布，就从七层台阶上向下奔泻。下花园也是皇家园林的经典所在。它依傍大宫殿呈扇形向芬兰湾展开，广场上的草坪修剪得如同一块地毯，各种造型的雕塑金光闪闪，栩栩如生，仿佛是一幅立体图画，宫殿、雕塑、喷泉、瀑布、运河、森林、草地、蓝天、大海……大自然的美景和艺术大师的佳作融为一体，给游客带来了美的惊喜。

通透笔直的涅瓦大街，是圣彼得堡最有观光价值的街区。来到这里，不仅可以欣赏到歌剧院、图书馆、博物馆、音乐厅、电影院和名人故居的风采，还可以饱览东正教的喀山大教堂、新教的彼得保罗大教堂、天主教的圣凯瑟琳教堂的雄姿，感受多种宗教信仰的碰撞和融合。"俄罗斯散文之父"果戈理创作的《涅瓦大街》，描绘了19世纪中期圣彼得堡的市井人生。我们在大街上随便走走，也会打心眼里喜欢这座城市。

在涅瓦大街游览，最值得去的地方是文学咖啡馆。那是坐落在涅瓦大街与大马尔斯卡亚街交汇处的一座二层建筑。一楼有尊普希金蜡像：他坐在桌前，手执羽毛笔，似乎正在构思新诗行，桌旁放着一顶黑色大礼帽，仿佛是历史的见证者。二楼才是文学咖啡馆。一架三角钢琴旁有尊普希金的大理石半身像，墙上挂着多幅圣彼得堡的风景画。1837年1月27日，普希金在这座小楼里喝完人生最后一杯咖啡，就到小黑河与亵渎他妻子的宪兵队队长丹特斯决斗，结果腹部受了重伤，不治身亡，年仅三十八岁。他的早逝让圣彼得堡人叹息："俄国诗歌的太阳沉落了！"出殡那天，大约有上万人为他送行，长长的队伍前不见头，后不见尾。

19世纪是俄国现实主义文学的"黄金时代"，别林斯基、车尔尼雪夫斯基、杜勃留波夫三大文学批评家，普希金、莱蒙托夫、涅克拉索夫和丘特切夫四大诗人，果戈理、屠格涅夫、陀思妥耶夫斯基、列夫·托尔斯泰和契诃夫五大作家，构成了世界文学史上罕见的"天才成群诞生"的壮观景象。作为现代俄罗斯文学的奠基人，普希金的卓越贡献，在于创建了俄罗斯文学语言，确立了俄罗斯语言规范。果戈理说："普希金像一部辞书，包含着我们语言的全部宝藏、力量和灵活性。在他身上，俄罗斯的大自然、俄罗斯的灵魂、俄罗斯的语言、俄罗斯的性格，都反映得那样纯洁、那样美，就和在凸出的光学玻璃上反映出来的风景一模一样。"

圣彼得堡对于普希金来说，是一座血肉相连的城市。他十一岁离开莫斯科到圣彼得堡市郊的皇村学校上学，直到1831年1月才回到莫斯科。此后，他经常往返于莫斯科与圣彼得堡之间，与果戈理、莱蒙托夫、舍夫琴科和陀思妥耶夫斯基等人，在这家咖啡馆里谈诗论文，模塑艺术。今天，我们在这里感受大师们当初的激情与浪漫，不由自主吟诵起普希金《假如生活欺骗了你》中的诗句：

假如生活欺骗了你，
不要悲伤，不要心急！
忧郁的日子里须要镇静：
相信吧，快乐的日子将会来临！

心儿永远向往着未来；

现在却常是忧郁。

一切都是瞬息，一切都将会过去；

而那过去了的，就会成为亲切的怀恋。

诗人对生活的假设，引起了很多人的共鸣。生命的岁月里，有晴天，也有阴雨天；人生路上，有平川坦途，也有荆棘密布。这首诗表现的坚强乐观的人生态度，成了人们勇往直前的座右铭。如今，圣彼得堡不仅保存了文学咖啡馆，还修建了普希金剧院、普希金雕像、普希金皇村……尽一切所能留住这颗"诗歌的太阳"。

不只是普希金，圣彼得堡还珍视每一个精英。就是在地铁站里，也有很多车站是用他们的名字命名的，如：车尔尼雪夫斯基站、普希金站、列宁站、马雅可夫斯基站、高尔基站……地铁站的廊柱上，还镶嵌着数不胜数的名人头像，直把"地下世界"装饰得文化味儿十足。

游览圣彼得堡，还该到陀思妥耶夫斯基的故居，拜访一下19世纪俄罗斯文坛升起的这颗新星。陀思妥耶夫斯基的故居是陀氏在圣彼得堡的最后一处住所，现在是他的故居博物馆。陀翁的故居保存完好，打字机、礼帽、书桌、书柜、木床，孩子的木马，巴掌大小的便签，都是当年的原物。在这座故居里，陀思妥耶夫斯基写出了著名的《卡拉马佐夫兄弟》。当他准备写《卡拉马佐夫兄弟》第二部时，因为搬移重物，血管破裂，当天就去世了。在他的房间里，时钟仍旧停摆在那一刻：1881年2月9日8点36分。

列夫·托尔斯泰和陀思妥耶夫斯基都是19世纪俄国批判现实主义作家，他俩虽然没有谋过面，却是用灵魂交流的朋友。在他们的作品中，我们能感受到彼此之间的影响。有人说，托尔斯泰代表了俄罗斯文学的广度，陀思妥耶夫斯基代表了俄罗斯文学的深度。我们以为，无论广度还是深度，都渗透着作家不平凡的人生经历。他们的文学，是一种道德文学、良心文学、人道主义文学。

陀思妥耶夫斯基出生在一个小贵族家庭，童年在莫斯科和乡间度过。1846年，他凭书信体小说《穷人》一举成名，被俄国诗人涅克拉索夫誉为"又一个果戈理"。1848年，他的中篇小说《白夜》出版，两年后，因参加反对农奴制活动而被流放到西伯利亚，十年后才回到圣彼得堡。1866 年至 1880 年，陀翁神奇般完成了《罪与罚》《赌徒》《白痴》和《卡拉马佐夫兄弟》四部巨著。其中，《赌徒》是在一个月内写出来的。陀翁的写作就像疯狂的倾诉，那倾诉不是从笔尖流出来的，而是把你拉进他的精神世界，直接和你进行交流。因而，即使你用自己的心、自己的眼睛，也难以达到他的细腻程度。陀思妥耶夫斯基把自己的心和眼睛连接在一起，直接塞进了你的心里。在他的笔下，一切都是鲜活生动的。那喷涌而出的文字，洋溢着一种神秘力量。我们揣测，他写作的时候，肯定有一种魔鬼附体的感觉。

陀思妥耶夫斯基的小说戏剧性强，情节发展快，接踵而至的灾难性事件往往伴随着复杂激烈的心理斗争和痛苦的精神危机，揭露出资产阶级关系的纷繁复杂、矛盾重重和深刻的悲剧性。陀翁不仅是俄罗斯文学的深度，也是心理叙事的鼻祖。他影响了 20 世纪许多作家，像福克纳、加缪、卡夫卡等大师。高尔基评价："就艺术表现力而言，只有莎士比亚能与他媲美。"

陀思妥耶夫斯基最震撼读者的，是他对灵魂的拷问。有作家说，除了莎士比亚，陀思妥耶夫斯基的深刻程度无人能与之比肩。但在我们看来，莎士比亚对灵魂的拷问程度，也没有达到陀思妥耶夫斯基的深度。陀翁在灵魂述说层面，根本不像一个肉体的人，而像无数灵魂本身。写作中的他，仅仅是灵魂暂时的载体。

我们在陀思妥耶夫斯基故居待了两个小时，陀翁把他的印迹遗留在那里，故居就有了圣彼得堡的记忆。走进去哪怕站一站，嗅一嗅，都是一种不可或缺的阅读。

来到涅瓦河南岸的十二月党人广场，夜色和白天几乎没有两样。这不是白天的延续，而是另一个白天的开始。广场上矗立的彼得大帝青铜骑士雕像，身披战袍，目视前方，胯下的骏马前蹄离地，腾身跃起，展示出圣彼得堡人的坚毅性格和精气神。我们无论从哪个方向观赏，它都让人惊呼：这才是人，这才是人不可战胜的精神。人世间最有吸引力的，莫过于不畏艰险、勇往直前的生命信号。这生命信号，永远值得我们眷恋和铭记。

石头雕刻的王城

一

离开上海时，气温还在零摄氏度以下，飞抵柬埔寨第二大城市暹粒，我们还没走下旋梯，就感到一股热浪如同带火的箭镞，直刺刺火辣辣迎面射来。你看造物主也够神奇的，从冬到夏，几个小时就完成了一年四季的转换。

到暹粒来是为了看吴哥窟。吴哥窟又名吴哥寺，是柬埔寨历史最悠久、规模最宏伟的古刹遗址，是世界上最大的"毗湿奴神殿"，也是高棉人慰藉心灵、救赎灵魂的精神圣地。它虽然不如中国的万里长城、印尼的婆罗浮屠历史悠久，却以"石头雕刻的王城"之美誉，与17世纪70年代修建的印度泰姬陵一道，并称为古代东方的建筑奇观。

吴哥窟的雕塑如同古希腊神庙、欧洲中世纪的教堂、印度和中国的寺庙，充满着象征意义和精神表达。公元9世纪初，柬埔寨国王阇耶跋摩二世结束了两个真腊分裂局面，开启了繁盛的吴哥时代。他融合本土山崇拜和印度教圣山崇拜的基因，创建了新的建筑形式——寺山。在柬埔人眼里，寺山代表妙高山，是宇宙的中心，人神沟通的圣地。这样，宗教与王权统治就结合在一起了。一方面，宗教的生存发展离不开社会政治；另一方面，王权需要借助宗教不断强化。在柬埔寨吴哥时期，神王合一的"提婆罗阇"崇拜，就成了吴哥王朝独立和统一的政治基础。

吴哥文化是由印度文化、中华文化及本土文化交融互鉴而形成的。高棉人以对印度教、佛教和神王合一的崇拜，创造了辉煌灿烂的吴哥雕塑艺术。

从表面上看，它表现的是宗教中的神，实际上是国王和贵族的化身，是高棉人诗意栖居的文化原乡。

二

吴哥窟包括大吴哥和小吴哥。大吴哥又称吴哥城，是9—15世纪高棉帝国的首都。吴哥城四周城墙环绕，五座塔形城门如同五个威武的士兵，忠诚地守卫着高棉王朝的权威和尊严。我们是从南门进城的，分立两侧的象征天神因陀罗和恶魔阿修罗的石雕，一齐摆出威武的仪仗队，迎迓我们这些来自世界最大文明古国的客人。走进吴哥城，仿佛来到一千年前的建筑工地上，一头头大象拖着沉重的石材往来穿梭，一批批工匠用他们独特的建筑技巧垒砌条石。不用砂石，不用黏土，也不用钉子和木楔，就以精密有序的排列，支撑起了柬埔寨人的精神寄托。鬼斧神工，玉汝于成，那灵性与智慧的完美结合，是古代高棉人献给神的礼物。

穿过一个个巨石门洞，我们爬上了闻名遐迩的巴戎寺。巴戎寺坐落在吴哥城中央，是古代高棉人的精神高地。四十九尊巨型石塔四面雕有佛像，在不同的光影和角度下，每一尊都洋溢着高棉人的微笑。那微笑慈祥静谧，表情各异，每个细节都蕴含着宗教的奥秘。尽管每尊佛像斑斑驳驳，镂刻着岁月的展痕，但在我们眼里，每个微笑都美丽温馨、慈祥真诚，端庄中透露着对人间万象的凝眸。

我们徜徉在石塔之间，无论置身哪个位置，都能发现一双含笑的眼睛。苏瓦扬布寺大佛塔也有彩绘的四面佛眼，那是尼泊尔人最明亮、最睿智的窗口；泰国大王宫的玉佛、中国的乐山大佛和东林大佛……尽管表情肃穆安详，神秘莫测，那双佛眼也能洞穿世事、庇护众生。"高棉的微笑"是沧桑的，更是现实的。它告诉来自四面八方的游客：微笑，是陶醉的力量。不管你曾经经历过什么，也不管未来等待你的是什么，只要你用微笑拥抱世界，这个世界回报你的，一定是绚烂的朝霞！

吴哥城是一座开放度极高的露天博物馆，游客可以随意触摸，尽情拍摄，也可以无拘无束地攀爬。我们站在巴戎寺向四周瞭望，沧桑悲凉的空中宫殿、十二生肖塔、斗象台、癫王台……好像都与宗教有关。宗教和科学不是对立的，宗教的传播与发展，更使科学得以传承光大。吴哥王朝坚守同一信仰，以修建寺庙表达对神的崇拜，每一块石头的堆砌，每一下精心的雕琢，都会加深他们与神的感情。斗转星移，世事沧桑，印度教已不是柬埔寨人的唯一信仰，但吴哥城依然是他们的骄傲！

凭着对宗教的信仰和崇拜，古代高棉人三十年如一日，锲而不舍地创造了这一世界奇迹。我们很难想象，时任国王苏鲁亚巴尔曼二世走进他主持建造的神庙时，会是怎样的一种心情？吴哥城记录了一个王朝的兴衰，如果不是法国博物学家穆奥无意间闯进这片热带雨林，被榛莽吞噬了四百年的吴哥城，不知何时才能重见天日？

三

小吴哥距离大吴哥不过十分钟路程，那是吴哥古迹中最精美的所在。来到小吴哥，最先映入眼帘的，是五座莲花蓓蕾形佛塔。无论印度教还是佛教，他们全都相信，大海之中的须弥山，是神仙居住的天堂。小吴哥结合高棉寺庙建筑学中祭坛和回廊的布局，每一个设计都体现着神性。祭坛由三层长方形回廊组成，顶部矗立的佛塔，象征着须弥山的五座山峰；神庙四周的护城河，象征着环绕须弥山的咸海。就连神庙前的那片水塘，也是为了通过水中的倒影，来展示莲花佛塔的雄姿的。

小吴哥是一座四方形的城堡式建筑，距离地面大约五十余米。要想上去，就得踏着陡峭的石阶，一级一级向上攀爬。石阶的斜度有六七十度，就算没有畏高症，爬上去也会心惊胆战。游客到了那里，常常面临两难选择：放弃，等于没来小吴哥；咬咬牙向上爬，心发虚，腿发颤。在一些人看来，这些石阶是设计者的败笔，或者是施工人员故意刁难后人。但当你大汗淋漓爬上去后，才能真正彻悟高棉人的智慧。石阶表达着朝圣者对神的虔诚，每一级石阶都是对游客的考验，凡是爬上小吴哥城堡的人，靠的都是精神的支撑，信念的力量！

我们是抓着小吴哥东北角的专用楼梯，手脚并用向上爬的，每一步都战战兢兢,两腿直打哆嗦,生怕一脚踩空从楼梯上摔下来。专用楼梯是通向"天堂"的必经之路,也是一道鬼门关。既然迈出了第一步,就得咬紧牙关,坚持,坚持,再坚持……天气实在太热了,汗水顺着脸颊像小溪般往下淌,浑身就像洗了一个热水澡。酷热天气带来的不适感与高原反应同样烦人,高原反应让人巴不得把脑袋割下来扔掉,而在异国热带太阳的蒸烤下,我们则渴望抛弃肉身,只留下灵魂。

好不容易爬上祭坛,我们咀嚼着吴哥王朝残留的余味,方才感到一种从未有过的惬意。这里是"天堂",不管抬眼朝哪个方向瞭望,都是延伸很长的回廊。方形石柱支撑着回廊的骨架,收窄的拱顶显得有些高深。尽管有的石块已经塌落,有的开始风化,但石头建筑的坚固和僵挺,依然让人惊心动魄。回廊两侧的窗户很矮,中间加筑的圆柱形石栏,犹如挺拔坚劲的竹节,回荡着天国的妙音,张扬着艺术的神韵。

吴哥时期所有的庙宇建筑上,几乎都有雕塑艺术存在。这门艺术既与人类的生产活动相联系,又受到了哲学、宗教等社会意识形态的影响。黑格尔在《美学》一书中多次提及,雕塑从诞生之日起,就是最适合表达神性的艺术。事实上,宗教始终与雕塑艺术联系在一起,是雕塑艺术表现的永恒主题。吴哥窟雕塑犹如神的典籍,所有建筑的内壁、廊柱、石墙、基石、门楣、窗楣、栏杆之上遍布的浮雕,争相讲述着印度教神灵的故事。这些故事无不体现着吴哥雕塑神人合一的理念。

吴哥雕塑塑造了不少反映柬埔寨社会生活的场景,更多的世俗情态则在吴哥神人合一思想的胚胎中孕育。比如,吴哥庙宇石墙上那些史诗般的叙事性雕塑,既描绘神灵天国的景象,又充满浓烈的宗教气息,表现了人们对极乐世界的向往。

小吴哥长八百米的"浮雕回廊",以系列连环图画的形式,向游客展示着古代高棉的社会文化和风土人情,虽然整体上是宗教的,但讲述的,既有印度宇宙论的宗教故事,又有古代柬埔寨的战争、国王的活动和黎民百姓的生活习俗。浮雕上的内容有的取材于印度史诗《摩诃婆罗多》和《罗摩衍那》,有的取材于印度神话《搅乳海》。这些神灵都有高棉人的容貌特征,是神话灵感、创作激情、高超艺术的完美统一体。仔细欣赏这些浮雕,我们只觉得周围的浮雕也动感十足,"活"起来了。

慢慢从"天堂"回到人间，小吴哥中央大道两旁的七头蛇浮雕，频频向我们点头致意。蛇神是柬埔寨人的神灵，传说五头蛇是水神，七头蛇是保护神，九头蛇是至高无上的皇族。我们挥手与神灵再见，心里还有点恋恋不舍。神灵，鬼魂，天堂，宗教，都是死亡绽放的花朵。我们可以不信神，不信鬼，不信宗教，但科学给世界留下了许多盲点；我们的目光不可能穿越浩渺的虚空，穷尽神秘的宇宙，目之所及，永远是冰山一角。于是，上帝在我们身上安放的那颗种子，一有机会，就会给人以慰藉，使我们的人格变得更加完美。吴哥窟是朝圣者的圣殿，它有讲不完的故事，也有抒不尽的家国情怀。吴哥窟蕴藏的艺术瑰宝、记录的文明心律，至今高山仰止，绿水膜拜！

四

吴哥窟是石头与人合作的艺术，人类自从有了思想，就没有停止过用石头表达冲动。中国人对石头有着久远的感情，你看泰山的摩崖石刻、云冈石窟的佛陀、世界上最古老的《禹迹图》、嘉峪关"果园——新城魏晋墓群"的砖壁画……哪一处没有浸润着文化的液汁，让人感受到石刻艺术的力量。石虽无言，艺术有声，吴哥窟是人与石头厮磨的旷世杰作，是蕴藏着激荡风云和宗教情感的历史丰碑！

太阳一点点向西斜去，落日的余晖泼洒在莲花佛塔上，五彩缤纷，金碧辉煌。日出日落是吴哥窟的一道胜景，傍晚的色彩别有一番情趣。我和妻子坐在一棵百年老树下，看斜阳金光飞射，如诗如画，真叫人分不清这是在神灵的领地，还是在人间的乐园。眼前色彩斑斓，耳畔梵音袅袅，在吴哥窟感悟宁静和安详，其实是走近心灵世界，寻求来路，开拓明天！

吴哥窟历经千年，依然勃发着卓尔不群的神韵。有人说，"没有吴哥的日子，柬埔寨就会黯然失色"。我们真怕吴哥窟因为热带雨林的撕裂和扩张，再次无奈地退隐丛林。吴哥窟是人类用血汗和思想书写的乐章，珍惜它，保护它，人类共同的精神财富才不会衰萎。

人 文
REN WEN FENG BEI
丰 碑

道 家 教 祖

一

老子是一位叫人捉摸不透的古代思想家——因为他生活在诸侯争霸的春秋末期，行踪神出鬼没，神龙见首不见尾；老子是一位让人望而生敬的哲学大师——因为我们不知道他的头脑里装着多少智慧，去为那些被社会世俗折磨得死去活来的人指点迷津。

史籍记载，老子的故里在楚国苦县厉乡曲仁里，也就是现在的豫东鹿邑县太清宫镇。老子姓李，名耳，字"聃"。传说，李母怀胎八十一载，逍遥李树下，割左腋而生。由于他一降生下来，就白发白须、耳朵特大，聪慧好学、博古通今，所以后人又称他为"老子"。

老子是道家学派的教祖，中国古代伟大的思想家、哲学家、文学家和史学家。他的学识就像一片繁茂的森林，幽深、玄妙，广博、高远，充满了勃勃生机。因而，西汉以"黄老学说"治国，把老子抬到了至高无上的地位。东汉，桓帝尊老子为"道家鼻祖"，建太清宫。唐代，高祖追认老子为"始祖"，以老子庙为太庙；高宗追封老子为"太上玄元皇帝"，尊道教为"国教"。唐玄宗是有名的崇道皇帝，他精心研究《道德经》，并作注。立于天宝元年（742年）的"唐道德经注碑"，刻的就是玄宗皇帝关于《道德经》的释文。

唐末，太清宫毁于兵事。到了北宋，宋真宗拨库银重建，"庙貌比唐时有加"。宋真宗自称"道君皇帝"，封老子为"太上老君混元上德皇帝"，并亲往太清宫拜谒，留下了由其亲笔撰文、书丹、题名的"三御碑"。南宋，儒家学派的始祖孔子被重新抬了出来，尊为"大成至圣先师"，道家社稷才逐渐演变为儒家中国。

老子与孔子，是中国古代智慧长河的两大源头。老子以精要之语，蕴极深之义，使每个方块字都戛戛独造，铿锵断语，好似上天颁发的律令，让听者惊悚，读者铭记；而孔子的声音，则恂恂教言，浑厚恳切，有人间炊烟气，令听者感动，读者萦怀。他们跨越大江大河、跋涉历史时空所展现的政治智慧，不仅深刻影响了中国，也为人类文明进步做出了贡献。

二

公元前 523 年，孔子从礼乐氛围最浓的曲阜出发，到天下共主的天子所在地洛邑（今河南洛阳）"问礼"。他要请教的，是知礼乐之源、明道德之要的老子。老子当时担任"周守藏室之史"，即东周的图书馆馆长或国家档案馆馆长。

孔子向老子问礼，究竟"问"了些什么？老子又是怎么回答的？二千五百年来一直是个谜。比较一致的猜测是，周王朝日渐衰微，孔子欲重建有秩序有诚信的礼乐之邦，特地向老子请教克己复礼、天下归仁之道。

老子对孔子说："天地，自然之物也；人生，亦自然之物。任其自然，才是天下大道。"

孔子解释："吾乃忧大道不行，仁义不施，战乱不止，国乱不治也。故为人生短暂不能有功于世、有为于民而感叹矣！"

老子又说："天地无人推而自行，日月无人燃而自明，星辰无人列而自序，禽兽无人造而自生，此乃自然为之也，何劳人为乎？人之所以生、所以死，所以荣、所以辱，皆有自然之理和自然之道。顺自然之理而趋，遵自然之道而行，国则自治，人则自正，何须津津于礼乐而倡仁义哉？"

在老子眼里，天下万物的生成变化都是"自然之道"。他叮嘱孔子："圣者随时而行，贤者应事而变；智者无为而治，达者顺天而生。汝归去后，当去骄气于言表，除志欲于容貌。否则，人未至而声已闻，体未至而风已动，张张扬扬，如虎行于大街，谁敢重用你？"

孔子诺诺，先生之言发自肺腑，弟子受益匪浅，一定谨遵不怠！

话虽这样说，但彼此心里明白：他俩谁也没有说服谁，谁也不可能改变谁。但两个人的会面，毕竟是人类思想巅峰上两个圣哲的握手，是道教和儒教两个原创者的沟通与交流。

公元前516年，周王室发生内乱，王子朝携国家典籍逃亡楚国。老子蒙受失职之责，受牵连辞职归隐。他的心情坏到了极点，便决定到秦国去，消失在谁也不知道的西域。

函谷关是中原通往西域的必经之地。一天，关令尹喜在城楼上巡逻，望见东方紫云聚集，形如飞龙，由东向西滚滚而来。他赶紧下关，只见一老者白发如雪，其耳垂肩，其臂过膝，红颜素袍，倒骑青牛而来。尹喜知道是老子到了，便三步并作两步，奔上前去，跪在青牛前拜道："弟子三生有幸，叩见圣人！"

尹喜将老子引至官舍，焚香行礼，恳求道："先生是当今圣人。圣人者，不以一己之智窃为己有，必以天下人智为己任也。如今您欲隐居西域，求教者必然难寻，何不将您的圣智写成文字。弟子虽然浅陋，也愿代先生传之于后世，流芳千古！"

老子本来与世不争，也不想为人间留下只言片语，但他见到尹喜，立刻有一种他乡遇故知的亲切感，就连推带就地答应了。老子以王朝兴衰成败、百姓安危祸福为鉴，一口气写了五千多字——这就是我们今天看到的《道德经》。

《道德经》分上下两篇，上篇《道经》论宇宙本根，说天地变化之机，述阴阳变幻之妙；下篇《德经》言处世之方，含人事进退之术，蕴长生久视之道。写完这篇文义深奥的哲学著作，老子就出关了，他的学说变成了一串长长的脚印。

至于老子出关以后干了些什么，古往今来没有谁能够知道，就连太史公司马迁都"莫知其所终"。其实，知道不知道老子的归宿无关紧要，因为他的终结跟没有终结并没有区别。"以其终不自为大，故能成其大"。——在老子眼里，"大"就是"道"。

老子出关的故事一直被后人传说着、演绎着。后来，鲁迅先生创作的故事新编《老子出关》，记述了那段让人叹为观止的传奇。

三

走进老子的世界，我们最先接触到的，就是"道德"二字。老子说："道可道，非常道。"我理解，"道"即自然，"德"即法则。依道家之见，自然既是"道"的本性，也是大自然和人类社会的生存状态。万物各有其"道"，各有其发展变化的规律。我们由"道"体悟天地万物的玄妙，掌握大自然的法则，就能达到"天人合一"的境界。

老子强调："人法地，地法天，天法道，道法自然。"意思是说，人取法于地，地取法于天，天取法于道，道取法于自然。老子所说的"自然"，并不是一个居于"道"之上的抽象存在，也不是外于人类自身的客观之物，而是本然，是自然而然。由此我们看出，所谓"道法自然"，就是遵循事物的发展变化规律。它的另一种表达是："道常无为而无不为。"无为者，顺其自然也，因其本然也。唯有无为，"道"才能在事物的发展变化中，自然而然地成就一切。

老子对"道"的认识，是基于他对自然的观察和思考。人道、地道、天道，都以自然为归宿，如花之开、鸟之鸣，瓜熟蒂落，水到渠成。伴随着人类对大自然的疯狂攫取，人与社会、与自然的矛盾日益突出。怎样解决这些矛盾呢？老子给我们指出了一条路径："天地之间，其犹橐籥乎！虚而不屈，动而愈出。多言数穷，不如守中。"意思是说，大自然好比一个风箱，越是不停地拉动，产生的风就越多越大。保持虚静，不去胡乱拉动这个"风箱"，人与社会、与自然就能和谐相处。

如今，人类的贪婪之心、狂悖之心、享乐之心和占有之心，使"地球村"像着了魔似的，把大自然这个"风箱"拉得震天响，一个个还嫌"风箱杆"太短，"风箱肚"太小，争着抢着用高科技提升"风箱"的潜能。老子说："知常曰明。不知常，妄作凶。"这个"常"，就是大自然的运动规律。我们用老子的辩证法观察世界，就会发现，事物的运动规律是远观长河的涌流，而不是近视浅滩的波动。一时的精彩往往会带来长久的黯淡，保持一份清醒，一种省察，一点对大自然的敬畏和感恩，比把大自然这个"风箱"拉得疯狂、邪乎，强之百倍！

在人类历史上，总有一些浮躁、疯狂和颠覆的时代，这时就该听听老子不冷不热、不温不火、不疾不厉、不狂不躁的教诲。《道德经》通篇洋溢着"柔弱""处下""无为""不争"的思想，像"弱之胜强，柔之胜刚，天下莫不知，莫能行"；像"贵以贱为本，高以下为基"；像"道常无为而无不为""为无为，事无事，味无味"；像"夫唯不争，天下莫能与之争""天之道，不争而善胜"……在"互联网+"时代和市场竞争日趋激烈的今天，老子的这些思想或许不合潮流，然而，恰恰是人们失去对老子哲学思想的常态把握，才导致了激烈竞争中"潘多拉魔盒"的倾覆。

四

老子的《道德经》虽然只有八十一章五千余言，却被后世公认为"万经之王""全球最古老的哲学宝典"。西方不止一位哲学家说："仅从语言方式上说，老子的哲学是最高哲学。"余秋雨先生认为，老子表达出来的骨子里的高度，无须任何解释、过渡、调和、沟通，就让中华文化进入了空前绝后的哲圣高台。作为中国文化的继承者，我们应该虔诚地背诵老子那些斩钉截铁的语言，而不要在层级不高、艰涩难懂的文言文上厮磨太久。

当今世界，无论国家、民族，还是家庭、个人，都概莫能外地在追求"强大"。强者欲望的无限扩大，必然挤对弱者的生存空间，导致人与人之间、族群之间、国家与国家之间的争夺。强者如何"去甚、去奢、去泰"呢？老子提出，要"守雌""守弱""守柔""处下"。他以"水"比喻："天下柔弱，莫过于水，而攻坚胜者，莫之能胜，其无以易之。"老子主张："兵强则灭，木强则折。强大处下，柔弱处上。"目的就是教人清虚自守，谦卑逊让，居后不争，以退为进。社会的浮躁冲动，人类的短视与功利，大都源于逞强。老子"弱者道之用""柔弱胜刚强"的哲学思想，看似有点"颓废""平庸""无为"，实质上却是让强者内省收敛，弱者舒筋活络，不汲汲于名利，不斤斤于得失，志存高远，守住"胜强"的关隘。

老子的治世处世哲学，不但影响了西汉以来的思想史，而且成了全人类共同的精神财富。1788年，有位天主教传教士把《道德经》带回了英国，从此，老子和他的思想便在欧洲生根、发芽。罗马天主教传教士波捷先是将《道德经》翻译成拉丁文，德国哲学家黑格尔、尼采和俄罗斯大文豪列夫·托尔斯泰，相继对《道德经》进行研究，全都成了老子的异国知音。黑格尔把老子与欧洲的哲学大师相比较，认为老子的思想如同希腊哲学，是人类哲学的源头。尼采则称赞老子的《道德经》："像一汪永不枯竭的井泉，满载宝藏，放下汲桶，唾手可得。"

欧洲对老子哲学的浓厚兴趣，推动世界各国兴起的"老子热"经久不衰。如今，《道德经》的外文译本已经超过了一千种。据联合国教科文组织统计，全球发行量最大的文化典籍，除了《圣经》，就是《道德经》。

五

有段时间，德国人曾经自豪地宣称："全世界的哲学著作都是用德文写成的。"这话虽然有故意炫耀的成分，但平心而论，德国人也有说这种"大话"的资格。因为德国古典哲学是马克思主义的理论源头，他们有康德、黑格尔、谢林、费希特、费尔巴哈等一大批世界级哲学大师。然而，当他们读到老子的《道德经》后，就再也不说这种"大话"了。

苏联汉学家李谢维奇说："老子是国际的。"德国大哲学家海德格尔从《道德经》中抽出思想长丝，第一个发现了"无"是"有"的隐匿不显。日本学者卢川芳郎认为："老子有一种魅力，给世俗世界的人们一种传奇力量。"致力于中国古典文化研究的美国学者芭莉娅感叹："老子的智能是人类的智能，在美国历史上还找不到像老子那样大彻大悟的哲学家。"在国际上享有盛誉的英国汉学家李约瑟也说，中华文化犹如一棵参天大树，这棵大树的"根"在道家。老子在二千五百年前写的《道德经》，显然已经超过了黑格尔全部著作的内涵。

《道德经》之所以能产生如此深远的影响，其根本原因，就在于它对人类精神世界的恒常思辨、警醒和淬火。由此说，在中国传统文化中，道家更强调道法自然，崇尚清静无为，主张返璞归真，与自然和谐相处。它身国同构、经国理身的核心理念，表现出其根本的价值取向，是追求真正符合人性的和谐社会与美好人生。

老子思想不老，灵魂常在，《道德经》永远是中国文化经典中的经典。

诸子的异类

一

在先秦诸子中，庄子是个"独与天地精神往来"的"怪人"。他看破功名、不屑利禄，了无拘束、放浪形骸，他的话看似是"谬悠之说，荒唐之言，无端崖之辞"，但其中蕴含的大智慧、大视野和大境界，在中国古代哲人中绝无仅有。

庄子的哲学是自处的哲学，求"无用之用"的哲学。他用道家的眼光审视世间万物，把什么事情都看透了，于是撤退到对人生的探寻之中，只"在僻处自说"，不知不觉成了那个时代的异类——一个能把微妙难言的哲理说得引人入胜的思想家、哲学家和文学家。

好多年前，我就欣赏庄子"乘万物以游心"那句话。"逍遥游"是庄子哲学思想的核心，也是人生的至高境界。我不知道，我的心能否像庄子那样，顺乎自然，释放心灵，达到逍遥游的境界？每次打开《庄子》，我就感到这位道家祖师所讲授的，是一片无边无际的奇思异想。在这片自由自在的天空中，道法自然，心灵无疆，自己就是理想中的自己。

庄子名周，字子休，宋国蒙（今河南商丘一带）人。他和孟子同时代，年龄比孟子略小几岁。庄子才华横溢，学识渊博，写出的文章"意出尘外，怪生笔端"，在中国文学史上独树一帜。但他不如孔子、孟子幸运——被历代统治者没完没了地吹捧。如果没有官方导向和硬性推销，孔孟的影响力绝对不会超过庄子。

庄子是先秦诸子中唯一不和王侯对话的人。当孔子周游列国，不遗余力地推销怎样以"仁"修身齐家治国平天下时，当孟子出入魏大梁和滕文公的衙门，对着诸侯的耳朵喋喋不休地贩卖如何以"王道""仁政"治国理政时，庄子悄悄转过身来，告诉人们怎样以有涯随无涯，怎样为善、全生、养亲、尽年……其悠然自处、俯视人生的态度和怡然自得、莫之夭阏的洒脱，都蕴含着他逍遥处世的人生智慧。

这样一来，庄子意象超凡脱俗、想象奇特丰富、情致仪态万方、语言澎湃飞扬的三十多篇文章，不但开古典浪漫主义之先河，而且代表了先秦文学的最高成就，是"先秦诸子中的文学冠军"。

二

庄子的文章，我反刍般咀嚼了几十年，仍然觉得没真正读懂。人生智慧是永远追寻的智慧，需要酝酿多少激情、多少勇敢，才能终至于"彼且恶乎待哉"的境界？穿越千古尘埃，我用庄子的境界给自己提了个问题：人最难看破的是什么？毫无疑问是"名利"。就连太史公司马迁都说，"天下熙熙皆为利来，天下攘攘皆为利往"。庄子对此却不以为然，他在《秋水》篇里，讲了这样一个故事——

庄子钓于濮水，楚王使大夫二人往先焉，曰："愿以境内累矣！"庄子持竿不顾，曰："吾闻楚有神龟，死已三千岁矣。王以巾笥而藏之庙堂之上。此龟者，宁其死为留骨而贵乎？宁其生而曳尾于涂中乎？"二大夫曰："宁生而曳尾涂中。"庄子曰："往矣！吾将曳尾于涂中。"

千金虽为重利，卿相虽为尊位，但庄子不为所动。因为他知道，做楚王郊祭的"牛"——用着你时，你显赫无比，一旦不用你，想当个免遭屠宰的小猪都很难。庄子宁愿像乌龟那样，在泥塘里自得其乐，也不愿受楚王的约束，去当什么卿相。于是，他"持竿不顾"，心甘情愿拖着尾巴，在泥水里"苦并快乐着"。

庄子的《逍遥游》，还记载了"尧让天下于许由"的故事。尧是古代公认的明君，许由则是传说中的隐士。庄子写道——

尧对许由说，太阳和月亮出来了，而烛火还不熄灭，它的亮度和日月相比，不是相差太远了吗？下了及时雨还去灌溉，对滋润禾苗不是徒劳吗？你如果做了君王，一定能把天下治理得更好，可我徒居其位，心里惭愧极了，还是把天下交给你吧！

许由回答："你已经把天下治理得够好了，我自不自量力接替你，不是沽名钓誉吗？名是依附于实的客体，我要那些虚名有什么用呢？鹪鹩在森林里筑巢，不过占一根树枝；鼹鼠饮江河之水，也不过喝饱肚子。我实在缺乏治理国家的能力，还是算了吧！厨师就是不做祭品，管祭祀的人也不能越俎代庖啊！"

先秦诸子，哪一个不是为名利拼得你死我活？唯独庄子，不但放弃了出任楚国卿相的机会，而且借许由之口，婉辞了尧欲禅让给他的天下。人世间还有比"卿相"和"天下"名更显，利更大的事吗？庄子这种抵御名利诱惑的内力，展现出了一种超凡脱俗的思想境界。

古人散淡、恬静、辞让的境界是怎样炼成的呢？庄子归纳为四个字："道法自然。"在他看来，人的生活是自然而然的，不需要再去教导什么，或规定什么。既然如此，还用得着进行政治宣传、礼乐教化、仁义劝导吗？尽管人们把名利作为人生的支点，但从孔子"饭疏食饮水，曲肱而枕之，乐亦在其中矣，不义而富且贵，于我如浮云"，到陶渊明"不戚戚于贫贱，不汲汲于富贵"，再到白居易"身心转恬泰，烟景弥淡泊"，我们稍作思量就会明白：一个人光溜溜来到世界上，最后赤条条撒手而去，名利都是身外之物。"乍看惊富贵，凝视即云烟"。超越名利，逍遥人生，才会别有一种幸福感！

人心为什么自由、快乐、惬意？就是因为心无拘囿，什么都不在乎。明人陈继儒说："心为行役，尘世马牛；身被名牵，樊笼鸡鹜。"人有很多时候就是被名利牵引着，一步步陷进了"无事忙"的循环之中。如果淡泊心智，宁静致远，不让物欲进入你的世界，还有什么能束缚你的心智？"世纪伟人"爱因斯坦说："每件多余的财产都是人生的绊脚石，唯有简单的生活，才能给我创造的原动力。"看轻身外之物，不为名利所累，一辈子才会活得潇洒、惬意、有价值。

三

庄子生活贫穷，不在乎利；思精才富，不计较名。他超越名利，乐在其中，但对生死又是什么态度呢？

《庄子·至乐》篇记述了这样一个故事——

庄子的妻子死了，他的朋友惠施前来吊唁，只见庄子盘腿而坐，鼓盆而歌。惠施责问他："嫂子与你夫妻一场，为你生子、持家、奉养老人，如今她去世了，你不哭也就罢了，为何还鼓盆而歌，这有点不近情理吧？"庄子说："她死了，我能不悲痛吗？然而察生命之始，而本无生；不仅无生，而本无形；不仅无形，而本无气。阴阳交杂在冥冥之中，变而有气，气变而有形，形变而有生，今又变而为死。人的生死变化，犹如春夏秋冬四季交替。她虽然死了，仍然安睡在天地巨室之中，如果我随众人哭之，才是不明生死之理，不通天地之道，所以也就节哀而歌了。"

这个故事被明代通俗文学家冯梦龙写进了《警世通言》。庄子告诉人们，万物有生有死，不管是谁都会轮上。现在地球上每年大约有五千万人死亡，但世界人口仍然高达六十多亿。倘若从人类诞生的那一天算起，谁都生而不死，今天还有地球和人类吗？从某种意义上说，死亡之于人类，实际上是一种告别，是一种解脱，我们应该为死"庆幸"，因为是死解放了生啊！

生——死，死——生，不过是循环往复的自然规律，是揭开生命之谜的金钥匙。人不怕死，才珍惜生，人生就是"至死方休"。把死亡看作人生的归宿，才能体味死的诗意，透彻生的神圣。

过了几年，庄子大限来临。弟子们侍立在他的床前，哭着说："造物主会把您变成什么样子呢？又会送您到哪里去啊？"庄子道："父母于子，令去东西南北，子唯命是从。阴阳于人，不啻于父母。它要我死而我不死，那是忤逆不顺、不守孝道，这有必要责怪它吗？夫大块载我以形，劳我以生，逸我以老，息我以死，故善待吾生者，亦善待我死。你们应该为我高兴才对啊！"

弟子们听了，个个失声痛哭。庄子又说："你们不是不明白：生也死之徒，死也生之始。人之生，气之聚也。聚则为生，散则为死。死生通天一气，你们何必这样悲伤呢？"

弟子们说："生死之理，我们何尝不知？只是追随先生至今，受益匪浅，却无以为报。想到先生劳苦一生，死后也没有东西陪葬。我们所悲者，即为此也！"庄子道："我以天地作棺椁，日月为连璧，星辰为珠宝，万物作陪葬，这葬品不是很完备吗？"弟子们回答："没有棺椁，我们担心乌鸦、老鹰会啄食先生。"庄子说："在地上被乌鸦、老鹰啄食和在地下被蝼蚁、老鼠吃掉，有什么区别吗？夺乌鸦、老鹰之食给蝼蚁和老鼠，你们为何这么偏心呢？"

庄子把生命当作人生的自然形态，死就变成了生的延续。他在《养生主》中说："指穷于为薪，火传也，不知其尽也。"意思是，烛芯的燃烧是有限的，而火的传续无穷无尽。人的生命就像燃烧的烛薪，早晚要被油脂燃尽，但人的思想依然能够传承。在庄子看来，思想的传承比生命本身要重要得多！

哲学发端于人类对事物本质的探寻，无论什么事物，一经哲学过滤，就会呈现出本质性和深刻性。庄子关于生死的思考，给人们提供的思想和智慧，开辟了关于世界观、人生观、价值观及真善美的新境界。

四

庄子无功名而治，无江海而闲；其生若浮，其死若休，完全进入了"乐生"的状态。现代人对待死亡的智慧，反倒不如二千三百年前的庄子。有人死了，活着的人总要悲悲戚戚，挤几滴眼泪，然后送花圈，出大殡，修墓立碑，安放骨灰，借最后的告别仪式把做给活人看的场面做大做足。仔细探究，这一切都源于人类对死的恐惧，认为死是灾难，是痛苦，是一种"反常"行为。

在这一点上，人类反倒不如动物。动物预感到自己快不行了，就悄悄找个僻静的地方，一声不吭地离开世界。即使体态庞大招眼的动物，临死也会把自己隐藏起来。假如大象死在明处，它的族类就会把它抬到人类看不见的地方。如果遇到同类的骨骸遗留在明处，它们也会一块块捡起来，然后掩埋在荒郊野岭。动物跟世界告别，绝对不会像人类那样张扬，更不会修墓立碑，蚕食土地，把地球一点点变成墓场。

一个生命的消失，是为了另一个生命诞生；一个生命的枯萎，是为了另一个生命丰盈。生与死，是人生起始的端点；生死之间，是生命状态的转变。对待死亡，我们即使学不会动物的智慧，也应该像庄子那样，把握生死轮换的规律。

我很喜欢西方哲学家伯特兰·罗素的比喻：生命是一条河，发源于远处，蜿蜒于大地，上游是青年时代，中游是中年时代，下游是老年时代。上游狭窄而湍急，下游宽阔而平静。什么是死亡？死亡就是江河流入大海。大海接纳了江河，又结束了江河。

这个比喻把死诗化了，尽管有点悲怆，却也意味深长。

另一个对大海与死亡进行形象比喻的，是美国一位名叫舒瓦茨的社会学教授。他说，海洋里的一朵朵浪花，漂流了无数个春秋，突然发现自己快要撞到海岸了。它知道这是末日到了，神情不免有点忧伤，但看到身边另一朵浪花兴高采烈的样子，心里感到十分奇怪。浪花告诉它：记住，你不是浪花，而是大海的一部分！

浪花是一种存在，又是一种虚幻。唯一真实的，是涌出无数朵浪花，又涌灭无数朵浪花的大海。

任何生命，都会像大海的浪花那样涌起、涌灭；浪花，不顾一切投进大海的怀抱；死亡，也不会放过任何生命。动物也好，人类也罢，不饶人的岁月，就这样催促他们离开母腹，一天天长大成人，一步步走进坟墓。从这个意义上说，葬礼只是一种告别仪式。而告别并不意味着永别，一个人能活出"诗意"，这诗意就是了不起的成就。

我们永远回不到昨天，只能昂首走向明天。既然自然规律不可抗拒，就让我们带着大爱与大智、庆幸与无奈，歆享人生的快乐和完美吧！

从死亡的角度回溯生命，人们就会懂得，生命是一场没人陪伴、说走就走的旅行。人不能选择生，却可以选择死，死亡只是一个短暂的瞬间。如果说生命是一条航船，那么它的价值，就是活好当下！

五

庄子继承发展了老子的学说，他从"道法自然"出发，认为"道"是无限的、超时空的、不可感知的、无处不存在的，强调事物自然而生，自然而死，追求"独善其身"，独立自由。《庄子》一书，是庄子追求精神上的"逍遥游"的写照，对中华文明的影响极其深远。

回望历史，魏晋玄学、佛教禅宗、宋明理学，哪一家没有受惠于庄子？咏怀诗、玄言诗、游仙文学、山水文学、田园文学、志怪文学……哪一种没有受到庄子的影响？那些诗意栖居的文人，像阮籍、陶渊明、李白、韩愈、苏轼、曹雪芹……哪一个不喜欢庄子时而为鹏鸟、时而为大鱼、时而为飞碟的自由精神？即使那些不怎么"庄子气"的人，也会"黏"上庄子，从他那里寻找精神寄托。譬如嵇康，就有《养生》《声无哀乐》等习庄、仿庄之作；譬如柳宗元，就主张"参之《孟》《荀》以畅其支，参之《庄》《老》以肆其端"；譬如曾国藩，作为庄子的忠实信徒，他更是提出，写文章要"外用孔孟、内习老庄"。

苏轼说："吾昔有见于中，口未能言。今见《庄子》，得吾心矣。"

鲁迅先生说："我们挂孔夫子的招牌，却都是庄子的私淑弟子。"

郭沫若先生认为，秦汉以来的中国文学史，一大半是在《庄子》的影响下形成的。

……

庄子浪迹在帝王找不到的江湖上，穿越千古尘埃，遨游天地之间，在虚静中挥洒着放诞，于达观中流露着狡黠。不甘世俗、不媚权贵，薪尽火传，不知其尽。他的文章，形象大于思想，文学大于哲学，活泼大于庄严，就像风行水面，自然成文，万斛源泉，汪洋恣肆。

往事已矣。我真愿像庄子那样，化作鲲鹏，蹁跹如蝶，畅意一回逍遥游……

尼丘山长风

一

位于曲阜东南的尼丘山，省称"尼山"。因为孔子降生在那里，一座海拔不过三百四十米的小山，竟成了中华文明乃至世界文明的制高点。

孔子生活的春秋末年，既是一个文明觉醒的"轴心时期"，又是一个不同文明破茧而出的多元时代。在那个时代，苏格拉底用哲学开启了西方文明，释迦牟尼在冥想中启发了印度文明。而孔子，却创造了中华文明的原始密码，点亮了辉耀人类文明的中国星。

孔子是一位有抱负有思想的政治家。他怀揣仁术，周游列国，不是被人冷嘲热讽，吃闭门羹，就是在风雨飘摇中颠沛流离，落魄时"惶惶如丧家之犬"。但他不改初衷，"道不行，乘桴浮于海"，隐于杏坛下著书讲学。

孔子无力回天，壮志难酬，使中国少了一位晏婴、子产或管仲式的政治家，却找到了中华文化的源头。著名史学家柳诒徵说："孔子者，中国文化之中心也，无孔子则无中国文化。自孔子以前数千年之文化赖孔子而传，自孔子以后数千年之文化赖孔子而开。"孔子创立的儒家学说以及在此基础上形成的儒家思想，长久地塑造着中华民族的文明史，成为几千年社会政治的"大宪章"。

大凡政治制度建设，社会生活改造，评价人物的价值标准，衡量善恶的基本尺度，都源于孔子创建的儒学。正是儒家思想绵延不断地传承，才延续了中华文明的发展。而这些经典思想，也淬炼成中国古代的核心价值观，沉淀在炎黄子孙的心灵深处。

孔子晚年返回鲁国，潜心著书讲学。据司马迁记载，经他手订，那本"饥者歌其食，劳者歌其事"的《诗经》，由引车卖浆者的歌吟而跃居"六经"之首。我们今天读到的《尚书》，是东晋豫章内史梅颐所献的《孔传古文尚书》——"孔"，即孔安国，孔子第十一世孙。《易经》对于大多数读者来说，不啻是一本天书，孔子探究天道人道，硬把它改造成了哲学著作。孔子在文化废墟上整理的《礼》《乐》，是"托古改制"对周文化进行的挽救。《春秋》是使时代因它得名的历史著作，孔子以鲁国的史料为依据，对历史进行审视批判，由此，《春秋》具有了建立古代政治秩序的法则意义。

记载孔子主要言行的《论语》，大道至简，要言不烦，其精神、风格、气质及其在中国文学史上的地位和影响，足以与古代文化史上任何一部经典媲美。著名学者于丹说："《论语》的朴素和温暖，就在于书里不仅有天下大道之志，更重要的是，它永远不失去脚下朴素的起点。"用朴素的语言讲述治国理政之道、做官为人之道和修身养性之道，是《论语》的大智慧。在一个混沌迷茫的世界里，大智慧就是沉静地面对每个人和他背后的历史，并顺着他心灵上的纹路，体验内心深处的欢喜与忧伤。

孔子把智慧的灵光全部聚合到《论语》一书中，支撑起了泱泱古国的文化骨骼。他因此被尊为"至圣先师""万世师表""天下文官祖，历代帝王师"，就连他没啥表情的雕像，也被安放在大江南北的文庙里。

二

从根本上说，孔子是为思想而生的文化达人。他的学说穿越二千五百年时空，屹立在中华文明之巅，得之者治，失之者乱。

孔子以"仁"为基石，建造了中华民族最初的思想宫殿。什么是"仁"呢？他答曰："爱人。"怎样做才是"爱人"呢？孔子提出了五个标准：恭、宽、信、敏、惠——"恭而不侮，宽则得众，信则人任焉，敏则有功，惠则足以使人"。他告诫奋斗者，"先难而后获，可谓仁矣"；他警示成功者，"己欲立而立人，己欲达而达人"；他劝勉当政者，"克己复礼，天下归仁焉"；他提醒君子们，"非礼勿视，非礼勿听，非礼勿言，非礼勿动"；他对黎民百姓说，要恭敬、宽厚、诚信、积极、恩惠……以仁生义，由仁及德，孔子的仁政观和德政观，是对中国古代政治观最早的总结和概括。

孔子提出的"民以君为心，君以民为本""君以民存，亦以民亡"的君民观，开启了"民贵君轻"思想的先河。他从"重民""安民""富民""教民""为民""爱民"出发，主张宽政于民、德政于民、仁政于民、藏富于民、施教于民。他提出的"民为邦本，本固邦宁"的民本思想，对今天倡行以人为本的执政理念，也起到了奠基作用。

"和"是孔子思想的核心。他主张："礼之用，和为贵。"愚以为，和者，和洽、和谐、调和之谓也。题中之意，就是和气、和平、和善、和顺、和悦、和美。它是一种追求，一种境界，一种行为方式。唯有"和"，才能和平、和顺，和乐、和美，并由此一步步"贵"起来。

协和万邦是共性的"最大公约数"，和而不同是个性的"最小公倍数"。以"和"为媒，中华文明与世界文明友好接驳；以"和"为旗，儒家主张平等，反对使用武力，中国成为维护世界和平的重要力量；以"和"为舟，张骞出使西域，郑和七下西洋，唐蕃古道，丝绸之路，海上生明月，儒香传万里。

孔子"以和为贵"的思想，是中华儿女血脉相通的文化脐带，是指点中华文明的共有圆心。今天我们如何求"和"？仍需向孔子虚心请教。二千五百年前，孔子在竹简上写下"君子和而不同"，不仅展现出中华文化的内在品格，也凝聚着中国维护世界文明秩序的智慧。不同国家、不同民族思想文化共存，是寻求世界文明的共同点和公约数。毕竟，每颗星星闪闪发光，人类文明的天空才会星光灿烂！

儒学是中华文明的"根"和"魂"，是中国之为中国、中国人之为中国人的独特标识。在我们每个人的细胞里，都有孔子的思想因子在游走。正因为如此，中华儿女才有了自己的气质，获得了其他民族的认可和尊重。

三

孔子构建的中国古代社会的核心价值体系，从国家、社会、个体三个层面，锤炼出讲仁爱、重民本、守诚信、崇正义、尚和合、求大同等特质，以强大的内聚力、稳固性和认同感，夯实中华文化的原始基座。

如今，经过时光打磨的仁、义、礼、智、信，忠、德、宽、恕、勇，孝、廉、恭、俭、敏等儒家元素，已经镌刻在神州大地的门联匾额上，约定在古老国度的家训族规和乡风民俗中，渗透在中华儿女的血液和骨髓里。"己欲立而立人，己欲达而达人"的仁爱观，"见利思义"的义利观，"道之以德，齐之以礼"的礼教观，"百行孝为先，百善孝为首"的孝行观，"仁义忠信，乐善不倦"的道德观，"执两用中"、不罔不殆的中庸观，"和实生物，同则不继"的和谐观等，使中华民族的精神家园枝繁叶茂，郁郁葱葱。

孔子既是雄踞于古代思想宫殿的君王，又是信念坚定、忠于使命的先行者。他居庙堂则爱其民，处荒野则忧其君，忠君当尽职尽责，爱民则尽心尽力。他从《尚书》中提炼的为政"九德"——"宽而栗，柔而立，愿而恭，乱而敬，扰而毅，直而温，简而廉，刚而塞，强而义"，主张畏天命、明天理、敬天道，做人讲诚信、守规矩、有约束、怀仁爱。他崇尚勤俭，反对淫逸，倡行"克勤于邦、克俭于家"；他确立自重自律自警自强的君子品格，以舍生取义、杀身成仁的义利观，标识出道义的制高点和欲望的底线；他意趣高洁，欣赏"一箪食，一瓢饮，在陋巷"而不改其志；他有七情六欲、喜怒哀乐，温和、良善、恭敬、检点、谦让，使他德馨远播，始终引领着中华文化的潮流。

孔子是一本大书，读一万年也不能尽解其意；孔子是一本奇书，读一遍就会有一遍的收获。

宋人说："天不生仲尼，万古长如夜。"孔子的思想照耀着历史，也照耀着今天和未来。

难怪司马迁轻叹一声"高山仰止……可谓至圣"，竟弥漫了中国二千五百年的星空。

孔子之后，孟子、荀子和汉唐经学、两宋程朱理学、宋明陆王心学及现代新儒，致力于以仁为核心、仁礼相辅互动的理论构建，推动儒家文明继往开来，蔚为大观；北朝、元朝、清朝等骑射民族策马中原，促进了游牧文化与儒家文化的融合。诸子百家的合理成分被儒家兼收并蓄，儒家的仁爱忠恕与墨家的兼爱非攻、道教的道法自然、佛教的慈悲为怀、宋明理学家的民胞物与，构成了中国传统文化的博大胸怀和深挚情感。儒家思想和本土道家一道，与佛教文明、伊斯兰文明相生相荣，互通共鉴，以超强的内敛力、消化力和愈合力，守住中华文化的主体，塑造君子人格，熔铸文化内核，构成了实现民族复兴中国梦的软实力。

四

儒家学说从古代走到当代，从亚洲走向世界，在与西方文化的碰撞交融中，呈现着世界文明轴心的灿烂光辉，展示着文化角力的波澜壮阔。

大约四百年前，《论语》跨洋越海，极大地影响了莱布尼兹、孟德斯鸠、伏尔泰、康德、卢梭、马克思等西方思想家，催生了欧洲的"东方文化热"。在西方人眼里，孔子与苏格拉底、柏拉图同样享有盛名。德国干脆把孔子和康德一同列为教育学的奠基人，美国则尊孔子为"世界十大思想家之首"。1988年，七十五位诺贝尔奖得主在巴黎呼吁："人类如果要在21世纪生存下去，就必须回到二千五百年前，去孔子那里汲取智慧！"

孔子不是神，不是王，而是师；儒学不是宗教，而是道德教化。它源自中华民族的心灵深处，是炎黄子孙永远不能弃离的行为规则。最近几年，世界各国更加掂出了儒学的分量，越来越多的日本人、朝鲜人、新加坡人、越南人……都把孔子当作"东方的太阳"，视《论语》为"亚洲的《圣经》"。

2007年12月，日本前首相福田康夫访华时，特意到曲阜参谒孔子，领悟儒家文化的智慧。他站在孔子教授弟子的杏坛前，感慨万千："孔子的那些话，在二千五百年后的今天，还是非常有生命力的。这些东西应该得到尊重。""孔子的儒家思想如果成为常识性的东西在大家心里扎根的话，世界一定会变得和平、美好。"

儒学属于中国，也属于世界。散布在全球一百二十个国家和地区的四百多所孔子学院，加速了中西文化的交流与融合。全国人大常委会前副委员长许嘉璐认为："各国孔子学院的建立，正是孔子'四海之内皆兄弟''和而不同'以及'君子以文会友、以友辅仁'思想的现实实践，是他的理想的实践。"

2008年，中国文学艺术联合会启动中华经典系列咏诵活动，运用现代化的传播手段和人们易于接受的艺术形式，展现中华经典的思想精髓和文化神韵，传递孔子的博大情怀、人格魅力和人文关怀。从内地到香港，从中国到欧洲,中华经典系列咏诵成了一个品牌。联合国教科文组织副总干事埃里克·法尔特说:"尽管教科文组织经常组织世界各国的文艺演出,但咏诵会所展示的,是近年来少有的思想性、艺术性俱佳的作品。而这种思想性,正是源于中国五千年悠久历史的文化底蕴。"

五

著名作家李准说,要了解中国文化、中国伦理道德的根源,就要读懂孔子。孔子的思想已经浸入骨髓、润于肌肤,成为一种民族性格,沉淀为民族的基因。面对人们更加注重现实利益,人与人之间的情感联系和心灵沟通日趋淡漠,各种人际关系逐渐被市场关系所取代,我们更需要用孔子的思想来调整道德价值,健全生活方式,安顿疏离孤立、彷徨浮躁的身心。特别是当一个国家把建设文化强国、塑造核心价值观上升为国家战略时,尤其需要我们仰望历史星空,校准价值航向,补充精神营养。

中国是孔子的故园、儒家的摇篮,进入小康社会以后,中国的主要任务是重建——制度重建、文化重建、价值重建和生活重建。马克思主义中国化的过程,是与中华文化相融合的过程。当代中国所遵循的创新理论之所以生机勃勃,就是因为中华文化底蕴深厚。这是中国的特色和优势。如何在科技浪潮中绽放思想光芒,在市场竞争中确立道德标杆,在全球化进程中建立精神的里程碑和灵魂的红绿灯,是儒家的新使命和新担当。

孔子是唯一让炎黄子孙归心塑魂的集结号。如果把孔子的思想从我们的血管里、骨骼中抽空,中华民族就会思想贫血、精神缺钙,中华文明就会暗淡生命的底色。

"东方破晓,你点亮黎明的光照;智慧合唱,最强音是你的号角;千秋忠烈,仁心义骨践你的信条;万世师表,有教无类是那最美的音调。逝者如斯,越千年音容未老……"中华经典系列咏诵用孔子的博大情怀、人格魅力和人文关怀,接举人类文明的圣火,拉长儒家学说的脚印,必能让世界获得至善、宽厚、优雅、快乐的"生命情调"。

儒者的风标

一

孟子是战国时期伟大的思想家、教育家，儒家学派的代表人物。古往今来对孔学把握得最准确、最透彻者，莫过于孟子。

孟子（约前 372—前 289）名轲，鲁国邹（今山东邹城）人。他与生徒万章等人编著的《孟子》，"序《诗》《书》，述仲尼之意"（司马迁语），构建了庞大而完整的孟学体系，是中国古代政治学、伦理学、哲学、教育学、心理学乃至美学的经典著作。早在西汉，《孟子》就被视为辅翼"经书"的"传"。至五代，后蜀主孟昶将《易》《书》《诗》《礼》《周礼》《仪记》《公羊传》《谷梁传》《左传》《论语》《孟子》十一种经书刻石；到了南宋，《论语》《大学》《中庸》《孟子》被朱熹合编为"四书"；元明之后，《孟子》作为科考内容之一，成了读书人的必读之书。

北宋著名政治家、改革家、文学家王安石，一向引孟子为同道。他写了一首题为《孟子》的怀古诗，表达对老夫子的服膺景仰之情：

> 沉魄浮魂不可招，遗编一读想风标。
> 何妨举世嫌迂阔，故有斯人慰寂寥。

往事越千年，"斯人"早已变成"沉魄浮魂"，人们只能遥望其风范、标格于遗编。"风标"是王诗的诗眼。孟子的风标首倡心性之学，高扬仁爱旗帜，刚正傲悍、懿言嘉行，足堪慰我寂寥的心情。

"亚圣"孟子（约前372-前289年）的碑刻像

二

《孟子》凡七篇近三万五千字。全书讨论的内容，无一不是围绕着人和社会，即人性、人伦、人道、人格而展开的。

人性是善是恶，是古代思想家争论不休的一个话题。自从孔子提出"性相近，习相远"的论断，荀子、告子等人就以"性恶论"和"性无善无不善""有性善，有性不善"等观点针锋相对。孟子认为，尽管社会成员有分工的不同和阶级的差别，但他们的人性是同一的。他指出，人性向善，如同水往低处流，"人无有不善，水无有不下"。性善不仅是人的本性，也是人的自觉。这种自觉表现为恻隐之心、羞恶之心、恭敬之心和是非之心。"性善说"是孟子思想的基石，是仁、义、礼、智、信的发端，是孟子的魂，它为人们进行自我修养提供了理论依据。保持并不断发挥善性，"人皆可以为尧舜"。

人伦，是人类社会的内在结构或行为次序。孟子提出的人之"五伦"——父子、君臣、夫妇、长幼、朋友，是对人类社会各种人际关系的概括。他认为，以善为基础的人际关系，是中华文化传统的核心价值观和伦理良俗。理想的人际关系应该"父子有亲、君臣有义、夫妇有别、长幼有序、朋友有信"，每个人的言谈举止都要和自己的权利、地位、责任、义务相适应。孟子倡导的孝敬父母、尊老爱幼、以诚交友、平等相待等原则，由于贯穿其中的核心精神是善，所以成为古往今来的共同价值追求。

人道，即为人之道，包括为君之道和为臣之道。在孟子看来，"仁，人心也；

义，人路也"，不论君王，还是士人，都必须恪守人道。作为君王，要"推己及人"，施恩于民；对待士人，要"君臣有义"，平等、尊重、真诚、信任。作为士人，要辅佐君王施仁政、行王道，做到"天下有道，以道殉身；天下无道，以身殉道"。孟子发展了孔子的君臣关系说，进一步强调君臣关系的相互性，认为"君有过则谏，反复之而不听，或废易，或离去"。人道培育了古代士子"犯颜直谏"的品格，对遏制暴君和暴政的产生起到了积极作用。

孟子从人性善出发，分物质待遇、人际关系和精神生活三个方面，赋予了人格新的内涵。他认为，士君子的理想人格是"富贵不能淫，贫贱不能移，威武不能屈"，人们无论何时何地何种处境，都要坚守本心，自强不息，包容化育，强健脊梁，经得起富贵、贫贱、暴力的考验；都要具有强烈的使命感和担当精神，为实现善的理想而不懈努力；都要具有坚忍不拔的毅力，时刻保持浩然正气和独立人格。

孟子是中华民族高尚人格的缔造者，他把具有高尚人格的人视为"大丈夫"，孟子之后，"大丈夫"这一崇高人格，就成为中华民族文化遗产的重要组成部分。

<h1 style="text-align:center">三</h1>

孟子的贡献，在于继承发展了孔子的德治思想，把"仁政"作为政治思想的核心和灵魂。孟子认为："先王有不忍人之心，斯有不忍人之政矣，以不忍之心，行不忍之政，治天下可运之掌上。"这种以"不忍之心"实施的"不忍之政"，就是"仁政"。用"仁者爱人"的理念来施仁政、行王道，就能治国平天下。

孟子超越时代提出了一个体现民主精髓的命题："民为贵，社稷次之，君为轻。"他在王权高于一切的时代说出这样的话，可谓振聋发聩，千古不朽！孟子认为，"政在得民"，国家存在的基础不是"天时""地利"，而是"人和"，是"得道者多助，失道者寡助"。为政者要以民心向背为准绳，"乐民之乐者，民亦乐其乐；忧民之忧者，民亦忧其忧。乐以天下，忧以天下，然而不王者，未之有也"。在早期儒家代表人物中，还没有哪位先哲比孟子更加重视民众的社会作用和历史地位。"民为贵，社稷次之，君为轻"的口号一经提出，就成了批判君主专制的思想武器。

孟子主张，仁政是最理想的政治，行仁政首先要效法先王。他把尧、舜、禹、汤、文王、武王、周公、孔子等先哲，视为儒家的"道统"（一脉相承的知识系统），认为行仁政的方法就在于"恕"。恕的含义是推己及人，由自己的爱恶联想到别人的爱恶。所谓"己欲立而立人，欲达而达人""己所不欲，勿施于人"是也。人能否做到这一点呢？孟子认为，"万物皆备于我"——别人的饥寒温饱、喜怒哀乐和"我"一样，"我"爱恶什么，就会推及别人爱恶什么。"我"反身而成，强恕而行，仁就不远了。

为了推行自己的政治主张，孟子效法孔子，游说诸侯。史书记载，他从邹穆公开始，游齐，赴宋，过薛，至鲁，入滕，抵梁，归邹，历时二十余年，向诸侯建言献策，结果和孔子一样，无功而返。孟子与其他士子不同的是，他坚守独立人格，"穷不失义，达不离道"，当生命与道义不可兼得时，宁可舍生取义，也要保持高尚的人格。

在封建时代，士子的独立人格首先表现在如何处理君臣关系上。孟子认为，"道尊于势""德重于位"，明君必须"贵德而尊士"。他提出："君之视臣如手足，则臣视君如腹心；君之视臣如犬马，则臣视君如国人；君之视臣如土芥，则臣视君如寇仇。"并声言："说大人，则藐之。"——游说诸侯，要藐视他，不必在乎他高高在上的样子。这些言论招致了封建卫道士的口诛笔伐，刺孟、非孟、疑孟、删孟者迭出。司马光批评孟子，首要的一条，就是"不知君臣大义"。明朝开国皇帝朱元璋咬牙切齿地说："此老"要是活在今天，肯定会遭受酷刑。他特意诏告天下：孟子不少言论"非臣子所宜言"，私塾教材一定要删除，并明令将孟子逐出文庙，罢其配享。然而，孟子的民本思想早已深入人心，岂是朱元璋一纸命令就能做到的？

四

孟子特别看重君子的人格修养、价值守护和精神砥砺。他提出：君子住在"仁"这个天下最大的宅院里，站在"礼"这个天下最正确的位置上，走在"义"

这条天下最光明正大的道路上，得志之时，偕同百姓循着大道前行；不得志时，也要坚守自己的原则，做到"穷则独善其身，达则兼济天下"。

一是"尚志"。孟子认为，道德教育的首要问题是"尚志"，即坚守崇高的志向。他胸怀高远，曾放言："如欲平治天下，当今之世，舍我其谁也？"门人公孙丑拿他与管仲、晏婴相比，孟子却不以为然。在君王、权贵面前，他从来不屈身俯就，趋炎附势，而是依礼而行，从其大体——"养其小者为小人，养其大者为大人"。朱熹在《集注》中解释："贱而小者，口腹也；贵而大者，心志也。"大体，指道德修养、高尚人格；小体，指声色货利、物质追求。他把追逐仁义还是追逐利欲看作区分君子和小人的标志。当年子贡在谈到孔子的学问时，有"贤者识其大者，不贤者识其小者"之说，当与此同义。

二是在逆境中磨砺。孟子有句名言："故天将降大任于斯人也，必先苦其心志，劳其筋骨，饿其体肤，空乏其身，行拂乱其所为，所以动心忍性，曾益其所不能。"他反复强调，有为者要有忧患意识和危机感，人的德行、聪明、道术、才智，往往与恶劣的环境有关。人"生于忧患而死于安乐"，人的成长成才得之于艰苦环境的磨炼，环境越恶劣，对人的造就越大；逆境中坚韧不拔，就能超越逆境。

三是"反求诸己"。孟子传承发展孔子关于自省的圣训，进而强调：一个人出了问题，首先要从自身查找原因。他说："爱人不亲，反其仁；治人不治，反其智；礼人不答，反其敬。行有不得，皆反求诸己。""仁者如射，射者正己而后发；发而不中，不怨胜己者，反求诸己而已矣"。又指出，"反身而诚，乐莫大焉"。

四是"养气"。孟子常说："吾善养吾浩然之气。"气，是反作用于人的心志、道德的精神气概，一个人按照天赋本心，经久不息地进行自我修养，就会凝聚和升华"浩然之气"。浩然之气是由强烈的道德正义所生发的人间正气。文天祥的《正气歌》把爱国主义精神发扬到极致，是对孟子"浩然之气"的生动诠释。诗中列举的十二位古人的伟烈丰功，显现出浩然正气对塑造民族精神的作用："是气所磅礴，凛烈万古存。当其贯日月，生死安足论！"宋代理学家程颐说："仲尼只说一个'志'，孟子便说许多'养气'出来。只此二字，其功甚伟。"

五

从《孟子》这本书里，我们看到了一位比孔子更雄辩、更有激情的文化达人。孟子高举仁爱、民本的旗帜，将先秦儒学发展到一个新的阶段，成为垂范后世、德润千秋的儒家先哲。唐宋以来有学者指出，"求观圣人之道，必自孟子始""孟子有功于道，为万世师"。

孟子的思想影响深远，两千多年来，他的性善说已经成为人性论的主流；他的王道、仁政学说，被历代王朝奉为施政准则；他的良知说，启发了宋明理学的革新派；他的养气说，为心性论提供了难能可贵的借鉴；他的仁者无敌、得道多助、失道寡助的思想，成为后世外交军事的指导原则；他重农而不抑商，提倡"省刑罚、薄税敛"，被为政者奉为圭臬；他的社会和谐理论，对构建中国特色和谐社会具有现实意义。

孟子的文章气势雄伟、开阖有致，读者一旦进入他的逻辑，就会铺张扬厉、纵横恣肆，使对方几乎没有辩驳的机会。万历二十一年（1593 年），《孟子》被利玛窦译成拉丁文，传回了意大利。随后，《孟子》又被译成法、德、英、俄等文刊行。牛津大学甚至把《孟子》的部分篇章，列为公共必修科目——面对西方现代化出现的社会问题，希望从孟子的学说中找到解决办法。

所有的历史都是当代史。著名哲学家金岳霖说："一位杰出的儒家哲人，即使不在生前，至少在他死后，是无冕之王，或者是一位无任所大臣。因为是他陶铸了时代精神，使社会生活在不同程度上得到了维系。"这，或许就是儒者的风标——孟子思想理论的当代价值。

历史的王者

一

对于"史圣"司马迁的功绩，后人怎么褒扬都不过分。中国五千年文明从哪儿来？从司马迁的《史记》来。他以刑残之身探寻中华文明的渊源，将中国历史上溯了三千年。在他之前，尽管有《西周书》记言、《春秋》记事、《左传》记言也记事，但都没有形成系统，溯到源头。

司马迁系统梳理上自黄帝下至汉武帝的历史脉络，不但使黄帝成了中华儿女的始祖，而且使中华民族形成了前后一贯的历史兴趣、历史使命和历史规范，成为举世罕见的有史可循、以史立身的族群。如果不是太史公写出皇皇大著《史记》，遍及全球的炎黄子孙都可能发生"身份"认同危机。

《史记》追溯可能追溯到的历史源头，以不可超越的"母本"形态求证中华民族的文化江山，开创了以"记人"为主的纪传体通史体例，影响极其深远。中国历史的主体精神是以人事为中心，重史，就是重人事。因而，历史学也被称为"生命学"，人的生命及生活构成了真正的历史基础。司马迁之后，班固撰《汉书》，陈寿写《三国志》，房玄龄等人合著《晋书》，欧阳修、宋祁编《新唐书》，司马光写《资治通鉴》……都没能摆脱太史公的历史观。

余秋雨先生说，司马迁是全部二十五史的总策划——"他使历朝历代所有的王侯将相、游侠商贾、文人墨客在做每一件大事的时候，都会想到悬在他们身后的那支巨大的史笔。他给了纷乱的历史一束稳定的有关正义的目光，使这种历史没有在一片嘈杂声中戛然中断。中华民族能够独独地延伸至今，可以潇洒地把千百年前的往事看成自家日历上的昨天和前天，都与他有关。司马迁交给每个中国人一部有形无形的'家谱'，使他们中的绝大多数，不会成为彻底的不肖子孙。"

仅凭这一点，我们就可以认定：司马迁是中国历史上无与伦比的"文化君王"。他的分量，比所有帝王将相累加起来都重。

二

从春秋到西汉，像司马迁那样天赐的"史圣"，五百年也出不了一个。太史公是四十二岁完成《史记》的。王国维先生考证，那一年是公元前90年。

《史记》凡一百三十篇五十二万字，包括十二本纪、三十世家、七十列传、八书、十表五部分。"本纪"记载帝王之事；"世家"记载各个历史时期的王子诸侯；"列传"记载谋士、将相、侠客、刺客、巫师、商贾、文人、佞幸的故事，内容最丰富，描写也最精彩，所占篇幅居《史记》之首；"八书"既记载典章制度，又记载天文、水利、经济、文化等知识，类似后来的科技专史；"十表"记载历代世系、列国关系与官职更迭，是中华民族前三千年的"家谱"。

司马迁"究天人之际，通古今之变"，为中华文明储备了丰富的历史资源。孔子曾以《春秋》立史，使中国有了文化可倚。但孔子的历史观就像长城上的烽火台，随时随地监护着历史。在孔子及其一脉相承的史学家看来，历史是"过去了"的事实，它对后世的意义，充其量是提供道德案例。因此，史官成了历史的"书记官"或"审判者"。他们撰写历史，往往以王朝为本，以历史为据，再现的几乎都是王朝兴替，即使以农民起义为主线，重点再现的，也是帝王将相的故事。那条"线"紧紧捏在王权者手中，他们对所要记述的对象，就像尸检官面对尸体，只是解剖它，判定其死因，写出尸检报告，而不会对死者表示哀挽。

司马迁则把历史当成世界的肉身，悄悄潜行其中，为历史招魂。历史在司马迁眼里，有如饱经沧桑的老树，岁月的蛰须从其枝杈间伸出来，茁壮顽强，盘根错节，绿荫如盖。昨天，它们由老树成长为今天，今天又由老树成长为昨天。这是历史的今天，也是历史的昨天。太史公为我们展现的历史，是原生态的历史,而不是历史的逻辑和理性的结论。他用"再现"的方法,把中国古代"曾经有过"的经历,变成了一部"活的历史"。我们潜行在《史记》的字里行间,随时随地都能听到历史人物的哭声或笑声,都能看到他们的音容笑貌和精神活力,都能感受到他们比现实生活丰富得多的文化内涵。

历史关乎时运兴衰。司马迁撰史,从来不做客观的"述史者",而是用自己的阅历和思想对史料进行诠释,让历史的幽灵游荡在身后浩渺的天空。《史记》有相当一部分内容是太史公的"当代史",他不得不采用"寓论断于叙事"的方式,隐晦地将火焰般的情感宣泄出来。那些或慷慨激昂、或扼腕叹息、或冷嘲热讽的表达,是史学著作中少有的"内心独白",也是《史记》最容易引起读者共鸣的"情感魅力"。

三

历史是"人"的历史。没有人,哪里能有历史?历史的主体是形形色色的人,而历史的意义恰恰是人的意义,而不是抽象的道德观。

司马迁的过人之处,就是用文学手法表现历史人物的生活史。以生活为基础的文学作品,最能弥补历史细节的匮乏。从这个意义上说,文学是对历史的补充,是以"人事"补"人生"。太史公对历史自由精神的高扬,对他们的情感与理想、痛苦与欢乐、成功与失败、智慧与心灵的兴趣,构成了《史记》绚烂悲壮的主色调。

由此,史学成了人学,《史记》成了可以和《离骚》媲美的千古绝唱!换句话说,司马迁借文学写活了历史,又用历史印证了文学。

"以人代史""以人叙史",意味着《史记》不但是一部史学著作,而且是一部文学著作。《史记》所描摹的历史人物,既是历史的对象,也是审美的目标。在司马迁笔下,有震烁古今的帝王秦始皇、汉高祖、汉武帝;有屡建奇功的朝臣管仲、晏婴、萧何、张良;有身经百战的名将白起、韩信、卫青、霍去病;有励精图治的改革家吴起、商鞅、赵武灵王;有壮怀激烈的贤达屈原、贾谊、王蠋;有周游各国的辩士张仪、苏秦、郦食其;有行侠仗义的侠客朱家、剧孟、郭解;有苛政虐民的酷吏宁成、赵禹、张汤……我们通过这些有血有肉的人物,不但了解了历史，领略了历史的必然性和规律性，而且了悟了人的命运及人性的美丑，激起了心中的理性精神和审美感慨。

司马迁的确是写人的高手，他写"完璧归赵""易水送别"，蔺相如、荆轲如见其人，如闻其声；他写"鸿门宴"，项庄、项伯、范增、张良的形象，如舞台人物，活灵活现；他笔下那些活跃在"本纪""世家""列传"中的历史人物，如黄帝、勾践、孔子、陈涉、曹沫、专诸、豫让……哪一个不是因鲜活生动或让人亲近、或让人景仰、或让人叹息、或让人鄙视。《史记》中诸多历史人物的范型，传奇故事中的许多情节，都为后世的小说、戏剧创作提供了素材。

难怪清代吴楚材、吴调侯叔侄编选历代散文总集《古文观止》时，所选《史记》中的文章，超过了柳宗元、欧阳修、王安石等散文大家。

我们阅读《史记》，最重要的，是读懂司马迁的"笔法"和"寄托"，也就是太史公对某个历史人物"如何写""有何寓意在其中"而进行的探索。这实际上是通过阅读《史记》，读懂司马迁的内心世界。尽管我们与司马迁所处的时代有着两千年的跨度，生活环境也存在着巨大差异，但在"人心"和"人性"方面，却是一脉相承的。我们从"人心"和"人性"的角度掩卷深思，纵意冥想，就能看清太史公的心路历程，理解他的情感波澜。

四

史学和文学各有各的使命、各有各的担当。史学准确提供某个历史时期的社会经济数据，翔实陈述某个历史事件的来龙去脉；文学则认领千姿百态的传奇故事，人们从文学作品中读到的，只是人物的曲折命运，而不是包罗万象的历史全景。但历史始终是文学创作的"中心词"。这不仅表现在以历史故事为素材的演义小说、历史小说和历史戏剧中，更重要的是，文学考察历史与人生的交融互动，二者掰不开、扯不断，有着千丝万缕的联系。换句话说，没有完全脱离历史的人生，也没有完全脱离人生的历史。

在古代文人眼里，把文学写成历史，才算达到文学的最高境界。这意味着，文学描绘的历史真实，已经成了我们生活和精神的一部分。这种文学历史化的过程表明，文学成了"活着的历史"。法国文学评论家法朗士认为，巴尔扎克是他那个时代洞察入微的历史学家，"他比任何人都善于使我们更好地了解从旧制度向新制度的过渡"。恩格斯甚至觉得，阅读巴尔扎克的《人间喜剧》，"在经济细节方面（如革命的动产和不动产的重新分配）所学到的东西，要比从职业的历史学家、经济学家和统计学家那里学到的全部东西还要多"。这足以证明，文学的教化作用，是历史无法比拟的。但文学不和历史联姻，就很难获得持久的影响力。

《史记》以人为主干写史，让一个个历史人物和各种事件招之即来、挥之即去，开启了"以人为本"的中国历史。太史公通过对人物的生动刻画，第一次写出了中国历史的魂魄，或者说将中国历史生命化了。更让人惊讶的是，他在汉赋辞藻铺陈的层层包围中，只以通俗自然的笔触，错落有致的文句，就把历史撬动起来的文学力量浸润到了人们心中。司马迁描写的历史人物，很多已成为中国文化的"原型"，千秋万代，衍生久远，最后组成中国集体人格的重要部件，使早已冷却的中国历史依然保持着人的体温和呼吸。

西方一向崇拜"世界传记之王"普鲁塔克，始终把他的《希腊罗马名人传》当作欧洲传记文学的开端。普鲁塔克热衷于那些"活生生的人"，认为人的"表情与性格比那些辉煌的战役更能表现他们的魅力"。他在《希腊罗马名人传》中把同类角色的古希腊人和古罗马人对比着写了二十三对，加上四个单个人物，满打满算不过五十篇。而司马迁的《史记》，仅人物传记就有八十多卷。如果把普鲁塔克放到中国古代史的长河里比较一下，我们就会发现，《希腊罗马名人传》的规模，无论如何不能与《史记》比肩。再说，普鲁塔克出生在公元46年，比司马迁写完《史记》，还晚一百三十年。

把《史记》写成传记文学，以文学保存历史的肉身，是司马迁的一大发明。不管从哪个角度讲，太史公都是中国乃至世界传记文学的鼻祖。鲁迅先生评价《史记》："恨为弄臣，寄心楮墨，感身世之戮辱，传畸人于千秋，虽背《春秋》之义，固不失为史家之绝唱，无韵之《离骚》矣。"余秋雨先生夸耀司马迁："是中国古代的第一支笔，他超过了'唐宋八大家'，更不要说其他什么流派了。"

单手托起史学和文学两座大山者，中国历史上唯有司马迁一人；享有"史学双璧"之美誉，太史公的《史记》当之无愧。

五

古人说:"读万卷书,走万里路。"读书和走路,历来是人类成就事业的阶梯。

司马迁"十岁诵古文",不仅通读了《周易》《尚书》《春秋》《左传》《诗经》《国语》《战国策》和诸子著述,还钻研了历史、哲学、天文、地理、兵法……凡是当时当地所能找到的典籍,几乎都被他读遍了。书总结了人类的智慧,是哺育心灵的乳汁,放飞梦想的翅膀。太史公书海泛舟,探索文化的思想内核和时代品质,拷问人生之于天地万物的价值和意义,为他撰写《史记》埋下了坚实的知识基石。

在中国古代,探山川胜迹,访人文世情,被称为"壮游"。司马迁在《太史公自序》中记载,他"二十而南游江、淮,上会稽,探禹穴,窥九疑,浮于沅、湘;北涉汶、泗,讲业齐、鲁之都,观孔子之遗风,乡射邹、峄;厄困鄱、薛、彭城,过梁、楚以归"。等他返回长安,时间已过了两年多。此后五年,司马迁又侍从汉武帝出巡,或者借出使各地的机会,游历陕西凤翔、陇县,山西夏县、万荣,河南荥阳、洛阳、濮阳,甘肃清水,宁夏固原,山东泰山、莱州、胶南,河北昌黎、卢龙、蔚县,内蒙古五原,安徽潜山、枞阳,湖北黄梅,以及川、滇等少数民族地区。他用青春的岁月追赶祖先的脚步,几乎走遍了所能抵达的每一个角落。

司马迁不但在大地上行走,而且在行走中了解其中的因果由来和文化内涵。他把自己的游历线路当成一个网兜,捞起沉潜在水底的一颗颗珍珠;他在广袤的大地上吮吸万丈豪气,千里雄风,使以前读过的典籍都"活"了起来。

生活出真知。有司马迁踏遍青山,开掘精神荒原,就有《史记》横扫千古,磅礴人间!

《史记》记述的汉武帝以前那段历史,是一幅波澜壮阔的生活画卷。司马迁通过对社会的全方位考察,将史学提升到了"历史性"的高度。也就是说,他不但承认历史的必然性,秉持不虚美、不隐恶、实录事实的原则,而且以史学自觉勾隐索微,直指世人可能拥有的未来世界。他以一人之力传给后人的文脉,源远流长,奔腾不息!

《史记》是大自然的穆穆长风、洋洋流水、巍巍高山;《史记》是人世间的激荡风雷、诡谲云波、风雨晴晦。苏辙评价:"太史公行天下,周览四海名山大川,与燕赵间豪俊交游，故其文疏荡，颇有奇气。"

六

　　司马迁在屈辱与悲愤中完成的《史记》，是中国史学和文学的母本。两千年前，司马迁把文史熔于一炉，冶炼出了真善美的至高境界。有一定文化修养的人，如果不去读读司马迁其人其书，他的知识将是浅陋的、不完整的。

　　司马迁以自己非人的岁月来磨砺"以人为本"的历史，以自己残留的日子来梳理千秋万代，以自己沉重的屈辱来换取崇高的尊严，以自己失性的躯体来呼唤大地的雄风，凡是别人能做到的，他都做到了。让人惋惜的是，太史公的故事有开头，却没有结尾。我们只知道，他公元前145年出生在夏阳龙门，即今天位于晋陕交界处的韩城市，如今，那里有他的祠，也有他的墓。遗憾的是，司马迁写完《史记》就消失了，谁也不知道他这盏油灯是哪年哪月在哪里熄灭的。也许他觉得，有了《史记》，其他一切都无关紧要；或者他本来就知道，只要历史没有终结，《史记》和他都不会终结！

　　从这个意义上说，《史记》不仅是司马迁爱的颂歌、恨的诅曲，也是他奔腾的生命、呐喊的灵魂，是他始终坚守的理念操守和精神寄托。

　　西方现代哲学开创者尼采说："一切书中，我爱那以血写成的。"其实，我们不仅爱以血写成的《史记》，更景仰以"虽不破戮，岂有悔哉"精神垂范后世的司马迁！

文学王族

魏晋南北朝既是中国历史上政治最混乱、社会最动荡的无序时代，又是文人名士精神最自由、最解放、最富于智慧和艺术创新的"后英雄时代"。在这样一个率性洒脱、玄远放旷的时代，曹操、曹丕、曹植父子聚拢在一起，占去了中国一大半文化。就连余秋雨先生都想不起来，"在历史的高爽地带，像汉代、唐代、宋代那样长久而又安定的环境中，哪一个名门望族在文化聚集的浓度和高度上赶得上曹家？"

曹家横扫汉代诗坛四百年沉寂，开创了建安文学的新纪元，在中国文学史上，堪称空前绝后的"文学王族"。

一

曹氏父子的文学成就应该怎样排序呢？多数文学史家认为，先委屈一下曹丕，排在第三。那曹操、曹植又怎样排呢？愚以为，曹操比曹植略胜一筹。尽管曹植的诗"骨气奇高，词采华茂"，构筑了一个高雅美艳的精神别苑，但曹操表现的是宇宙人生，是生命格局。翻开中国文学史，像曹操那样砥砺人格操守、建构时代精神的，我们能够找到几个？

曹操集武功文略于一身，挟天子以令诸侯，以超群的政治谋略割绝刘汉正统，重建山河规范，统一天下秩序。不管后人怎样褒贬他、质疑他，但最没有争议的，就是他的诗。曹操存诗二十四首，数量虽然不多，却足以奠定他在中国文学史上一流诗人的地位。曹操是继《诗经》之后出现的四言大家，从此，中国诗坛就进入五言和七言时代了。

曹操是一个为千秋大业而活着的人，他的《短歌行》虽然悲叹人生苦短、命运无常，但哀思中洋溢着建功立业的宏愿和对时光流逝、功业未成的叹息，表达求贤若渴、延揽人才的理想和统一天下的雄心壮志，立意高远，气魄雄伟，在沉郁中回荡着慷慨激昂的豪情。清初诗论家陈祚明评价他的诗："跌宕悠扬，极悲凉之致。"

我们读曹操的诗，最撼人心魄的，是他表现天地生命的篇章。且看《步出夏门行·龟虽寿》——

神龟虽寿，犹有竟时。
腾蛇乘雾，终为土灰。
老骥伏枥，志在千里。
烈士暮年，壮心不已。
盈缩之期，不但在天；
养怡之福，可得永年。
幸甚至哉，歌以咏志。

曹操晚年写的这首乐府诗，笔力遒劲，韵律沉雄，表现了老当益壮、志在千里的进取精神。《步出夏门行·观沧海》是曹操在北征乌桓途中登碣石山所作。诗人站在当年秦皇、汉武登临过的山巅上，以丰富的想象力把我们带进一个高远的生命境界：

东临碣石，以观沧海。
水何澹澹，山岛竦峙。
树木丛生，百草丰茂。
秋风萧瑟，洪波涌起。
日月之行，若出其中；
星汉灿烂，若出其里。
幸甚至哉！歌以咏志。

这首诗既描写高山大海吞吐日月、含孕群星的动人景象，又展现诗人雄视千古、吞吐宇宙的宏伟气势。曹操的生命格调源于文学自觉，他把诗当作生命之歌来写，诗是他精神生命的存在形式。

文学是民族精神的火炬。曹操继承汉乐府"感于哀乐，缘事而发"的传统，又打破乐府诗的束缚，用炽烈的思想情感和丰富的文化记忆，表达他对生命的思考和对理想的期望。他的诗，意境雄浑、刚健遒劲，悲壮激昂、气吞山河，形成了古典诗歌中备受推崇的阳刚之气。后人评价曹诗："如幽燕老将，气韵雄浑。"他的《短歌行》和《步出夏门行》，都是中学语文课本遴选的名篇。

二

我们去看看陈思王曹植吧！

曹植的诗以曹丕称帝为分界线，在此之前，他虽然在争夺太子之位中败北，但并未完全受制于人。他诗中回荡的主旋律，仍然是"戮力上国，流惠下民，建永世之业，流金石之功"，字里行间流露着贵公子的高傲、豪迈和空泛。曹丕登上大位后，曹植沦为"圈牢之养物"，他所倾诉的，是壮志难酬的悲愤，是对纯美的幻觉、人生的绝望，诗境向前推进了一大步。

曹植由于官场失意，歪打正着成就了一代文学巨擘。客观地说，曹植也不具备一个政治家的视野和胸襟，终究要以诗人著称于世。他之前的诗人，除了屈原和曹操，其文学成就恐怕还没人能够企及。

曹植的杰出作品，多半写在曹丕称帝之后，代表作是《赠白马王彪》。

黄初四年（223 年），任城王曹彰突然暴毙。曹彰曾被曹操爱称为"黄须儿"，是一位骁勇善战的猛将。曹植祭奠完曹彰，欲同白马王曹彪一起离京，曹丕却不同意。他愤而作《赠白马王彪》。七章八十句一气呵成，章与章之间，末句与首句前后呼应，紧密相连，既写旅途的艰辛，又写分离的悲伤，既有"苍蝇间黑白，谗巧会亲疏"的诅咒，又有"孤兽走索群，衔草不遑食"的叹息；既有"丈夫志四海，万里犹比邻"的豪言壮语，又有"离别永无会，执手将何时"的无奈赠别。全诗满怀悲愤，深沉中喷射着感人的力量。

最能体现曹植才气的，是《洛神赋》。《洛神赋》别名《感甄赋》，"甄"

指甄夫人，她原先是袁绍的儿媳，官渡之战成了曹操的战利品。曹操将甄氏送给曹丕为妾，暗恋甄夫人的曹植对此耿耿于怀，极为不满。甄夫人死后，曹丕以其枕赐四弟，曹植见物思人，潸然泪下，遂以精练的语言和真挚的感情，写甄夫人的灵魂与他在洛水相会。这幕人神相恋的悲剧，极尽洛神的绝世之美和诗人的爱慕之情，其想象之丰富，描写之细腻，文辞之华美，强烈地震撼着读者的心灵。

曹植存诗八十余首，是魏晋诗人中数量最多的一个。我们读曹植的诗，就像欣赏建安诗人集体演奏的大合唱，其中汇聚了同代诗人不同题材、不同内容、不同风格的音符，然而仔细揣摩，又有他与众不同的独唱。比如，渴望建功立业的主题多次出现在曹操笔下，曹植写同样的主题，"幽燕老将"变成了甘愿"捐躯赴国难，视死忽如归"的"游侠少年"，其胸怀也不是"山不厌高，海不厌深"，而是"抚剑而雷音，猛气纵横浮"。再如，曹丕、徐幹表达离别之情，只写思妇的幽怨，曹植则融进自己的身世之悲和怀才不遇。"慊慊仰天叹，愁心将何愬""浮沉各有异，会合何时谐""愿为南流景，驰光见我君"……一声声低吟，一声声哀叹，深化拓展了曹植诗的境界。

曹植天赋极高，我国山水诗鼻祖谢灵运说："天下才共一石，子建（曹植字子建）独得八斗。"此话或许有点过誉，但曹植的诗，标志着我国诗歌演进的重大转折，却是一个不争的事实。汉代以来，文人创作以辞赋为主，曹植把辞赋的对仗形式引入诗歌，以"骨气奇高，词采华茂，情兼雅怨，体被文质，粲溢古今，卓尔不群"的艺术风格，将汉代文人的仿乐府诗，提升到了一个前所未有的高度。

三

曹丕在政治上赢了曹植，但文学成就远远不及四弟。尽管如此，他创作的形式完整的七言诗，与乐府旧体相结合，丰富了古典诗歌的艺术表现力，是中国诗歌史上第一首七言诗；他写的中国文学批评史上的第一篇专论《典论·论文》，把文学摆到与事功并立的地位，标志着中国文学进入了一个自觉的时代；他将书信引入文学，使私人通信第一次成了以情寓理、以理蕴情的散文佳作。

曹丕的诗既不像曹操那样气韵沉雄，也不像曹植那样词采华茂，而是清秀俊逸，音节婉约，表现出"理性诗人"独有的精神。曹丕最爱写游子思乡、妇人思夫之类的题材，他的名作《燕歌行》，抒写的就是缠绵悱恻的闺怨——

秋风萧瑟天气凉，草木摇落露为霜，群燕辞归雁南翔。
念君客游思断肠，慊慊思归恋故乡，何为淹留寄他方？
贱妾茕茕守空房，忧来思君不敢忘，不觉泪下沾衣裳。
援琴鸣弦发清商，短歌微吟不能长，明月皎皎照我床。
星汉西流夜未央，牵牛织女遥相望，尔独何辜限河梁？

这首七言诗逐句押韵，笔致委婉，是我国现存最早、最完整的七言乐府诗，有"叠韵歌行之祖"之称。明代思想家王夫之感慨："倾情，倾度，倾声，古今无两。"

《典论》是曹丕的学术专著，可惜全书已经亡佚，只有其中的《自叙》和《论文》存世。作为建安时代文学自觉的显著标志，《论文》首次把文学的价值提升到前所未有的高度——

盖文章，经国之大业，不朽之盛事。年寿有时而尽，荣乐止乎其身，二者必至之常期，未若文章之无穷。是以古之作者，寄身于翰墨，见意于篇籍，不假良史之辞，不托飞驰之势，而声名自传于后。故西伯幽而演《易》，周旦显而制《礼》。不以隐约而弗务，不以康乐而加思。夫然，则古人贱尺璧而重寸阴，惧乎时之过已。而人多不强力，贫贱则慑于饥寒，富贵则流于逸乐，遂营目前之务，而遗千载之功。日月逝于上，体貌衰于下，忽然与万物迁化，斯志士之大痛也。

南朝史学家裴松之为《三国志·魏书》作注，曰："文帝以为火性酷烈，无含生之气，著之《典论》，明其不然之事，绝智者之听。及明帝立，昭三公曰：'先帝昔著《典论》，不朽之格言，其刊石于庙门之外及太学，与石经并，以永示来世'。"义熙十三年（417年），刘裕攻克洛阳，裴公在太学门前，亲眼看到六块《典论》石刻。太和年间（477—499 年），石刻还存其四。

《与吴质书》是曹丕写给好友吴质的一封信，也是他率先将抒情、写景等笔法引入书信的散文杰作。曹丕写的书信，文字清丽，简约动人，颇有"东坡小品"的味道。由他而始，开了文人将书信当散文来写的新风。

以"无穷"文章传名后世，人死之后自然精神不朽。曹丕只活了四十岁，他或许已经意识到，生命的价值在于质量而不在数量，在于他所抵达的高度而不在其延伸的长度。"我不在乎天长地久，只珍惜此刻拥有"。毕竟，曹丕同时拥有"文学批评家""诗人""散文家"三顶桂冠。从这一点来说，他是一个不可再生的文学精灵。

四

曹氏父子是建安文坛当之无愧的领袖，聚拢在他们身边的，还有孔融、陈琳、王粲、徐幹、阮瑀、应玚、刘桢等一批盖世文人。这个文学集团执着于理想追求的创作激情，对我国诗赋、散文的发展做出了卓越贡献。

纵观中国文学史，一个时代优秀作家的出现，绝不仅仅是一种孤立的文学现象。作为民族的精英，优秀作家更多地汇聚了时代的精神品格，他们的精品力作，是一个"时代的眼睛"。我们通过这双"眼睛"，准能看见一个时代最生动最本质的情绪，听到了一个民族最有朝气最富活力的呼吸，获得人民至真、至善、至美的精神追求和人格理想。

建安文人挣脱经学桎梏，以虚灵的胸襟、玄学的意味体味自然，追求放达通脱的自由发挥，与曹家有着密切联系。曹氏父子确立的以"建安风骨"为特征的美学风范，把中国文学推向了一个自觉时代。从那时起，人们才逐渐认识到：文学也有自身的价值和独立地位——这对中国文学的发展来说，是一个不可磨灭的历史贡献。

壮哉，三曹父子！

伟哉，文学王族！

山登绝顶你为峰

在我国奔腾呼啸的诗词长河中，唐诗无疑是最有天地精神的"终极坐标"。《全唐诗》收录了唐人创作的近五万首诗，尽管这不是唐诗的全部，但也超出了西周至南北朝一千六百多年存诗的二三倍。

走进唐诗的王国，我们首先感到惊讶的，是"诗仙"李白。李白一生渴望"申管、晏之谈，谋帝王之术，奋起智能，愿为辅弼，使寰区大定，海县清一"，但到头来一无所成。倒是他留给后世的一千多首诗，天马行空，飘逸浪漫，真正抵达的文学高度，使中华儿女再也没兴趣去吟诵别的诗篇了。

一

李白是盛唐最有天赋、学古最多的诗人之一。他"五岁诵六甲，十岁观百家"，头脑里积攒的诗家资本，足以使他从《诗经》《楚辞》和齐梁诗人那里，挪借无数诗材，寻找艺术的方向。开元十二年（724 年）秋，年方二十四岁的李白"仗剑去国，辞亲远游"。楚国波涛在船头，峨眉弯月在船尾，他从巴蜀沿江而下，开始了平生第一次漫游。

漫游是李白的天性，也是唐代文人仕进的阶梯。这次他出夔门，过荆州，顺流而下，章华台的遗址，赤壁的古战场，汉阳的黄鹤楼，巴陵的岳阳楼……着实让他开了眼界。李白沿江东下，穿过鄱阳湖，一叶扁舟漂到了庐山。庐山是山奇水幽之地，风云变幻之所，陶渊明多次提到的"南山"，就是它的别名。

李白兴致勃勃登上庐山，随口吟出了传世名篇《望庐山瀑布》：

> 日照香炉生紫烟，遥看瀑布挂前川，
> 飞流直下三千尺，疑是银河落九天。

　　古人吟咏庐山的诗，少说也有几百首，但真正不朽的，还是李白这首七绝。诗人暮年再游庐山，又留下同题古风，其中"海风吹不断，江月照还空"，被诗论家誉为"冠绝古今"。

　　南京古称金陵，是历史上有名的"文枢"之地。李白在那里凭吊前朝遗迹，挥笔写下《月夜金陵怀古》《金陵新亭》等名篇。金陵留不住他，诗人到历史文化名城扬州去了。他在那里住了一年，生活豪纵，钱财散尽，又回到了楚地安陆。安陆在现在的武汉西北，他与孟浩然你唱我和，相交甚欢。孟公东下扬州，李白写诗为他送行："故人西辞黄鹤楼，烟花三月下扬州。孤帆远影碧空尽，唯见长江天际流。"这首意境开阔的送别诗，情深而不滞，意永而不悲，辞美而不浮，韵远而不虚，"不著一字，尽得风流"（唐·司空图语）。

　　李白以安陆为中心，漫游两湖、江浙。他没有家，"此心安处是吾乡"；他客居开封，又游河北、山西、陕西，其飘零感相当惊人。飘零是李白生活的常态，杜甫说他："敏捷诗千首，飘零酒一杯。"诗人东至滨海，北达幽燕，南穷苍梧，像太史公司马迁那样，跋涉了中国文学史上一次"万里长征"。

　　南宋诗人杨万里诗云："山思江情不负伊，雨姿晴态总成奇。闭门觅句非诗法，只是征行自有诗。"征行是诗的沃土，诗是征行中长出来的嫩芽。植根山水之间，体悟生活真谛，李白的灵感如火山般喷发，"笔落惊风雨，诗成泣鬼神"。他属于山水，他的心总是向着远方。他面向大地，什么时候都能展开时间的皱褶，深入光阴的积淀，焕发心底的激情和感动。

二

　　李白三十多岁就声名远扬，身为朝廷秘书监的贺知章，特意向唐玄宗举荐。天宝元年（742 年），玄宗下诏征其入京，一向热衷于功名的李白，颇为自负地写下《南陵别儿童入京》："仰天大笑出门去，我辈岂是蓬蒿人。"

到了京城，唐玄宗"征就金马，降辇步行，如见绮皓。以七宝床赐食，御手调羹以饭之"，恩遇之隆，无出其右者。李白被封为翰林供奉，做皇帝的文学侍从。他本来就狂，如此越发忘乎所以，作《玉壶吟》，曰："世人不识东方朔，大隐金门是谪仙。"

李白书生意气，"戏万乘若僚友，视俦列如草芥""天子呼来不上船，自称臣是酒中仙"。他政治上的自负，生活上的狂放，行为上的高傲，必然引起同僚们反感。李白本来就是一个诗人胚子，却把"诗才"当成"仕才"，把政治热情和政治理想当作政治才能。因此，他被朝廷"赐金放还"，也就在情理之中了。

文人之于政治，往往天真可爱。文人以文明教化民众，以道德规范社会，而政治有它自身的规律，文人硬去掺和，不可能有好果子吃。就像唐后主李煜，如果他不当皇帝，只作词人，即使冲不到中国文学的巅峰，也能写出更多千古绝唱。还有宋徽宗赵佶，倘若他老老实实当他的书画家，也不至于被金兵掠到五国城，客死异国他乡。

天宝十四年（755年），安禄山起兵打过黄河，直逼长安，唐玄宗仓皇逃往四川。太子李亨在甘肃即位，是为唐肃宗。这时，永王李璘也想过把皇帝瘾，他趁乱招募名士，向江东扩展。李白求仕之心不死，他从"赐金放还"的跟头中爬起来，顾不上拍拍身上的泥土，就翻身上了永王的贼船。两个月后，李亨打败李璘，李白逃向浔阳，在陶渊明做过县令的江西彭泽县被擒。尽管宰相郭子仪上书讲情，唐肃宗仍将他放逐夜郎（今贵州桐梓），以儆效尤。

乾元元年（758年），李白拖着病躯之身踏上了流放之路。走了一年半，忽然获得喜讯：皇帝册立太子，大赦天下。诗人欣喜若狂，挥笔写下千古绝唱《早发白帝城》：

> 朝辞白帝彩云间，千里江陵一日还。
> 两岸猿声啼不住，轻舟已过万重山。

遗憾的是，如此脍炙人口的诗篇，已经接近了李白生命的尾声。

李白为事业、为功名义无反顾，至死也没给家人一点庇护。宝应元年（762

年），诗人客死安徽当涂。五十年后，与李白有通家之好的宣歙观察使范传正，前去寻访李氏的后人，得知李白有两个孙女，一个嫁给了陈云，一个嫁给了刘劝——都是老实巴交以土地为命的农民。

范传正问及她们的生活，姊妹俩回答："父伯禽以贞元八年（792 年）不禄而卒，有兄一人，出游一十二年，不知所在，父存无官，父殁为民，有兄不相保，为天下穷人。"读了这段文字，我久久无语。李白虽然被功名冷落，但特定的遭际和巨大的文学成就，为他奠定了广泛的社会影响和人脉资源。假如他借唐玄宗的庇荫，或者以诗文寻租权力，给儿孙安排个前程，应该不是一件难办的事情。但李白不向任何人开口，儿孙们也不借父祖的名望向人伸手。他们宁可过得清贫，也"不为五斗米折腰"。

我情不自禁为李白谋功名而不谋私利的高风亮节点赞，但同时想到，现在做父母的，也不要包养儿女的一生。《红楼梦》里有首《好了歌》，曰："世上都晓神仙好，只有儿孙忘不了。"父母不忘儿孙，最根本的，是以诚实劳动淬炼他们自立自强的品格，让他们的生命之树根深叶茂，繁华满枝。即使历经坎坷，折戟沉沙，他们的骨头也能变成化石，是另一种灿烂的生命。

三

李白离开长安时，曾写诗说："我本不弃世，世人自弃我。"并发誓："吾将营丹砂，永世与人别！"——他似乎对政治绝望了，向道之心更加坚定不移。

道教源于四川青城山。相传，汉初名将张良第九代孙张道陵在山上传教布道，使青城山成了与江西龙虎山、湖北武当山、安徽齐云山齐名的四大道教名山。李白对寻仙迷恋至极，曾作《草创大还，赠柳官迪》表达他的愿望："……吾求仙弃俗，君晓损胜益。不向金阙游，思为玉皇客。鸾车速风电，龙骑无鞭策。一举上九天，相携同所适。"

李白学道寻道，归根结底是为了成仙。按照道教的说法，凡界通往仙界，一要寻找神仙，二要炼丹。李白做起这两件事来，比干什么都来劲！

终南山是道教圣地，王公大臣、社会名流趋之若鹜。李白在长安时，多次到那里寻仙求道。浙江新昌县东的天姥山、天台山，盛传神仙出没，李白踏遍三十六峰，也没找到神仙的踪影。诗人感叹："神仙殊恍惚，莫如醉中真。"于是，他白日醉酒，夜里做梦，酒里梦里，神仙是最好的精神寄托。

李白寻仙求道几十年，虽然没有找到神仙，诗神却将灵感注入他的梦境。他在《梦游天姥吟留别》中描写云神诸仙："霓为衣兮风为马，云之君兮纷纷而来下。虎鼓瑟兮鸾回车，仙之人兮列如麻。"那是多么惬意的情景啊！然而梦就是梦，梦醒了，神仙飘然而去，"谪仙"仍在人间。天知道，李白有多少次与神仙梦中邂逅，有多少次陶醉在"仙人抚我顶，结发受长生"的虚幻境界里？

李白寻仙求道至诚至敬，自然对炼丹乐此不疲。他写诗说："愿游名山去，学道飞丹砂。""终当遇安期，于此炼玉液。"李白苦练三伏，心无旁骛，七七四十九天，不离丹炉一步，一张脸快被烤成非洲黑人了。他眼巴巴看着红黄色的矿石炼成灰白粉，这即使不是九转丹，也是六转丹或七转丹了。李白近水楼台，接连服了三天，谁知天天拉肚子，只好转服止泻药。他心有不甘，又跑到齐州找高天师，恳求为他举行受道仪式。这别开生面的仪式，当代作家安旗著的《李白传》中有记载。

神仙虚无缥缈，充满了神秘感。李白仙风道骨，享有"谪仙""酒仙""诗仙"等美称，让他一辈子都感到荣耀！

四

就人生理想来说，李白是失败的，但他的生命旅程却是快乐的。用他的话说："人生得意须尽欢，莫使金樽空对月。"

李白生活在开元、天宝年间，那是大唐帝国的盛世。国家歌舞升平为他求乐行乐创造了条件，李白乐在其中，尽情享受美好的人生。我们从他的诗中，随时都能找到佐证。比如《独酌》"手舞石上月，膝横花下琴"；《东山吟》"酣来自做青海舞，秋风吹落紫绮冠"；《月夜听卢子顺弹琴》"闲夜坐明月，幽人弹素琴"……我们来欣赏他的《将进酒》：

君不见，黄河之水天上来，奔流到海不复回。君不见，高堂明镜悲白发，朝如青丝暮成雪。人生得意须尽欢，莫使金樽空对月。天生我材必有用，千金散尽还复来。烹羊宰牛且为乐，会须一饮三百杯。岑夫子，丹丘生，将进酒，杯莫停。与君歌一曲，请君为我侧耳听。钟鼓馔玉不足贵，但愿长醉不复醒。古来圣贤皆寂寞，惟有饮者留其名。陈王昔时宴平乐，斗酒十千恣欢谑。主人何为言少钱，径须沽取对君酌。五花马，千金裘，呼儿将出换美酒，与尔同销万古愁。

这首乐府诗由悲（悲白发）到欢（须尽欢）到乐（且为乐），洒脱不羁，率性狂放。在一番尽欢之后，猛然以"与尔同销万古愁"收束，既令人惊愕，又使人顿悟：原来这都是为了"销万古愁"。人生如烟如梦，能苦中作乐，活得开心，实在不容易！

李白及时行乐的思想，集中反映在他的饮酒诗中。《月下独酌》与陶渊明《饮酒》的情韵颇为相似。李白及时享乐人生，连神仙都羡慕不已——

花间一壶酒，独酌无相亲。举杯邀明月，对影成三人。月既不解饮，影徒随我身。暂伴月将影，行乐须及春。我歌月徘徊，我舞影凌乱。醒时同交欢，醉后各分散。永结无情游，相期邈云汉。

这样的描写，在其他诗人笔下很难看到。李白把天上的月、自身的影都视作有生命的"人"，他陪伴"月将影"行乐，更说明酒是古代文人的偏爱。李白作《山中与幽人对酌》曰："两人对酌山花开，一杯一杯复一杯。我醉欲眠卿且去，明朝有意抱琴来。"没有明朝，只有当下。他以形象的语言表达抽象的感悟，心即使醉着，也能直透人生的真谛。

我们再看他的《襄阳歌》——

落日欲没岘山西，倒著接䍦花下迷。襄阳小儿齐拍手，拦街争唱白铜鞮。旁人借问笑何事，笑杀山翁醉似泥。鸬鹚杓，鹦鹉杯。百年三万六千日，一日须倾三百杯。遥看汉水鸭头绿，恰似葡萄初酦醅。此江若变作春酒，垒曲便筑糟丘台。千金骏马换小妾，笑坐雕鞍歌落梅。车旁侧挂一壶酒，凤笙龙管行相催……

这首"醉歌"触事遣兴，借人写己，把人生的时光和酒连在了一起，虽有几分癫狂，几分嘲弄，几分玩世不恭，却也率性惬意，让人从李白飞扬的神采和无拘无束的风度中，领悟到精神解放的乐趣。杜甫疑惑李白："纵饮狂歌空度日，飞扬跋扈为谁雄？"其实谁也不为，就为自己及时行乐，享受当下！

五

李白是继屈原之后我国最伟大的浪漫主义诗人。韩愈说："李杜文章在，光焰万丈长。"白居易说："诗之豪者，世称李杜。"李白虽然放诞，但并不颓废。他洒脱不羁的气质、傲视独立的人格、易于爆发的情感，一旦融入山水丘壑，就会激荡出文化原乡的诱惑力。

李白诗的意境有两类：一类是在高山大川中突出力之美，在美的意境中抒发豪情壮志；另一类是追求光明澄澈之美，在秀丽隽永的意境中表现纤尘不染的情怀。李白赋予山水以美感，洞庭烟波、赤壁风云，蜀道猿啼、浩荡江河……全在他审美活动的涵养和浸润中飞扬起来。诗人豪气纵横，像天上的云；诗人神游八极，像原野上的马。以至于他的浪漫狂放，他的爱恨情仇，他的梦与醒，全都达到了极致。

李白在山水间行走，思想却在天空中飞翔。他描写黄河、长江奔腾，一泻千里："巨灵咆哮擘两山，洪波喷流射东海。""黄云万里动风色，白波九道流雪山。"他描写山峰峻拔，峥嵘奇峭："连峰去天不盈尺，枯松倒挂倚绝壁。""天姥连天向天横，势拔五岳掩赤城。"还有"君且为我锤碎黄鹤楼，我亦为君蹋倒鹦鹉洲""平明登日观，举手开云关。精神四飞扬，如出天地间"等，都天马行空、浪漫率性，意境奇异、如行云流水。李白的诗语一向疾速，他心头的冲动总是急不可耐地脱口而出。后人评价他："兴酣落笔而不自觉，然逸气横生。"

我们由此断定，李白完全称得上高山仰止。以至于他与杜甫执掌中华诗歌王国上千年，从来没有人虎视眈眈！

赢得江山都姓韩

一

　　韩愈是中唐最值得大书特书的"百代文宗"。他世居河北昌黎，世称"韩昌黎"；晚年任吏部侍郎，被称为"韩吏部"。元和十四年（819年）正月，唐宪宗遣宦官赴法门寺迎佛骨至长安，留宫奉三日，然后送往各个寺院供奉。长安王公百姓瞻视施舍，唯恐不及，很快刮起了一股信佛风。韩愈认为，将佛骨送到寺院供奉，毫无意义且劳民伤财，遂上《论佛骨表》，劝谏宪宗将佛骨烧毁，不要以此误导百姓。宪宗一怒之下，将他发配潮州。

　　潮州属岭南道，濒南海，自古就是荒凉偏僻的"蛮烟瘴地"，惩罚罪臣的流放之所。韩愈全家被逐离京城，十二岁的女儿病死在了路上。俗话说，祸不单行。仕途的蹭蹬、爱女的夭折、命运的乖蹇，一齐降临到他的头上。韩愈在流放途中写《左迁至蓝关示侄孙湘》，抒发心中的悲愤之情：

　　　　一封朝奏九重天，夕贬潮阳路八千。
　　　　欲为圣明除弊事，肯将衰朽惜残年。
　　　　云横秦岭家何在？雪拥蓝关马不前。
　　　　知汝远来应有意，好收吾骨瘴江边。

　　辗转三个多月，韩愈抵达潮州。那里农耕方式原始，乡村学校不兴，父子相缚为奴，弊政陋习严重。他作《泷吏》记述当时的情景："恶溪瘴毒聚，雷电常涃涃。鳄鱼大于船，牙眼怖杀侬。州南数十里，有海无天地。飓风有时作，掀簸真差事"。韩愈忍着获罪海隅、家破人亡的悲痛，甫一抵潮，就理州事，询百姓疾苦，率民众驱除鳄鱼，修堤凿渠，奖劝农桑，延选人才，传播中原文明。仅仅八个月，潮州的面貌就焕然一新，他高兴地用诗记录那里的变化："莫道官忙身老大，即无年少逐春心。凭君先到江头看，柳色如今深未深？"

黎民百姓感念韩愈的功绩，不但依山临水为他建造生祠，还把潮州的山水以他的姓名命名：韩江、韩山、韩堤、韩文公祠、景韩亭、昌黎路、侍郎亭……我想，汉王朝历时四百二十七年，是古代存国时间最长的封建王朝；大唐帝国传二十一帝，有一半时间堪称太平盛世，也没听说哪座山改姓为"刘"，哪条河易姓为"李"。倒是韩愈一个"罪臣"，在蛮夷之地为老百姓办了几件好事，那里的山水就易姓为"韩"了。

草木如有知，能不忆韩郎？自古乐民之乐者，民亦乐其乐；忧民之忧者，民亦忧其忧。后人赞叹韩愈："不虚南谪八千里，赢得江山都姓韩。"

二

韩愈最大的历史贡献，是他发起古文运动，改变六朝以来的骈俪之风。这件力挽狂澜、影响深远的事，唐初的诗文大家没有想过，更没有做过。

骈文发源于秦汉，形成在魏晋，盛行于六朝。这种文体用四言或六言句式，两两相对，犹如两匹马并驾齐驱。它流于对偶、词藻和用典，形式僵化，华而不实，从而束缚了内容的表达。骈文内容空洞，晦涩难懂，就像藻荇藤蔓、棘刺野草，缠得中国文学步履蹒跚。

唐代科举以诗赋取士，不仅使文章"经世致用"的功能边缘化，而且放纵了六朝以来由诗而文的矫饰之风。贞元初，韩愈和李观、李翱等人倡儒学，习古文，以复古推动文学革新。他们提出的"文道合一""言必近真""词必己出""务去陈言"等写作理论表明：古文运动是针对文风、文体和文学语言进行的一场革命。"文以明道"是在文体上复秦汉散文之古，在思想上复儒学道统之古。道是目的，文是手段；道是内容，文是形式。韩愈站在历史的潮头导源引流，身体力行创立的古文范型，如长江大注，千里一道，冲飙激浪，污流不滞，开创了中国文学史上一代新风。

柳宗元是古文运动的积极追随者，他的主张与韩愈不谋而合。柳宗元强调，学古文要"师其意不师其辞"，写文章要"因事陈词""文从字顺"，使"言语与事相伴"。针对骈文"贵辞而矜书，粉泽以为工，遒密以为能"的弊端，他提出，必须突破骈文的束缚，"不平则鸣""辞必己出"。由于韩愈、柳宗元一起领导了中唐古文运动，后人将他俩并称为"韩柳"。

中唐古文运动的胜利，是中国古代散文走向复古明道的转折点。它冲决骈文长期统治的堤坝，接通了先秦诸子和司马迁、陶渊明等散文大家的气脉，创造了中国文学史上源远流长的结构形式，不仅指导了当时的古文写作，也为韩柳以后的古文发展开辟了广阔天地。

三

韩愈一生写了三百多篇散文，不但无体不备，无体不精，而且以独特的精神气韵和美学意识，推进了古文的实用性发展。

韩愈从学习古文写作，到创立结构范型，大体经历了三个阶段。

在第一个阶段，韩愈刻苦读书，"师法古人"，以"辞必己出，以奇生新"，创建了与骈文截然不同的体式和风格。他写给试官韦舍人的《应科目时与人书》，是借彼寓此、腾挪跌宕的传世之作。古人评价："无端突起譬喻，不必有其事，不必有其理，却作无数曲折，无数峰峦，奇极妙极。"写于贞元十七年（801年）的《送李愿归盘谷序》，开始并不交代送人的时间、地点和送的对象，而是先写盘谷优越的地理位置，肥沃的土地，幽静的环境，继而以"友人李愿居之"点明主人公的身份，明确文章的题旨，是韩愈古文创作走向成熟的代表作。

这时的韩愈，不仅能熟练运用古文文体，更重要的是，他用这种文体与盛行几百年的骈文抗衡，实现了对中唐散文的革新。苏轼对这篇散文评价极高，他说："唐无文章，惟退之（韩愈字退之）《送李愿归盘谷序》一篇而已，平生愿效此作一篇，每执笔辄罢，因自笑曰：'不若且放退之独步。'"

以《送李愿归盘谷序》为标志，韩愈的古文创作进入了一个崭新阶段。

他在这一阶段，接连创作了《师说》《马说》《毛颖传》《送孟东野序》《祭十二郎文》等名篇。《古文观止》的选编者评价《祭十二郎文》："情之至者，自然流露为至文。读此等文，须想其一面哭一面写，字字是血，字字是泪。未尝有意为文，而文无不工，祭文中千年绝调。"

韩愈生活的最后十年，是他散文创作"文与事侔，辞事相称"的阶段。他在《进撰平淮西碑文表》中说："窃惟自古神圣之君，既立殊功异德卓绝之迹，必有奇能博辩之士，为时而生，持简操笔，从而写之，各有品章条贯，然后帝王之美，巍巍煌煌，充满天地。"只有"辞事相称，善并美具"，才能写出"号以为经，列之学官，置师弟子，读而讲之，从始至今，莫敢指斥"的好文章。《进撰平淮西碑文表》标志着韩愈由"辞必己出，以奇生新"到"辞事相称，善并美具"的飞跃，是他走向艺术巅峰的里程碑。他的《祭柳子厚文》，也如长江大河，拔地倚天，体现了韩文雄奇奔放、闳中肆外的艺术风格。

余秋雨先生以为，韩愈的散文，是司马迁之后八百年间写得最经典的。

四

李杜之后，韩愈"劈山开道，自成一家"，为中唐诗坛吹进了一缕新风。苏轼认为："诗之美者，莫如韩退之，然诗格之变，自退之始。"清人叶燮也说："韩愈为唐诗之一大变，其力大，其思维，崛起特为鼻祖。"韩愈的诗之所以为历代诗人和诗论家推崇，并与李杜鼎足而三，就是因为他以雄奇险怪、超迈俗世的诗风，肇始了宋代"以文为诗""以议论为诗"的新纪元。

体味韩诗这一特色，不能不读他的《调张籍》。这首诗通篇议论，以诗论诗。清代词人朱彝尊评价："议论诗，是又别一调，以苍老胜，他人无此胆。"同时，还要读读他的《山石》和《八月十五夜赠张功曹》。这些"以文为诗"的佳作，携雷挟电，戛戛独造，其雄健的气魄，既撼人又感人。

韩诗的时代精神，主要表现为关心民瘼，反对苛政，揭露官府对黎民百姓的残酷压榨上。请看《感春五首》之三：

春田可耕时已催，王师北讨何当回？

　　放车载草农事济，战马苦饥谁念哉？

　　蔡州纳节旧将死，起居谏议联翩来。

　　朝廷未省有遗策，肯不垂意瓶与罍。

　　这首描写春天的诗，以乐景写哀情，表现了诗人仕途失意，自笑春风，在春景中外却自我的情怀。文笔浑然天成，曲尽其妙，尽显名家之风。

　　从被贬阳山到放逐潮州，是韩愈诗歌创作的爆发期。诗人"凡自唐虞以来，编简所存，大之为江河，高之为山岳，明之为日月，幽之为鬼神，纤之如珠玑华实，变之为雷霆风雨，奇辞奥旨，靡不通达"。他的《咏雪赠张籍》《苦寒》《利剑》《谒衡岳庙遂宿岳寺题门楼》等诗篇，标志着他独创的"韩体诗"已经形成，"字向纸上皆轩昂"的独特风格，也被诗家所公认。

　　最早评论韩诗的晚唐诗论家司空图说："韩吏部歌诗数百首，其驱驾气势若掀雷挟电，撑抉于天地之间，物状奇怪，不得不鼓舞而徇其呼吸也。"

　　清代诗论家吴乔说："于李杜后，能别开生路，自成一家者，惟韩退之一人。"

　　韩愈从李杜入，又从李杜出，从奇险处开拓，创奇崛瑰怪诗风，影响晚唐，下及诸代。宋人学韩者颇多，得韩诗精髓、自成一格者，唯欧阳修、苏轼、黄庭坚而已。他们学而能变，变而能新，开宋诗一代新风。而韩愈，以前所未有的艺术成就，为中国诗坛筑起了一座高峰。

五

　　万历七年（1579 年），明代散文家茅坤选编的《唐宋八大家文钞》，收录了韩愈、柳宗元、欧阳修、王安石、曾巩、苏洵、苏轼、苏辙八人所写的散文作品，由此，"唐宋八大家"横空出世，广为人知。

　　唐宋八大家共写了九千首诗、一万二千篇文章，平均每人写诗一千一百首，作文一千五百篇。《全唐诗》近五万首，《全唐文》二万篇，掐指粗算一下，我们就能知道他们在其中所占的分量。北师大博士生导师康震曾对北京师范大学出版社、人民教育出版社等七家出版社出版的中学语文教材进行统计，发现唐宋八大家的文章占其所选文言文的百分之二十五，诗词占其所选古诗词的百分之五。也就是说，一个中学生学习的文言文，每四篇有一篇、古诗词每二十首有一首是唐宋八大家的作品，其中又以韩愈、柳宗元、欧阳修、苏轼的诗文为最。

韩愈是领袖中唐文坛的风云人物，名列唐宋八大家之首。没有韩愈这个领头人，就不可能有"唐宋八大家"这个文学组合。

苏轼评价韩愈："文起八代之衰，而道济天下之溺，忠犯人主之怒，而勇夺三军之帅。""八代"，是指从东汉至隋的八个朝代。清代桐城派作家刘开补充说："夫退之起八代之衰，非尽扫八代而去之也。但取其精而汰其粗，化其腐而出其奇。其实八代之美，退之未尝不备有也。"

康熙二十三年（1684 年），两广总督吴兴祚到潮州瞻仰韩文公祠。他感慨岁月凋零，人心不老，遂题诗勒石："文章随代起，烟瘴几时开。不有韩夫子，人心尚草莱。"此后三百余年，因为这首诗，吴兴祚与他倾慕不已的文公韩愈一道，被刻在南疆的碑林上。

中国人喜欢以树碑修庙倾吐心智，但哪通碑、哪座庙能盖过高山，永如大河？大功无碑，大道无形。历史上多少功德碑已湮没荒草，埋进泥土，而那些修身齐家治国平天下、尽心为民谋福祉者，虽无碑无铭，无墓无灰，却永存青史，长在人间！

韩愈没有把自己刻在潮州的石碑上，却留在了黎民百姓的口碑里。

文化恒星欧阳修

一

在唐宋八大家中，唐朝占了两家：韩愈、柳宗元；宋朝占了六家：欧阳修、王安石、曾巩、苏洵、苏轼、苏辙。北宋文坛堪称"文宗""领袖""旗手"者，唯欧阳修而已。

欧阳修是韩愈三百年后才出现的文化奇才。作为著名的史学家，他与宋祁合修《新唐书》，独撰《新五代史》——在"二十四史"中，以一人之力著两部史书者，中国古代只有欧阳修一人；作为伟大的文学家，他写诗八百首、词二百阕、散文五百篇，是北宋诗文最重要的奠基者；作为著名的文学理论家，他评点唐宋诗人的《六一诗话》，是古代第一部以"诗话"命名的文学理论著作；作为著名的金石学家，他收集周朝至隋唐一千五百年间的碑铭拓本，经整理题跋，编为《集古录》，是今存最早的金石学著作；作为著名的经学家，他研究《诗》《易》《春秋》，不拘前人之说，"其所发明，多古人所未见"（宋·苏轼语）；作为开宋代笔记文创作先声的作家，他留下了《归田录》《笔说》《试笔》等名篇；作为"文人书法"的开创者，他的书法以"外若优游，中实刚劲"著称于世……欧阳修就像一架多音部交响乐，以"全能"提升宋代文化的等级，为中国文脉竖起了一座耀眼的路标。

欧阳修领袖北宋文坛三十年，是举世公认的"文化恒星"。他和范仲淹、苏轼、王安石等人一道，造就了流芳千古的人生美学，他焕发的文化品性和精神气质，可与文艺复兴呈献的光华媲美。苏轼这样评价自己的老师：

愈之后三百有余年而后得欧阳子，其学推韩愈、孟子以达于孔氏，著礼乐仁义之实，以合于大道。其言简而明，信而通，引物连类，折之于至理，以服之人心，故天下翕然师尊之。自欧阳子之存，存之不说者，哗而攻之，能折困其身，而不能屈其言。士无贤不肖不谋而同曰："欧阳子，今之韩愈也。"

二

宋朝崇文抑武，以文治国，有个让人精神勃起的等式：官场多一个官员，文坛就多一个文人。士大夫为文为政，从本质上说是一回事。文，是他们生命的主旋律；仕，是他们放不下、丢不开的情结。他们将文学与政治联姻，占据了国家的行政高位。

欧阳修的冲劲很大，他二十四岁中进士，庆历三年（1043 年）受命谏院，支持庆历新政。新政失败后，欧阳修被贬滁州。他行宽简，除积弊，整吏治，修水利，为老百姓做了不少好事。公退之暇，他在城南疏泉凿石建丰乐亭，与滁人往游其间，并写《丰乐亭记》志盛。随之，又修醉翁亭，写《醉翁亭记》，将滁州的山水之美、人情之乐、醉翁之意描绘得淋漓尽致。人、亭、山、泉、鸟皆含醉态——酒醉、色醉、情醉、意醉，不知"醉"倒了多少人！

欧阳修在滁州，与山野老人跋涉乱峰之间，走访古寺山僧；偕僚友登山钻林，听潺潺流水声；邀集宾朋，携酒野餐，对弈林间……生活是作家和读者的交集，是世道人心最亲切的载体。欧阳修在这交集里做文章，在这载体上写生活，他的《永阳大雪》《琅琊山六题》《幽谷晚吹》《提滁州醉翁亭》等歌咏自然风光的诗，成了滁州不可多得的文化遗产。

美政之余写美文，欧阳修那笑容可掬的醉翁形象，谁看了谁觉得可爱！

醒心亭建在丰乐亭以东几百米的山上，欧阳修偕友登亭，"使目新乎其所睹，耳新乎其所闻，则其洒然而醒，更欲久而忘归"（宋·曾巩语）。欧阳修醉是假，醒是真——他的醉是因为他的醒，他的醒是因为他自省其志、自信其心，悠然自得于山水之间。

欧阳修在滁州任职三年，被调到文化名城扬州，那里更让他流连忘返。欧阳公忙里偷闲，在郊外盖了一座平山堂。他挥笔填词，留下传世名作《朝中措》："平山栏槛倚晴空，山色有无中。手种堂前垂柳，别来几度春风。文章太守，挥毫万字，一饮千钟。行乐直须年少，樽前看取衰翁。"苏轼最喜欢这阕词，他写诗叹曰："记得醉翁语，山色有无中。"

皇祐元年（1049年），欧阳修迁知颍州（今安徽阜阳）。颍州旧称汝阴，濒临颍水，城西北有个湖与杭州西湖同名，他写诗赞美，真把那里的湖光水色写绝了。江西派词人敬观评价欧阳修的《采桑子》："十词无一重复之意。"我们欣赏其中的两阕：

> 轻舟短棹西湖好，绿水逶迤，芳草长堤，隐隐笙歌处处随。
> 无风水面琉璃滑，不觉船移，微动涟漪，惊起沙禽掠岸飞。

> 春深雨过西湖好，百卉争妍。蝶乱蜂喧。晴日催花暖欲然。
> 兰桡画舸悠悠去，疑是神仙。返照波间。水阔风高扬管弦。

这两阕词以轻松淡雅的笔调，描写颍州西湖的景色，语言清丽、风格恬淡、意境静谧、形象生动，如同一幅清幽自然、空灵淡远的风景画。《采桑子》动静交错、以动显静，意脉贯通、闲适深婉，足见欧阳公写景的功力。

欧阳修做了九年地方官，嘉祐三年（1058年），朝廷封他为龙图阁学士，知开封府。此后几年，又拜他为枢密副使、参知政事、金紫光禄大夫。令人惊讶的是，欧阳修政务如此繁忙，还能抽出时间写诗、填词、作赋、研究金石书画，仅清人《四库全书》收录或存目的著述，就有十三种之多。这种冲劲儿、拼劲儿、执着劲儿，既为文化增重，又为政治增色。

就凭欧阳修这股劲儿，我们也该向他致敬！

三

欧阳修与王洙、宋祁等人倡导策论、散体之文，本意是反对形式僵化、华而不实的骈文，但没料到"余风未殄，新弊复作"，反来反去反出个比骈文有过之而无不及的"太体学"。骈文辞藻华丽，滥用典故，但太体学远离上古先王之道，语言佶屈聱牙，让人懵懵懂懂，知其然不知其所以然。

欧阳修宗法韩愈，主张"尊经明道"。他认为，"道"是内容，"文"是形式，文章一定要"切于事实"，言之有物；读书人要关心时事，用笔反映现实，为现实服务。欧阳修把现实中的"事"看成"道"，主张言以载事，事信言文，"文"要无条件地服从于"道"。他继承发展韩愈的"不平则鸣说"，提出"穷而后工""取其自然"等观点。他特别重视道统修养对写作的影响，强调"道胜者，文不难而自至""道纯则充于中者实，中充实则发为文者辉光"。他的主张深得尹洙、宋祁、梅尧臣、苏舜钦等人的赞同，凭借群体优势，带动了一大批读书人。

在北宋，科场与文坛相辅相成，此消彼长。如果科场风气得以转变，自然会推进以直言务实为目标的文风革新。宋仁宗不但清楚太体学"磔裂前言，竞为浮夸"的流弊，而且找到了切断流弊的路径：科举取士改诗赋为策论。嘉祐二年（1057年），朝廷命欧阳修担任科场主考官，这给他痛革文风积弊，摒弃比骈文危害更大的"太学体"，提供了难得的契机。欧阳修鼓励考生写切中时弊、言之有物的文章，凡内容空洞，华而不实，或以险怪奇涩取胜者，一律不予录取。

这一年放榜八百七十七人，创北宋历届科举之最。欧阳修的儿子欧阳发回忆："榜出，士人纷纷惊怒怨谤。其后稍稍信服，而五六年间，文格遂变而复古。"

欧阳修革新科场积弊，推行平易实用的文风，不仅影响了一个时代的文章潮流，而且对中国散文美学的形成，起到了不可估量的导向作用。从这个意义上说，欧阳修的功劳绝不亚于韩愈、柳宗元！

四

嘉祐贡举得人之盛，为史称道。这一年，苏轼、苏辙、曾巩等人一齐高中。如果没有欧阳修举才荐贤，奖掖后学，苏轼等人的文化能量不可能有喷发的机会——苏轼是一个文化全才，是中国文脉的珍罕奇迹。没有他，历史的高峰将被削低，文化的传承也会受到影响。

史载，欧阳修看到苏轼的考卷，"不觉汗出，惊为异人"。他在京城奔走呼号：

"此人可谓善读书，善用书，他日文章必独步于天下。""老夫当避路，放他出一头地。"并且预言："三十年后，世上的人就会只知苏轼，无人称道我欧阳修了！"果然不出所料，三十年不到，苏轼就成为北宋文坛继往开来的一代宗师，他生命的丰富性和人格魅力，足以垂范千秋万代！

欧阳修举荐苏轼的父亲苏洵，别有一段佳话：苏洵一介布衣，大器晚成。嘉祐元年（1056年）三月，他揣着成都镇守张方平的推荐信谒见欧阳修。欧阳公读过苏洵写的策论，认为可与贾谊、刘向媲美，随即向宋仁宗推荐，称苏洵"履行醇固，性识明达……其议论精于物理而善识变权，文章不为空言而期于有用。其所撰《权书》《衡论》《几策》二十篇，辞辩闳伟，博于古而宜于今，实有用之言。"经过欧阳修的荐拔，"自京师至于海隅障徼，学士大夫莫不人知其名，家有其书"（宋·曾巩语）。

曾巩也是因为欧阳修的举荐崭露头角的。《宋史》记载："巩生而警敏，读书数百言，脱口辄诵。年十二，试作《六论》，援笔而成，辞甚伟。甫冠，名闻四方。欧阳修见其文，奇之。"曾巩科举落第，欧阳修专门写《送曾巩秀才序》，勉励他坚定信心，继续向学，并向宰相杜衍说项，称曾巩"好古，为文知道理，不类乡间少年举子所为"。在欧阳修的鼓励提携下，曾巩不仅高中进士，为官四方，还跻身唐宋八大家之列，成为北宋著名的古文家。

曾巩将王安石的诗文推荐给欧阳修，他读后大加赞赏。嘉祐初年，王安石登门拜访，欧阳公"倒屣相迎"，延于广座之中。后又作诗赠王安石："翰林风月三千首，吏部文章二百年，老去自怜心尚在，后来谁与子争先。"他以一代文宗之尊，对默默无闻的后生以李白、韩愈期许，实在难能可贵。有文坛领袖欧阳修的延誉，王安石很快名满天下。

随后，欧阳修又举荐了包拯、富弼、韩琦、文彦博、司马光、吕公著等人。在他看来，他们都是文德敏行的"难得之士"，吁请皇上"更广询探，亟加进擢"，并担保所荐之人如"不如所荐""并甘同罪"。

欧阳修把一个个新人举荐上来，培养成了大家。这些新人成名后，又举荐新的晚辈。宋代文化的接力棒代代相传，后来居上，能不使"华夏民族之文化，历数千载之演进，而造极于赵宋之时"（陈寅恪语）吗？

五

欧阳修自号"醉翁",是对"醉翁之意不在酒"的自嘲。熙宁三年(1070年),他六十四岁时,又以"六一居士"居之:集三代以来金石刻一千卷、藏书一万卷、有琴一张、棋一局、酒一壶,再以一老翁沉醉其间。欧阳修心里特别阳光,活得滋润而又快活,到了晚年,仍能凸显生命的潜能,保持乐观的心态。

熙宁四年(1071年),欧阳修告别政坛,回到魂牵梦绕的颍州。那年适逢他六十五岁生日,苏轼、苏辙兄弟来看望他。随后,曾巩来了;王安石、司马光等人,也寄来了贺诗或贺信。

第二年七月,欧阳修因病去世。这固然是宋代的损失,但让人欣慰的是,苏轼从他手中接过中国文化的接力棒,将一代文脉聚集到了自己身边。

欧阳修死后,葬在河南新郑,欧阳修的陵园是国家级文物保护单位。人们在他的出生地四川绵阳,修了"六一堂"。夷陵(今湖北宜昌)是他被贬谪之地,也修"至喜堂""六一堂"纪念。滁州曾为他造生祠,后来又修"七贤堂""四贤堂""先贤祠";欧阳修担任过太守的青州、颍州,也修有"遗爱堂"和"欧阳公祠"。散布在大江南北的欧阳修祠堂,是中国人给予他的最高礼遇,也是中华文化的无上荣光!

莫言和他的艺术世界

一

2012 年 10 月 11 日 19 时，瑞典皇家科学院诺贝尔奖评审委员会宣布：莫言获得了诺贝尔文学奖！

这位从高密东北乡走来的中国作家，终于同泰戈尔、罗曼·罗兰、萧伯纳、海明威、福克纳、马尔克斯、索尔仁尼琴、帕斯捷尔纳克、肖洛霍夫、川端康成、大江健三郎等诺奖获得者一起，步入了世界文学的最高殿堂。

一夜之间，莫言"火"了！数以亿计的网络点击和媒体报道，使莫言的名字超过了刚刚创下吉尼斯网络点击纪录的韩国鸟叔。

中国作家协会向莫言致贺词："20 世纪 80 年代以来，莫言一直身处中国文学探索和创造的前沿，作品深深扎根于乡土，从生活中汲取艺术灵感，从中华民族百年来的命运和奋斗中汲取思想力量，以奔放独特的民族风格，有力地拓展了中国文学的想象空间、思想深度和艺术境界。"

新加坡《联合早报》称，莫言的作品是中国乡土的，代表了人性中最普遍的情感关怀。这一次他获得诺奖，不仅是世界对中国的容纳，也意味着中国始终没有放弃对世界的拥抱。中国的未来必然走向世界。

美国《侨报》称，莫言的作品，突破语言和疆域的界限，走到了世界文学舞台的聚光灯下。这不仅代表着他的作品，也代表着中国现当代的文学和文学家，日趋被国际社会认可。

法国《欧洲时报》称，莫言获得诺奖是对其文学创作价值的公认，象征着中国文学与世界文学、中国文化与世界文化对话交融的新时代来临。

……

如今，有人将莫言比作英国批判现实主义巨匠狄更斯，有人称他是"中国的卡夫卡""当代的鲁迅"……伴随着莫言登上世界文学巅峰，具有中国风格和中国气派的莫言时代到来了。

让我们走近莫言和他的艺术世界！

二

一个作家能否冲出国门，走向世界，一看他作品的广度，二看他对人性探究的深度。就这两点来说，莫言都毋庸置疑。

近三十年来，莫言以一个作家的强烈责任感和使命感，关注社会现实，从火热生活中汲取营养，用十一部长篇小说、一百一十部中短篇小说、五部散文集和九部影视剧本，塑造命运各异的人物形象，构建充满生命感觉的艺术世界。他的作品满载中国元素，代表着中国传统文化精神和东方价值观。当代中国作家中，还没有谁能比得上他。

莫言是中国当代文学的旗手，在国内外享有很高的声誉。1987 年，继《红高粱》荣获第四届全国中篇小说奖之后，他一发而不可收，1988 年，《白狗秋千架》获得台湾联合文学奖；1997 年，《丰乳肥臀》获得中国有史以来最高额"大家文学奖"；2000 年，《红高粱家族》被《亚洲周刊》评为中文小说一百强；2001 年，《酒国》(法文版) 获得法国 "Laure BataiIin 外国文学奖"，《檀香刑》获得台湾《联合报》十大好书奖、读书人年度文学类最佳图书奖；2003 年，《檀香刑》获得第一届鼎钧双年文学奖；2005 年，《四十一炮》获得第二届华语文学传媒年度杰出成就奖；2006 年，《生死疲劳》获得福冈亚洲文化奖；2011 年，《蛙》获得中国文学最高奖——茅盾文学奖。

此外，莫言还摘取了第二届冯牧文学奖、法兰西文学与艺术骑士勋章、意大利第 30 届诺尼诺国际文学奖的桂冠。他有三部作品被改编成电影，其中，根据同名小说改编的《红高粱》，获得第三十八届柏林国际电影节金熊奖；根据短篇小说《白狗秋千架》改编的《暖》，获得第十六届东京国际电影节最佳影片金麒麟奖。莫言的不少作品还被翻译成英、法、德、西班牙、挪威、希伯来、塞尔维亚等二十多种语言，是被国外译介最多、知名度最高的中国作家之一。

文学的使命是表现人的生命、人的欲望、人的需要和人的生活。但怎样才能把对人的理解和把握、描写和表现引向深层次呢？在表现人在特定情境下的思想感情、言谈举止的同时，能否使个性化的艺术形象表现出人的普遍生存状态呢？也就是说，文学在变动不居的生活激流深处，怎样恰如其分地表现人性呢？

对于人性的探索，文学不能回避，也无法回避，否则，就只能在人学的大门口徘徊。读莫言的作品，我们强烈地感到，他的探索大都是围绕着人性的原生态和人物合乎人性的活动规律进行的。从《透明的红萝卜》到《蛙》，他的中长篇小说几乎都在思索着人性、兽性与奴性的关系。严格地说，莫言这三十年，就是以生命感觉、生命意识、生命欲望为关注对象，始终不渝地拷问着自己的灵魂。比如，《红高粱》的主人公之一——我奶奶戴凤莲与余占鳌"野合"时的狂放，遇到日本鬼子时的佯狂，与恋儿争夺余占鳌时的疯狂，毫不隐讳地宣称自己与黑眼姘居时的轻狂。再如，《金发婴儿》中的孙天球，曾两次突破了外部的约束力：一次是在裸女塑像的联想下冲破禁欲主义而感到生活的美好，一次是在婴儿的金发诱惑下冲破社会规范而导致虐杀。这两次突破，是她生命欲望的释放，是构成生命世界无比丰富的存在。从这个意义上说，人性给文学以永恒的源泉。生命的历史，就是人性的发展史。

三

莫言以深切的乡村体验、丰盈的生命感觉和内在的农民立场，描写中国农村的形态、巨变和中国农民的精神特征。他自述："我的祖辈都在农村休养生息，我自己也是农民出身，在农村差不多生活了二十年，我的普通话到现在都带有地瓜味儿。这段难忘的农村生活是我一直以来的创作基础，我所写的故事、塑造的人物甚至使用的语言，都不可避免地夹杂着那里的泥土气息……"

1988 年，高密东北乡第一次出现在莫言的小说《白狗千秋架》中。凭借这块生活基地，他进入了与童年紧密相连的人文地理环境。小时候的生活，包括小时候从大人那里听来的故事，都被一一激活了。莫言说："我近年来的创作，不管作品的艺术水准如何，我个人认为，统领这些作品的思想核心，是我对生活的追忆，是一曲本质忧悒的、埋葬童年的挽歌。我用这些作品，为我的童年修建了一座灰色的坟墓。"

莫言在没有疆域的文学王国里驰骋，他的心融进去了，他的感情也融进去了。根据 1938 年"孙家口伏击战"和"公婆庙惨案"，他创作了《红高粱》；结合山东"苍山蒜薹事件"和四叔的惨死，他写了《天堂蒜薹之歌》；根据农民孙文率众扒铁路的故事，他写了《檀香刑》；以生产队里一个单干户为原型，他创作了《生死疲劳》；以自己的姑姑管贻兰为原型，他写了《蛙》。莫言还把母亲高淑娟写进《丰乳肥臀》《五个饽饽》《石磨》等小说里，把邻居王文义写进《红高粱》里……他小说中的人物，大部分能在生活中找到原型。

许多年后，莫言回到家乡才明白，自己不但需要从精神上重返故土，而且生存经验也需要与家乡紧密相连。故乡是历史的切片，是永远忘不了的精神家园。潜藏在那里的家国情怀，足以折射中国乡村的沧桑巨变，张扬中华民族的精气神，从心底升起对中华文化的自信。

由《红高粱》《高粱酒》《高粱殡》《狗道》《奇死》组成的"红高粱家族"，充满了生命的活力和狂气。莫言笔下的红高粱，不是通常的景物描写，也不是简单的拟人化，而是历史与现实的象征，是中华民族的血脉、灵魂和精神的象征。每穗高粱都是一个深红的成熟的面孔，所有的高粱合成一个壮大的集体，形成一个大度的思想。红高粱精神作为生命的图腾，作为高密东北乡淳朴而狂放的道德传统，是莫言生命的旗帜，是他农民式理想主义的写照。我们读莫言的作品，不仅能读出乡愁，在乡村记忆中找到归属感，还能读到文字内外充盈的对土地、对人民的深厚感情。

记住乡愁，作家便有了家国情怀，有了责任担当。就像著名作家柳青，为了写出立德立言立身之作，他主动把自己放到生活中浸泡，在农村一住就是十四年。他的生活习惯、衣着、言语和农民没有什么两样，农村与农民的事情没有他不知道的。他"欢乐着人民的欢乐，忧患着人民的忧患"，写土地和农民，首先把自己变成了土地和农民的儿子。

莫言始终不渝地从生活中寻找艺术，在艺术中介入现实。1984 年 5 月，河北省中青年文学创作座谈会在华北油田召开，莫言第一次近距离认识和了解了石油。我与莫言也在那次座谈会上有了一面之识。日后他到玉门油田讲学，赞美"石油工人在哪里钻出了油，就把自己的城市建设在哪里，把自己的子孙繁衍在哪里，把自己的青春和爱情化成绿叶和鲜花栽种在哪里……这种精神是支撑文明大厦的支柱。石油战线上千千万万沾满油污的人们，正是鲁迅先生赞扬的民族的脊梁。"

艺术源于生活。一个作家的艺术成就，始终与其掘进生活的深度成正比。莫言的作品既泥土又狂野，既荒诞又神奇，他以生命感觉营造的艺术世界，展现着对人类共同命运的关切和对普通百姓的人文关怀。

四

瑞典皇家科学院诺奖评审委员会的授奖词说，莫言"将魔幻现实主义与民间故事、历史与当代社会融合在一起"，他的作品"植根于古老深厚的文明，具有无限丰富而科学严谨的想象空间，其写作思维新颖独特，以激烈澎湃和柔情似水的语言，展现了中国这一广阔的文化熔炉在近现代史上经历的悲剧、战争，反映了一个时代充满爱、痛和团结的生活"。

魔幻现实主义是用荒诞、怪异的表现手法来塑造人物，展开情节，反映社会生活的"魔幻性"的文学流派。这种变现实为幻景的手法被莫言借鉴过来，场景似真非真、似假非假，虚虚实实、真假难辨，既凸显了魔幻现实主义文学的鲜明特点，又反映了很多人的畸形人性。

莫言作品的第一个特色，是以魔幻现实主义的表现手法和全新的思维视觉，建立充满生命感觉的艺术世界。莫言笔下的人、动物、植物，常常互相修饰，用有生命的活物比喻另一个活物。比如《枯河》："小狗一声也不叫，心平气和地走着，狗毛上泛起的温暖渐渐远去，黄狗走成黄兔，小成黄鼠……"《金发婴儿》："这样，妻子就面如金橘，唇如樱桃，目如葡萄，照片上洋溢着水果的气味……"莫言作品中的艺术世界，充满了生命骚动，是一个生生不息、变动不居的世界。这个世界赋予万物以生命的活力和灵性，静态的场景变成动态的叙述，没有生命的物体有了灵魂，某些难以感知的东西可感可触，活灵活现，所有的场景都是进行时，都洋溢着运动感和灵动感。

莫言作品的第二个特色，是以独具的生命感觉和神奇想象，创造全新的意象、画面和审美情境。莫言塑造的人物，来之蹊跷，去之迷离，常常出现死人复活、鬼魂与活人对话、旅客扛着火车越山涧、男修士用枷锁拉倒监狱戴着镣铐飞越大西洋等荒诞情节。《酒国》中的婴孩成了跟肉鸡、肉牛一般的"粉嘟嘟的肉孩"；《生死疲劳》中被冤杀的地主，在经历了转生驴、牛、猪、狗、猴之后，又脱胎为先天不可治愈的大头婴儿；《灵药》中"我听到'咕嘟'一声响，先看到刀口两侧的白脂油翻出来，又看到那些白里透着鸭蛋黄的肠子滋溜溜地蹿出来。像一群蛇，像一堆鳝，散发着热烘烘的腥气"……在莫言笔下，许多风马牛不相及的事物通过"聊斋式"的想象，尽情展现对人性的思考，现实与虚幻的统一。

莫言作品的第三个特色，是以审美的目光审视丑、描绘丑，演绎生命的激情和荒谬。高密东北乡是世界上最美丽最丑陋、最超脱最世俗、最圣洁最龌龊、最英雄好汉最王八蛋、最能喝酒最能爱的地方。莫言颠覆了传统的审美理念，对荒诞、丑恶、阴暗的社会现实进行夸张放大，刻意描写这个家族兄弟阋墙、因奸杀人、人兽相交等纵欲和乱交行为，以及独眼、断手、哑巴等肢体上的残缺，莫不给读者以强烈的厌恶之感。莫言的作品素来就有"溢恶""审丑"的倾向，这现实中的梦魇是对丑的诅咒，是"悲秋的挽歌"。莫言心灵的最特殊的标记，是生活中种种丑行造成的痛苦。对痛苦的超常体验使他在宣泄愤怒和痛苦时，必然选择令人厌恶、令人不堪忍受的污言碎语。在这里，情感的真实具有了超越美、丑的意义。

从文学的本质来看，魔幻只不过是粉饰现实的一种工具。莫言将魔幻现实主义与民间故事、历史和当代社会融合起来，创建了独具中国特色的东方魔幻现实主义。他在作品中营造的神秘、诡异、空灵氛围，给人以完全的陌生感、新奇感和悲凄美。

五

"悲剧是世界的形式，更是艺术的高瓴"。莫言这句名言，概括了他对世界对人生的独特把握，以及他对艺术基质的深刻理解。

莫言的作品大都带有浓郁的悲剧色彩，即便在他最有生命狂气的"红高粱家族"里，也充满了鲜血淋漓的悲剧场景：罗汉大叔被活剥时凄厉的叫声和血肉模糊的躯体，戴凤莲在对罪与罚的生命和灵魂的拷问中死去的情景，"在几万发子弹的钻击下，几百个衣衫褴褛的乡亲，手舞足蹈躺在高粱地里"的悲剧……都笼罩在"我"——高密东北乡的"种的退化"的氛围之中。

莫言笔下的悲剧不是政治的、经济的、文化的，而是生命本体的悲剧——生的悲剧、死的悲剧和性爱的悲剧。最能表达莫言生命痛苦的，是原罪。原罪是一种解脱，同时又使人感受到了心灵被粉碎的痛苦。理解莫言的原罪和解脱，就能理解《奇死》中恋儿不可理解的一面。我读《奇死》的时候，曾百思不得其解地惊诧于莫言的怪诞描写：在豺狼成性的日本兵面前，恋儿眼前出现了黑嘴巴黄鼠狼的幻影，黄鼠狼的嗥叫刺激着日本兵的疯狂，引逗得日本兵也齐声嗥叫。恋儿"在一个暗红色的充满色欲与死亡诱惑的泥潭里挣扎"，就其给人所造成的阅读感受而言，不能不说是痛苦的变态和玩味。

莫言通过文学宣泄自己的痛苦，忏悔自己的罪孽，审判自己的灵魂，以近乎"苦修"的方式超度自己。文学，成为他表现生命痛苦和原罪的载体。

莫言宣称："人生的根本要义就是悲壮或凄婉的痛苦。"大家都在痛苦中诞生，在痛苦中成长，在痛苦中升华，在痛苦中死亡。死亡是痛苦的解脱。假如有灵魂，死亡也仅仅是痛苦肉体的解脱。古往今来的痛苦灵魂在宇宙中徘徊着，游荡着，寻求解脱的方式。寄托痛苦灵魂是艺术，解脱痛苦灵魂也是艺术。以体验感情痛苦为己任的作家，即便是为愉悦的创造也至少带着淡淡的哀伤，真正的、伟大的小说都搏动着一个痛苦的灵魂。莫言说，我站在"艺术是苦闷的象征"的大纛下，举着一柄自制的小旗子，旗子上用蓝黑墨水写着："艺术是痛苦的结晶。"

莫言写悲壮的痛苦，更多的是写凄婉的痛苦；写英雄的痛苦，更多的是写懦夫和弱者的痛苦，写自己与生俱来的痛苦。《罪过》就是他对原罪的忏悔。在他的笔下，父母喜欢英俊的小福子，大福子却为此愤愤不平。他嗔怪父母偏心眼，老天也有意识地惩罚他的父母：小福子落水被救后，又因野蛮"抢救"被夺去了生命。这不但为大福子痛失父母之爱找到了病根，而且为莫言在其他作品中表现受折磨的孩子们的原罪，找出了问题的症结。

苦难是民族生命和文化的砺石。生命的痛苦之于文学的意义，具有孕育、出生、饥渴、兴奋、抑制、欢欣、痛苦、衰老等因子，这种痛苦是生命与外界矛盾冲突的表现。痛苦的唯一价值是：当人们感受到生存的痛苦时，也就感受到了痛苦的生存。生命如洪流，痛苦如礁石，一旦礁石激发，洪流就会浊浪排空。

六

莫言的创作，是在锲而不舍的艺术探索中进行的。如果说，他的《红高粱》得益于美国意识流作家福克纳和拉美魔幻现实主义文学代表人物马尔克斯的启发，那么，他的其他作品也都具有鲜明的创新性。像《檀香刑》，不但将地方戏曲的"十字句"唱词融入小说的语言结构，而且将作品分为"凤头""猪肚""豹尾"；《生死疲劳》则采用古典小说的章回体，语言文白杂糅，独具一格；《蛙》既有书信体，又有剧本式，不仅结构形式多文体并置，在艺术表现力上也有很大的拓展。

一个杰出的作家，总是千方百计地使自己的作品具有广泛而普遍的社会意义。莫言的创作植根于高密东北乡的丰腴土壤，广泛吸收民间文化的生命元气，用具有穿透性的语言、天马行空般的叙述，对中国历史、现实、社会、人性进行个性化体验。他笔下的故事虽然只是故乡那块巴掌大的地方发生的事情，但由于以小见大，便成了整个世界的缩影，世界历史的一个片段。所以，他的作品也就有了被读者广泛接受并产生共鸣的可能性。

莫言以魔幻现实主义再现乡土文化和民间神话，用异化、荒诞、梦魇等艺术手法和虚实结合的故事情节，展现东方古老民族坚强而又懦弱、伟大而又卑微的品格，赋予了中国当代文学新的美学价值。他从故乡出发，又超越了"故乡"，他充满生命感觉的艺术世界，洋溢着古老而现代的气息。

那个不知疲倦的灵魂

1799 年 5 月 20 日，奥诺雷·巴尔扎克降生在法国中部的美丽小城图尔市。当时谁也不可能料到，他会成为 19 世纪欧洲批判现实主义文学的奠基人，具有浓郁浪漫主义情调的"超群小说家"，马克思非常推崇的文坛巨匠。

恩格斯评价巴尔扎克："我认为他是比过去、现在和未来的一切左拉都要伟大得多的现实主义大师。"

维克多·雨果说："在最伟大的人物当中，巴尔扎克属于头等的一个；在最优秀的人物当中，巴尔扎克是出类拔萃的一个。他才智惊人，不同凡响，卓越成就不是眼下能够说尽的……"

列夫·托尔斯泰声称，我一生最推崇的法国作家有三个人，那就是："司汤达、福楼拜和巴尔扎克。"

……

巴尔扎克为世界文坛树起了一座丰碑，他的历史贡献，永远让后世景仰！

一

巴尔扎克经历了法国近代史上最为动荡的时期。他在生活的风雨中跌跌撞撞前行，又在跌跌撞撞中深化了对生活的认识。他下定决心，要使自己成为文学上的拿破仑，"用笔完成他用剑所未完成的事业"。

从此，巴尔扎克就像战士听到了冲锋号，一跃而起向文学的巅峰发起冲锋。

他没有白天，也没有黑夜，休闲娱乐对他来说都是奢侈品。他唯一要做的事情，就是每天伏案创作十七八个小时，把自己的所见所闻、所感所悟，全部装进他营造的艺术宫殿里。

巴尔扎克以惊人的毅力、惊人的速度和惊人的文思，写啊，写啊，每年都要写四五部小说。《卢日里的秘密》是他一夜之间写成的，《赛查·皮罗多》只用了二十五个小时，而长篇小说《高老头》，也不过花了三天时间。他自白："我完全被构思、想象、布局、写作和理解吞没了，他们在我的脑海里不断涌现、沸腾、发光，使我变得痴迷和疯狂。"巴尔扎克对每篇作品都精心修改，力求完美无瑕，无可挑剔，这样一来，他一篇小说不是写一遍，而是写三四遍，五六遍甚至更多。

异乎寻常的追求，异乎寻常的勤奋，促使巴尔扎克只要睁开眼，就不肯停下手中的笔。即使在病中，也会不由自主沉浸在文学的王国里。弥留之际，他仍在一遍又一遍地呼唤高里奥、皮罗多、高迪萨、高布塞克（他笔下的人物）……甚至要皮安训（他小说中的名医）快来救救他的性命！

妙手回春的皮安训没能把巴尔扎克从死亡线上拉回来，他无可奈何地走向了生命的终点。巴尔扎克虽然只活了五十一岁，艺术生命也不过二十年时间，却一鼓作气写了九十多部小说。我不知道法文版的《巴尔扎克全集》有多少卷，摞起来有多高，但1984年人民文学出版社出版的《巴尔扎克全集》，就有三十卷九百万字——这意味着，巴翁平均每年要写四十多万字啊！

在世界文学史上，短命的作家不少，但短命又能写出这么多不朽作品的作家，巴尔扎克是少有的一个。更何况，他的现实主义创作方法，至今还被世界各国的作家们奉为圭臬！

古今中外，没有哪一个作家能永远保持出佳作的状态。巴尔扎克的好朋友雨果，活了八十三岁，从1823年二十一岁时发表处女作《冰岛魔王》，到1874年写出长篇小说《九三年》，创作生涯五十一年，但他去世的前十年再也没有写出重要作品。被列宁誉为"最清醒的现实主义"的"艺术天才"列夫·托尔斯泰，活了八十二岁，从1852年发表《童年》，到1901年写出《哈泽·穆拉特》，创作周期四十九年，七十四岁以后也没有力作问世。

唯独巴尔扎克是个例外。他一旦写起来，就废寝忘食，不顾生死，一直写到筋疲力尽，气息奄奄，二十年消耗的生命能量，等于正常人的好几倍。

当他接近事业辉煌的终点时，就像希腊神话中的马拉松长跑者那样，訇然倒地，再也爬不起来了。这似乎有点不公平，但人犟不过天，谁也没有办法改变。好在作家的价值不是以年龄计算的，只要能写出改变人的精神、引领时代风气的作品，他就永远闪耀着的不朽光辉。

二

在世界文学史上，雄心勃勃、声名显赫的作家不乏其人，但谁有巴尔扎克那样的气魄，创作一部描写 19 世纪法国社会生活的文学作品。假如把这些作品连接起来，就会"成为一部完整的历史，其中每一章都是一部小说，每一部小说都代表着一个时代"。不仅如此，他还要"研究产生这些社会现象的多种原因或一种原因，寻找隐藏在广大人物、热情和故事里面的意义。"

按照巴尔扎克的计划，这部作品包括一百四十四部中长篇小说，书名就叫《人间喜剧》。他在《导言》中说："法国社会将成为历史学家，我只是这位历史学家的书记员。开列恶癖与德行的清单，搜集激情的主要事实，描绘各种性格的人物，选择社会上主要的事件，结合若干相同的性格上的特点而组成典型。在这样做的时候，我也许能够写出一部连史学家都会忘记的历史，即风俗史。"

1842 年，《人间喜剧》第一部出版时，巴尔扎克将全书的编目分为"风俗研究""哲学研究"和"分析研究"。按照巴翁的解释，"风俗研究"描绘法国当代社会风貌；"哲学研究"探讨产生这些社会现象的原因；"分析研究"从人类的自然法则出发，来分析一切因果的本质和根源。在这三部分内容中，"风俗研究"的规模最大，分量也最重。根据题材类别，巴尔扎克又将其划分为"私人生活场景""外省生活场景""巴黎生活场景""政治生活场景""军人生活场景"和"乡村生活场景"六个方面。

遗憾的是，巴尔扎克只完成其中九十六部就与世长辞了。如果巴翁能再活十年、二十年，甚至更长一段时间，以他所具备的天才和勤奋，完成这个庞大计划是大有希望的。尽管如此，他所构建的文学大厦已经相当恢宏，这在法国乃至欧洲文学史上还没有第二座。

　　《人间喜剧》是一部资本主义社会的百科全书。巴尔扎克让社会生活中一切与文学格格不入的人和事，全都"肆无忌惮"地进入了他的作品：财政金融、债务诉讼、银行的倒账清理、商店的结算盘存……都在他笔下得到了淋漓尽致的描绘；不同阶级、不同阶层、不同行业的人物，也在《人间喜剧》中找到了自己的代表。有人夸张地说："社会有多复杂，《人间喜剧》的内容就有多复杂；生活有多丰富，《人间喜剧》的场景就有多丰富。"

　　这部由二千四百多个人物组成的文学王国，集中反映了法国从拿破仑帝国、复辟王朝到七月王朝的主要特征：金钱逐渐代替贵族头衔，形形色色的资产者在国家法律的庇护下，用欺诈和暴力公开进行掠夺。巴尔扎克围绕着贵族衰亡、资产者发迹和金钱的罪恶三大主题，高瞻远瞩，睥睨千古，再现了资产者尔虞我诈、弱肉强食、钩心斗角的丑恶行径，揭示了资本主义代替封建主义的必然规律，是"对上流社会必然崩溃的一曲无尽的挽歌"。当他让他深切同情的贵族男女行动时，"他的嘲笑是空前尖锐的，他的讽刺是空前辛辣的，而他经常毫不掩饰地加以赞赏的人物，却正是他政治上的死对头"。诚如恩格斯在《致哈克奈斯》的信中所指出的："他在《人间喜剧》里给我们提供了一部法国'社会'，特别是巴黎'上流社会'的卓越的现实主义历史……我从这里，甚至在经济细节方面（如革命以后动产和不动产的重新分配）所学到的东西，要比从当时所有职业的历史学家、经济学家和统计学家那里学到的全部东西还要多。"

三

　　《人间喜剧》塑造的最典型最生动的艺术形象，是金钱王国里那些形形色色的人物。在《夏倍上校》中，律师但尔维有段精彩的道白："我在执行业务期间，什么事情都见过了！我亲眼看到，父亲给了两个女儿四万法郎，结果自己死在小阁楼上，他的女儿连理都不理。我看到，做母亲的剥削儿女，做父亲的偷窃妻子，做妻子的利用丈夫的爱情杀死丈夫，为的是跟情人过一辈子；我也看到，一些女人教儿子吃喝嫖赌，促短寿命，好让她的私生子多得一份家产。我看到的简直说不尽，因为我看到很多法律治不了的丑恶的事情。"金钱王国不是巴尔扎克凭空"捏造"的，现实生活比他描写的要卑鄙龌龊得多！

文学反映金钱的罪恶，并非始于巴尔扎克。莎士比亚的《威尼斯商人》讲述的"一磅肉"的故事，就诱发于金钱的矛盾冲突。人们经常引用莎士比亚《雅典的泰门》中主人公那段独白："黄黄的、发光的、高贵的金子……这东西只要一点点，就可以使黑的变成白的，丑的变成美的，错的变成对的，卑鄙的变成尊贵的……"在巴尔扎克之前，已经有了莫里哀塑造的吝啬鬼阿巴公的艺术形象。

资本主义制度的确立和巩固，为巴尔扎克的文学创作提供了丰富素材；作家长期与金钱搏斗的历程，使他收获了独特的人生体验；敏锐的洞察力和典型概括力，帮他完成了对金钱世界的艺术探索。因此，与巴尔扎克同时代的文艺批评家泰纳说："金钱问题是他最为得意的题目……他的系统化能力和对人类丑恶的明目张胆的偏爱，创造了金钱和买卖的史诗。"纵观中外文学史，像巴尔扎克那样热衷于"金钱"题材的作家极其少见，能把这一题材写得比他更出色的作家，更是绝无仅有。在巴翁搭建的"人间喜剧"舞台上，金钱牵动着每个人的神经，调度着每个角色的行动，指导着每个形象的表演。

你看巴尔扎克的小说，无论是《欧也妮·葛朗台》《高老头》《高利贷者》《搅水女人》，还是《纽沁根银行》《幻灭》《贝姨》《邦斯舅舅》，它们展现给读者的，几乎都是金钱决定一切。在"造币厂的大锤子"的敲击下，上至宫廷，下至咖啡馆，无处不是无耻的欺诈。圣洁的文化场所，成了尔虞我诈、龌龊下流的名利场；温馨和谐的家庭，也成了纯粹的金钱关系：做女儿的耗尽父亲的财产，然后把父亲像挤干的柠檬那样丢掉；做父亲的为了金钱，逼死自己的妻子，又葬送了女儿的一生；做妻子的宣布丈夫为白痴，要求执掌他的产业，或者干脆不认自己的丈夫……

马克思、恩格斯在《共产党宣言》中指出："资产阶级在它已经取得了统治的地方，把一切封建的、宗法的和田园诗般的关系都破坏了。它无情地斩断了把人们束缚于天然尊长的形形色色的封建羁绊，它使人和人之间除了赤裸裸的利害关系，除了冷酷无情的'现金交易'，就再也没有任何别的联系了。"《人间喜剧》演出的一幕幕惨剧、悲剧或丑剧，把金钱王国里人与人的"金钱交易"关系，揭露得淋漓尽致，入木三分！

四

作家之所以比史学家有魅力，全在于他们真实地再现了"典型环境中的典型人物"。

文学艺术创作，汇聚着一个民族的审美眼光与审美精神。巴尔扎克把各行各业的"主要人物"都请上舞台：新老贵族、银行家、高利贷者、神父、政客、牧师、律师、作家、画家、演员、流氓、妓女、职员……一个个活灵活现，栩栩如生，构成了法国文学史上最为波澜壮阔的人物画廊。这些人物或贪婪、或吝啬，或凶狠、或奸诈，或淫荡、或嫉妒……个性特征如浮雕般鲜明突出。他始终认为，作家的任务，就是写出"典型化的个性""个性化的典型"。缺乏个性，是艺术的死亡；人物单调雷同，是作家的自我毁灭。

巴尔扎克笔下的人物，像高里奥老头、葛朗台老头、高布赛克、欧也妮、拉斯蒂涅、伏脱冷、贝姨、纽沁根、邦斯……哪一个不是血肉丰满、独具特色的"这一个"？别林斯基惊叹巴尔扎克笔下的人物"没有一个雷同"；法国自然主义作家左拉也说，在巴尔扎克那些生动逼真的人物形象面前，"古希腊罗马的人物都变得苍白无力，浑身颤抖，像玩具一样匍匐在地"。因而，马克思不仅把巴尔扎克看作那个时代社会生活的历史学家，而且把他看作一种未来人物典型的塑造者，说他对现实关系具有最深刻的洞察力。

把典型当作某类人物最鲜明的性格特征进行刻画，使人物获得生活的真实感和典型性，离不开对典型环境的描写。巴尔扎克把笔触伸进沙龙、银行、法庭、工厂、商店、庄园、教堂、监狱、戏院、报馆、公寓、贫民窟等场所，他的作品囊括了宏大的社会内容，弥漫着浓郁的生活气息。像前面提到的金钱王国，巴尔扎克在用形象表现金钱取代门第这一不可逆转的历史趋势时，又深刻地揭示了拜金主义对人类价值的毁灭。他笔下浮动的风俗画，处处显现着生活的本质。所以，恩格斯称赞他是最杰出的"现实主义大师"，他的《人间喜剧》是"现实主义的最伟大的胜利之一"。

高尔基说："莎士比亚、巴尔扎克、托尔斯泰，这是人类为自己建立的三座丰碑。"整个世界历史的灵魂是伟大人物的历史。巴尔扎克这座丰碑，同人类文学史上其他巨人建立的丰碑一道，永远耸立在世界人民心里。

托尔斯泰的朴素美

一

亚斯纳亚·波利亚纳是俄罗斯图拉省的一个普通得不能再普通的小镇。被列宁誉为"最清醒的现实主义"的"天才艺术家"列夫·托尔斯泰,生于斯,卒于斯,他生命的起点和终点,在那里画了一个圈儿。

距离波利亚纳小镇不远的小树林,是托尔斯泰和小伙伴们儿时嬉戏玩耍的乐土。大哥尼古拉把使全人类幸福的秘密刻在一根小绿棒上,然后埋在小树林里一个谁都不知道的地方。他告诉弟弟,谁能找到那个秘密,谁就能让世界上的人相亲相爱、和睦生活。托尔斯泰终其一生,都在寻找那根神奇的小绿棒,并叮嘱家人,自己死后也要葬在埋小绿棒的树林里。

托尔斯泰的坟墓在耸入云端的橡树、枞树和菩提树的映衬下,显得特别微不足道。他的坟墓长二米、宽一米、高不过几十厘米,就像一座凸出地面的小土丘。坟墓上覆盖着绿草,开遍了鲜花,但是没有墓碑,没有十字架,也没有镌刻死者生平事迹的墓志铭,甚至连托尔斯泰这个天才

"俄国革命的镜子"列夫·托尔斯泰
(1828.9–1910.11)

艺术家的名字都没有。就是这个无人守护、无人管理的小土丘，却被奥地利著名作家茨威格誉为"世界上最美的、给人印象最深的坟墓"。他说："我在俄国所见到的景物，再也找不到比托尔斯泰的坟墓更宏伟感人的了。"

托尔斯泰的坟墓如此简陋素朴，俄国人想不到，热爱他的中外读者也想不到。托翁出身名门望族，其世谱可以追溯到 16 世纪。法国批判现实主义作家罗曼·罗兰曾以"丰富的遗产，双重的世家，高贵的世裔"来概括托尔斯泰家族。据《俄罗斯名人传记》记载，这个家族光文学家、艺术家、政治家就出了四十多位。他的先祖在彼得一世时被封为伯爵，祖父官至喀山省省长，父亲是参加过抵抗拿破仑入侵的卫国战争英雄；母亲出身于世袭公爵之家，外祖父是叶卡捷琳娜时期的步兵上将。而他本人，也是有伯爵头衔的贵族。

就凭托尔斯泰显赫的家世，就凭他是欧洲文艺复兴以来唯一有能力挑战巴尔扎克和莎士比亚的世界级作家，他的后人完全有理由把他的坟墓修建得像模像样。谁知托尔斯泰生前却留下遗嘱："要像埋叫花子那样，用最便宜的棺木将我下葬，然后堆个小坟头就可以了。"

他的坟墓如此素朴简陋，似乎有点不公平、不合常理，但恰恰是这个小土丘，使他实现了伟大与平凡的统一。按说，作为世界文坛的一代宗师，他完全可以像其他成功人士那样，立碑留名，永存青史，心安理得地享受后人的祭扫，然而，他没有！应该有而没有，人们就愈发怀想和感念他的遗爱，崇敬他伟大而崇高的人格。就像周总理再造了国家，泽润了人民，走时却不留一点骨灰，无棺无墓，无碑无铭，甚至连让人思念、凭吊的地方都没有。桃李不言，下自成蹊。就是这些"没有"，使周总理的英魂超越时空，感动人间。秦始皇陵尽管奢华浩大，埃及的金字塔尽管诡奇神秘，印度的泰姬陵尽管典雅华丽，但哪一座能比得上托尔斯泰的坟墓，蕴含着感人至深的力量，震颤着中外游客的心灵？

著名诗人臧克家在《有的人——纪念鲁迅有感》中写道——

有的人活着，
他已经死了；
有的人死了，
他还活着。

骑在人民头上的，

人民把他摔垮；

给人民做牛马的，

人民永远记住他！

把名字刻入石头的，

名字比尸体烂得更早；

只要春风吹到的地方，

到处都是青青的野草。

他活着别人就不能活的人，

他的下场可以看到；

他活着为了多数人更好活的人，

群众把他抬举得很高，很高。

鲁迅死了，但"他还活着"；托尔斯泰死了，"人民永远记住他"。托尔斯泰那座"世界上最美的坟墓"，是人们虔诚朝拜的宏伟而有尊严的圣地，它使托尔斯泰的人格影响，像一切生命一样自然成长着。

对于托尔斯泰来说，死亡不是生命的结束，而是另一种生命的开始。最清醒的现实主义作家死了，但在人们心里，他仍然活着。

二

俄罗斯著名媒体人兼出版商苏沃宁说："我国有两个皇帝：一个是尼古拉二世，一个是列夫·托尔斯泰。他们俩谁更强大呢？尼古拉二世拿托尔斯泰没办法，也无法动摇他的宝座；而托尔斯泰却毫无疑义地能够撼动尼古拉二世的宝座和他的王朝……谁敢碰碰托尔斯泰，全世界都会惊叫起来！"

在苏沃宁的眼里，托尔斯泰比尼古拉二世要强势得多——因为他创作了世界文学史上第一流的作品，建立了能与莎士比亚、巴尔扎克等文学大师比肩的丰碑。托翁身后编成的全集多达九十卷，从其印数来看，也是最受出版商和读者青睐的俄罗斯作家，其次才轮得上普希金、果戈理、陀思妥耶夫斯基和契诃夫。他的普世价值，远远超越了国家和民族的界限，千秋永在，万古如斯！

1863—1869年，托尔斯泰创作的长篇小说《战争与和平》，是其文学生涯中的第一个里程碑。这部小说以四大豪族为主线，在战争与和平的交替中，展现了俄国从城市到乡村的广阔画面，反映了1805—1820年间发生的重大历史事件。五百五十九个人物，数不胜数的社会场景，国家和私人生活的一切领域，历史、战争、人间悲喜剧，从婴儿降生的哭声到气息奄奄的老人，人所能感受到的一切欢乐和痛苦，在这幅"图画"中被描写得淋漓尽致。罗曼·罗兰说："《战争与和平》是我们这个时代最伟大的史诗，是现代的《伊利亚特》。"屠格涅夫认为，"像托尔斯泰这样的作家，我们还没有第二个"。他在读者心中，"已经断然占据了首屈一指的地位"。

《安娜·卡列尼娜》是托尔斯泰创作的具有"艺术之神"之称的巨著。这部小说由两条平行而又相互联系的主线贯穿：一条是安娜由于对丈夫卡列宁不满，爱上了花花公子沃伦斯基，其行为遭到社会的鄙弃，又受到了沃伦斯基的冷落，终于在凄凉和绝望中卧轨自杀。另一条是贵族地主列文和贵族小姐吉提的爱情故事。小说甫一问世，陀思妥耶夫斯基就给予了高度评价："这是一部白璧无瑕的艺术真品，当代欧洲文学史上还没有一部作品能够与之媲美。"俄罗斯文艺评论家斯塔索夫也盛赞托尔斯泰："唱出了俄罗斯文学从未唱出来的高昂的调子，甚至普希金和果戈理两人对爱情和激情的描写，也未曾达到他现在的深度和惊人的真实性。"

托尔斯泰晚期的代表作《复活》，描写了贵族青年聂赫留朵夫诱奸农奴少女喀秋莎·玛丝洛娃，然后抛弃她，使她沦落为娼，并被诬告涉嫌杀人的故事。聂赫留朵夫受到良心的谴责，四处奔走为玛丝洛娃申冤，失败后又陪她去流放。托尔斯泰以清醒的现实主义态度对沙俄进行抨击，列宁说，他的"批判之所以有这样强烈的感情，这样的热情，这样有说服力，这样新鲜、诚恳并这样'追根究底'找出群众灾难的真实原因的大无畏精神，是因为他的批判真正表现了千百万农民的观点的转变，这些农民刚刚摆脱农奴制度获得了自由，就发现这种自由不过意味着破产、饿死和城市'底层'的流浪生活等灾难罢了"。匈牙利文艺批评家卢卡奇认为："在整个近代西欧文学中，在包罗万象的史诗式的伟大性方面，没有一部小说能够跟《复活》媲美。"法国批判现实主义作家罗曼·罗兰也说："《复活》是托尔斯泰艺术上的遗嘱。《复活》给他的晚年加冕，正如《战争与和平》给他的成熟时期加冕一样。"

托尔斯泰以前所未有的广度和深度再现了一个时代。列宁认为："他的全部观点，总的说来，恰恰表现了俄国革命是农民资产阶级革命的特点。从这个角度来看，托尔斯泰观点中的矛盾，的确是一面反映农民在俄国革命中的历史活动所处的各种矛盾状况的镜子。"

三

托尔斯泰是 19 世纪所有伟大人物中最复杂的巨人。他一生都在跟自己"交战"，他内心深处的矛盾不仅无法调和，甚至成了一个无解的悖论。

早在青少年时代，托尔斯泰就把名利、财富和世界上的一切诱惑，全都看作沉重的十字架，尝试着走社会改革和精神探险之路。他先是在自己的庄园里改善农奴生存环境，然后创办乡村学校，普及平民教育。庄园里有个寡妇生活上缺少帮手，他就为她修炉灶、运柴草；庄园里发生了火灾，他就率先冲进火场，抢救乡邻的生命财产；平时，他帮农民播种、收割、干各种农活。俄罗斯著名画家列宾有幅油画《托尔斯泰在耕田》，真实地再现了伯爵的平民形象。

托尔斯泰出身贵族，却渴望着过贫苦农民的生活。他时时为自己"愚蠢的奢侈生活"而"心如火焚，几成灰烬"。在寒冷的冬天，他看见一个讨饭的农妇，衣衫褴褛，骨瘦如柴，瑟缩在凛冽的风雪中，再想想自己舒适、奢华的生活，愈加感到痛楚和羞愧。在他看来，上流社会穷奢极欲，花天酒地，把钱财消费在无聊的演出、庆典和宴会上；贫苦农民却饥寒交迫，饿殍满地，在死亡线上苦苦挣扎，这都是荒唐的、缺乏良知的表现。面对人类这种颠倒了的"疯狂状态"，托尔斯泰头戴草帽，走进田野，像农民那样挥汗劳作。他辞退了家里的仆人和厨师，自己每天天不亮起床，收拾房屋，劈柴，生炉子，去井边汲水——托翁这样发疯地"折磨"自己，即使不能在心理上获得"受难的快乐"，也能减轻内心的痛苦。

站在托尔斯泰故居的大门口，抬头就能看见挂在树上的一口铁钟。那是他为方便农民有事找自己而悬挂的。托翁只要听到钟响，就会赶来询问事由，甚至帮着农民讨债、看病，替穷人写状书打官司，把田产和财物分给农民。那些日子，庄园大门口的钟声不断，树下站满了远近而来的农民，心里话对他说不尽，也道不完。

同底层民众接触越多，托尔斯泰就越痛恨吃人的农奴制度。他的庄园里有上千个农奴，一天他心血来潮，宣布解散农奴，让他们成为自由人，于是就有了易骨之作《一个地主的早晨》。列宁说，国家农奴解放在十月革命以后，而托尔斯泰，则是农奴解放的第一人。

托尔斯泰解放农奴，为平民的利益鼓与呼，却不为贵族阶层接受。很多人跟他对着干，其中就有他的妻子索菲娅。托尔斯泰反对暴力、"勿以恶抗恶"的哲学，用"道德复活"、基督宽恕和上帝博爱等"托尔斯泰主义"改造社会的主张，在当时的社会条件下不可能实现。他的信仰与生活的矛盾，使托翁天天背着沉重的十字架，在灵魂深处爆发永无休止的战争。

1884年6月，托尔斯泰与妻子索菲娅激烈争吵后，就一直在家庭和上帝之间上演着"战争与和平"的活报剧。托翁对妻子既怜爱又反感的矛盾，纠结着他的后半生。夫妻双方彼此坚守高于生命的信念——托尔斯泰维护他至高无上的精神、信仰，守护他圣洁而崇高的灵魂。索菲娅考虑的，则是一家人的生计，孩子们的健康与前程。她认为，丈夫的"整套哲学牵强附会、矫揉造作，完全建筑在虚荣心、名利欲和出风头的基础之上"。

人性与神性的纠葛、生活与理想的龃龉，把托尔斯基折磨得痛苦不堪。庄园和家庭——这从前的避风港、安乐窝、爱之巢，如今变成了心灵的牢狱和精神的枷锁。他恨不得马上远走高飞，让疲惫的心灵得到栖息。

四

离家出走的念头，纠缠、折磨着托尔斯泰，十多年都不能去怀。他意识到，只有到不为人知的地方，才能与这个"被疯狂包围"的"老爷们的王国"决裂。他说："这个家每时每刻都逼得我痛苦不堪，使我连一点合乎人性、合乎情理的生活都不能过。"他的理想去处,是偏僻的乡村,是劳动人民中间。而这一切,都是家人和亲属们无法理解的。

1910 年 10 月的一天,索菲娅偷看了丈夫只和上帝对话的日记。这对托尔斯泰来说,比剜心切肤还难以容忍。因为每个人的精神生活是这个人和上帝之间的秘密,在所有的秘密中,唯有这秘密最神圣、最不容侵犯。把自己与上帝的秘密变成公开的倾诉,让他人走进自己的精神密室,无疑会扼杀灵魂的真实。于是,他义无反顾地站起来,带上手杖和大衣,离开了家门。他要像一只鸟,解开心灵的绳索,到大千世界里去寻找慰藉,享受自由。不幸的是,托尔斯泰在途中染上了肺炎,于 11 月 20 日病逝在阿斯塔波沃火车站上。

托尔斯泰死后,他的遗体被安葬在家乡的小树林里,那座普通得不能再普通的坟墓,就是他的纪念碑。坟前有几束淡雅的康乃馨,自然朴素,没有任何讲究与修饰。不管送鲜花的人是谁,他所表达的,都是对托翁的虔敬。

托尔斯泰的坟墓尽管简陋素朴,但它修建在人们心里,是"世界上最美的坟墓"。庄子说:"素朴而天下莫能与之争美。"素色是基础色彩,是一切颜色的调和。古人欣赏"绘事后素",也是因为绘画离开"素"的对比、调和难成其美。人如果缺乏自然的素美之质,即使辅以绚烂的修饰,也会显得失真和浮夸。从这个意义上说,美好的人生终究要从轰轰烈烈回归平淡,留下一份淡泊名利、返璞归真的淳朴。

朴素者既可亲又可敬,朴素中蕴藏着看不见的力量。这力量最恒久,也最让人念念不忘。一百五十年前,托尔斯泰以清醒的批判现实主义态度,描绘了无与伦比的俄国生活图画,成为"一面反映农民在俄国革命中的历史活动所处的各种矛盾状况的镜子"(列宁语)。因为这面"镜子",他的名字才被后人铭记;因为这面"镜子",他的人格影响才激发出无限潜能。

两座并肩耸立的大山

也许是上帝的刻意安排，两位不同国度的世界级文学巨擘——英国的莎士比亚和西班牙的塞万提斯，竟然在同年同月同日辞世。更加离奇的是，这一天恰好是莎士比亚五十二岁生日。如此戏剧般的巧合，就为1616年4月23日披上了一层神秘面纱。

一

威廉·莎士比亚出生在英国中部埃文河畔斯特拉特福镇的一个市民家庭里。由于父亲生意破产，他没能从文法学校毕业，就被迫到肉铺里当学徒，到乡村学校教书。二十岁那年，他只身到伦敦谋生，因为出身贫贱，找不到靠山，只好先在剧院里当马夫、杂役，后来才做了演员、编剧和导演。

那时，发源于意大利的文艺复兴运动已经波及整个欧洲，戏剧也从中世纪的蒙昧中苏醒过来。文学艺术是民族精神的火炬、时代前进的号角，它的使命，就是"立人"和"化人"。莎士比亚从创作《亨利六世》三部曲开始，到1613年完成历史剧《亨利八世》，二十年间创作了三十八个剧本、两首长诗和一百五十四首十四行诗。无论什么文学题材，经他加工剪裁，都能成为包含丰富社会内容和生活气息的佳作。特别是他的戏剧，着力宣扬新兴资产阶级的人文主义思想，提出了国家、道德、财产、家庭、哲学等一系列社会问题，以悲喜交融、雅俗共赏，富有诗意、哲理和批判精神，赢得了读者"无与伦比"

的好评。

　　莎士比亚的代表作有四大悲剧《哈姆雷特》《奥赛罗》《李尔王》和《麦克白》；四大喜剧《仲夏夜之梦》《威尼斯商人》《第十二夜》和《皆大欢喜》；九部关于英国国王和贵族的历史剧，包括《亨利四世》《亨利五世》《理查德二世》《理查德三世》《约翰王》等。这些作品是幻想与真实的绝妙结合，思想与激情的完美统一，理智与情感的高度平衡。尽管莎士比亚的创作不可能超出资产阶级人道主义的范畴，但他的作品在反映时代精神、提倡个性解放方面达到的高峰，在欧洲和世界文学史上占有重要地位。

　　戏剧"要给自然照一面镜子，给德行看一看自己的面貌，给荒唐看一看自己的姿态，给时代和社会看一看自己的形象和印记"——这是莎士比亚的艺术追求，也是他深刻反映时代风貌和社会本质的立足点。我们欣赏他的作品，不但能获得对社会人生的深刻认识，而且会激发对生活的热爱，对未来的信心。

　　莎士比亚塑造了数百个个性鲜明的人物形象，上自国王、王后、王子，下至盗贼、小丑、掘墓人，每个人物的语言都符合各自的身份，每个人物在不同场合说的话都有自己的个性。莎士比亚是语言大师，他的语言可以随着人物性格、身份、地位的不同去表现人物的性格特征。他善于在对比中突出人物性格，也擅长用内心独白揭示人物的内心世界。他的戏剧是用无韵体写成的诗剧，不仅有音韵节奏之美，而且生动、精炼、丰富，具有个性化、形象化的特点，那些恰当独到的比喻、借代、拟人、象征、夸张、变换等笔法，不仅丰富了戏剧语言的表现力，而且营造了浓郁的生活气息。

　　莎士比亚不但属于英国，而且属于世界。从17世纪开始，他的戏剧陆续传入德、法、意、俄和北欧诸国，后来渐及美国乃至全球，成为世界文化交流的重要纽带。英国著名剧作家本·琼生说莎士比亚是"时代的灵魂"，马克思则称他为"人类最伟大的戏剧天才"，并提出戏剧创作要更加"莎士比亚化"。

二

　　塞万提斯是一个让人心疼的小说大师。余秋雨先生说，他的生平，"连随口讲几句都不忍心"。

　　塞万提斯的经历是典型的西班牙人的冒险生涯。海盗冒险促进了殖民主义的兴盛，对美洲的掠夺刺激了资本主义的萌芽，西班牙从而成为称霸欧洲的封建帝国。塞万提斯生活在一个贫穷之家，他没上完中学，就跟随父亲四处行医。1569 年，作为红衣主教阿夸比瓦的侍从，塞万提斯到意大利谋生，一年后应征入伍，在雷邦多海战中失去了左臂。熬过出生入死的军旅生涯，四年后他获准回国探亲，不料被海盗掳往阿尔及利亚。父母倾尽家产，也没办法把他赎回，直到 1580 年，才被西班牙教会解救出来。塞万提斯回到马德里，过去的战功被人遗忘，父亲去世后债务累累，而他自己，也因左手致残找不到能养活自己的工作，只好写些应景文章，靠微薄的稿费补无米之炊。

　　塞万提斯在厄运中挣扎着，万般无奈，他再次回到部队任军需官，不久被"非法征收谷物"等莫须有罪名，押进了连鬼都不去的监狱。出狱后，他好不容易谋了个税吏的差事，却又因银行突然倒闭、老板下落不明、无力偿还税款再次身陷囹圄。塞万提斯在塞维利亚一座阴冷的监牢里，满怀悲愤创作了传世之作《堂吉诃德》。就在小说付梓之际，警察发现他家门前有人遇刺，他又涉嫌第三次入狱……

　　塞万提斯的命运太不幸了！我实在想不出来，世界上还有哪位作家比塞翁承受过更多的牢狱之苦。后来虽然证明他是清白的，但非人的遭遇已经严重摧残了他的身心。塞万提斯平静地"淬炼"着一个个厄运，既不颓丧也不诅咒，而是凌驾在它们头上，自己的命运自己做主。在塞万提斯的人生字典里，没有怯弱，没有退缩，他用抗争的炉火，冶炼出了堂吉诃德这位骑着瘦马、手举长矛的骑士形象。

　　1605 年，堂吉诃德出发了，塞万提斯把苦难熔铸成一个寓言;《堂吉诃德》刚走进读者中间，世界就发出了朗朗的笑声。

　　塞万提斯是世界现代小说第一人。他把现实与幻想结合起来，否定中有歌颂，荒诞中有寓意，在喜剧性情节中揭示悲剧性的内涵。七百多个人物演绎的伤感故事，越是令人发笑，也越使人难过。《堂吉诃德》标志着曾在西班牙风靡一时的骑士文学崩溃，欧洲近代现实主义小说创作进入了一个崭新的阶段。

　　最先发现《堂吉诃德》并使它花香墙外的，是法国作家斯卡龙和圣埃弗勒蒙。18 世纪，随着小说地位的提升和人文主义思想的蔓延，《堂吉诃德》首先在英伦三岛成为经典。英国现代小说奠基人亨利·菲尔丁和萨缪尔·约翰逊认为，堂吉诃德不但可笑，而且可爱。19世纪，英国诗人拜伦进一步揭示了这部作品的艺术价值，认为《堂吉诃德》所展现的理想和现实的矛盾，"让过去回到现实，让未来提前实现"。

二百多年后，德国诗人海涅也看到了这一点。他在1837年出版的德文版《〈堂吉诃德〉序言》中说，塞万提斯开创了现代小说的新时代，"塞万提斯、莎士比亚、歌德成了三头统治，在叙事、戏剧、抒情三类创作中，分别达到了登峰造极的地步。"20世纪，在现代主义和后现代主义虚构与真实、叙事方法与元小说的热烈讨论中，《堂吉诃德》不断受到赞誉，以至于在2002年3月由诺贝尔文学院主办、全球五十四个国家和地区百余名作家票选"人类伟大作品"时，《堂吉诃德》以压倒多数领先于其他作品。

法国文学评论家勒内·吉拉尔说："西方小说没有一个概念不曾在塞万提斯的作品中初露端倪。"捷克裔法国作家米兰·昆德拉认为："现代的奠基人不仅有卡尔，还有塞万提斯。"墨西哥作家卡洛斯·富恩特斯确信："现代世界开始于堂吉诃德1605年离开家乡的那一刻，他走出去，进入外面的世界，却发现它与阅读中所经历的一切如此不同。"

三

1902年，梁启超先生把Shakespeare翻译成"莎士比亚"，并极力推崇这位剧作家。辛亥革命后，作为思想启蒙的艺术反映，莎剧登上了中国文明戏（即早期话剧）的舞台。新中国成立初期，莎士比亚的戏剧空前繁荣，1959年新中国成立十周年时，莎剧译作的发行量达到了五十万册，大量莎评文章不时见诸报端。

由于受文艺复兴运动的影响，莎士比亚与中世纪的教会神学观念和世俗权力欲望格格不入。因此，莎剧体现了人作为自觉自由的主体，并经历了神权和王权异化复归的漫长过程。这是莎剧的艺术魅力。而中国戏剧所缺乏的，正是这种现代意义的启蒙，或者说是一种不自觉、不系统、不彻底的启蒙。

20世纪70年代末，中国从文化禁锢中解放出来。接踵而来的，是中文版

《莎士比亚全集》面世。自此，莎士比亚在中国的辉煌时期到来了。

《堂吉诃德》问世三百年后，林纾、陈家麟合译的《魔侠传》由商务印书馆出版。这是《堂吉诃德》的首部中文版，由此掀起了翻译《堂吉诃德》的高潮。由于大多数是转译，并且都有删节，直到 1979 年，人民文学出版社才推出杨绛先生译自西班牙语的全译本。这是目前国内最能再现塞万提斯原著风格，并且印数最多、流传最广的版本。到了 20 世纪 90 年代，才有董燕生、屠孟超、孙家孟等翻译家的全译本出版。

最早将《堂吉诃德》介绍到中国的，是周作人、鲁迅兄弟。周作人在 1918 年出版的《欧洲文学史》中写道，塞万提斯"以平庸实在之背景，演勇壮虚幻之行事。不啻示空想与实际生活之抵触，亦即人间向上精进之心，与现实俗世之冲突也。堂吉诃德后时而失败，其行事可笑。然古之英雄，现时而失败者，其精神固皆堂吉诃德也，此可深长思者也"。鲁迅先生没有像周作人那样赞美《堂吉诃德》，而是请郁达夫将屠格涅夫的《哈姆雷特和堂吉诃德》由德文转译过来，发表在他们合编的《奔流》创刊号上。鲁迅先生把堂吉诃德的意义概括为"崇高的忘我精神和神圣的理想主义情怀"，而哈姆雷特"一生冥想，怀疑，以至于什么事也不能做"。尽管我们没有资料证明鲁迅先生在写《狂人日记》以前读过《堂吉诃德》，但从它们的相似之处可以看出，《狂人日记》中的疯与愚的错位，显然受到了《堂吉诃德》的启迪。

此后，《堂吉诃德》被搬上银幕和舞台，堂吉诃德的艺术形象更加深入人心。他以捍卫自由、争取平等、同情弱小、不畏艰险、勇往直前为内涵的"堂吉诃德精神"，也更具有普遍意义。

四

莎士比亚生活的时代正是早期现代英语的形成期。作为使用早期现代英语的代表，他广泛采用民间语言，吸收外来词汇，创造了二万九千多个生动活泼、简洁精辟的短语，极大地丰富了现代英语的表现力。著名学者周海中说，"莎士比亚不仅是一位举世闻名的文学大师，更是一位出类拔萃的语言大师。就个人而言，他对英语语言的影响和贡献无人可比。"歌德也说："道不尽的莎士比亚。"面对莎士比亚的艺术创造，我们的语言实在太贫乏了，而他对促进早期现代英语的形成和发展做出的贡献，永远是"道不尽的"。

塞万提斯是西班牙的荣耀，也是全世界的骄傲。为了纪念这位文学巨人，西班牙政府在马德里雕塑了一座塞万提斯像，雕像的前方是堂吉诃德的骑马像，后面跟着仆人桑丘。2005 年是《堂吉诃德》面世四百周年，西班牙政府把这一年定为"塞万提斯年"，年年都组织纪念活动。

1995 年 11 月，联合国教科文组织第 28 次大会通过决议：每年 4 月 23 日为世界图书和版权日。这个决议固然是对莎士比亚和塞万提斯的缅怀和纪念，也让后人感受到了文学力量的山崩地裂！

对于世界文坛巨匠莎士比亚和塞万提斯来说，他们超乎时空的生命本质，是文学的责任和使命。这样，人虽然死了，但他们与世界的联系继续对人类产生着影响。这影响随着他们的理性与爱而不断增强，并且像一切生命一样成长着，既没有停顿，也没有终结。

莎士比亚和塞万提斯是世界文坛上两座并肩耸立的大山。远远眺望，我们愈发珍视文学所提供的精神内涵。文学是一个时代的精神镜像和审美表达，最有能力表现一个民族的呼吸，传达一个时代的情绪。建成社会主义现代化强国，夺取新时代中国特色社会主义的伟大胜利，我们更需要文学的力量。

后 记

又到母亲节，而我的母亲已经离世一年多了。如果老天问我有什么念想，我只想再喊一声"妈妈"！同时，用我付梓的《追寻文化原乡》这本书，缅怀她老人家。

我的母亲生于1929年农历七月。2016年1月22日，我接到弟弟的电话：母亲病故！晚上九点，我和爱人及小妹、妹夫匆匆从北京赶往老家，在冀南那座熟悉得不能再熟悉的农舍里，凝望着母亲慈祥的遗容，禁不住潸然泪下。这时我才意识到：有母亲在，我是长不大的孩子；母亲走了，我就成了孤儿。想到这里，心里有说不出的孤独和悲痛。

我和母亲最后一次见面，是2015年11月25日。那天我到石家庄公干，下午抽空去看望她老人家。母亲见到我非常高兴，先问我爱人，又问孩子们，反复说："你全家平安、健康，我就放心了。我已经八十六岁了，早到了'死'的年龄，早一天晚一天有什么要紧？"我万万没有想到，这次与母亲见面竟成了永诀！

这些年来，我和母亲聚少离多，我真后悔，没能抽时间多陪陪她老人家。人们常说，孝心不能等待。我理解，儿女对父母尽孝，在很大程度上就是陪伴。但我退休后，还想再干点事，好体现人生的价值，无愧于自己的一生，因而一直把孝埋在心里，老骥伏枥，奋斗不息。如今母亲去了，子欲孝而亲不在，我最大的心痛，莫过于没有及时尽孝的愧疚和遗憾。

母亲饱受磨难，吃了不少苦，受了不少累。她的一生虽然平凡，但平凡中蕴含着大爱。母亲永远是我温暖的襁褓、平安的摇篮：当我遇到挫折的时候，当我困惑迷惘的时候，当我需要安慰、支持的时候，她都给我指路，给我告诫，给我力量，扶持我走好人生的每一步。

1977年10月下旬，恢复高考的消息传来，母亲毫不犹豫就为我报了名。我1966年初中毕业，年届而立之年，并已结婚生子。母亲为了让我"鱼跃龙门"，就替我干生产队分配的农活，好让我专心致志地复习功课。那段时间，我刻苦攻读，以学益智，终于跨进了河北大学的校门。要不是母亲见识高，看得远，说不定我还在农村"修地球"，几十年都找不到"出头"的日子。

1982年7月大学毕业前夕，我回家和母亲、爱人商量工作去向。母亲叮嘱我，不管你到哪里，都要脚踏实地，埋头苦干。她特别给我敲警钟：你上大学四年，她娘儿仨（指我爱人和两个孩子）可不容易，你可不能让一双儿女缺爹少妈啊！

1990年6月，我参加工作不到八年，就由华北油田采油二厂党委宣传部副部长，破格提拔为华北石油报社副社长。母亲听说我从副科级直接升到了副处级，心里十分高兴。她给我写信说，你是咱家几代人最有出息的，一定要倍加珍惜，不要辜负组织的期望。

2003年3月，华北油田对新闻单位进行重组，组建了新闻中心。我被任命为新闻中心主任、党总支书记，兼任华北石油报社社长、总编辑，华北石油有线电视台台长，中国石油报华北记者站站长。儿子给奶奶报喜："我爸又升'官'了。"母亲问我升了什么"官"？我说，还是原来的工作，只不过由副职提成了正职。母亲说，要感谢组织的信任，严格要求自己。你一定记住，不该咱得的，一分钱都不要拿；你挣不来，我首先不花。

2007年，我家突发变故，经济空前拮据。屋漏偏逢连夜雨。7月，我爱人患心脏病住进医院，需要做支架手术。母亲知道我的窘境，她打电话说，你们一起生活了三十多年，她可是咱家的"功臣"啊，砸锅卖铁也要给她治好病！谁家都有本难念的经，挺一挺就过去了。

……

俗话说，往事如烟。但我觉得，往事并不如烟。母亲的音容笑貌，母亲对我和弟妹的爱，好像就在昨天。母亲是我生命的源头，是我力量的大海，更是我人生的引路人。有她在，我就有主心骨；有她在，我就能感受到爱的慰藉和爱的力量。母亲的恩情比山高、比海深，如果还有来世，下辈子我还做她的儿子。

　　其实在我心里，母亲永远活着。回首往事，我什么都可以忘记，却不能忘记母亲给我的一切。母亲节是唤醒儿女爱心孝德的节，是感恩母亲的节，我用《追寻文化原乡》告慰母亲的在天之灵，也感谢所有对这本书给予帮助和支持的朋友们。

二○一七年五月